FP

# एक्लो

बुद्धिसागर

FP

**फाइनप्रिन्ट बुक्स**
फाइनप्रिन्ट प्रा. लि.
कर्पोरेट तथा सम्पादकीय कार्यालय
विशाल बस्ती 'क', विशालनगर, काठमाडौं
पोस्ट बक्स : १९०४१
फोन : +९७७-१-४५४३२६३, ४४२१६४१
इमेल : fineprintbooks@fineprint.com.np
वेबसाइट : www.fineprint.com.np

**फाइनप्रिन्टद्वारा प्रथम पटक प्रकाशित, मङ्सिर २०७९**


ISBN: 978-9937-746-71-7



EKLO BY BUDDHISAGAR

छोरी कृतिकालाई

मेम् ल्वाजो द्वा पेर्ध्र से प्लूम पूर् सम्भोले ।*

**- फ्रेञ्च प्रोभेर्ब**

सबैले टड्कारै सुन्ने गरी टाढैबाट उसले भनेका कुराहरू त यस्ता मीठा छन् भने म भन्न सक्तिनँ, उसले मेरो कानमा सुटुक्क भनेका कुराहरू कति मीठा होलान् !

**- गोपालप्रसाद रिमाल**

---

**चराले पनि उड्न खोज्दा केही प्वाँख गुमाउनुपर्छ ।*

*- फ्रान्सेली उखान*

काठमाडौंमा मेरो कोही थिएन ।

मैले साथी बनाउन पनि सकेको थिइनँ । सोच्थें, सायद सहर म जस्तै एक्ला एक्ला मिलेर भीड बन्ने गर्छ । म जस्ताको मौनता जोडिएर कोलाहल बन्ने गर्छ । कोलाहलले भरिएको सहरमा लाखौं मानिस आफूभित्र बिरानो र उराठलाग्दो सहर बोकेर हिँड्छन् ।

काठमाडौं आएर म के बन्न चाहन्थें, मलाई पत्तो थिएन । अबको १० वर्षमा म कहाँ हुनेछु, पत्तो थिएन । म पढेर के गर्न चाहन्थें, त्यो पनि पत्तो थिएन । काठमाडौं आएको पाँच वर्षपछि यसैले नै बुझाएको थियो– म लक्ष्यहीन थिएँ । म हिँड्न तम्सिएको थिएँ । तर कतै पुग्न चाहँदैनथें ।

पाँच वर्षअघि जब म घट्टेकुलोको अँध्यारो कोठामा डेरा सरेर आएको थिएँ, तब सपनाले धपक्कै बलेको थिएँ । घरबेटी बाले भनेका थिए, "यो घरबाट सबै डेरावाल केही न केही भएर गएका छन् । वास्तु मिलाएर बनाएको घर हो । लच्छिनको बास छ ।" म पनि सोच्थें, केही वर्षपछि केही भएर म यहाँबाट त्यहाँ सर्नेछु, जहाँ बिहानीको पहिलो घाम भित्र पस्छ । अहिले आफैंलाई हेर्छु, म त तेल सकिँदै गएको दियो झैं धिपधिपाइहेछु ।

र पर्खिरहेछु, त्यो निष्ठुर हावाको झोक्का ! जब आउनेछ, झ्याप्पै निभ्नेछु !

मैले जीवनका महत्त्वपूर्ण पाँच वर्ष क्वाप्लाक्क खाएको थिएँ । मेरो भोक मरेको थिएन, म अझै आफ्ना कलिला वर्ष खान तयार थिएँ ।

म गाउँ नगएको पनि वर्षौं भइसकेको थियो ।

अचेल लाग्न थालेको थियो, घरपरिवारले पनि मलाई कुहिन थालेको औंलो झैं च्वाट्टै काटेर फालेका छन् ।

मेरो संसारमा मेरो छाया र म मात्रै थियौं । कहिलेकाहीँ हिसाब गर्थें, मैले नबोलेको ३७/३८ घण्टा भइसकेको हुन्थ्यो । मेरो आवाज कफ बनेर घाँटीमा अल्झिएको हुन्थ्यो । कहिलेकाहीँ कसैले यो बाटो कहाँ जान्छ ? भनेर सोध्यो भने पनि मेरो आवाज स्वाट्टै निस्किँदैनथ्यो । घाँटी किक्लिक किक्लिक पारेर पहिला खकार निकाल्नुपर्थ्यो अनि आवाज । मलाई आवाज निकाल्न रत्नपार्कतिर मुखबाट ब्लेडका लहरा निकालिरहेको जादुगरलाई जत्तिकै गाह्रो हुन्थ्यो !

कोही नहुनेहरू आफैंसित कुरा गर्छन् भन्ने सुनेको थिएँ । तर म आफैंसित पनि कुरा गर्न जाँन्दिनथें । मसित यो सीप पनि थिएन ।

युद्ध त गाउँमा थियो ।

गाउँगाउँबाट मानिसहरू सुरक्षा खोज्दै काठमाडौं आएका थिए । काठमाडौंलाई देवता, पुलिस, आर्मी र दङ्गाले मात्र होइन, पहाडहरू पनि सुरक्षा दिएर जाग्राम बसेका थिए । लाखौं मानिसले आफूलाई सबैभन्दा सुरक्षित ठान्ने काठमाडौंमा म भने आफूलाई सबैभन्दा असुरक्षित ठानिरहेको थिएँ ।

म फेला नपर्ने गरी हराइहालें भने पनि खोज्नलाई कोही थिएन । म त शिशिरको त्यो अन्तिम पहेंलो पात थिएँ ।

भेट्नो चुँडिएर खस्दा न कुनै आवाज हुन्थ्यो, न कुनै रित्तता ।

प्याट्ट दुई हत्केलामा बजारिएर भुइँमा खसेको माखोले पनि एकछिन त आफ्नो रित्तता महसुस गराएर जान्छ । मैले यतिका वर्षमा माखोले जति पनि आफ्नो स्थान बनाएको थिइनँ । म नहुँदा यो काठमाडौंमा कसैलाई पनि एक निमेष रित्तता हुने थिएन । मलाई कसैले खोज्ने थिएन ।

सहरमा एक्लो हुनुको अर्थ रहेछ– आफू हराउनु तर कसैले पनि नखोज्नु !

जब यस्तो सोच्थें, चिसा पसिना छुट्थे ।

त्यसैले कल्पना गर्छौं, केही वर्ष कोसिसमा बित्लान् । केही महिना उदासीमा । केही साता छटपटीमा । केही दिन मौनतामा । केही घण्टा उत्साहमा । केही मिनेट सम्भावनामा । र केही सेकेन्ड प्राप्तिमा ।

एक दिन बादलका खुट्किला टेक्दै मेरो दिन आउनेछ ।

म गाउँ फर्किनेछु ।

मसित सुनाउन अनेक कथा र किस्सा हुनेछन् । म रित्तो हुनेछैन । कथाहरू बोकेर हिँडेको मानिस कहिल्यै रित्तो हुँदैन ।

दाइ वरै आएको हुनेछ । उसको खेत वरै त छ । उसले मलाई देख्नेछ । पहिला त उसलाई चिन्न पनि गाह्रो होला । किनभने म अलिकति मोटाएको हुनेछु । मेरा गालामा हड्डी अलिकति भित्र पसिसकेका हुनेछन् । उसले यसो निधारमा हत्केला राखेर आँखा चिमचिम पार्दै मलाई रूजु गर्नेछ । ए, भाइ पो रैछ– ऊ मन्दमन्द मुस्कुराउनेछ । र दिनभर माटोमा चोपलिएका आफ्ना गोडा र हत्केलातिर हेर्नेछ । उसलाई अलिकति अप्ठ्यारो पनि लाग्ला । म उसलाई ढोग गर्नेछु । उसले खस्रा हत्केला मेरा तालुमा राख्नेछ, मलाई भने उसका हत्केला फूलमा पत्रभन्दा कोमल लाग्नेछन् ।

"खबरै नगरी आइस् त !" ऊ भन्नेछ, "आइज घरै जाम् ।"

बालाई साँझपख गाउँकै सानो चिया पसलमा 'चाहा' पिउने बानी लागेको थियो । म त्यहाँ पुग्दा उनी त्यही चिया पिइरहेका हुनेछन् । त्यहाँ केही गाउँले कौडा खेलिरहेका हुनेछन् । बा त्यो पनि हेरिरहेका हुनेछन् । त्यही बेला म र दाइ त्यहाँ पुग्नेछौं । गाउँका केटाकेटी हाम्रा पछि लागिसकेका हुनेछन् ।

बा मलाई देखेर अक्क न बक्क हुनेछन् । खङ्रङ्ङ सुकेको रूखमा काठे चराले गुँड खोप्न आएसरी म त्यहाँ पुगेको हुनेछु नि त ! कौडा खेलिरहेका गाउँले एकछिन वाल्ल परेर मलाई हेर्नेछन् । बा हात कँपाउँदै गिलास भुइँमा राख्नेछन् । र खोइ किन हो, हत्केला टकटकाउनेछन् ।

"ए, कान्छो आएछ," उनी सामान्य आवाजमा भन्नेछन् । तर म थाहा पाइहाल्नेछु, उनी हृदयको हुरी भित्रभित्रै दबाइरहेका छन् ।

म उनलाई ढोग गर्नेछु । उनले भर्खरै टकटकाएका हत्केला मेरो तालुमा राख्नेछन् । उनका चहऱ्याइरहेका ठेला शीतल हुनेछन् ।

गाउँको सबैभन्दा उत्साही फुच्चे बिजुली चम्के जसरी चिमिक्कै मेरो घर पुगिसकेको हुनेछ । म आएको खबर सुनाइसक्नेछ । आमा आँगनको डिलमा उभिएर बाटोतिर हेरिरहेकी हुनेछिन् । बा अघिअघि हिँडिरहेका हुनेछन्, अनि दाइ, अनि म । आमा गालातिर तुर्लुङ्ङ परेका कपालका लहरा कानमाथि राख्नेछिन् । कपडामा कतै पीठो वा खरानीको धूलो लागेको छ कि भनेर टकटकाउनेछिन् । ज्या, हात पटपटी फुटेको पनि थाहै पाइनछु भनेर मनमनै बर्बराउनेछिन् ।

म आँगनमा पुग्नेछु ।

आमाका गोडामा निहुरिनेछु । इन्द्रेणी धरतीतिर निहुरे जसरी । आमाले वास्तै गर्न छाडेका पटपटी फुटेका गोडा छुनेछु । वर्षौंको पीडा, एक्लोपन र बिराना दिनले भित्रभित्रै उम्रेका हिक्का मुटुतिरबाट हुर्त्तिँदै आउनेछन् । म बाहिर निस्कन दिनेछैन । त्यसैले मेरो ज्यान थररर काँप्नेछ ।

"यतिका बर्ख लगाइस् त, कान्छा," आमाले सुँक्क गर्दै भन्नेछिन्, "जेहोस् आइस् । हाम्लाई बिर्सेको रैनछस् । भित्र आइज ।"

यो काठमाडौंको जुन सडकमा होऊँ म । जुन बाटो हिँड्दै गए पनि त्यो मेरै आँगनमा गाँसिन्छ ।

# एक्लो

# टोप

*हत्तेरी ! मलाई नचिनेको ?*

साहुजीका जुँगा ओठमाथि गम लाएर झुसिल्किरा टाँसे जस्तै थिए । उनले १० ब्यान्डको कालो रेडियोको लामो एरियल ठड्याएर एफएम टिपाउँदै गीत घन्काए ।

"भाग्यमानी रैछौ, भाइ, ओरजिनल रेडियो भेट्यौ," साहुजीले एरियल खुम्च्याउँदै भने, "यस्तो सफा आवाज आउने रेडियो कमै पाइन्छन् ।"

मैले पाँच सयको नोट दिएँ ।

साहुजीले बिसको नोट फिर्ता दिँदै भने, "भाइले के सुन्ने रेडियोमा ?"

"गीत ।"

"गीतै हो त ?" साहुजीले मुसुक्क हाँसे जस्तो गरे । "अचेल त यस्ता रेडियोको खुबै माग बढेको छ । गाउँमा माओवादीले यिनै रेडियो सुन्छन् रे !"

म वाल्ल परें ।

साहुजीले यताउता पल्याकपुलुक हेर्दै आफ्नो ओठमाथिको 'झुसिल्किरो' मेरा कानतिर सार्दै सासले सोधे, "भाइ, माओवादी त हैन है ?"

"म स्टुडेन्ट हो, साहुजी ! त्यै आरआर कलेजमै त पढ्छु । तपैंलाई कसरी माओवादी लाको होला !"

"माओवादी तिम्रै उमेरका हुन्छन् । अनि जिङ्रिङ्ङ परेका, दुब्ला, कपडा मैलेका र मैलो झोला बोकेका हुन्छन् भन्ने सुनेको थें । तिमी ठ्याक्कै त्यस्तै छौ, त्यसैले सोधेको !" साहुजीले ओठमाथिको झुसिल्किरा सुमसुम्याउँदै भने, "सर्ट ब्यान्डमा चाइनिज रेडियो पनि टिप्छ । त्यो पनि सुन्नू ।"

"चाइनिज त बुझ्दिनँ म ।"

"बुझ्नुपर्दैन, भाइ ! मीठामीठा गीत आउँछन् । गीत सुन्न भाषा थाहा पाउनुपर्दैन," साहुजीले दाँत देखाउँदै भने, "सङ्गीतको तालमा पग्लिने मुटु भए पुग्यो ।"

म साहित्यको विद्यार्थी थिएँ । तैपनि सोचें– मुटु बरफ हो र पग्लिनलाई !

"चाइनाले माओवादी मात्र कहाँ देको छ र, भाइ । चाइनाले गीत दे छ । सिनेमा दे छ । मलाई बेच्ने सामान दे छ । अब चाइनाले संसार हल्लाउँछ, भाइ । चाइनिज भाषा पनि सिक, उँभो लाउँछौ ।"

रेडियो झोलामा राखेर सडकतिर निस्किएँ । जेठको मध्यदिन भएर होला, आकाशमा आगोको मुस्लो भर्भराइरहेको थियो । बेलाबेला हुर्रहुर्र गर्दै आउने बतासको झोक्कामा सडक छेउछाउका प्लास्टिकका टुक्रा चमेरा झैं उड्थे ।

म बुट्टेदार फिक्का खैरो रङको सर्ट र नीलो जिन्स पाइन्टमा थिएँ । भर्खरै २१ वर्ष टेकेको म हलक्कै बढेको देखिन्थें । बेलाबेला गालातिर निस्कने डन्डीफोरले हैरान पनि हुन्थें । मैले लुगा सस्तै दाममा किनेको थिएँ । तर जुत्ता भने महँगै थिएँ । जुत्ताका सौखिनहरू मैले लगाएको इँटा रङको जुत्तालाई आठ हजारमाथि पर्छ भन्थे । आठ हजार रूपियाँ मेरो सालाखाला तीन महिनाको खर्च हुन्थ्यो । मसित त्यति महँगा जुत्ता किन्ने हैसियत नै थिएन ।

०५६ सालको वैशाख पहिलो सातादेखि मेरो जीवनमा अपत्यारिला घटना भइरहेका थिए ।

त्यो मङ्गलबारको दिन थियो । बिहान कोठाबाट निस्किँदा आफ्नो ढोकाअगाडि प्लास्टिकको पोको देखें । के रहेछ भनेर यसो कोट्याएर हेर्दा इँटा रङका एक जोर नयाँ जुत्ता थिए । सोचें– अरू कोठामा बस्नेले पनि यस्ता जुत्ता लगाउँदैनन्, सायद कसैका पाहुनाका होलान् ।

राति सवा आठ बजे फर्किएँ । कोठाको ताला खोल्ने बेला ती जुत्तालाई त्यहीँ देखें, जहाँ बिहान देखेको थिएँ ।

तीन दिन बित्दा पनि जुत्ता जहींका तहीं भएपछि मैले मेरै तलामा बस्ने सूर्यबहादुर र आदिलाई भनें, "जुत्ता मेरो दैलोअगाडि राख्न भएन ।" तर कोही पनि जुत्तावाला निस्किएनन् ।

कसका होलान् त जुत्ता ?

आठ दिन बित्दा जुत्ताबारे कसैले सोधखोज गरेन । नवौं दिन मलाई कसोकसो जुत्ता लगाएर हेरौं न भन्ने लाग्यो । लगाएँ । ती त्यसरी फिट भए, मानौं, मैले पसलपसलमा धाएर ठ्याक्कै साइज मिलाएर ल्याएको हुँ । जुत्ता नरम थिए । हिंड्दा सोलतिरबाट फुस्सफुस्स हावा निस्किए जस्तो हुन्थ्यो ।

धेरै सोचेपछि लाग्यो, कुनै चोरले अन्तैबाट यी जुत्ता पोको पारेर ल्याएको होला । यता पनि केही भेटिहाल्छ कि भनेर ! तर घरबेटी बा वा कसैको फेला पऱ्यो होला अनि यत्तिकै झुक्किएर पसेको भन्दै गयो होला !

एक साता ती जुत्ता लगाएर काठमाडौंको फन्को लगाएँ ।

आठौं दिनदेखि त मलाई लाग्न थालिसकेको थियो– यी जुत्ता मेरै हुन्, मैले नै पसल पसल धाएर किनेको हुँ । मूल्यबाट आठ सय घटाउन साहुजीसित कचकच पनि गरेको हुँ ।

जुत्ता लगाएर हिंड्न थालेको बाह्रौं दिनको मध्याह्नमा अर्को घटना भयो । डिल्लीबजारको उकालोमा मैले नोटको बिटो भेटें । सुक्खा नालीमा खसेको ।

सडकमा थोरै मानिस आवतजावत गरिरहेका थिए । अरूको आँखा परेनछ । अनकनाउँदै बिटो समाएँ । मलाई एकमन त लाग्यो,

कसको पैसा हो भनेर सडकमा हिँडिरहेका बटुवालाई सोधौँ । तर मैले सहर चिन्न थालिसकेको थिएँ ! सोचें, नोटवाला कहाँ पुगिसक्यो होला । बिटो गोजीमा राखें । अलि पर पुगेपछि घरका भित्तामा छेलिएर बिटो झिकें ! दुइटा रबरले बाँधिएको बिटोमा सात सय ९८ रूपियाँ थियो ।

त्यही बिटोको चार सय ८० रूपियाँमा १० ब्यान्डको रेडियो किनेको हुँ !

पुतलीसडकको मोडसम्म आइपुग्दा म गर्मीले प्याकप्याक भइसकेको थिएँ ! मलाई एकपल्ट त्यही छेउको वाणिज्य बैङ्कमा पसौँ कि जस्तो लाग्यो । तर मन बदलियो । खाताको मोटो ढड्डामा आफ्नो नाम नदेखिँदाको पीडा कल्पिएरै मन चस्कियो ।

"सिरीजी !" गाडीका चर्का हर्नहरूबाट जोगिँदै एउटा ताजा आवाज मेरा कानतिर उछिट्टिएर आयो ।

सोचें, सधैं जस्तो मलाई भ्रम भएको छ । यो काठमाडौंमा मलाई बोलाउने कोही छैन । अघि बढ्नै थालेको थिएँ, कसैले पछाडिबाट काँध च्याप्पै समायो ।

आत्तिँदै पछाडि हेरें !

एक जना लक्का जवान उभिएको थियो । उसले गाढा नीलो सुटभित्र सेतो सर्ट लगाएको थियो । सर्टको सेतो सतहमा कलेजी टाई सर्प झैं लहराइरहेको थियो । उसले काखीमा डायरीहरू च्यापेको थियो । चुच्चे ढाकाटोपी मुन्तिरको अनुहार मेरा आँखाभित्र पस्यो । मेरा आँखाका लेन्स र दिमागबीचको कनेक्सन टुट्यो । सोचें, सायद यो मान्छे झुक्कियो ।

"हत्तेरी ! मलाई नचिनेको ? म टोप के त !"

आँखा र दिमागको कनेक्सन जोडियो । पहिला खिस्स हाँसें, अचम्म मानें र कुण्ठित भएँ ! लौ, टोप त यस्तो पो भइसकेछ ।

टोपले मलाई तानेर नजिकैको किम्ची रेस्टुरेन्टमा पुऱ्यायो । पङ्खाको बतासले मलाई अलिकति शीतल भयो । दुई वर्षमै मान्छे कसरी जुनी नै फेरे जसरी अर्को मान्छे बन्न सक्छ ? टोपको दाहिने आँखाभित्रको कोठी हेर्दै छक्क परिरहें । कोठीबाहेक सप्पै बदलिएको थियो ।

उसले एउटा चिकेन मःम र दुइटा कोक अर्डर गऱ्यो । छेउमा राखेका डायरीका चाङमाथि दाहिने कुइनो अड्यायो र आँखा झिम्क्याउँदै भन्यो, "अनि धेरै पो भो त है, सिरीजी, हाम्रो भेट नभाको । अनि, आइए कटाउनभो ?"

मेरो मुख प्याक्क सुक्यो । साँचो बोलूँ कि झुटो ? तर मलाई टोपका लुगा र उसको आत्मविश्वासले कायल बनाइसकेको थियो ! फेल भएको कुरा भनें भने त म ऊसित रेस्टुरेन्टमा कोक पिउँदै बस्ने हैसियतै राख्दिनथें कि ! मैले ढाँटें, "मैले त पास गरें । अहिले बिए पढ्दै छु ।"

"हत्तेरी ! कटाई पो सक्नुभो ! तपैं पनि मलाई तलै छाडेर माथि उक्लेको ?" उसले चोर औंलाले आँखीभौंमा टाँसिएका पसिनाका थोपा खसाल्दै भन्यो, "म त गुल्टेको गुल्ट्यै भएँ । तर चिन्ता केही छैन । मान्छे उँधो रहे पनि, उँभो गए पनि कमाउने पैसा त हो !"

भर्खरै टेबलमा आएको कोक घुट्क्याउँदै मुन्टो हल्लाएँ !

"कतै कामधाम त सुरू गर्नुभएको छैन नि ?"

"छैन, बिए सकिएपछि जागिर गर्छु । अहिले त बाले नै खर्च पठाइदिनुहुन्छ ।"

"बा त पाकै हो तपैंको !" टोपले टोपी झिकेर टेबलमा राख्दै पङ्खाको बतासमा टाउको सेकाउँदै भन्यो, "बिए पुगिसक्नुभएछ । बिए पनि कटाउनुस् ।"

"अनि तपैं चैं के गर्नुहुन्छ अचेल ?"

"ए म ? वागबजारमा कम्प्युटर टाइपिङको काम सुरू गरेको छु । *देशप्रेम साप्ताहिक* पढ्नुभा छ ? त्यसमा 'गल्ली/गल्छेडा' नामको स्तम्भ पनि लेख्छु । यी डायरी पनि मैले नै डिजाइन गरेको हुँ, भर्खरै प्रेसबाट ल्याको । एउटा चाहिन्छ तपैंलाई ? किन नचाहिनु, लिनुस् । साहित्यको विद्यार्थी तपैं, काम लागिहाल्छ नि !"

डायरी समाएँ ।

"आज तपैंसित भेट भो, खुसी लाग्यो," उसले मलाई प्रेमले हेर्दै भन्यो, "पढाइ चैं गाह्रै चीज है । तपैंका गाला कस्ता पुक्क थिए, स्वाट्टै

सुकेछन् । पढाइले मेरा गाला पनि खाको थ्यो, पढ्नै छाड्दें ! अहिले फेरि पुक्क भा छन् ।"

हो, त्यो बेला मेरा गाला पुक्क नै थिए । कलेजमा मसित बेन्चमा बस्ने, खाजा खान जाऔं भन्ने उही टोप मात्रै थियो । ऊ मलाई साह्रै सोझो लाग्थ्यो । सर्पले टोकेर उसका पिताको देहान्त भइसकेको थियो । र उसले वर्षभरि सेता लुगा लगाउने निर्णय पनि गरेको थियो ।

भर्खरै एसएलसी पास गरेर, बाआमा र छरछिमेकको दबाब र अधिकारभन्दा बाहिर निस्केका आइए फस्ट इयरका विद्यार्थीहरू दाम्लो फुकेका गाईगोरू जस्तै हुन्थे । कक्षा १० सम्म नीलो पाइन्ट र अकासे रङको सर्ट लगाउनैपर्ने नियमको साङ्लोमा बाँधिएकाहरू कलेज आएपछि आफ्नो रूचिका कपडा लगाउन पाउँथे । त्यसैले कलेजको चौर फेसन सोको ज्याम्प जस्तो हुन्थ्यो । केटाहरू कहिल्यै झोला बोक्दैनथे । एउटा लुत्रुक्क परेको कापी बटारेर जिन्सको पछिल्लो गोजीमा कोचेर हिँड्थे । स्कुलमा मनिटर र सरको त्रासले पिसाबले च्यापेर आत्थुआत्थु पार्दा पनि बोल्न नसक्नेले सुनेका थिए– कलेज आएपछि क्लासमा बाहिर निस्कन र भित्र पस्न सरलाई सोध्नपर्दैन । त्यसैले क्लास चलिरहेका बेला पनि फुत्तफुत्त बाहिर निस्किरहन्थे । फुत्तफुत्त भित्र पसिरहन्थे । सरहरू पनि वास्ता गर्दैनथे । उनीहरूसित पढाउनुपर्ने कुरा टिपोट गरिएका पुराना कापी हुन्थे । कति कापीका पन्ना त पुराना भएर च्यातिँदा पनि टेप लगाएर टाँसिएको हुन्थ्यो, पैसा टाँसे जस्तो । उनीहरूलाई त्यो कापीका प्याराग्राफलाई अलिकति व्याख्या गर्दै अन्तिमसम्म पुगे हुन्थ्यो ।

कहिलेकाहीँ नेपालीका सर प्रद्युम्न सुवेदी कराउँथे, "तिमेरूको दादागिरी आइएमा मात्रै हो । जब ब्याक खान्छौ, त्यसपछि तिमेरूको दादागिरी लुत्रुक्क पर्छ । बिएमा पढ्नेले दादागिरी गर्दैनन् । र दादागिरी गर्नेहरू बिएसम्म पुग्दै पुग्दैनन् ।"

विद्यार्थीहरू गलल्ल हाँस्थे ।

त्यो दादागिरीको मौसम थियो । दादागिरीको हावाले नछोएका म र टोप मात्रै थियौं । टोपलाई मैले कलेज सुरू भएको पहिलो सातामै चिनेको थिएँ । टोप सेता चप्पल, सेतो पाइन्ट, सेतो सर्ट र सेतो टोपीमा थियो । सेता कपडाको चमकले उसको शरीर भटमास रङको देखिन्थ्यो । क्लासरूम पस्नुअघिको ठेलमठेलमा मैले सुनें, "को विधवा हो यो ?"

आवाज कसको थियो, कहाँबाट आयो, मैले थाहा पाइनँ । तर लुत्रुक्क परेको टोपलाई देखिहालें !

टोप तीन पिरियडसम्म झोक्राएर बसिरह्यो ।

तेस्रो पिरियड सकिएपछि म चना र मालपुवा खान क्यान्टिन गएको थिएँ ! टोप चुपचाप बसेको थियो । म प्लेट बोकेर उसैको टेबलमा गएँ । हाम्रा आँखा जुधे । म खिस्स हाँसें ।

त्यही पलदेखि हामी मित्र भएका थियौं ।

टोपको घर काठमाडौंबाट धेरै टाढा थियो, जहाँ सूर्य अस्ताउँथ्यो । उसको घरमा आमा मात्रै थिइन् । एसएलसी गुड सेकेन्ड डिभिजनमा पास गरेको टोप एमए पास गरेर पत्रकार बन्न चाहन्थ्यो । त्यसैले पनि उसले ऐच्छिक पत्रकारिता रोजेको थियो ।

आइए फस्ट इयरको परीक्षापछि टोप कलेजमा भेटिएन । मैले सोचेको थिएँ– उसले सायद नाइट सिफ्ट पढ्न थालेको होला । चार वर्षपछि टोप उकालोमा थियो र म ओरालोमा ।

मःमका तात्ताता डल्ला आइपुगे । मैले छ डल्ला निलें । तर हरेक डल्ला स्वादविहीन लागे ! बाहिर सडक सूर्यको तेजले जलिरहेको थियो, भित्र म आत्मग्लानिको । न त मैले आइए कटाएको थिएँ, न टोप जसरी यो काठमाडौंमा आफ्नै बर्कतले बाँचेको थिएँ !

छुट्टिँदा टोपले मलाई आफ्नो अफिसको फोन नम्बर पनि दिएको थियो । मैले अनामनगरको उकालोमा कागजको चिर्कटोलाई डल्लो पारेर फालिदिएँ ! किनभने म फेरि टोपलाई भेट्ने कल्पना पनि गर्न सक्दिनथें ! टोपको उज्यालो अनुहार र आत्मविश्वासले मलाई पीडाबाहेक अरू केही दिँदैनथ्यो !

म घट्टेकुलोको धोबीखोला छेउको तीनतले घरको दोस्रो तलामा बस्थेँ ! घर सानो र घुमाउरो सडकसित जोडिएको थियो । मूल गेटमा चेन गेट थियो । प्रायः ताला झुन्डिरहेको हुन्थ्यो । जहिले पनि बाहिरबाट आउँदा चेन गेटलाई बेस्मारी हल्लाएपछि तेस्रो तलाको झ्यालमा घरबेटी आमैको टाउको देखिन्थ्यो । उनी मोटो पावरदार चस्माको फ्रेम आँखीभौंहरूमा टम्म मिलाएर तल उभिएको मान्छे आफ्नो डेरावाल हो कि होइन भनेर रूजु गर्थिन् । अनि झ्यालबाटै चाबीको झुप्पो भुइँतिर फाल्थिन् । चाबीले गेट खोलेर, बन्द गरेर, चाबी घरबेटी आमैको हातमा राखिदिएपछि मात्रै म आफ्नो कोठामा पस्न पाउँथेँ ।

मैले गेट बेस्मारी हल्लाएँ र चिउँडो आकाशतिर फर्काएर तेस्रो तलातिर हेरिरहेँ ! कति भाग्यमानी छन्, सूर्यबहादुर । उनीसित त डुप्लिकेट चाबी छ । उनी चाहेका बेला जहिले पनि ताला खोलेर आउजाउ गर्न सक्छन् ।

मैले एकपल्ट घरबेटी बासित डुप्लिकेट चाबी चाहियो भनेर कन्चट कन्याएको थिएँ !

घरबेटी बाले भनेका थिए, "सूर्यबहादुरको त कामै त्यस्तो । रातबिरात हिँड्नुपर्छ । तँ त विद्यार्थी । तँलाई किन चाहियो ?"

"कहिलेकाहीँ मलाई पनि त ढिला हुन्छ ।"

"सधैं त होइन नि !" घरबेटी बाले आँखा तर्दै भनेका थिए, "विद्यार्थी मान्छे सधैं ढिला गरेर पनि त हुँदैन । सधैं ढिला आउन थालिस् भने त म तँलाई कोठा दिँदै दिन्नँ । पढ्न आको मान्छे पढेरै बस् । पढ्, जागिर खा, अनि आफ्नै घर बना । आफ्नो घरमा त जहिले आए पनि भो, जहिले गए पनि भो !"

तेस्रो तलाबाट बत्तिएर आएको चाबीको झुप्पो धन्नै मेरो कन्चटमा बजारिएको ! छलेँ ! गेट खोलेँ ! सिँढीका खुट्किला गन्दै उक्लिएँ । बाती कातिरहेकी घरबेटी आमैलाई नमस्ते गरेँ र झुप्पो दिएँ ।

"पैला घर बनाउँदा काठमाडौं चिसै हुन्थ्यो । पङ्खा झुन्ड्याउने ठाउँ नै बनाएनौं । अहिले हेर, त्यत्तिकै बसिरँदा पनि पसिनाको लर्को

ढाडबाट चुइन्छ," घरबेटी आमैले खिस्स हाँस्दै भनिन्, "मेरा बा त भन्थे– यो पृथिवी डढेरै भस्म हुन्छ भनेर । हो कि क्या हो ?"

"खै, आमा ! काठमान्डूमा मान्छे यति धेरै भए कि तिनको सासैले पनि गर्मी हुन्छ ।"

"पैला त हिँडेरै काठमान्डू फन्का लगाउन सकिन्थ्यो । अचेल त एकछिन हिँड्यो कि हातखुट्टा फतक्कै गल्छन्," घरबेटी आमैले गुजुल्टोबाट प्रेमले अलिकति रूई झिकेर बटार्दै भनिन्, "खै, सबैथोकमा काठमान्डूलाई के गाली गर्नु । बूढी भर होला, हातखुट्टा गलेका त !"

मैले मुन्टो हल्लाउँदै घरबेटी आमैको छेउको टपरीमा अटेसमटेस भएका बाती हेरें ! उनले दुईदुई वर्षमा लाखबत्ती बालेको पनि देख्थें !

सोधिहालें, "अनि आमा, बाती एक लाख ओटा पुगेको कसरी थाहा पाउनुहुन्छ ? गन्दा बिर्सिनुहुन्न ?"

बातीको चुच्चो बटारेर उनी हाँसिन् अनि भनिन्, "खै बानी भएर हो कि ! एक लाख ओटा पुगेको थाहा पाइहाल्छु । हामी अनपढलाई त तिमेरूलाई जस्तो क्याल्कुलेटर चाहिन्न केरे । तिमेरूलाई दुई दुना चार भन्न नि क्याल्कुलेटर चाहिन्छ अचेल ।"

"कहिलेकाहीँ झुक्केर तलमाथि होला नि, आमा, तपाईंको हिसाब पनि ।"

"अरूलाई ढाँटछल गर्न पो भएन ! असल मनले गरेको काममा अलिकति हिसाब तलमाथि भए पनि ईश्वरले माफी दिन्छन् । असल काम गर्दा अलिकति हिसाब तलमाथि भए नि फरक पर्दैन । अचेल पो जमाना खराब भो । खराब काममा मात्रै मान्छेहरू हिसाब ट्याक्क मिलाउँछन् ।"

मेरो हाँसो रबर झैं कानसम्म तन्कियो ।

"अँ, हिसाबको कुरा गर्दा पो सम्झिएँ, यसपालि भाडा टाइममै देऊ है । नत्र बूढा घरै उचाल्ने गरी बम्किन्छन् । यसपालि त तीन महिना नै कटाइसक्यौ । म बिचरीले कतिसम्म थामथुम गर्नु ।"

रबर झैं कानसम्म तन्किएको हाँसो फर्किएर फेरि मेरा ओठमा चट्याक्क बज्रियो । कुण्ठित हुँदै सोचें, यी घरबेटीहरू संसारको जुन कुनाको कुरा गरे पनि कुराको टुप्पो आखिरीमा घरभाडामै ल्याएर जोड्छन् । सकेसम्म आवाज नम्र बनाउने कोसिस गर्दै भनें, "घरबाट टाइममा पैसा आउन्न, त्यै भएर हो आमा । उहाँले पनि समस्या बुझिदिनुपर्ने हो ।"

"तिम्रो समस्या बुझेरै त अहिलेसम्म राखेका छम् । नत्र, बूढाले उहिल्यै निकालिसक्थे घरबाट । सडकमा पुऱ्याइदिन बेरै लाउन्नन् ।"

मेरो अनुहार रापिलो भएर सूर्य झैं डढ्यो । म आफ्नै नाकबाट भित्रबाहिर गरिरहेको सासको लहरो सुनेर बसिरहें !

घरबेटी आमैले मोटो र धमिलो पावरदार सिसाबाट मलाई गढेर हेरिन् । मेरो मौनताको अर्थ बुझिन् । त्यसैले भनिन्, "तिम्रा लागि हामी बूढाबूढीको कतिपल्ट ठाकठुक परिसक्यो । मलाई त तिमी असलै लाग्छौ । अनुहार हेर्दा पनि माया लागेर आउँछ । त्यसैले भनेको ।"

मैले मुन्टो हल्लाएँ ।

"भाडा तिरेर कोठामा बस्नेहरू त जति पनि आउँछन् । मनमा बस्ने थोरै हुन्छन् । तिमी हामी बूढाबूढीको मनमा बसेका छौ । मैले सम्झाएको मात्र हुँ, कर गरेको होइन, बुझ्यौ ?"

म तल झरें । कोठाको दैलोनिर उभिएर लामो सास फेरें । साँचो दैलोछेउको बाँसको सानो ऱ्याकमा राखिएको कालो जुत्ताभित्र राख्थें ! दाहिने जुत्तामा । यी जुत्ता मैले इँटा रङका जुत्ता भेटिएपछि लाउन छाडेको थिएँ । पहिले त साँचो चप्पलले छोपेर राख्थें !

मैले जुत्ता उल्टो पारें, साँचो खस्यो । म कहिल्यै पनि जुत्ताभित्र हात पसालेर साँचो झिक्दिनथें । किनभने मलाई सर्पको असाध्यै डर लाग्थ्यो । र मैले जुत्ताभित्र गुजुल्टिएको सर्पले टोकेर मान्छे मरेको समाचार *सन्ध्याकालीन* पत्रिकामा पढेको थिएँ । त्यसपछि कहिल्यै पनि केही समय नलगाई राखेका जुत्तामा हात पसाउने आँट गरिनँ ।

ताला खोल्दै गर्दा सधैं म दैलोमा टाँसिएको ठूलो पोस्टर हेर्थें । कुनै युवतीले मेहेन्दीका बुट्टाले भरिएका हात जोडेको पोस्टरमा ठुल्ठूला अक्षरमा लेखिएको थियो– *वेलकम* । यो पोस्टर मभन्दा अघि भाडामा बस्नेले टाँसेका होलान् । कहिलेकाहीँ म मेहेन्दीवाली युवतीको शरीर र अनुहार पनि कल्पना गर्ने कोसिस गर्थें !

अचेल मेहेन्दी सम्झियो कि सूर्यबहादुरको दाहिने चोर औंला सम्झिन्छु । उनका औंला मलाई मेहेन्दीमा चोपेर निकाले जस्तो देखिन्छ, गेरू रङको । मलाई सूर्यबहादुरले चुरोट अड्याउन मात्रै औंला पाए जस्तो लाग्छ । सूर्यबहादुर एक्लैले सारा घरलाई गन्हाउँदो एस्ट्रे जस्तै बनाइसकेका छन् । झन् बिहानै चुरोट नपिई उनको पेट पनि खुल्दैन । उनी ट्वाइलेटमै बसेर चुरोट पिइदिन्छन् । झन् ट्वाइलेट त भाउन्नै छुटाउने गरी गन्हाउँछ ।

अहिले त झन् सडेको मुसो जसरी गन्हाइरहेको थियो ।

ट्वाइलेटको गन्ध छल्न हुत्तिँदै कोठाभित्र पसें ! ढ्याम्म ढोका लगाएँ ! झोला पलङ छेउमा राखेर ओछ्यानमा डङरङ्ङ पछारिएँ ! मेरो सानो कोठा भएर सारा संसार डल्लियो । म ठूलो आकाशको खोजीमा उड्दै उड्दै साँघुरो पिँजरामा कैद भएको पन्छी जस्तो भएँ !

मेरो कोठा पश्चिमतिर थियो । र एउटा सानो झ्याल थियो । झ्यालबाहिर टेलिफोनका तारको ठूलो मुठो झुन्डिरहन्थ्यो । पहिला पहिला त्यो झ्यालबाट घाम भित्र पस्थ्यो रे ! पछि अर्को घर ठडियो । त्यसको भित्ता मेरै झ्यालमा टाँसियो । कोठाभित्र पस्ने घामका किरण माउसुली झैं अर्कोतिर दगुरे । त्यसैले कोठा दिउँसै पनि अँध्यारो हुन्थ्यो । मैले हरेक महिना बत्तीको बिलमा ८५ रूपियाँ थप्नुपर्थ्यो । लोडसेडिङका बेला म दिउँसै मैनबत्ती बाल्थें ! त्यसैले कोठाका जताततै पग्लिएका मैनबत्तीका टाटा देखिन्थे । मैनबत्तीका टाटा जम्मा गरेर भाँडामा राख्दै तताएर, पग्लिएको मैनको लेदो गिलासमा राखेर, त्यसभित्र धागो राख्दै चिस्याएर फेरि नयाँ मैनबत्ती बनाउने कला पनि सिकिसकेको थिएँ ।

ओछ्यानमा उत्तानो परेर सिलिङतिर हेरिरहें ! झरीमा रसाउने सिलिङभरि छरिएका झरीका दाग अझै देखिन्थे । दाग चित्र जस्ता देखिन्थे । कुनै खरायो जस्ता, कुनै ड्रागन जस्ता । म झरीका दाग हेर्दै अबेरसम्म टोलाउन सक्थें !

अँध्यारो, सानो कोठा नै मेरो संसार थियो । मेरो संसारमा एउटा सानो पलङ थियो, जसलाई १२ सय रूपियाँमा किनेको थिएँ ! दुई वर्षपछि त्यसका खुट्टामा कीरा पर्न थालिसकेका थिए । कहिलेकाहीँ मध्यरातमा कीराले काठ चपाएको मधुरो कतरकतर सुन्थें ! एक जोर सिरक र डसना थिए । दुवैका रूई भित्रभित्र गाँठा पर्न थालिसकेका थिए । एउटा सिरानी थियो । त्यो सिरानीको खैरो सतहमा मेरा आँसुका दाग अझै पनि देखिन्थे, जसरी झरीका दाग सिलिङमा देखिइरहन्थे । एउटा स्टोभ थियो, जसले हरपल मट्टीतेलको गन्ध फालिरहन्थ्यो । तर मलाई मट्टीतेलको गन्ध असाध्यै मनपर्न थालेको थियो । किनभने सुनेको थिएँ, मट्टीतेलको गन्ध आउने ठाउँमा सर्प आउँदैन । सर्पको ज्यानलाई मट्टीतेलले तेजाबले भन्दा पनि चाँडै खान्छ ! एउटा कुकर थियो, जसको पिँधबाट बढ्दै गएको कालो माथिसम्मै आइसकेको थियो । केही थाल, केही कचौरा, डाडुपनिउँ र एउटा ठूलो बाटा पनि थिए । सबै भाँडालाई पलङमुन्तिर ओछ्याएको अखबारमाथि राख्थें ।

दायाँपट्टिको भित्तामा किला ठोकेर लामो हेङ्गर टाँसेको थिएँ । हेङ्गरमा तीनचार जोड लुगा झुन्डिरहन्थे । सिरानतिरको भित्तामा बाँसको र्‍याक थियो, जसमा कलेजका किताब, कापी, कलम, साबुन, टुथपेस्ट, ब्रस र *सत्यकथा*का चाङ मिलाएर राखिएका हुन्थे । मैले कोर्सबाहिरका किताब पढ्ने भनेको नै *सत्यकथा* थियो । *सत्यकथा*का २८ अङ्क मसित थिए । *सत्यकथा*मा हत्या र हिंसाका कथा मात्रै हुन्थे । सबै हिंसाका बीउ घरजग्गा, धनसम्पत्ति र यौनसम्बन्ध हुन्थे । म रस मानीमानी ती कथा पढ्थें । केटा र केटी भेट हुन्थे । उनीहरूको यौन सम्बन्ध हुन्थ्यो । र यौन सम्बन्धको विस्तृत बयान हुन्थ्यो । अनि केही समयपछि कि केटीले पेट बोक्थी, कि केटाले निहुँ खोज्न थाल्थ्यो ।

त्यसपछि म बाँकी कथा पढ्दिनथें ! मलाई कसरी केटीको हत्या भयो, कसरी केटाले बोरामा बाँधेर खोलामा फाल्यो, पढ्न मन लाग्दैनथ्यो ।

म *सत्यकथा*को अधुरो पाठक थिएँ ।

अहिले मैले कोल्टे फेरिरहेको डसनामुन्तिर केही अरू कुरा पनि थिए– नागरिकता, केही दशपाँचका नोट, महिनाभरिको हिसाब लेख्ने कापी र रङ्गीन साप्ताहिकमा छापिने ब्लोअपका पन्नाहरू ।

मेरो एककोठे संसारमा यति नै कुरा थिए ।

त्यो संसारमा आज अर्को कुरा थपिएको थियो– १० ब्यान्डको कालो रेडियो ।

लामो हाई काढेर पलङबाट ओर्लिएँ । झोलाबाट रेडियो झिकें ! फेरि ओछ्यानमा पल्टिएँ र रेडियोलाई छातीमाथि राखें ! एरियल तानें ! ट्युबलाइटको उज्यालोमा एरिएल टलक्कै टल्कियो । भोल्युम अन गरेर एफएमका च्यानल खोज्न थालें ! काठमाडौंमा चारपाँच ओटा एफएम च्यानल खुलिसकेका थिए । ती च्यानललाई एरियलले तानेर रेडियोभित्र हुलें । हिन्दी गीत बजाइरहेको च्यानल फेला परिहाल्यो । गीत अनवरत बजिरहेका थिए । कति त मैले गाउँ छँदै सुनेका गीत थिए । रेडियोले मेरो एककोठे उदास संसारमा झङ्कार लिएर आयो ।

म सङ्गीतका झङ्कारका डिलमा टेक्दै दगुर्न थालें ! थाक्दै थाकिनँ । आफ्नो गाउँ पुगें, जहाँ मन्द बतास चोप खसालिरहेका मेवाका बास्ना बोकेर गाउँभरि उड्थे । चरा फराकिला खेतमा आफ्नै डल्लिएको छायाको फुटबल खेल्थे । निधारमाथि हत्केला राखेर हेऱ्यो भने आकाशले निहुरेर धरतीलाई चुम्बन गरेको पनि देखिन्थ्यो । म रातभर आँगनको खटियामा उत्तानो परेर आकाशमा ताराको बाघचाल खेल्थें !

म पढाइमा सानैदेखि कमजोर थिएँ । र त आरआर क्याम्पसमा आर्ट्स लिएर पनि अङ्ग्रेजी विषयको ब्याक लागेर अहिले उत्तानो परेर रेडियो सुनिरहेको छु ।

गीत सुन्दासुन्दै निदाएछु ।

रातिृ साढे १० बजे म भित्तातिर कोल्टे परेर मन्द स्वरमा घुरिरहेको थिएँ । मेरा घुँडा खुम्चिएका थिए । मैले आफ्ना दुवै हत्केला घुँडाको बीचमा च्यापेको थिएँ ।

धेरैपछि म यति मीठो निदाएँ । सायद जन्मनुअघि यसरी नै आमाको कोखभित्र निदाएको थिएँ ।

# आदि

*हाम्रो कथा पनि सत्यकथामा पढ्नू*

पछिल्लो समय म फिल्म पनि प्रायः एक्लै हेर्न जान्थें ! एउटै फिल्म हलमा तीन ओटा अलगअलग फिल्म चल्न थालिसकेका थिए । घरबाट पैसा आएको साता म एकै दिनमा तीनतीन सोसम्म फिल्म हेर्थें ! राति जब दिउँसो हेरेका फिल्मका कथा सम्झिने कोसिस गर्थें, तीन ओटै फिल्मका कथा मिसमास भएर आउँथे । फिल्म हलको अँध्यारो कोठामा म आफूलाई कहिल्यै एक्लो महसुस गर्दिनथें । त्यसैले फिल्म हल मेरो प्रिय ठाउँ थियो ।

फिल्मले नै मलाई आदिसित जोडेको थियो ।

आदि सूर्यबहादुरसित भित्ता जोडिएको कोठामा बस्थ्यो । सातामा एकदुई दिन मात्र कोठामा भेटिन्थ्यो । नत्र आफ्नो होन्डा मोटरसाइकल घुइँकाउँदै कताकता कुदिरहन्थ्यो । रातो रङको मोटरसाइकलमा ऊ गुब्बारा झैं सर्ट फुलाउँदै उडिरहन्थ्यो । काठमाडौंमा कुद्ने अरूभन्दा उसको मोटरसाइकलको आवाज चर्को हुन्थ्यो । ऊ गेटमा पुग्नुअघि नै घरबेटी आमैले थाहा पाइहाल्थिन् । सबैभन्दा चाँडो साँचो पाउने आदि नै हुन्थ्यो । ऊ मभन्दा छ वर्षअघिदेखि नै त्यो घरमा डेरावाल भएको थियो । टोलमा आदिको प्रख्याति पनि थियो । कहिलेकाहीँ मन प्रसन्न भएका बेला ऊ घरअगाडिको मैदानमा मोटरसाइकलको अघिल्लो पाङ्ग्रो जुरूक्क उचालेर करतब देखाउँथ्यो । मलाई ढिकीको मुख जसरी मोटरसाइकलको अघिल्लो पाङ्ग्रो उचालेको आदिको करतब हेर्न मजजै लाग्थ्यो ।

मलाई आदि र मोटरसाइकल जुम्ल्याहा जस्ता लाग्थे । घरबेटी आमै भने यसरी भन्थिन्, "त्यो आदि र मोटरसाइकल नङ र मासु झैं टाँसिएका छन् ।"

सूर्यबहादुर भने आदि र मोटरसाइकललाई भारून्डासित तुलना गर्थे । भन्थे, "तिन्को टाउको मात्रै छुट्टाछुट्टै हो । पेट त एउटै हो । तेल्ले ठाउँ कुठाउँ बेस्मारी कुदाउँछ । काठमान्डूको सडकले साथीको पनि स्पिड धान्दैन । त्यल्ले सत्तरीमुन्तिर कुदाउँदैन । कुन दिन बाइकले खाएको विष लाएर त्यो नि मर्छ ।"

तर आदि भने फरक सोच्थ्यो । भन्थ्यो, "स्पिडबिनाको जीवन पनि के जीवन । पृथ्वी जुन रफ्तारमा घुम्छ, त्यो रफ्तारसित रफ्तार मिलाउन सकिएन भने त उछिट्टिएर अन्तरिक्षमा पुगिन्छ यार ! मेरो अघि न कोई छ, न पछि, मलाई केको डर ?"

डेरा सरेर आएको साता मैले थाहा पाएको थिएँ, आदि परिवारबाट छुट्टिइसकेको छ । बाले ऊ मरिसकेको घोषणा गरिसकेका छन् रे !

"एक दिन हजार हजारका नोटका माला बनाएर बाउको घाँटीमा झुन्ड्याइदिने हो भने तिनले मलाई फेरि ब्युँताउँछन् । केही चिन्ता छैन," एक दिन उदास भएका बेला आदिले भनेको थियो ।

म आदिको मोटरसाइकल पछाडि बसेर कैयौंपल्ट फिल्म हेर्न गएको थिएँ ! आदिसित गएपछि फिल्मको टिकट लाग्दैनथ्यो । गेटपाले र सिट देखाउन टर्च समातेर बसेकाहरू आदिलाई नमस्ते गर्थे । आदिसित गएका दिन म आफूलाई पनि 'विशेष मानिस' महसुस गर्थें ! ड्रेस सर्कल बीचकै सिट पाइन्थ्यो । फिल्म हेर्ने मामिलामा म आदिको आदि भइसकेको थिएँ ।

तर सधैं आदिसित फिल्म हेर्ने मौका मिल्दैनथ्यो ।

आदिले गेटमा मेरो नाम भन्नू भनेको पनि थियो । तर मलाई गेटपालेलाई "आदिले पठाएको मलाई" भन्नुभन्दा पनि काउन्टरमा गएर टिकट काटेर सोझै हलभित्र पस्न सजिलो लाग्थ्यो । आदिसित फिल्म हलमा पुगेपछि मात्रै रमाइलो हुन्थ्यो । बाटोमा त भयानक

त्रास । आदिले जसरी रफ्तारमा मोटरसाइकल चलाउन अरूले सक्दै सक्दैनन् । आदिको मोटरसाइकलमा बस्ने आँट पनि सबैले नगर्लान्– म सोच्थें ।

आदिको एउटा बानी मलाई खराब लाग्थ्यो, पछाडि बस्ने डराएको छ भन्ने थाहा पाउनासाथ रफ्तार झन् बढाउने । एकपल्ट त मैले ग्वार्कोको सडकमा रून्चे स्वरमा भनेको थिएँ, "भयो, म हिंडेरै जान्छु, बाइक रोक !"

आदिले के रोक्थ्यो ! उसले झन् मच्चायो ।

मैले जोल्टिँदै आइरहेका एक जोडी भीमकाया ट्रक देखिहालें ! सारा सडक छोप्दै । ट्रक मलाई मुख बाइरहेका अजिङ्गर जस्तै लागेका थिए ।

लाग्यो, एकैछिनमा हामी अजिङ्गरको मुखमा पस्नेछौं ।

मैले आदिको पिठ्युँमा नङ्ग्रा गाडेको थिएँ, आत्तिएको बिरालो जसरी । आदि झन् उत्साहित भएको थियो ।

दुई ट्रकको बीचमा मसिनो खोच जस्तो बाटो थियो । आदिले त्यही खोचमा मोटरसाइकल हुल्यो । मैले हावाको त्यति ठूलो चीत्कार सुनेकै थिइनँ, जुन दुई ट्रकको चेपबाट आइरहेको थियो ।

अँध्यारो गुफाबाट एक्लो जुनकिरी निस्किए जसरी मोटरसाइकल दुई ट्रकका बीचबाट निस्कियो । मलाई लाग्यो, दुई ट्रकका बीचबाट हाम्रा आत्मा निस्किएका हुन् । ज्यान त ट्रकका पाङ्ग्राहरूमा लतारिइरहेका होलान् ।

फर्किएर हेरें !

एउटा ट्रक ठिङ्ङ उभिएको थियो । ट्रकको हर्न घाइते हात्ती झैं कराइरहेको थियो । सायद ट्रकको ड्राइभर आदिलाई आमाचकारी गाली गरिरहेको थियो । तर आदिले मोटरसाइकल कुदाइरह्‌यो । त्यही दिन मैले कसम खाएको थिएँ, आइन्दा आदिको मोटरसाइकल चढ्दिनँ । ग्वार्को सिनेमा हलको आँगनमा मोटरसाइकल रोकेर आदि मेरो चेलपार्क मसी झैं नीलै भएको अनुहार हेर्दै खितखिताएको थियो ।

त्यो दिनभर मेरा औंला काँपी नै रहेका थिए ।

भोलिपल्ट भने आदि आफैं चेलपार्क मसी जस्तो अनुहार लिएर ढोका ढकढक्याउन आइपुगेको थियो । उसले पलङ्मा बसेर खुइय्य सुस्केरा हाल्यो । काँपिरहेका औंलाले घुँडामाथि राखेको हेल्मेटको तालु बजाइरह्यो । म *सत्यकथा* पढिरहेको थिएँ । आवरणमा दुवै पाखुरा माथि गरेर काखीका काला डाम देखाइरहेकी मोटी युवतीलाई हेरिरहें ।

आदिले दाह्रा किट्यो, "त्यल्ले मेरो ज्यान खाइसकी ।"

आदिले सुनाएअनुसार– हिजो फिल्म हलमा मलाई छाडेर ऊ आफ्नी प्रेमिका कल्याणीलाई भेट्न गएको रहेछ, सिनामङ्गल । कल्याणी भाइसित बस्थी । भाइ थिएन । उनीहरू आपसमा जोडिए । उनीहरूबीचबाट बतासले पनि वारपार गर्न पाएन । मदहोस कल्याणीका हात आदिको पिठ्युँमा सलबलाइरहेका थिए । उसले आदिको पसिनाले चिप्लो भएको छालामा खस्रा डाम भेटिहाली । उसका हत्केलामा आँखा थिएनन् । त्यसैले जुरूक्क उठेर डामलाई आफ्ना छिपछिप हुन थालिसकेका आँखाले रूजु गरी । अनि उसको मुख बाङ्गो हुन थाल्यो । उसको मुखबाट हिक्कासँगै निस्कियो, "भन् ! कोसित सुतेर आइस् ?"

खतरा थाहा पाउनासाथ कछुवाको टाउको ढाडभित्र घुस्रिए झैं आदिलाई आफ्नो पुरूषत्व पेटभित्र घुस्रिए जस्तै लाग्यो ।

"के भन्छे यो ?"

"कसले कोतरी यसरी ? को रन्डीसित सुतिस् ?" पहिलो हमला गरेपछि बिराला जसरी दाह्रा देखाउँदै डरलाग्दा बन्छन्, कल्याणी त्यस्तै देखिइरहेकी थिई ।

आदि खिस्स हाँस्न खोज्यो । तर उसको हाँसो पनि आफ्नो लिङ्ग झैं लुत्रुक्क पऱ्यो ।

"केटीले होइन, हो । केटाले कोतरेको हो ।"

"लौ, अब केटासित पनि सुत्न थालिस् ?"

आदिले मोटरसाइकलपछाडि बस्ने साथीले डराएर कोतरेको भन्दै सम्झाउन खोज्यो । तर सकेन । र कल्याणीले पनि पत्याइन । उसले छल गरेको ठानिरही । उसले भनिरही, "म मूर्ख छैन, म केटा र केटीका नङका डाम चिन्न सक्छु ।"

आदिले मुख बिगार्दै भन्यो, "पार्टनर ! नङ त काट्नू नि ! बिरालोकै भन्दा लामो भो ।"

आदिको अन्तिम आशा म नै थिएँ ।

मैले आँट देखाएँ, "जाम् ! म गएर भन्छु । मैले भनेको उहाँले पत्याउनुहुन्छ ।"

"मैले हिँड् जाम् भनेकै थें, मानिन ।" आदिले हेल्मेटमा मुड्की बजार्दै भन्यो, "त्यो कम छे– मलाई डाम बोकेर नङ खोज्दै हिँड्ने फुर्सद छैन भन्छे ।"

"त्यसो भए के गर्ने त ?"

"मसित छ आइडिया । कागजमा लेखेर देऊ । के भएको थियो भनेर । अन्तिम उपाय त्यही हो ।" आदिले कत्रक्क सुकेका आफ्ना ओठ जिब्रोले ल्याप्प चाट्दै भन्यो, "नेपालीहरू जहिले पनि लेखेरै दिन्छु भनेर धाक दिन्छन् । अब लेखेरै देको त पत्याउली नि ।"

मैले कागजको चिर्कटोमा अघिल्लो दिनको घटना र आदिको पिठ्युँका दाग आफ्ना भएको लेखें र "आदिले सधैं तपाईंकै कुरा गर्नुहुन्छ, उहाँ तपाईंबिना बाँच्न सक्नुहुन्न" भन्ने हरफ पनि थपेर हस्ताक्षर गरिदिएँ ! हस्ताक्षर ठ्याक्कै त्यस्तै गरेको थिएँ, जस्तो वाणिज्य बैङ्कमा घरबाट आएको पैसा झिक्दा खाताको मोटो ढड्डामा गर्थें ।

आदिले मेरा अक्षरको प्रशंसा गर्दै कागजको चिर्कटो खरर पढ्यो । उसका निधारका लहरा कम हुँदै गए । सायद ऊ सन्तुष्ट थियो । उसले चिर्कटोलाई पट्याएर पर्समा राख्यो । ढोकानिर पुगेर एकछिन अडियो र सुक्खा आवाजमा भन्यो, "अब त्यल्ले पत्याई भने पत्याई । पत्याइन भने हाम्रो कथा पनि *सत्यकथा*मा पढ्नू ।"

अनि गयो ।

त्यसपछि आदिसित कैयौं पटक भेट भयो। तर उसले कल्याणीबारे केही कुरा गरेन। महिनौंपछि एक दिन मैले आँटै गरेर सोधेको थिएँ। उसले खिस्स हाँस्दै भनेको थियो, "त्यल्ले हाम्रो मायालाई अदालतै बनाइसकेकी थिई। त्यल्लाई बाइइज्जत बरी गराइदें। अब अर्कीलाई बाइकपछाडि राखेर स्पिड बढाइन्छ।"

"स्पिड ठिक्क गरे भइहाल्छ नि। देख्नुभएन ? स्पिडकै कारणले गर्लफ्रेन्डसितै छुट्टिनुपर्‍यो।"

"मेरो जीवन नै यस्तै हो, पार्टनर। बाइकको स्पिड बढी भए एक्सिडेन्टमा मरिने डर। स्पिड कम भए भोकै मरिने डर।"

आदिको काम नै त्यस्तो, फिल्मका रिलका डब्बा मोटरसाइकलको सिटमा बाँधेर रफ्तारमा एक फिल्म हलदेखि अर्कोसम्म स्पिडमा कुदिरहनुपर्ने।

त्यस बेला काठमाडौंमा फिल्म रिलबाट चल्थ्यो। एउटा फिल्मका १२/१३ ओटा डल्ला हुन्थे। र एउटै रिलको भरमा तीनचार ओटा फिल्म हल चलिरहेका हुन्थे। त्यसैले हरेक फिल्म हलमा फिल्मको प्रदर्शन समय १५ मिनेट फरक राखिएको हुन्थ्यो। एउटामा १२ बजे सो हुन्थ्यो भने अर्कोमा सवा १२ मा र अर्कोमा साढे १२ मा। झन् अर्को पौने एकमा। १२ बजेको सो त्यही फिल्म हलले पाउँथ्यो, जसले सबैभन्दा बढी पैसा डिस्ट्रिब्युटरलाई बुझाएको हुन्थ्यो। जब पहिलो हलमा एउटा रिलको डल्लो सकिन्थ्यो, त्यो रिलको डल्लो मोटरसाइकलको सिटमा बाँधेर रफ्तारमा कुदेर अर्को हलसम्म पुर्‍याउने मोटरसाइकलवालाको छुट्टै समूह हुन्थ्यो।

त्यही समूहमा आदि पनि थियो।

त्यस्ता मोटरसाइकलवाला आदिकै उमेरका थिए। उनीहरूले काठमाडौंका भित्री बाटा चिनेका हुन्थे। एउटा फिल्म हलबाट अर्को फिल्म हलसम्मको दूरी पाँचसात किमिसम्म हुन्थ्यो। ती मोटरसाइकलवालालाई १५ देखि २० मिनेटको समय हुन्थ्यो। उनीहरू

रिलको डल्लो मोटरसाइकलमा बाँधेर बतास झैं उड्थे । तिनले बीचमा रोकिन पाउँदैनथे ।

"जम्मा १५ मिनेटको टाइम हुन्छ । जसरी पनि अर्को फिल्म हलसम्म पुग्नैपर्छ । फिल्म रोकिनै हुँदैन । खतरनाक काम हो– १५ मिनेटमा जे पनि हुन सक्छ हाम्रो जीवनमा ।" आदि बेला बेला आफ्नो काममा गर्व गर्थ्यो । र भन्थ्यो, "यो काम गरेदेखि मैले समयको महत्त्व बुझ्न थालेको छु ।"

एक दिन आदि हडबडाउँदै आफ्नो कोठामा आइपुगेको थियो । उसको अनुहार नीलै भइसकेको थियो । मानौं, विषालु बिच्छीले उसको गर्धनमै डसेको होस् । उसले कुर्सीमा बसेर आफ्ना घुँडातिर झुकेर जोडजोडले सास फेरिरहेको थियो । घरबेटी आमैको टिभीको आवाज मधुरो गरी तलसम्म आइरहेको थियो । सूर्यबहादुर र चन्द्राको कोठामा ताला झुन्डिएको थियो । तलामा म मात्रै थिएँ ।

आदिले मलाई पुलुक्क हेऱ्यो । तर केही भनेन । म उभिइरहें ! मलाई चाहिएका बेला शब्दहरूले छल गर्छन्, म शब्दविहीन हुन्छु । तर मेरो समस्या नबुझ्नेहरू मलाई संवेदनाविहीन भन्छन् । मेरो मन ढुङ्गा जस्तो छ पनि भन्छन् ।

म आदिको छेउमा उभिइरहें । आदि सितिमिति आत्तिने मान्छे थिएन । मलाई उसका बा अथवा आमामध्ये कसैको मृत्युको खबर पो आयो कि भन्ने शङ्का लागिरह्यो । मैले थकित, जिङ्रिङ्ङ कपाल र अनिद्राले परेला झोल्लिएको आदिलाई चुपचाप हेरिरहें ।

"खायो, प्रकाशेलाई खायो ।" आदिले आफ्ना खुट्टानिर राखेको हेल्मेटलाई बुटले प्रहार गऱ्यो । हेल्मेट अगाडिको भित्तामा ठोकियो र पलङमुन्तिर गुडुल्कियो ।

मैले बल्ल थाहा पाएँ, आदिको साथी प्रकाशको मोटरसाइकल एक्सिडेन्ट भएछ । पछाडिबाट हुत्तिएर आएको मिनी ट्रकले महाराजगन्जको सडकमा ठक्कर दिएको रहेछ । देख्नेले भनेका थिए रे– प्रकाश बतासमा उडेर सडकछेउको बिजुलीको पोलमा ठोकिएको थियो रे ।

मिनी ट्रक भागिसकेको थियो । भुइँमा पछारिएको प्रकाशलाई छेउछाउमा हिँडिरहेका मानिसले उठाएर बिजुलीकै पोलमा अड्याएर बसालेका थिए रे । प्रकाशको हेल्मेटभित्रबाट रगतका धारा कन्चट हुँदै गालातिर झरिरहेका थिए रे । प्रकाशको मुख टम्मै थियो रे । उसको मुख बन्द भएकाले अनकन्टार गुफामा घाइते हात्ती कराए जस्तो हुँहुँहुँ गरेको आवाज नाकतिरबाट आइरहेको थियो रे । "कति चोट लाग्यो भाइ" भनेर भीडबाट एक अधबैंसे महिलाले सोधेकी थिइन् रे । प्रकाशले बोल्न मुख खोल्दा उसका टुक्रिएका दाँत रगतका चोक्टासितै भुइँमा खसेका थिए रे । सबैभन्दा गहिरो चोट उसको छातीमा लागेको थियो रे । अस्पताल पुऱ्याएको छ घण्टापछि उसको नाकबाट एकदमै सुस्तरी भित्र-बाहिर गरिरहेको सास रोकिएको थियो रे ।

आदिले नै उसलाई शववाहनमा राखेको थियो । जब उसले प्रकाशका गोडा समायो, उसलाई लाग्यो ऊ त मृत कुखुराको खुट्टा समाइरहेछ । त्यति चिसोपन उसले महसुस गरेकै थिएन ।

र ऊ पशुपतिमा प्रकाशको दाहसंस्कार गरेर फर्किएको रे ! प्रकाश यसरी मर्नेमा चौथो भएको थियो ।

प्रकाश पनि आदि जस्तै फिल्मका रिलका डल्ला बोकेर कुदिरहन्थ्यो । उसको एक्सिडेन्ट हुँदा फिल्मको साँझ छ बजेको सो २० मिनेट रोकियो । बीचमा फिल्म रोकिँदा दर्शकले हल तोडफोड गर्लान् भनेर अपरेटरले अर्को फिल्मको गीत रित्त समयमा देखाइदियो । रित्त समयका लागि अर्को फिल्मका गीत तयार राख्न अपरेटरहरू सिपालु भइसकेका थिए ।

प्रकाश आदिको सबैभन्दा मिल्ने साथी थियो । र प्रकाश प्रायः आफ्नी प्रेमिका मोहिनीलाई लिएर आदिको कोठामा आइरहन्थ्यो । प्रकाश र मोहिनी आएका बेला आदि मेरो कोठामा आउँथ्यो । उता प्रकाश र मोहिनी प्रेममा लिप्त हुन्थे । कहिलेकाहीँ भने उनीहरू ठुल्ठूलो आवाजमा म्युजिक घन्काएर पार्टी गर्थे ।

घरबेटी आमा कराउँथिन्, "कानका जाली फुटेर रगतै आउला जस्तो भो । एई, कति घन्काको तेरो ठाँडो ।"

आदि मतलब गर्दैनथ्यो । किनभने कहिले घरबेटी आमा त कहिले घरबेटी बा उसको मोटरसाइकलमा बसेर हिँडिरहन्थे ।

मलाई मोहिनी असाध्यै राम्री लाग्थी । म जागिर खाएर, मोटरसाइकल किनेर, मोहिनी जस्तै प्रेमिका पछाडि राखेर बतास बनेको कल्पना गरिरहन्थें ! अग्ली मोहिनीको वर्ण बदाम रङको थियो । उसले ब्वाइज कट कपाल काटेकी हुन्थी । म उसलाई प्रायः कालो मिनी स्कर्ट र सेतो टिसर्टमा देख्थें !

मैले धेरै पटक मध्यरातको शून्यतामा, पलङका खुट्टा खाइरहेका कीराहरूको कतरकतरका बीच मोहिनीलाई सम्झिँदै आफूलाई सुमसुम्याएको पनि थिएँ ।

कहिलेकाहीँ उनीहरू मलाई पनि पार्टीमा बोलाउँथे । बियर खाऊ भनेर कर गर्थे । तर म कोकमै रमाउँथें । एकपल्ट एक घुट्को बियर पनि खाएको थिएँ । तर तीते करेलाको रस खाए जस्तो भएको थियो, अबेरसम्म उक्कउक्क भएको थियो ।

कहिलेकाहीँ आदि बियरको मातमा मोहिनीलाई भन्थ्यो, "भाउजू ! मलाई पनि तपैं जस्तै केटी खोज्दिनुपर्‍यो । ठ्याक्कै तपैंको फोटोकपी ।"

"फोटोकपीमा काली भेट्टेली फेरि," मोहिनी खिस्स हाँस्दै भन्थी, "गोरी खोज्दिउँला नि ।"

प्रकाश पनि ठट्टा गर्थ्यो, "एईसित बिहे गर्न त ।"

आदि जिब्रो टोक्थ्यो र आफ्ना दुवै कान छुँदै भन्थ्यो, "यस्तो पापको कुरै नगर । मलाई नर्कको भकभकी उम्लेको तातो तेलमा डुबुल्की लगाउनु छैन । तिमेरूको जोडी पर्फेक्ट छ । म त तिमेरूको बिहेमा एक खुट्टामा नाच्ने हो । यसरी... ।"

आदि एक खुट्टामा उभिएर नाचेको अभिनय गर्थ्यो । धेरै बेर अडिन सक्दैनथ्यो, पुर्लुङ्ङ पछारिथ्यो ।

"इस् नाचिस, एक खुट्टामा," लोप्पा खुवाउँदै प्रकाश भन्थ्यो ।

आदि दाँत देखाउँदै हाँस्थ्यो र भन्थ्यो, "ऐले त दुई खुट्टाको बानी लाछ । प्राक्टिस चाहिन्छ । लौ, मैले कसम खाएँ– तिमेरूको बिहेमा म पाँच गीत लगातार एक खुट्टामा नाचेर देखाइदिन्छु, लेखेरै राख ।"

प्रकाशको बिहेमा एक खुट्टामा नाच्ने आदिको सपना अधुरो भइसकेको थियो ।

बत्तिएर प्रकाशलाई प्रहार गर्ने मिनी ट्रकको खोजीमा आदि धेरै दिन भौंतारिएको थियो । मोहिनी पनि आफ्नो प्रेमीको हत्यारालाई सजाय दिन लागिपरेकी थिई । उनीहरूले पत्ता लगाइसकेका थिए– मिनी ट्रक इँटाभट्टाको थियो । र इँटाभट्टा भक्तपुरमा थियो ।

आफ्नो साथीको आत्माले शान्ति पाओस् भनेर भौंतारिइरहेको आदिलाई देख्दा मेरो मन खिन्न हुन्थ्यो । किनभने काठमाडौंमा मैले त्यस्तो आत्मीय साथी कोही पनि बनाउन सकेको थिइनँ । काठमाडौंमा मेरा साथी नै थिएनन्, जसले– प्रेमले, रिसले, रबाफले मेरो नाम उच्चारण गरून् । कहिलेकाहीँ त महिना दिन म आफ्नो नाम अरूको मुखबाट सुन्दिनथेँ । मलाई घरबेटी बाले केटा भन्थे, घरबेटी आमैले बाबु । सूर्यबहादुरले भाइ । किराना पसल, फिल्म हल, सफा टेम्पो जताततै म भाइ थिएँ ।

मलाई मेरो नामले बोलाउने छमकट्टै कोही थिएन ।

सहरमा एक्लो हुनुको अर्थ रहेछ– आफ्नो नाम काढेर बोलाउने कोही नहुनु !

# सूर्यबहादुर

*त्यो ठगको भूत हुने हैसियत छैन ।*
*भूत त म पनि चिन्छु ।*

तर पछिल्लो समय मैले आफ्नो नाम बारम्बार सुन्ने गरेको थिएँ ।

कहिलेकाहीँ भीडबाट कसैले बोलाए जस्तो लाग्थ्यो । कहिलेकाहीँ हिँडिरहेका बेला सडकको पल्लो किनारबाट कसैले बोलाए जस्तो लाग्थ्यो । फर्किएर हेर्थें । तर बोलाउने कोही देखिँदैनथ्यो । एकपल्ट त मध्यरातमा पलङमुन्तिरबाट पनि कसैले एकदमै मधुरो आवाजमा बोलाए जस्तो लागेको थियो । डरडर लागेको थियो । पछि पो थाहा पाएँ, कसैले बोलाएको थिएन, पलङका खुट्टा चपाइरहेको कीराको आवाज मात्र थियो । भीडमा, सडकमा मलाई कसैले बोलाउँदैनथ्यो । म त अरू कुनै आवाजलाई पनि आफ्नै नाम जसरी सुन्ने रहेछु ।

दिनको सवा दुई बजे मलाई फेरि कसैले बोलाए जस्तो लाग्यो । एफएममा बजिरहेको हिन्दी गीतमा मग्न थिएँ । भ्रम होला भनेर वास्ता गरिनँ । एकछिनपछि ढोका पनि हल्लिएपछि रेडियोको भोल्युम बन्द गरें ।

सूर्यबहादुरले बोलाइरहेका रहेछन् ।

ढोका के खोलेको थिएँ, हुरी जसरी उनी भित्र पसे । उनीसितै चुरोटको धूवाँ पनि भित्र पस्यो ।

"ह्या दाइ, मेरो कोठामा चुरोट सल्काएर नआउनुस् भनेको होइन ?" मैले नाक खुम्च्याउँदै भनें, "तपैं गए पनि चुरोटको गन्धले कोठा दुई दिनसम्म डुङ्डुङ्ती गनाइरहन्छ ।"

"ए हे ! सरी भाइ बिर्सेछु ।"

सूर्यबहादुरले चुरोटको ठुटो फोहोर पानीले भरिएको बाटामा चोपलेर छेउमै फोहोर राखेको कालो पोलिथिन ब्यागमा घुसारिदिए । अनि पलङ्को डिलमा बसेर खिस्स हाँसे, "भाइलाई पो गनाउँछ चुरोट । मलाई त बास्ना आउँछ हौ, भाइ । लतको कुरो नि ! चुरोट र आइमाईको लत उस्तै, लाग्यो कि, मान्छे सकियो । भाइलाई दुइटैको लत नलागोस् । अनि दुई दिन भो, भित्ता जोडिएको भए पनि भाइको अन्हारै देख्न पाइएन ।"

"मैले पनि तपैं आए-गएको पत्तै पाइनँ ।"

"अनि के भन्छौ, भाइ ! जाने हो आज नाइट ड्युटीमा ?"

सूर्यबहादुरले भनेको नाइट ड्युटी मलाई पहिला रमाइलो लाग्थ्यो, अचेल लाग्दैन ।

"भो दाइ, बेकारमा निद्रा मात्र बिग्रिन्छ," म अनकनाएँ, "कति घुम्नु उही एयरपोर्ट, उही ठमेल । जति घुमे पनि उस्तै त हो काठमान्डू ।"

"लौ, मसित यत्रो सङ्गत गरे पनि भाइले कुरो चैं बुझेको रैनछ है । संसार बिहान उठ्दा अर्कै भएको कहाँ देखिन्छ र, भाइ । म भाइ जस्तो पढेलेखेको त छैन । तर पेसेन्जरले भनेको सुनेको– यो सारा धरती पहिला एउटै डल्लो थियो रे । बिस्तारै बिस्तारै टुक्रिँदै, बिस्तारै बिस्तारै सर्दै एसिया भएको रे । युरोप भएको रे । हिजो जे थियो, आज त्यो हुँदैन रे के भाइ । एक हप्ता भो हैन ? तपैं नाइट ड्युटीमा नगको । एक हप्तामा केके भइसक्यो हौ काठमान्डूमा ।"

"भो दाइ, आज नजाने ! यी रेडियो किन्या छु । यै सुनेर बस्छु ।"

सूर्यबहादुरले १० ब्यान्डको कालो रेडियो नियाल्दै गोजीबाट खैनी निकाले । मल्दै भने, "रेडियोले गीतभन्दा पनि बकबक बढी बजाउँछ । हिँड, ट्याक्सीमा । म रातभर गीत बजाइदिउँला ।"

"होइन, दाइ ! चट्ट बत्ती निभाएर एकान्तमा मज्जाले सुन्ने मन छ । अनि हिजो केही लफडा भो कि, दाइ ?"

मैले ताकेको तीर माछाको आँखैमा लागेको थियो । हत्केलाको खैनी प्याटप्याट पार्दै उनी चर्किहाले, "हो नि, भाइ । हिजो फेरि ठगका फेला परिहालियो ।"

हिजो राति साढे ११ बजे मैतीदेवीमा एउटा लिखुरेले सूर्यबहादुरलाई रोकेको थियो । चिसोचिसो बतास चलेको थियो । त्यसैले लिखुरेले आफ्ना दुवै हत्केला काखीमा च्यापेको थियो ।

"सिनामङ्गल जाने हो, दाइ ?"

"चार सय लाग्छ," सूर्यबहादुरले दोब्बरै भाउ भने ।

"हुन्छ दिम्ला । केही छैन," उसले नम्र स्वरमा भन्यो ।

सूर्यबहादुरलाई लाग्थ्यो, "म प्यासेन्जरको अनुहार नै हेरेर भन्न सक्छु, को असल, को खराब ।" उनलाई लिखुरे प्यासेन्जर असलै लाग्यो ।

उनीहरू सिनामङ्गलतिर कुदे । पुरानो बानेश्वरको उकालो कटेपछि सूर्यबहादुरले चिसोले बिस्तारै काँपिरहेको उसलाई ब्याकमिररबाट हेर्दै भने, "अनि भाइ, आज सर्ट मात्रै लाउनुभएछ । चिसो पो लागेछ त !"

"त्यै चिसोले त ट्याक्सी चढेको दाइ । केही छैन ।"

त्यसपछि ट्याक्सीमा नारायणगोपालको गीत घन्किइरह्यो । सूर्यबहादुर नारायण गोपालको आवाजमा धोद्रो आवाज मिसाउन थाले ।

"मीठो गाउनुहुन्छ, दाइ," लुरेले भन्यो ।

ट्याक्सी सिनामङ्गल चोकबाट ओरालो झऱ्यो । लुरेले उनको काँधमा हात राख्यो, हात त बरफभन्दा पनि चिसो ।

"दाइ, ऊ त्यो बत्ती बलेको घर छ नि ! म त्यसैमा बस्छु । ह्याँ बस्दै गर्नुस् । मैले घण्टी बजाएपछि घरकाले पैसा माथिबाट फालिदिन्छन्," लुरेले दैलो खोलेर बाहिर निस्किँदै भन्यो, "म रातिराति हिँड्नुपर्छ, त्यसैले क्यास बोक्दिनँ ।"

"म पनि आऊँ कि ?"

"पर्दैन, दाइ । त्यही त हो । म लेर आइहाल्छु । केही छैन ।"

घर सय मिटरको दूरीमा थियो । घर पर्खालसितै जोडिएको थियो । दुई मान्छेको उचाइको पर्खाल नाघ्न पनि सकिँदैनथ्यो । भागेर कहाँ जाला र– सूर्यबहादुरले सोचे ।

लिखुरे घरतिर बढ्यो । दुईतले घरको गेटनिर पुग्यो । दैलोमा झुन्डिएको स्विच पनि थिच्यो । सूर्यबहादुरका कानसम्म चरा कराएको आवाज पनि आयो । उनका आँखा एक तलामाथिको बार्दलीमा पुगे । अनि फेरि लुरेतिर फर्किए । लुरे गेटमा थिएन । ऊ त सँगैको पर्खालमा चप्किएको थियो । सूर्यबहादुर ट्याक्सीको दैलो उघारेर दगुरे । उनलाई लुरे मान्छे होइन, माउसुली जस्तै लाग्यो । माउसुली सजिलै, एकदमै हल्का ढङ्गले स्वात्त पर्खाल उक्लिरहेको थियो । उनी पर्खालसम्म पुग्नै पाएनन् । 'माउसुली' पर्खालले छेकियो ।

उनी घुँडातिर झुकेर स्याँस्याँ गर्न थाले ।

"ए, आज तपैंलाई ठगेछ ।"

उनले नजर उठाए । घरको बार्दलीमा एउटी वृद्धा महिला उभिएकी थिइन् । उनले कहिले पर्खालतिर, कहिले सूर्यबहादुरतिर हेरिरहेकी थिइन् ।

"हेर्दा असलै लाथ्यो, चोर रछ ।" सूर्यबहादुरको अनुहार बिग्रियो ।

"त्यही त, बाबु, हरेक दिन यस्तै गर्छ । को हो, म पनि चिन्दिनँ । सधैं यति बजे नै घरको घण्टी बज्छ । म थाहा पाइहाल्छु, आज कसैलाई ठगी भ्याएछ । मान्छे त ज्याद्रो छ रे ! यत्रो पर्खाल पनि बाँदर झैं सर्लक्कै चढ्छ रे ।"

"तपैंलाई त थाहै रहेछ । अनि किन उठेर आउनुहुन्छ ?"

"मलाई पनि आज को ठगिएछ भनेर हेर्ने बानी लाको छ ।"

"यो पर्खालपछाडि के छ ? म पनि छाड्दिनँ त्यल्लाई ।" सूर्यबहादरले भुइँको ढुङ्गो पर्खालमा बजार्दै भने, "कोई त होला, त्यो लुरेलाई चिन्ने ।"

"पर्खालपछाडि केही छैन, बाबु । जम्मै झार मात्रै छ । खोलो छ । खोलोपारि झोपडपट्टी छ । तर खोलो तर्ने पुल छैन यता । झोपडपट्टीको मान्छे हो भने त अन्तैबाट जानुपर्ने ।" आवाज मसिनो बनाउँदै वृद्धाले भनिन्, "हुन त बाबुले, यस्ता कुरा पत्याउनुहुन्न । त्यो पारि झोपडपट्टीमा एउटा मान्छे बस्थ्यो रे ! बिजुलीका पोल त बाँदर जसरी चढ्थ्यो रे ! बिजुलीका के जाती ट्रान्सफर्मर बनाउने काम गर्थ्यो रे ! एक दिन बिजुली आको रैछ, नाङ्गो तार समाएछ । उछिट्टिएर आकाशमा उडेको थ्यो रे ! कसैकसैले त त्यसैको आत्मा हो पनि भन्छन् !"

"ए बूढीमाउ, यस्ता कुरो नि पत्याउने ?" सूर्यबहादुर झर्किएका थिए, "भूत भए त तिम्रो घरमा नि पस्दो हो । बाटो यै रैछ ।"

"त्यै भर त गाई पालेकी छु, बाबु । गाई भका घराँ भूत पस्दैन ।"

सूर्यबहादुरका कुरा सुनेर मलाई छालाभित्र चिसो स्याँठ पसे जस्तै भयो । मैले तर्सिंदै भनें, "भूतै हो कि, दाइ !"

"त्यो ठगको भूत हुने हैसियत पनि छैन । भूत त म पनि चिन्छु," सूर्यबहादुरले औंलाले मुख खोतलेर नचहराउने ठाउँमा सुर्ती राख्दै भने, "भूत भए त जाँठो उडेरै पुग्थ्यो नि सिनामङ्गल । त्यस्को अन्हार मलाई प्रस्टै छ । फेला त पर्ला नि । त्यसलाई भेटे सडकमा सुताएर त्यसको घुँडामा मारूती गुडाउने हो । तिमी भएको भए त्यल्ले ठग्नै पाउँथेन । तिमी पछिपछि गइहाल्थ्यौ नि । भाग्न खोज्दा तिम्ले त्यसको गर्धन अँठ्याउँथ्यौ नि ! त्यसको नाथ्री फुट्ने गरी मुक्का हानेको भए ती बूढीमाउले आफ्नो गाई पनि बेच्थिन् ।"

"अब सचेत हुने, दाइ ! म एकदुई दिनपछि जाउँला है । आज त जान्नँ ।"

"लौ त," अनुहार बिगार्दै सूर्यबहादुर बोले । उनलाई सुर्तीको थुक फाल्नु थियो । त्यसैले ट्वाइलेटतिर दगुरे । ट्वाइलेटको दैलो खोलेर कमोडमा थुथु गरे । ट्वाइलेटको मरेको मुसाको जस्तो गन्ध मेरो नाकमा ठोकियो । सूर्यबहादुरले ढ्याप्प दैलो लगाए र सोधे, "यसपालि त्यो आदिको होइन पालो, ट्वाइलेट सफा गर्ने ?"

मैले मुन्टो हल्लाएँ ।

"त्यो कहाँ मस्ती गरिरहेको होला । के ट्वाइलेट सफा गर्थ्यो ! तिमी नै अब ख्याल राख ।" सूर्यबहादुरले भऱ्याङका खुट्किला झर्नुअघि भने, "पढेलेखेर अम्रिका जाने त हौला तिमी । जति पढेलेखे पनि अम्रिका गएर ट्वाइलेट त सफा गर्ने हो नि ! यतै सिक । उता गएर काम लाग्छ ।"

म जबाफ सोच्दै थिएँ, सूर्यबहादुरले मूल गेट खोलिसकेका थिए ।

सूर्यबहादुरलाई गफ गर्न कसले जित्ने ? आखिरीमा ट्याक्सी ड्राइभर न परे । सूर्यबहादुरले ट्याक्सी चलाउन थालेको १२ वर्ष भइसकेको थियो । यतिका वर्षमा उनले बाह्रथरी मान्छे भोगिसकेका थिए ।

"भाइ, काठमान्डूमा झिलिमिली बत्ती हुन्छ भनेर आइयो । यहाँ आएपछि थाह भो, आँखा तिर्मिराएर केई देखिँदो रैनछ," सूर्यबहादुर भन्थे ।

सैंतीसवर्षे सूर्यबहादुर होचो कदका थिए । आर्मीहरूले लगाउने जस्तो टाटेपाटे हरियो पाइन्ट उनको प्रिय पहिरन थियो । माथि टिसर्ट बाहिर हरियो टाटेपाटे इस्टकोट लगाउँथे । इस्टकोटमा गोजी नै गोजी थिए । कुनैमा खैनी, कुनैमा चुरोटको बट्टा, कुनैमा लाइटर, कुनैमा गीतको चक्का, कुनैमा पोको पारेका चरेसका काला डल्ला, कुनैमा ड्राइभिङ लाइसेन्स राखेका हुन्थे । एउटै इस्टकोटमा त्यति धेरै गोजी सूर्यबहादुरबाहेक अरू कसले बोक्ने ?

सूर्यबहादुर धनकुटाबाट आएका थिए । काठमाडौं घुम्ने ठूलो रहर बोकेर । ट्याक्सी चलाउने काम पाए । अचेल रातभरि काठमाडौंको फन्का लगाइरहन्छन् । दिनभर सुत्छन् । उनलाई काठमाडौंको कुन कुनामा किचकन्नी बस्छन्, कुन कुनामा भूत, सप्पै थाहा छ । उनीसँग रातोपुल, गौशाला, विष्णुमतीका किचकन्नी र भूतहरूका बीसौं ठेगाना छन् ।

उनले एकपल्ट सुनाएका थिए– रातको पौने ११ बजे उनी कालोपुलमा यात्रुलाई पुऱ्याएर रातोपुल हुँदै फर्किरहेका थिए ।

एकसुरमा ट्याक्सी कुदाइरहेका थिए । अचानक एउटी युवतीले स्वाट्ट बाटो काटी । उनले झ्याप्प ब्रेक लगाए । उनी झ्यालबाट टाउको निकालेर गाली गर्न तम्सिएका मात्रै थिए, युवतीको आवाज आयो, "के छ, सूर्यबहादुर ?"

सूर्यबहादुर सन्न भए ।

सडकछेउको ल्याम्पपोस्टको उजेलोमा पनि एक झलकमै चिन्ने युवती को होली ? उनले तिमी को हौ भनेर सोध्नै आँटेका थिए, युवती सडकसँगै जोडिएको गेटबाट भित्र पसिहाली ।

सूर्यबहादुरलाई भोक लागिसकेको थियो । स्टाफ होटल, पुरानो बानेश्वरसम्म पुग्दा युवतीकै बारेमा सोचिरहे– को होली एकै झलकमा फ्याट्टै चिन्ने ?

उनी होटल पुगे । खाना अर्डर गरे । ट्याक्सी ड्राइभरकै लागि होटल रातभर खुल्थ्यो । अरू ट्याक्सी ड्राइभर पनि खाना खान आएका थिए । उनले आफूसितैको टेबलमा बसेको सनमानलाई अघिको किस्सा सुनाए । उनको किस्सा सुनेपछि सनमानको अँध्यारो अनुहार झन् कालो भयो । उसले काँपेको स्वरमा भन्यो, "एक हप्ताअघि ठ्याक्कै त्यही ठाउँमा त्यस्तै घटना भएको थियो । त्यो केटीले मलाई पनि 'के छ, सनमान ?' भनेर बोलाएकी थिई ।"

उनीहरूका कुरा सुनिरहेको अर्को ड्राइभर यादवले गिलासको रक्सी स्वाट्ट पार्‍यो । ऊ झन् डराएको थियो । १५ दिनअघि त्यही युवतीले त्यही ठाउँमा उसलाई पनि "के छ यादव ?" भनेर बोलाएकी थिई रे !

लगालग छ ड्राइभरले युवतीले आफूहरूलाई नाम काढेर बोलाएको स्विकारे । सूर्यबहादुरको सातो गयो । उनी भोलिपल्ट दिउँसै रातोपुल पुगे । युवती पसेको गेट थिएन, थियो, केवल सूर्यबहादुरभन्दा दुई गुणा अग्लो पर्खाल ।

सूर्यबहादुरलाई लाग्यो, किचकन्नीसित पहिलो जम्काभेट भइहाल्यो, अब बारम्बार भइरहनेछ ।

त्यसपछि उनले ट्याक्सीको गियरभरि राता चुरा भरेका थिए । एउटा चुराको झुप्पो ब्याकमिररनिर पनि झुन्ड्याएका थिए । उनलाई लाग्थ्यो, चुरा देखेर किचकन्नीहरू डराउँछन्, छेउमै पर्दैनन् ।

घरबेटी बा र आदिलाई भने सूर्यबहादुरको किस्सा झुटो लागेको थियो । उनीहरू सोच्थे, सूर्यबहादुरले चरेसको मात्रा बढाएका छन् । मलाई भने कता कता डर लाग्थ्यो । सूर्यबहादुरले दुवै पाखुरा फैलाएर, आँखा ठुल्ठूला बनाएर किस्सा सुनाउँदा मलाई सूर्यबहादुर आफैं भूत भए जस्तो लाग्थ्यो ।

सूर्यबहादुरकी श्रीमती चन्द्राले ज्ञानेश्वरतिर मःम र चाउमिन पसल गर्थिन् । उनी सूर्यबहादुरभन्दा सात वर्ष कान्छी थिइन् ।

सूर्यबहादुर मलाई भनिरहन्थे, "भाइ, बिहे गर्ने केटी त आफूभन्दा छसात वर्ष कान्छी हुनुपर्छ है । चालीसपछि केटा मान्छे झन् आगो हुन्छन् । स्वास्नीमान्छे पानी । अलि कान्छी बिहे गऱ्यो भने आगो ताप्न पाइरहिन्छ ।"

चन्द्रा दिनभर घर हुँदिनथिन् । उनी घर आइपुग्दा सूर्यबहादुर हिँडिसकेका हुन्थे । सूर्य र चन्द्रमालाई भेट हुन गाह्रो भए जस्तै उनीहरूलाई पनि गाह्रै थियो । उनीहरू प्रायः एक्लाएक्लै हुन्थे । तर भेट भएका दिन यौवनको ज्वारले पलङ हल्लाउँथे, कि आक्रोशको ज्वारले घरै हल्लाउँथे ।

उनीहरूको के विषयमा झगडा परिरहन्थ्यो, मलाई थाहा हुँदैनथ्यो । तर झगडा परेका दिन चन्द्रा आफ्ना लत्ताकपडा कुटिरो पारेर हिँडिहाल्थिन् । सूर्यबहादुर उनलाई रोक्दैनथे । उनी पलङ्मा लम्पसार परेर चुरोटको धूवाँको गुच्छा उडाउँदै टोलाइरहन्थे ।

एकपल्ट मैले सोधेको थिएँ, "दाइ ! तपैं भाउजूलाई किन रोक्नुहुन्न ?"

"त्यो साँझसम्म फर्किसक्छे, त्यस्को जाने ठाउँ कतै छैन ।"

म डेरा सरेर आएकै साता सूर्यबहादुरले मलाई आफ्नो ट्याक्सीमा काठमाडौं घुमाएका थिए । म सूर्यबहादुरसँगैको सिटमा बसेको थिएँ ।

यात्रुहरू पछाडिको सिटमा बस्थे । मैले रातभर आधा काठमाडौं घुमिसकेको थिएँ । एक साताअघि एक जना ट्याक्सी ड्राइभरलाई शङ्खमूलको किनारमा तीन जना यात्रुले लुटेका रहेछन् । त्यसैले सूर्यबहादुरलाई डर लागेको रहेछ । भर होस् भनेर अर्को मान्छे पनि आफूसितै राख्ने जुक्ति उनलाई आएको रहेछ । सूर्यबहादुरको डरले मलाई भने फाइदै भएको थियो । मैले रातको नौ बजेपछि काठमाडौं घुम्ने मौका पाएको थिएँ ।

मैले सडकछेउमा पहेंलो उज्यालो फालिरहेका ल्याम्पपोस्ट देखें । सडकका किनारमा कुकुरले डोऱ्याइरहेका अधबैंसे मान्छे पनि देखें । ठाउँठाउँमा झुप्प अँध्यारो कपाल पालेका पीपलका रूख पनि देखें । सारा सडक आफ्नै हो जसरी सानले घुमिरहेका कुकुर पनि देखें । दिनभर सडकमा हतारहतार कुदिरहेका मान्छेका पाइलाका चोट खाँदै लमतन्न पसारिइरहने सडकको शून्यता पनि देखें ! मैले सोचें, दिउँसो चाकामा ढुङ्गो बज्रिँदा भुनभुनाइरहने मौरी जसरी काठमाडौं नै छोप्ने मान्छेका हुल जादुगरले चमत्कार गरे जसरी स्वात्तै हराएर कहाँ गएका होलान् ? त्यति धेरै कार, बस, कालो टेम्पो, सफा टेम्पो, मिनी ट्रक, मोटरसाइकिल, साइकिल अचानक हुँदै नभए जसरी कहाँ लुकेका होलान् ?

म ठमेल पनि पुगें ! मलाई सारा सहरका बत्ती रातमा ठमेलतिर बसाइँ सरे जस्तो लाग्यो । मध्यरातमा पनि ठमेल जवानीमै हुन्थ्यो । सानैमा मलाई सारा विदेशी 'अम्रिकाने' लाग्थे । सारा ठमेल 'अम्रिकाने'ले भरिएको देखें ! मध्यरातमा काठमाडौंमा ट्याक्सी ठमेलदेखि एयरपोर्ट, एयरपोर्टदेखि ठमेल मात्रै कुद्दा रहेछन्– मैले थाहा पाएँ । पहिलो दिनमै बिहानको साढे तीन बजे सूर्यबहादुरले मलाई एयरपोर्ट पुऱ्याएका थिए । मैले पहिलो पटक आफ्नो तालुको ठिक्क माथि उडिरहेका प्लेन देखें । एयरपोर्टमा वर्षौंपछि आफ्नो प्रिय मान्छेलाई स्वागत गर्न आएका आफन्तको छटपटी देखें । एयरपोर्टको ढोकाबाट बाहिर निस्किएको प्रिय मान्छेलाई ग्वाम्लाङ्ग अँगालो मारेर धरधरी रोएको पनि देखें ।

मलाई एयरपोर्ट आफ्ना प्रिय मान्छेसित बिदा भएर सात समुद्रपारि जाने स्टेसन जस्तै लाग्यो । सारा काठमाडौं थर्काउँदै गइरहेका, आइरहेका प्लेन देखेर म चकित भइरहें ! मैले एकै रातमा जति प्लेन देखेको थिएँ, गाउँमा त्यति धेरै गाडी पनि देखेको थिइनँ । काठमाडौं भनेको काठमाडौं नै हो, मलाई गर्व लागेको थियो– म काठमाडौंमै बस्छु भनेर ।

म काठमाडौं आउने दिन आमा खुबै रोएकी थिइन्, सहरमा एक्लै हुने भो भनेर । बा पनि बेलाबेला लुकेर आँसु पुछिरहेका थिए । कान्छा बाले सम्झाएका थिए, "नरूनुस्, भाउजू ! जान दिनुस् । काठमाडौं राजधानी हो । त्यहाँका कुकुर पनि भोकै मर्दैनन् । यिनी त झन् मान्छे हुन् । दुनियाँभरिका मान्छे त्यहाँ आउँछन्, यिनले दुनियाँदारी थाहा पाउँछन् । पढेर चिनेको र भोगेर चिनेको दुनियाँ एकदमै फरक हुन्छ ।"

दुनियाँ मेरा आँखाअघि थियो ।

सूर्यबहादुर ट्याक्सीको ढोका उघारेर, ढोकाको तालुमा बायाँ कुहिनो अड्याएर चुरोटको सर्को तानिरहेका थिए । म बसीबसी थाकिसकेको थिएँ । त्यसैले भित्रै बसेर निद्राले झोल्लिएका आँखा एयरपोर्टको मुख्य दैलोमा दगुराइरहेको थिएँ ।

सूर्यबहादुरले भनेका थिए, "अब लास्ट फ्लाइट आउँछ । प्यासेन्जर बोकेर ठमेल जाने अनि कोठामा फर्किने ।"

सूर्यबहादुरले अन्तिम प्यासेन्जरसित छ सय रूपियाँ ठटाउने योजना बनाइसकेका थिए । छ सय थपिएपछि उनको गोजीमा ठ्याक्कै सात हजार हुन्थ्यो । तीन हजार साहुलाई बुझाएपछि उनको कमाइ चार हजार हुन्थ्यो ।

मेरा झोल्लिएका आँखा एउटी युवतीका नितम्बमा गएर ठोकिएका थिए । नीलो जिन्स पाइन्टमा नितम्ब उचालिएको थियो । नितम्बबाट मेरा आँखा युवतीका ढाडमा सलबलाउँदै कपालमा पुगेका थिए । उसको कपाल नम्बरी सुन रङको थियो । मेरो भाषामा ऊ 'अम्रिकानी' थिई । मैले अबेरसम्म युवतीको पिठ्युँ हेरिरहें ! काठमाडौं थर्काउँदै प्लेन

आएको पनि थाहा पाइनँ । यात्रुहरू दैलोबाट भकाभक निस्किएको पनि थाहा पाइनँ ! एक्कासि युवतीलाई कसैले अँगालो मारेपछि झल्यास्स भएँ ! युवती उसैलाई पर्खिएर बसेकी रहिछ । उसलाई अँगालो मार्ने युवा पनि मेरो भाषामा 'अम्रिकाने' थियो । मलाई 'अम्रिकाने'सित ईर्ष्या लाग्यो । फिल्मका नाग र नागिन जसरी दुवै जना लठारिएका थिए । दुवैले मुख जोडे । मणि खोजे झैं जिब्रोले एकअर्काका मुखका कुनाकुना चहार्न थाले ।

मेरो मुख प्याक्क सुक्यो । बिहानीको चिसो स्याँठमा चिसिएका कानका लोतीमा सूर्यबहादुरले लाइटरले आगो लगाइदिए जस्तै भयो ।

सूर्यबहादुरले ठमेल जाने यात्रु भेटेछन् । गह्रौं सुटकेस लतार्दै उनी दुब्लो 'अम्रिकाने'लाई पछि लाएर आइरहेका थिए ।

कुदिरहेको ट्याक्सीका झ्यालबाट पनि मैले एकअर्काको मुखमा मणि खोजिरहेका जोडी हेरिरहें ! ट्याक्सी मोडियो, उनीहरू छेलिए ।

"जेहोस् भाइ पनि मान्छे त रौसे नै हो," सूर्यबहादुर हाँस्दै बोले ।

"किन र दाइ ?"

"खुबै हेर्‍यौ नि चुम्माचाटी । मैले सबै याद गरेको थिएँ । भाइले अहिलेसम्म चुम्माचाटी गरेको छ कि छैन ?"

"छैन," लजाउँदै म बोलें । कर्के नजरले दुब्लो 'अम्रिकाने'लाई हेरें । ऊ मुन्टो बटारेर झ्यालबाहिरका सुनसान सडक हेरिरहेको थियो ।

"स्वाद कस्तो हुन्छ भन्ने पनि थाहा छैन ?" सूर्यबहादुर मध्याह्नको सूर्य झैं तातिरहेका थिए ।

मैले मुन्टो यताउता हल्लाएँ ।

"नुनिलो नुनिलो हुन्छ । तर खुबै स्वादको ! चरेसको नशाभन्दा मीठो हुन्छ त्यसको नशा," जोडले हाँस्दै सूर्यबहादुरले भने, "फ्रेन्च किस भन्छन् त्यसलाई । यस्तो किस कलेजले पढाउन्न, बैंसले पढाउँछ । बैंसको मामलामा त तिमी शिशु कक्षामा नि रैनछौ, भाइ ।"

म जिस्किएँ, "अनि तपैं चैं कतिमा पुग्नुभो ?"

"ए ! मैले त डबल एमए पो गरिसकें ।

# टिटी

*ए भाइ, कति बाको टिटीमा बाँचिरहन्छौ ?*

आइएको पहिलो वर्ष म असल विद्यार्थी थिएँ । कहिल्यै कक्षा छाडिनँ । तर पहिलो वर्ष अङ्ग्रेजीमा ब्याक लाग्यो । दोस्रो वर्ष मैले आधाजसो क्लास छाडें । दोस्रो वर्ष पनि अङ्ग्रेजीमै ब्याक लाग्यो ।

त्यसपछि म कलेजमा कमै देखा पर्थें ।

तीन वर्ष लगातार ब्याक दिएँ । तर पास हुन सकिनँ । अनि मैले ब्याक दिन पाउने विकल्प पनि गुमाएँ । फेरि आइए फस्ट इयरमा भर्ना हुनुपर्ने भयो । यसरी जीवनका पाँच वर्ष काठमाडौंका गल्लीमा भौंतारिएर बितिसकेका थिए ।

काठमाडौं आएको पहिलो वर्षको दसैंमा घर गएको थिएँ । फर्किएपछि अङ्ग्रेजी ब्याक लागिहाल्यो । सोचें, अब पास भएर मात्रै गाउँ जान्छु ।

तर म लगातार फेल भइरहें । र मैले बाआमाको निर्दोषपनमा छल गरिरहें ! भनिरहें, "मैले आइए पास गरें ।" म हरेकपल्ट परीक्षामा फेल हुन्थें र हरेकपल्ट पास भएँ भन्दै घरमा फोन गर्थें । उनीहरूका लागि मैले बिए पास गरिसकेको थिएँ ।

बाले आलुदाना मुठी पारेर मिच्थे । हत्केलाका ठेलामा सलक्क परेका नोट उमार्थे र मलाई पठाउँथे ।

मेरो छलको संसारमा उज्यालो थियो ।

तर एक दिन अचानक कान्छा बा काठमाडौं आइपुगेका थिए ।

उनको गह्रौं झोलाबाट अझै नाइट बसको गन्ध र गाउँको बास्ना आइरहेको थियो । जब मैले ढोग गरेको थिएँ, कान्छा बा लजाएका थिए । उनले जीवनमा पहिलोपल्ट 'बिए पढ्ने मान्छे'को ढोग पाएका थिए । मलाई सधैं तँ भनेर सम्बोधन गर्ने उनले यसपालि तपाईं भनेका थिए । मलाई "आरामै हुनुहुन्छ, छोरा !" सुनेर अप्ठ्यारो लागेको थियो । कान्छा बाको आदर मलाई थिएन, मैले आर्जन गरेको ज्ञान र मिहिनेतलाई थियो । हाम्रो सात पुस्तामा पनि कसैले बिएसम्म पढेको थिएन ।

"छोरा ! धन्यवाद छ तपाईंलाई ! हाम्रो सात पुस्तालाई धन्य बनाइदिनुभयो," कान्छा बाले भनेका थिए ।

कान्छा बाले एसएलसीसम्म पढेका थिए । एसएलसीमा तीन विषय लागेपछि उनले फेरि पढ्ने आँट गरेनन् । तर फेरि पढ्ने आँट नगरेकामा उनलाई ठूलो पश्चात्ताप थियो । उनी आफूले चढ्न नसकेको सफलताको सिँढी मैले चढिदिएको हेर्न चाहन्थे । मलाई कलेज पढ्न काठमाडौं पठाउनुपर्छ भनेर बालाई आँट दिने पनि उनै थिए । उनका सन्तान थिएनन्, सायद यसैले पनि हो कि !

"कान्छा बा ! अचानक कसरी काठमाडौं आइपुग्नुभयो ?" मैले सोधें । अलि अगाडि खबर पाएको भए कोठा चट्ट पारेर एकदमै पढन्ते जसरी बसेको देखाउन हुन्थ्यो नि !

"पेट बटारिइरहन्थ्यो । उपचार गर्न पाल्पा आको थें । पाल्पामा राम्रो उपचार हुन्छ सुनेको थिएँ । फर्किन थालेको थिएँ, बसपार्कमा काठमाडौं आउने बस देखें । मन थाम्नै सकिनँ । तपैंलाई नभेटेको पनि चार वर्ष भइसकेको थियो । बस चढें, आएँ," कान्छा बाले प्रेमले मेरो अनुहार हेर्दै भने, "भोलि नै फर्किन्छु । तपाईंको अनुहार हेरम्, गाह्रोसाह्रो के छ, बुझम् भनेर आको । पढ्नेहरूसित खर्चपानी पनि त हुँदैन । उपचारमा जति खर्च होला भनेको भएन, अलिकति खर्चपानी छाड्दिम् भनेर पनि आको ! लक्ष्मी र सरस्वती सौता हुन् । एकैपल्ट साथमा बस्दैनन् ।"

कान्छा बाले मलाई दिने पैसाको बिटो छुट्याइसकेका रहेछन् । कोटको भित्री जेबबाट नोटको बिटो झिकेर मेरा हातमा राखिदिए । म पानी नपाएर कक्रक्क सुकेको गुलाफको बोट जस्तै भइसकेको थिएँ । नोट हातमा पर्नेबित्तिकै सुकेको गुलाफमा बास्ना भरियो । मैले पाइन्टको गोजीमा बिटो राखें र गोजी भित्रभित्रै पैसा गन्ने कोसिस गरें । तीन हजारभन्दा बढी हुनुपर्छ– अन्दाज गरें ।

कान्छा बालाई खुसी बनाउन मासको दालमा घिउ झानें । भर्खरै किनेर ल्याएको बास्मती चामलको बास्ना प्रेसर कुकरले सिटी बजाउँदै कोठाभरि फैलाइरह्यो । टमाटर, खुर्सानी र धनियाँका पात सिलौटामा पिसेर अचार पनि बनाएँ ।

दुईपल्ट थपेर भात खाएका कान्छा बाले चिसा हात आपसमा रगेड्दै भने, "उता भाउजू, तपाईंले के खानुभएको होला भनेर सधैं चिन्ता गर्नुहुन्छ । अब म गएर चिन्ता नगर्नुस्, भन्छु ।"

म हिस्स हाँसे ।

"यी हातमा एसएलसी फेल भको मार्कसिट परेको थियो । आइए पासको सर्टिफिकेट समात्न पाइएला भनेर साचेकै थिनँ । खोइ, छोरा म समातम् आइएको सर्टिफिकेट । के थाहा ! अलिअलि विद्या मलाई नि सरिहाल्छ कि !" कान्छा बाले भने । र पानीको चिसो अझै छ कि भनेर औंलाका कापकापमा फुफु गरे ।

म खङ्ग्रङ्ङ भएँ ।

तर मैले अनुहारमा त्रासका कौवा उड्न दिइनँ । आफूलाई सम्हाल्दै भनें, "कान्छा बा ! सर्टिफिकेट त अहिले छैन ! कति घरबाट खर्च माग्नु भनेर जागिर खोज्दै छु । एक ठाममा जागिर दिम्ला भनेर नागरिकता र सर्टिफिकेट जति सप्पै लगेका छन् । अर्को हप्ता मात्रै फिर्ता दिन्छन् ।"

कान्छा बाले बिस्तारै मुन्टो हल्लाए । मधुरो स्वरमा भने, "दाइको जीवन सार्थक भयो । तपाईं जस्तो असल छोरा पाउनुभयो । दाइको वैकुण्ठबास हुन्छ । म खुसी भएँ । अब म गाउँमा हाम्रो छोरा काठमाडौंमा जागिरे भाछन् भनेर ढवाङ फुक्दै हिंड्छु ।"

मेरो छातीमा आत्मग्लानिको आगो झ्वार्र बल्यो । सारा शरीरमा डढेलो लाग्यो । आवाज सकेसम्म टाँठो बनाउँदै भनें, "कान्छा बा ! बस्दै गर्नुस्, म चिसो लिएर आउँछु ।"

उनले मुन्टो हल्लाए ।

म ठ्याक्कै १५ मिनेटमा कोकको बोतल काखीमा च्यापेर कोठामा आइपुगें । कोठाभित्र पस्नेबित्तिकै मेरो सारा शरीर बरफको ढिक्का भयो । कान्छा बा मेरो आइए फेलको मार्कसिट घुँडामाथि राखेर झोक्राइरहेका थिए । मलाई मार्कसिट डसनाले च्यापेर राखेकामा ग्लानि भयो ।

म चुपचाप छेउमा उभिइरहें । कान्छा बाका प्रश्नको सामना गर्न आफूलाई आँटिलो बनाउन थालें । तर कान्छा बाले केही सोधेनन् । मतिर सोझो आँखाले हेर्दा पनि हेरेनन् । उनी छिपछिप आँखा बोकेर टोलाइरहे ।

राति निद्रामा दुई पटक बेस्मारी खोके ।

छेउमा सुतेका उनका ओठबाट हुरी उठिरह्यो । म कान्छा बाको सासको भुमरीमा फनफनी घुमिरहें । मध्यरातमा कान्छा बाको मौनता ठूलो अजिङ्गर भयो र मलाई बिस्तारै बिस्तारै निलिरह्यो । एकपल्ट आँट गरेर बोलाएँ, "कान्छा बा !"

तर उनले नसुने जस्तो गरे ।

रात छ्याङ्ङ भयो, न म राम्ररी निदाएँ, न कान्छा बा ।

रिमरिम उज्यालोमा झोला भिरेर जुत्ताका तुना बाँध्दै गर्दा कान्छाबाले काँपेको स्वरमा यत्ति भने, "ठूलो छल गर्नुभयो । मन मुर्दा भयो ।"

मैले गरेको ढोगलाई बेवास्ता गरेर उनी फटाफट भऱ्याङका खुट्किला झरे । मैले मूल गेटमा आएर हेरिरहें । कान्छा बा अँध्यारो गल्लीमा छेलिए ।

कोठामा आएर मैले एकपल्ट बेस्मारी घुँक्क गरें । अनि चुप भएँ ।

कान्छा बा हिंडेको तीन दिनपछि बाले फोन गरेका थिए । घरबेटी बाले मलाई रिसिभर दिएर पत्रिका पढ्न थालेका थिए । उनी

पत्रिका पढ्दैनथे । टेलिफोन वार्ता सुन्थे । उनी नजिकको देख्दैनथे, त्यसैले पावरदार चस्मा लगाउँथे । म रिसिभर समाएर उभिएको ठाउँ अलिकति टाढा हुने भएकाले उनी चस्माको डिल अलि तल झारेर फ्रेमको डन्डीमा आँखा डुलाउँदै हेरिरहन्थे । मेरो घरबाट पैसा आउँदै छ कि छैन, उनी थाहा पाइहाल्थे ।

प्रायः महिनाको पहिलो साता फोन आयो कि, उनी मलाई बोलाउन दगुरिहाल्थे । तेस्रो/चौथो साताको फोनमा खासै मतलब गर्दैनथे । महिनाको पहिलो साता मलाई बाले फोन गर्थे भने अरू साता आमाले । घरबेटी बा मेरी आमाको फोनको खासै मतलब पनि गर्दैनथे । मलाई यही कुरामा रिस उठ्थ्यो । रिसलाई ओखरको दाना बनाएर म दुई दाह्राको बीचमा च्यापिरहन्थें ।

घरबेटी बा कहिलेकाहीँ भन्थे, "सोझो गाउँले भनेर डेरा देको हुँ । तेरो अनुहारै मायालाग्दो छ ।"

तर मैले थाहा पाइसकेको थिएँ, उनले मायालाग्दो देखेर डेरा दिएका होइनन् । म एक्लै बस्थें । पाहुना आउँदैनथे । मेरो दैलोअघि धेरै जुत्ता र चप्पल पनि हुँदैनथे । मोजा पनि गन्हाउँदैनथे । मैले धेरै लुगा धोएर पानी पनि खर्च गर्दिनथें । घरबेटीलाई यस्तै डेरावाल चाहिन्थ्यो । आदिले यसैकारण डेरा पाएको थियो । चन्द्रासित घरबेटी बाले कैयौं पटक भनाभन गरेको मैले देखेकै थिएँ । किनभने चन्द्रा लुगा धुन्थिन् र छतमा सुकाउन गइरहन्थिन् । घरबेटी बालाई दुवै कुरा मन पर्दैनथ्यो ।

घरबेटी बालाई डेरावालको धेरै फोन आएको पनि मन पर्दैनथ्यो । तर बाले महिनाको पहिलो साता फोन गरेका थिए, त्यसैले बोलाइहाले । र मलाई कोठामा छाडेर छततिर उक्लिए ।

रिसिभर समाउँदा मेरा हात काँपिरहे । काँपेको स्वरमा भनें, "बा ! ढोग गरें ।"

बाले ढोग लिएनन् । त्यो मसितै अलमलिएर बसिरह्यो ।

आकाशमा बादल थिएन । तैपनि चट्याङ परिहाल्यो, "तँ काठमाडौं पुगेर जालन्धर भइछस्, सिरी ! अब धेरै बसिस् भने सैतान हुन्छस् । तैंले धोका दिस् हाम्लाई । अब तुरून्तै फर्की ।"

म शिर निहुराएर उभिइरहें ।

कल्पना गरें, बाले टेबलमा मुड्की पनि हानिरहेका छन् । गाउँको एक्लो पिसिओको मालिक ज्ञानेश्वर बाको मुड्कीले टेबलको सिसा फुट्छ कि भनेर तर्सिइरहेको पनि कल्पना गरें । बा चट्याङ भइरहे, "हेर्, सिरी, तैंले हारिसकिस् । तैंले काठमाडौं जान्छु भन्दा मैले तँलाई रोकिनँ । मैले तँलाई चरेस मिचेर पैसा पठाको होइन । आलुका दाना मिचेर पठाको हुँ । तर तैले फइल भईभई पास भएँ भनेर छल गरिस् । मेरो साह्रै चित्त दुख्या छ । अब मैले मेरो नाक आलुका ड्याङमा रोपे भो !"

म पिलपिल भएँ ।

"तँ पाँच वर्ष काठमाडौं बसिसकिस् । अब फर्की । मैले तेरो रहर पूरा गर्दै, अब तँ मेरो पूरा गर् । बुझिस् ?"

मलाई लाग्यो, बाको घाँटीमा पनि शब्द काँडा भएर अल्झिए । बाले एकछिन फोक्सो नै चाउरिने गरी खोके । मलाई बाको माया लाग्यो । शब्दले फेरि मलाई छल गरे । म ढुङ्गो भएँ ।

"हेर्, भनेको मान्, आइज । यसपालि मन्सुली चामलले घर भरिएको छ । त्यता सडेका गनाउने चामल खाएर किन बस्छस्," बोल्दै गर्दा बा अलिकति नम्र भए । म ढुङ्गोबाट अलिकति मान्छे भएँ । बा बोलिरहे, "त्यता कोई छैन आफ्नो । त्यो आफ्नो ठाउँ हुँदै होइन । तँ सोझो थिस् । सहरले तँलाई छली बनाइसक्यो । सहर तँलाई हुन्न । फर्की ।"

म बोल्न खोजें । तर मेरा शब्द पुतली बने र उडे । समात्न सकिनँ ।

"म धेरै भन्दिनँ अब । आइज । कान्छोले बजारमा रक्सीको डिलर खोल्ने लाइसेन्स पाको छ । तैंले चाहिस् भने त्यो लाइसेन्स तँलाई दिन्छ । गर्, खा ।"

"बा ! म रक्सी पनि खान्नँ । बेच्दा पनि बेच्दिनँ । अब म बिए पास नगरी फर्किन्नँ ।"

"मुसाको विष बेच्नेले विष खान पर्दैन, सिरी ! मैले जे भन्नु थियो, भनिसकें । उतै बस् । कमा, खा । म भोकै परें भनेर खबर नपठाएस् । फर्किन्छु भन्छस् भने तेरो डेरा भाडा, बाटो खर्च सप्पै पठाइदिन्छु । तेरो ज्यान तेरै सम्पत्ति हो, त्यल्लाई पाल्ने कि मार्ने तेरै हातमा छ ।"

मैले घुँक्क गरें । मेरो हिक्कासँगै घरबेटी बा आइपुगे । र मलाई वाल्ल परेर हेर्न थाले ।

"ल राखें फोन । विचार गरेस् । तैंले हामीमाथि ठूलै छल गरिस् ।"

कानमा अबेरसम्म फोन टुँटुँ गर्दै कराइरह्यो । मैले आँसु भरिएका आँखाले घरबेटी बातिर हेरें । मैले फोनको टुँटुँ आवाजलाई जबाफ दिएँ, "हस् बा ढोग गरें । म भोलि नै बैङ्क जान्छु ।"

"किन रोको तँ ?" घरबेटी बाले सोधे ।

"आमा बिरामी हुनभा छ रे ! तर बाले आउनुपर्दैन, पढेर बस्, म खर्च पठाइदिन्छु भन्नुभयो ।"

दुई महिना फोन पनि आएन, पैसा पनि आएन । बादल र बाको मन उस्तै त हुन्छ नि, थाहै नपाई फेरिरहने । कतै बाको मन फेरियो कि भनेर म पुतलीसडकको वाणिज्य बैङ्कमा पुगिरहन्थें । दोस्रो तलामा उक्लिएर खाताको मोटो ढड्डामा आफ्नो नाम खोजिरहन्थें ।

मैले खाता खोलेको थिइनँ । बाले पैसा टिटी गरेर पठाइरहन्थे । पैसा आएका बेला काउन्टरमा आफ्नो नाम देखाउनुपर्थ्यो । ओरिजिनल नागरिकताको कपी र फोटोकपी दिएपछि मोटी र जमुनाका दाना जस्ता ओठ भएकी महिलाले मेरा हातमा तीन हजार रूपियाँ राखिदिन्थिन् ।

पैसा हातमा परेपछि म सोझै कोठा फर्किन्थें । ११ सय रूपियाँ घरबेटी बाका हातमा राखिदिन्थें । घरबेटी बाले फिर्ता आउनुपर्ने १५ रूपियाँ कहिल्यै दिंदैनथे । तर मलाई १५ रूपियाँ जाबो लाग्थ्यो । किनभने १९ सय रूपियाँ मेरा गोजीमा हुन्थ्यो ।

अनि म घरको पछाडिको किराना पसलमा जान्थें । ३० किलो चामल, पाँच किलो दाल, दुई धार्नी आलु, १० लिटर मट्टीतेल, नुन, जिरा धनियाँका दाना, दुथपेस्ट, भाँडा र लुगा धुने साबन किन्थें । सात सय रूपियाँ बच्थ्यो ।

चार सय रूपियाँ सिरानीमुनि च्यापेर तीन ओटा गैंडा चढेर म काठमाडौंको सयरमा निस्किन्थें । डेढ प्लेट मःम खान्थें । कम्तीमा दुई सो फिल्म हेर्थें । र कहिलेकाहीँ काठमाडौंको एउटा बाटो समाएर हिँडिरहन्थें । साइन बोर्ड पढ्दै, बीचबीचमा कोक खाँदै, आइरहेका, गइरहेका गाडी छल्दै म काठमाडौंका गल्ली गल्ली चहारिरहन्थें । घण्टौंपछि जब थकाइ लाग्थ्यो, रत्नपार्कको टेम्पो चढ्थें । रत्नपार्कबाट अनामनगरको । अनि थकित भएर आफ्नो कोठामा आइपुग्थें ।

बासित फोनमा कुराकानी भएको डेढ महिना बितिसकेको थियो । तर टिटी आएको थिएन । कोठामा बसिरहँदा सऱ्याक सऱ्याक आवाज सुने पनि घरबेटी बा आए कि भनेर ढुकढुकी बढ्थ्यो । म दिनमा तीन पटक वाणिज्य बैंकको मोटो ढड्डामा आफ्नो नाम खोज्न गइरहन्थें । मलाई थाहा थियो, बाले पैसा जम्मा गरे भने उताको बैङ्कले टिटी नेपाल टेलिकमको शाखा सुन्धारामा पठाइदिन्थ्यो । सुन्धाराबाट स्लिप बोकेर सधैं चुच्चे टोपी लगाउने, डन्डीफोरले भरिएको केटो पुतलीसडक आइपुग्थ्यो । उसले स्लिप दिएपछि जमुना जस्तै ओठ भएकी महिलाले खातामा नाम चढाइदिन्थिन् । चुच्चे टोपीवाला केटो बिहान ११, दिउँसो एक र तीन बजे स्लिप बोकेर बैङ्कमा आउँथ्यो । म साढे ११, साढे एक र साढे तीन बजे खाता पल्टाउन गइहाल्थें । पछिल्लो एक साता त म दिनदिनै गइरहेको थिएँ । अस्ति त जमुना जस्ता ओठ भएकी महिलाले मुखै फोरेर भनेकी थिइन्, "ए भाइ, कति आको ? यत्रो जवान भइसकेका छौ । जागिर खाऊ । कति बाको टिटीमा बाँचिरहन्छौ ।"

म पिलपिल भएको थिएँ ।

राति त रोइहालें । राति रन्केर आएर घरबेटी बा कड्किएका थिए, "हेर् केटा ! दुई महिना हुन लाग्यो, अझै भाडा दिनस् । तेरो अनुहारको माया लागेर सहेको छु । यै कोठालाई १५ सय रूपियाँ दिने पनि आका छन् ।"

"बाले पठाउनुहुन्छ । केही समय दिनुस् । बाले नपठाए आमाले पठाउनुहुन्छ ।"

"लौ यत्रो वर्ष बसिस्, मैले समय दिएँ," घरबेटी बाको आवाज खस्रो भयो, "भोलि बिहानसम्मलाई दिएँ टाइम । भोलि पनि दिइनस् भने तेरा सप्पै सामान जफत गर्छु । अनि जानू तँ । फोकटमा बस्न पाइन्न, यो काठमाडौंमा ।"

आँसुका ढिक्का रातभर सिरानीमा खसिरहे । आँसुको मूल कहिल्यै नसुक्ने रहेछ । मलाई आमाको खुबै सम्झना आयो । आमा काठमाडौंमा भएकी भए नोटको बिटोले घरबेटी बाको मुखमा हानिदिन्थिन् । मैले बिहानै घरबेटी बा आएको, मेरा सबै सामान जफत गरेको र मलाई धकेल्दै बाहिर निकालेको कल्पना गरिरहें । यहाँबाट निस्किएपछि कहाँ जाने ? मसित जाने ठाउँ कतै थिएन ।

आमाले ठीकै भनेकी रहिछन्, "त्यत्रो काठमाडौंमा कसरी बस्लास्, सिरी ? भोक लाग्दा कसलाई भन्लास् ? रोग लाग्दा कसलाई पुकार्लास् ?"

मैले रातभरि सोचिरहें । मेरो टाउको अगेना झैं रापिलो भयो । दिमागका नसामा सुत्ले कीरा हिंडे जस्तो लाग्यो । मलाई लाग्यो, एकैछिनमा मेरो टाउकोमा हुरहुरी आगो बल्नेछ । र मलाई डढाउनेछ । बिहान भाडा माग्न आउँदा घरबेटी बाले कोठामा एउटा कालो अँगारको डल्लो मात्र भेट्नेछन् ।

# अङ्ग्रेजी

*भाग्यकी अम्रिकानी ट्याक्सी चढ्न पो आउँछे कि !*

तीन महिना भइसकेको थियो, टिटी नआएको ।

घरबेटी बा भाडा माग्न आएका थिएनन् । अचेल उनी मौसम गएको रूख जस्तो देखिन्थे ।

उनको छोरा प्रतापले आफ्नो बिहेको फोटो पठाएको थियो । प्रतापलाई मैले एकपल्टै मात्र देखेको थिएँ । म डेरा सरेको आठ दिनपछि प्रताप अमेरिका हिंडेको थियो । मलाई प्रतापको बाक्लो र लामो कपाल अझै सम्झना छ । उसको कपाल पटकपटक आँखीभौं छोप्ने गरी खस्थ्यो । ऊ मुन्टो झट्कार्दै कपालका लहरालाई तालुतिर उछिट्याउँथ्यो ।

प्रतापले पटकपटक टाउको झट्कारेको देख्दा मलाई भने आफ्नै गर्धन चस्किए जस्तो लाग्थ्यो ।

प्रताप अमेरिका हिंडेको साता दिनसम्म पनि म कहिले घरबेटी बाले, कहिले घरबेटी आमाले "एई प्रताप" भनेर बोलाएको सुन्थें । एक पटक सूर्यबहादुरले घरबेटी बासित ठट्टा गरेका थिए, "होइन बाजे ! यता बोलाउँदा, उता अम्रिकामा पनि सुनिंदो रैछ कि क्या हो ?"

घरबेटी बाले मलिन आवाजमा भनेका थिए, "२० वर्षको हुँदासम्म हाम्लाई छाडेर कतै गएको थिएन । एकपल्ट विराटनगर जाँदा मात्रै तीन रात बाहिरै सुतेको थियो । त्यसको बानी यस्तरी लाग्यो होला त सोचेकै थिनम् । अहिले पनि झल्याँस्स माथि कोठामै बसेको छ कि

जस्तो लाग्छ । मनले बोलाइहाल्छ, कतै बा भन्दै तल झरिहाल्छ कि जस्तो लाग्छ ।"

पछिपछि भने घरबेटी बा र आमालाई प्रतापबिनाको शून्यताको बानी परिसकेको थियो । उनीहरूले प्रतापले चिल्लो रातो गाडीमा कुहिना टेकेर मुस्कुराइरहेको तस्बिरलाई ठूलो बनाएर बैठक कोठामा राखेका थिए । प्रताप महिना/दुई महिनामा घरमा फोन गरिरहन्थ्यो । उसको फोन आएका दिन घरबेटी बा र आमाको चाल नै फरक हुन्थ्यो ।

तर प्रतापले बिहे गर्दा फोन गरेको थिएन ।

उसले चिठी र तस्बिर पठाएको थियो । सायद ऊ आफ्ना बाको स्वभावले कायल थियो । घरबेटी आमा बिहेका तस्बिर हेर्दै सुकसुकाइरहेकी थिइन् । उनका आँसु घिउ रङको लुगामा सजिएकी बुहारी र नीलो सुटमा सजिएको प्रकाशको तस्बिरमा खसिरहेका थिए । उनी बेलाबेला तस्बिरमा अल्झिएका आँसु झार्न तस्बिर झट्कार्थिन् । घरबेटी बा कलेजी सोफामा आफ्ना कन्चट दुवै हत्केलाले छोपेर झोत्राइरहेका थिए ।

दैलोबाट यसो चियाएर हेर्दा मलाई लाग्यो, घरबेटी बा र आमाले बिहेको होइन, प्रतापको मृत्युको खबर सुनेका हुन् ।

साँझपख प्रतापकी दिदी प्रतीक्षा आफ्नो गह्रौं पेट थाम्न नसकेर दुवै हातले कम्मर अँठ्याउँदै आइपुगेकी थिइन् । भऱ्याङ चढ्दा पनि खुइय्य खुइय्य सुस्केरा हालेकी थिइन् । उनी गर्भवती भएको सात महिना भएको थियो सायद । उनी पनि तस्बिर हेरेर रोइन् ।

तस्बिर हेर्नेबित्तिकै कोमामा गए जसरी मौन बनेका घरबेटी बाले प्रतीक्षालाई एकपल्ट पुलुक्क हेरे । तर बोलेनन् । उनको नाकबाट बाहिर निस्किई घुङ्ग्रिएको रौं जब बिस्तारै हल्लिन्थ्यो, बल्ल लाग्थ्यो, उनले सास फेरिरहेका छन् ।

साँझ एकपल्ट फेरि एक तला उक्लिएर सुटुक्क हेरें, सोफाभरि छरिएर सारा परिवार शोकमा डुबेको थियो । भित्तामा भने प्रताप मुस्कुराइरहेकै थियो ।

घरबेटी बा भोलिपल्ट बिहानै प्रतापको चिना बोकेर हिँडेका थिए । मध्यदिन हुँदा पनि फर्किएका थिएनन् । सायद उनी प्रतापको आकाशमा फनफनी घुमिरहेका ग्रहदशा पत्ता लगाउन चाहन्थे । आमा न हुन्, घरबेटी आमै तस्बिर बोकेर तल झरेकी थिइन् । तल्लो तलामा सूर्यबहादुर र म मात्रै थियौं ।

"न देश मिल्छ, न भेष ! प्रतापले धोका दियो । बुढेसकालमा मन्दिर मन्दिर धाएर पाको छोराले यस्तो गर्ला भनेर पत्याकै थिनँ," घरबेटी आमैले भनिन्, "भगवान् नै नमिल्नेसित पनि कसरी घरजम हुन्छ ? ज्योतिषले २६ वर्षमा खड्गो छ भन्थे । खड्कोले खायो ।"

मैले एउटा तस्बिर समाएर आँखा गाढें ।

प्रतापकी श्रीमती मलाई लोककथामा सुनेकी राजकुमारी जस्तै लागिन् । उनको कपाल सुनौलो र लामो थियो । मैले यति गोरो छाला कतै देखेको थिइनँ । नाक चुच्चो थियो । ओठ पातला, अलिकति चुच्चिएका र फैलिएका थिए । छेउमा उभिएको प्रतापभन्दा अलिकति अग्ली ।

मलाई प्रतापको ईर्ष्या लाग्यो ।

"लौ, बज्यै ! यत्ति राम्रो ब्वारी पाको छ, खुसी हुनुस्," सूर्यबहादुरले एकछिन ओठ टोकेर तस्बिर हेरेपछि भनिहाले, "अब अम्रिकामा पढेलेखेकी ब्वारी पाउनु चानचुने कुरो होइन । हाम्रो गाउँकाले यसरी बिहे गरेको भए सारा गाउँका चारखुट्टे जति सक्थे, पार्टी गरेर ।"

"बज्या, के कुरा गर्छ ! अब धर्म नै नमिल्ने ल्यार पनि हुन्छ ?" घरबेटी आमैले रिसाए जसरी भनिन्, "हाम्रा भगवान् नै फरक भए । हाम्रा भगवान् रिसाउन्नन् र ?"

"हे बज्यै, चिन्ता नगर्नुस् ! संसारका सारा भगवान् आपसमा मिलेका छन् । सबै भगवान् एकअर्काका साथी हुन् । झन् नयाँ भगवान् पनि पाउनुभो, खुसी हुनुस्," सूर्यबहादुरले हातको तस्बिर बतासमा घुमाउँदै हाँस्दै भने, "बरू हाम्लाई पार्टी खुवाउने तयारी गर्नुस् ।"

"हिजदेखि आफैंलाई भात रूच्चेको छैन । खाइस् तैंले पार्टी ।"

सूर्यबहादुरको हातबाट तस्बिर खोस्दै घरबेटी आमाले धूलो नै लागे जसरी टकटक्याइन् र घुँडामा हत्केलाको बल लगाउँदै भऱ्याङ उक्लिइन् ।

म सूर्यबहादुरको अनुहार हेर्दै हाँसिरहें । अनि भनें, "कुरा त साह्रै मीठो गर्नुभो, दाइ । काँबाट सिक्नुहुन्छ यस्ता कुरा ?"

"हेर भाइ !" सूर्यबहादुरले हत्केला फिँजाए । अनि दुवै हत्केला आपसमा जेलेर औंला प्वाटर्र पारेर पड्काउँदै भने, "ट्याक्सी चलाउनेलाई सबैले हेप्छन् । तर एउटो कुरो बुझ्दैनन् । सारा मान्छेले आफूले सिकेको ज्ञान ट्याक्सीमा छाद्छ हौ । त्यसको अलिअलि हस्को त मेरो नाकमा नि पर्छ ।"

मैले मुन्टो हल्लाएँ ।

"भाइ आज पनि रेडियो सुनेर बस्ने कि जाने नाइट ड्युटीमा ?" सूर्यबहादुर गोजीमा राख्दाराख्दै बाङ्गिएको चुरोटलाई सोझो पार्न औंला रगड्दै हाँसे । र भने, "हिँड जाऊँ । तिम्रो भाग्यकी 'अम्रिकानी' ट्याक्सी चढ्न पो आउँछे कि !"

"हे हे ! दाइ पनि ।"

म भुइँतिर झुकेर हाँसें ।

"आफ्नो भाग्यलाई आफैंले हेप्नुहुँदैन हौ, भाइ ।"

तर मैले हेपें, गइनँ ।

ओछ्यानमा उत्तानो परेर सिलिङमा झरीले बनाएका चित्र हेर्दै टोलाइरहें । मैले पहिलो पटक आफ्नो बिहेबारे सोचें । अमेरिका गएको र बिहे गरेको कल्पना पनि गरें । तर आफ्नै कल्पनाले मलाई सर्प भएर जिब्रो लपलपाउँदै लखेट्न थाल्यो ।

समस्या त उही अङ्ग्रेजी थियो ।

मैले पहिलो पटक अङ्ग्रेजी किताब चार कक्षामा पुग्दा मात्रै देखेको थिएँ । स्कुलमा एक विषय लागेको विद्यार्थीलाई कक्षा चढाइदिने नियमै थियो । त्यही नियमको काँध चढेर म १० कक्षासम्म आइपुगेको थिएँ । डर एसएलसीको थियो । तर एसएलसीमा त सारा गाउँ र शिक्षक नै मेरा पक्षमा थिए ।

एसएलसी परीक्षा नजिक आउँदै गर्दा कान्छा बाले पार्कर पेन उपहार दिएका थिए । कहाँबाट ल्याए कुन्नि । मैले छ विषयका उत्तर लेख्दा कर्के नजरले पनि अरूतिर हेर्दा पनि हेरिनँ । जिब्रोको टुप्पो ओठका चेपबाट बाहिर निकालेर मैले पार्कर पेनलाई दगुराएको थिएँ । तर अङ्ग्रेजीको परीक्षामा भने प्रश्नपत्र हातमा परेपछि म पार्कर पेनको चिप्लो सतह सुमसुम्याउँदै अबेरसम्म टोलाएको थिएँ ।

म मात्र होइन, परीक्षा हलका ६० विद्यार्थी नै टोलाएका थिए । बेलाबेला ढेडुको चाक जस्तै कालो अनुहार बनाएर एकअर्कालाई हेर्थे । मेरो छेउमै बसेको दैवज्ञले प्रश्नपत्र खर्र पढेको थियो । अनि कन्चट समाएर थरर काँपेको थियो । आफूलाई थाम्न सकेन । उसको मसिनो चीत्कार निस्कियो । नीलो पाइन्टमा ओसिलो धर्को बनाउँदै पिसाबको धार बग्यो । पछि दैवज्ञले भनेको थियो, त्यो पिसाब थिएन, स्वप्नदोष हुँदा बग्ने जस्तो चिपचिपे लेदो थियो ।

प्रश्नपत्र बाँडिएको पाँच मिनेटपछि कसैले प्रश्नपत्र डल्लो पारेर बाहिर हुत्याइसकेको थियो । बाहिर कसैले ट्याप्प समाएर दगुऱ्यो । र प्रश्नपत्र अग्ला, नाक चुच्चिएका र माथिका दुई दाँत अलिकति बाहिर उछिट्टिएका सिंह सरलाई सुम्पियो । सिंह सर अङ्ग्रेजीका शिक्षक थिए, जो स्कुलमा भन्दा ट्युसन क्लासमा बढी देखिन्थे । उनले सासको गतिमा प्रश्नपत्र पढे । र अगाडिको सानो टेबलमा कागज फैलाए । उनले खरायोको गतिमा उत्तर लेख्न थाले । उनको उत्तर छेउमा बसेको अर्को युवकले साऱ्यो । त्यो युवकको अर्कोले । लहरै १५/२० जनाले सिंह सरका उत्तर दुरूस्तै सारे ।

सबैले उत्तर लेखिएका पन्ना पट्याए । पहिला लामो सास ताने अनि खेतैखेत दगुरे । उनीहरूको रफ्तार हेर्दा लाग्थ्यो, उनीहरू भत्किँदै आएको धरतीका अघिअघि दगुरिरहेका छन् ।

यता परीक्षा हलमा शोकको सन्नाटा थियो । प्रश्नपत्र हातमा परेको पनि १५ मिनेट भइसकेको थियो । दैवज्ञ मूर्च्छाबाट जागिसकेको थियो । अचानक मेरा कानमा टाढा टाढा हुरी चले जस्तो आवाज

आएको थियो । एकछिनपछि डेस्कको पार्कर पेनमा मधुरो कम्पन उठेको थियो । अलि पछि त लाग्यो, दिनभरि दाम्लोमा बाँधिएका सयौं गोरू एकैपल्ट दाम्लो फुकालेर दगुरिरहेका छन् । जमिनको कम्पन बढ्दै गयो । मैले झ्यालबाहिर चियाएँ, हातहातमा उत्तर बोकेर गाउँलेहरू दगुर्दै आइरहेका थिए ।

उनीहरू झ्यालझ्यालमा पुगे । गुफाबाट उडेका चमेरा झैं उत्तर झ्यालझ्यालबाट भित्र पसेर कोठाभरि उड्न थाले । मैले जुरूक्क उचालिएर समाएँ ।

चिट उत्तरपुस्तिकामा खापेर लुकाएँ । अनि कागजका चिर्कटाबाट अङ्ग्रेजी अक्षरहरू झिक्दै उत्तरपुस्तिकामा टाँस्न थालें । हावामा उडिरहेका उत्तर समात्न नसक्नेहरू छटपटिँदै मलाई हेरिरहेका थिए । मैले सारिसकेपछि उनीहरूको पालो आउनेवाला थियो ।

परीक्षा हलबाट निस्किएर हिसाब गर्दा मैले ७५ नम्बरको उत्तर पुस्तिकामा टाँसेको थिएँ । ६० भन्दा माथि त नम्बर कसो नआउला !

जब मार्कसिट हातमा पऱ्यो, म गुड सेकेन्ड डिभिजनमा पास भएँ । अरू विषयमा मैले ५० भन्दा माथिका अङ्क पाएको थिएँ । अङ्ग्रेजीमा जम्मा ३२ । मलाई थाहा थियो, एसएलसीमा एउटा विषय मात्र लाग्यो भने तीन नम्बर ग्रेस थपिन्छ । ए, मैले त अङ्ग्रेजीमा २ ९ नम्बर मात्रै ल्याएको रहेछु !

"जम्मा ३२ अङ्ग्रेजीमा ?" मेरो मार्कसिट हेर्दै दैवज्ञले सोधेको थियो ।

म खिस्स हाँसेको थिएँ, "मैले त ७५ नम्मरको उत्तर सारेको थिएँ । सिंह सरले नै उत्तर गलत लेखेका रैछन् ।"

म आइएमा अङ्ग्रेजी पढेर आएको थिइनँ । उत्तरहरू टाँसेर पो आएको । एसएलसी पास गर्दा मलाई संसारै जिते झैं गर्व लागेको थियो । तर आइएको पहिलो परीक्षामा संसारै हारेको हरूवा झैं पिन्चे भएको थिएँ । मैले आइएको पहिलो साताको क्लासमै थाहा पाइसकेको थिएँ, अङ्ग्रेजी त मैले त्यति पनि पढेको थिइनँ, जति काठमाडौंका

बोर्डिङमा चार कक्षा पढ्नेहरूले पढिसक्छन् । मैले आइए फस्ट इयरको अङ्ग्रेजी क्लास ङिच्च दाँत देखाउँदै, खुबै जाने जसरी मुन्टो हल्लाउँदै सकससित पूरा गरेको थिएँ । परीक्षाका दिन पनि सम्भावित प्रश्नका उत्तर कागजको चिर्कटोमा एकदमै मसिना अक्षरमा सारेको थिएँ । मेरा अक्षर बर्खाको खबर थाहा पाएर दुलो पस्न लस्कर लागेका कमिला जस्तै थिए । एकछिन काँचो मसीको गन्ध फालिरहेको प्रश्नपत्र पढें । केही प्रश्न त चिटमै लेखेका पनि परेछन् ।

मैले चोर गोजीबाट उत्तर झिकेर उत्तरपुस्तिकामा खापें । अनि पाइन्टमा लागेको वनकुरो झिके झैं चिर्कटोबाट अङ्ग्रेजी अक्षर झिक्दै उत्तरपुस्तिकामा टाँस्न थालें ।

"मिस्टर !"

पुलुक्क हेरें । मोटो चस्मा लगाएका र आफ्नो शरीरलाई चाहिनेभन्दा धेरै मासु बोकेका सुरपरिन्डेन्ट छेउमै उभिएका थिए । उनले हात फैलाएका थिए । मैले शरीरका कुनाकाप्चाबाट उत्तरहरू झिकेर उनका हातमा राखिदिएँ ।

"हेर शिक्षाको दुर्गति !" उनले मेरा उत्तर हत्केलामा डल्ला पार्दै भने, "भाइ, यो कुनै पछौटे गाउँको परीक्षा केन्द्र होइन ! राजधानी हो । यहाँ सजाय हुन्छ । १० मिनेट उभिने ।"

म १० मिनेट उभिएँ । १० मिनेट मलाई १० नर्कभन्दा पनि पीडादायी भएको थियो । परीक्षा हलभरि सबै मुखबाट मधुरो आवाज निकाल्दै उत्तर लेखिरहेका थिए । जीवनको एक वर्षलाई सार्थक बनाइरहेका थिए । म भने जीवनको एक वर्ष पछाडि धकेलिँदै गइरहेको थिएँ ।

त्यस वर्ष मैले राजनीतिशास्त्र, नेपाली, ऐच्छिक नेपाली र पत्रकारितामा ५० भन्दा माथिको अङ्क ल्याएको थिएँ । तर अङ्ग्रेजीमा जम्मा नौ अङ्क । दोस्रो वर्ष अलिकति प्रगति गरेर नम्बरलाई ११ सम्म पुऱ्याएको थिएँ ।

अङ्ग्रेजीका अक्षर मेरा लागि गँगटाका गोला भएका थिए । तिनले बिस्तारै मेरा उर्वर पाँच वर्षलाई डसिसकेका थिए । अङ्ग्रेजीले नै

मेरा कान्छा बालाई रूवाउँदै काठमाडौंबाट पठाएको थियो । मेरा बाका हत्केलाभरिका ठेउलाको अपमान गरेको थियो ।

र मलाई सहरमा एक्लै बनाएको थियो ।

मसित प्रताप जसरी अमेरिका गएर 'अम्रिकानी'सित बिहे गरेको कल्पना गर्ने हैसियतै थिएन । म अङ्ग्रेजीले कोरिदिएको लक्ष्मणरेखाभित्र थिएँ । रेखाभित्र मेरा सपनालाई आउन पनि मनाही थियो । मेरा कैयौं कलिला सपना लक्ष्मणरेखाको अग्निमा डढेर खरानी भइसकेका थिए ।

अङ्ग्रेजीले बेलाबेला आत्मीयता बोकेर टिरिङ टिरिङ बज्ने फोनको आवाज पनि खोसेको थियो । तीन महिना भइसक्दा पनि मेरो नाममा फोनको घण्टी बजेको थिएन । मैले कल्पना गरिसकेको थिएँ, बाले आमाको हृदयको दैलोमा पनि ताला झुन्ड्याइदिएका छन् । मेरा झझल्का सायद आमाको हृदयमा पस्नै पाएका छैनन् । नत्र आमाले फोन गरिहाल्थिन् । मैले कहिल्यै पनि आमाले बासित चर्को स्वरमा बोलेको सुनेको थिइनँ । शब्दलाई चामलबाट बियाँ टिपे जसरी टिप्दै बोल्ने कला सिक्न मेरी आमाले जीवन जति नै लामो समय लगाएकी थिइन् । उनी हरेक पटक बोल्दा शब्दहरूबाट उही मात्रै अर्थ निस्कियोस्, जे भन्न खोजिएको हो, अरू अर्थ नजोडिऊन् भनेर सधैं सचेत भइरहन्थिन् ।

बा पनि कमै बोल्थे । उनी सकेसम्म बोल्नुपर्ने कुरा थोरै शब्दमा सकिऊन् जस्तो गर्थे । उनी बोल्नुपर्ने कुरा आधा शब्दले, आधा इसाराले पूरा गर्थे । "मान्छेले बोलेको वचन पूरा गर्नुपर्छ," उनले जीवनमा सबैभन्दा दोहोऱ्याएको हरफ यही थियो होला । सायद यसैले पनि उनी कम बोल्थे ।

यसपालि बाले वचन पूरा गरिरहेका थिए । कहिलेकाहीँ म कल्पना गर्थें, बाले मलाई सपनामा देखे होलान् । उनको मन बटारिए होला । बिहान खाना खाएर हतारहतार हात धोएका होलान् । चिसा हात बोकर एक घण्टाको बाटो पार गरेर पिसिओसम्म आएका होलान् । पिसिओमा पुगेपछि कोटको गोजीबाट मेरो फोन नम्बर लेखेको कागजको चिर्कटो

निकालेर अबेरसम्म सुमसुम्याए होलान् । आफ्नो वचन सम्झिए होलान् । अनि सकेसम्म पिसिओभन्दा टाढा हुन रफ्तार बढाए होलान् ।

मलाई आशा पनि थियो, बाले एक दिन आफ्नो वचन तोड्नेछन् र टेलिफोन बज्नेछ ।

प्रतापले अचानकै बिहे गरेपछि मलाई फाइदा भएको थियो । घरबेटी बाको ध्यान र मन बेचैन भएर प्रतापतिरै गएको थियो । उनले पशुपतिमा गएर प्रतापको ग्रहशान्तिको पूजा पनि गरेका थिए । उनी पटकपटक पिसिओमा पुगेर अमेरिका फोन गरिरहन्थे । तर प्रताप फोनमा आउँदैनथ्यो । सायद ऊ आफ्ना बाको रिस मरेपछि मात्रै फोनमा आउन चाहन्थ्यो । पहिला फाट्टफुट्ट आफन्त आउने घरमा अचेल प्रायः भीडभाड भइरहन्थ्यो । कहिले बैठक कोठाका सोफा, कुर्सी र भुइँको रातो गलैंचामा फिँजारिएका आफन्तका बीचमा गहिरो मौनता हुन्थ्यो, कहिले हरेक आफन्तका मुखबाट निस्किएका आवाज आपसमा ठोकिएर कोलाहल नै हुन्थ्यो ।

कहिलेकाहीँ मध्यरातसम्म पनि कोलाहल हुन्थ्यो । आफन्त दुई झुन्डमा विभाजित भइसकेका थिए । एउटा झुन्ड प्रतापको समर्थनमा थियो, अर्को प्रतापको विरोधमा । प्रतापको समर्थन गर्ने भन्थे, "अब ल्याइहाल्यो । अम्रिका हो, नेपाल हो र ? अम्रिकाको कानुन बलियो हुन्छ । अब प्रतापले चाहेरै पनि छाड्न सक्दैन । छाड्नै खोज्यो भने केटीले मागे जति तिर्नुपर्छ, घर, पैसा सप्पै जान्छ । त्यसैले खुरूक्क भित्र्याउनुस् । आखिरमा प्रतापले छाड्ने होइन, कुनै न कुनै बेला तपैंले बुहारी मान्नैपर्छ । जिन्दगीभर छोरा-बुहारीको मनमा तीतो भइरहनेछ, हाम्रा बाआमाले हाम्रो माया स्विकारेका होइनन् भन्ने ।"

प्रतापको विरोध गर्नेहरू भन्थे, "ऐले त चलन नै मच्चे छ, अम्रिकामा । बाहिरबाट आएकालाई बिहे गरेर कानुनको फन्दामा पार्ने । जीवनभर उसले कमाको धुत्ने । अनि छाड्दिने । पत्रिका पढ्नुहुन्न ? कति छन्, कति किस्सा ! अस्ति एउटो ३० वर्षपछि रित्तो हात बोकेर

फर्केको थियो, अम्रिकाबाट । प्रतापको पनि त्यही हाल हुन्छ । न पैसा हुनेछ, न उमेर । बुझ्नुभो ?"

सबै आफन्तले आफ्नो कर्तव्य पूरा गरिसकेका थिए । बिस्तारै घरमा आफन्तको आवतजावत कम हुन थाल्यो । अनि फेरि घरमा घरबेटी बा र आमाका सुस्केरा सुनिन थाले । कहिलेकाहीँ मध्यरातमा पिसाब गर्न ट्वाइलेट पस्ने बेला म घरबेटी बा र आमाका मधुरा आवाज भऱ्याङबाट बिस्तारै तल झरिरहेको देख्थेँ ।

"त्यो बज्याले फोन पनि गर्दैन । हाम्ले त केही बुझेनौं रे । त्यसले बुझाउनु नि !" एकपल्ट घरबेटी आमाले आदिलाई भनेकी थिइन् । प्रतापको बिहेको खबर सबैभन्दा पछि थाहा पाउने आदि नै थियो । ऊ १९ दिन लामो यात्राबाट फर्किएको थियो ।

"प्रतापले बिहे सोचेरै गरेका होलान्, आमा !" आदिले भनेको थियो, "मैले चिनेको छु तिन्लाई । फोन गर्छन् । ऐले अलि अप्ठ्यारो मानेका होलान् ।"

"अब बूढालाई कसैले पनि सम्झाउन सकेको छैन । तिनी राम्ररी निदाउँदा पनि निदाउन्नन् । हिज त भातको डल्लो समाउँदा समाउँदै टोलाएर खानै पनि बिर्से । त्यो बज्याले फोन गरेर सम्झाए त हुन्थ्यो नि !" घरबेटी आमाले नाकका पोरा फुलाउँदै भनेकी थिइन्, "मैले लाखबत्ती बाली बाली उज्यालो बनाको घर बज्याले अँधेरो बनायो ।"

मैले सोचें, घरबेटी आमा प्रतापले एकपल्ट फोन गरेपछि, अलिकति सम्झाएपछि मन परिर्वतन गर्ने सोचमा थिइन् ।

तर घरबेटी बा भने चाँडै गल्लान् जस्तो लाग्दैनथ्यो । उनी बर्बराइरहन्थे, "मेरो छोरो अम्रिकाने भयो । अब त्यो फर्किन्न । म मरेको तीन दिनपछि आउँछ । मलाई पशुपति लैजाने छिमेकी हुन् । त्यसको आस छैन ।"

घरबेटी बाको घरमा आएको केही सयममै मैले थाहा पाएको थिएँ, उनको पर्खालले छिमेकमा कलहको बीउ रोपेको छ । पर्खालसँगै एक मिटर फराकिलो बाटो थियो पछाडि जाने । छिमेकीले पर्खाललाई

चारचार फिट सारेर टाटा मोबाइलसम्म पस्ने बाटो बनाउने योजना बनाएका थिए । तर घरबेटी बा एकै फिट बाटो छाड्ने पक्षमा थिएनन् । उनी भन्थे, "म पछाडिको बाटो हिँड्दिनँ । एक औंला पनि छाड्दिनँ । जसलाई ठूलो बाटो चाहिएको हो, उसैले पर्खाल सारे हुन्छ । बाटो ठूलो भयो भने चोरहरू ट्रक लेर आउँछन् ।"

उनले पर्खाल नसार्दा आठ घर प्रभावित भएका थिए । र चार घरकाले आफ्नो गाडी अनामनगरतिरै पार्क गरेर आउँथे । दुई घरकाले बाटो साँघुरो भएकाले गाडी किन्ने आँटै गरेका थिएनन् । मोटरसाइकलहरू थिए, ती यताउताको पर्खालमा ठोकिँदै, कोतरिँदै भित्रबाहिर गरिरहन्थे । छिमेकीलाई साँघुरो बाटोको बानी परिसकेको थियो । तर उनीहरूलाई आगलागी र भूकम्पको सबैभन्दा बढी डर हुन्थ्यो । आगलागी हुँदा दमकल पस्ने बाटो थिएन, भूकम्प आउँदा भाग्ने ठाउँ थिएन ।

प्रतापले बिहे गरेको ४५औं दिनमा घरबेटी बा तीन जना कामदार पछि लगाएर आएका थिए । उनीहरूले एक साता लगाएर पर्खाललाई चार फिट भित्र सारे । आठौं दिनदेखि छिमेकीहरू प्रतापको हालखबर बुझ्न पालैपालो घरबेटी बाको बैठक कोठामा पस्न थाले । म लुगा सुकाउन जाँदा छतमा उभिएर चिया सुर्काउँदै अर्को छतमा उभिएका छिमेकीसित घरबेटी बाले कुरा गरिरहेको देख्थें ।

घरबेटी बाले फेरेको काँचुलीले मलाई सास फेर्न सजिलो बनाएको थियो ।

म र घरबेटी बा एउटै फोटोको फ्रेमभित्र अटाएका दुई टाउका जस्ता भएका थियौं । दुवैको मन ट्रिङट्रिङ बज्न छाडेको रातो फोनकै वरिपरि थियो, जो दुवैका लागि बज्न छाडेको थियो । एउटालाई छोराको आवाज सुन्नु थियो, अर्कोकोलाई बाको । र हाम्रो आशा थियो– फोन पक्कै बज्नेछ ।

किनभने सूर्यभन्दा आशाका किरण बढी चम्किला र न्याना हुन्छन् ।

# साइको

*मलाई यस्तै साइकी मन पर्छ ।*

दश ब्यान्डको कालो रेडियो मेरो उदास संसारमा सङ्गीतका झङ्कार बोकेर आएको थियो । पलङको खुट्टा खाइरहने कीरो सङ्गीतका झङ्कारको पिँधमा पुगिसकेको थियो ।

म दुईतीन दिन सङ्गीतमा लट्ठ परिरहें ।

यति दिनसम्म मध्यरातमा काठे कीराको चपरचपर र मुसाहरूको खत्र्याकखत्र्याक सुनेर बसेकामा मलाई आफैंसित रिस उठ्यो । रेडियो किन्ने बुद्धि किन नआएको होला भनेर आफूलाई चड्कन लगाउन पनि मन लाग्यो ।

एफएमहरू राति १० बजेदेखि १२ बजेसम्म अनवरत गीत बजाउँथे । १२ बजेपछि भने प्रसारण बन्द हुन्थ्यो । राति प्रायः पुराना हिन्दी र नेपाली गीत बज्थे । म बत्ती निभाएर, रेडियोलाई छातीमा राखेर उत्तानो पर्दै सङ्गीतको संसारमा पस्थें । सङ्गीतले मेरो अतीतको दैलो उघारिदिन्थ्यो ।

म पदचापबिना माकुराका जाला हटाउँदै आफ्नो अतीतको संसारमा पस्थें ।

बालक छँदा म ईश्वरको दूत थिएँ । यो धरतीका हरेक चीज विशिष्ट थिए, मेरा लागि । म आफ्ना प्रिय मानिसको सुगन्ध सुँघ्न सक्थें । आफूलाई व्यक्त गर्न शब्दहरूको बैसाखी चाहिँदैनथ्यो । म नबोलेरै आफूलाई व्यक्त गर्न सक्थें । म यो धरतीका ससाना र एकदमै

मसिना परिवर्तन देख्न, सुँघ्न र महसुस गर्न सक्थें । म चराको छाया, कमिलाको रफ्तार, डढिरहेका दाउराको चटचट, माखाको आवाज र दूधको बास्ना फैलाइरहेका आमाका स्तन सप्पै महसुस गर्न सक्थें । मेरो धरती मेरो तालु जत्तिकै नरम थियो । मेरो आकाश मेरो हत्केला जस्तै सानो थियो । बाको अँगालोमा बाँधिइरहँदा, आमाको काखमा निदाइरहँदा मलाई धरतीको सबैभन्दा सुरक्षित ठाउँमा छु जस्तो लाग्थ्यो ।

सङ्गीतका पिठ्युँमा बसेर म त्यहाँ पुग्थें, जहाँ आफूलाई एकदमै सुरक्षित महसुस गर्थें ।

दश ब्यान्डको कालो रेडियोले मलाई काठमाडौंका गल्लीमा भौंतारिँदा भौंतारिँदै बिर्सिंदै गएका क्षण फिर्ता दिएको थियो ।

मैले काठमाडौंमा उसै बिताएका पाँच वर्षको हिसाब गर्न थालेको थिएँ । पाँच वर्षअघि म उज्यालो अनुहार, चम्किला सपना र चञ्चल कौतूहल लिएर आएको थिएँ । तर पाँच वर्षपछि मसित केही थिएन ।

सधैं म पाँच मुठी चामलको भात खान्थें । अचेल त्यसबाट दुई मुठी घटाउन थालेको थिएँ । एकै छाकमा दाल र तरकारी खाने हैसियत गुमाएको थिएँ । मैले पलङमुन्तिर राखेका चामल, दाल, आलु र मट्टीतेललाई जतन गर्न थालेको थिएँ । पहिला सिङ्गो प्याजको दाना तरकारीमा राख्थें । तर अचेल आधा टुक्रा अर्को छाकलाई जोगाउँथें । जति जति अन्न घट्दै जान्थ्यो, उति उति मेरो भोक बढ्दै जान्थ्यो । हिसाब गर्दा २५ छाकभन्दा बढी अन्न थिएन ।

मेरो गर्धनमा समयले बलियो फन्दा बेरेको थियो । बिस्तारै बिस्तारै कर्सिंदै गएको थियो । र मलाई घरबेटी बाको घरको फोन बज्ने आशाले मात्रै आँट दिएको थियो । सिरानीमुनि च्यापेर राखेको एक सय ६५ रूपियाँ सकिएला भनेर म बाहिर पनि निस्कन्नथें ।

म बिहानदेखि रातिसम्म अनवरत रेडियो सुन्थें ।

समाचारले माओवादी युद्धमा मारिएका मानिसहरूका नाम उल्लेख गरिरहन्थ्यो । गृह मन्त्रालयले माओवादी नेताका टाउकाको

मूल्य तोकेको थियो । झाङमा अलपत्र परेको बमलाई उचाल्दा पड्किएर केटाकेटी मरिरहेका थिए । पहिलो निसाना शिक्षक थिए, जो दुवैतिरबाट मारिइरहेका थिए । संस्कृतका किताब जलाएर नष्ट पारिएका थिए । गाउँमा कि त बन्दुक थिए, कि त भोक ! युद्धमा मारिएकालाई अलगअलग खाल्डो खनेर पुर्ने इच्छा र शक्ति कसैसित थिएन । एउटा ठूलो खाल्डोमा सप्पै पुरिरहन्थे । गोल्डस्टार जुत्ता, प्रेसर कुकर, रातो गाता भएका किताब र फलामका पाइप निषेध गरिएका थिए । सरकार सिपाही भर्ती गरिरहेको थियो, माओवादी छापामार !

काठमाडौंमा बस्नेलाई लिखुरे, जिङ्ग्रिङ्ग कपाल र मैलो झोला बोक्ने छापामार लागिहाल्थे । सुनसान सडकमा पछिपछि हिँडेर आइरहेको मान्छेले छुरा घोपिहाल्छ कि भन्ने त्रास फैलिएको थियो । १०/१५ जना मारिएको समाचार ठूलो हुन छाडिसकेको थियो । ती समाचार पत्रिकाका एक कोलममा झरिसकेका थिए ।

आफ्नै छायादेखि तर्सने मौसम सुरू भइसकेको थियो ।

दश ब्यान्डको कालो रेडियोले मलाई देशसित जोडेको थियो । म बेखबर भएका खबर पाउन थालेको थिएँ । काठमाडौंमा म जस्तै भविष्यको भयावह अँध्यारोदेखि तर्सिएका पनि धेरै थिए । म रेडियोको फोनइन प्रोग्राममा तिनका असफल सपनाका उच्छ्वास सुन्थें । उनीहरू असाध्यै व्यस्त रहने रेडियोको नम्बरमा रिडायल गरिरहन्थे । उनीहरू अरूलाई पनि सुनाउन चाहन्थे, आफ्ना भोगाइ र तिनले जन्माएका दर्शनहरू । कोही गीत गाउँथे । कोही काँपेको स्वरमा विरह र असफलताका मुक्तक सुनाउँथे । कोही आफूलाई धोका दिएर जानेलाई सरापै सरापका शब्दले भरिएका गीत 'डेडिकेट' गर्थे । कोही अण्डकोष ठूलो हुने समस्याबारे दबेको स्वरमा सोध्थे । कोही हस्तमैथुनले वीर्य पातलो बनाउने र भविष्यमा पिता बन्नबाट वञ्चित हुने हल्ला सत्य हो कि होइन भनेर सोधिरहेका हुन्थे । तिनका उत्तर दिन डाक्टर पनि हाजिर हुन्थे ।

एफएमले काठमाडौंभर टुक्राटुक्रा भएर छरिएको संसार मलाई गाँसेर दिएको थियो ।

म मरें । डरलाग्दो रङ्को पीताम्बरले छोपिएको थिएँ । मलामीहरूले मलाई बोकेर घाटतिर लगिरहेका थिए । अचानक मलामीको भीडमा म पनि देखिएँ । म हिक्कहिक्क गर्दै रोइरहेको थिएँ ।

म आफ्नै लासको मलामी भएर हिँडिरहेको थिएँ ।

अबेरसम्म कोसिस गरेपछि मैले आफ्नो गोडाको बूढी औंलामा कम्पन ल्याउन सकें । ब्युँझिँदा मेरो मुटु दमाह झैं बजिरहेको थियो । मेरा पाखुरा र तिघ्राका काप पसिनाले भरिएका थिए । पिँडौला असह्य हुने गरी दुखिरहेका थिए । मैले अस्ति भर्खर मात्रै भात खाँदा थालमुन्तिर ओछ्याएको अखबारमा अलिकति झुकेर पढेको थिएँ– कति मुटुरोगी निद्रामै मर्छन् । मैले सोचिहालें– सायद उनीहरू आफ्नै मलामी हिँडेको सपना देख्छन् क्यारे !

घटघटी एक गिलास पानी पिएँ ।

मेरा हातगोडा हुरीको पात झैं काँपिरहेका थिए । काठमाडौं पसेपछि म पहिलोपल्ट यति धेरै डराएको थिएँ । मलाई फेरि निद्रा लागेन । मलाई मेरो सपनाको अर्थ भनिदिने कोही थिएन ।

रातको साढे १२ भइसकेको थियो । मलाई फेरि निद्रा लागेन । आमा भन्थिन्– सपना त्यत्तिकै आउँदैनन् । सपना भविष्यमा आउने सङ्कटबारे जानकारी दिन आउँछन् । मेरी आमा सपना बुझ्छिन् भन्ने मलाई लाग्थ्यो । म सानै थिएँ । एक दिन आमाले बिहान भनेकी थिइन्, "मैले आज सपनामा पुसाजुलाई एकदमै नयाँ र सफा कपडा लाएर हिँडेको देखें । ह्वाँ मलाई चिन्दै नचिने जस्तो गरेर जानुभो । मलाई पुसाजुको चिन्ता लाछ ।"

भोलिपल्ट पुसाजु बितेको खबर आएको थियो ।

मेरी आमा त्यसैले पनि सपनादेखि डराउँथिन् । उनी दाँत झरेको सपना देख्न नपरोस् भनेर पनि कामना गरिरहन्थिन् । दाँत झरेको

सपना देखिहाले पनि अरूलाई भन्नुहुँदैन भनेर मलाई सुझाइरहन्थिन् । दाँत झरेको सपना देख्यो र अरूलाई भन्यो भने देख्ने र सुन्ने दुवैलाई जुठो लाग्छ– उनी सोच्थिन् ।

मैले अबेरसम्म आफ्नो सपनाको अर्थ निकाल्ने कोसिस गरें । सकिनँ । सपनाको अर्थ शङ्खेकीरा झैं आफ्नो कडा हाडभित्र लुकेको थियो ।

अबेरसम्म अनिद्राले छटपटिएपछि मैले सिरानछेउको रेडियो समाएर छातीमाथि राखें । एफएमका सबै स्टेसन निदाएका थिए । रेडियो बेच्ने साहुजीले भनेका थिए, "रेडियोका अरू ब्यान्डमा चाइनिज स्टेसन टिप्छन् । शब्द नबुझिए पनि सङ्गीत सुन्न मज्जै हुन्छ ।"

मैले पहिलो ब्यान्डमा एफएम सुनेको थिएँ । दोस्रोमा *बिबिसी* ! तेस्रो ब्यान्डसम्म कहिल्यै पुगेको थिइनँ । म तेस्रो ब्यान्डमा पुगें र हुरीको बीचमा चरा खोजे झैं स्टेसन खोज्न थालें । तेस्रोमा हुरी मात्रै चलिरह्यो, कुनै आवाज भेटिएन । चौथोमा केही हिन्दी आवाज भेटें । तर आवाज हुरीमा उडिरहेको प्लास्टिकको टुक्रा झैं भेटिँदै, हराउँदै, भेटिँदै हरायो । म पाँचौंमा पुगें, साहुजीले भने झैं एउटा चाइनिज स्टेसन फेला पऱ्यो । तर एउटी स्त्री र पुरूष आपसमा कुरा गरिरहेका थिए । सुन्दै गएपछि उनीहरूको आवाज तीखो, हडबडे र उच्चाटलाग्दो लाग्यो । सायद गीत बज्ने बेला भएको थिएन । म छैटौंमा पुगें । केही आवाज भेटिए । तर कुनै डाँडाको टुप्पामा कराए जस्तो आवाज सुनिने तर नबुझिने थिए । म सातौंमा पुगें ।

किन पुगें, सातौंमा !

सातौंमा हुरीहरूको बीचमा मैले आवाज फेला पारिहालें । एकदम स्पष्ट । एउटा पुरूष आवाज । नेपालीमा बोलिरहेको । म छक्कै परें । भोल्युम अलिकति ठूलो बनाएँ । ब्याट्री चाँडै सकिने डरले अलि सानो भोल्युममा रेडियो सुन्न थालेको थिएँ । कुन स्टेसन होला, यति रातिसम्म खुला भइरहने ? एकछिन सोचें । तर थाहा पाइहालें, त्यो कुनै स्टेसनबाट आइरहेको आवाज थिएन ।

रेडियोले त टेलिफोनको आवाज पो टिपिरहेको रहेछ ।

मानिसको प्राकृतिक स्वभाव नै हो, उनीहरू मानिसले भनेका कुराभन्दा नभनेका कुरा सुन्न लालायित हुन्छन् । मैले कोर्समा पढेको कवितामा कवि गोपालप्रसाद रिमालले भनेकै थिए–

*सबैले टड्कारै सुन्ने गरी टाढैबाट उसले भनेका कुराहरू त यस्ता मीठा छन् भने म भन्न सक्तिनँ, उसले मेरो कानमा सुटुक्क भनेका कुराहरू कति मीठा होलान् !*

पुरूष बोलिरहेको थियो । रेडियोले टेलिफोन टिपेकामा चकितै भएर मैले पुरूषले बोलिरहेका शब्दतिर ध्यानै दिइनँ । पुरूषको आवाजमा थकान र तन्द्रा थियो । फोनको अर्कोपट्टिबाट महिला सासको आवाज आयो । उसले भनी, "नील ! तिमीलाई नीलकुञ्जरीबारे थाहा छ ? यो फूल १२ वर्षमा एकपल्ट मात्र फुल्छ ।"

पुरूषको नाम नील थियो । मैले हतारमा नीलको नाम दिमागमा टाँसें र सास थाम्दै उसको आवाज सुन्न थालें । ऊ फोनको अर्कोतिरबाट बोलिरहेकी थिई, त्यसैले आवाज प्रस्ट भए पनि मधुरो थियो ।

भोल्युम बढाएँ ।

उसले बोलिरही । ऊ निद्राले लट्ठ भइसकेकी थिई । ऊ घरका अरूले सुन्लान् झैं गरेर एकदमै सुस्तरी बोलिरहेकी थिई । त्यसैले फोनमा उसको बोलीभन्दा सासको आवाज आइरहेको थियो । मलाई निद्रा र थकानले भरिएको उसको आवाज मादक लाग्यो ।

अबेरसम्म सुनेपछि नीलले सोध्यो, "कहाँबाट थाहा पाउँछ्यौ, यस्तो कुरा ?"

"बाबाबाट ! तिमीलाई थाहै छ नि ! बाबालाई कति धेरै कुरा थाहा थियो । सानोमा त म उहाँलाई सुपरहिरो नै ठान्थें ।"

"त्यो त हरेकलाई लाग्छ नि !"

"मेरा बाबा अरूका बाबाभन्दा बढी हुनुहुन्थ्यो," उसले भास्सिएको आवाजमा भनी, "अहिले पनि यतैकतै हुनुहुन्छ जस्तो लाग्छ । कहीँकतैबाट हेरिरहे जस्तो ।"

नील एकछिन मौन भयो ।

"तिमीले द *गुड अर्थ* पढ्यौ ?"

नील फेरि चुप रह्यो । सायद सोच्दै होला । अनि भन्यो, "टू पेज पढेको । तिमीलाई थाहै छ, मलाई फिक्सनभन्दा ननफिक्सन मनपर्छ । कथासथा मैले कहिल्यै पढिनँ ।"

"सै हो," युवतीले अलिकति रिसाए जस्तो गरी भनी, "कथासथा पो ? कथासथाको गहिराइमा पुग्न सायद त्यो कथासित कहीँकतै जोडिनुपर्छ । पहिला पूरा त पढ । के थाहा, कहीँकतै जोडिइहाल्छौ कि !"

म भएको भए सोध्थें, "तिमी कसरी जोडिन्छ्यौ त ?" तर नीलले सोधेन । उसले भन्यो, "ओके, म फेरि ट्राई गर्छु ।"

उसले लामो सास फेरी ।

"खोइ, आज अस्ति जस्तो इरोटिका सुनाएन तिमीले," नीलले काँपेको आवाजमा भन्यो, "दिनभर तिम्रै कुरा कानमा गुन्जे जस्तो भइराथ्यो ।"

"डियर आर्किटेक्ट ! तिमीलाई यो सजाय नै भयो । जबसम्म तिमी द *गुड अर्थ* पढ्दैनौ । म तबसम्म सुनाउँदिनँ ।"

"प्लिज आई एम एडिक्टेड टू योर स्टोरिज ।"

"नाइँ ।" उसले यसरी लाडिएर भनी, मलाई काउकुती लाग्यो ।

"त्यसो भए यो त भन, यस्तो स्टोरिजको आइडिया कहाँबाट आउँछ यूलाई ?"

"एनिस निनको नाम सुनेका छौ ? के सुन्थ्यौ ? सुन । हेनरी मिलर नामको लेखकसित उसको प्रेम थियो । बिचरा हेनरी मिलर आर्थिक अभावमा थियो । एक दिन उसले सेक्स स्टोरिज लेख्ने प्रस्ताव पायो, एउटा धनी मानिसबाट । धनी मानिस ती कथा मात्र पढ्थ्यो, जो उसका लागि मात्र लेखिएको होस् । हरेक कथाका लागि ऊ हन्ड्रेड डलर पे गर्थ्यो हेनरीलाई । हेनरीले लामो समय लेख्यो । र उसले यो कुरा एनिसलाई पनि सुनायो । यू नो, एक दिन हेनरी

अर्के देशको यात्रामा गयो । धनी मानिसलाई नयाँ कथा पढ्न नपाएर छटपटी हुन थाल्यो । एजेन्टले एनिसलाई सबै कुरा सुनायो । अनि एनिसले त्यस्तै कथा लेखिदिन थालिन् । उनले कथा त लेखिन् । तर लिटरेरी भ्यालुको । पछि छानिएका कथा उनका नाममा छापिए पनि," उसले लामो सास फेर्दै भनी, "यसरी बुझ, तिमी त्यो धनी मानिस हौ, म एनिस ।"

"तिमी पनि ।"

नील बेस्मारी हाँस्यो ।

"तिमी एडिक्ट भएका होइनौ, मैले बनाएको हुँ," उसले पनि मस्त हाँस्दै भनी, "अबको जमानामा प्रेमले मात्र सम्बन्ध चल्दैन । सम्बन्धमा कुनै न कुनै एडिक्सन चाहिन्छ !"

"साइको !"

"मलाई यस्तै साइकी मनपर्छ ।"

युवतीका हरेक शब्द र सासले मेरो रगतको रफ्तार बढाइरहेको थियो । र मलाई आफ्नै नशाले काउकुती लगाइरहेका थिए ।

"ल, नील म सुतें है । भोलि बिहानै मामुसित पशुपति जानु छ," उसले भनी, "बिहान मेरा राता आँखा देख्यो भने मामु रिसाइन्छ ।"

नीलले रिसिभरलाई चुम्यो ।

उसले भनी, "बन्नुई ।"

"ह्वाट ?" नीलको आवाज अलि चर्को भयो ।

"इट्स फ्रेन्च । गुडनाइट भनेको !"

"अब फेरि फ्रेन्च ?"

"तिमीलाई काबुमा राख्न दुईचार भाषाले मात्र पुग्दैन," उसले भनी, "जतेम ।"

जतेम ? नीलले पनि बुझेन, मैले बुझ्ने त कुरै थिएन । उसले फोन राखिदिई । रेडियोमा हुरी चल्यो । मैले भोल्युम प्याट्ट पारेर बन्द गरें । उसको आवाजको स्वाद मेरा कानले चाखिसकेका थिए । अबेरसम्म मेरा कानका लोतीमा अग्नि बलिरह्यो ।

मलाई उसको आवाज निक्खर नशा जस्तै लाग्यो । मैले जिन्दगीमा यसअघि यति मीठो आवाज सुनेकै थिइनँ । मलाई उसले मेरै कानमा मुख जोडेर बोले जस्तै लागेको थियो । मलाई उसको सास मेरा कानका उतारचढावभित्र काउकुती लगाउँदै कुदिरहे जस्तो लागेको थियो ।

मलाई लामो बेहोसीबाट झल्याँस्स ब्युँझिए जस्तो लागेको थियो । काठमाडौंमा अर्को पनि त दुनियाँ छ । मलाई लामो समय थकथकी भइरह्यो, मैले केवल पुरूषको नाम थाहा पाएँ, युवतीको थाहा पाइनँ । नील र उसको कति लामो सम्बन्ध हो, त्यो थाहा पाइनँ । तर डेढदुई घण्टामा म पनि युवतीको लती भइसकेको थिएँ ।

# केटी

*केटी होइन, भाउजू भन् पार्टनर,*
*बोल्ने सोमत छैन ?*

वाणिज्य बैङ्कको दैलोसम्म पुग्दा असिनपसिन भइसकेको थिएँ । मेरो सर्टको काखीनिर पसिनाको धब्बा थियो । हत्केलाले अनुहार पुछ्दा आफ्नै ठाडा र तिखा रौं बिझाए । भित्र चियाएँ । मुधरो गन्ध नाकका पोरामा ठोकिए, ती ताजा नोटका गन्ध थिए । काउन्टरमा मानिसको लहरो थियो । कुनाको टेबलमा खाताको मोटो ढड्डा पल्टिरहेको थियो ।

म लुसुक्क ढड्डासम्म पुगें । हतारहतार पाना पल्टाएँ । तर मेरो नाम कतै थिएन । दुईपल्ट पढें । छँदै छैन ।

"सिरी भाइ, आज पनि आएन है !" महिलाको मधुरो आवाज आयो ।

सिसाभित्रबाट जमुनाको दाना जस्तै ओठ भएकी महिलाले सोधिरहेकी थिइन् । आज त उनले नदेखून् भनेर लुसुक्क आएको थिएँ, आजै झन् नामै काढेर पो बोलाइन् । धेरैपछि मैले अरूको मुखबाट आफ्नो नाम सुनेको थिएँ ।

मैले महिलाको अनुहार र आवाज गाँसेर सोचें, उनले प्रेमले भनेकी थिइन् । म खिस्स हाँस्न खोजेको थिएँ । तर हाँसो रून्चे भएरै बाहिर आयो ।

महिलाले काउन्टरअघि उभिएको अधबैंसे मान्छेलाई सुनको टुक्रा जस्तो टोकन दिइन् । टोकनको चिप्लोपना मेरा हत्केलामा नपरेको धेरै

भइसकेको थियो । म टोकनलाई अँठ्याएर आफ्नो नम्बर कुरिरहन्थें । मेरो पालो आउँदासम्म टोकन तातो भइसकेको हुन्थ्यो ।

"मलाई पनि खै के भाको ?" महिलाले हाँसे जस्तो गरी भनिन्, "टिटी आयो कि सिरी भाइको नाम हेरिहाल्छु ।"

"घरबाट टाढा पर्छ बैङ्क ! बा आउन भ्याउनुभएन जस्तो छ ।"

उनले लेदरको कालो ब्याग भिरेको केटोलाई टोकन दिँदै अलिकति आत्मीयता देखाउँदै भनिन्, "खै सिरी भाइ ! मैले महिनौं तपैंलाई फनफनी घुमेकै देखेकी छु । मैले अस्तिना भनेको कुराले चित्त नदुखाउनू है, भाइ । मेरो दिमागभन्दा छिटो जिब्रो चल्छ ।"

"म जागिर खोज्दै छु," मैले सुकेको स्वरमा भनें ।

"भनेको बेला जागिर पनि के पाइन्थ्यो र, सिरी भाइ !" सिसाअगाडिका टोकन लिने मान्छे सकिएपछि उनले लामो सास तान्दै भनिन्, "अस्तिना भनिहालें, पछि अप्ठ्यारो लागिरह्यो । आज मन हलुङ्गो भयो ।"

सुटमा सजिएर सुटकेस बोकेको मानिस सिसाअगाडि आइपुग्यो । उसको रूद्रघण्टीनिर गाँठो परेको टाई देखेर मलाई सकस भयो ।

म कोठाभरि रङ्मगिएका ताजा नोटका गन्ध छाडेर बाहिर निस्किएँ ।

जाने ठाउँ कतै थिएन । मैले थाहा पाइसकेको थिएँ– काठमाडौंमा हरेक पाइला सार्दा पैसा चाहिन्छ । म घट्टेकुलोतिर सोझिएँ । अनामनगरको उकालो कटेपछि मलाई हातखुट्टा फतक्क गले जस्तो भयो । जिब्रो सुक्दै आइरहेको थियो । मलाई फ्रिजबाट भर्खरै निकालेको कोकको सम्झना आयो । चिसा लहरा आन्द्रामा फनफनी घुम्दै नाभिसम्म पुगेको महसुस गर्ने रहरले गोजीमा हात हुलें । तर गोजीले मेरा हात च्याप्प समायो ।

सोचें, कोकको तिर्खा एकैछिनलाई त हो ! बरू चिसो खाने पैसाले रेडियोका ब्याट्री किन्छु । रेडियोले एक्लोपनको तिर्खा मेटिदिन्छ ।

जुत्ताभित्र बाफ्फिइरहेका गोडा कोठातिर लतारें ।

म छ ओटा ब्याट्री बोकेर भऱ्याङ उक्लिरहेको थिएँ, आदिसित भेट भयो । म एक खुट्किला तल थिएँ, ऊ एक खुट्किला माथि । मलाई ऊ झन् अग्लो लाग्यो । म बिहान निस्किँदा ऊ कोठामा थिएन । उसले हेल्मेट तालुमा ढल्काएर राखेको थियो । ऊ फिक्का रातो रङको सर्टमा थियो । उसको अनुहार ताजा देखिन्थ्यो, छ्याङ्ङ खुलेको आकाश जस्तो । ए, ऊ त दाह्री काट्न पो आएको रहेछ !

आदि सैलुनमा कपाल मिलाउन जान्थ्यो । तर दाह्रीजुँगा भने आफैंले घरमा सफाचट पार्थ्यो । उसलाई लाग्थ्यो, सैलुनमा हजाम एउटै ब्लेडले तीनचार जनासम्मको दाह्री खौरिन्छन् । "ब्लेडले एड्स सारिदियो भने त खत्तमै हुन्छ, पार्टनर !" ऊ भन्थ्यो ।

म जसरी सर्पसित डराउँथें, आदि त्यसरी नै एड्ससित डराउँथ्यो । आदि काठमाडौं आएकै वर्ष काठमाडौंमा एड्सले आतङ्क फैलाएको थियो । हल्ला चलेको थियो, "केही मानिस एड्स रोगीको रगत सिरिन्जमा भरेर भीडभाड हुने ठाउँमा अरूलाई घोप्दै हिंडेका छन् । बस, फिल्म हल जस्ता भीड हुने ठाउँमा कैयौं मानिसले आफ्नो शरीरमा सिरिन्जको डाम भेटेका छन् ।" आदिको हंसले ठाउँ छाड्यो । उसले महिनौंसम्म फिल्म हेरेन । बस र टेम्पो चढ्ने आँट पनि गरेन । तर लामो दूरीमा हिंडेर पनि साध्य थिएन । एक दिन उसले ज्ञान पायो, मोटरसाइकल किन्यो भने सिरिन्जबाट जोगिन सकिन्छ ।

उसले मोटरसाइकल किन्यो । मोटरसाइकल र ऊ जन्मिनुअघिका जुम्ल्याहा जस्ता भए ।

"पार्टनर देखिनै छाड्यो त अचेल," आदिले मलाई हत्केला दिंदै भन्यो, "धन्यवाद है, मेरो पालोमा पनि ट्वाइलेट सफा गर्देकोमा ।"

मैले मुन्टो हल्लाउँदै आदिको हत्केला समाएँ ।

"हेर, पार्टनर ! तिमी काठमाडौंमा पढ्न आएका हौ, पढ," आदिले आँखा चिम्सा पार्दै भन्यो, "तर यो ड्राइभरको सङ्गत नगर । हरामी छ गँजेडी । घट्टेकुलोभरि मेरा बारेमा चाहिंदो नचाहिंदो बोलेर हिंड्दो रैछ । त्यसका दिमागमा आइमाईका चाकबाहेक केही हुन्न । त्यसको अनुहारै चाक जस्तो भइसक्यो ।"

म वाल्ल परें । मेरा हत्केला आदिको हत्केलाभित्र बाफिइरहेको थियो ।

"भेटें भने त्यसका बत्तिसी झारिदिन्छु ।"

आदिको रातो अनुहारले मेरो ढुकढुकी बढ्यो ।

आदिले असहज तरिकाले घुच्चुकमा अड्याएको हेल्मेट घुमायो र सूर्यबहादुरको कोठा हेर्‍यो । प्याच्च थुक्यो । नम्र स्वरले सोध्यो, "पार्टनरको के छ, प्रोग्राम आज ?"

मेरो आवाज इनामेल झैं घाँटीभित्रै चप्किएको थियो । मैले ख्याक्क पार्दै आवाजलाई उप्काएँ र बाहिर निकालें, "केही छैन । दिनभर कोठामै बस्छु रेडियो सुनेर ।"

आदिले बल्ल मेरा हत्केला छाड्यो । आदिको पसिना मैले आफ्नो पुट्ठामा पुछें ।

"त्यसो भए, पार्टनर कतै ननिस्कनू । भरे भात पनि नपकाउनू," उसले आँखा चम्किला पार्दै भन्यो, "आज म तिम्लाई पार्टी दिन्छु ।"

ऊ बुट बजाउँदै गयो ।

कोठामा माखा झैं उदासी घुमिरहेको थियो । बाटामा राखेको जुठो पानीबाट हस्को आइरहेको थियो । बिहानीपखको खल्लो पेट जस्तै दिक्दारलाग्दो थियो, मेरो एककोठे संसार । पलङको डिलमा बसें । कोठाका हरेक चीज वाक्कलाग्दा देखिए । मलाई शरीरभरि सल्याङमल्याङ गर्दै कन्सुत्लाको लस्कर हिँडे जस्तै लाग्यो । छिमेकमा केटाकेटी उफ्रिइरहेका थिए । तिनको आवाज मधुरो गरी कोठासम्म आइरहेको थियो । त्यो आवाजले झन् चिड्चिडे बनायो ।

म किन छु यहाँ ? केका लागि छु ? मैले आफूलाई यो धरतीको सबैभन्दा बेकार चीज ठानें । म बाले हत्केलामा आलु मिचेर पठाएको पैसाको प्रतीक्षामा थिएँ । पैसा आइहाले पनि के त ? डेराभाडा तिर्नेछु, दालचामल किन्नेछु । तीन सो फिल्म हेर्नेछु । फेरि उसैगरी महिनौं पैसाको प्रतीक्षामा प्याकप्याक भएर बस्नेछु । खानेछु, हग्नेछु । सुत्नेछु,

उठ्नेछु । अर्कै कोठाको दैलोमा ढ्याक्क आवाज आए पनि घरबेटी बा आए कि भनेर तर्सिरहनेछु ।

मैले आफूलाई मेसिनले पेलेको उखुसित तुलना गरें । ठानें, म रसविहीन बोक्रा भइसकेको छु, माखा पनि नभन्किने !

ओछ्यानमा उत्तानो परें ।

रेडियो छातीमा राखें, एरियल तन्काएँ र भोल्युम प्याट्ट पारें । मैले जुन पोइन्टमा युवतीको आवाज सुनेको थिएँ, त्यहाँ आवाज थिएन । रेडियोले सुस्केरा हालिरहेको थियो । उसको आवाज सुनेको पोइन्ट याद गरें अनि डल्लो घुमाएँ । अहो ! कति धेरै टेलिफोनको आवाज टिपेको रेडियोले ? मैले गीत सुन्ने मोह मानिसका आवाजका बीचमा त्यागिदिएँ । मेरा कोठाभरि टेलिफोनका आवाज गुन्जिरहेका थिए ।

– "अब जग्गाको भाउले आकाश छुन्छ । त्यो जमिनको टुक्रा पछि गएर सुनको टुक्रा हुनेछ, बुझ्नुभो ?"
– "अब सहन सक्दिनँ ! एक हप्ता टाइम दिएँ । एक सुको पनि छाड्दिनँ । एक हप्ताभित्रमा पैसा आएन भने आधा ज्यान लिएर टाउको खोज्न जानुपर्ला ।"
– "जसले पनि रङ नम्बर मात्रै भन्छ । सुनिताको नम्बर चैं कुन परेछ । एई, बाबु, ठट्टा नगर । सुनितालाई देऊ फोन !"
– "सर ! अन्तिम पटक चान्स दिनुस् । यसपालि पनि मैले सकिनँ भने मेरो आँखामा मुतिदिनुहोला ।"
– "हत्तेरी भनी त सकें, डेरा सरेर गको छ महिना भो भनेर । अब मलाई सोधेर बसपार्कमा आउनुभको होइन क्यारे ! मैले बिचल्ली पारेको होइन, तपैंको भानिज नै यस्तो ।"
– "अब आइन्दा फोन गर्ने होइन । बुझिस् ? पुलिसले चाकमा लौरो कोचेर जेल हुलेपछि थाहा पाउलास् । बढ्ता बोल्दो रैछ ।"
– "मुद्दा त जित्न सकिन्छ तर.. । डेढ लाखभन्दा बढी थप्नुपर्ने भयो । तपैंको छोरो छुट्छ, आमै ।"
– "खुब सौता आउन खोजेकी होइन ? माटो खोस्रेका नङ हुन्,

मेरा । खुबै पालिस लाका कपाल छन् हैन, तेरा । बोइलर भुत्ल्याए झैं भुत्ल्याउँछु अनि थाहा पाउँलिस् ।"

मैले साँझपखसम्म अपरिचित मानिसका आवाज सुनिरहें । रेडियोले अक्टोपसका खुट्टा झैं चारैतिर फैलिएर आवाज तानिरह्यो । सबै मानिस कुनै न कुनै जालमा जेलिएका थिए । अरूका कुरा सुन्दा सुन्दा मेरा कानका जालीको मुलायमपन खस्रो हुन थालिसकेका थिए । मैले उसको आवाज आउने पोइन्टमा डल्लो घुमाएँ । तर उसको आवाज अझै आएन ।

लामो हाई काढेर रेडियो बन्द गरिदिएँ ।

राति सवा आठ बजे आदि आइपुग्यो ।

उसले बियरका तीन बोतल, ठूलो बोतल कोक, एक प्लेट छोइला, एक प्याकेट दालमोठ, दुई प्लेट मःम, हाफ चिकन तन्दुरी र एउटा मुला, एउटा काँक्रो र एउटा गाजर ल्याएको थियो । मैले पत्रिका ओछ्याएर सबै सामान मिलाएर राखें । धेरै पछि कोठा भरिभराउ देखियो ।

आदि सामान दिएर आफ्नो कोठामा पसेको थियो ।

मैले एउटा थालमा मःम राखें । अर्को थालमा छोइला, दालमोठ र चिकन तन्दुरी राखें । मःम सकेपछि, त्यही थालमा काक्रो, गाजर र मुला काटेर राख्नेछु ।

कोकको बिर्को खोलेर घुट्काइहालें । आन्द्राआन्द्रामा फनफनी घुमिरहेको चिसो लर्कोलाई महसुस गर्दै आनन्दित भएँ । मैले मःमका दुई डल्ला र एक टुक्रा छोइला खाएपछि आदि भित्र पस्यो ।

"लौ पार्टनर, म नआउँदै सुरू गरेको ?" भन्दै ऊ बुद्ध झैं चकलमाडे मुद्रामा बस्यो ।

म हिस्स हाँसें र दाँतका चेपमा अल्झिएको छोयलाको रेसा नङले कोट्याउन थालें ।

उसले बियरको बोतल समायो । दाँतले बिर्को खोल्यो । र भन्यो, "चियर्स ।"

मैले मुन्टो हल्लाएँ ।

उसले बियरको मुखमा बसेको फिँजलाई जिब्रोले चाट्यो र त्यसको मुख आफ्नो मुखमा जोड्यो । मैले उसको ठाडो घाँटीमा तीव्र गतिमा तलमाथि भइरहेको रूद्रघण्टीको आवाज सुनें । यस्तो लाग्थ्यो, ऊभित्र सात जुनीको तिर्खा थियो ।

उसले लगभग आधा बोल बियर घुट्क्यायो र ढ्याप्प बोतल भुइँमा राख्यो । बियरको तीतोले बाङ्गिएका ओठ पाखुराले पुछ्यो । मःम खाँदै असहज तरिकाले सोध्यो, "पार्टनरले कति ओटा राँगा सक्यो होला खाएर ?"

मैले पाँच वर्ष प्रायः हरेक दिन खाएका मःमका डल्लाहरूलाई जोड्ने कोसिस गरें र भनें, "खोइ, आधा राँगो खाएँ कि !"

"मैले त पाँच ओटा राँगा सकिसकें होला ! अब त राँगाको छेउछाउ हिँड्न पनि डर लाग्छ । के थाहा, राँगाले भुडीमा सिङ उनिदिने हो कि ! हाम्रा आफन्त सक्ने यै हो भनेर ।"

मैले दुइटा डल्ला मःम खाएँ र कोक घुट्क्याएँ । बोल्नलाई मसित केही कुरै थिएन । चुपै रहें । आदिले फेरि बियरको लामो घुट्को तान्दै बोतल छेउमा राख्यो । बोतलको गर्धन भने अँठ्याइरह्यो ।

मैले थाहा पाइसकेको थिएँ, आदि मसित केही कुरा गर्न चाहन्थ्यो । तर सुरू कहाँबाट गर्ने मेसो पाइरहेको थिएन ।

"जिन्दगी के हो जस्तो लाग्छ, पार्टनर ?"

मैले ट्रकका पुछार र सन्ध्याकालीन पत्रिकाका टाउकातिर लेखिइरहने वाक्कलाग्दो हरफ सम्झिएँ– जिन्दगी सङ्घर्ष हो । हरफलाई दिमागबाट झारेर मुखसम्म ल्याउन पनि मलाई अल्छी लाग्यो । मैले भनेर पनि कुनै अर्थ थिएन । किनभने आदिलाई मेरो उत्तर चाहिएको पनि थिएन ।

"अनि प्रेम के हो जस्तो लाग्छ, पार्टनर ?"

लौ ! आदिले अर्को प्रश्न तासको पत्ती झैं मेरा अघि फाल्यो । मैले बाआमाको प्रेम गुमाइसकेको थिएँ । अरू प्रेम पाइसकेको थिइनँ ।

म गाउँ पनि नरहेको र सहर पनि नबनिसकेको बजार मात्रै थिएँ । तैपनि सत्यकथा पढेका आधारमा भनें, "प्रेम हिंसा हो ।"

भर्खरै घुट्क्याएको बियरको घुट्को उसको घाँटीमा डल्लो परे जस्तै भयो । डल्लो फुटाल्न ख्याख्या गर्‍यो । दुई थोपा आँसु चुहाएर डल्लो फुटाल्यो । हडबडाउँदै भन्यो, "धन्नै असल्जिएको !" अनि थप्यो, "पार्टनर पनि दिनभर कोठामा बस्छ । कामधाम गर्दैन । फ्रस्टेसनको त देउतै भइसकेको रैछ । प्रेम हिंसा रे !"

मेरो अनुहार गुनाको चाक जस्तो रातो भयो । मुख बिगार्दै सोधें, "तपैं नै भन्नुस् न, प्रेम के रैछ त ?"

"हेर, पार्टनर ! जिन्दगी बाइक हो । प्रेम, पछिल्लो सिटमा बस्ने मान्छे । पछिल्लो सिटमा मान्छे भए पनि नभए पनि बाइक कुदिरहन्छ । तर पछाडिको सिटमा प्रिय मान्छे भो भने यात्रा कटेको पत्तै हुँदैन । प्रिय मान्छे झरेर गए पनि, पछिल्लो सिट गह्रुङ्गै भइरहेको महसुस हुनु नै प्रेम हो । कोही मान्छे पछिल्लो सिटमा भएर पनि नभए जस्तो हलुङ्गो हुनु चाहिँ बिछोड हो ।"

मैले मुन्टो हल्लाएँ ।

"तिमीले कल्याणीलाई त चिनेकै थियौ ।" आदिले कल्याणी शब्द आफ्नो कम्मरमुन्तिर इसारा गर्दै उच्चारण गरेको थियो, जो मैले अश्लील तरिकाले बुझें । भन्यो, "त्यो बाइकको पछिल्लो सिटमा भएर पनि नभए जस्ती हुन्थी । अहिले हेर, अर्की मेरो जीवनमा आई, ऊ बाइकको पछिल्लो सिटमा नभए पनि सधैं छे जस्तो लाग्छे । पार्टनर मेरो प्योर लभ परेको छ अचेल ।"

मैले अन्तिम डल्लो मःमतिर हात बढाएको थिएँ, अचानकै शोकको खबर सुनेर नुन बारे झैं हात रोकें । मलाई खान मन लागेन । म जस्ता फ्रस्टेसनका देउतालाई प्रेम परेका किस्साभन्दा बिछोडका चीत्कार सुन्न बढी मन पर्छ नि !

बियर लाएर हो कि प्रेम लाएर, उसको अनुहार गुलाब रङ्को देखियो । उसले अर्को बियरको बिर्को दाँतमा च्यापेर हुस्स पार्‍यो ।

लामो घुट्कोपछि भावुक भयो । र भन्यो, "काठमाडौं पस्दा मेरो केही थिएन, अहिले सबथोक नै काठमाडौं भएको छ । त्यसैले काठमाडौंलाई गाली गर्न मन लाग्दैन ।"

"त्यो त हो !"

"जिन्दगीमा धेरै केटी घुमाइयो, पार्टनर । केटी घुमाउनु र प्रेममा पर्नु फरक रहेछ । अब यो प्रेमले मलाई पार लाउँछ । अब चाँडै बिहे गर्छु । कति रिलका डल्ला बोकेर बाइक कुदाउनु, एउटा सानो डल्ले जन्माएर त्यसलाई बाइकको ट्याङ्कीमाथि राखेर कुदाउने हो । खुर्सानी छैन, पार्टनर ? ट्वाक्क पारेर टोक्न मन लाग्यो । तन्दुरी पिरै रैनछ । सबथोक मिलिसकेको छ । मात्रै एउटा समस्या छ ।"

मैले चाम्रिएको खुर्सानी दिएँ । र सोचिरहें, आदिले डल्ले छोरो जन्माउने तयारी पनि गरिसक्यो । तर केटीबारे किन नभनेको होला ?

"के समस्या ? अनि केटी को ?"

"केटी होइन, भाउजू भन, पार्टनर । बोल्ने सोमत छैन है ! अब गँजेडी ड्राइभरको सङ्गत । के सिक्थ्यो । नाममै त छ समस्या ! मैले नाम भनें भने तिमी मूर्च्छै पर्छौ !"

मैले खरायोको जुनी लिएँ र कान ठाडा पारें ।

"हेर, पार्टनर, मैले यो घट्टेकुलोमा विश्वास गर्ने तिमी मात्रै हौ । त्यसैले मनको कुरा खोलेको । काठमाडौंमा पैसा कमाउनभन्दा दुस्मन कमाउन सजिलो छ । मेरा धेरै दुस्मन छन् । म तिम्री भाउजूको नाम तिम्रो दायाँ कानमा भन्छु, तिमी बायाँ कानबाट उडाइदिनू । दिमागमा नराख्नू । हुन्छ ?"

दायाँ कान ठाडो पारें ।

"मोहिनी ।"

मेरो हातबाट छोयलाको अन्तिम टुक्रा फ्यात्त खस्यो । मेरो अनुहारको सूर्य घुच्चुकतिर अस्तायो । मेरा शब्द गुरूरूरू दगुरेर गए । मैले आदिको अनुहार हेर्दै टाउको घुमाएर बतासमा प्रश्नवाचक चिह्न बनाएँ ।

उसले बतासमा नाक तलमाथि रगेडेर पूर्णविराम लगायो ।

प्रकाशको अनुहार मेरा आँखाभरि नाच्न थाल्यो । कसरी आफ्नै साथीकी प्रेमिकासित प्योर लभ हुन्छ ?

"मैले तिम्रो दिमाग पढिसकें," गम्भीर हुँदै आदिले भन्यो, "प्रकाश त मरेको एक वर्षभन्दा बढी भइसक्यो । अब ऊ फर्केर आउँदैन । मोहिनीको घरमा बिहेको कुरा आइसकेको छ । ऊ अरूसितभन्दा मसित सुरक्षित हुन्छे । उसलाई बाइकको पछाडि बसेर स्पिडमा हिँड्न मनपर्छ । मैले जति सुरक्षित तरिकाले बाइक चलाउने काठमाडौंमा अर्को छैन ।"

"तर प्रकाश त तपैंको आफ्नै साथी, अलि अप्ठ्यारो... ।"

आदिले मलाई बीचमै रोक्यो । सायद, उसलाई थाहा थियो, मैले के भन्छु भनेर !

"मोहिनीले प्रकाशलाई अझै बिर्सेकी छैन । अहिले पनि रून्छे । उसका घरकाले थाहै पनि पाका छैनन्, ऊ किन रून्छे भनेर । उसले भन्न पनि सकेकी छैन, किन रून्छु भनेर । त्यो बिहे गरेर अरूसित गए पनि रून्छे, मलाई थाहा छ । र उसले आफ्नो पोइलाई पनि भन्नेछैन, किन रून्छु भनेर," आँखा ओसिला पार्दै आदिले भन्यो, "म मात्रै त हुँ, यो संसारमा ऊ किन रून्छे भनेर थाहा पाउने । पार्टनर, मसित बिहे गरी भने उसले दिल खोलेर रून पाउँछे । उसले आँसु रूमालमा डल्लो पारेर लुकाउन पर्दैन ।"

दुवै मौन भयौं । केही समय पहिला कान्छा बा र म यसरी मौन नै भएका थियौं ।

आदिले तेस्रो बियरको अन्तिम घुट्को पियो र बोतललाई हावामा नचायो । भन्यो, "तर गँजेडी ड्राइभरले कुरै नबुझी घट्टेकुलोभरि हल्ला फैलायो । त्यो ट्रिप लेर नगरकोट गा छ रे, आओस् त । यो बोतलले त्यसको टाउकोमा पूजा गर्छु ।"

"के हल्ला फैलाएछन् ?"

"त्यो आदि पापी छ, आफ्नै मरेको साथीकी विधवा घुमाएर बस्छ भन्दै हिँड्दो रैछ," आदिले पलङको खुट्टामा मुड्की बजार्दै भन्यो, "बिहे नै नगरी, मोहिनी कसरी विधवा भई ? लौ, विधवा नै भई रे, के विधवाले फेरि प्रेम गर्न नपाई ?"

मैले बल्ल आदिको कुरामा समर्थन गर्दै मुन्टो हल्लाएँ । र बचेको दालमोठको पोकोतिर हेर्दै सोचें– यदि उसले पोको छाडेर गयो भने म एक पाउ चिउरामा मलेर भोलिको छाक टार्नेछु ।

"यत्ति भन्न आको । गएँ, भोलि फेरि सारूखानको नयाँ फिल्म आउँछ । भोलिदेखि धेरै कुद्नुपर्छ ।"

बाहिर पुगेर एकपल्ट सूर्यबहादुरको दैलोमा ड्याम्म हान्यो ।

"को बज्जे हो ?" घरबेटी आमाको आवाज आयो ।

उसले लर्बरिएको आवाजमा भन्यो, "मुसोलाई हानेको, आमा ।"

"मऱ्यो ?"

"पुच्छर चैं झऱ्यो ।" दैलो ढप्काउन आएको मलाई आँखा झिम्क्याउँदै ओठको एक चेप हाँस्दै भन्यो, "डुँडे भएर गाछ ।"

"त्यो बज्जे डुँडे मुसोले मेरो घर कोतरेरै सक्ने भो !"

# हैसियत

*आफ्नो हैसियतमा बस भाइ !*

"त्यो मसानले केके भन्दै हिँड्दो रैछ । तिमीलाई पनि केही भन्यो कि ?" सूर्यबहादुरले दैलोमा पाखुरा अड्याएर छेउको कुनामा प्याच्च थुके ।

मसान ?

मैले थाहा पाइहालें, उनले आदिलाई भनेका थिए । काठमाडौंमा मोटरसाइकल चढ्ने जति सूर्यबहादुरका लागि मसान थिए । मोटरसाइकलवाला र उनको कहिल्यै ग्रहदशा मिल्दैनथ्यो । जाम खुल्नासाथ मोटरसाइकलको लस्कर जब उनलाई उछिनेर जान्थे, उनी चिच्याइहाल्थे, "लौ, मच्चिए मसानहरू !"

मैले बिहान दुई बजेसम्म रेडियोमा युवतीका कुरा सुनेको थिएँ । र तीन बजे निदाएको थिएँ । ढिला सुतेर ढिला उठ्दा मान्छे त्यसै बिरामी जस्तो देखिन्छ । टनटनी दुखिरहेको घुच्चुक सुमसुम्याउँदै भनें, "मलाई त केही भनेको छैन ।"

"भने होला, अस्ति मध्यरातिसम्म ठूलै मिटिङ गरेको थियौ रे !" सूर्यबहादुरको अनुहार कुण्ठाग्रस्त भयो, "मैले त तिमीलाई आफ्नै भाइ सम्झेको थिएँ । तर तिमी त मेरो विरूद्ध षड्यन्त्र गरेर हिँड्ने रेछौ ।"

"हेर्नुस्, दाइ ! मेरो अरू काम छैन र ? म पढ्न आको मान्छे हुँ । तपैंहरूका विरूद्ध षड्यन्त्र गर्ने फुर्सद छैन मलाई । बुझ्नुभो ?" मलाई नभनूँ त लागेको थियो । तैपनि थाम्नै सकिनँ, भनिहालें, "तपैंले पनि त आदिले आफ्नै साथीकी विधवा घुमाउँछ भनेर हल्ला फिँजाउनुभएछ ।"

"ए, तिम्रो टाउको त मसानको गर्धनमा जोडिइसकेछ । तिम्रो मुखबाट मसान पो बोल्न थालेछ हौ ।"

म फेरि बोलिनँ ।

सूर्यबहादुर नै बोलिरहे, "अनि, त्यो जाँठो मसानले घुमाएकै छ त ! मैले भनेर के गल्ती गरें । सूर्जे जत्तिकै उज्यालो गरी सबैले देखेकै छन् । आफ्नो साथी बितेको एक वर्ष पनि भा छैन । मसानको पानी उम्लिहालेको ? मरेको साथीलाई धोका दिनेले मसित पो जोरी खोज्दो रेछ । जिउँदो मान्छेको फेला नपरेको । अब पऱ्यो मेरो फेला ।"

मैले सुक्खा हुँदै गएको मुखभित्र जिब्रो चलाएँ ।

"अनि, तिमीले मलाई विद्याको धाक देको ?" उनले मलाई घृणाले हेर्दै भने, "दिनरात सुत्नेले पढ्छ खुब । बाउको पैसा खायो, हग्यो । सुतीसुती पढिन्छ ? कलेज गएको खै ? मलाई त तिम्रो चालामाला ठीक लागेको छैन हौ ।"

"के चालामाला ?"

"तिमी माओवादी हौ कि भन्ने शङ्का लागेको छ मलाई," उनले मलाई चिल जसरी हेर्दै भने, "चन्द्रालाई पनि तिम्रो चालामाला ठीक लाको छैन । भन्थ्यो– त्यो सिरी पढ्न बसेको भन्छ, न पढेको देखिन्छ, न कलेज गएको । त्यसरी वर्षौं कोही त्यत्तिकै काठमाडौंमा बस्न सक्दैन । केही रहस्य त पक्कै छ ।"

म खिस्रिक्क परें ।

"अनि, अस्ति तिमी र मसान मिलेर मेरो ढोकामा लात्ती हानेछौ । चन्द्रा अझै डराएको छ," सूर्यबहादुरले हातका औंला आपसमा जेलेर पटररर पार्दै भने, "एक्ली आइमाई देखेर हेपेको ? लौ, मसित कुरा गर ।"

म के बोलूँ !

"आफ्नो हैसियतमा बस भाइ," चुरोटको खिल्ली ओठले च्यापेर लाइटर प्याट्ट पार्दै उनले भने । लामो सर्को ताने । ओठ चुच्याएर धूवाँलाई फुसुफुसु मेरो कोठाभित्र हुलिदिए । र दाह्रा किटे, "त्यो मसान

फेला परेको छैन । भेट त होस्, त्यसका घुँडाका पाङ्ग्रा खुस्काइदिइनँ भने म आमाको पोई !"

उनले मेरो दैलोको कापमा प्याच्च सुर्ती थुके । र फन्किँदै आफ्नो कोठामा पसें र ड्याम्म दैलो बजारे ।

सूर्यबहादुरको ढोका मेरा लागि बन्द भयो ।

म टनटनी दुखेको टाउको समाएर झोक्राएँ । मलाई पहिलो पटक काठमाडौंमा आफू शक्तिहीन भएको महसुस भयो । मलाई जसले जे पनि भन्न सक्थ्यो, जसरी सूर्यबहादुरले भनेर गए । र उनले महसुस गराएर गए, म काठमाडौंमा त थिएँ तर काठमाडौंमा हुनुको कुनै प्रमाण थिएन ।

मसित एउटै प्रमाण थियो, कलेजको आइडी कार्ड । समयसँगै त्यसको डेट एक्स्पायर भयो । डेट एक्स्पायर भएर काम नलाग्ने औषधि जस्तै भयो । एक दिन त्यो पुरानो आइडी कार्ड पनि मैले हराएँ । अर्को नागरिकता थियो । तर त्यसमा मेरो गाउँको मात्र ठेगाना थियो ।

मलाई आदिको प्रतीक्षा थियो ।

म सूर्यबहादुरका शब्दले दिएका घाउ आदिलाई देखाउन चाहन्थें । भन्न चाहन्थें, "हेर, आदि ! शब्दका घाउ देखिँदैनन् । तर कति धेरै दुख्छन् ।" तर आदि साहरूख खानको नयाँ फिल्मको रिल बोकर कुदिरहेको थियो । फुर्सद भए मोहिनीलाई भेट्न जान्थ्यो ।

मेरा दृष्टिमा आदि हिरो भइसकेको थियो । उसलाई कसैको डर थिएन । ऊ सहरले खोजेको रफ्तारमा दगुर्न सक्थ्यो । ऊ कसैसित डराउँदैनथ्यो, घरबेटी बासित पनि । एकपल्ट घरबेटी बाले ढिलासम्म भाडा नदिँदा आदिलाई भनेका थिए, "यसरी चल्दैन, भाइ !"

"कसरी चल्छ त ?" ऊ पनि झोक्किएको थियो ।

"आफैंले भाडा टाइममा नदिने, अझ झोक्किने ?" घरबेटी बाले भर्खरै सुरू गरेको प्रेसरको औषधिले काम गरेन । मानौं, उनका नसामा नीलो रगत बगेको थियो, अनुहारै नीलो भयो । भने, "मेरो घरमा चाइँदैन, यस्तो मान्छे । न सोमत छ, न संस्कार ।"

"काठमाडौंमा घर छ भनेर धाक नदिनुस् । तपैंको पो एउटा घर छ । मेरा लागि काठमाडौंमा हजार कोठा छन् ।"

"अझ बढ्ता बोल्दो रैछ यो त" भन्दै घरबेटी बाले भित्तामा मुड्की बजारे ।

"बोलिन्छ । काठमाडौंले मेरो मुखाँ टाँका लाको छैन !"

त्यसपछि घरबेटी बा महिनौं आदिसित बोलेनन् । आदि आफैं घरबेटी आमालाई भाडा बुझाउँथ्यो । तर घरबेटी आमा भने दुखेसो गरिरहन्थिन्, "त्यो बज्जेले जुन थालमा खायो, त्यसैमा हग्यो । हामी बूढाबूढीलाई हेप्यो । प्रताप भको भए ठेगान लाउँथ्यो ।"

म पनि घरबेटी आमा जस्तै कमजोर भएको थिएँ । सोचिरहेको थिएँ, आदि भएको भए सूर्यबहादुरलाई ठेगान लाउँथ्यो । म २१ वर्षे लक्का जवान थिएँ । मेरी आमाको हिसाबमा म दुइटा बच्चाको बाउ बन्ने उमेरको भइसकेको थिएँ । काठमाडौं पसेपछि मेरो उमेर बढिरहेको थियो । तर झन् बालक हुँदै गइरहेको थिएँ । आफ्नै छायालाई पनि भूत भनेर तर्सिने बालक जस्तो !

म आफ्नो जबाफ अर्काको मुखबाट निस्किएको सुन्न चाहन्थें ।

म आफ्नो आक्रोशमा अर्काले मुठी बजारेको हेर्न चाहन्थें ।

म यति धेरै परजीवी भइसकेको थिएँ कि, कहिलेकाहीँ ब्लोअपका सुन्दरीलाई हेर्दै कहिले आदिले, कहिले सूर्यबहादुरले सम्भोग गरेको कल्पना गर्थें । मेरो त कल्पनामा पनि सम्भोग गर्ने हैसियत थिएन ।

सूर्यबहादुरले मेरो कोठामा त्रासका एक गुच्छा सर्प छाडेर गएका थिए । ती ओछ्यानमा, चारै कुनामा, सत्यकथाको चाङमाथि, स्टोपको बर्नरमा सलबलाइरहेका थिए । मेरो सातो गएको थियो । म झन् डराएको थिएँ । काठमाडौंमा पुलिसले विद्यार्थीका कोठाकोठामा छापा मारिरहेका थिए । कति विद्यार्थी त अचानकै गायब भएका थिए । पुलिस डायरीका पन्नामा समेत घुस्रिएर माओवादी खोजिरहेका थिए । सूर्यबहादुरले पुलिसलाई चुक्ली लाइदिए भने ? पुलिस मेरो कोठासम्म आइपुगे भने म के भन्नेछु ? आफू काठमाडौं हुनुको कारण पुलिसलाई

के दिनेछु ? मैले एक क्षणलाई पुलिसको जुनी लिएँ र आफैंलाई केरकार गर्न थालें ।

र मैले आफैंलाई काठमाडौं हान्ने तयारी गरिरहेको छापामार देखें ।

मैले कल्पना गरें– पुलिस आउनेछन् । कोठा खानतलासी गर्नेछन् । केही भेट्नेछैनन् । म उनीहरूलाई झन् शङ्कास्पद लाग्नेछु । पुलिसले मलाई भ्यानमा हालेर लैजानेछन् । सूर्यबहादुर र चन्द्रालाई केही मतलब हुनेछैन । आदिले मेरो बारेमा सुन्नेछ, एकछिन टोलाउनेछ अनि ऊ पनि मोहिनीलाई बोकेर मोटरसाइकल कुदाउन थाल्नेछ । घरबेटी बा आफ्नो तीन महिनाको भाडा खेर गएकामा एकछिन चित्त दुखाउनेछन् । अनि मेरा सामान जफत गर्नेछन् । र पनि उनको भाडा असुल हुनेछैन । डेरा खोज्न आएको अर्को मान्छेलाई कोठाको भाडामा दुई सय बढाएर असुल गर्नेछन् । मेरा बाआमाले म भएको, नभएको थाहै पाउनेछैनन् ।

सबैको दिन उस्तै ढङ्गले चलिरहनेछ ।

मेरो पृथ्वी टक्क अडिएको थियो ।

म पृथ्वीलाई अलिकति कम्पन दिन कोठाबाट निस्किएँ । र पृथ्वीमा आफू हुनुको प्रमाण नागरिकता पनि बोकें । कोठाबाट निस्किएपछि मेरो जाने ठाउँ त्यही वाणिज्य बैङ्क थियो । वाणिज्य बैङ्कको खातामा नाम देखिने ठूलो आशा थियो । साढे १२ बजिसकेको थियो । शुक्रबार टिटीका अन्तिम स्लिप बोकेर चुच्चे टोपी लगाउने केटो १२ बजे नै बैङ्क आइसक्थ्यो । आइसकेको होला !

म बैङ्कमा पुगें ।

मोटो खाता समाउँदा मेरो धड्कन बढ्यो । तर खातामा मेरो नाम थिएन । पेट हुँडलिएर आयो । भोलिपल्टको शनिबार मलाई वर्षौं लामो लाग्नेवाला थियो । अरू बार त म प्रत्येक घण्टा पैसा आएको आस गर्न सक्थें ।

म सडकमा निस्किएँ ।

कता जाऊँ ? गर्मी र दरिद्रताले मेरो मुख च्याप्पै सुक्यो । मानिसको लहरो हतारहतार सडक पार गरिरहेको थियो । म पनि भीडको पछि लागें । म एकछिन हिँडें । सडकछेउको चिया पसलमा उभिएँ र कोक मागें । कोकको १५ रूपियाँ तिरेपछि मसित जम्मा ५५ रूपियाँ बाँकी रह्यो ।

म पसल बाहिरपट्टिको सानो टुलमा बसें ।

आँखाअगाडि लमतन्न पसारिएको भृकुटीमण्डपको सडकलाई हेरिरहें । गाडी कुदिरहेका थिए । पेटीमा मानिसको लर्को थियो । कसैले चर्को घामबाट जोगिन टाउकामा रूमाल बाँधेका थिए । कसैले छाता ओढेका थिए । कोही भने तरतरी निस्केका पसिना हत्केलाले पुछ्दै कुदिरहेका थिए । सबैलाई कतै न कतै पुग्नु थियो । तर म मात्रै थिएँ, जसलाई कतै पुग्नु थिएन ।

पाँच वर्षअघि म त्यो सडकबाट गोजीभरि पैसा बोकेर, शिर ठाडो पारेर टलक्क टल्केका छालाका जुत्ता बजाउँदै कलेज जान्थें । म हरेक दिन कलेज जाँदा कुनै युवतीसित जम्काभेट हुने कल्पना गर्थें । म कल्पनाको सबैभन्दा उँचो पहाडमा चढेको हुन्थें, त्यो बेला ।

आइए फस्ट इयरमा मेरा आँखा एउटी युवतीका आँखामा ठोकिएका थिए । ऊ मलाई राम्री नै लागेकी थिई । गहुँगोरी थिई । प्रायः मुस्कुराई नै रहन्थी । मैले पटकपटक हेरिरहेको छु भन्ने थाहा पाएर उसले मलाई पनि हेर्न थालेकी थिई । हामी एकअर्कालाई हेर्थ्यौं, कहिलेकाहीँ फ्याट्टै आँखा जुध्दा मुस्कुराउँथ्यौं । मलाई एकदुई पटक बोलौं बोलौं लागेको थियो । मैले पहिलो वाक्य के भन्ने भनेर खुबै सोचें । तर वाक्य भेटिनँ । बोलिनँ । सायद, उसले पनि वाक्य भेटिन होला, बोलिन ।

मैले उसलाई हेरेर मुस्कुराउन थालेको तीन महिनापछि ऊ क्लासकै अग्लो र धोद्रो आवाज भएको केटासित कहिले कोक त कहिले मालपुवा खान थाली । केटोले क्लासमा सरलाई सबैभन्दा बढी

प्रश्न सोधेर इन्तु न चिन्तु पारिसकेको थियो । उसका प्रश्नले सरहरू आजित हुन्थे भने विद्यार्थी गलल्ल हाँस्थे । मलाई लाग्यो, केटोले प्रश्न सोध्न सक्ने आँट केटीमा पनि प्रयोग गऱ्यो । सायद केटीले पनि उत्तर दिई । भन्नेहरू भन्छन्, "प्रेम आँखाबाट सुरू हुन्छ ।" तर मैले ज्ञान पाइसकेको थिएँ– प्रायः प्रेम प्रश्नबाट सुरू हुन्छ र अन्त्य पनि प्रश्नहरूबाटै हुन्छ ।

तैपनि म केटीलाई हेरी नै रहन्थें । एक दिन मैले केटीका ओठमा ताजा घाउ देखें । मैले क्यान्टिनमा चिया पिइरहेका बेला केटी पनि साथीहरूसित आइपुगेकी थिई । हामी आमनेसामने भएका थियौं । केटीले कुर्ता-सुरूवाल लगाएकी थिई र दोपट्टाले आफ्ना ओठ छोपिरहेकी थिई । उसले छोप्दाछोप्दै पनि मैले माथिल्लो ओठमा ताजा घाउ देखिहालें । केटीका ओठका घाउले मलाई रन्थनायो । मैले पहिला त आफूलाई थामथुम गर्ने कोसिस गरें । सोचें, ज्वरोले धेरै थलिएपछि ओठमा घाउ बन्छन् ।

तर केटीको अनुहारको लाज र खित्काहरूमा ज्वरोको रेसा पनि थिएन । मैले धोद्रो आवाज भएको केटाले केटीका ओठ आफ्ना ओठमा च्यापेको र किटिक्क टोकिदिएको कल्पना गरिहालें । मलाई चियाको हरेक चुस्की तीते करेलाको झोल जस्तै लाग्यो ।

त्यसपछि मैले कहिल्यै पनि केटीलाई हेरिनँ ।

मैले कोक सकें र बोतललाई छेउको क्यारेटमा राखिदिएँ । अब मलाई त्यहाँ बस्नु थिएन, जहाँबाट कलेजका रोमाञ्चक अतीत देखिन्थे । हिंडें । हिंड्दाहिंड्दै मेरो पेट कटक्क भयो । दिसा र पिसाबले एकैपल्ट हमला गऱ्यो । मैले कोठासम्म पुग्ने कल्पनै गर्न सकिनँ ।

तिरिमिरी हुनै थालेको थियो, टोपको अनुहार आँखाभरि घुम्न थाल्यो ।

म हतारिंदै वागबजारका अँध्यारा गल्लीमा हेलिएँ । मैले टोपले दिएको अफिसको नम्बर त अनामनगरको उकालोमा डल्लो पारेर

फालेको थिएँ । तैपनि उसले भनेको गल्ली, मोड, तोम्बा भट्टी र चारतले घरको तेस्रो तला बिर्सेको थिइनँ । म टोपका शब्दले दिमागमा बनेको बाटो पछ्याउँदै एउटा चारतले घर मुन्तिर पुगें । टोपले भने जस्तै त्यहाँ तोम्बा पसल थियो । मैलो, खुम्चिएको र थोत्रो हरियो पर्दाभित्रबाट चर्को आवाज आइरहेको थियो । मैले पसलको सटरसितै जोडिएको साँघुरो दैलोभित्र चियाएँ । भ्न्याङ थियो । भ्न्याङपछाडिको सानो र रिमरिम अँध्यारो कुनामा एउटी वृद्धा लुगा धोइरहेकी थिइन् ।

"ट्वाइलेट कता छ, आमै ?" मैले हतारिँदै सोधें ।

वृद्धा उत्तर दिन ओठ चुच्चो पार्दै थिइन्, मैले छेउमा कर्कट पाताको दैलो देखिहालें । मैले चाहिनेभन्दा बढी बल लगाएर दैलो तानें । दैलो पनि चाहिनेभन्दा बढी करायो । सानो झ्यालबाट मधुरो उज्यालो भित्र पसिरहेको थियो । म कमोडमा टुसुक्क बसें ।

उठ्दा मलाई दुई किलो घटे जस्तो लाग्यो ।

ट्वाइलेट व्यवस्थित थियो । कुना र कमोड सफा थिए । छेउमा पानी भरिएको ३५ लिटरको ग्यालेन थियो । भित्तामा नाक जसरी धाराको टुटी जोडिएको थियो । मैले टुटी घुमाएँ, पानीको लहरो भुइँतिर खस्यो । यसरी प्रचण्ड गर्मीमा खोल्नेबित्तिकै धाराको टुटीबाट पानी खस्नु आठौं आश्चर्य थियो ! मैले अनुहारबाट धूलो पखालें । मुख कुल्ला गरें । अलिकति पानी हत्केलामा राखेर कपालका जराजरा सुमसुम्याएँ र कपाल माथितिर फर्काएर स्याप्प पारें । आँखीभौंमा पानीका केही बुँद बोकेर बाहिर निस्किएँ ।

वृद्धा दुवै हत्केलाले कम्मर समाएर ठिङ्ङ उभिएकी थिइन् । उनका नाकका पोराबाट आइरहेको स्याँस्याँ मैले प्रस्टै सुनें । घाइते बघिनीको फेला परे जस्तो !

वृद्धा रिसले थरथर काँप्दै चिच्याइन्, "भन्, पानी कहाँबाट आउँछ ?"

"आकाशबाट," फ्याट्टै भनें ।

"बढ्ता बोल्दो रैछ। नसोधी नसोधी अर्काको ट्वाइलेटमा पस्छस् ?" वृद्धाले मुड्की उचालिन्, "मारिदिन्छु । पख्, पुलिस बोलाउँछु ।"

अब म डराएँ । नम्र हुँदै भनें, "आमा, म टोपजीलाई भेट्न आएको ! तेस्रो तलमा उहाँको अफिस छ । त्यसैले ट्वाइलेट पसेको ।"

"अझै ढाँट्दो रैछ ए ! नौ महिनाअघि एउटो त्यैं झुन्डेर मऱ्यो । अझै भाडामा गा छैन ।"

ए ! गलत घरमा पो पसेछु । म हुत्तिँदै बाहिर निस्किएँ । मलाई दगुर्न मन थियो, दगुरिनँ । दगुर्दा चोर भनेर वरिपरिका पसलेले च्याप्पै समाएर मुड्क्याउने डर थियो । केही हुँदै नभए जसरी बिस्तारै हिँडिरहें । तर वृद्धा दैलोमा उभिएर कराई नै रहिन्, "काँ काँबाट आउँछन् पाखेहरू ! एउटाले झुन्डेर एउटा तलै खायो । अर्कोले नसोधी ट्वाइलेटमा हगिदिएर गयो । हग्ने ठाउँ पनि नहुनेले किन आउनु काठमाडौं ?"

अगाडि मोड आयो । म छेलिएँ र घुँडातिर झुकेर लामो लामो सास फेरें ।

# घाम

*कोसिस गर्नेको घाम पश्चिम*
*आकाशमा डुब्दैन, उदाउँछ ।*

अब मलाई टोपसित भेट्नु थिएन ।

म सकेसम्म वागबजारभन्दा टाढा भाग्न चाहन्थें । त्यसैले अँध्यारा गल्लीमा रफ्तार बढाइरहेको थिएँ । घामका किरण नपरेर होला, गल्ली चिसा थिए । भुइँतिर हरिया लेउ जमेका थिए । लागिरहेको थियो, म चिसो फ्रिजभित्र हिँडिरहेको छु । भित्री गल्लीमा हरिया पर्दा भएका भट्टी थिए । मानिस अलिकति शिर निहुराउँदै भट्टीका होचा दैलोबाट भित्र पसिरहेका थिए, निस्किरहेका थिए ।

वागबजार, पुरानो बजार हुनुको वैभवसहित सारा काठमाडौंलाई ट्रेनिङ दिएर बसिरहे जस्तो लाग्थ्यो । प्रायः घरका दोस्रो तलामा कोरियन भाषा सिकाउने, अभिनय र नृत्य सिकाउने, कम्प्युटर टाइपिङ सिकाउने इन्स्टिच्युट थिए । अङ्ग्रेजी, विज्ञान र गणित जस्ता विषयका ट्युसन कक्षा पनि थिए । सेकुवादेखि मिठाईसम्म, साडीको फल्सदेखि टाईसम्म, जुत्तादेखि टोपीसम्म, भट्टीदेखि अस्पतालसम्म, सङ्गीतदेखि ग्याङ फाइटसम्म, आन्दोलनदेखि जासुसीसम्म, सन्ध्याकालीन पत्रिकादेखि स्क्रिनप्रिन्टसम्म सारा चीज वागबजारमा उपलब्ध थिए । बूढी औंलाको नङ आकारको वागबजारको नक्सामा धेरै कुरा अटाएका थिए । काठमाडौंको एउटै पुरानो महिला क्याम्पस पद्मकन्या आफूसितै भएकाले पनि वागबजारको रबाफ धेरै थियो । सडकका किनारमा युवतीको लर्को नै छुट्थ्यो ।

म वागबजारको घेराबाट निस्किनै लागेको थिएँ, आवाज आइहाल्यो, "अरे, सिरीजी !"

पछाडि फर्किएँ, टोप मुसुमुसु हाँसिरहेको थियो । ऊ सधैं जस्तो कोट, टाई र ढाकाटोपीमा आत्मविश्वाससहित उभिएको थियो । उसले फ्रेन्चकट स्टाइलमा दाह्री पनि सिँगारेको रहेछ । काखीमा कागजको मुठो च्यापेको थियो ।

उसले मेरो लुत्रुक्क परेको हत्केला कन्याप्प पार्‍यो । मैले सुनेको थिएँ, यसरी कन्याप्प पार्ने गरी माओवादीले मात्र हात मिलाउँछन् ।

"कताबाट झुल्किनुभो !" उसले हाँस्दै भन्यो, "तपैंलाई भेट्नुपर्ने थियो । तर तपैं पढन्ते मान्छे सम्पर्कमै नआइदिने ! नम्बर देको थे, फोन पनि गर्नुभएन ।"

"म तपैंलाई नै भेट्न आको !"

"ए, ल ठीक छ, त्यसो भए । आउनुस्, पहिला चिया पिऊँ," उसले मेरो पाखुरा समाएर तान्दै भन्यो, "अनि मेरो अफिस पनि हेर्नुहोला ।"

उसले मलाई होचो दैलो भएको चिया दोकानभित्र तान्यो । ऊ भित्र पस्नासाथ कुनाको टेबलमा कुचुक्क परेका तीन जनाले नमस्ते गरे ।

एक जनाले त "अब देश कता जान्छ, पत्रकारजी !" भनेर सोधी पनि हाले ।

"कतै जान्नँ, चिन्ता नगर्नुस्," टोपले दाँत देखाउँदै भन्यो, "याद रहोस्, देशका पाङ्ग्रा हुँदैनन् !"

अग्लो र दुब्लो साहुजीले फ्राई गरिरहेको चाउमिनबाट खुर्सानीको खार कुचुक्क परेको कोठामा रङमगिइरहेको थियो । मैले ध्वाँसो जमेको सिलिङतिर आँखा फर्काएर हाच्छ्युँ गरें । टोपले मलाई कुनाको टेबलतिर बस्ने इसारा गर्‍यो । म भित्तामा ढेस्सिएर बसें । टोप मेरा सामुन्ने बस्यो र टेबलमा खसेको चनाको गेडोलाई चोर औंलाले प्रहार गर्‍यो– क्यारेमको गोटीलाई झैं । मैले चुरोटका ठुटा र खरानी

भरिएर चर्को गन्ध फालिरहेको एस्ट्रेलाई टेबलको कुनातिर सारेँ । टोपले काखीमा च्यापेको कागजको मुठोले एस्ट्रेबाट खसेको खरानीको धूलोलाई प्याट्ट हिर्कायो ।

"श्याम दाइ, दुइटा मिल्क टी, एउटा चुरोट है । अनि सिरीजी ! तपैं अरू पनि केही खाने ? यहाँको बफ चाउमिन धेरै मीठो छ । खानुस् न ! श्याम दाइ... एउटा चाउमिन पनि है ।"

मैले भर्खरै अर्को टेबलमा आएको चाउमिनलाई कर्के नजरले हेरेँ । त्यसबाट उडिरहेको बाफ र पिरो गन्धले भर्खरै रित्तो भएको मेरो पेट मचमचियो । सोचेँ, यति खाएपछि आज साँझको छाक पनि टऱ्यो ।

"अनि, सिरीजी, मलाई नै भेट्न आउनुभएको ?"

"बैङ्कसम्म आको थिएँ । अनि तपैंको सम्झना आएर आको । खासै काम त केही थिएन ।"

"मैले कुरो बुझेँ, तपैंको पैसा आएनछ," टोपले टोपी झिकेर कागजको मुठोमाथि राख्यो र टोपीले निधारमा बनाएको पसिनाको घेरोलाई औंलाले ल्याप्पै पुछ्दै भन्यो, "गोजीमा पैसा भएपछि वागबजार को आउँछ र ? यहाँ सप्पै रित्तो गोजी बोकेर आउँछन् । यसपालिको 'गल्ली/गल्छेडा'मा यही विषयमा लेखौं भनेर सोचिरहेको छु । तर भरेसम्म लेखिसक्नुपर्ने, फुरेकै छैन । अनि सिरीजी बिएमा पुगिसक्नुभो है ! म त छुटेको छुट्यै भएँ ।"

टोपको हेराइमा मैले ईर्ष्या देखेँ । मनमा आनन्दको बतास चल्यो ।

साहुजीले चिया राखिदियो । ऊ तनावमा देखिन्थ्यो । अनुहार पनि अँध्यारो अँध्यारो । ऊ चिया दिएर गयो । र चाउमिन फ्राई गर्दा पनि गँड्यौला मारे झैं त्यान्द्रामा पनिउँ प्रहार गर्न थाल्यो ।

चिया भने स्वादको थियो ।

"त, सिरीजी ! कति बाको टिटीमा बाँच्नुहुन्छ ? बिएमा पुगिसक्नुभयो । अब काठमाडौंमा आफ्नै बर्कतले बाँच्नुस्, बुझ्नुभो ।" टोपले आँखा चिम्लेर चियाको चुस्कीको आनन्द लियो र चुरोटको टुप्पो

सल्कायो । मैले उसले चुरोट पिएको पहिलो पटक देखेको थिएँ । चुरोटको धूवाँले मेरो घाँटी ख्याप्प बस्यो । टोपले बुझ्यो र टेबलमुन्तिर झुकेर फुसुसुसु धूवाँ छाड्यो । र हाँस्यो, "भर्खरै सुरू गरेको ! रातभर जागै बस्नुपर्छ । निद्रालाई भगाउन सहयोग गर्ला भनेर ।" अनि यताउता पल्याकपुलुक हेरेर सुस्तरी भन्यो, "मैले तपैंका लागि एउटा काम सोचेको छु । राम्रै पैसा हात पर्छ ।"

मलाई चियाको सर्को सर्किए जस्तै भयो । टोप काठमाडौंमा पहिलो मान्छे थियो, जसले मलाई कामको देख्यो !

मैले आदिको मोटरसाइकलको रफ्तारभन्दा चर्को रफ्तारमा जागिर खाएको, पैसा बुझेको, कोठा भाडा तिरेको र म अब जागिरे भएँ भनेर बालाई फोन गरेको कल्पना गरिभ्याएँ ।

मेरो उत्साहको सूर्य उदायो ।

म कल्पनामै उडिरहें । बिहानै भात खाएँ, नयाँ सर्ट र पाइन्ट लगाएँ । टाई झुन्ड्याएँ । कालो लेदरको ब्याग काँधमा झुन्ड्याएँ र छालाका काला जुत्ताका सोल बजाउँदै अनामनगर चोकमा निस्किएँ । तर रफ्तारमा आएको टेम्पोले झैं आइए फेलको सर्टिफेकेटले धन्नै पछारेको ! मेरा गोडा थरथरी काँपे ।

मेरो उत्साहको सूर्य अस्तायो ।

टोपले पक्कै पनि मलाई बिएमा पढ्नेले गर्ने काम खोजेको होला !

"सिरीजी ! मलाई थाहा छ, तपैं विद्यार्थी । तपैंको मुख्य काम पढ्ने हो । मैले भनेको काम अफिसमा १० बजे गएर पाँच बजे फर्किने होइन । साइड जब जस्तो ठान्नुस् । घरमै बसेर गर्नुस् । तर पैसा दश-पाँचको भन्दा राम्रो पाउनुहुन्छ ।"

"सर्टिफिकेट चाहिन्छ कि चाहिंदैन ?" मैले चिया सकिसके पनि तातोपन बाँकी नै रहेको गिलास सुमसुम्याइरहें ।

"चाहिंदैन । अचेल काठमाडौंमा सर्टिफिकेटवाला काममा काँ पैसा आउँछ र ?"

मेरो सूर्य फेरि उदायो । तर आवाज काँप्यो, "कस्तो काम हो ?"

साहुजीले चाउमिनको प्लेट टेबलमा पछाऱ्यो । टोपले बाफ उडिरहेको चाउमिनको गुजुल्टोबाट एउटा गाजरको त्यान्द्रो तान्यो र चारैतिर हेर्दै चपायो । साउतीमा भन्यो, "ह्याँ भन्न मिल्दैन । चाउमिन सक्नुस् । अफिसमै गएर कुरा गरौंला ।"

म साह्रै भोकाएको थिएँ । यति ठूलो गाँस हालें कि मलाई लाग्यो, मेरो मुख चार अङ्गुलभन्दा ठूलो भयो । सूर्यबहादुर प्रायः आफ्नो हातका चार औंला राखेर मुख आँ गराइरहन्थे । उनले सुनेका थिए– सुर्ती खानेको मुखलाई एसिडले साँघुरो बनाउँदै ल्याउँछ । स्वस्थ मान्छेलाई मुख चार अङ्गुल जति उघार्न गाह्रो हुँदैन । तर धेरै सुर्ती खानेलाई चार अङ्गुल उघार्न धौधौ पर्छ । कतिलाई त दुई अङ्गुल उघार्न पनि सकस हुन्छ । पहिला हाहाहा गर्दै हाँस्नेहरू धेरै सुर्ती खाएपछि मुख साँघुरिएर होहोहो गर्दै हाँस्न थाल्छन् ।

मैले हरेक गाँस चार अङ्गुल मुख उघारेर खाएँ । एक त भोकले, अर्को टोपले के काम गराउन थालेको होला भन्ने छटपटीले !

चाउमिन सकें । प्लेटको किनारमा चप्किएको बन्दाको टुक्रालाई चोर औंलाले टिपेर जिब्रोको टुप्पोमा राखें । टोपले साहुजीतिर हेर्दै बूढी र चोर औंला जोडेर बतासमा लेखे जस्तो गऱ्यो । साहुजीको अनुहार झन् दिक्दारलाग्दो भयो । उसले भित्ताको खोपीबाट बटारिएको कापी झिक्यो र टेबलमा पछाऱ्यो ।

टोप हिंड्यो । मैले पछ्याएँ ।

म झुक्किएर पसेको घर र टोपको अफिस भएको घर दुई घरको फरकमा रहेछन् । मैले फेरि वृद्धा देखिन्छिन् कि भनेर पल्याकपुलुक हेरें । मैले आधा घण्टाअघि गाली खाएको समय वागबजारको गल्लीमा इतिहास भइसकेको थियो ।

"फेरि बत्ती गएछ," साँघुरो भऱ्याङ उक्लिरहेका बेला टोपको च्याँट्ठिएको आवाज आयो ।

भऱ्याङ टाँसिएको भित्तामा आँखीझ्याल जस्ता प्वाल भएका ससाना झ्याल थिए । तिनै झ्यालबाट आइरहेको रिमरिम उज्यालोमा टोपले मलाई पछि लगायो ।

"सम्हालेर उक्लिनुस् है, सिरीजी ! छली भऱ्याङ छ यो । दिन बिराएर मान्छेलाई लडाइरहन्छ । हिजै एउटाको गोलीगाँठा खुस्केको थियो," उसले खुट्किलोमा जुत्ता बजार्दै भन्यो, "घर अग्लो बनाउनेले भऱ्याङ त अलि फराकिलो बनाउनु नि ! हरेक दिन अफिस उक्लिँदा भीरै उक्ले जस्तो लाग्छ ।"

म स्याँस्याँ गर्दै दैलोनिर उभिएँ । दैलोअगाडि एक जोर कपडाका पुराना जुत्ता थिए । जुत्ताबाट आइरहेको चर्को गन्ध छल्न मैले अर्को दिशामा झुकेर जुत्ता खोलेँ । टोप दैलोअगाडि जुत्ता ट्यापट्याप बजाएर भित्र पसिसकेको थियो । भित्र चियाएँ, झ्यालबाट पसिरहेको मधुरो उज्यालोमा मेरै उमेरको केटो कुर्सीमा ढेस्सिएर निदाइरहेको देखियो ।

"ए दाइ !" केटोले लामो हाइ काढ्दै भन्यो, "सेड्युलमा बत्ती सात बजे मात्र आउँछ । सानो काम छ, भ्याएर आउँछु, हुन्छ, दाइ ?"

टोपको आवाज आएन, सायद उसले इसाराले जबाफ दिएको होला ।

म भित्र पसेँ । झोला बोकेर तीव्र गतिमा केटो बाहिर निस्कियो । मैले साँघुरो कोठामा आँखा घुमाएर हेरेँ । भित्ताको ठाउँठाउँमा फिक्का गुलाबी रङको कलर उप्किएर भित्रपट्टिको हरियो रङ देखिइरहेको थियो । झ्यालबाहिर बिजुली र टेलिफोनका लहरा देखिइरहेका थिए । टेलिफोनको लहरोमा एउटा काग झोत्राएर मुन्तिर हेरेर उभिएको थियो । झ्यालसित टाँसिएको फराकिलो टेबलमा १४ इन्चको कम्प्युटर स्क्रिन थियो । ह्वाङ्ङ परेको मोनिटरमा सानो टेबलपङ्खा जोडिएको थियो । किबोर्डका अक्षर खुइलिएका थिए । हरेक कीमा घाउमा रूई चप्काउने सेतो ब्यान्डेजका टुक्रा टाँसिएका थिए । ब्यान्डेजको सेतो सतहमा साइनपेनले अक्षर लेखिएका थिए । टेबलको दाहिने किनारमा प्रिन्टर थियो । र प्रिन्टरको छेउमै कागजको धुम अडेस लागेको थियो ।

देब्रे कुनामा भने पुरानो टालो जस्तो कपडामुनि टेलिफोन सेट मुसो जसरी लुकेको थियो । टेबलअगाडि एउटा कुर्सी थियो, जसमा अघि केटो ढेस्सिएर निदाएको थियो भने अहिले टोप काँध तन्काएर बसेको थियो । एउटा पुरानो काठको टुल टेबलको दायाँपट्टि थियो । म टुलमा बस्न खोजेको थिएँ । टोप आत्तियो, "श्रीजी ! सम्हालिएर है । एउटा खुट्टो कमजोर छ त्यसको । त्यसले लडायो भने मेरूदण्डको पुच्छरमा झिल्का उठ्छ ।"

हाँस्दै टुलमाथि सम्हालेर पुट्ठा अड्याएँ । भित्तामा सानो दैलो पनि थियो, जसमा खैरो र टाटेपाटे बुट्टा भएको पर्दा झुन्डिएको थियो । कोठाभित्रै ट्वाइलेट हुनु कम्ती सानको कुरा थिएन । मैले मुस्कुराउँदै भनें, "राम्रो छ अफिस ।"

"दुःखसुख जुगाडले चलेको छ, सिरीजी ! अरूको अगाडि हात थाप्नुपरेको छैन," टोपले टोपी झिकेर टेबलमा राख्दै हाँस्दै भन्यो, "पैला हात चिलाउँदा कसले निउँ खोज्ला र हातको चिलाइ शान्त होला भन्ने लाग्थ्यो । अचेल आफ्नै बिजनेस थालेपछि हात चिलाउँदा पैसा आइहाल्छ कि जस्तो लाग्छ ! सोचाइ फरक के, सिरीजी !"

टोपले बिजनेस शब्दमा जोड दिएको थियो । मलाई त्यो शब्दले ग्लानि दियो । एक त अङ्ग्रेजी शब्द थियो, अर्को टोप जसरी अफिसै खोलेर बस्ने म कल्पना पनि गर्न सक्दिनथें ।

"अँ बिजनेस भन्दा सम्झें," टोपले एकपल्ट कन्चट बेस्मारी कन्यायो र आवाज अलि मसिनो पार्दै भन्यो, "तपैंले एउटा काम गर्नुपऱ्यो ।"

टोपले रहस्यमा बोलेको मलाई मनपर्न छाड्यो । मैले आँखाका नानीहरूलाई प्रश्नचिह्न जसरी घुमाएँ ।

"हेर्नुस्, सिरीजी ! काठमाडौं आएर मैले चिनेको पहिलो मान्छे नै तपैं हो । म तपैंलाई विश्वास गर्छु । नजिकको मान्छेसित दुःखसुख मात्र होइन, रहस्य पनि साटासाट हुन्छन् ।"

"पैला भन्नुस् न काम के हो ?" टोपको मसिनो आवाज, चिम्सा हुँदै गएका आँखा र शब्दले मलाई डर लागे जस्तै भयो ।

टोप उठ्यो । उसले टेबलको घर्रा बाहिर तान्यो । उसका औंला साङ्ला जसरी घर्राका चेपचेपतिर घुस्रिए । उसले एउटा चाबी झिक्यो र घर्रालाई धकेलिदियो र सोध्यो, "सिरीजी ! कोर्सबाहिरका किताब कत्तिको पढ्ने गर्नुभा छ ?"

मैले केही पढेकै थिइनँ ।

"हेहे, अब कोर्सबाहिरको किताब पढ्यो भने बिएमा कसरी पुगिन्छ, हैन ?"

टोपको हाँसोमा मैले व्यङ्ग्य देखें र आफूलाई अलिकति माथि पार्न भनें, "*सत्यकथा*का सबै अङ्क चैं पढेको छु ।"

"गजब ! पढ्नुपर्ने मुख्य कुरा त पढी नै सक्नुभएको रैछ ! ठीक छ," टोपले दुवै हत्केला आपसमा प्याट्ट पड्कायो र नाचे जसरी लयमा अलिकति निहुरिएर ट्वाइलेटतिर गयो । पर्दालाई मुठो पारेर छेउतिर धकेल्यो । अचम्म ! कोठाभित्रको ट्वाइलेटमा पनि किन ताला लाउनुपरेको होला ! टोपले ताला खोल्यो र दैलो उघार्‍यो । कोठामा अँध्यारो फैलिएको थियो ।

"यो कोठा पहिला ट्वाइलेटका रूपमा प्रयोग हुन्थ्यो । मैले चाहिँ बुद्धि पुर्‍याएर गोदाम बनाएँ," टोपले भित्र चियाउँदै भन्यो, "पुलिसले यहाँ किताब छन् भन्ने शङ्का पनि त गर्दैन ।"

आवाज कोठाका भित्ताहरूमा ठोकिएर मसम्म आयो ।

नजिकै गएर भित्र चियाएँ । भित्र चाङका चाङ किताब थिए । अटेसमटेस । टोपले पुलिस र आर्मीले खोजिरहने किताब पो बेच्दो रहेछ कि के हो ? के मलाई पनि परिबन्दमा पार्न चाहेको हो ? बिहानै सूर्यबहादुरले मलाई माओवादी भएको शङ्का गरिसकेका थिए ।

म चर्को बोल्न खोजेको थिएँ । तर मेरो आवाज ऐंठन परेको मान्छेको आवाज जसरी एकदमै मधुरो गरी आयो, "क्रान्तिका किताब हुन् यी ?"

टोप थचक्क बस्यो, भाङ खाएको मान्छे जसरी पेट समाउँदै हाँस्यो । हाँसिरह्यो । तुरूक्क आँसु पनि निस्किएछ । आँसुलाई हत्केलाले सोहरेर कन्चटमा पुछ्यो । हाँसो रोक्यो । यति भन्न भ्यायो, "लौ हेर ! बिए पढ्ने मान्छेको बुद्धि ! साह्रै सोझो हुनुहुन्छ तपैं, त्यै भएर त माया लाग्छ !" फेरि हाँस्यो ।

मेरो अनुहार सुक्दै गएको खुर्सानी जस्तै भयो– रातो र च्याउँसे ।

हाँस्दै टोपले अँध्यारो कोठाबाट केही किताब झिक्यो । मेरा अगाडि पछार्‍यो र भन्यो, "लौ, हेर्नुस् । माओवादीको क्रान्तिभन्दा ठूलो क्रान्तिका किताब हुन् यी ।"

भुइँभरि छरिएका किताबले झन् सातो गयो । मेरो कल्पनाभन्दा बाहिरका किताब थिए । पहिला मेरो अनुहार रातो भयो, अनि कान । ढुकढुकी बढे जस्तो भयो । जीवनमा पहिलोपल्ट मेरो जिब्रो यति छिटो सुक्खा भएको थियो ।

यति धेरै छाती उदाङ्गो भएका युवती मैले देखेकै थिइनँ । युवतीका नाङ्गा तस्बिरले भरिएका पुस्तकका शीर्षक पनि काउकुती लगाउने खाले थिए– *एकरातको कथा, जवानीको ज्वाला, प्यासी जवानी !* पुस्तकका गातामा चाइनिज र अमेरिकन युवती थिए । उनीहरू आँखा र ओठमा गहिरो तिर्खा बोकेर आफ्ना नाङ्गा र भरिला छाती मतिर फर्काइरहेका थिए । मैले पहिलो पटक युवतीका छातीका गुलाबी मुन्टा देखेको थिएँ– सुपारी फूल जस्ता !

तस्बिर हेरिरहँदा मलाई लाग्यो, म टोपका अघि निर्वस्त्र उभिएको छु ।

टोपले ओठ टोकेर मुस्कुराउँदै भन्यो, "बुझ्नुभो, सिरीजी ! म अचेल यस्ता किताब डिस्ट्रिब्युट गर्छु । तर डिस्ट्रिब्युट गरेर खासै पर्सेन्ट आफ्नो हातमा आउँदैन । त्यसैले म आफैं प्रकाशक बनूँ कि भन्ने विचारमा छु ।"

म वाल्ल परिरहें ।

टोपले भुइँबाट पुस्तक टिप्यो । एउटा ठूलो खाममा राखेर प्रेमले सुमसुम्याउँदै मेरा हातमा राखिदियो । र टुलमा बस्ने इसारा गऱ्यो । मैले टुलमा बसेर खाम तिघ्रामाथि राखें । मलाई चार युवतीका आठ स्तनको भार थामे जस्तै भयो । टोप कुर्सीमा बसेर अलिकति मतिर सऱ्यो र आँखा तिखा बनाएर मधुरो आवाजमा भन्यो, "हेर्नुस्, अब मलाई तपैंको सहयोग चाहियो !"

"म यस्ता किताब बेच्दिनँ ।"

"हत्तेरी ! आफूलाई कति तल ठानेको तपैंले," अनुहारमा दिक्दारी ल्याउँदै टोप बोल्यो, "बिएमा पढ्ने मान्छे भएर पनि कस्तो कुरा नबुझेको । बेच्ने काम त मेरो पो हो, तपैंको काम त लेख्ने हो । तपैं लेख्नुस्, म छापेर बेच्छु ।"

मेरो मुटु पेटतिर खस्यो । म त रून्चे पो भएँ । पिलपिल गरें र टुक्रिएको आवाजमा भनें, "मैले लेख्ने... ? नाइँ... आउँदैन ।"

"बिएमा पढ्ने साहित्यको विद्यार्थीले पनि यस्तो भन्न मिल्छ ?" टोप उठेर छेउमा आयो र मेरो पिठ्यूँ थपथपायो, "तपैंलाई गाह्रो छैन । त्यत्रो साहित्य पढ्नुभा छ । आफूले गरेको सेक्सलाई अलिकति थपथाप पारेर लेख्नुस् न ।"

मेरो घाँटी सुक्खा भएर किक्लिक किक्लिक गरिरहेको रूद्रघण्टी समाउँदै भनें, "माँ कसम ! टोपजी, मैले अहिलेसम्म त्यस्तो गरेको छैन । गर्नु त परैको कुरा । केटीलाई छोको पनि छैन ।"

"लौ भयो त !" टोपले कन्चटमा औंला रगेड्यो, "गाउँमा भएको भए तपैं तीन सन्तानको बाउ भैसक्नुहुन्थ्यो । पत्याइनँ मैले तपैंका कुरा !"

म चुपै रहें ।

टोपले छटपटिंदै कम्प्युटरका किबोर्डमा औंला दौडायो । मैले उसको सास बढेको महसुस गरें । ऊ फेरि बस्यो र जिराफले जसरी आफ्नो गर्धन मतिर तन्कायो । र भन्यो, "ल मानें, तपैंले अहिलेसम्म केटीलाई छुनु पनि भा छैन ! कल्पना त गर्नुभएको होला नि ! पाए त यस्तो गर्थें, उस्तो गर्थें भनेर । त्यै कल्पनामा उतारिदिनुस् कागजमा ।

हुन त, पाएको कुराभन्दा पनि नपाएको कुरालाई लेखकले झन् रामरी लेख्छन् रे ! होलान् नि तपैंभित्र पनि यौवनका रहस्यहरू ।"

वर्षौं कसैले नछोएको वीणाका तार जसरी मेरा दिमागका तार शान्त थिए । टोपले ती तार छोएर झङ्कार निकालिदिएको थियो । भनें, "म आफ्ना रहस्य कसैलाई भन्न चाहन्नँ । म मर्दा कम्तीमा सय ओटा रहस्य लिएर चिहानमा जान चाहन्छु ।"

टोप छक्क पर्नुअघि नै म आफैं छक्क परें । मलाई आफ्नो मुखबाट निस्किएका शब्दमा विश्वासै लागिरहेको थिएन । टोप त मेरो मुखबाट एकदमै सेता पन्छी उडेर गए जसरी ट्वाँ परिरहेको थियो । उसले आफ्ना तिघ्रामा हत्केला पड्कायो र हाँस्दै भन्यो, "देख्नुभो ? कुरा गर्नासाथ साहित्य फुर्न थालिसक्यो । एउटा रहस्य मतिर फालिदिनुस्, मेरो कल्याण हुन्छ ।"

"तपैं अरूसित लेखाउनुस् न," मैले तिघ्राथिको खाम थपथपाउँदै भनें, "यिनै लेख्नेहरूलाई भन्नुस् न ।"

टोपको अनुहार बिरक्तियो, "यही त समस्या छ, सिरीजी ! छ्याकेले केही भन्दैन ।"

"छ्याके ?"

"यी किताबको प्रकाशक नि ! नाम त अर्कै केही हो । सप्पैले छ्याके भन्छन् । सानोमा बिफरले अनुहार बिग्रेको, त्यसैले," टोपले ठूलै रहस्य भने जसरी आवाज मसिनो बनायो, "त्यो यस्ता किताबको डन नै हो । काँ काँबाट लेखाएर ल्याउँछ, थाहै हुन्न । काँ काँ छाप्छ, त्यो पनि थाहा हुन्न । तर मैले त्यसले छाप्ने एउटा प्रेस पत्ता लगाइसकें । भक्तपुरमा छाप्छ । अनि पोका पोका बनाएर ल्याउँछ । काठमाडौंमा त पुलिसले छापा मारिहाल्छ नि ! त्यो कहाँ बस्छ भन्ने पनि थाहा हुन्न । आफ्नो काम परेका बेला भूत जसरी झ्वास्स आउँछ अनि हराउँछ । ऐले महिना दिन भो, देखिएको छैन ।"

"अनि कसरी बेच्छ त ?" मैले छ्याकेको अनुहार कल्पना गर्ने कोसिस गरें ।

"छन् नि, त्यसका ग्रुप । पोका पोका बनाएर बुझाउँछ । त्यसका सयौं पोका मैले पनि बेचिदिएको छु । म आफैं त बजारमा जान्नँ । यी किताब सडकमा बेच्नेहरू यहीँ आउँछन् । अरू किताबको पो व्यापार उधारोमा हुन्छ, यी किताबको क्यास आउँछ । छ्याकेले पसाचौं हजार प्रति बेच्छ । एउटा किताबबाट १० रूपियाँ कमाए पनि त्यति धेरै किताबबाट कति कमाए होला, हिसाब गर्नुस् त ।"

म काठमाडौंको नयाँ दुनियाँबारे सुनिरहेको थिएँ । सोधिहालें, "अनि, किन्छ कसले ? पढ्छ कसले ?"

"विद्यार्थीदेखि प्रौढशिक्षा पढेका अधबैंसेसम्म । शिक्षकदेखि सचिवसम्म । केटीले पनि पढ्छन् । सेक्सको कुरा कसलाई मन पर्दैन, भन्नुस् त ? एउटै घरमा दुईतीन ओटासम्म जान्छ । बाउले एउटा किन्छ, छोराले अर्को, ताल परे छोरीले पनि किन्ली ! अरू किताब पो एउटा घरमा लगे, सप्पैले पालैपालो पढ्छन् । यो त बाँड्ने कुरा भएन । लुकीलुकी पढ्छन् । अनि कसैले भेट्ला भन्नी डरले च्यातेर फाल्छन् । फेरि पढ्न मन लाग्छ, फेरि किन्छन् । ड्रग्सको भन्दा खतरनाक एडिक्सन हुन्छ यस्ता किताबको, बुझ्नुभो ?"

मैले बुझें । किनभने *सत्यकथा*को एडिक्सन थियो नि मलाई । तर मैले काठमाडौंमा यस्ता किताब पनि पाइन्छन् भन्ने थाहै पाएको रहेनछु ।

मैले एकछिन सोच्दै भनें, "तर, टोपजी ! म काठमाडौंमा पढ्न आएको ! अहिले पढ्छु, यस्ता किताब लेख्दिनँ । लेख्न पनि आउँदैन ।"

घण्टौंको प्रतीक्षापछि बल्छीमा अल्झिएको माछा फेरि पानीमा चिप्लिए जसरी टोप छटपटियो । उसले गला खकार्‍यो र झ्यालतिर दगुर्‍यो । पिच्च थुक्यो । भन्यो, "ह्याँ आउनुस् त । म एक चीज देखाउँछु ।"

खामलाई टुलमा राखेर टोप नजिक गएँ ।

"ऊ त्यो पल्लो घरको झ्यालमा हेर्नुस् त । त्यो दोस्रो तलाको ! त्यो दुब्लो मान्छे देख्नुभो ?"

मैले पल्लो घरको झ्यालभित्र एउटा कुर्सीमा उँघिरहेको दुब्लो मान्छे देखें । कोठाका चारैतिर ठुल्ठूला सिसा थिए । सिसाले कोठामा चमक थपेका थिए । मलाई आठ ओटा दुब्ला मान्छे सिसाभित्र कैद भएर उँघिरहे जस्तो लाग्यो ।

"ती शमशेर दाइ हुन् । वर्षौं पहिले ती फिल्मको हिरो हुन काठमाडौं आका थिए । मैले जवानीको फोटो पनि देखेको छु तिनको । राजेश हमाललाई नै फिका पार्ने गरी हेन्डसम थिए । उनी सोझै फिल्मको मेन हिरो हुन चाहन्थे । उनले फिल्ममा सानातिना रोल पनि पाका थे । तर उनले सानातिना रोलमा आँखै देखेनन् । उनी हिरो भइसकेपछि मात्रै बिहे गर्ने सोचमा थिए । समय बित्दै गयो, उमेर ढल्किँदै गयो । बिहे पनि भएन । अहिले डान्स र अभिनयको ट्रेनिङ दिने इन्स्टिच्युट खोलेका छन् । आक्कलझुक्कल विद्यार्थी आउँछन् । लाजले गाउँ पनि जाँदैनन् । काठमाडौंमा बिलकुल एक्ला छन् ।"

मलाई शमशेर दाइको माया लाग्यो ।

"शमशेर दाइले गरेको गल्ती के हो ? थाहा छ, सिरीजी ?" टोपले पल्लो झ्याललाई प्रेमले हेर्दै भन्यो, "उनले जहिले पनि ठूलो सुरूवात खोजे । साना सुरूवातलाई आँखै देखेनन् । कहिलेकाहीँ भन्छन्– मैले त्यो बेला साना रोल गरेको भए हुने ! के थाहा, मेरो अभिनयको प्रशंसा हुँदै जाँदा रोल बढ्दै जान्थ्यो कि ! प्रतिभाशाली थिएँ । तर प्रतिभा देखाउने ठूलो अवसर मात्र खोजें । लुकाएर राखिने महान् प्रतिभाभन्दा बरू प्रयोग गरिने साना प्रतिभा ठीक ! प्रतिभा भएर मात्र हुँदैन, बतास कता चलेको छ भनेर पनि थाहा पाउनुपर्छ । शमशेर दाइले बतास चिनेनन् । अघिल्लो साता मात्रै उनको किड्नीमा पनि समस्या देखिएको छ । फोकटमा मर्ने भए ।"

मेरो मनमा चिसो स्याँठ चल्यो ।

टोपले मेरा कुम थपथपायो, "त्यै भएर सिरीजी ! बतास चिन्नुस् ।"

सूर्य आकाशको अन्तिम पुछारमा पुगेकाले होला, आकाश कलेजी हुँदै गएको थियो । झ्यालबाट घामका मसिना किरण भित्र पसेर

सिसाहरूमा चिप्लिएर शमशेर दाइको अनुहारमा ठोकिएर बिरामी झैं मलिन भइरहेका थिए ।

टोपले पनि एकछिन आकाशतिर हेरिरह्यो र मेरा पाखुरा अँठ्याउँदै भन्यो, "यो दुनियाँ कोसिस गर्नेहरूको हो, सिरीजी ! कोसिस गर्नेको पश्चिम आकाशमा घाम डुब्दैन, उदाउँछ । हेर्दै गर्नुस्, अब हाम्रो घाम पनि पश्चिमबाट उदाउनेछ ।"

# आवाज

*आवाजको एडिक्सन सबैभन्दा खतरनाक हो, पार्टनर !*

घरबेटी बासित भऱ्याङमा जम्काभेट भयो । म माउसुली थिइनँ, नत्र भित्तामा चप्किएर सिलिङतिर दगुर्थें । हुर्रिंदै आएका घरबेटी बालाई भित्तातिर चप्किएर बाटो दिएँ । उनी हतारमा थिए, मलाई वास्ता गरेनन् ।

अचेल म घरबेटी बालाई सधैं हतारमा देख्थें । उनी क्लियर ब्यागमा अनेक कागजपत्र बोकेर हिँड्थे । उनी अफिसका कागजपत्रमा उमेर बिताएर रिटायर्ड भएका मान्छे थिए, फेरि कागजपत्रमा फर्किएका थिए । मैले थाहा पाएको थिएँ, उनी अचेल काठमाडौं आसपासका खाली जग्गातिर कुदिरहेका हुन्छन् । एउटा टुक्रो खोज्छन् अनि किन्ने ग्राहक खोज्छन् । कहिले जग्गा साहुको, कहिले ग्राहकको मोटरसाइकलपछाडि बसेर अलि अगाडि कुप्रिएर चर्कोचर्को आवाजमा गफ लडाउँदै हिँडिरहेका हुन्छन् ।

गाउँगाउँबाट माओवादीको त्रासले मान्छेको लर्को काठमाडौंतिर छुटेको छ भनेर रेडियोले भनिरहन्थ्यो । त्यसैले पनि रिङरोडबाहिरका रित्ता जग्गामा एउटा मोटरसाइकल र दुइटा मान्छे देखिइरहन्थे । घरबेटी बा तिनैमध्ये एक थिए । उनी बेलाबेला भनिरहन्थे, "म पैसाको खेलो गर्न यसमा लागेको होइन । बढी फुर्सदिलो दिमागमा सैतानले अड्डा जमाउन थाल्छ । फुर्सदिलो मान्छे चाँडै मर्छ ।"

उनको व्यस्तताले मलाई फाइदै पुऱ्याएको थियो । चार महिना कटिसकेको थियो, उनले भाडाको कुरा गरेका थिएनन् ।

टोपले छुट्टिने बेला मेरा हातमा एक हजार रूपियाँ राखिदिँदै भनेको थियो, "किताब लेखनलाई बैना भयो । किताब लिएर आउनुस्, अरू तीन हजार लैजानुस् ।"

त्यो पैसाले मैले रासन थपेको थिएँ । जीवनमा आउने सङ्कट महसुस गरिसकेको थिएँ । मेरी आमालाई भविष्यमा आउने सङ्कटबारे पहिल्यै थाहा हुन्छ भन्ने मलाई विश्वास थियो । सायद आमाको भविष्य पढ्ने कला मैले जिनमै उपहार पाएको थिएँ ।

मैले टोपले खाममा हालेर दिएका *एक रातको कथा, जवानीको ज्वाला, प्यासी जवानी*लाई दोहोऱ्याई तेहऱ्याई पढेको थिएँ । चिप्ला गाताभित्र खस्रा र ठस्स परेको गन्ध आउने कागजमा किताब छापिएका थिए । रद्दी कागजलाई पेलेर यस्ता कागज बनाइन्छन् भन्ने मैले सुनेको थिएँ । र यी कागज पानीमा भिज्नासाथ घोडाको लिदी जसरी थुप्रिन्थे ।

*एकरातको कथा*मा पहिलो पटक भेट भएका विद्यार्थी केटो र विवाहिता स्त्रीले नयाँ बसपार्कको होटलमा रातभर सम्भोग गर्थे । यो कथा केटाले सुनाउँथ्यो । *जवानीको ज्वाला*मा श्रीमान् सुटकेस लिएर अफिस जान्थे र उनकी श्रीमतीले नौजवान देवरलाई ढाडमा तेल लगाइदिन आग्रह गर्थिन् । र यो कथा देवरले सुनाउँथ्यो । *प्यासी जवानी*मा विधुर ससुरा आफ्नै जवान बुहारीलाई गोडामा तेल लगाइदिन आग्रह गर्थे । यो कथा लेखकले सुनाउँथ्यो, थर्ड पर्सनमा । ४८ देखि ५२ पृष्ठसम्मका किताबका सबै कथामा पुरूष केवल स्त्रीभित्र प्रवेश गर्न मात्र चाहन्थ्यो । स्त्रीका सबै अङ्गको वर्णन थियो । पुरूषको भने केवल लिङ्गको । प्रायः पुरूषको लिङ्गको मोटाइ र लम्बाइलाई घोडाको लिङ्गसित तुलना गरिएको थियो भने कडकपनलाई फलामको सरियासित । *जवानीको ज्वाला*का लेखकले भने लिङ्गलाई छालाको बन्दुक भनेका थिए । सबै पात्र स्त्रीका ठूला स्तन र नितम्ब मन पराउँथे । *एकरातको कथा*का लेखकले स्तनलाई भोगटेका दानासित

तुलना गरेका थिए । सबै स्त्री पात्र गोरा र अग्ला थिए । तीन ओटै किताबका लेखकले सबै स्त्री पात्रका दाँतलाई अनारका दानासित तुलना गरेका थिए ।

"तपैंले लेखिहाल्नुभयो भने लभ परेको र सेक्स भएको नलेख्नुहोला। त्यस्तो बिक्दैन," टोपले भनेको थियो, "अलि फरक खाले लेख्नुहोला, यो नातापातामा जोडिएको किताब बढी बिक्छ । लेख्नेले लुकेर लेख्ने, पढ्नेले लुकेर पढ्ने भएरै होला, अलि फरक कथा लेख्ने र पढ्ने चलन रैछ । पात्रको उमेर तलमाथि भएको पनि चल्छ ।"

टोपले भने जस्तै मैले पढेका किताबमा एउटै उमेरका कोही थिएनन् । कसैको पनि प्रेम भएको थिएन । न उनीहरू प्रेमका कुरा गर्थे, न एकअर्कालाई सम्मान गर्थे । उनीहरू लिङ्ग र योनिका मात्र कुरा गर्थे । लेखकहरूले पनि सबै कम्मरमुन्तिरको मात्र वर्णन गरेका हुन्थे ।

जब मैले किताबलाई तेहे-याएर पढें, लाग्यो, पुरूष पात्रले कुनै पनि स्त्री पात्रलाई विश्वस्त बनाएको थिएन । सबै बलजफ्ती लाग्थ्यो । बलजफ्ती चोली र ब्रा खोल्थे । बलजफ्ती पेटीकोट फर्काउँथे । त्यसैले तीन ओटै कथाका स्त्री पीडाले अनुहार बिगार्थे ।

पढिसकेपछि किताब कोठामा राख्न मन भएन । कालो पोलिथिन ब्यागको फोहोरभित्र घुसारिदिएँ र धोबीखोलामा बगाइदिएँ ।

किताब त बगाएँ । तर त्यसको प्रभाव भने मेरो दिमागमा बसिरह्यो । मैले एकान्तमा सम्भोगकै बारेमा सोच्न थालेको थिएँ । किताबले मलाई अनौठो तिर्खा दिएर गएका थिए । किताबका गाताका युवतीका नाङ्गा स्तन मैले बिर्सनै सकिनँ । जब आँखा बन्द गर्थें, उनीहरू आफ्ना नाङ्गा पाखुराले अँगालो मारेर मलाई आफ्नो छातीमा लुकाउँथे ।

त्यसैले पनि मैले अचेल बढी पानी पिउन थालेको थिएँ । तर मलाई के थाहा ? एक लोहोटा पानीले अथाह मरूभूमिको तिर्खा मेटिँदैन !

आदि हप्तौं कोठामा देखिएको थिएन । सूर्यबहादुर भएर पनि नभए जस्तै थिए । काठमाडौंमा माओवादीको त्रास बढेको थियो । राति

साढे आठ बजेपछि सारा काठमाडौंका ढोका बन्द भइसक्थे । बिरामी, मदिराप्रेमी र ढिलो गरी काठमाडौं आइपुगेको बसका यात्रु मात्र सडकमा भेटिन्थे । सूर्यबहादुरको व्यापार घटिसकेको थियो । त्यसैले पनि उनी बढी चिड्चिडे भएका थिए ।

मलाई बैङ्कको खातामा आफ्नो नाम भेटिने आशा लाग्नै छाडेको थियो । लाग्न थालेको थियो, म चामलको घुनसरी फ्याँकिएको छु ।

टोपले भने जस्तो म पश्चिमबाट घाम उदाउने संसारको डिलमा उभिएको थिएँ । मैले टोपले दिएको डायरीमा एक अनुच्छेद लेखें । तर अर्को अनुच्छेद लेख्न मन लागेन । म लुकेर कुण्ठा पोख्ने पक्षमा थिइनँ । सोचें, किताब लेखेर त दिउँला । टोपले तीन हजार पनि देला । तर त्यसपछि के ?

मलाई निद्रै लाग्न छाडेको थियो ।

त्यसैले रेडियोका ब्याट्री झन् चाँडै सकिन थालेका थिए । मलाई थाहा थियो, ब्याट्रीलाई घाममा सुकायो भने फेरि प्रयोग गर्न मिल्ने हुन्छ । तर मसित ब्याट्री सुकाउने घाम पनि थिएन । छतमा जानलाई भाडा नतिरी मलाई आँट आउनेवाला थिएन । कपडा त म बाथरूममा धोएर कोठाभित्रै फिँजार्थें । केही दिनमा लुगाबाट पानी त झर्थ्यो, सुक्थ्यो पनि । तर लुगामा चिपचिपेपन बाँकी नै रहन्थ्यो ।

मलाई थाहा थियो, झ्यालपछाडि घामको मुस्लो ठोकिन्छ । तर भित्र पस्दैन । झ्यालको सिसाको देब्रे कुनामा तरबुजाको टुक्रा जसरी सिसाको टुक्रा निस्किएको थियो, जहाँबाट पखेटा उम्रिएका कमिला भित्रबाहिर गरिरहन्थे ।

मैले छ ओटा ब्याट्रीलाई धागोमा बाँधें र धागोको टुप्पो झ्यालको भित्री डन्डीमा बाँधें । धागोमा बाँधिएका ब्याट्रीलाई तरबुजे प्वालबाट फुतुफुतु बाहिर धकेलें । धागोमा तुर्लुङ्ग झुन्डिएका ब्याट्रीले घाम भेटे । यसरी ब्याट्री बाँध्ने जुक्ति मलाई काठमाडौंमा देखेका लहरे बत्तीले दिएका थिए । जो चाडपर्वमा घरै छोप्ने गरी झाङ्गिएर चिमिक चिमिक गरिरहन्थे ।

म आधा समय गीत सुन्थें । र आधा समय नामै थाहा नभएकी युवतीको आवाज खोज्थें । उसको आवाज मेरो दैनिकीसित गाँसिइसकेको थियो । कहिलेकाहीँ रेडियोले उसको आवाज नटिपेका दिन ममा छुट्टैखाले उदासी, छटपटी र चिडचिडाहट हुन्थ्यो ।

मलाई नीलसित ईर्ष्या थियो । नील ऊसित मज्जैले कुरा गर्न पाउँथ्यो । उनीहरूका घण्टौंका गफ सुन्दासुन्दा मैले थाहा पाइसकेको थिएँ– नील विदेशमा आर्किटेक्ट पढेर आएको थियो । तर बेरोजगार थियो । माओवादी युद्धका कारण व्यापार डाँवाडोल थियो । त्यसको असर उसलाई परेको थियो । ऊसित कुनै प्रोजेक्ट थिएन । त्यसैले उसमा तनाव थियो । राति पनि राम्ररी निद्रा लाग्दैन भन्थ्यो । सायद त्यसैले हो कि उनीहरू रातभर कुरा गर्ने ? केही वर्ष देशको स्थिति यस्तै रहे ऊ विदेश जाने कुरा पनि गर्थ्यो । जब ऊ तनावले आक्रोशित हुन्थ्यो, युवती भन्थी, "मेम् ल्वाजो द्‌वा पेर्ध्र से प्लूम पूर् सम्भोले ।"

"तिम्रो फ्रेन्च पनि !" नील च्याँट्ठिन्थ्यो ।

"किन फ्रेन्चले इरेटेड भाको ?" ऊ नम्र आवाजमा भन्थी, "कति मीठो अर्थ छ यसको– चराले पनि उड्न खोज्दा केही प्वाँख गुमाउनुपर्छ । कति मीठो ! तिमीले पनि उड्नुअघि केही प्वाँख गुमाउनुपर्छ, बुझ्यौ ?"

मैले टोपले दिएको डायरीमा यो हरफ ठुल्ठूला र बाटुला अक्षरमा सारेको थिएँ ।

"बीचमा उर्दू सिक्दै थियौ, फेरि फ्रेन्च, किन ?" नीलले सोधेको थियो ।

"यो भाषामा नशा छ, नील !" उसले भनेकी थिई, "तिमीले गुडिया के बाल खाएका छौ ?"

"गुडिया के बाल ?"

"सडकमा पिङ्क कलरको गुच्छा जस्तो बेचिरहेका हुन्छन् नि ! मुखमा राख्नेबित्तिकै पग्लिने ।"

"अनि ?"

"हो, फ्रेन्च भाषा त्यसरी नै मुखमै पग्लिन्छ !"

"यो भाषा सिकेर गछ्र्यौ के ? अचेल दुनियाँ एउटै भाषा मात्र चिन्छ, पैसाको ।"

"त्यस्तो पनि होइन ल, नील । मेरो आफ्नै दुनियाँ छ के," उसले हाँस्दै भनेकी थिई, "अब मामुको पछिपछि लाएर सारा मन्दिर धाइसकें । सारा देवीदेउता ढोगिसकें । के थाहा, एक दिन देउताले प्रकट भएर ल, माग बालिके, के चाहियो भने भने म त हे प्रभु ! मलाई टाइम ट्राभलर बनाइदेऊ भन्छु । अनि सुइय पुग्छु, सिक्टिजको पेरिसमा । त्यस बेला काम लाग्छ फ्रेन्च ।"

"तिमी फिक्सन रिडरहरू साइको नै हुने क्या ।"

"मलाई यस्तै साइकी मनपर्छ ।"

मलाई युवतीका यस्ता कुरा खुबै मनपर्थे । दुई अढाई घण्टा उसका कुरा सुन्दा पनि मलाई दुईचार मिनेट जस्तो लाग्थ्यो । म उसका कुरा सुनिरहँदा प्रार्थना गर्थें, उसको आवाजको रेडियोसित कनेक्सन नतोडियोस् । मामुले उसलाई नबोलाऊन् । उसको कडलेस नतातोस् ।

सधैं उसका कुराको गहिराइमा डुब्ने मलाई टोपले दिएका किताब पढेपछि अरू कुराको पनि चासो हुन थालेको थियो । मैले अँध्यारो कोठामा छातीमाथि रेडियो राखेर उसको आवाज सुन्दै उसैको शरीर कल्पना गर्न थालेको थिएँ ।

मैले पहिलोपल्ट कुनै केटीका यति धेरै कुरा सुनेको थिएँ । कहिलेकाहीँ त ऊ नीलसित बोलिरहेकी छे भन्ने पनि बिर्सिन्थें । सोच्थें, ऊ केवल मसित बोलिरहेकी छ । मलाई सुनाइरहेकी छ । मसितै खितखिताइरहेकी छ । मेरा पहाड जस्ता कानमा उतारचढावमा आफ्ना सास कुहिरो जसरी हुलिरहेकी छ । मेरो भविष्यको भयावह अँध्यारोमा ऊ एक्लो तारा जसरी चम्किरहेकी छ ।

मेरी आमा भन्थिन्, "भगवान्ले आकाशबाट ठूलो आवाजमा सन्देश दिंदैनन् । भगवान्ले सन्देश दिनलाई अरूको सहारा लिन्छन् ।

सपना, पन्छी, बतासका झोक्का अथवा मानिस चुन्छन् । तिनैबाट सन्देश दिन्छन् । तर सुन्नेले थाहा पाउनुपर्छ, कुन भगवान्को सन्देश हो भनेर ।"

पछिल्लो समय मलाई युवतीको आवाज भगवान्को सन्देश लाग्न थालेको थियो । नत्र कसरी रेडियोले आवाज टिप्यो ? नत्र कसरी एउटै पोइन्टको वरिपरि एउटै आवाज टिपिरह्यो ?

मोहिनीसित पाँच दिन पोखरा घुमेर फर्किएको साँझ आदि मेरो कोठामा पसेको थियो । प्रेममा चुर्लुम्म डुबेको मानिसलाई मैले पहिलोपल्ट देखेको थिएँ । उसका मुखबाट आफ्ना शब्द हराइसकेका थिए । प्रायः मोहिनीका शब्द निस्किरहन्थे ।

उसले ११ युवतीसित सम्भोग गरिसकेको थियो । तर मोहिनीसितको सम्भोग उसलाई विशिष्ट लागेको थियो । पहिलो पटकको सम्भोगको बीचमै मोहिनी प्रकाशलाई सम्झिएर रोएकी थिई । उसलाई प्रकाशले बतास भएर हेरिरहेको भान भएको थियो । तर पछि ऊ बतासको बानी परी । आदि सधैं अरू युवतीसित सम्भोगरत हुँदा आफ्नो तागत, रफ्तार र कडकपन मात्र प्रदर्शन गर्थ्यो । तर मोहिनीको अँगालोमा ऊ अर्कै मान्छे भयो । उसले मोहिनीका भित्री अङ्गलाई पनि गुलाबका पत्र जसरी छोयो । आफ्नै औंलाहरूले बदमासी गर्लान् भनेर सचेत भयो ।

मोहिनीको सारा शरीर उसको अँगालोमा नौनी जसरी पग्लिएको थियो । उसलाई मनतातो पानीलाई अँगालो मारे जस्तो भएको थियो । सम्भोगरत हुँदाको बेहोसी उसले बल्ल महसुस गरेको थियो । सम्भोगरत हुँदा ऊ मोहिनीका आँखामा डुब्दै डुब्दै गयो । आँखामा यति गहिरो खाडल हुन्छ भन्ने उसले बल्ल थाहा पायो । मोहिनीले उसको पिठ्युँमा नङ गाडिरहेकी थिई । पहिलो पटक उसलाई पीडामा पनि आनन्द आएको थियो । उसलाई लागिरह्यो, मोहिनीले नङ अझै गाडोस् र उसका ढाडका हाडलाई भित्रैबाट क्याप्प अँठ्याओस् ।

सम्भोगपछि धेरै बेरसम्म उसको सारा ज्यान लगलगी काँपेको थियो । उसलाई आफ्नो मुटु कसैले मुठीमा कसेर निचोरे जस्तो लागेको थियो । उसलाई आफ्नो मुटु त्यति हलुङ्गो कहिल्यै लागेको थिएन ।

"पार्टनर ! भगवान्ले जोडी रच्छ भनेको यही होला," उसले मुस्कुराउँदै भनेको थियो, "आफ्नो जोडीका कुनै पनि अङ्ग घिनलाग्दा लाग्दैनन् । सप्पै अङ्ग मीठा लाग्छन् ।"

आदिका कुरा सुनेपछि मैले आफूलाई उदास खण्डहरसित दाँजेको थिएँ । र आशा गरेको थिएँ, कुनै दिन धरतीको कुनै कुनाबाट एउटा रङ्गीन पन्छी आइपुग्नेछ ।

"पार्टनर, दिनभरि फ्रस्टेड भएर कोठामा सुतेर केही हुनेवाला छैन," आदिले मेरो पिठ्युँमा हत्केला ढ्याप्प पार्दै भनेको थियो, "खोज जोडी ! मायाको आगोमा भकभकी उम्लियो भने फोहोर पानी पनि शुद्ध हुन्छ ।"

मलाई आदिले दोहोऱ्याइरहने 'फ्रस्टेड' शब्द मन परेन । आदिको नजरमा म कुण्ठाको गर्तमा घिस्रिरहेको थिएँ । मैले आफूलाई त्यो गर्तबाट अलिकति माथि तान्न भनें, "मेरो पनि लभ परेको छ ।"

"काँ फेला पाऱ्यौ ?" आदि उत्साही देखियो ।

"रेडियोमा ।"

आदिको अनुहार र आँखा यसरी मौन भए, जसरी कोखबाट भर्खरै जन्मिएका शिशुका हुन्छन् । उसले कानमा कान्छी औंला पसालेर हल्लायो । मानौं, ऊ भर्खरै कानभित्र गडबड भएर पसेका शब्दलाई मिलाइरहेको छ, सेड्डुको मिलाए झैं ।

मैले आदिलाई सप्पै कुरा भनें ।

"ए, नाम पनि थाहा छैन ?" ऊ बिरक्तियो, "न त नाम थाहा छ, न त अनुहार, हत्तेरी, पार्टनर !"

अब के भन्नु र ! भनें, "तर उसको आवाज चिन्छु ।"

"आवाजको एडिक्सन सबैभन्दा खतरनाक हो, पार्टनर," गम्भीर हुँदै आदिले भन्यो, "उस्तै अनुहारको उस्तै सोच्ने मान्छे अर्को फेला पर्न सक्छ । तर उस्तै आवाज अर्कोको हुँदैन । तिमीले उसैलाई खोज्नुपर्छ ।"

एउटा सफल प्रेमीले अर्को प्रेमीलाई निराश पार्दैन, उत्साह दिइरहन्छ । आदिले पनि त्यस्तै गऱ्यो ।

"काँ खोज्ने ? कता खोज्ने ? मलाई त ऊ बस्ने एरिया पनि थाहा छैन ।"

"हेर, पार्टनर । रेडियोले धेरै टाढाको कडलेसको आवाज टिप्दैन । एउटा दूरीको मात्र टिप्छ," आदिले फेरो बाँधे झैं हत्केला घुमाउँदै भन्यो, "मलाई लाग्छ, केटी अनामनगर, मैतीदेवी, पुतलीसडकभित्रै छ । टाढा छैन । बेस्ट अफ लक ।"

"तर कसरी टिप्ने रै'छ ?"

"त्यो झ्यालपछाडि टेलिफोनका तारको गुजुल्टो देखेको छैन ? आवाज अर्थिङ हुन्छ क्या !"

आदि गयो । र सूर्यबहादुरको बन्द दैलोलाई मुक्का हान्यो ।

म आदिको प्रहारले हल्लिरहेको सूर्यबहादुरको ताला झैं काँपिरहें । अनि अबेरसम्म टोलाइरहें । मैले आदिलाई युवतीका बारे त्यत्तिकै भनेको थिएँ । त्यति बेलासम्म मेरो कुनै नियत थिएन । आदि गएपछि म आफ्नै शब्दको भुलभुलैयामा परें र निस्कन सकिनँ ।

सायद जनावर र मान्छेमा यही फरक छ । कहिलेकाहीँ मान्छे आफैंले भ्रमको संसार निर्माण गर्छ । अनि आफैंले पनि त्यही भ्रमलाई विश्वास गर्न थाल्छ । पछि त त्यो भ्रम थियो भन्ने पनि बिर्सिन्छ । मैले पनि त्यही भ्रमलाई विश्वास गरें, म त्यो युवतीको प्रेममा परेको छु भनेर !

सहरमा एक्लो हुनुको अर्थ यही रहेछ– भ्रमको संसारबाट बाहिर तानिदिने कोही नहुनु !

## गीत

*तिम्रो बर्थडेमा सुनाउँछु, रेकर्ड गरिएको ।*
*जोन लेननको भन्दा राम्रो ।*

साउने झरीले गाढा उदासी, उच्चाटलाग्दो शून्यता र चर्को भोक लिएर आएको थियो । झरीका दिन मेरो भोकको राक्षस ज्याङ्गो हुँदै जान्थ्यो । म भोकको राक्षसदेखि काँतर थिएँ । मैतीदेवी चोकमा जमेको पानीमा गाडी जलहाँस जसरी तैरिएर पार हुन्थे । मैले अस्ति नै झुक्किएर टेकेको थिएँ, पानी घुँडामाथिसम्म आएको थियो । पानीले भिजेर इँटा रङका जुत्ताका छाला बाक्लिएका थिए । बुट पालिसको जस्तो गन्ध फालिरहन्थे । म खाना बनाउँदा जुत्तालाई स्टोभको छेउमा राख्थें । स्टोभको राप परेको ठाउँमा छालाको रङ अझै गाढा हुँदै गएको थियो । राप नपरेको ठाउँको छाला भने चाउरी परे जस्तो देखिन्थ्यो । पछिल्लो समय प्रिय लागेको यो जुत्तालाई पनि म बिस्तारै गुमाउँदै थिएँ ।

मसित छाता थिएन । त्यसैले दिनभरको उच्चाटलाग्दो झरीले वाक्क भएर चोकतिर घुम्न निस्केको म लुछुप्पै रूझेर कोठामा आइपुग्थें । र उत्तानो परेर सिलिङमा रगमगिएका पानीका रेसा हेरेर बस्थें । झरीको ओसले सिरक र डसना पनि चिस्याएका थिए । तिनमा चिपचिपेपन बढेको थियो । धोबीखोलाको बाक्लो लेदो जस्तो पानीको आवाज मध्यरातमा मेरा कानसम्म आइपुग्थ्यो ।

म गाउँको झरी सम्झिन्थें ।

मकैका पातमा खसेको झरीको आवाज सुन्दै निदाउन मलाई खुबै मनपर्थ्यो । म घण्टौ आँटीको खटियामा घोप्टो परेर मकैका पातमा खसेको झरी हेर्न सक्थें । म गाउँलाई सम्झिएर यति छटपटिएको थिएँ कि, झरीका दिन भिजेका दाउराबाट निस्किएको धूवाँको पनि सम्झना गर्थें । जलेका दाउराको गन्ध बोकेको धूवाँको मुस्लोले गाउँले झरीमा अर्कैखाले सुन्दरता थपे जस्तो लाग्थ्यो ।

ती पानी भरिएर ऐना जस्तै टल्किने खेत । भिजेको माटोको बास्ना । सारा धूलो पखालेर अझै गाढा हरिया भएका रूखका पात । स्याकु ओढेर खेतका आलीआली हिँडिरहेका गाउँले । झरी थामिएपछि पृथ्वीको वल्लो किनारदेखि पल्लो किनारसम्म निहुरिएको इन्द्रेणी ।

झरीमा म रूझ्छु कि भनेर आफ्नो पछ्यौराले मेरो शिर ढाकिदिने मेरी आमा । झरीमा गोडामा जुगा टाँसिएलान् भनेर घुँडासम्म आउने बुट किनेर ल्याइदिने मेरा बा । झरीको चिप्लो बाटोमा म चिप्लिएर लड्दा बाटोलाई लात्तीलात्तीले हिर्काउने मेरो दाइ ।

सप्पै छाडेर आएको थिएँ म !

"तिम्रो यो अँध्यारो कोठो त लामखुट्टेले पनि पत्तो लगाउन सक्दैन हौ," सूर्यबहादुर भन्थे ।

किन आइपुगें यस्तो अँध्यारो कोठामा ? जुन कोठा मैले हेरेका हिन्दी फिल्ममा देखाइने जेलभन्दा फरक थिएन । म आफैंले आफैंलाई कैद तोकेको कैदी थिएँ । अरूले रचेको बन्धनबाट मुक्त हुने कोसिस पो मान्छेले गर्दो रहेछ । आफैंले रचेको बन्धनमा त झन् जेलिँदै जाँदो रहेछ । म आफैंले आफैंलाई जेलिरहेको थिएँ । जीवनको मारक ऐंठन यही हुँदो रहेछ– देखिँदा स्वतन्त्र देखिनू तर कैदमा हुनू !

म कैदबाट मुक्ति चाहन्थें ।

अनकन्टार जङ्गलमा अलपत्र परेर बाटो नभेटिएर रिँगटा आइरहेका बेला टाढाटाढा ढलेको रूख पनि बाटो जस्तो लाग्छ । म

सहरको जङ्गलमा अलपत्र परेको थिएँ । मलाई बाटो देखाउने कोही थिएन ।

त्यसैले मेरो सारा ध्यान बेनामी युवतीको आवाजतिर धुइरिएको थियो ।

झरीको मौसममा उसको आवाज झन् स्पष्ट भएर आइरहेको थियो । दिनभर कोठामा बसेर मान्छेहरू गलामा आवाज जम्न थालेपछि चिया दोकान वा क्याफेतिर निस्कन्थे । साथी भेट्थे र गलामा निदाएका आवाजलाई झकझक्याउँथे । तर म बेग्लै थिएँ– म रेडियोभित्र पस्थें । अनि युवतीलाई पर्खिरहन्थें । कहिलेकाहीँ ऊ थोरै कुरा गर्थी । मैले उसको घण्टौं प्रतीक्षा गरेको हुन्थें, उसले थोरै कुरा गर्दा मलाई रिस उठ्थ्यो । एकपल्ट त उसले दुई दिन कुरा गरिन । म रिसाएँ । एक रात रेडियो खोल्दै खोलिनँ । अब आइन्दा उसको आवाज नसुन्ने कसमै खाएँ । तर अर्को दिनदेखि मलाई उसको आवाजको छटपटी हुन थाल्यो ।

के थियो उसको आवाजमा त्यस्तो ?

आवाजबाट तीखोपन हराउँदै गएर अनौठो माद भरिँदै आएको उसको आवाजले मलाई अनौठो नशा दिन्थ्यो । जब ऊ नीलसित प्रेमका कुरा गर्थी, उसको आवाजको रफ्तार धीमा हुन्थ्यो, जसलाई म आकाशबाट झरिरहेको चराको प्वाँखसित तुलना गर्थें । ढलपलाउँदै ढलपलाउँदै धरती झरिरहेको, एकदमै हलुका ।

कहिलेकाहीँ मध्यरातको सन्नाटामा उसको आवाजमा मैले मादक उतारचढाव भेट्थें । म कलेजमा साहित्यको विद्यार्थी थिएँ । त्यसैले अल्पविराम, पूर्णविराम र हरफका बीचमा आउने रिक्तस्थानको महत्त्व बुझेको थिएँ । म उसको आवाजमा सबै भेट्थें । नील घरको डिजाइनर थियो, मलाई ऊ भने आवाजको डिजाइनर लाग्थी । जब ऊ बोल्दाबोल्दै कुनै हरफको बीचमा, कुनैको अन्तिममा आवाजको लयलाई अचानकै फेरिदिन्थी, म त्यहीँनिर मदहोस हुन्थें । जब ऊ कुनै हरफ वा शब्दमा सासको मात्रा बढाउँथी, म त्यहीँनिर कायल हुन्थें । म जब

उसले जिब्रोको टुप्पोलाई दाँतसित जोगाएको, जिब्रोलाई मुखभित्रको रसिलोपनमा लडीबुडी गराएको महसुस गर्थें, मलाई आफ्ना हाडमा काउकुती लागे जस्तो हुन्थ्यो ।

मलाई छेउको मान्छेले खाना खाँदा आवाज निकालेको कहिल्यै मन पर्थेन । चिटचिट बनाउँथ्यो । तर केही चपाए जस्तो, मुखभित्रै केही पग्लिरहे जस्तो, बाक्लो चकलेटको लेदो जस्तो रसमा जिब्रोले लाडिएर लयमा नृत्य गरिरहे जस्तो उसको आवाजले अनौठो रोमाञ्चकता दिन्थ्यो ।

म उसको आवाज सुन्दै कल्पना गर्थें– कुनै दिन गाढा अँध्यारोमा ऊ मेरै पाखुरानिर पल्टिएर मेरो कानको अथाह गहिराइमा केवल मलाई मात्र भन्ने शब्दहरू हुल्नेछे । अरूलाई अश्लील लाग्ने ती शब्द भन्नेछे, जो मलाई प्रेमका कविताभन्दा मीठा लाग्नेछन् ।

यस्तो कल्पनाले मलाई शरीरको कापमा नयाँ अङ्ग पलाउँदै गए जस्तो लाग्थ्यो ।

डेढ महिनामा मैले उसको चित्र बनाइसकेको थिएँ, कल्पनामै । ईश्वरले या प्रकृतिले उसको चित्र कस्तो बनाएको थियो, मलाई थाहा थिएन । तर मलाई आफैंले बनाएको उसको चित्र खुबै मन पर्थ्यो । मैले बनाएको चित्रमा मेरा आफ्नै तर्क थिए । जसरी बच्चाले आफूले बनाएको चित्रबारे अनेक तर्क गर्न सक्छन्, त्यसरी नै म पनि तर्क गर्न सक्थें ।

काठमाडौंमा उसकी मामु र ऊ मात्रै थिए । काठमाडौंमा घर थियो । तर मलाई थाहा थिएन, त्यसका कति तला थिए । उसकी मामु मन्त्रालयमा सहसचिव भइसकेकी थिइन् । तर बीचमा डिप्रेसनले थला परिन् । पेन्सन नपाक्दै 'गोल्डन हेन्डसेक' लिएर जागिर छाडिन् । उनलाई छोरीको चिन्ता हुन्थ्यो, छोरीलाई उनको । उसले बिएससी पढ्दापढ्दै छाडेकी थिई । म्याथम्याटिक्सकी विद्यार्थी थिई । उसले भनेकी थिई, "मामु म्याथम्याटिक्स इज लाइक पोयट्री । यसको गहिराइ अनन्त छ ।"

फेरि उसले अरू कुनै विषय पढ्ने रूचि पनि देखाइन ।

मामु आफ्ना पति रहस्यमय तरिकाले हराउनुमा आफ्नै दोष देख्थिन् । उनका पुरूष साथी पनि खासै थिएनन् । मन्त्रालयमा केही साथी त थिए । राजीनामा दिएको साता दुई सातासम्म फोन पनि गर्थे । तर पछि फोन बज्न छाड्यो । उनी बेलाबेला सरकारी जागिरेको रिटायर्ड भएपछिको पीडाबारे भन्थिन्, "रिटायर्ड भएपछि समय माछाको ढाड जस्तो हुन्छ ।"

उनका कति समकालीन रिटायर्ड भएपछि अमेरिका, युके, अस्ट्रेलियादेखि क्यानडासम्म फैलिएका थिए । नातिनातिना हुर्काउँथे । पार्कमा टहलिन्थे । आफूलाई असहज हुने भाषाका साथी बनाउँथे । यही हुनेहरू दिनभर चिया पसलमा राजनीतिका चर्को गफ लगाउँथे र उनीहरूका मुखमा प्रायः "हाम्रा पालाको कुरा के गर्नु !" भन्ने थेगो झुन्डिरहन्थ्यो ।

युवती बेलाबेला नीललाई मामु पिँजरामा कैद भएको पन्छी जस्तो लाग्छ भनेर भनिरहन्थी । र परिवारको एक्लो सन्तान हुनुको पीडा पनि पोख्थी । उसकी मामुलाई पनि लाग्न थालेको थियो– एउटा आँखो पनि के आँखो ! उसकी मामुले उसलाई स्कुटर किन्नै दिएकी थिइनन् । उनी काठमाडौंमा हुने एक्सिडेन्टका समाचार दिमागमा बोकेर बस्थिन् । छिमेकी आन्टीले सुनाएको एउटा घटना यतिपल्ट दोहोऱ्याइसकेकी थिइन् कि, युवतीलाई आफ्नै आँखाअगाडि घटेको घटना जस्तो लाग्न थालिसकेको थियो ।

जब ऊ स्कुटी किन्ने कुरा गर्थी, मामु यो घटना दोहोऱ्याइहाल्थिन्– राजमार्गमा स्पिडमा दगुरिरहेको मोटरसाइकल अगाडिबाट आएको ट्रकमा ठोकिएको थियो । मोटरसाइकलवालाको टाउको हेल्मेटसितै सडकको अर्को किनारमा उछिट्टिएको थियो । तर मोटरसाइकलवाला भने टाउकोबिनै एकदुई कदम मोटरसाइकलतिर सरेको थियो । त्यसैले भन्थिन्, "तँ एक्ली सन्तान होस् । एक्ला सन्तानका ग्रहदशा ठीक हुँदैनन् ।" त्यसैले ऊ माइक्रो, टेम्पो र ट्याक्सीमा हिँड्थी । र उसलाई किताबले भरिएको गह्रौं झोला बोकेर हिँड्न गाह्रो हुन्थ्यो ।

उसको गह्रौं झोला देखेर उसकी मामु कहिलेकाहीँ झर्किन्थिन्, "एई, केटी ! किन त्यत्रो भारी बोकेकी ? तेरा काँधका हड्डी बाँङ्गा होलान् है !"

ऊ भन्थी, "ज्ञानको भारी गह्रुङ्गै त हुन्छ नि, मामु ! ज्ञानको भारीले विद्वान्हरू चाँडै नै तालुखुइले भाको देख्नुभएको छैन ?"

नील पनि कहिलेकाहीँ उसलाई 'गधी' भन्दै जिस्क्याउँथ्यो । उसले एक पटक मुस्ताङ घुम्न जाँदा किताबको भारी बोकेर हिँडिरहेको गधा देखेको थियो रे ! र उसलाई युवतीको सम्झना आएको थियो रे !

युवतीले पनि उसलाई "अस्तिनै बूढो घोडा देखेर तिम्रो सम्झना आएको थियो" भनेर जिस्काएकी थिई । र भनेकी थिई, "याद गर त ! तिमी ठ्याक्कै बूढो घोडा जसरी नाक ख्यार्रख्यार्र बजाउँछौ ।"

ऊ एकदमै पढन्ते थिई । कहिलेकाहीँ ऊ पढिरहेको किताब नसकी घरबाटै निस्कँदैनथी । बाथरूममा पनि किताबै बोकेर पस्थी । र कहिलेकाहीँ त बाथरूमभित्रै घण्टौं बितेको पनि थाहा पाउँदिनथी । उसकी मामुले ढोका ढकढक्याएपछि, मात्रै बाहिर निस्किन्थी । उसकी मामु 'सरस्वतीलाई ट्वाइलेट'मा लगेको मन पराउँदिनथिन् । भन्थिन् रे, "किताब बोकेर ट्वाइलेट नजा त ! घण्टौं तँ ट्वाइलेटबाट ननिस्किँदा मेरो सातो जान्छ ।"

उसकी मामु डिप्रेसनमा थिइन्, ऊ बाथरूममा घण्टौं बस्दा फेरि निस्किएर आउन्न कि भने जसरी आत्तिन्थिन् र हतासिँदै दैलो ढकढक्याइरहन्थिन् ।

उसलाई नेवारी, हिन्दी, उर्दू, अङ्ग्रेजी भाषा आउँथ्यो । र पछिल्लो समय ऊ फ्राङ्कोफोन थिई । फ्रेन्च भाषाकी विद्यार्थी ! मलाई नेपाली र अलिअलि हिन्दी भाषा आउँथ्यो, अङ्ग्रेजीले त मलाई सहरमा एक्लो नै बनाएको थियो । त्यसैले म भाषाका मामिलामा उसको ईर्ष्या पनि गर्थें ।

ऊ फ्रेन्च भाषाको बतासमा उडिरहेकी थिई । प्रायः फ्रेलको *सी तू नेते पाला* गुनगुनाउने कोसिस गर्थी, जसलाई उसले पहिलो

पटक फ्रान्सेली केन्द्रको 'फ्राङ्को फोनी डे'मा सुनेकी थिई । नीलो टाईले घाँटी अँठ्याएका एक जना नेपाली बैङ्करले गितार बजाउँदै सुनाएका थिए । उसलाई त्यो गीत यति मनपऱ्यो कि, फ्रान्सेली केन्द्रको लाइब्रेरीबाट क्यासेटमा भरेर ल्याएकी थिई । त्यो गीत सुन्दा उसलाई अनौठो तरिकाले ४०/५० वर्षअघिको काठमाडौंका ब्ल्याक एन्ड ह्वाइट दृश्यहरूको झझल्को आउँथ्यो रे । ४० वर्षअघिको काठमाडौंका दृश्यबारे उसलाई उसका बाबाले भनेका थिए रे । उसका विचारमा बाबासित फिक्सन राइटरको जस्तो 'डिटेलिङ' गर्न सक्ने क्षमता थियो । बाबाले पुरानो काठमाडौंबारे गरेका वर्णन उसको हृदयमा गढेर बसेका थिए । कहिलेकाहीँ त उसलाई अघिल्लो जन्मका दृश्य पो देखिरहेकी छु कि जस्तो भ्रम हुन्थ्यो । अनि टिभीमा कहिलेकाहीँ पुराना ब्ल्याक एन्ड ह्वाइट फिल्महरू हेर्दाहेर्दै ऊ सोच्थी, पुराना जमानाका सबै कुरा ब्याक एन्ड ह्वाइट हुन्छन् ! वर्तमान रङ्गीन, अतीत ब्ल्याक एन्ड ह्वाइट ! त्यसैले पनि उसलाई *सी तू नेते पाला* सुन्दा पुरानो काठमाडौं ब्ल्याक एन्ड ह्वाइट भएर आउँथ्यो ।

युवती उसका बाबाले भनेका कुरा दोहोऱ्याइरहन्थी । उसका बा भन्थे रे, "भाषा पनि सम्पत्ति हो, धेरै भाषा जान्ने मान्छे संसारको कुनै कुनामा पनि एक्लो हुँदैन ।"

त्यसैले ऊ भाषाको दुनियाँमा हराइरहन्थी । साथीहरू नभए पनि हुन्थ्यो । ऊ एक्लो हुन डराउँदिनथी ।

तर चिसो मौसमसित भने डराउँथी ।

भन्थी, "चिसो मौसममा प्रकृति, मान्छे र सम्बन्ध सबै चिसा हुन्छन् । चिसो मौसम उसलाई सर्पको चिसोपन जति नै डरलाग्दो लाग्थ्यो । चिसो मौसममा उसकी मामुका शरीरका जोर्नी हिउँ झैं जमिहाल्थे । उनी जोर्नीहरूमा तुसारो जमे जसरी गोडा नखुम्च्याई असहज ढङ्गले हिँड्थिन् । दुवै हात पछाडि बाँधेर पेन्गुइन जसरी ।

जब युवती जीवनका उदास क्षणहरूबारे बोल्न सुरू गर्थी, नील चुपचाप सुनिरहन्थ्यो । एकपल्ट उसले युवतीलाई उसका बाबाबारे

सोधेको थियो । उसले त्यो दिन सम्झिएकी थिई, जुन दिन अन्तिमपल्ट बाबा उसलाई भेट्न होस्टेलमा आएका थिए ।

भदौको दोस्रो साता थियो । काला बादल होस्टेलमाथि थुप्रिएका थिए । पानी पर्ला पर्ला जस्तो थियो, परेको थिएन । बादल बर्सिनलाई छटपटिइरहेको थियो । जालभित्रका भुरा माछा झैं पानीका थोपा छटपटाइरहेका थिए । उसलाई लामो लट्ठीले घोचेर बादलका जालमा प्वाल पारिदिऊँ जस्तो लागिरहेको थियो ।

शनिबार भएर होस्टेलका सप्पै केटी फिल्म हेर्न गइसकेका थिए । ऊ एक्लै थिई । गुम्सिएकी थिई र झरीको पर्खाइमा थिई ।

दिउँसोको सवा दुई बजे जालबाट फुत्किएका भुरा माछा झैं पानीका थोपा धरतीतिर झरे । सिमेन्टमा खसेका पानीको थोपाका टपटप आवाजसितै तलबाट शान्ता दिदीको आवाज माथि आयो । शान्ता दिदी उसकै झ्याल हेर्दै कराइरहेकी थिइन् ।

ऊ हतारिँदै तल झरी ।

रिसेप्सनको सोफामा उसका बाबा थिए । बाबालाई उसले तीन महिनापछि देखेकी थिई । मामुसित डिभोर्स गरेपछि उनी जिल्लातिरै बस्थे । काठमाडौं आउँदा सधैं फोन गरेर भेट्न आउँथे । यसपालि त फोनै नगरी आएछन् । सधैं फोन आउँदा ऊ बाबालाई भेटमा कसरी खुसी बनाउने भनेर तयारी गर्थी । यसपालि त मौका नै पाइन ।

बाबाले खिस्स हाँसे जसरी आफ्ना दाँत देखाए । उसले दाँतभन्दा बढी गालामा उक्सिएका हड्डी देखी । चिन्ताले त होला, खर्लप्पै सुकेका थिए । अन्तिम वसन्तलाई बिदा गरेको रूख जस्तो उसका बाबा !

घिउ रङको दौरा, सुरूवाल र फिक्का खैरो कोट लगाएका थिए । शिरमा ढाका टोपी त सधैं हुन्थ्यो । काला जुत्तामा धूलोको मसिनो लेप लागेको थियो । उनको अनुहारमा पहिला पहिला जस्तो रबाफ थिएन । पहिला पहिला सोफामा ढेस्सिएर खुट्टामाथि खुट्टा खापेर मन्द मुस्कुराउँदै बसिरहने उसका बाबा यसपालि सोफाको किनारमा

टुसुक्क बसेका थिए । त्यसरी त अफिसमा भेट्न आउनेहरू उनका अगाडि बस्थे । सिडिओ साबका अगाडि सोफामा ढेस्सिएर बस्ने आँट कसको !

ऊ अलि सानी भएकी भए बाबा ! भन्दै उनीतिर दगुर्थी । बाबाले पनि उसलाई ट्याप्प समाएर आकाशतिर उछाल्दै च्याप्प छातीमा टाँस्थे । तर ऊ १२ वर्षकी ठूली भइसकेकी थिई । त्यस दिन उसलाई ठूली भएकामा पछुतो लाग्यो ।

"सन्चै छौ, *समीरा* ?" बाबाले सोधें ।

अघिल्लो भेटसम्म त बाबाले उसलाई बेटा भनेर बोलाउँथे । यसपालि त नामै काढे । उमेरले बिस्तारै बाबुछोरीमा पनि औपचारिकताको खाडल खन्दै जाँदो रहेछ ।

"कैले आउनुभाको ?" उसले सोधी ।

"हिजो," बाबाले रिसेप्सनको काउन्टरपछाडि घोसेमुन्टो लाएकी शान्ता दिदीतिर पुलुक्क हेर्दै भनेका थिए, "आइतबार मन्त्रालयमा मिटिङ छ ।"

समीराले महसुस गरी, बाबा एकान्तमा ऊसित कुरा गर्न चाहन्थे । ऊ बाहिर निस्किई । बाबा पछिपछि आए ।

बाहिर सानो कटेरो थियो, नीला कर्कटपाताले छाएको । चार ओटा खरानी रङका प्लास्टिकका कुर्सी र उही रङको प्लास्टिककै टेबल पनि राखिएको थियो । छेउछाउमा लहरै फूलका गमला राखिएका थिए । पातमा पानीका थोपा खसिरहेका थिए ।

बाबा एउटा कुर्सीमा बसे, ऊ अर्कोमा । बाबाले एकछिन आफ्ना हत्केला मले र सोधे, "पढाइ कस्तो चल्दै छ ?"

उसले राम्रै छ भने जसरी मुन्टो हल्लाई ।

एकछिन उनीहरूको मौनतामा झरीले कर्कटपातामा चिप्लेटी खेलिरह्यो ।

"मामुलाई भेट्नुभो ?"

बाबाका हत्केला टक्क अडिए । उनले मुन्टो यताउता हल्लाए । समीरालाई झिनो आशा मात्रै थियो, भेटे कि भनेर । तर भेटेनछन् । सायद उनले कहिल्यै भेट्दैनन् ।

बाबा र मामुले किन डिभोर्स गरे, कारण समीराले कहिल्यै थाहा पाइनँ । उसलाई न बाबाले भने, न मामुले । बाबा र मामुले कहिल्यै झगडा गरेको उसले कहिल्यै थाहा पाइन । घरमा कहिल्यै चर्को आवाज पनि सुनिन ।

एक दिन बिहान बाबा र मामु किचेनमा टोलाएर बसेका थिए । उनीहरू सँगसँगै भए पनि आआफ्नो संसारमा हराएका थिए । त्यस दिन बाबाले भनेका थिए, "बेटा ! अब कुरा लुकाएर साध्य हुँदैन । हामी डिभोर्स गर्दै छौं ।"

समीरालाई आफ्नो पृथ्वीलाई कसैले धारिलो हतियारले दुई फ्याक बनाए जस्तै लागेको थियो ।

डिभोर्सपछि बाबाले घर मामुकै नाममा गरिदिए । आफू जिल्लातिर लागे । एकपल्ट त ऊ पनि पछि लागेकी थिई । बाबाले "जिल्लातिर गाह्रो हुन्छ, यतै काठमाडौंमा पढेर बस्नू ! म भेट्न आइरहन्छु" भनेर सम्झाएका थिए ।

समीरालाई न बाबाको माया कम लाग्यो, न मामुको । उनीहरू सायद एकअर्कालाई प्रेम गर्थेनन् । तर उसलाई गर्थे । तर समीरालाई अलग्गै अलग्गै होइन, उनीहरूको माया एकैपल्ट चाहिएको थियो । ऊ बाबा र मामुलाई फेरि सँगै बस्नुस् भनेर कर गरिरहन्थी । सानै त थिई, उसलाई के थाहा ! ऊ त सूर्य र चन्द्रमालाई एकै पटक झुल्किन आग्रह गरिरहेकी थिई ।

उसले नीललाई भनेकी थिई, "तिमीलाई थाहा छ, नील ! म कथाको संसारमा किन हराइरहन्छु ? किनभने कथाको संसारमा घाम र जून एकैपल्ट झुल्किन सक्छन् । दुई फ्याक भएको पृथ्वी फेरि गम लगाएर टाँस्न पनि सकिन्छ ।" सायद ऊ कल्पनामै भए पनि बाबा र मामुको दुई फ्याक भएको संसारलाई गम लगाएर टाँस्न खोजिरहेकी थिई ।

"समीरा ! सायद अब म चाँडै भेट्न पाउँदिनँ होला," बाबाले भने, "छेउछाउमा भइनँ भने पनि सम्झनामा मलाई जोगाइराख्नू है ।"

उसले बुझिन । के भन्नुभएको होला बाबाले ?

"अझै टाढा पोस्टिङ भो र हजुरको ?"

"जहाँ पोस्टिङ भए पनि नेपाल के ठूलो छ र ?" खिस्स हाँस्दै बाबाले भने, "एउटै ओछ्यानमा सुतेका त सँगै भए पनि ब्रह्माण्डको वल्लो र पल्लो किनारमा पुग्छन् । मान्छेलाई भूगोलले भन्दा पनि मनको घेराले टाढा पुऱ्याउँछ । एउटा महत्त्वपूर्ण काम आइलागेको छ । त्यो सकेर मात्र फर्किन पाउँछु । त्यसैले चाँडै भेट हुँदैन भनेको । तर चाँडै सक्ने कोसिस चैं गर्नेछु ।"

"के काम, बाबा ?"

"अहिले बुझ्दैनौ तिमी ।" बाबाले उसलाई मनभरि हेरे । भने, "ठान, म एउटा युद्ध लड्न गइरहेको छु, यस्तो युद्ध, जहाँ एक्लै लड्नुपर्छ । अरू कसैले सहयोग गर्न मिल्दैन । म जितेर फर्किन्छु ।"

बाबा साह्रै गलिसकेका थिए । समीरा उनीभित्र त्यो बाबा खोजिरहेकी थिई, जो खुसी थियो, प्रेरणादायी थियो, जोसित बोझ थिएन, जो गीत रचेर उसलाई सुनाउन चाहन्थ्यो ।

सानैमा बाबाले उसलाई एउटा अङ्ग्रेजी गीत सुनाएका थिए– *ब्युटीफुल ब्वाय* । गीत छोराको बारेमा थियो । बाबालाई खुबै मनपर्थ्यो । मामु गर्भवती भएपछि बाबालाई छोरा नै हुन्छ भन्ने विश्वास थियो रे । उनले नजन्मेको छोराको नाम पनि सोचिसकेका थिए रे– *समीर* । ऊ जन्मेपछि नामलाई अलिकति फेरेर समीरा बनाएका रे !

ऊ जन्मिनुअघि बाबा *ब्युटीफुल ब्वाय* सुनिरहन्थे । ऊ जन्मिएपछि पनि सुनी नै रहे । एउटा गीत धेरै सुनेर दिक्क लागेर त होला, उनले छोरीका बारेमा गाइएका गीत खोजे । तर छोरीका बारेमा गीतै थिएनन् या उनले भेटेनन् । छोरीलाई आत्मविश्वास, आँट र भरोसा दिने गीत उसले सुन्नै पाइन ।

एक दिन बाबाले भने, "बेटा ! अब म तिम्रा लागि आफैं गीत रच्छु ।"

कोठामा घोप्टो परेर, छतमा चन्द्रमा हेर्दै टोलाएर, मर्निङ वाकमा गुनगुनाएर बाबाले गीत पनि रचे । तर उनले कस्ता शब्द बुनेका थिए, सुनाएनन् । ऊ बाबाले बुनेका शब्द अङ्गुरको झुप्पा जस्तै मिठास भरिएका होलान् भनेर कल्पना गर्थी ।

"बाबा ! मेरो गीत खोइ ?" ऊ कहिलेकाहीँ सोध्थी ।

"बेटा ! तिम्रो बर्थ डेमा सुनाउँछु, रेकर्ड गरिएको । जोन लेननको भन्दा राम्रो गीत ।"

उसका कैयौं बर्थ डेहरू मैनबत्ती बनेर बले, निभे । तर उसले कहिल्यै गीत सुन्न पाइन । बाबा अफिसियल काममा असाध्यै व्यस्त हुन थाले । उनको हृदय र दिमागका चेपमा कमिलाका लस्कर झैं फाइलका अङ्क पस्न थाले । सङ्गीतका धुन बाहिँरिँदै गए । हिसाब पसेपछि हृदयबाट सङ्गीतको मिठास कपूरको बास्ना झैं हराउँदै जाँदो रहेछ । जोन लेनन पुरानो क्यासेटका खिइएका रिल गर्धनमा बेरेर फेरि मरे ।

बाबाले गीतको कुरा गर्न छाडे । कथाका कुरा गर्न थाले । उनी समीरालाई रङ्गीन चित्रले भरिएका कथाका किताब ल्याइदिन्थे । ऊ बिस्तारै कथाको संसारमा हराउन थाली । कहिलेकाहीँ बाबा भन्थे पनि, "कथा पढेर मात्र हुँदैन, बेटा ! कथा बन्न पनि जान्नुपर्छ । ठूली भएर तिमी यस्तो कथा बन, जो अरूले सुनाऊन् ।"

उसलाई कथा बन्नुपर्छ भनेर सम्झाउने बाबा आज आफैं असफल कथाको असफल पात्र जस्तो देखिइरहेका थिए ।

पानी थामिइसकेको थियो । बाबाले नाडीको घडीतिर हेरे । सायद जाने बेला भइसकेको थियो ।

दुवै घुँडामा दुवै हत्केला राखेर बल लगाए जसरी उनी उठे । सधैं चिसो बतास, हर्ष र मीठो सङ्गीत बोकेर आउने झरी आज समीराका लागि रोएर गएको थियो ।

"ल समीरा ! आज म जान्छु, सके चाँडै भेट्न आउँछु," बाबाले हात तन्काएर उसको तालु सुमसुम्याउँदै भने, "तिमी कहिल्यै नलड्नू, लडेपछि निधारमा खत बस्न नदिनू ।"

उसले बुझिनँ । तर मुन्टो हल्लाई ।

बाबा झरीले जमेका पानीमा टेक्दै अघि बढे । र गेटनिर पुगेर टक्क उभिए । गला खकारेर अलि उँचो आवाजमा भने, "म तिम्रो छेउछाउमा नदेखिए पनि तिमीसितै हुनेछु ।"

"कसरी ?" उसले सोधिहाली ।

बाबाले दाहिने हातको चोर औँला बतासमा घुमाउँदै भने, "यो बतास जसरी ।"

मैले उसको नाम थाहा पाएको थिएँ– समीरा । कति मीठो । र उसको कथा सुनेर म अबेरसम्म टोलाएको थिएँ । उसको माया लागेर आएको थियो । समीरालाई अझै लाग्छ, बाबा कतै छन् । अनाम युद्ध लडिरहेका, अनवरत । सायद थाकेका छैनन् । समीराका अङ्कलले खोजेका पनि थिए रे । उनी जिल्लाबाट काठमाडौं जान्छु भनेर हिँडेका थिए रे । न काठमाडौं पुगे, न जिल्ला फर्किए । खोज्दै जाँदा राजापुरका माझीले फोटोमा भए जस्तो मान्छे त्यतैबाट डुङ्गा चढेर तरेकोसम्म सुनाएका थिए रे । वर्षौंअघिको कुरा भएकाले माझीले पनि ठ्याक्कै भन्न सकेनन् ।

"कस्तो थियो है, नील, बाबाले रचेको त्यो गीत ?" उसले उदास स्वरमा भनी, "जब तिमी गितार बजाउँदै गीत गुनगुनाउँछौ, मलाई मेरो बाबाको सम्झना आउँछ । कथा भइसकेका मेरा बाबाको माया लागेर आउँछ ।"

नीलले लामो सास तान्यो ।

"भैगो छाडिदेऊ गीतका कुरा ! त्यो *गुड अर्थ* पढेनौ है ?"

नीलले जबाफ दिएन ।

"चाँडै पढ । पढ्नै मन लागेन भने फिर्ता देऊ । कोही भेटिएला नि, प्रेमले पढ्ने ।"

"कति प्रेसर देको ?"

"सै हो," उसले हाँस्दै भनी, "ल, अब सुत । फेरि भोलि पनि आँखा गोलभेंडा जस्ता राता हुने भए । अस्ति मामुले मेरा राता आँखा देखेरै मैले त ड्रग्स पो लिन्छु कि भनेर चिन्ता लिन थालिसक्नुभएको रैछ । छिमेकी आन्टीले भनेर पो थाहा पाएँ । ल, ल, ह्याँ कडलेस नि तातो भएर पड्केला जस्तो भइसक्यो ।"

# खुकुरी

*छप्काइदे ! नछोड् छप्काइदे ।*
*सँगै जेल बसौंला ।*

भदौको दोस्रो मङ्गलबार मङ्गल भएर आएन ।

आकाशबाट भदौरे घाम दर्किरहेको थियो । म एक पाउ हरियो खुर्सानी बोकेर फर्किरहेको थिएँ । देखें, सूर्यबहादुर घरअगाडिको खुला चौरमा ट्याक्सीको सिसा पखालिरहेका थिए । ट्याक्सीका चारै ओटा ढोका युद्धमा भत्केको घरका दैला जसरी ह्वाङ्ङ थिए । झरीमा भिजेका सिट राम्ररी सुक्नै पाएका थिएनन् । त्यसैले ट्याक्सीका सिटबाट पादको जस्तो दुर्गन्ध आइरहेको थियो ।

एकपल्ट एउटी युवतीले व्यङ्ग्य गरेकी थिई, "दाइको ट्याक्सी कति थोत्रो ? छातै ओढेर बस्नुपर्ने ।"

सूर्यबहादुरसित जबाफ नहुने कुरै भएन । उनले भनेका थिए, "ए हे ! बैनीले धेरै पो भएछ हेलिकप्टरमा हिँड्न थालेको ! अचेल ट्याक्सीमा ओढ्नुपर्छ हौ !"

सूर्यबहादुर बालकको भोटो झिके जसरी सिटका कभर झिकेर हुँडमा सुकाइरहेका थिए । अलिपर थोत्रो कुर्सीमा घामतिर ढाड फर्काएर चन्द्रा सूर्यबहादुरतिर हेरिरहेकी थिइन् । तीन दिनअघि टेबल सार्दा उनको ढाड सड्किएको थियो ।

मैले सुनेको थिएँ, सूर्यबहादुरले थोत्रो मारूती आफ्नो नाममा नामसारी गर्दै छन् । साहुले छ लाख भनेको थियो रे ! सूर्यबहादुरले हात जोडेर मारूतीलाई आफ्नै दुलही जसरी सिँगारेर राख्ने बाचा

गरेपछि साहुले ५० हजार घटाएका थिए । किनभने साहु आफ्ना तीन ओटा मारूतीलाई सन्तान जसरी प्रेम गर्थे । बाआमाले आफ्ना सन्तानमा सबैभन्दा कमजोर, बोधो र भविष्य अँध्यारो भएको सन्तानलाई बढी प्रेम गर्छन् भने जस्तो साहु आफ्नो सबैभन्दा पुरानो, बेलाबेला ब्रेकफेल हुने र टाइमकुटाइम पर्खालमा ददारिने मारूतीलाई बढी प्रेम गर्थे । किनभने यही मारूतीले उनलाई अरू दुई मारूती दिएको थियो ।

अस्ति भर्खरै मारूतीको दायाँ दैलो पर्खालमा रगडिएको थियो । सूर्यबहादुर कोतरिएको दागलाई आफ्नै नाडीको घाउलाई जसरी सुमसुम्याइरहेका थिए ।

उनले आदिको मोटरसाइकलको चर्को आवाज पनि सुनेनन् । आदिले छेउमै मोटरसाइकल रोकेर दगुर्दै आएको पनि थाहा पाएनन् । चट्याङ बज्रे जसरी आदिको दाहिने गोडा उनको बायाँ कन्चटमा बज्रियो । उनी धड्कनै बन्द भए जसरी पुर्लुङ्ङ उत्तानो परे । चन्द्राले पहिला सूर्यबहादुरलाई उत्तानो परेको देखिन् अनि उनका छातीमाथि सवार भएर नाकमा मुड्की ताकिरहेको आदिलाई देखिन् । उनले सड्केको ढाडलाई बिर्सिइन् । कुर्सीबाट जुरूक्क उठेर कराइन्, "मार्‍यो नि ज्यानमारले ! मार्‍यो नि !"

दिनको सवा दुई बजे घट्टेकुलोमा यसरी स्त्रीको चीत्कार अहिलेसम्म सुनिएको थिएन । धमाधम झ्याल खुले । कोही छततिर दगुरे, कोही भुइँतिर ।

घरबेटी आमा छतमा उभिएर दुवै हत्केलाले पावरदार चस्माको फ्रेम थामेर कराइरहेकी थिइन्, "मुर्दारहरू नलड भनेको ! हे भगवान्, मर्ने भए ।"

आदिले सूर्यबहादुरको गर्धन दायाँ पाखुरामा अँठ्याएको थियो । सूर्यबहादुरका दुवै हात चराको पखेटा झैं फडफडाइरहेका थिए ।

मलाई के गरूँ, के गरूँ भयो ! म आत्तिँदै टोलेको भीडमा मिसिएँ । र काँपिरहेको चोरऔंलाको नङ टोक्न थालें ।

सूर्यबहादुरले दाहिने हात आदिको अरह्रिएको अनुहारतिर लगे अनि आदिको दायाँ आँखाको कटौरीमा गान्टे औंलाले प्रहार गरे ।

"गिद्धले आँखा खायो !" आदि चिच्चायो ।

सूर्यबहादुरले आफूलाई आदिको पाखुराबाट फुस्काए । तर आदिले रन्थनिदै प्रहार गरेको मुड्कीले उनको नाक भेटिहाल्यो । मैले पहिलोपल्ट नाथ्री फुटेको आवाज सुनें, क्याक्टसको फूललाई हिर्काउँदा निस्कने आवाज जस्तो । सूर्यबहादुरको नाकबाट ताजा रगत तपतप गर्दै भुइँमा तप्कियो । उनले अनुहार आकाशतिर फर्काएर रगत रोक्ने कोसिस गरें ।

"भो भाइ ! नलड्नुस् ।" किराना पसलेको आवाजले आदि रोकियो ।

सबैको ध्यान सूर्यबहादुर, आदि र सम्झाइरहेको किराना पसलेतिर थियो । चन्द्रा स्टुल उचालेर हुर्रिंदै आइन् । उनको अनुहार पोस्टरकी कालीको जस्तो रौद्र भएको थियो । रगत तप्किरहेको जिब्रो चाहिँ बाहिर निस्केको थिएन ! स्टुल आदिको तालुमा बजारिन् । सायद आदिको जमिन फनक्कै घुमेको थियो, उसले दुवै हत्केलाले टाउको अँठ्यायो । चन्द्रा हुरी झैं अर्को दिशा दगुरिन् । त्यसै बेला सूर्यबहादुर आदिको पिठ्युँमा झुन्डिए । आदिको ध्यारर्र हुँदै च्यातिएको टिसर्टसितै भुइँमा खसे । उनले हातमा आएको एक टुक्रो कपडाले रगत लतपतिएको नाक, ओठ र चिउँडो पुछे ।

आदिको माथिल्लो ज्यान नाङ्गै भयो । मैले पाखुरा र पिठ्युँका पातामा बटारिएका मासु देखें ।

"खुकुरी ले !" सूर्यबहादुरले अतालिंदै रमितेका भीडमा चन्द्रालाई खोजे, "खुकुरीले ! आज छप्काउँछु ।"

चन्द्रा घरको दैलासम्म पुगिसकेकी थिइन् । उनी पछाडि नफर्की चिच्याइन्, "छप्काइदे । नछोड्, छप्काइदे । सँगै जेल बसौंला ।"

आदिको निधारबाट रगत बगिरहेकै थियो । आँखिभौं रगतले भिजेर टाँसिएको जुँगा जस्तो देखिइरहेको थियो । अनुहारभरि बगेका रगतका धर्सा पहाडी नदीका नक्सा जस्ता देखिन्थे ।

"मैले चैं जिउँदै छाड्छु भन्ठानेको ?" आदिले आँखिभौको रगत ल्याप्प पुछ्यो र सूर्यबहादुरका काँधतिर उफ्रियो । खुकुरी कुरिरहेका सूर्यबहादुर भुइँमा थ्याच्च बसे । आदिले उनको टाउको आफ्ना दुई तिघ्राबीच च्याप्यो र एउटा सर्पले अर्को सर्पलाई लडिबुडी गराए जसरी लडिबुडी लगाउन थाल्यो । आदिका पिडौलाले सूर्यबहादुरको घाँटी चेपेकाले होला, सूर्यबहादुर किक्लिक किक्लिक गर्न थाले । उनका गोडा छट्याक छट्याक गर्न थाले ।

चन्द्रा रित्तै हात दगुर्दै आइन् । उनी देउता चढे झैं काँपिरहेकी थिइन् । उनले आदिको अनुहारमा नङ गाढिन् र कराइन्, "बाँचिस् । खुकुरी मैले मासु काट्न दोकानमै राखेकी रैछु ।"

सूर्यबहादुरले आदिका तिघ्राबीचबाट टाउको निकाले । र भर्खरै जन्मेको पाठो जसरी खुट्टा कमाउँदै लामोलामो सास फेर्न थाले ।

"लौ हेर ! अपराधीहरूलाई पो घराँ राखेकी रैछु ।" घरबेटी आमा कराउँदा कराउँदै रून्चे भइन्, "प्रताप भको भए ठेगान लाउँथ्यो । एई, छुट्याउन भनेको ! यी दुइटै मर्छन् ।"

आदि चन्द्राले कोतरेका घाउलाई सुमसुम्याउन थाल्यो । सिस्नुले पोले जस्तो भयो होला । मौका छोपेर सूर्यबहादुरले प्रहार गरे । ऊ घुप्लुक्क ढल्यो । त्यही बेला सूर्यबहादुरले उसको टाउको आफ्ना दुई तिघ्राबीच च्यापे र कराए, "जाँठा, हाम्रो ज्यान गनाउँछ होइन, तँलाई ? ल सुँघ्, ल सुँघ् । मेरो पाद सुकमेल जसरी बसाउँछ, सुँघ् ।"

सूर्यबहादुरले पाद्ने कोसिस गरे जस्तो लाग्यो । तर पाद निस्किएन ।

मलाई आफ्ना कान शून्य हुँदै गए जस्तो लाग्यो । छेउमै चिच्याइरहेका सूर्यबहादुरको आवाज एकदमै टाढा टाढाबाट आए जस्तो लाग्यो । ताजा रगतले मलाई रिँगटा आएको हुनुपर्छ । लाग्यो, यो सहरमा म मात्र होइन, आदि, सूर्यबहादुर, चन्द्रा सप्पै एक्लो छन् । कसैको कोही छैन ।

लड्दा लड्दै मरे पनि छुट्याउने कोही छैन ।

त्यसै बेला देखें— पाँच जना लक्का जवान केटा दगुर्दै आइरहेका थिए । सायद तिनले अलि ढिला थाहा पाए । केटाहरू हाम्रै टोलका थिए । घरबेटी बाको घरदेखि पाँच घर परको तीनतले घरको छतमा गितार बजाउँदै धोद्रा आवाजमा गीत गाउँथे । उनीहरूले गाउने गीत मैले कतै सुनेको थिइनँ, सायद आफैंले रचेका थिए ।

न्यू इयर इभमा ठूलो साउन्ड बक्स राखेर गीत गाएका थिए । भोलिपल्ट घरबेटी आमा दिनभर बर्बराएकी थिइन् । भन्थिन्, "मुर्दारहरूले ! रातभरि हुइयाँ जस्तै कराएर सुत्नै देनन् । गीत गाउन सुर हुनुपर्छ । मीठो सुर त जति चर्को भए पनि कानले पचाउँछन् ।"

आवाजमा जति बेसुरा सुनिए पनि उनीहरूले सूर्यबहादुर र आदिलाई सुर मिलाएर छुट्याए । आदि र सूर्यबहादुर उनीहरूका बाहुपासमा एकछिन छटपटाए । अनि शान्त भए । आफ्ना गोजी च्यातिएका कपडा, घाउ र जमेर गाढा हुँदै गएका रगतमा लेथ्रा सुमसुम्याउन थाले ।

चन्द्राले पछ्यौराले पहिला आफ्ना आँसु पुछिन् अनि सूर्यबहादुरको अनुहारलाई प्रेमले पुछिदिन थालिन् ।

आदि र सूर्यबहादुरको लडीबुडीले उडेको धूलो छार्टिंदै गयो ।

आदि नङ्गा बाबा जस्तो देखिइरहेको थियो । रगत र धूलो लतपतिएको उसको अनुहारले मलाई डरडर लागे जस्तो भयो । आदि अचानक स्मरणशक्ति गुमाएर म को हुँ ? म किन यहाँ छु ? भर्खरै के भयो ? म किन यस्तो रूपमा छु ? भन्ने उत्तर नपाएर ठिङ्ङ उभिए जस्तो देखिइरहेको थियो ।

चन्द्राले आदिका गोडामा थुइक्क थुक्दै धारे हात लाउँदै श्राप दिइन्, "खुबै किक हान्दो रैछ । ठसक्कै भएर काटिऊन्, तेरा खुट्टा ।"

र सूर्यबहादुरलाई कोठातिर डोऱ्याइन् ।

रमिता सकिइसकेपछि रमितेहरू त्यहाँ उभिइरहने कुरा थिएन । उनीहरू खिस्स हाँस्दै आआफ्नो ठेगानातिर लागे । ठेगाना गुमाए जस्ता म र आदि मात्रै भयौं ।

"तपाईं त बुझेको मान्छे, यसरी लड्न हुन्छ ?" किराना पसलेले आदिको पिठ्युँ थपथपायो र औंलामा लागेको चिप्लो धूलो आफ्ना कोखामा पुछ्यो, "त्यो ड्राइभरको पो बुद्धि छैन, तपाईंको त छ नि ।"

चुकिलो अनुहार बनाएर पसले पनि गयो ।

युद्धपछिको सन्नाटा कति रित्त र अत्यासलाग्दो हुन्छ, मैले थाहा पाएँ । मलाई त्यहाँ उभिन मन थिएन, हिँड्नलाई पनि आँट आइरहेको थिएन । आदिले एकपल्ट मलाई पुलुक्क हेऱ्यो ।

मेरो मुस्कुराउने कोसिस खेर गयो ।

आदिले एकपल्ट चारैतिर हेऱ्यो । उसको एउटा जुत्ता अलि पर हिलोमा लतपतिएको थियो । अर्को देखिएन । प्याच्च थुक्दै नाङ्गा गोडा हिँड्यो ।

मैले उसलाई पछ्याएँ ।

सूर्यबहादुरको ढोका भित्रबाट बन्द थियो । म ट्वाइलेट पसें । कमोडभरि सूर्यबहादुरको रगतको दाग बसेको थियो । भित्तामा तुर्क्याएँ र बाहिर निस्किएँ ।

आदि दैलोनिर घोसेमुन्टो लगाएर उभिएको थियो । उसको हातमा चाबी थियो । तर ताला बन्द नै थियो । उसले यताउता पल्याकपुलुक हेऱ्यो । र सूर्यबहादुरको दैलोअगाडि नीला फित्ता भएको चप्पल देख्यो । ती चप्पल चन्द्राले ल्याएकी थिइन् । मसिना काँडा भएका । यस्ता चप्पल लगायो भने अकुपन्चर जस्तो फाइदा हुन्छ भन्ने उनले सुनेकी थिइन् । तलमाथि गर्दा यी नै चप्पल लाउँथिन् । आदि चप्पल लगाएर भऱ्याङतिर दगुऱ्यो ।

मैले सोचें, मेडिकलतिर गए होला ।

खुर्सानी राखेर म ओछ्यानमा पल्टिएँ । मलाई लागेको थिएन, आदि र सूर्यबहादुरको मनमुटावले यो रूप लेला भन्ने । मलाई सम्झना भएसम्म उनीहरूको मनमुटाव तीन वर्ष अघिदेखि सुरू भएको थियो, जब सूर्यबहादुरका बा र आमा आएका थिए ।

सूर्यबहादुरका बा उमेरभन्दा चाँडै बूढा भएका थिए । लहरे खोकीका बिरामी पनि थिए । त्यसैको उपचारका लागि आएका थिए । उनी अनुहार रातो हुने गरी खोक्थे । जब खोकि रोकिन्थ्यो, अवेरसम्म उनको छाती च्याँच्याँ गरिरहन्थ्यो– आँखा नउघ्रेका मुसाका बच्चा कराए जस्तो ।

र उनका जुत्ताबाट आउने दुर्गन्ध तलाभरी रगमगिइरहन्थ्यो ।

भऱ्याङ उक्लदै गर्दा घरबेटी बा कराएका पनि थिए, "मुसो मरेर यसरी डुङडुङ्ती गन्हाउँदा पनि किन नफालेको ?"

उनले एकैछिनमा थाहा पाए, त्यो मुसो थिएन, सूर्यबहादुरका बाका जुत्ता थिए । बुट जस्ता । धूलोले आफ्नो अर्गानिक रङ गुमाईसकेका र बूढी औंलानिर अलिकति च्यातिएका । युद्ध सकिएपछि रणमैदानमा पत्रकारले खिचेको तस्बिरमा अलपत्र परेका जुत्ता जस्ता ।

जुत्ता भन्ने थाहा पाएपछि, घरबेटी बा जिब्रो टोक्दै माथि गए ।

आदि जुत्ताको चर्को गन्धले रातभरि निद्रा लागेन भन्थ्यो । एकदुई दिन त उसले दैलोअगाडि जुत्तालाई घृणाले हेऱ्यो । तेस्रो दिन उसले सहन सकेन । चौथो दिन बिहान सूर्यबहादुरका बाले जब खोजे, जुत्ता भेटिएनन् । घरभरि हल्लीखल्ली भयो । घरबेटी आमाले हतारिँदै आलमारीमा राखेका सुनका पोका हेरिन् । घरबेटी बाले जुत्ता चोरी भएको निर्क्योल गरे । र आत्तिए । उनलाई लाग्थ्यो, चोर र रगत पिउन पल्किएका बाघ उस्तै हुन् । फर्केर आइरहन्छन् ।

सूर्यबहादुरले आदिलाई जुत्ता चोरी भएको बारे बताएका थिए । आदिले नाक खुम्च्याउँदै भनेको थियो, "सिनो जसरी गन्हाउँथे । झुक्केर कुकुरले लगे होला !"

सूर्यबहादुरको अनुहार कुच्चिएको थियो । उनले घृणाले हेर्दै भनेका थिए, "मानें मैले ! तिम्रो बाउको जुत्ताबाट चाहिँ श्रीखण्डको बास्ना आउँछ ?"

जुत्ता हराएको तेस्रो दिन चेनगेटछेउको झाडीमा एउटा प्लास्टिकको पोको भेटियो । घरभरि लासै भेटिए जस्तो आतङ्क फैलियो । चन्द्राले

काठको छेस्कोले कोट्याइन् । र आफ्ना ससुराका जुत्तालाई बेबारिसे देख्दा उनको मन कटक्क भयो । उनी रौद्र रूपधारण गरेर दिनभर कराइरहिन्, "कुन पापीले हो, जुत्ता पोको पारेर फालेको ?"

म डराएँ– शङ्काको तीर त मतिर पनि सोझिनेवाला थियो ।

तर तीर आदितिर सोझियो । चन्द्राले सम्झिसकेकी थिइन्, जुत्ता पोको पारेको प्लास्टिक ब्याग कल्याणीले हातमा झुन्ड्याउँदै आएको । सेतो प्लास्टिक ब्यागमा राता तारा जस्ता चिह्न थिए ।

साँझ आदिले स्विकाऱ्यो र भन्यो, "हो, मैले नै फालेको हो । गन्धले मेरो सासै रोकिएला जस्तो भएको थियो ।"

सूर्यबहादुरकी आमा रोइन् । उनलाई आफ्ना पतिका जुत्तालाई यति धेरै घृणा गरेको मन परेन । सूर्यबहादुरका बालाई त टोलाउने रोग थपियो । उनीहरू जुत्ता काण्डको पर्सिपल्टै फर्किए । पोकापन्तुरा बोकिसकेपछि सूर्यबहादुरकी आमाले आदिको दैलोतिर हेर्दै रून्चे स्वरमा भनेकी थिइन्, "अब आउन्नँ, काठमान्डू । यहाँ त हामी सिनो जसरी गनाउँछौं ।"

सूर्यबहादुरको मनमा यही क्षणदेखि आदिसित ईख बसेको थियो । त्यसैले उनी आदिको गल्ती र ऊ तल पर्ने काम खोजिरहन्थे । मोहिनीसितको आदिको प्रेमलाई उनले हतियारका रूपमा प्रयोग गरे ।

मैले सोचें, आज ईखको अन्त्य भयो । इतिहासका सबै ईखको अन्त्य सायद यसैगरी हुन्छ ।

# भ्यान

*धक्का मार्नुपर्ने भयो, साप !*

पुलिस भ्यान थोत्रो थियो । फुस्रो र दयनीय । साइरनको आवाज भने असाध्यै चर्को । टोलभरि आतङ्क मच्चाइरहेको थियो– जङ्गली हात्ती पसे जस्तो । टोलका बेरोजगार भ्यानको पछि लागिसकेका थिए ।

भ्यान मूल गेटनिर उभियो ।

म बाहिर निस्किनलाई चेनगेटसम्म पुगेको थिएँ । त्यही ठिङ्ङ उभिएँ । गृह मन्त्रालयले रेडियोमार्फत बारम्बार सूचना जारी गरिरहन्थ्यो– आर्मी र पुलिसलाई देखेर नदगुर्नुहोला ।

दुर्गम गाउँतिर सोझा गाउँलेहरू गस्तीमा हिँडेका सिपाही देखेर दगुर्दा गोलीको सिकार भएका थिए । सिपाहीलाई माओवादी नै थियो भनेर प्रमाणित गर्न अनेक पर्चा छर्न र पाइप बम झोलामा राखिदिन गाह्रो भइसकेको थियो ।

मलाई मेरै कोठामा छापा मार्न आए जस्तै लाग्यो । भ्यानको दैलो उघ्रियो र एउटा पुलिसले बाहिर निस्किएर ज्यान मर्‍याकमुरूक पार्‍यो । ठूलो भुँडीले उसको अल्छीपन देखाउँथ्यो ।

"यै हो घर ?" पुलिसले छततिर हेर्‍यो ।

घरबेटी आमा झ्यालबाट टाउको निकालेर आत्तिइरहेकी थिइन् । पहिलो पटक घरको मूल ढोकामा पुलिसको भ्यान जो उभिएको थियो ।

भ्यानबाट आदि ढुनमुनिँदै बाहिर निस्कियो, "यै हो असई साप ! दोस्रो तलामा लुकेका छन् अपराधीहरू !"

मैले त सोचेकै थिइनँ, आदिले यसरी पुलिस लिएर आउला भन्ने ! आदिको अनुहारमा रगतका पाप्रा जमिसकेका थिए । ऊ काँडादार चप्पल लगाएर गएको डेढ घण्टापछि पुलिस भ्यानमा फर्किएको थियो । जाँदा थकित थियो, फर्किंदा भने ग्लुकोजपानी पिए जसरी अनौठो फुर्तीमा थियो ।

भ्यानबाट अरू दुई पुलिस पनि बाहिर निस्किए । एउटा पछिल्लो सिटबाट, अर्को ड्राइभरको सिटबाट । तिनले नजरैले घरलाई केरकार गर्न थाले । टोलेहरू भ्यानवरिपरि झुम्मिइसकेका थिए । तिनका अनुहारमा घटनाको प्रत्यक्षदर्शी हुनुको गर्व जस्तो रातोपन देखिन्थ्यो ।

"एई शूरवीर तँ नबोलेस् । तैंले जहिले पनि कुरा बिगार्छस्," असई सापले दुब्लो पुलिसलाई भन्यो ।

शूरवीर तनक्क तन्कियो ।

"तैंले कुरा गरेस्, लक्ष्मी !"

भ्यान हाँकेर ल्याउने छोटो कदको पुलिस तन्कियो ।

दुवैले आदितिर पुलुक्क हेरे । आदि भऱ्याङतिर दगुऱ्यो । शूरवीर र लक्ष्मीले पछ्याए ।

म पनि माथितिर दगुरें ।

सायद सूर्यबहादुरले पुलिस आएको थाहा पाइसकेका थिए । पुलिसले दुई पटक दैलो ढकढक्याउँदा पनि उनले चुइँक्क गरेनन् । घरबेटी आमा भऱ्याङमा उभिएर अलिकति भित्तातिर छेलिएर चियाइरहेकी थिइन् ।

"ढोका खोल्छस् कि फुटालिदिम् ?" लक्ष्मी करायो ।

शूरवीरले दैलोमा ड्यामड्याम बुट बजार्न थाल्यो । शूरवीरले जति पटक दैलोमा बुट बजार्थ्यो, त्यति पटक घरबेटी आमाको अनुहार कच्याक्क हुन्थ्यो । जसरी डाक्टरले बच्चालाई सुई लगाउँदा आमाको अनुहार क्याच्च हुन्छ, त्यसरी । घरबेटी बा सिसौका काठले बनेको महँगा दैलो भनेर गर्व गर्थे । सिसौका काठ भएर पनि होला, वर्षौं हुँदा पनि कीरा लागेका थिएनन् ।

"ढोका खोल्," लक्ष्मी करायो ।

"लुगा लाउँदै छु, सर !" सूर्यबहादुरको मधुरो आवाज आयो ।

घ्याच्च गर्दै ढोका खुल्यो । सूर्यबहादुर टाटेपाटे सर्टको माथिल्लो बटन लगाइरहेका थिए ।

चन्द्राले सूर्यबहादुरलाई अँगालो मार्दै भनिन्, "नजाऊ, मार्छन् तिम्लाई ।"

"केही हुन्न, मैले के गल्ती गरेको छु हौ !"

"सर ! यिन्को क्यै गल्ती छैन," चन्द्राले हात जोड्दै भनिन्, "झगडाको बीउ रोप्ने त त्यै मुर्दार हो ।"

आदिले थप्पड हानुँला झैं गरेर हात उचाल्यो । शूरवीरले उसलाई आँखा तऱ्यो ।

"चिन्ता नगर् ! म आइहाल्छु । मलाई केही हुन्नँ," सूर्यबहादुरले चन्द्राको काँध थपथपाए, "यो काठमाडौंमा मैले पनि मान्छे कमाएको छु । म जुन चोकमा उभेर चिच्याए पनि कसै न कसैले जबाफ फर्काउँछ ।"

सूर्यबहादुर बाहिर निस्किए ।

"तिमी पनि हिँड, तिमीलाई पनि ल्याउने आदेश छ" भन्दै शूरवीरले लट्ठीको टुप्पो चन्द्राको नाकतिर सोझ्यायो । सूर्यबहादुरले चन्द्राको हात समाउँदै बाहिर तान्दै भने, "नडरा हौ ! म छु ! यो काठमान्डूमा मैले तँलाई सारा ठाउँ त देखाइसकें । अब बाँकी त्यही चौकी त थियो । त्यो पनि हेर्, गाउँ गएपछि गफ लाउलिस् ।"

सूर्यबहादुर अघि लागे, चन्द्रा उनको छाया भइन् । लक्ष्मीका पछि शूरवीर लाग्यो । सबैभन्दा पछि थियो, आदि ।

भ्यानमा पस्नुअघि सूर्यबहादुरले रमितेलाई आँखा घुमाए । चन्द्रा पछ्यौराले अनुहार छोपिरहेकी थिइन् । लक्ष्मी ड्राइभिङ सिटमा बस्यो, उसको बायाँतिर असई साप । असई सापले खुइय्य सुस्केरा हाल्यो । शूरवीर सूर्यबहादुर र चन्द्राको छेउमा बस्यो । आदि अन्तिम सिटमा ।

भ्यान घोडा झैं हिनहिनायो र बन्द भयो । फेरि हिनहिनायो, बन्द भयो ।

"धक्का मार्नुपर्ने भयो, साप !" स्टेरिङ समाएको लक्ष्मीले अनुहार बिगाऱ्यो । र उसले यसो झ्यालबाट टाउको निकालेर रमितेतिर हेऱ्यो । रमिते पुलिससित न दोस्ती, न दुस्मनी सुनेर हुर्किएका थिए । मुन्टो यताउता फर्काउन थाले ।

"एई, शूरवीर जा ठेल् ।"

शूरवीरको अनुहार धस्कियो, "म एक्लै काँ सक्नु, साप ! तपैंलाई थाहै छ, तीन मैनाअघि म टिबीले थलिएको !"

भ्यानमा सन्नाटा छायो । फेरि एक पटक घोडा हिनहिनाएर शान्त भयो ।

सूर्यबहादुरले हात जोडे, "सर ! म पो ट्राई गरौं कि ?"

"मान्छे मार्न ट्राई त गरिसकेको थिस्, होइन ?" असई सापले आँखा तऱ्यो, "अब के ट्राई गर्ने ?"

"म ट्याक्सी चलाउँछु, सर ! १२ वर्ष भो । अलिअलि गाडीको नखरा त म पनि चिन्छु ।"

"नखरा ?" असई साप जोडले हाँस्यो । र भन्यो, "तेरो मारूतीले पो नखरा देखाउँदो हो । यो भ्यान त भाले हो ।"

लक्ष्मी र शूरवीरले सापको अनुहार हेरे । सायद उनीहरूले ट्रेनिङमै सिकिसकेका थिए, साप हाँसेपछि हाँस्नुपर्छ । उनीहरूलाई लाग्यो, हाँस्नुपर्छ । जोडले हाँसे । चन्द्राले सूर्यबहादुरको काँधमा प्याट्ट हानिन् ।

"ल गर् न त ट्राई !"

सूर्यबहादुर बाहिर निस्किए । लक्ष्मीले सिट छाडिदियो । उनले स्टार्टरको चाबी घुमाए । घोडा हिनहिनायो र शान्त भयो । उनले सातपल्ट कोसिस गरे । र निधारको पसिना पुछ्दै भने, "सर ! धक्कै मार्नुपर्ने भयो ।"

उनले ड्राइभरको सिट छाडिदिए ।

"तिमीहरूको झगडा हो । यो भ्यान तिमीहरूकै लागि आको हो," असई सापले आदेश दियो, "ल अब धक्का मार । जति चाँडो धक्का मार्छौ, उति चाँडो मुद्दा छिनोफानो हुन्छ ।"

आदि मुर्मुरिँदै भ्यानबाट झऱ्यो । उसलाई लागिसकेको थियो, सूर्यबहादुरले सोझो भएर पुलिसको मन जित्न खोजिरहेका छन् ।

आदि, सूर्यबहादुर र शूरवीरले भ्यान धकेले । एकमन त मलाई लाग्यो, धकेल्न जाऊँ । तर गइनँ । उनीहरूले दुई सय मिटरभन्दा बढी धकेले । भ्यान स्टार्ट भयो र बन्द भएन । दगुरेर आदि भ्यानमा चढ्यो अनि सूर्यबहादुर । शूरवीरले आफू चढेपछि दैलो ढ्याप्प तान्यो । रमिता हेरिरहेका एकदुई जनाले ताली पनि बजाए ।

गल्लीका कुकुरलाई तर्साउँदै बूढो हात्ती झैं ढल्किँदै ढल्किँदै भ्यान गयो ।

साढे छ बजे आदि, सूर्यबहादुर र चन्द्रा फर्किए । उनीहरू आर्यघाटबाट फर्किरहेका मलामी जसरी शोकमा देखिन्थे । आदिको तालुमा सेतो पट्टी चम्किरहेको थियो । उसले कालो टिसर्ट लगाएको थियो, छातीमा बुद्धका आँखा भएको । उसका गोडा रित्तै थिए । त्यसैले अलि असहज तरिकाले हिँडिरहेको थियो । काँडादार नीला चप्पल चन्द्राले समाएकी थिइन् ।

टोलेहरू मुसुमुसु हाँस्दै उनीहरूलाई हेरिरहेका थिए ।

पछि आदिले भनेको थियो– सूर्यबहादुरले उसलाई उपचार खर्च भनेर १२ सय रूपियाँ दिएका थिए । टिसर्ट पनि उनैले किनिदिएका हुन् । स्टुलले निधारमा काँक्रोको बियाँ जस्तो लाम्चो घाउ बनाएको थियो, जसमा तीन ओटा टाँका थिए । पुलिसले फेरि झगडा नगर्ने सर्तमा छाडिदिएका थिए ।

उनीहरू घरभित्र पसे । आआफ्नो ढोका बन्द गरे । सवा आठ बजेसम्म गहिरो सन्नाटा छायो ।

साढे आठ बजे घरले आवाज पायो । मलाई लाग्यो, अन्तरिक्षबाट बत्तिएर आएको उल्का मेरै ढोकामा बजारियो । पाँच वर्षमा त्यति जोडले दैलो कसैले ढकढक्याएको थिएन ।

म खङ्ग्रङ्ङ भएँ ।

उल्का आदि र सूर्यबहादुरको दैलोमा पनि बजारियो । घरमा हुलदङ्गा मच्चिए जस्तो भयो ।

मैले दैलो उघारें । आदिले पनि दैलो उघारिसकेको रहेछ । चन्द्राले पनि दैलो उघारिन् ।

घरबेटी बा असिनपसिन थिए ।

उनको निधार र कपाल पसिनाले लुछुप्पै भिजेको थियो । उनको अनुहार यति रातो थियो कि, च्वाइँय च्वाइँय गर्दै पसिनाका बुँद त्यहीँ डढ्छन् जस्तो लाग्थ्यो । उनी लामै यात्रा दौडिएर आए जसरी स्याँस्याँ गरिरहेका थिए । बेलाबेला घुटुक्क थुक निल्थे । उनले एकपल्ट क्रुद्ध आँखाले सबैलाई हेरे ।

"हिजोसम्म मेरो घर शुद्ध थियो तर... ।" चर्को आवाज उनको घाँटीले थाम्न सकेन । चिलायो होला, मुखमा मुड्की राखेर खोके । अनि भने, "तर आजबाट अशुद्ध भयो । मेरो सात पुस्तामा पुलिस घरको दैलोभित्र पसेका थिएनन् । आज पसे ।"

सबै जना घरबेटी बाका अघि शिर निहुर्‍याएर उभिइरह्यौं । जसरी दिउँसो गल्ती गरेका बच्चा गाली खाने तयारीसहित साँझ मातापिताका अघि उभिन्छन् ।

"फोकटमा बनेको घर होइन यो । मैले रगत बेचेर बनाको हो । यो घरको मान छ, इज्जत छ ।" घरबेटी बाले सूर्यबहादुरको कोठाको दैलोमा पुलिसका बुटको छाप देखे । उनको अनुहार रस निचोरिएको कागती जस्तो भयो । भने, "जसले यो घरको इज्जत गर्दैन, त्यसलाई यहाँ ठाउँ छैन ।"

"बुद्धि बिग्रियो हौ, बाजे," सूर्यबहादुरले मधुरो आवाजमा भने, "गु कोट्याउँदा गन्ध आउँछ भन्ने थाहै पाउँदा पाउँदै पनि कोट्याइयो ।"

आदिले सूर्यबहादुरलाई पुलुक्क हेर्‍यो ।

"तिमेरूलाई त के छ ! यो घर पुरानो भयो, अर्को नयाँ घरमा डेरा सर्‍यो," भित्तामा हत्केला राखेर आफूलाई अड्याउँदै घरबेटी बाले

भने, "जति पुरानो भए पनि, जति चुहिए पनि मेरो यही एउटा हो । घरबेटीहरू भित्तामा किला ठोक्दा पनि रिसाउँछन् भनेर तिमेरू नाक खुम्च्याउँछौ, होइन ? आफ्नो हाडका टुक्राटुक्रालाई इँटा बनाएर एउटा घर बनाओ अनि थाहा पाउँछौ– कसैले भित्तामा किला ठोक्दा आफ्नै छातीमा किला ठोके जस्तो लाग्छ कि लाग्दैन भनेर !"

आदिले खकार्‍यो । तर थुकलाई भित्रभित्रै डल्लो पारेर निल्यो ।

"यो घरमा पुलिस आको मलाई कत्ति पनि चित्त बुझेको छैन । हो, कत्ति पनि बुझेको छैन," घरबेटी बाले भर्‍याङमा उभिएर हेरिरहेकी घरबेटी आमालाई प्रेमले हेर्दै भने, "मलाई अब केही भन्नु छैन । एक हप्ताको समय दिन्छु । जसलाई छाडेर जानु छ, भाडा तिरेर गए हुन्छ । जसलाई बस्नु छ, उसले छ महिनाको भाडा अगाडि नै तिर्नुपर्छ ।"

मलाई रिँगटा चल्यो– मैले घरबेटी बाको टाउको दुइटा देखें ।

"एक हप्ता लामै समय हो । यतिका समय बस्यौ, मैले यति समय दिएँ ।" घरबेटी बाको अनुहारको कठोरताले मलाई लाग्यो, उनले दृढ निर्णय लिइसकेका छन् ।

आदिले चुपचाप दैलो लगायो । सूर्यबहादुरले मुन्टो हल्लाएर घरबेटी बाको च्यालेन्जलाई स्विकारे जस्तो गरे । र नमस्ते गरेर भित्र पसे । दैलो लगाए ।

म चुपचाप उभिइरहें ।

"अनि तँ...," घरबेटी बाले मतिर मुख चुच्याउँदै भने, "तँ विद्यार्थी होस्, मलाई थाहा छ । तैंले छ महिनाको भाडा अगाडि तिर्नपर्दैन । पाँच महिनाको तैंले देकै छैनस् । एक हप्तामा तैंले पुरानो र अहिलेको महिना गरेर छ महिनाको तिर्नुपर्छ । मायालाग्दो छस्, त्यसैले यति सहुलियत दिएँ । तर याद राख्, एक हप्ता । जा सुत् ।"

घरबेटी बाले मेरो पातलो निद्रा पनि लिएर गएका थिए ।

म कल्पनाको इन्द्रेणीमा चिप्लेटी खेलिरहेको थिएँ । तर आज पछारिएँ । इन्द्रेणीमुन्तिर यथार्थका हाड छरिएका थिए, जसरी सिनोका

हाड छरिन्छन् । म यथार्थको कुरूप संसारमा थिएँ । एक सातामा मलाई साढे छ हजार चाहिन्थ्यो । छ हजार कोठाभाडा, पाँच सय बिजुलीको भाडा । घरबाट पैसा आइहाले पनि तीन हजारभन्दा माथि आउँथेन ।

एक सातामा मेरो जीवनको सबैभन्दा कठिन परीक्षा थियो ।

छटपटिँदै मैले रेडियोमा समीराको आवाज खोजें । तर ऊ त्यहाँ थिइन । मैले बिहान तीन बजेसम्म उसको आवाज कुरें । अनि निद्रै लागेन । चार बजेतिर टाउको गह्रुङ्गो हुँदै गयो । साढे चार बजे मैले निर्णय गरें– यो काठमाडौं मेरो होइन । म यहाँ बस्नुको कुनै अर्थ छैन । मैले बिहानै बसपार्क पुगेको, बस चढेको र पर्सिपल्ट घर पुगेको कल्पना गरें ।

तर मसित बसभाडालाई चाहिने छ सय २० रूपियाँ थिएन । मसित केवल ८५ रूपियाँ मात्र थियो । मैले अर्को कल्पना गरें– म दिउँसो टोपलाई भेट्न जानेछु । आमा बिरामी भएको कथा भन्नेछु र हजार रूपियाँ माग्नेछु । अनि सोझै बसपार्क पुग्नेछु । नाइट बस चढ्नेछु । अनि फेरि कहिल्यै फर्केर काठमाडौं आउनेछैन ।

मैले यो काठमाडौंलाई छाडेर जान्छु भनेर घुर्क्याउन कोही कमाएको थिइनँ । म पाँच वर्ष यहीँ थिएँ । तर अचानक यहाँबाट किन हराएँ भनेर प्रश्न गर्ने मेरो कोही थिएन ।

सहरमा एक्लो हुनुको अर्थ रहेछ– आफू नहुनुको रिक्ततालाई प्रश्न गरिदिने पनि कोही नहुनु !

# एसटिडी

*भाइ, तिम्रो फोन लाग्दैन,*
*मेरो कागज मात्र खेर जान्छ ।*

*पतितापति, ल्वाजो फे सों नी ।*

"अलिअलि गर्दै चराले आफ्नो गुँड बनाउँछ ।"

डायरी पल्टाउँदा ठुल्ठूला अक्षरमा यी हरफ देखें, जुन हरफ समीराले नीललाई भनेकी थिई । टिपेर राखेको रहेछु । बिस्तारै एउटा एउटा त्यान्द्रो चुच्चोमा टिपेर खटप्वालमा भँगेराले गुँड बनाएको देखेको थिएँ– गाउँमा । सहरमा त घर बनाउँदा यति कुना च्याप्छन् कि, भँगेराले गुँड बनाउने ठाउँ पनि पाउँदैनन् ।

गुँड बनाउने ठाउँ नपाएको भँगेरा र भएको गुँड पनि गुमाउँदै गएको ममा केही फरक थिएन । भँगेराको आवाज कसैले बुझ्दैन, मेरो कसैले सुन्दैन ।

मलाई विश्वास लाग्न थालेको थियो, मेरो एककोठे संसार घरबेटी बाले जफत गर्नेछन् । त्यसैले कोठा जफत हुँदा आफूले गुमाउने चीजहरूबारे मैले सोच्न थालिसकेको थिएँ ।

कोठामा महँगा सामान पनि थिएनन् । तर तीसित म भावनात्मक रूपमा जोडिएको थिएँ ।

मलाई माथिसम्मै कालो सरेको कुकरको माया लाग्यो । बर्नरमा फोहोर भरिएर पछिल्लो समय धूवाँ फाल्न थालेको स्टोभको माया लाग्यो । हरेकपल्ट कोल्टे फेर्दा चरक्क चरक्क बज्ने पलङको माया लाग्यो । बाटा, थाल, डाडुपनिउँ, टुथब्रसदेखि खोलबिनाको सिरानीमा

बनेका टाटाको पनि माया लाग्यो । मलाई कोठामा भएका मूल्यहीन हरेक सामान अमूल्य लागिरहेका थिए ।

अचानक गुमेको कुरा र गुम्छ भन्ने थाहा पाउँदा पाउँदै गुमाएको कुरामा फरक हुने रहेछ । अचानक गुमेको कुराले एक पटक मार्छ । तर थाहा पाईपाई गुमेको कुराले सयौं पटक ।

घरबेटी बाले तोकेको म्यादको तेस्रो दिन नाघेदेखि म मर्न थालेको थिएँ ।

गर्धन छिनालिएको बोकोले पनि एक पटक खुट्टा तन्काउँछ । त्यो जीवनमोहको अन्तिम झट्का हुन्छ ।

चौथो दिन मैले अन्तिम झट्का दिने निर्णय गरें ।

शुक्रबार थियो ।

बैङ्क पुगें । मेरो नाम थिएन । नाम नदेख्दा सधैं निराश हुन्थें । यसपालि भइनँ । वागबजारतिर लागें । टोपको अफिसमा यसपालि बत्ती थियो । केटो किबोर्ड टररर बजाइरहेको थियो ।

म भूत जसरी प्रकट भएको थिएँ । केटो एकाग्र थियो, त्यसैले झस्कियो । म चार दिनमै सुकेको थिएँ । दुब्लो कायाको मलाई देखेर केटो वाल्ल पऱ्यो ।

"टोपजी हुनुहुन्छ ? म उहाँको कलेजको साथी ।"

केटोले पत्याएन क्यारे ! तैपनि हाँसे जस्तो गर्दै भन्यो, "सर त गाउँ जानुभा छ । तीन दिन भो त ।"

मलाई तीन दिन ढिला आएकामा पछुतो लाग्यो । तैपनि सहज बनें, "ए ! अस्ति मैले भेट्दा त गाउँ जाने कुरै गर्नुभएको थिएन ।"

"अचानकै जानुभाको । बिहेको कुरा छ केरे ।"

"बिहे ?"

"मलाई पनि भन्नु त भएको छैन । तर उहाँले फोनमा कुरा गरेको सुन्दा त्यस्तै लाग्यो," कम्प्युटरतिर फर्किंदै केटोले भन्यो, "हप्ता दिनमा फर्किन्छु भन्नुभाथ्यो ।"

म फर्किएँ ।

डिल्लीबजारको उकालो उक्लिँदै गर्दा मलाई लाग्यो, दुर्भाग्यका बलिष्ठ पाखुराले मलाई अँठ्याइसकेका छन् । जसरी कबड्डीको खेलाडीलाई प्रतिद्वन्द्वीले अँठ्याउँछन् । र मेरो मुखबाट सासको मसिनो लहरो निस्किरहेको छ ।

धेरै कुरा बिर्सिसकेको थिएँ । तर गाउँको पिसिओको नम्बर बिर्सेको थिइनँ । अनामनगर चोकमा पुगें ।

कल्पना गरिसकेको थिएँ, आज म पिसिओमा फोन गरेर बालाई बोलाइदिन अनुरोध गर्नेछु । भोलि १० बजे नै बा पिसिओ आइसकेका हुनेछन् । र म बासित १० हजार सापट माग्नेछु । र चाँडै नै कमाएर फिर्ता गरिदिने बाचा गर्नेछु । बाले गाउँ फर्किने आदेश दिए भने म मान्नेछु ।

बाले पर्सि १० बजे नै पैसा मेरो नाममा जम्मा गराइदिनेछन् । सवा १२ बजे चुच्चेटोपीवाला केटो टिटी बोकेर वाणिज्य बैङ्क आइपुग्नेछ । साढे १२ बजे जमुना जस्ता ओठ भएकी महिलाले खातामा मेरो नाम चढाइदिनेछिन् । १५/२० मिनेट टोकन समाएपछि मेरो हातमा हजारका १० ओटा नोट पर्नेछन् । म एउटा नोटलाई खुद्रा बनाइदिन अनुरोध गर्नेछु । हजारका नौ ओटा नोटलाई पट्याएर चोरगोजीमा राख्नेछु । खुद्रालाई पाइन्टको अघिल्लो पकेटमा ।

त्यसपछि म डेढ प्लेट मःम खानेछु । टोपको अफिसमा गएर कम्प्युटरमा बस्ने केटोलाई "टोपजी ! आएपछि दिनुहोला । सिरीले देको भनेर" भन्दै हजार रूपियाँ दिनेछु ।

अनि दुई ठाउँमा कोक खाएर कोठा फर्किनेछु ।

घरबेटी बालाई छ हजार पाँच सय रूपियाँ दिनेछु, फिर्ता आउनुपर्ने एकडेढ सय रूपियाँ माग्नेछैन । मेरा बा स्वाभिमानी छन्, गरिब छैनन् । र घरबेटी बालाई दुईतीन दिनमै कोठा छाड्ने निर्णय पनि सुनाउनेछु । दुई दिनभर भएभरका सामानका पोकापन्तुरा बनाउनेछु । छसात सय रूपियाँमा टाटामोबाइलले मलाई बसपार्क पुऱ्याइदिनेछ । म कन्डक्टरलाई दुई सय रूपियाँ घुस दिएर आफ्ना सामान छतमा राख्न लगाउनेछु ।

कोकको ठूलो बोतल र दुईतीन प्याकेट चिप्स बोकेर म बसको सिटमा बसेर आँखा चिम्लिँदै ढेस्सिनेछु ।

अनि म झरेको तारा झैं काठमाडौंको आकाशलाई एक फन्का लगाएर स्वाट्टै बिलाउनेछु ।

पिसिओमा भीडभाड थियो । झिंजो लाग्ने गरी बिलिङ मेसिन ख्यार्रख्यार्र गरिरहेको थियो । सिसाका तीन ओटै बुथभित्र हात हल्लाउँदै मानिस कुरा गरिरहेका थिए । म *एसटिडी* लेखेको बुथछेउमा उभिएँ ।

बुथभित्र हात हल्लाउँदै कुरा गरिरहेको मान्छे निस्किएपछि म पसें । नम्बर डायल गरें । टुँटटुँट मात्र आयो । फेरि गरें, फेरि टुँटटुँट । फेरि गरें, फेरि टुँटटुँट । फोनले जतिपल्ट टुँटटुँट गर्थ्यो, त्यतिपल्ट नै बिलिङ मेसिनले ख्यार्रख्यार्र कागजको रित्तो चिर्कटो बाहिर फाल्थ्यो । रित्तो चिर्कटो हेरेर दुब्लो साहुजीको अनुहार बिरक्तिन्थ्यो ।

मैले फेरि एकपल्ट टुँटटुँट सुनें । ख्यार्रख्यार्र गर्दै रित्तो चिर्कटो बाहिर निस्कियो । साहुजीले इसाराले मलाई बोलायो ।

"भाइ तिम्रो फोन लाग्दैन," साहुजीले अनुहार बिगार्दै भन्यो, "मेरो कागज मात्रै खेर जान्छ ।"

"सधैं त एकैपल्टमा लाग्थ्यो । यसपालि त लाग्दै लागेन ।"

"बिग्रे होला फोन । भोलि आऊ ।"

अनामनगर चोकमा ठिङ्ङ उभिँदा मलाई भनन्न रिँगटा लागे जस्तो भयो । छेउको बिजुलीको पोल समाएँ । मेरो अन्तिम आशाको त्यान्द्रो पनि चुँडिँदै गएको थियो । फोन एक दिनलाई बिग्रेको हो कि ? महिनौंलाई ? अथवा महिनौंअगाडि बिग्रेर अहिलेसम्म नबनेको हो ?

कोठा फर्किएँ ।

घरबेटी बाले मलाई दिएको सात दिनमध्ये चार दिन सकिइसकेका थिए ।

हिजै छ महिनाको भाडा तिरेर आदि साता/दश दिनलाई पोखरा हिँडेको थियो । ऊ मोहिनीको हात समाउँदै फेवातालमा फन्का

लगाइरहेको होला । चन्द्रा कुलदेउता रिसाएर सङ्कट आउन थाले भनेर भाकल गर्न गाउँ गएकी थिइन् । सूर्यबहादुर निस्किएको र पसेको पत्तो हुँदैनथ्यो ।

समय डरलाग्दो रफ्तारमा कुदिरहेको थियो । मैले प्रार्थना गरें, यो शनिबार कहिल्यै नसकियोस् । सकियो । मैले प्रार्थना गरें, आइतबार नसकियोस् । सकियो । मैले प्रार्थना गरें, सोमबार कहिल्यै नसकियोस् । सकियो ।

र सकियो, घरबेटी बाले दिएको म्याद ।

मङ्गलबारका हरेक मिनेट मलाई प्रिय लाग्न थाले । ती मैले फोसामा पाएको थिएँ । म्याद तोकेपछि घरबेटी बाले फेरि दैलो ढकढक्याएका थिएनन् । मङ्गलबार दिउँसोदेखि मलाई भ्रम हुन थाल्यो । सोच्न थालें, घरबेटी बाले मलाई माफी दिइसकेका छन् । सायद उनले म्यादको जाल सूर्यबहादुर र आदिलाई फ्याँकेका थिए । आखिर पुलिस आउनुमा मेरो दोष थिएन ।

मङ्गलबार घरबेटी बा साढे सात बजे नै घर फर्किसकेका थिए । जुत्ताको कडा सोल बजाउँदै । ट्वाकट्वाक । उनी मेरो दैलोबाहिर उभिएका हुन् ? सोल बज्न छाड्यो त ! मेरो दैलोमा मुड्की हानिहाल्छन् कि ? कस्तो त्रास, कस्तो सन्नाटा ! मलाई लाग्यो, दैलोबाहिर मेरो भयावह भविष्य उभिएको छ, एकैछिनमा कठालो समाएर तान्नेछ । फेरि आवाज आयो । ट्वाकट्वाक । मैले सास रोकेर घरबेटी बाका पाइलाका आवाज पछ्याएँ । तर उनका पाइलाका आवाजले खुट्किला उक्लिँदै गए ।

मलाई लामो अँध्यारो रात सकिए जस्तो भयो ।

त्यस दिन मैले दाल बसालेको कुकरको सिटीलाई तीन पटक बज्न दिइनँ । एक सातादेखि सिटी बज्ला र घरबेटी बाले म कोठामै भएको थाहा पाउलान् भन्ने डरले सिटी नै बज्न दिएको थिइनँ । कुकरको सिटीलाई मैले बम जस्तै ठानेको थिएँ । जब सिटी बज्नेछ, मेरो संसार ध्वस्त हुनेछ ।

एक सातले मलाई समयको महत्त्व सिकाएर गएको थियो । मैले फोकटमा सुतेर, कुण्ठित भएर, आफ्नो अँध्यारो भविष्य कल्पना गरेर फुर्माइसमा सकेका २५६ ओटा सातासित क्षमा मागेको थिएँ । किनभने सयौं सातालाई बेवास्ता गरेर एउटा सातासित सबथोक मागेको थिएँ ।

मैले सोचिसकेको थिएँ, जब टोप फर्किनेछ । आफ्नो दयनीय र भयावह जीवन उसका अगाडि राखिदिनेछु । टोपले भेलमा बग्दै बग्दै गइरहेको मलाई हात दिएर किनारमा तान्नेछ ।

आफ्नै सोचले मलाई नौलो आशा र शक्ति दिएको थियो ।

बुधबार बिहानै मैले पहेंलो दाल र भात पकाएँ । किराना पसलबाट पाँच रूपियाँको एक मुठा धनिया ल्याएँ । गोजीमा २० का चार ओटा नोट मात्रै बाँकी रहे । गोजीमा राख्दा पुराना तीन नोट च्यातिएलान् भनेर अलिकति नयाँ नोट बाहिरपट्टि राखेर पट्याएँ । नोटमा अघिल्लो दसैंको अक्षताको रातो दाग अझै देखिन्थ्यो ।

भात खाएर मलाई एकछिन ढल्किऊँ जस्तो लाग्यो । पाँच वर्षमा मैले शरीरलाई भात खाइसकेपछि एकझप्की निदाउनैपर्ने बानी लगाइदिएको थिएँ । मेरो शरीरले मलाई ओछ्यानतिर तानिरहेको थियो, मनले भने वागबजारतिर ।

मनले जित्यो ।

मलाई झोला बोक्न मन लागेन । झोला बोकेर जाँदा घरबेटी आमाले कोठा छाडेर भागेको पो भन्ठान्ने हुन् कि भन्ने डर पनि थियो । पछिल्लो समय झ्यालको चेपबाट घरबेटी आमा घरमा को आयो, को गयो जासुसी गर्छिन् जस्तो लाग्थ्यो । फेल भएको मार्कसिट मलाई चाहिँदैनथ्यो, एउटा नागरिकता र केही समान झोलामा बोकेर म अचानकै गायब हुन सक्थें । घरबेटी बाले मलाई खोज्नै सक्थेनन् । तर म भागेर जानेमा पर्दिनथें ।

त्यसैले म रित्तो पिठ्युँ बोकेर निस्किएँ ।

टोप आइनपुगेकाले होला, उसको अफिसको दैलो बन्द थियो । बन्द दैलो देख्दा मलाई उराठ लाग्यो । चिया पसलमा टोपका बारेमा सोधौं कि लाग्यो । तर सोधिनँ ।

मलाई चाँडै कोठामा फर्किन मन पनि लागेन । कोठामा नदेख्दा घरबेटी बाले म पैसा खोज्ने कोसिस गरिरहेको छु भन्ने सोच्लान् !

म बरालिएँ ।

भदौको अन्तिम साता भएर होला, आकाश अलि मुलायम भएको थियो । बतासबाट तीखोपन हराइसकेको थियो । बतासमा चिसोपनको मिठास भरिन थालेको थियो । र काठमाडौंमा डेरा जमाएर बसेका विद्यार्थी गाउँ फर्किने बेला भइसकेको थियो । उनीहरू जोस, जाँगर र नयाँ ज्ञान बोकेर घर फर्किन्थे । र आफूसँगै स्कुल पढेका र उतै गाउँमा बस्ने साथीहरूलाई हात नचाउँदै अनेक कुरा सुनाउँथे । कसैकसैले त राजेश हमालसित हात मिलाएँ भनेर पनि गफ दिन्थे । उतै बस्ने साथीहरू कुण्ठित हुन्थे । घरमा पनि उनीहरूले छुट्टै खालको स्वागत पाउँथे । सबैभन्दा ठूलो भाले त्यही बेला काटिन्थ्यो । पुराना सिरक र डसनाको रूई फिटेर नयाँ बनाइसकिएको हुन्थ्यो । आँगनभरि फक्रिएका सबैभन्दा सुन्दर र पुष्ट फूलको माला पनि उनैले पाउँथे ।

दसैंको खबर बोकेर आएको उराठलाग्दो मौसम र मन्द चिसो बतासले मलाई भरङ्ग बनाएर गयो । मैले एक्लो एक्लो भएर बिताएका चार दसैंलाई सम्झिएँ । दसैंमा बन्द भएका पसल, खुला सडक र सडकमा फाट्टफुट्ट निस्कने मानिसलाई हेर्दै मैले चार दसैं कटाएको थिएँ । मान्छेबिनाको काठमाडौंका हरेक गल्ली, चोक र कुना भयावह देखिन्थे । सूर्यबहादुरले भने जस्ता भूत र किचकन्नी यिनै कुनामा लुकेर बसेका छन् कि जस्तो लाग्थ्यो । रित्तोपन र सन्नाटाले भुस्याहा कुकुरलाई पनि हिंस्रक बनाउँथ्यो । उनीहरू पिँडौलानिर आएर मुख बाउँदै कराउँथे । कतिपल्ट त मैले कुकुरको सास पनि पिँडौलामा महसुस गरेको थिएँ । रित्तो सहरको मौनता कति डरलाग्दो हुन्छ, मैले थाहा पाइसकेको थिएँ । तीन दसैंमा घरबेटी आमाले टपरीमा

सेलरोटी, बर्फी, लड्डु, स्याउ, केरा र आलुबोडीको पिरो तरकारी दिएकी थिइन् ।

त्यसैले मलाई दसैं भएको थियो ।

मैले काठमाडौं आएपछि दसैं, तिहार, होली, माघे सङ्क्रान्ति सप्पै गुमाएको थिएँ ।

साँघुरा गल्लीबाट फैलिँदै आएको अँध्यारो आकाशतिर उक्लियो । बरालिँदा बरालिँदै म थाकिसकेको थिएँ । र बिस्तारै पेटभित्र निदाएको भोकको राक्षसले कोल्टे फेऱ्यो । भोकको राक्षस जाग्यो भने मैले जतनसाथ राखेका बीसको नोटको बलि माग्थ्यो ।

मैले बिहान उब्रेको एक बटुको भात सम्झिएँ । त्यसलाई अलिकति नुन राखेर भुटेको कल्पना गरें । अलिअलि डढेको सिताबाट आउने बास्नाको कल्पनाले मेरो भोकको राक्षस जाग्यो । उसले पाइपमा पानी बगे जस्तो आवाज निकाल्यो ।

म कोठातिर हुर्रिएँ ।

म घट्टेकुलो पुग्दा रिमरिम साँझ भइसकेको थियो । पोलमा बत्ती बलिसकेका थिए । बाटोबाटोमा होहल्ला गर्दै केटाकेटी उफ्रिरहेका थिए । किराना पसलमा सामान किन्नेको घुइँचो थियो । म सबैलाई छल्दै घरनिर पुगें । पुलुक्क माथितिर हेरें, घरबेटी आमा थिइनन्, झ्यालमा । सोचें, साँझको पूजा गर्न थालेकी होलिन् । चेनगेटभित्र पसेपछि मलाई एकदमै प्रिय ठाउँमा आइपुगे जस्तै लाग्यो । भऱ्याङ उक्लिँदै गर्दा मैले घण्टीको आवाज सुनिहालें । घरबेटी आमाले गाएको भजनको मधुरो आवाज तलसम्म आइसकेको थियो ।

मैले हतारिँदै जुत्ता खोलें । चोर गोजीबाट चाबी झिकें ।

अचानक मैले टेकेको भुइँ कोल्टे पऱ्यो, आफूलाई थाम्न भित्ता समाएँ । मेरो गुदद्वार अनौठो तरिकाले चुमुकचुमुक गऱ्यो । पेट हुँडुलियो । आफ्नै छातीका हाडले औंला बनेर मुटुलाई निचोर्न थाले ।

फुच्चे तालामाथि अर्को ठूलो ताला भद्दा तरिकाले बुई चढेको थियो ।

मैले आत्तिँदै यताउता हेरें । आदि र सूर्यबहादुरको दैलोमा एउटा एउटा ताला मात्र थिए । मैले काँपिरहेको हातले ठूलो तालालाई झट्कारें । के खुल्थ्यो !

घरबेटी बाले आफ्नो वचन पूरा गरिसकेका थिए । म एकछिन दैलोअगाडि शिर निहुराएर उभिइरहें । बन्द दैलोलाई सुमसुम्याएँ । कुनाका अँध्याराले पनि आफ्ना आँसु नदेखून् भनेर चुपचाप पुछें ।

एक तला उक्लिएर घरबेटी बालाई मेरो दैलोको ताला खोलिदेऊ भन्ने मसित एउटा झिनो र मसिनो तर्क थिएन । मैले भनेर पनि ताला खुल्नेवाला थिएन ।

म बिस्तारै भऱ्याङतिर सरें । बिस्तारै खुट्किला ओर्लिएँ । बाहिर निस्किएँ । कहाँ जाने, कता जाने ? मलाई थाहा थिएन । बाटोभरि हताहतार घर फर्किरहेका मानिसको लहरो थियो । त्यही भीडमा मिसिएँ । घरबेटी आमाले भने जस्तो– म सडकमा थिएँ ।

मैले सबथोक गुमाइसकेको थिएँ ।

# परिचय

*नढाँटी भन्, तँ को होस्,*
*नत्र भित्र जाक्दिन्छु ।*

मलाई कहीँ पुग्नु थिएन । तैपनि म छिटोछिटो हिँडिरहेको थिएँ । कहिले कुन गल्ली, कहिले कुन । मैले आफूभित्र यति रित्तोपन कहिल्यै महसुस गरेको थिइनँ । काठमाडौंका सारा मानिसले बतास पिइदिए जस्तो लाग्थ्यो । किनभने सास फेर्ने बतास नै नपुगे जसरी चिटचिट पसिना निस्किरहेको थियो ।

म मैतीदेवी चोक पुगें ।

चोकमा मान्छेको भीडभाड थियो । सडकको पेटीमा फिँजारिएका तरकारी पसलमा मानिस मूल्यमा चर्काचर्की गरिरहेका थिए । अलि पछि सप्पै आआफ्नो गुँड फर्किनेछन् । यो भीडका हरेक मानिसलाई कहीँ न कहीँ, कतै न कतै कसैले पर्खिरहेको थियो होला ।

केवल म थिएँ, जसलाई कसैले पर्खिरहेको थिएन ।

एकछिनपछि यो चोकमा सन्नाटा मात्रै हुनेछ । पसले बेचेर बचेका तरकारी पोलिथिन ब्यागहरूमा पोको पारेर जानेछन् । रातको गाढा अँध्यारोमा सडेका तरकारीका पोका, पारिपट्टिको पुलिस बिटमा बन्दुक समाएको पुलिस, भुस्याहा कुकुर र म मात्रै हुनेछौं । आक्कलझुक्कल सडकमा देखापरेका मोटरसाइकल र गाडीलाई कुकुरले भुक्दै परैसम्म लखेट्नेछन् ।

मैले छटपटिंदै यताउता हेरें ।

भोकको राक्षसले विराट् रूप लिइसकेको थियो । पेट हुँडलिन थाल्यो ।

म हिँडें ।

मैतीदेवी मन्दिरको छेउमा सानो चिया दोकान थियो । त्यहाँ मेरै उमेरका केटा ठुल्ठूलो आवाजमा हाँस्दै गफ गरिरहेका थिए । सप्पैका अगाडि दूध चिया थियो र ओठमा चुरोट । म चुपचाप सडकतिर फर्किएको थोत्रो टुलका नजिक पुगें । किनारमा फक्लक्क निस्किएको किलोबाट पुट्ठा जोगाउँदै बसें ।

भोकको राक्षसले २० रूपियाँको बलि मागिसकेको थियो ।

मैले दूध चिया र सादा दुनोट मागें । आफ्नै घुँडातिर अलिकति झुकेर बसें । चिया पसलमा जम्मा भएका केटाहरू भर्खरै हेरेको फिल्म, अमेरिका, क्रिकेटका कुरा गरिरहेका थिए । मलाई लाग्यो, उनीहरूलाई कुनै कुराको चिन्ता छैन । उनीहरू युवावस्थाको घोडामा बिजुलीको गतिमा कुदिरहेका छन् ।

साहुजीले चिया र दुनोट दियो । चिसो र चाउरी परेको सादा दुनोट संसारकै अन्तिम अन्न जसरी मैले हतारहतार चपाउन थालें ।

दुनोट खाइसकेपछि आफ्नै पेटको आवाज सुनें, पानीको पाइपभित्र मुसो चले जस्तो !

चियाको गिलासलाई दुवै हत्केलामा च्यापेर बिस्तारै घुट्क्याउन थालें । सडकमा मानिसको आवतजावत कम हुँदै गएको थियो । आजको रात म कहाँ बिताउनेछु, मलाई थाहा थिएन । दुनोट र चियाले मलाई अलिकति आत्मविश्वास दिए जस्तो लाग्यो । सोचें, म कोठामा फर्किनेछु । रोएर होस् या झगडा गरेर, घरबेटी बालाई ताला खोल्न लगाउनेछु ।

अचानक मेरा अघि कसैले हात फैलायो ।

सडेको जुत्ता जसरी छाला चाउरी परेको हत्केला । चिरा परेका नङभित्रको मयल चरेस जस्तै देखिन्थ्यो । मैले जिन्दगीमा यति कुरूप र जीर्ण हत्केला देखेको थिइनँ ।

हत्केला फैलाइरहेको मगन्ते मध्यम उचाइको थियो । उसले युद्धभूमिमा भेटिए जस्ता थोत्रा जुत्ता लगाएको थियो । दाहिने जुत्ताबाट बूढी औंला बाहिर निस्किएको थियो । बूढी औंलाको नङ अनौठो तरिकाले नीलो देखिन्थ्यो । पाइन्ट पनि धुजाधुजा भइसकेको थियो । माथि रङ गुमाइसकेको टिसर्ट र इस्टकोट लगाएको थियो । कुनै पनि लुगा उसको साइजका थिएनन् । सायद, उसले जे भेट्यो, लगायो ।

इस्टकोटको देब्रे छातीमा सुनको टुक्रा जस्तो नेमप्लेट देखेर म चकित परें । सायद कुनै प्रहरीको नेमप्लेट थियो, त्यो उसले कतै भेटेर टाँस्यो होला । नाम पढ्ने कोसिस गरें । नेपालीमा भीमसेन खनाल लेखिएको थियो भने अङ्ग्रेजीमा भी खनाल । सहरमा ऊ पनि बेनामे नै थियो । तर अरू कसैको नाम छातीमा टाँसेर हिँडिरहेको थियो ।

पिठ्युँमा ठूलो कुटिरो थियो । त्यसलाई खियादार फलामको चेनले बाँधेको थियो । कुटिरोमा कागजका गद्दा र कम्मल देखिन्थे । उसले चेनका लहरा कहाँ भेट्यो होला ? चेनका लहरा दुवै काँधदेखि कम्मरसम्म झुन्डिएका थिए, छातिनिर क्रस भएर । बिट चुँडिएको गोलो ह्याट मुन्तिरका उसका आँखा अलिकति चिम्सा थिए । लामो नाक, झुस्स परेका दाह्रीजुँगा र ओठको दाहिने कुनामा ताजा खाटो बोकेको उसले मैले पिइरहेको चियालाई हेरिरहेको थियो । सायद ऊ चिया मागिरहेको थियो ।

मैले मुन्टो अर्कोतिर फर्काएँ ।

भीमसेनको मुखबाट जिब्रो बजेको अनौठो आवाज आयो । ऊ मलाई केही भनिरहेको थियो । बुझिनँ । उसले एकछिन मलाई घृणाले हेर्‍यो, चिया पसलभित्र पस्यो । टेबलमा राखेको कच्याककुचुक भएको र एकातिर बाङ्गिएको मिनरल वाटरको थोत्रो बोतल समाएर घुटुघुटु पानी पियो ।

"मुजी ! बौला !"

साहुजीले हतारिँदै दैलोको चेपबाट मोटो लौरो झिक्यो, जसलाई ऊ राति आग्लोका रूपमा प्रयोग गर्दो होला । लौरो घाँटी ठाडो पारेर

पानी घुट्क्याइरहेको भीमसेनको पाखुरामा बजारियो । उसको हातबाट बोतल फुस्कियो र भुइँमा पछारियो । साहुजीको प्रहार यति चर्को थियो कि, भीमसेनका भित्री हाडमा मसिना चिरा नै परे होलान् !

साहुजीले उसको कुटिरोमा एक लात बजाऱ्यो । भीमसेन हुँत्तिँदै पसलबाहिर पुग्यो । साहुजीले फेरि लौरो प्रहार गऱ्यो ।

पसलमा चिया पिइरहेका केटालाई साहुजीको व्यवहार मन परेन । चुरोटको सर्को तानिरहेको केटोले दिक्दार हुँदै चुरोट फ्यात्त फाल्यो र अलि ठूलो आवाजमा भन्यो, "ए साउजी ! पानी त खाको हो । यसरी पिट्न हुन्छ ? हद नगर्नुस् न यार । पाप लाग्छ ।"

"मेरो पानी फ्रीमा आउँदैन," साहुजी सन्कियो, "हरेक दिन आएर खाइदिन्छ । म पैसा कमाउन जुठाभाँडा माझ्छु, धर्म गर्न होइन ।"

केटो साहुजीलाई जबाफ दिन मुख खोल्दै थियो, अर्को केटोले उसको काँध थपथपाएर शान्त बनायो ।

भीमसेन अलि पर उभिएर रोइरहेको थियो । भगवान्ले उसलाई बोल्नलाई कुनै शब्द दिएको थिएन । उसको मुख बजिरह्यो । उसले भुइँबाट ढुङ्गो पनि उठायो । तर प्रहार गरेन । हातहरू फैलाउँदै मुख बजाइरह्यो ।

र खोच्याउँदै गयो ।

ऊ गएको एकछिनपछि चिया दोकानमा पहिलाकै रौनक छायो । सबै आफ्ना बीचमा रोकिएका कुरा पूरा गर्न थाले । म भने भित्रैदेखि चिसिएको थिएँ । मलाई आफ्नै भविष्यको चित्र देखे जस्तै लागेको थियो । मलाई लाग्यो, साहुजीले लौरोले मगन्तेलाई प्रहार गरेको थिएन, मलाई गरेको थियो । गिलासमा बाँकी रहेको चिया पिउन मन लागेन ।

साहुजीलाई २० रूपियाँको नोट दिएँ । साहुजीले मलाई दुई रूपियाँको सट्टा सोलो दियो । सोलोको मुख पिँपिराउने स्वाद बोकेर म हिँडें । सोचें, अलिकति रात भएपछि कोठा फर्किनेछु ! रातको निस्सार अँध्यारोमा घरबाहिर देख्दा घरबेटी बाले मलाई क्षमा गरिदिनेछन् ।

दिनभर भीडभाड हुने मैतीदेवी मन्दिरमा यसो टहलिरहेका, सुस्ताइरहेका थोरै मानिस थिए । बतासको मधुरो झोक्कासित दियोका लप्का लडिरहेका थिए । बेलाबेला मन्दिर हुँदै घर फर्किरहेका मानिस घण्टी बजाउँथे । घण्टी पहिला ट्वाङट्वाङ बज्थ्यो । र अबेरसम्म ङङङङ हुँदै मधुरो हुन्थ्यो । म मन्दिरको पूर्वपट्टि सुस्ताउनलाई बनाएका कटेरामा पुगें । सिमेन्टका फराकिला ढिस्कामाथि बसें । खाँबोमा अडेस लागें । आँखा चिम्लिएर चन्दन, घिउ, कपास र अगरबत्तीको बास्नालाई नाकका पोराभित्र तानें । मन्दिरको शान्त वातावरणमा मलाई अलिकति ज्यान हलुका भए जस्तो लाग्यो ।

मन्दिर छेउछाउका घरमा कुकरका सिटी बजिरहेका थिए । माथिल्लो तलामा बस्नेले रातिको चिसो स्याँठ छल्न झ्याल ढप्काइसकेका थिए । मन्दिरमा आवतजावत गर्नेहरू बिस्तारै कम हुँदै गए । अनि म टहलिइरहेका मानिसको आँखामा पर्न थालें । उनीहरूले मलाई पल्याकपुलुक हेर्न थालिसकेका थिए । मेरो एक्लो, उदास र पिन्चे अनुहारले प्रश्नहरू जन्माइरहेको थियो । मैले अनुहार लुकाउन थालें । म बसिरहेको ठाउँपछाडि अलिकति खुला ठाउँ थियो । त्यहाँ कागजका गद्दा ओछ्याएर कसैले गुँड बनाइसकेको रहेछ । को बस्छ यहाँ ?

म अबेरसम्म टोलाएर बसिरहें । आखिरीमा मन्दिरभित्र देवी र बाहिर म एक्लो भयौं ।

"भाइ कति बेलासम्म यहाँ ?"

आवाज आएतिर हेरें ।

ढाकाटोपीमा सजिएका अधबैंसे अँध्यारोमा चम्किरहेको घडी हेरिरहेका थिए ।

"एकछिन," बिस्तारै भनें ।

"म साढे १० बजे फर्किन्छु," अधबैंसेले देवीलाई ढोग गर्दै भने, "त्यति बेलासम्ममा गइसक्नुहोला । मन्दिरमा धेरै बसेर काम छैन । म फर्केर ताला लगाउँछु । नत्र राति गँजडीले भित्र पसेर हल्ला गर्छन् ।"

"अहिले कति बज्यो, सर ?"

"सवा दश ।"

अधबैंसेले मेरो अनुहारलाई गहिरिएर हेर्दै गए ।

देवीदेउतालाई पनि सुरक्षा चाहिने रातको रित्तो र डरलाग्दो शून्यतामा मलाई डर लागेर आयो । म पनि देवीलाई ढोग गरेर बाहिर निस्किएँ ।

सवा १० मै काठमाडौं सुनसान भइसकेको थियो । कालबेला ठीक थिएन, त्यसैले होला । म ठाउँठाउँमा बलेका पिलन्धरे ल्याम्पपोस्टका रोगी उज्यालोमा कुदिरहें । मैतीदेवी चोकबाट जब भित्र पसें, मलाई गाढा अँध्यारो संसारमा पसे जस्तै लाग्यो । साँघुरा गल्ली सुनसान थिए । मानौं, यो सारा काठमाडौंमा म मात्र छु ।

घरमा पुग्दा मेरा पसिना पनि चिस्सिइसकेका थिए । मैले जूनको मधुरो उज्यालोमा एकपल्ट घरतिर हेरें । चेनगेटमा ठूलो ताला झुन्डिएको थियो । तीन तालाको पछाडि त थियो, मेरो एककोठे संसार । मैले माथिल्लो तलातिर हेरें । कतै उज्यालो थिएन । सायद, लोडसेडिङ छल्न घरबेटी बा र आमा सुतिसकेका थिए ।

कब्ज जमे जसरी पेट दुखेर आयो ।

आँट गरेर गेट हल्लाएँ । घरबेटी बालाई बोलाउन खोजेको थिएँ । तर आवाज निस्किएन । घाँटी खसखसायो । घाँटी खकारें र मधुरो आवाजमा बोलाएँ, "अङ्कल ।" फेरि गेट हल्लाएँ र अलिकति उँचो आवाजमा बोलाएँ, "अङ्कल ।"

घरमा चालचुल भएन ।

टोलका कुनाकाप्चामा सुस्ताइरहेका कुकुर जोडजोडले भुक्न थाले । मैले कुकुर मुख बाउँदै पिँडौला लुछ्न आएको कल्पना गरें । किनारमा उछिट्टिएको माछा झैं मुटु छटपटाउन थाल्यो । मैले गेट हल्लाउँदै घरबेटी बालाई बोलाइरहें ।

झ्याल उघारेर घरबेटी आमाले हेर्लिन् भन्ने आशा थियो ।

टोले कुकुर कुनाकाप्चामा भुकिरहेकै थिए । मलाई लाग्यो, ती भुकिरहेका मात्र छैनन्, आपसमा सल्लाह पनि गरिरहेका छन् । सायद

कुकुरको सल्लाह मिल्यो । मलाई कुकुरको आवाज नजिक नजिक हुँदै आइरहे जस्तै लाग्यो ।

अन्तिम पटक घरबेटी बालाई बोलाउँदै गेट हल्लाएँ ।

जूनको मधुरो उज्यालोमा देखें, कुकुरको झुन्ड मतिर दगुर्दै आएको थियो । मैले हतारहतार पाइला चालें । कुकुरको घ्राणशक्तिबारे कतै पढेको थिएँ– तीन किमि टाढाकी कुकुर्नीलाई सम्भोगको इच्छा भएको थाहा पाएर कुकुर दगुर्दै जान्छ रे ! कुकुरले मानिसको आत्मविश्वास र त्रास दुवै सुँघ्न सक्छ रे ! सायद, कुकुरहरूले मेरो त्रास सुँघिसकेका थिए । मलाई भोक कस्तो हुन्छ, थाहा भइसकेको थियो । मैले भुस्याहा कुकुरको भोक सम्झिएँ । शाकाहारी बाँदरले पनि काठमाडौंमा बस्दाबस्दा मासु खान थालेको पढेको थिएँ । कुकुर त जन्मजातै मांसाहारी थिए । मलाई त्रासको चिसो कुकुर मेरूदण्डमा दगुरे जस्तो लाग्यो ।

सोचें, दगुऱ्यो भने कुकुरले पिँडौला लुछिहाल्नेछन् । दगुरिनँ । फर्केर हेर्दा सात ओटा कुकुर मेरा पछि थिए । परपरबाट आइरहेका कुकुरका आवाजले भन्थ्यो, अरू पनि थपिनेछन् । सेता टाटा भएको कालो कुकुर सबैभन्दा अघि थियो । त्यसका तीन ओटा खुट्टा मात्र देखिन्थे । अगाडिको दायाँपट्टिको खुट्टा सुकेर छोटिएको थियो । अरू भुकिरहेका थिए, तीनखुट्टे मात्रै मोटो र धोद्रो आवाजमा घ्यार्रघ्यार्र गरिरहेको थियो । मलाई लाग्यो, सरदार यही हो ।

कुकुर नजिक नजिक आइसकेका थिए ।

फेरि दुइटा कुकुर अँध्यारा गल्लीबाट निस्केर समूहमा मिसिए । मेरा हाड पनि काँप्न थाले । आत्तिँदै यताउता हेरें । मलाई कुकुरबाट जोगाउने कुनै कुना थिएन ।

बत्ती बलिरहेको ल्याम्पपोस्टनिर पुगें । उज्यालोले अलिकति आँट दियो । कुकुरको झुन्ड अन्त नगएसम्म त्यहीँ उभिइरहने विचार गरें । कुकुरले हमला गरे भने उज्यालोमा वरपरका घरका मान्छेले देख्नेछन् र सायद बचाउन पनि आउनेछन् ।

चर्को चर्को आवाजमा भुक्दै कुकुरहरू मेरा नजिक नजिक आउँदै गए । अरू पनि थपिए । ल्याम्पपोस्टको उज्यालोमा गनें– ११ कुकुर । कुकुर मलाई हेर्दै भुकिरहेका थिए । घ्यार्रघ्यार्र गरिरहेका थिए । सबैको पेट खलाँती जसरी हल्लिइरहेको थियो । जिब्रोबाट बाक्लो र्‍याल तप्किरहेको थियो । मैले कुकुरका तीखा दाँत पनि देखें ।

म कुकुरको घेरामा परिसकेको थिएँ ।

एक दिन सूर्यबहादुरले भनेका थिए, "कुकुरले टोक्ला जस्तो गर्‍यो भने सात सेकेन्ड त्योसित आँखा जुधाउनुपर्छ । सात सेकेन्डभित्र कुकुरले टाउको यताउता घुमायो भने त्यल्ले टोक्दैन भन्ने बुझे हुन्छ ।"

"टाउको घुमाएन भने ?"

"कि पर्खाल चढ्ने कि तुफान दगुर्ने !"

आँखा जुधाउनलाई एउटा मात्र कुकुर थिएन । ११ ओटा थिए । म पोलमा टाँसिएर ढुङ्गा जसरी उभिइरहें । ११ कुकुरको एकोहोरो भुकाइले टोलै थर्किरहेको थियो ।

तीनखुट्टे पङ्क्तिबाट अलिकति अगाडि सर्‍यो । मैले पहिलो पटक पूरा आकारमा उघ्रिएको कुकुरको मुख देखें । लामा लामा दाह्राका बीचको लम्बेतान जिब्रो कम्पनले मलाई अझै त्रास दियो ।

मलाई लाग्यो, अचानक तीनखुट्टे मतिर उफ्रनेछ । अनि सारा कुकुरको जत्था । मलाई ल्याम्पपोस्टबाट खसिरहेको उज्यालोको धार बतासमा हल्लिइरहे जस्तो लाग्यो ।

घुँडा खुस्किए जसरी थ्याच्च बसें । डल्लिँदै दुई घुँडाका बीचमा अनुहार लुकाएँ र कछुवा भएँ ।

नाक स्वाँकस्वाँक पार्दै अघि बढिरहेको तीनखुट्टेको ढाडमा केही बजारियो । तीनखुट्टे आर्तनाद निकाल्दै दगुर्‍यो । मैले कछुवाले झैं घुँडाको कवचबाहिर टाउको निकालें ।

तीन पुलिस थिए । हातको मोटो लट्ठीले कुकुरका ढाडमा प्रहार गरिरहेका थिए । पुच्छर लुकाउँदै पालैपालो कुकुर अँध्यारा गल्लीतिर दगुर्दै गए ।

र कुकुर चुइँकिएको आवाज टाढा टाढा हुँदै गयो ।

"भागे भुस्याहाहरू ?" घरको भित्तामा छेलिएको एउटा पुलिस बाहिर निस्कियो ।

"भागे साप ! कुकुर के भन्नु, बाघ जस्ता थे ।"

"अनि, तँ को ?" सापले मलाई नियाल्दै भन्यो, "यति राति सडकमा के गरिरा ?"

"साथीकोमा गाको थिएँ," मेरो आवाज अझै काँपिरहेकै थियो, "कोठा फर्किरहेको थिएँ । कुकुरले लखेटे ।"

"काँ हो कोठा ?"

"मैतीदेवी मन्दिरपछाडि !" मैले ढाँटें । किनभने म त्यतै हिँडेको थिएँ । पुलिससित छुट्टिएपछि त्यतै जानु थियो ।

"के गर्छस्, काठमाडौंमा ?"

"पढ्छु ।"

"आइडी कार्ड छ ?" सापले तीखो नजरले हेर्‍यो, "विद्यार्थी नै होस् त ? कि अरू केही होस् ?"

मलाई फेरि फसे जस्तो लाग्यो । मैले गोजी छामे जस्तो गरें अनि भनें, "कोठामै छुटेछ, सर !"

सबै पुलिसले मलाई नियाले । मलाई लाग्यो, उनीहरूले मभित्र कि माओवादी खोजिरहेका छन्, कि चोर । दसैंको मौसममा चोरी बढिरहेको थियो ।

"अरू के छ तेरो परिचय खुल्ने कुरा ?"

मसित केही थिएन ।

"चेक गर यसलाई !" सापले आदेश दियो र वरिपरिका घरतिर नजर लगायो ।

एउटा पुलिसले मेरो जुत्तादेखि तालुसम्म छाम्यो । उसले काखीनिर हात पुर्‍याउँदा मलाई काउकुती लाग्यो । तर पचाएँ ।

"केही छैन साप !" पुलिसले भन्यो ।

"यसरी परिचय नखुल्ने झन् डेन्जर हुन्छन्," सापले मेरो पिठ्युँका पाता थपथपायो, "नढाटी भन् तँ को होस् ? नत्र, जाक्दिन्छु ।"

"म विद्यार्थी नै हुँ, सर !" मैले पिलपिल गरें, "आज आइडी कार्ड कोठामै छुटेछ ।"

सापले मेरो रून्चेपनलाई देख्यो । एकछिन सोचेर मुन्टो हल्लायो । ड्याम्म मेरा पुट्ठामा लात्ती हान्यो र भन्यो, "आज जा ! भोलिदेखि परिचय बोकेर हिँड्नू । बुझेको हो ?"

मुन्टो हल्लाउँदै नमस्ते गरें ।

एउटाले हातको लौरो बिजुलीको पोलमा ठ्याङ्ङ बजायो । पुलिस अगाडि बढे । म एकछिन त्यहीँ उभिइरहें– परिचयहीन ।

पुलिस परै पुगे जस्तो लागेपछि म चोकतिर कुदें ।

मलाई डर थियो, मैतीदेवी चोकको पुलिस बिटमा बन्दुक समाएर उभिएको पुलिसले फेरि केरकार गर्नेछ । तर पुलिस उदास भएर विरही गीत गुनगुनाइरहेको थियो ।

म स्याँस्याँ गर्दै मन्दिरको गेटनिर पुगें ।

अर्को सङ्कट आइलाग्यो, मन्दिरलाई घेरेको फलामे बारको गेटमा ताला झुन्डिएको थियो । मन्दिरभित्रका दियोलाई बतासले निभाइसकेको थियो । मेरा लागि ईश्वरको दैलो पनि बन्द थियो । म कटेरोमा रात बिताउन चाहन्थें ।

मलाई त्यो ठाउँ पनि गुमे जस्तो लाग्यो ।

आँखा पोले जस्तो भयो । तर आँसु निस्किएन ।

सहरमा एक्लो हुनुको अर्थ रहेछ– मध्यरातको चिर एकान्तमा आँसुले पनि साथ छाड्नु !

# सोलो

*भाइ पनि ! अब दुई रूप्पैं खोज्न काँ जानु !*

म सिमेन्टको खाँबोमा छेलिएर उभिएको थिएँ । बेलाबेला हुर्रिंदै जाने गाडी र मोटरसाइकलका हेडलाइटको उज्यालोमा मेरो दाहिने कुम मात्र देखिन्थ्यो । उभिँदा उभिँदा मेरा घुँडा कटकटी दुख्न थालिसकेका थिए । पेट त भोको छँदै थियो, त्यसमा तिर्खा पनि थपिएको थियो । म जिब्रो घुमाउँदै सुक्खा ओठलाई मलिलो बनाउँथें र पाखुराले पुछ्थें । पाखुरा घसार्दा घसार्दै ओठ चहऱ्याउन थालिसकेका थिए ।

भन्नेहरू काठमाडौंलाई प्राकृतिक फ्रिज भन्थे । फ्रिजभित्र म चिसिँदै गएको थिएँ । मलाई आफ्ना डसना, सिरक र सिरानीको सम्झनाले असाध्यै सताएको थियो ।

अँध्यारो चेपबाट फुत्त निस्किएर कोही मतिरै आइरहेको थियो ।

"हेर, भाइ ! तन्द्रामा कहिलेकाहीँ आफ्नै स्वास्नी आँखाअगाडि स्वाट्ट आउँदा चुडैल नै आए जस्तो लाग्छ !" सूर्यबहादुर भन्थे ।

म डल्लिएको आकृति देखेर पर्खालमा अझै चप्किएँ ।

आकृति नजिक आउँदै गयो । मैले लफ्र्याक लफ्र्याक गरी आइरहेको पदचाप सुनें । उसको मुखबाट निस्किरहेको आवाज पनि सुनें । मैले चङ्गा झैं उड्नलाई तम्तयार हंसलाई डोरी झट्कारेर आफूतिर तानें ।

ऊ भीमसेन थियो ।

ऊ फलामे बारको साँघुरो चेपबाट तेर्स्रो परेर भित्र पस्यो ।

मन्दिरभित्र पस्ने चोरबाटो पत्ता लाग्यो । म मूर्तिचोर जसरी भित्र पसें । म दिउँसो देखेको खाली ठाउँमा लम्पसार पर्न चाहन्थें । अस्ट्रिज जसरी गर्धन तन्काउँदै त्यतातिर दगुरें । मैले रोजेको ठाउँमा भीमसेन बसेको थियो । ऊ पोको बाँधिएको चेन खोलिरहेको थियो । सन्नाटामा चेन आपसमा रगडिएको आवाज पनि सुन्न सकिन्थ्यो ।

म जुम्लुङ्ङ प्रेत जसरी उसको अगाडि उभिएको थिएँ । भीमसेन छली झाँक्री जसरी तर्सियो । आर्तिंदै उठ्यो र बतासमा हात नचाउँदै जोडजोडले मुख बजाउन थाल्यो । उसको मुखबाट भेडा कराए जस्तो भ्याभ्या आइरहेको थियो ।

मैले चुप लाग्ने इसारा गरें । तर ऊ कहाँ चुप बस्थ्यो । ज्यानमा भिरेका चेनका लहरा झिकेर बतासमा घुमाउन थाल्यो । मैले बोलेको उसले बुझिरहेको थिएन, उसले बोलेको मैले ।

मलाई के गरूँ, के गरूँ भयो ।

म दुवै हात जोडेर नमस्ते गर्दै उभिइरहें । नमस्ते गरेको देखेर ऊ अलि शान्त भयो । चेन घुमाउन छाड्यो । तर हात नचाउँदै, मुख बजाउँदै आवाज निकालिरह्यो । म कहिलेकाहीँ टेम्पोमा साइन ल्वाङ्ग्वेजमा कुरा गरिरहेका युवायुवती देख्थें । उनीहरू औंला र मुड्कीलाई लयमा नचाउँदै, जिब्रो बजाउँदै कुरा गर्थे । मधुरो मुखको आवाजबाहेक अरू कुनै आवाज हुन्थेन । मलाई संसारको सबैभन्दा शान्त भाषा यही लाग्थ्यो ।

तर अहिले संसारको सबैभन्दा डरलाग्दो भाषा यही हो कि जस्तो लागिरहेको थियो ।

मैले बल्ल आफूसित भन्ने कुरा हुनु तर व्यक्त गर्नलाई भाषा नहुनुको पीडा महसुस गरें । भाषा मानिसले आफूलाई व्यक्त गर्न बनाएका हुन् । मैले आफ्नै भाषा बनाएँ । र आफूले बनाएको भाषामा भीमसेनका कुरा अनुवाद गर्ने कोसिस गरें । सोचें, ऊ मलाई भूतसूत भनेर तर्सिरहेको छैन । उसलाई आफ्नो कटेरोमा पाहुना आएको मन नपरेको हुन सक्छ ।

अथवा यहाँ बस्दा बस्दा उसलाई आफूलाई मन्दिरको रक्षक पनि ठानेको हुन सक्छ । अथवा उसले मलाई मूर्तिचोर ठानेको हुन सक्छ । किनभने मूर्तिचोरसित भगवान् पनि डराउँछन् ।

उदास, निराश र हात जोडिरहेको मलाई देखेर भीमसेन अलि शान्त भयो । मैले इसाराले आफू एक्लै परेको, सुत्ने ठाउँ नभएको बताएँ र एक रात मात्र यहाँ बिताउने हो भनें । मेरो इसाराको भाषा भीमसेनले कति बुझ्यो थाहा छैन । तर उसले मुन्टो हल्लायो ।

म उसको छेउमा टुसुक्क बसें ।

भीमसेन मुखबाट मधुरो आवाज निकाल्दै आफूले बोकेको कागजको गद्दा ओछ्यायो । लोकल रक्सीको जस्तो अमिलो गन्ध आइरहेको कम्बलले आफूलाई बेर्‍यो । एकछिनपछि उसको शरीरबाट गन्हाएको मोजा जस्तो हस्को आउन थाल्यो । मलाई दिगमिग भयो । मैले अनुहार त्यतातिर फर्काएँ, जतातिरबाट ताजा बतास आइरहेको थियो ।

तीनचार घण्टापछि उज्यालो हुनेवाला थियो । सहरमा सबैभन्दा छिटो मन्दिर उठ्छन् । सोचें, म एक निद्रा सुत्नेछु र मिर्मिरे उज्यालोमा मन्दिर दर्शन गर्न आएका मानिससित मिसिनेछु । मैले यहाँ रात बिताएको भनेर कसैले पनि शङ्का गर्नेछैन ।

सिमेन्टको ढिस्कोमा अडेस लागेर आँखा चिम्लिएँ । मलिलो खेतमा फरूवा हानेर माटो निकाल्दा जसरी स्याउँस्याउँ कीरा निस्किन्छन्, त्यसरी नै स्याउँस्याउँ गर्दै चिसोले चारैतिरबाट हमला गरिरहेको थियो । मेरा च्यापु किटकिट किटकिट गर्दै बज्न थाले । चिसो बतास ज्यानमा पस्न नपाओस् भनेर मैले सकेसम्म आफूलाई खुम्च्याएँ ।

सायद भीमसेनलाई एक्लै सुत्ने बानी लागेको थियो । त्यसैले ऊ निदाउन सकेन । बेलाबेला मतिर हेर्थ्यो र मुख बजाउँथ्यो । म उसले बोलेको बुझे जसरी बेलाबेला मुन्टो हल्लाउँथें ।

भीमसेन अबेरसम्म बोलिरह्यो । ऊ बेलाबेला छातीमा मुड्कीले बिस्तारै हान्थ्यो । उसको मुड्की बजाइले अन्दाज गरें, ऊ आफ्नाबारे कुरा गरिरहेको छ । सायद ऊ मलाई आफ्नो कथा सुनाइरहेको छ ।

मुख बजाउँदै उसले कालो प्लास्टिकको पोको खोल्यो । त्यसभित्र उसले केके राखेको थियो, देखिनँ । तर चुरोटको सडेको गन्ध आइरहेको थियो । उसले पोकोबाट चुरोटको ठुटो झिक्यो । ठुटोको टुप्पोमा डल्लो परेको कालो सुर्ती चुँडेर फ्याँक्यो र सल्कायो । उसले कालो पोलिथिन ब्यागभरि चुरोटका ठुटा जम्मा गरेको रहेछ ।

दुई सर्को तानेर उसले ठुटो मतिर बढायो । मैले नाइँ भन्दै मुन्टो यताउता हल्लाएँ । उसले फेरि कर गरेन । कटेरोको छानातिर टोलाएर हेर्दै उसले ठुटो फिल्टरसम्म तान्यो । फिल्टरको रूई जल्न थालेपछि ठुटोलाई गुच्चालाई झैं माइली औंलाले प्रहार गरेर उछिट्यायो । जुनकिरी जसरी पिलिक पिलिक गरिरहेको ठुटो बतासको झोक्काले निभायो ।

मलाई तिर्खाले प्याकप्याक पारेको थियो । मुड्की मुखतिर सोझ्याएर, बूढी औंलाको टुटीबाट पानी मुखमा खसेको इसारा गरें । भीमसेनले रक्सी पो बुझ्यो क्यारे ! मुन्टो यताउता हल्लाएर भुइँमा लम्पसार पऱ्यो । ओठको दाहिने चेपबाट जिब्रो बाहिर निकालेर गोडा झट्काऱ्यो । मलाई लाग्यो, उसले मरेको अभिनय गरिरहेको छ ।

म मौन भएँ ।

म तिर्खाले सुकेर बगर जस्तै भएको थिएँ । आँखा चिम्लिएर सुनकोसी पिएँ । दूधकोसी पिएँ । गण्डकी पिएँ । र पिएँ, कर्नाली । अझै तिर्खा मरेन । मैले नाम सुनेका समुद्र पिउन सुरू गर्ने सुरमा थिएँ, भीमसेनले मुख बजायो ।

ऊ मेराबारे सोधिरहेको थियो । र पटक पटक चोर औंलाको टुप्पोले आफ्नो नाकको दाहिने पोरामा टिकटिक गरिरहेको थियो ।

म खिस्स हाँसें ।

भीमसेनले इसाराले नाकमा बुलाकी बनाइरहेको थियो । मैले भीमसेनबारे दुई कुरा थाहा पाएँ– एक, उसलाई मर्न डर लाग्छ । र अर्को, उसलाई केटीको कुरा गर्न मन पर्छ ।

मैले पनि भीमसेनलाई चोर औंला नाकको पोरामा टिकटिक पारेर सोधें ।

भीमसेनले आफ्नो कथा सुनाउन थाल्यो । ऊ लामो कपाल कोरेको अभिनय गरिरहेको थियो । सायद युवतीको लामो कपाल भनिरहेको होला । कहिले दुवै हत्केला मुठी पारेर छातीमा राख्थ्यो । सायद स्तन भनिरहेको होला । उसले हात नचाउँदै, मुख बजाउँदै युवती बनायो । सानो बच्चालाई काखमा राखेर खेलायो । ऊ कल्पनामा बाबु बनेको सुनाइरहेको थियो या यथार्थ ! म अलमलिएँ । तर कुरा गरिरहँदा भीमसेनको ज्यानमा आएको नयाँ तरङ्ग मलाई आकर्षक लाग्यो ।

भीमसेनका कुरा सुन्दासुन्दै म आफ्नै घुँडातिर झुकेर निदाएँ ।

घण्टीको आवाज, गाडीको ट्याँटुँ र मानिसको हल्लाले ब्युँझिएँ । आँखा उघार्नेबित्तिकै चर्को उज्यालोले हाच्छ्युँ आइहाल्यो । भीमसेन आफ्ना सामान कुटिरो पारेर हिँडिसकेको थियो । राति कठ्याङ्ग्रिएछु, कागजको गद्दा ओढेको थिएँ ।

हतारिँदै कटेरोबाहिर निस्किएँ ।

भोक र तिर्खाले भाउन्न भइसकेको थिएँ । चिया पसलतिर दगुरें । चिया पसलमा बिहानीको चिया, चुरोट खाएर मान्छेहरू हिँडिसकेका थिए । पसल रित्तै थियो । डुनोट र चिया मागें । माखा भन्किरहेको टेबलमा कम्मरनिर बाङ्गिएको मिनरल वाटरको बोतल समाएँ, पानी सिनित्तै पारें । आन्द्रा बटारिए । कुर्सीमा टुसुक्क बसेर अलिकति घोप्टिँदै दुई मुठीले पेटलाई भित्र धकेलें ।

"भाइलाई सन्चो छैन कि के हो ?" साहुजीले सोध्यो ।

"पेट खाली भएर होला !"

"मान्छेको ज्यानको कुरा के गर्नु भाइ ! बडो धोकेबाज हुन्छ । मेरै गाउँको केटो बिहेकै मण्डपमा आफ्नै खकार सर्केर मरेको थियो ।"

साहुजीले चियाको छन्नीमा थिग्रिएको चियापत्ती झट्कारेर भाँडोमा खसाल्यो ।

चियामा चोप्दै डुनोट खाएपछि पेट तातो भएर आयो, दुखाइ अलिकति कम भयो । २० को नोट दिएँ । साहुजीले सोलो दियो ।

मैले सोलोलाई एकछिन हत्केलामै खेलाइरहें र फिर्ता दिंदै भनें, "दाइ, क्यासै पाऊँ !"

साहुजीले अनुहार बिगाऱ्यो, "भाइ पनि ! अब दुई रूप्पें काँ खोज्नु !"

जबाफ दिइनँ । साहुजीले झर्किंदै घर्रा बाहिर तान्यो । खत्र्याकखुत्रुक हात चलायो । र फुत्त एउटा सिक्का उफारिदियो । समात्न सकिनँ, सिक्का भुइँको सिमेन्टमा दुईपल्ट उफ्रिएर शान्त भयो । लाग्यो, साहुजीले सिक्कालाई समात्नै नसकिने गरी उफारेको थियो ।

चुपचाप झुकेर सिक्का समाएँ । सिक्काको एउटा पाटो अलिकति खस्रो थियो, हरिया दाग थिए । सिक्का गोजीमा राखेर चिया पसलबाट निस्किएँ ।

सडकको छेउमा ठिङ्ङ उभिएँ ।

मनले भन्यो, "जा, कोठामा हिंड् । घरबेटी बासित क्षमा माग्, रो, करा ! ताला खोल्न लगा !" तर दिमागले भन्यो, "अब ताला खुल्दैन । खोल्ने भए हिजै राति खोल्थे ।"

कतै टोप आइहाल्यो कि !

शिर निहुऱ्याएर, आँखा बाटोका कुनाकाप्चामा दगुराउँदै वागबजारतिर लागें । आशा पनि थियो– कतै बाटोमा पैसा पो भेटिइहाल्छ कि !

टोपको अफिसको दैलो बन्द थियो । तर यहाँ आएको मलाई फाइदा नै भयो । मैले छिँडीनिरको ट्वाइलेटमा टुक्रुक्क बस्ने मौका पाएँ । पिसाबले मलाई तेजाबले जसरी पोल्यो ।

ट्वाइलेटबाट निस्किएपछि मलाई लाग्यो, मैले खाने कुरा मात्रै गुमाएको छैन, दिसापिसाब फाल्ने ठाउँ पनि गुमाएको छु ।

म फेरि सडकका कुनाकाप्चा हेर्दै मैतीदेवी मन्दिरमा आइपुगेको थिएँ । मैले बाटोमा १५ रूपियाँको पातलो चिउरा र पाँच रूपियाँको दालमोठको पुरिया किनेको थिएँ । दालमोठ र चिउरालाई एउटा कालो पोलिथिन ब्यागमा मलेर राखेको थिएँ । बेलाबेला मान्छेहरूबाट लुकाएर खुसुक्क एक मुठी चिउरा खान्थें ।

मन्दिर भरिभराउ थियो । मन्दिरको कुनामा टुसुक्क बसें ।

बिस्तारै अँध्यारो हुँदै गयो ।

म साढे आठ बजे नै कटेरोमा पसिसकेको थिएँ । अबेरसम्म भीमसेनलाई कुरें, ऊ आएन । पोलिथिन ब्यागबाट चिउराको अन्तिम गाँस हालें । पोलिथिन ब्यागलाई भने जतनसित राखें । किनभने हिजो राति बतासले कान चिस्याएका थिए । राति सुत्दा ब्यागलाई टोपी जसरी लगाउने विचार गरिरहेको थिएँ, अलिकति भए पनि सिरेटो छल्ला !

म कटेरोमा चिर्सिंदै गएँ । मलाई केही कुरा सोच्न मन लागेन । किनभने सबै कुराले मलाई बिर्सिसकेका थिए । मैले केवल समीरालाई सम्झिएँ । के हिजोअस्ति ती कथा सुनाई, जसको नील लती थियो । के सुनाइहोली उसले कथामा ?

मलाई लाग्यो, समीराको संसार मेरो कहिल्यै हुँदैन । मेरो संसार त यही हो, जो अहिले छ, मसितै ।

मैले उसलाई पनि गुमाएको छु । अबेरसम्म टोलाएपछि निर्णय गरें । कठोर निर्णय ।

मैले नील, ऊ र आफूलाई तुलना गरें । हिजोसम्म म दोबाटोमा थिएँ । आशा पनि थियो, मैले रोजेको बाटोले मलाई समीरासित जोड्नेछ । अहिले लागिरहेको थियो, मैले रोजेको बाटोले त मलाई भीमसेनसामु ल्याएको थियो । मेरो भविष्य ऊ थिइन । उसलाई पाँच भाषा आउँथ्यो । र मैले आफूले जानेको भाषा पनि गुमाउँदै गएको थिएँ । मैले जानेको भाषामा मेरो कुरा सुन्ने कोही थिएन । म भीमसेनको भाषा बोल्न थालेको थिएँ ।

्मसित कल्पनाको आकाशमा फैलाएर उड्ने पखेटा थिएनन् । म त प्वाँख काटिएको सुगा थिएँ । बुथ्रकबुथ्रुक उफ्रिरहेको !

ऊ मेरा लागि थिइन, नीलका लागि थिई । म त केवल छापिइसकेको कथाको किताबभित्र पस्न खोजेको पात्र थिएँ ।

मध्यरातमा मैले थाहा पाएँ, मेरो तातोपन केवल आँसुमा मात्रै बाँकी रहेछ । मैले अबेरसम्म तातोपन बगाइरहें ।

र समीरालाई हृदयबाट बिदा दिएँ ।

ऊ मेरो हृदयबाट बाहिर निस्किई । पदचापबिना अघि बढी । मन्दिरका दियोको उज्यालोमा उभिएर मैले फेरि मलाई बोलाइहाल्छु कि भने जसरी एकछिन पर्खिई । तर मैले बोलाइनँ । आफ्ना घुँडामा निधार अड्याएँ । ऊ अघि बढी ।

मन्दिरको दैलोनिर उभिएर चिसो बतासमा आफ्ना पखेटा फैलाई ।

मैले यसो नजर उठाएर हेर्दा देखें, आत्माको रङ जस्तो, एकदमै सेतो पन्छी उड्दै उड्दै गइरहेको थियो ।

# भोक

*आइज, घर जाम् ।*
*कति आफूलाई दुःख दिन्छस् ?*

पेटमा अन्नको एउटा पनि दाना नपरेको चार दिन भइसकेको थियो ।

म झाङ्मै सुकेको बोडी जस्तै भइसकेको थिएँ । कपाल जिङ्रिङ्ङ । सर्ट र पाइन्टमा धूलैधूलो लागेको थियो । आँखामा कचेरा र आँसु आपसमा मथिएर कक्रक्क सुकेका थिए । आँसुका डाम प्रस्टै देखिन्थे– सुकेको नदी जस्तो । जब मन रून्थ्यो, आँखा चहऱ्याउँथे ।

पेट रित्तो भएपछि आन्द्रा कसरी बटारिन्छन्, मैले थाहा पाएँ । धेरै समय पेट रित्तो भएपछि पहिला मुख तीतो हुने रहेछ । अनि बिस्तारै गुलियो भएर आउने रहेछ । गाउँमा कैयौं मान्छेले भोक लाग्दा कपडाले पेट कसेको देखेको थिएँ । तर मसित पेट कस्ने कपडाको त्यान्द्रो पनि थिएन ।

म कटेरोमा कोखा च्यापेर ढल्किरहेको थिएँ । भीमसेनको कम्बलबाट जुम्रा मेरो शरीरतिर सरिरहेका थिए । गाला हुँदै कानतिर दगुरिरहेका दुइटा जुम्रा मारिसकेको थिएँ ।

कटेरोबाहिर निस्किएँ ।

वागबजारतिर लागें । म बिस्तारै पाइला चालिरहेको थिएँ । म जति पाइला चाल्थें, त्यति कोखा चस्किन्थ्यो । पेटभित्र काँडाको गुजुल्टो बसे जस्तो भइरहेको थियो, भित्रभित्र चस्स चस्स घोचिरहे जस्तो । आन्द्रा सडे झैं दुखिरहेका थिए । लाग्थ्यो, ती एकैछिनमा फुतुफुतु खस्छन् ।

मैले यो डिल्लीबजारको सडक सयौं पटक ओहोरदोहोर गरेको थिएँ । रबाफसहित ! शक्तिसहित । त्यो बेला मसित कलेजको विद्यार्थी हुनुको शक्ति थियो । र शक्ति थियो, काठमाडौंमा कोठा हुनुको ! गाउँमा परिवार हुनुको ! गोजीमा पैसा हुनुको !

आफ्नो शरीर कसैलाई बोझ लाग्दैन । तर मलाई शरीरका हरेक अङ्ग बोझिला लागिरहेका थिए । गहुँङ्गो टाउको मसिनो गर्धनले थाम्न सकिरहेको थिएन । झुन्डिइरहेका हातले सारा ज्यानलाई भुइँतिर तानिरहेका थिए । जिब्रो बिजुलीको तारमा अल्झिएर मरेको पन्छी जस्तो भएको थियो– सुक्खा, प्वाँख मात्र बाँकी रहेको ।

म हुर्रिंदै आइरहेका हरेक बटुवासित डराउँथें । लाग्थ्यो, कसैसित ठोकिएर लडे भने फेरि उठ्न सक्नेछैन । त्यसैले म अगाडिबाट आइरहेको मानिस पार हुन्जेल ठिङ्ङ उभिन्थें र अघि बढ्थें ।

सायद सपना र आत्मा असल मित्र हुन् । जब आत्मा निराश हुन्छ, सपनाले प्रेमले सुमसुम्याउँछ । म आफ्नो छटपटिइरहेको आत्मालाई सपना बुनेर थपथपाइरहेको थिएँ । यसरी– म वागबजार पुग्दा टोप आइसकेको हुनेछ । भताभुङ्ग भएको मलाई देखेर टोपले अनुहार मलिन बनाउनेछ । उसले सबैभन्दा पहिला मलाई जुस खुवाउनेछ । म बिस्तारै जुस पिउनेछु । अनि टोपले मलाई चाउमिन, मःम खुवाउनेछ ।

मेरो सपनाले मेरो शरीरलाई तानिरहेको थियो, घोडाले टाँगा ताने जसरी ।

ठसठस कन्दै वागबजार पुगें । टोपको अफिसको भऱ्याङका हरेक खुट्किला उक्लिएपछि म एकछिन विश्राम गर्थें । लाग्थ्यो, संसारको सबैभन्दा अग्लो भऱ्याङ चढिरहेको छु ।

टोपको अफिस बन्द नै थियो ! दैलोअगाडि घुऱ्यान जमिसकेको थियो । र दैलोमा टाँसिएको थियो, कागजको पर्चा । बिहेका कारण टोप केही समय अफिसमा नहुने र ऊ नहुँदा ग्राहकमा पर्न गएको असुविधाप्रति क्षमा मागिएको थियो । सायद यो पर्चा टाइपिस्ट केटोले टाँसेको होला ।

भऱ्याङ झरिरहेका बेला मलाई जीवनको सबैभन्दा गहिरो ओरालो झरे जस्तै लाग्यो ।

म टोपको चिया अड्डामा पुगें । भीडभाड थियो । साहुजी कराहीमा चाउमिनका त्यान्द्रा उफारिरहेको थियो । चाउमिनको पिरो बास्नाले आन्द्रा बटारिन थाले । भित्र पसें । र साहुजीलाई नमस्ते गरें । साहुजीले मुन्टो हल्लायो ।

बोल्न खोजें । तर शब्द निस्किएनन् । एकछिन उभिइरहें । साहुजीले मतिर पुलुक्क हेऱ्यो । र सोध्यो, "के चाइयो, भाइ ?"

"दाइ, म टोपको साथी !" मधुरो आवाजमा भनें, "उहाँले केही खान मन लाग्यो भने यहीँ आएर खान भन्नुभा'छ ।"

साहुजीको अनुहार कुण्ठित भयो । उसले मलाई जुत्तादेखि तालुसम्म नियाल्यो र झर्कियो, "भाइ, ह्याँ खान टोपले भन्नुपर्छ र ? पैसा तिर्ने, खाने ! टोप किन चाहियो ?"

"टोपजीले भन्नुभएको, उहाँको खाता छरे यहाँ !"

साहुजीले कराहीमा पनिउँ बजाऱ्यो । उसको आवाज चर्को भयो, "खातासाता छोड, भाइ ! अब त टोप आफैं आए पनि क्यास नतिरी, चनाको एउटा दाना पनि पाउन्न । पैसा छ भने खाने, छैन भने हल्ला नगर्ने !"

म खिस्रिक्क परें । चिया पिइरहेका एकदुई जनाले मलाई नियाले । लाग्यो, म निर्वस्त्र उभिइरहेको छु ।

लुसुक्क बाहिर निस्किएँ ।

भोको पेटमा अपमान बटारियो । म छिटोभन्दा छिटो चिया पसल र साहुजीका आँखाको घेराभन्दा परै भाग्न चाहन्थें । तर लाग्न थाल्यो, गोडाको बूढीऔंलाबाट प्यारालाइसिस सर्दैसर्दै घुँडातिर आइरहेको छ । अलि पर पुगेपछि गोडाले मलाई थाम्न सकेनन् । एउटा पसलको पिँढीमा थ्याच्च बसें ।

आत्तिएर आकाशतिर हेरें, त्यहाँ दुइटा सूर्य थिए ।

अबेरसम्म झोक्राएर बसिरहें । म आइरहेका/गइरहेका बटुवाका चप्पल, सेन्डिल र जुत्ता देख्थें । कल्पना गर्थे, सबैले मलाई नै हेरिरहेका होलान् । तर वास्तवमा मलाई कसैले हेरिरहेको थिएन । मैले आफूलाई व्यस्त सहरमा आत्तिइरहेको कुकुरको छाउरासित तुलना गरें । जीवनको सबैभन्दा भयावह दृश्य यही थियो । मेरा लागि एउटा गोडा पनि एकछिनलाई रोकिइरहेको थिएन । र कसैले पनि "किन यसरी बसेको ?" भनेर सोधेको थिएन ।

अबेरपछि बौरिए जस्तै भएँ ।

दुवै हातले कोखा च्यापेर हिँडिरहें । मैतीदेवी मन्दिर पुग्दा मसित सास मात्रै थियो । कटेरोमा पुगें । मेरा आन्द्रा भोकले हिंस्रक भइसकेका थिए । एउटा सर्पले अर्को सर्पलाई निले जसरी एउटा आन्द्राले अर्को आन्द्रालाई निलिरहे जस्तै लाग्यो । म पेटमा मुड्की च्यापेर बटारिएँ ।

भीमसेनको आवाजले ब्युँझिँदा अँध्यारो भइसकेको थियो ।

भीमसेनले मलाई प्रेमले हेरिरहेको थियो । ऊ हात नचाउँदै, मुख बजाउँदै बोलिरहेको थियो । सोचें, ऊ सोधिरहेछ– तँ को होस् ? किन यहाँ छस् ? यत्तिकै बसिस् भने यत्तिकै मर्छस् !

मैले महसुस गरें, संसारभर जति नै फरकफरक भाषा बोलिऊन्, करूणाको भाषा एउटै हुन्छ ।

मैले करूणाको भाषा बुझेको थिएँ । घुँडातिर झुकेर घुँक्क गरें । आमालाई सम्झिएँ । म काठमाडौं हिँड्ने बेला "सहराँ एक्लै पर्छस्" भनेर उनी रोएकी थिइन् । लाग्यो, म मर्दै छु । अब त मसित "म मर्दै छु" भन्ने आवाज पनि बाँकी छैन ।

फेरि निदाएँ या बेहोस भएँ, थाहा छैन ।

कसैले निधार सुमसुम्याएपछि आँखा उघारें । मेरी आमा थिइन् । प्रेमले मलाई हेरिरहेकी !

"एई सिरी, आइज घर जाम् !" आमाले रून्चे स्वरमा भनिन्, "कति आफूलाई दुक्ख दिन्छस् ।"

मैले आमाको कम्मरलाई दुवै पाखुराले अँठ्याएँ, फुत्केर नजाऊन् भनेर !

"साह्रै दुक्ख पाइस्," आमाले अवरूद्ध गलामा भनिन्, "हिँड् जाम् । म तँलाई लिन आएकी !"

आमाले मेरा दुवै पाखुरा समाएर उठाइन् । बिस्तारै उठें र आफ्नो दायाँ पाखुरा आमाको काँधमा राखें । आमाले मलाई बिस्तारै हिँडाउँदै मन्दिरको गेटसम्म पुऱ्याइन् ।

मलाई लाग्यो, मैले सारा कष्टबाट मुक्ति पाएँ ।

त्यसै बेला मुख बजाउँदै भीमसेनले मलाई तान्यो । म फेरि भीमसेनको संसारमा फर्किन चाहन्नथें । आफूलाई उसको पन्जाबाट फुस्काउन खोज्दै थिएँ । तर हारें ।

होसमा आउँदा म मन्दिरको बारको डन्डी समाएर उभिएको थिएँ ।

मेरी आमा कतै थिइनन् ।

भीमसेनले लतार्दै मलाई कटेरोमा पुऱ्यायो । मैले भीमसनेको अनुहारलाई मधुरो गरी देखिरहेको थिएँ । मेरा आँखामा माकुराको जस्तो पातलो जाली लागिसकेको थियो ।

भीमसेनले हतारहतार चुरोटको ठुटो सल्कायो र मेरा ओठमा राखिदियो । मलाई आफ्नै पिँडौला काटेर खाऊँ जस्तो भोक लागिरहेको थियो । धूवाँ खाएँ । लगातार चार ओटा ठुटाको धूवाँ खाएपछि मलाई अलिकति तातो भएर आयो ।

पहिलो पटक चुरोटको धूवाँ पिएको थिएँ, सारा ज्यान सकसकायो । चिलाए जस्तो भयो । र सारा धरती कोल्टे पऱ्यो ।

म भीमसेनको काखमा घोप्टो परें ।

आँखा खुल्दा चारैतिर उज्यालो थियो । तर मलाई उज्यालोको रङ बेसार जस्तो पहेंलो लाग्यो । मेरो ज्यान आफैंलाई भाउन्न हुने गरी गन्हाइरहेको थियो । रातभर छादेको थिएँ । त्यसको लेदो छातीभरि कत्रक्क परेको थियो । घुँडाका कटौरीभित्र चिसो बलकबलक गरी

दुखिरहेको थियो । आफूलाई घसार्दै कटेरोको बाहिर तानें र सिमेन्टको ढिस्कोमा बसें– दुवै घुँडाका बीचमा टाउको लुकाएर । घाम सोझै मेरूदण्डमा पऱ्यो । ज्यानमा घाम परेपछि भुइँकुहिरो झैं चिसो उडेर गयो ।

न्यानोले अलिकति होस फर्कायो ।

पेट डम्म भएर आएको थियो । भोकको राक्षस पनि मरिसके जसरी शान्त थियो । धेरै दिन अन्न नपरेपछि पेट आफैं भरिएर आउँदो रहेछ कि के हो !

एकछिन घाममा सुकेपछि तिर्खा बढेर आयो । तर मलाई हिँडेर चिया दोकानसम्म पुग्ने आँट आएन । आफूलाई थाहा भएका नदी र समुद्र पिउन थालें । सबै पिइसकेपछि घना जङ्गलमा पातमाथि बसेका पानीको थोपा पनि पिउन थालें ।

सोचें, अहिले भीमसेन भएको भए मलाई जसरी पनि पानी पिलाउँथ्यो ।

मलाई भीमसेनको पनि ईर्ष्या लाग्यो । ऊ मगन्ते थियो । तर म जसरी हारेर बसेको थिएन । दिनभर काठमाडौं फन्का लगाउँथ्यो । आफूलाई चाहिने कुरा जोहो गरिहाल्थ्यो । कहिलेकाहीँ मैतीदेवी चोकमा जाम हुँदा ट्राफिक प्रहरी जसरी गाडीलाई रोक्ने र जाने इसारा पनि गर्थ्यो । सायद भीमसेनले आफूलाई दरिद्रताको आरनमा पकाएर हतियार बनाएको थियो । आफैं अलपत्र परेको ऊ कहिलेकाहीँ मेरा लागि बाटो खोजिदिए जस्तो गर्थ्यो ।

अबेरसम्म झोक्राइरहें । मुखबाट बेलाबेला ऱ्यालका बाक्ला त्यान्द्रा निस्कन्थे । बाहुलाले पुछ्थें । कान बिस्तारै बोधा हुँदै गएका थिए । पानी भरिए जसरी डम्म भइरहेका थिए । छेउमै खेलिरहेका केटाकेटी र घण्टीको आवाज पनि टाढाटाढाबाट आइरहे जस्तो लाग्थ्यो । कानको अथाह गहिराइभित्रबाट कसैले मधुरो आवाजमा "सिरी, सिरी" भन्दै बोलाए जस्तो पनि लाग्थ्यो ।

मलाई लागिरहेको थियो, अब हाडले पनि थाम्न सक्दैनन् । ती झ्ऱ्यामझुरूम टुक्रिएर झर्छन् !

कटेरोतिर घस्रिएँ । र उत्तानो परें । कोखा फेरि बटारिएर आयो । घाइते चराको चुच्चो झैं मुख प्याकप्याक हुन थाल्यो ।

"अई सिरी ! मालदह आँप ल्याथें, खाइस् ?" बाले आँगनको डिलमा फरूवा पखाल्दै भने, "सिजनको फल देउतापछि खाने तँ नै होस् !"

"त्यो शेरेले तँलाई मुक्का हानेको होइन ?" दाइले मलाई प्रेमले सुमसुम्यायो, "आज मैले त्यसको दाँत झार्दै । भोलि हेरेस्, त्यसको मुख !"

"ज्वरो आको हो, सन्चो हुन्छ, सिरी !" आमाले अँगालो मार्दै भनिन्, "आमाको काखमा छस् । आमासित ईश्वर पनि डराउँछ ! तँलाई केही हुन्नँ, नडरा ।"

"एई केटा !" मधुरो आवाज आयो !

मैले धमिला आँखाअगाडि तनक्क तन्किएको सेतो छाया देखें । जसरी चम्किलो स्टिलको डन्डामा मानिसको लाम्चो छाया देखिन्छ, त्यस्तै !

"ह्याँ लुकेर बसेको रैछ !" छायाको आवाज आत्मीय र चर्को थियो, "कति खोजें ! ब्यान पो किराना पसलेले मन्दिरमा झोक्राएर बसेको देखेको थें भनेपछि पो तेरो पत्ता लाग्यो ।"

छायाले मलाई काँध समाएर उठायो, "लौ हेर ! हनहनी ज्वरोले थला परेको !"

लर्खराउँदै उठें । मैले छायालाई घरबेटी बा भनेर चिनें र सोचें, म अझै पनि भ्रममै छु । घरबेटी बाले मलाई मूलबाटोसम्म ल्याए । ट्याक्सी रोके जस्तो पनि लाग्यो ।

"मैले तँ जस्तो कमजोर मान्छे त देखेकै थिनँ," घरबेटी बाको आवाज आयो, "आफ्ना लागि त जाबो कमिलो पनि लड्छ । थुइक्क, तैंले त मलाई पाप बोकाउन पो खोजेको रैछस् ।"

मलाई लागिरह्यो, म सपनामै छु । जब ब्युँझनेछु, कटेरोमै हुनेछु ।

म अबेरसम्म ट्याक्सीको सिटमा हल्लिइरहें ।

"हे भगवान् !" घरबेटी आमाको आवाज आयो, "थलै परेको छ त । काँ भेट्नुभो ?"

"मन्दिरमा थ्यो । मगन्ते जसरी सुतेको थ्यो," सुस्केरा निकाल्दै घरबेटी बाले भने, "मेरो हृदयलाई त ब्लेडले चिरे जस्तो भो ।"

मलाई दुई काँधले भन्याङ चढाए जस्तै लाग्यो । र कसैले गोजी खोतले जस्तै पनि लाग्यो ।

"ताला फुटालिदेऊ," घरबेटी बाको आवाज आयो ।

म मुलायम ओछ्यानमा पसारिएँ । गुनगुन आवाज आइरह्यो । घरबेटी बा बर्बराइरहेका थिए, "अब कति दिनदेखिको भोको छ, के था ? एकैपल्ट खान दिंदा आन्द्रा बटारिने हुन् कि ? जुस लेऊ न कसैले !"

एकछिनपछि मेरा ओठमा असाध्यै गुलिया थोपा खसे । जिब्रोले चाटें । अनि घुट्टुघुट्टु पिएँ । अनि लामो सन्नाटा फैलियो । अबेरपछि फेरि घरबेटी बाको आवाज आयो, "एई, केटा ! सिटामोल खा !"

बचेराले जसरी मुख उघारें ।

मलाई लागिरह्यो, म सपनाको संसारमा छु । सपनाको संसारमै मलाई दाल पिए जस्तै लाग्यो । अनि तातो भातका डल्ला ! प्रार्थना गरें, यो सपना कहिल्यै नसकियोस् ।

सपना लामै थियो ।

जब ब्युँझिएँ ! आँखाअघि मधुरो उज्यालो थियो । एकछिन लाग्यो, म कटेरोमै छु । भर्खरै जन्मिएको शिशुले जसरी मैले ट्वाल्ल परेर हेरिरहें । सिलिङमा झरीले बनाएका चित्र देखें । भित्तामा तुर्लुङ्ङ झुन्डिइरहेका आफ्ना लुगा देखें । र्‍याकमा *सत्यकथा*का चाङ देखें । मैले ओढेको सिरक मेरै थियो । मैले शिर राखेको सिरानीमा मेरै आँसुका टाटा थिए ।

म आफ्नै एककोठे संसारमा फर्किएको थिएँ ।

# खबर

*मान्छे, मान्छे जस्तो छैन,*
*जिन्दगी, जिन्दगी जस्तो छैन ।*

म दुई दिनसम्म लगातार सुतिरहें ।

बीचमा उठेको, जाउलो खाएको, ट्वाइलेटमा बाक्लो लेदो जस्तो पिसाब फेरेको सपना हो कि बिपना छुट्याउन सक्दिनथें, बेलाबेला । मेरा सपना र बिपना आपसमा घुलेका रङ जस्तै लाग्थे ।

जीवनमा धेरै बिरामी नहुनेलाई सानो बिमारले पनि थला पार्छ भनेको सत्य रहेछ । म भोको पेटमा टाइफाइडसित लडेको रहेछु । कोठामा ल्याएको भोलिपल्टै मलाई घरबेटी बाले डोऱ्याउँदै मेडिकल पुऱ्याएका थिए । मैले आफ्नो पाइन्टको कम्मर दुवै हातले समाएर अड्याएको थिएँ । मलाई कम्मर तीन अङ्गुल सुके जस्तो लागेको थियो ।

मलाई मन्दिरबाट लिएर आएपछि घरबेटी बा उदास थिए । उनले भोलिपल्ट भनेका थिए, "केटा ! तँ त हुर्ककै रैनछस् । केटाकेटी नै रैछस् । एकपल्ट पनि ताला खोलिदेऊ भन्न आइनस् !"

"आको थे, राति ! मैले बोलाएको सुन्नुभएन ।"

"तँलाई थाहा छैन, हामी बूढाबूढीलाई राति निद्रै लाग्दैन । त्यसैले अचेल स्लिपिङ ट्याब्लेट खान थालेका छौं । बिहान आउनुपर्दैन ?"

के उत्तर दिन्थें र अब !

"जे भयो, भयो ! अब त्यसलाई बिर्सेस्," घरबेटी बाले मलिन आवाजमा भनेका थिए, "अब जहिले पैसा हुन्छ, भाडा तिरेस् । पैसा छैन भनेर नडराएस् । त्यत्रो दुःख पाइस् । अब तैंले ठग्दैनस् ।"

दिउँसो घरबेटी आमाले भनेकी थिइन्, "मेरा बड्डा खहरे जस्ता छन् । चाँडै गडगडाउँछन्, चाँडै शान्त हुन्छन् । मैले त ताला लाको पनि थाहै पाइनँ । ताला लाको दिन तँ आइनस् । भोलिपल्ट बड्डा रातभरि छटपटाएका थिए । खोजेका पनि हुन्, तँ लुकेर बसेको रैछस् । मनमा ईख नलिनू ।"

ईख लिने कुरै थिएन । मेरो कसैसित ईख लिने हैसियत पनि थिएन ।

मलाई आफ्नो एककोठे संसारको झन् माया लाग्न थालेको थियो । गुम्नै लागेको कुरालाई फेरि प्राप्त गर्दा माया झन् बढ्दो रहेछ । कोमाबाट ब्युँझिएकालाई जीवनको माया यसैगरी लाग्दो हो ।

भुटेर खान कचौरामा राखेको भातमा ढुसीका झुस पलाएका थिए । मलाई त्यसको पनि माया लागेको थियो । चाउरिएका आलु र हरिया पात टुसाएका प्याजका दाना, चार दिन देहको तातो नपाएर भित्रैदेखि चिसिएका सिरक र डसनालाई मैले प्रेमले सुमसुम्याएको थिएँ ।

मसिना प्वालमा धूलो भरिएको १० ब्यान्डको कालो रेडियोलाई पुछेको थिएँ ।

तेस्रो दिन म अलिकति तङ्ग्रिएको थिएँ । र ठसठस कन्दै सर्ट र पाइन्ट पखालेको थिएँ । टुक्रुक्क बस्दा कमजोरीले पिँडौला बटारिएका थिए । पाइन्टभित्रपट्टि इन्टरलगमा मैतीदेवीका जुम्रा लुकेर बसेका थिए । जुम्रा साबुनको फिँजमा डल्लिएर ब्रसका चेपमा अल्झिएर आउँथे ।

म सकेसम्म चाँडो पाँच दिनमा सडकले दिएको मयल, थकान र उदासी पखाल्न चाहन्थेँ । लुगा धोएर, तिनलाई बटारेर पानी झारेर झट्कार्दै कोठाको कुनामा फिँजारेको थिएँ । मेरा हाडका मासीमा ज्वरो लुकेरै बसे जस्तो लागेको थियो । तर पनि धूलोले सकसकाइरहेको ज्यानलाई पखालेको थिएँ । कपालबाट पहिलो झरीमा खरका छानाबाट खस्ने बलेंसी जस्तो गेरू रङको धूलो बगेको थियो ।

ताजा भएर ओछ्यानमा ढल्केको मात्र थिएँ, कसैले दैलो ढकढक्यायो । दैलो उघार्दा सूर्यबहादुरलाई देखें । उनको औंलाको कापमा चुरोटको ठुटो थियो । तर मलाई देख्नासाथ ठुटो भुइँमा फालेर जुत्ताको तलुवाले कल्चिए । कुल्चिएर थेप्चिएको चुरोटको ठुटो देख्दा भीमसेनलाई सम्झिएँ । मलाई कटेरोमा नदेख्दा भीमसेनले यताउता पक्कै खोज्यो होला !

सूर्यबहादुरले मलाई हेर्दै हाँसे जस्तो गरे । मैले जबाफी हाँसो दिन सकिनँ ।

"बूढोले ताला झुन्ड्याएर पापै गरेछ हौ," सूर्यबहादुरले ओठ सिलिङतिर चुच्याए, "मैले पछि पो थाहा पाएँ ।"

कटकटिएका दाँत बजाउँदै म मौन भएँ ।

"अब त थाहा पायौ होला नि, पैसो नहुनेको कोही हुँदैन सहरमा," मलाई प्रेमपूर्वक हेर्दै सूर्यबहादुरले भने, "तर तिमी जस्तो घुसघुसे मान्छे त मैले जिन्दगीमा देखेको थिएन हौ । तिमीसित पैसा भएन, भाडा दिन सकेनऊ । तिमी भागेको त थिएनौ । अहिले त जनावरको अधिकारको कुरो गर्छन् । तिमी त मान्छे हौ । तिमीलाई बेघर पारेको पटक्कै चित्त बुझेको छैन मलाई । हुन त तिमीले आफ्नै कारणले दुक्ख पाको हौ, भाइ ! जसले जति सहन्छ, विधाताले उति दुक्ख थोपर्छ । ताला लाको कुरो मलाई भनेको भए मै फुटालिदिन्थे । जे हुनु भैगो ! अब केही आइपर्‍यो भने मलाई भन्नू ।"

भीरमौरीले पनि यति मीठो मह बनाउन सक्दैन होला, जति मीठा कुरा सूर्यबहादुर बनाउँछन् ।

"हुन त बूढोले माया गरेरै तिम्लाई ल्याको थियो । तिमी त पीठोको डल्लो जस्तो लुत्रुक्कै परिसकेको रैछौ । तिम्लाई भऱ्याङ चढाउन पनि गाह्रै भाको थियो," सूर्यबहादुरले कोठामा आँखा घुमाउँदै भने, "काठमाडौंमा दुःख गरेर बसेको छौ । आइपरेका सप्पै दुक्ख स्विकारेर पनि हुँदैन, कतिलाई त वास्तै गर्नुहुँदैन । हुन त मेरो पनि चित्त दुखेको छ । त्यत्रो दिन भोकै सडकमा सुतेछौ, मलाई भनेनौ ।"

"तपैं मसित रिसाउनुभएको थियो ।"

"हत्तेरी ! त्यस्तो कुरो पनि मनमा राख्ने हो ?" सूर्यबहादुर खिस्स हाँसे, "रिसको झोकमा भनेको कुरो मनमा राखेछौ । मायाले त झन् कति भनेको थिएँ हौ । त्यो चाहिँ मनमा राख्न पर्दैन ? भो, छाड्देऊ । जे भयो, भयो । यो हप्ता ट्याक्सी मेरो नाममा पास हुँदै छ । अनि पार्टी दिन्छु । अहिले आराम गर, सन्चो भएपछि जानुपर्छ है, मसित नाइट ड्युटीमा । तिमीलाई जिन्दगी सिकाउन अझै बाँकी छ हौ ।"

म बिरामी हाँसो हाँसें ।

सूर्यबहादुरले हजारको नोट निकाले । मेरो सिरानीमा राखिदिँदै भने, "अहिले राख । भएको बेला दिनू । बिराम छौ काम लाग्छ । अहिले गएँ म । त्यो चन्द्रा पनि फर्केको छैन । कचकच गरेर पहाडको सारा देउतालाई हैरान पारिरहेको होला ।"

सूर्यबहादुर गएपछि मलाई ग्लानि भयो । म साँच्चैको घुसघुसे थिएँ । एकपल्ट मात्रै सूर्यबहादुरलाई भेटेको भए त्यति दुःख पाउने थिइनँ कि !

फेरि सोचें, जे भयो, ठीकै भयो । घरबेटी बाले कोठा जफत गरिदिने त्रासको कारगारबाट मुक्त भएको थिएँ । र पाँच दिनमा मैले जीवनको किताबलाई यसरी पढेको थिएँ, जसरी विद्यार्थी परीक्षाको अघिल्लो रात गेसपेपर पढ्छन् ।

एक साता कोठाबाट बाहिर निस्किइनँ ।

एक सातामा ज्वरोले छाडिसकेको थियो । र मैले जाउलो छाडेर दाल, भात र तरकारी खान थालेको थिएँ । दिनभर सुत्थें । त्यसैले राति निद्रा लाग्दैनथ्यो, सयलाई उल्टोबाट गनेर शून्यसम्म पुऱ्याउँथें र पनि निद्रा लाग्थेन । उल्टो गन्ती गन्दागन्दा म एउटै रफ्तारमा उल्टो र सुल्टो गन्ती गर्न सक्थें ।

मैतीदेवी मन्दिरबाट सेतो पन्छी झैं उड्दै गएकी समीरालाई बिदा दिइसकेको थिएँ । बेलाबेला मध्यरातमा रेडियो खोल्थें । उसको आवाज खोज्दा मेरो धड्कन बढ्थ्यो । साना केटाकेटी कान्छी औंला बङ्ग्याएर

कट्टी भन्दै बोल्दैनन् । तर फेरि बोल्न मन लागेपछि नजिक नजिक हुन्छन् र फेरि बोल्ने मौकाको खोजीमा हुन्छन् । म पनि तिनै केटाकेटी जस्तो भएको थिएँ । उसको आवाज रेडियोमा खोज्थें । तर मानौं, उसले आवाज खोजिरहेको थाहा पाइरहेकी छ कि जसरी हतारहतार भोल्युम बन्द गर्थे ।

एककोठे एकान्तवासको आठौं दिन । बाहिर घाम ऐना झैं टल्किरहेको थियो । घामका प्रकाश चरबाट कोठाभित्र पसिरहेका थिए । कसैले बिस्तारै दैलो ढकढक्याए । दैलो उघारें । घरबेटी बा काखीमा फाइल च्यापेर उभिएका थिए । उनले कागजको चिर्कटो दिँदै भने, "बिहान फोन आको थियो । तँ सुतिरहेकै होलास् भनेर बोलाइनँ । म्यासेज यसमा टिपिदिएको छु । तँलाई बोलाछन् ।"

चिर्कटो समाएँ । घरबेटी बा हतारिँदै भऱ्याङतिर दगुरें । चिर्कटो पढें–

*मीनबहादुर*

*लालीगुराँस होटल, सुन्धारा । रूम नम्बर १०३ । दिउँसो एक बजेअघि जाने ।*

धेरै समयपछि म खुसीले काँपें । मीनबहादुर मेरै छिमेकी थिए । पक्कै उनी घरको खबर बोकेर आएका होलान् । कागजको चिर्कटोले फेरि गाउँसित, फेरि घरसित र फेरि मेरो नाभि गाडिएको जमिनसित जोडिदिएको थियो ।

मैले कागजको चिर्कटोलाई तीन पटक पढें ।

ब्राउन बुट पालिस किनेर ल्याएँ र इँटा रङका जुत्ता टल्काउने कोसिस गरें । तर जुत्ता चाउरी परिसकेका थिए । बालिकाले आमाको नक्कल गर्दै नमिलाई लगाएको नेलपोसिल जसरी लतपतियो । मसित भएको सबैभन्दा नयाँ देखिने खैरो सर्ट लगाएँ, जसको नाइटोनिरको बटन थिएन । नीलो जिन्स पाइन्ट लगाएँ । पहिला कम्मरमा टम्म मिल्थ्यो । तर यसपालि ह्वाङ्लाङ्गे भइसकेछ । बेल्ट कसें । कम्मरनिर मुजा पऱ्यो ।

सडकमा निस्किँदा चर्को उज्यालोले आँखा तिर्मिराए । नाकभित्र कपाल गुजुल्टो परे जस्तो लाग्यो । पालैपालो तीन पटक हाच्छ्युँ गरेपछि बल्ल गुजुल्टो गए जस्तो लाग्यो । अनामनगर चोकबाट सुन्धाराको टेम्पो चढें । टेम्पोमा जडिएको एफएम रेडियोले कुनै पनि स्टेसन राम्रोसित टिपेको थिएन । काटिएर झ्यार्रझुर्र गर्दै आउने आवाजले दिक्क लगाउन थाल्यो । लाग्यो, रेडियोको झ्यार्रझुर्र आवाज मेरो भताभुङ्ग जीवनको ब्याकग्राउन्ड म्युजिक बनेको छ । मेरा आँखा अगाडि बसेका वृद्धका आँखामा ठोकिए । उनले नियालेर हेरे जस्तो लाग्यो । मन चिसो भयो, कतै उनले मलाई मन्दिरमा झोक्राएर बसेको त देखेका थिएनन् ?

मैले मुन्टो घुमाएँ ।

लालीगुराँस होटल पुग्दा थाकिसकेको थिएँ । जब रिसेप्सनको भित्तामा टाँसिएको सिसामा आफूलाई देखें, झन् बिरक्तिएँ । लाग्यो, देख्नेबित्तिकै मीनबहादुरले काठमाडौंमा मैले भोगेको दरिद्रता चिनिहाल्नेछन् ।

"कसलाई खोज्नुभको ?" भन्दै कुनामा राखिएको टिभी हेरिरहेकी २०/२२ वर्षकी केटी काउन्टरनिर आई । उसले डोरी झैं बाटेको कपालको मुठो छातीतिर झरेको थियो ।

"मीन काकालाई !" मैले कागजको चिर्कटो हेर्दै भनें, "१०३ रूम नम्बरमा बस्नुभा छ ।"

केटीले मलाई जुत्तादेखि तालुसम्म हेरी । टेलिफोनको रिसिभर कानमा टाँस्दै सोधी, "तपैंको नाम के ?"

"श्री !"

उसले एकदमै मधुरो आवाजमा कुरा गरी । मैले केटीका बाक्ला र थुकले भिजेका ओठबाट फुस्किएको 'सिरी' मात्रै बुझें । उसले फोन राख्दै भनी, "दोस्रो तलामा जानुस् । सोझै गएर, दायाँपट्टि ।"

म भऱ्याङमा टाँसिएको पुरानो, ठाउँठाउँमा च्यातिएको कलेजी कार्पेट टेक्दै उक्लिएँ । दोस्रो तलामा पुगेर सोझै अगाडि बढें । र

१०३ नम्बरको ढोका एकपल्ट ढ्याक्क पारें । दैलो फ्याट्टै उघ्रियो । मैले ढकढक्याउँदा यति छिटो दैलो उघ्रिएको देखेकै थिइनँ । दैलोमा मीनबहादुर उभिएका थिए ।

"ए, सिरी बाबु ?" मीनबहादुर हाँसे, "म निस्कनै थालेको थिएँ, आइपुग्नुभएछ ।"

नमस्ते गरें ।

"काठमाडौंको खाना के गतिलो हुनु, लौ हेर ! खर्लप्पै सुक्नुभएछ," मीनबहादुरले मलाई छेउको सोफामा बस्न इसारा गर्दै आफू ओछ्यानको डिलमा बसे । सिराननिर भिजेको टावेल फिँजारिएको थियो ।

खिस्स हाँस्दै काँचो गोबरको जस्तो गन्ध आइरहेको कोठा नियाल्दै मीनबहादुरतिर हेरें । उनी मलाई गहिरिएर हेरिरहेका थिए । सायद उनी मैले नभनेर लुकाउने कुरा पढ्न खोजिरहेका थिए । उनले अनुहार पढ्न नसकून् भनेर मैले सकेसम्म अनुहारको भाषा परिवर्तन गर्न खोजिरहेको थिएँ ।

मैले पाँच वर्षअगाडि देखेका मीनबहादुरमा धेरै परिवर्तन आएको थिएन । आँखाका झोल्लीमा अलि धेरै पानी भरिएको थियो । उनी खरानी रङको सुटमा थिए । हाम्रो गाउँमा सुट सुहाउने र सिलाउने यिनी मात्रै त थिए । ढाकाटोपीको घेराबाहिर निस्किएका कपाल अझै फुलेका थिए । ६० वर्षका उनी त्यति वर्षका लाग्थेनन् । आफ्नै समकालीनहरूभन्दा १० वर्ष कान्छा देखिन्थे । गाउँले उनी जवान रहिरहनुमा उनकी कान्छी श्रीमतीको योगदान देख्थे । उनले हरेक रात गाईको दूधमा एक चम्चा मह र एक चम्चा सिलाजित घोलेर खान्छन् भन्थे । उनको अनुहार जहिले पनि भर्खरै दाह्री खौरिए जस्तो ताजा देखिन्थ्यो ।

"कहिले फर्कनुहुन्छ ?" मैले सोधें ।

"ए ! दुईतीन दिन अझै बस्छु होला !" मीनबहादुरले मेरो अनुहारको किताब पढ्न छाडे र भने, "अनि, बाबु कहिले फर्कने ? कि जिन्दगी नै यता बिताउने ? काठमाडौं हिँडेपछि त गाउँलाई नै बिर्सिनुभयो ।"

"पढाइ सकेर फर्किन्छु ।"

"पढाइ त कहिले पो सकिन्छ र ! बेलाबेला आउँदै गर्नुपर्छ नि गाउँमा । चटक्कै माया मार्न भएन," मीनबहादुरले आफ्ना घुँडा कन्याउँदै भने, "हुन त ऐले गाउँ पनि बस्नलायक काँ रह्यो र ! गाउँ, गाउँ जस्तो छैन, सहर, सहर जस्तो ! माओवादी र पुलिसले आफ्नै इष्ट मार्दै छन्, अब देश देशै जस्तो छैन ।"

मैले मुन्टो हल्लाएँ र सोच्न थालें– के मीनबहादुरले देशको कुरा गर्न मलाई बोलाएका हुन् । म त आफ्नो घरको खबर पो सुन्न चाहिरहेको थिएँ ।

"तपाईंलाई थाहा भो, जगदीश्वरको खबर ?" उनले सोधे ।

जगदीश्वर सुन्नेबित्तिकै मेरा आँखामा अलिकति छाया परेको तर अत्यन्त मिठासले भरिएको अनुहार आयो । गाउँमा फस्ट डिभिजनमा एसएलसी पास गर्ने उही त थियो । आफू १० कक्षा पढ्दा नौ कक्षालाई म्याथ पढाइदिन्थ्यो– सर नहुँदा । गाउँका बदमास र पढाइमा लद्दु केटाका बाउआमाको मुखमा जगदीश्वरकै नाम झुन्डिरहन्थ्यो । उनीहरू सन्तानका तालुमा मुड्क्याउँदै भनिरहन्थे, "जगदीश्वर जस्तो बन् ।" ऊ बिए पास गरेर गाउँमै फर्किएको थियो । र आफूले पढेकै स्कुलमा शिक्षक भएको थियो । कक्षा १० मा ऊ मेरो पनि शिक्षक भएको थियो– म्याथको ।

"के खबर ?" चनाखो भएँ ।

"बिचरो, अनाहकमै मारियो ।"

मैले सोधें, "कसले मार्‍यो ?"

"किस्सा त लामो छ," मीनबहादुर उदास हुँदै बोले, "त्यो स्कुलमा नयाँ मिस आउँथिन्, शैलेजा । उसको उनैसित पिरती बसेको रहेछ । तपाईंलाई थाहा छ कि छैन, हाम्रो गाम्मा चौकी बस्या छ । चौकीको असईले पनि मिसलाई मन पराउँदो रेछ । तीन मैनापैलेको घट्ना हो । पुलिसले जगदीश्वरलाई माओवादीको शङ्का गर्दै सोधपुछ गर्नु छ भनेर लगेका थे । बिचरो फर्केन । पुलिसले लको १७ दिनपछि उसको लास खोलामा भेट्टेको थियो । तर बिचरोको ज्यानमा एउटा

अङ्ग चाहिँ थेन । धेरैले माछाले खायो होला भने । तर काटेरै फाले जस्तो लाग्थ्यो ।"

"कुन अङ्ग ?"

मीनबहादुरले अप्ठ्यारो मान्दै शुद्ध नेपालीमा भने, "लिङ्ग । त्यसको लिङ्ग नै थेन । त्यसको लास भेटिनुभन्दा चार दिन पैले शैलजा बस्ने घरको आँगनमा अचम्मको टुक्रो भेट्टेको थियो । देख्नेहरूले चिलसिलले फालेको सिनोको टुक्रा होला भनेका रैछन् ।"

मेरो मुख आँ नै भइरह्यो ।

"उता लासमा लिङ्ग थेन । यता शैलेजाको आँगनमा त्यस्तै टुक्रो भेट्टियो," मीनबहादुरले मसिनो आवाजमा भने, "गाउँमा त यस्तै छ, मान्छे मान्छे जस्तो छैन । जिन्दगी जिन्दगी जस्तो छैन ।"

मेरो टाउको झम्म भएर आयो । आँखाअगाडिबाट अँध्यारो टुक्रा उडेर गयो, उडेको कपडाको टालो जसरी । प्रेसर लो हुँदा पनि यस्तो हुन्छ भन्थे, घरबेटी बा ।

"बाआमालाई कस्तो छ ?" आत्तिँदै सोधेँ ।

"तपाईंको घरतिर त ठीकै छ" भन्दै मीनबहादुरले कोटको भित्री गोजीमा हात पसाले, "ए, मैले त कोसेली दिनै बिर्सेको । जेहोस्, तपाईंले बाआमा र दाइ त पाकै हो । छोराले आफ्नै बाउको, दाइले आफ्नै भाइको पोल लाउने जुगमा पाकै हो तपाईंले माया गर्ने मान्छे ।"

मीनबहादुरले राता बुटा भएको नीलो रूमालमा बेरेको एउटा पोको मतिर बढाए, "२८ हजार छन् । गन्नुहोला ।"

२८ हजार ? मेरो मुटुको आवाज चराले पखेटा भ्याटभ्याट पारे जसरी आयो ।

मीनबहादुरले सुनाएअनुसार उनी काठमाडौं हिँड्ने तयारी गर्दै थिए । अघिल्लो दिन दिउँसो मेरी आमा उनको घरमा आएकी थिइन् । उनले १० हजार रूपियाँ मीनबहादुरका हातमा राखिदिँदै भनेकी थिइन्, "अस्ति सपनामा त्यो सिरी घर आको थियो । खर्लप्पै दुब्लाको थियो । म चामल निफन्दै थेँ । त्यो आँगनको छेउमा बसेर मलाई टुलुटुलु

हेर्न थाल्यो । केई बोलेन । मैले बोलाएँ, सुनेन । टुलुटुलु हेरिरह्यो । त्यो सिरी जति नै दुःख पा पनि बोल्दैन । त्यल्लाई भोक ला बेला मागेर खान पनि आउन्न । बाबु, जसरी हुन्छ, त्यल्लाई भेटेर यो पैसा दिनुहोला । अनि मैले पैसा पठाको कुरा बूढालाई नभनिदिनुहोला । बूढा सिरीसित रिसा छन् । म बूढीलाई फसाद पऱ्या छ, सिरीको नि माया लाग्छ, बूढाको नि लाग्छ ।"

राति रेडियोमा अङ्ग्रेजी समाचार आइरहेका बेला मेरो दाइ मीनबहादुरलाई भेट्न आएको थियो । उसले आठ हजार मीनबहादुरका हातमा राखिदिँदै भनेको थियो, "पठाउन त अझै मन थ्यो, यसपालि खेती राम्रो भएन, यत्ति जुगाड गर्न सकें । सिरीलाई भेटेर दिनुहोला । त्यल्ले कसैलाई मनको कुरा भन्दैन । अर्काले बुझिदिऊन् भन्ठान्छ । अहिलेको दुनियाँमा त्यस्ताले दुःख पाउँछन् । अनि मैले पैसा पठाको बालाई नभन्नुहोला । बा सिरीसित रिसार मेरो छोरो यै जेठो हो भन्दै हिँड्छन् । मैले पैसा पठाको थाहा पाए भने तिनको चित्त दुख्छ ।"

बिहानै मीनबहादुर रातो टीका लाएर घरबाट निस्किएका थिए । बाटामा मेरा बा भेटिएका थिए । उनी मीनबहादुरकै बाटो ढुकेर बसेका थिए । उनले मीनबहादुरको हातमा १० हजार रूपियाँ राखिदिँदै भनेका थिए, "त्यो सिरीलाई भेटेर दिनुहोला । अस्ति सपनामा त्यल्लाई अन्धो भाको देखेको थें । त्यसका आँखा छालाले ढाकेको थियो । बीच सडकाँ ठिङ्ङ उभेको थियो । त्यल्लाई भन्दिनुहोला, घरको बाटो नबिर्सिनू ।"

मेरा आँखा रसाए ।

"माओवादीले टेलिफोनको टावर नि भत्काइदे । गाम् त समुन्द्रबीचको टापु जस्तो भा छ," मीनबहादुरले मलाई प्रेमले हेर्दै भने, "सकेसम्म यसपालि दसैंमा गाउँ आउनू । दिमागले त खुट्टालाई सधैं तर्साउँछ । मनको सुन्नू, मनले खुट्टालाई आँट दिन्छ ।"

म पैसाको मुठो पाइन्टको गोजीमा कोचेर हिँडें । पैसाका बिटले तिघ्राका काप घोचिरहेका थिए । र त्योभन्दा पनि मेरो मन ।

म सहरमा एक्लो हुँला । तर संसारमा एक्लो छैन । यो सहरको जुन बाटो हिँडेर गए पनि त्यसको टुप्पो मेरै आँगनमा जोडिन्छ ।

# चुरोट

*तिम्लाई चुरोट चाहिँ बेच्दिनँ,*
*रिसाए रिसाऊ ।*

मैले चोला फेरें ।

छालाका काला जुत्ता किनें । दुईदुई जोर सर्ट र पाइन्ट किनें । सारा कट्टु पुद्वातिर प्वाल परेका थिए । चार जोर किनें । अनि जीवनमा पहिलो पटक कालो चस्मा किनें । सुन रङका डन्डी भएको । सुरूमा चस्मा लाउँदा नाकको डन्डी च्यापिए जस्तो लागेको थियो । बेलाबेला गह्रौं भएर नाकले निधार तलतिर ताने जस्तो लाग्थ्यो । सैलुनमा गएर कपाल र छ्यास्सछुस्स परेका दाह्रीजुँगा काटें ।

नयाँ जुत्ता, नयाँ कपडा र कालो चस्माले म अर्कै देखिएँ । कोठाको ऐना सानो थियो, पूरा अनुहार देखिँदैनथ्यो । त्यसैले सैलुनको ठूलो ऐनाअगाडि पुगेको थिएँ । र आफूलाई पैतालादेखि तालुसम्म नियालेको थिएँ ।

बाहिरबाट मात्र होइन, भित्री रूपमा पनि अर्कै भएको थिएँ । सोच्न थालेको थिएँ– म ओरालोको गर्तसम्मै पुगेको थिएँ, अब बाटो उकालो लाग्नेछ । आफ्नै सोचले मलाई अनौठो आत्मविश्वास दिएको थियो । म आफैंभित्र आत्मविश्वासको मुलायम टुसो फेरि उमार्न सक्ने भएको थिएँ । कष्टले सबैभन्दा चाँडो सिकाउने रहेछ ।

मैले घरबेटी बालाई एकै पटक नौ महिनाको भाडा तिरेको थिएँ । टोपको भागको हजार रूपियाँ अलग्गै पट्याएको थिएँ । कोठामा रासन र मट्टीतेल जोडेर पनि मसित ११ हजार रूपियाँ बचेको थियो ।

जीवनमा एकै पटक यति धेरै क्यास सिरानीमुनि च्यापेको पहिलो पटक थियो ।

यी पैसाले म आफ्नो नयाँ जीवन रच्नेछु । देश, गाउँ र घरको स्थिति हेर्दा अब फेरि पैसा आउला भन्ने लागेको थिएन । जीवनको चेस बोर्डमा मैले चेक पाइसकेको थिएँ । मसित एउटा मात्र अन्तिम कदम चाल्ने मौका थियो । त्यसका लागि म तयार भइसकेको थिएँ ।

मैले प्याजी रङको बुट्टावाल तन्ना किनेको थिएँ । सिरकको छेउलो पनि सिलाएको थिएँ । छेउलोका भुवा पछि गएर गाँठा परेर जुम्रा जस्ता नहुने साहुजीको दाबी थियो । म नयाँ तन्ना र छेउलोबाट आइरहेको मसीको जस्तो बास्ना महसुस गर्दै उत्तानो परेर जीवनका योजना बुन्थें ।

कोठाले पनि नयाँ रूप पाएको थियो । अर्को नयाँ गन्ध पनि पाएको थियो– चुरोटको । भीमसेनले दिएको चुरोटका ठुटा मैले जाडो र भोकसित लड्न पिएको थिएँ । मान्छे बढी फुर्सदिलो भयो भने एउटा न एउटा कुराको लत लागिहाल्छ । चुरोटको लतसित म डराइनँ ।

पहिलो पटक चुरोट किन्दा मलाई लाज लागेको थियो । पाँच वर्षदेखि रासन किन्ने पसलका साहुजीका अगाडि मुखै खोल्न अप्ठ्यारो मानेको थिएँ । किराना पसल तीन घरपछाडि थियो । साहुजी र साहुनीको उमेरमा ११ वर्षको फरक थियो । साहुजी ४५ वर्षको हुँ भन्थे । तर ज्यान हेर्दा त्योभन्दा बढी लाग्थे । भयावह तरिकाले फैलिएको भुँडीले त्यस्तो लाग्थ्यो । उनको पातलिँदै गएको कपाल नसुहाउँदो गरी रातो थियो । मैले बेलाबेला साहुनीले उनको कपालमा मेहेन्दी दलिरहेको देख्थें ।

मैले भाँडा माझ्ने साबुन मागिसकेपछि एक बट्टा चुरोट मागेको थिएँ ।

"चुरोट कसलाई चाहिएको ?" साहुजीले सोधेका थिए, "पाहुनालाई ?"

"मलाई नै हो साउजी । मैले अचेल चुरोट सुरू गरेको छु ।"

साहुजी साहुनीतिर हेरेर मुसुमुसु हाँसेका थिए, साहुनी त पहिल्यैदेखि खितखिताइरहेकी थिइन् । अनि साहुजीले मलाई आँखा तर्दै भनेका थिए, "भाइ पनि कस्तो ! एमए पढ्न सुरू गरेको छु भने जसरी पो भन्दो रैछ, चुरोट सुरू गरेको छु ।"

साहुनीको खितखिताइले भने अझै वाल्ल परिरहेको थिएँ ।

खितखिताइरहेकी साहुनीको पिठ्युँमा ढ्याप्प हान्दै साहुजीले भनेका थिए, "हिजै मात्र यसले भनेकी थिई, "त्यो सिरी भाइ असलै छन् मान्छे त । न रक्सी खान्छन्, न चुरोट । काठमाडौंमा एक्लै बसेर पनि कुलतसित जोगिएका छन् । तर भाइले आजै चुरोट सुरू गरेको पो सुनायौ । त्यै भर मेरी जहान हाँसेको हाँस्यै छ । मेरो पसलमा भएको सप्पै कुरा बेच्छु । तिम्लाई चुरोट चैं बेच्दिनँ । रिसाए रिसाऊ ।"

साहुजी दृढ देखिएका थिए । त्यसैले म अर्को पसलबाट चुरोट किनेर फर्किएको थिएँ । कोठामा आएर मलाई बट्टा खोल्न अप्ठ्यारो लागेको थियो । चुरोटको बट्टाको भित्री भागमा कुनै नम्बर छापिएको हुन्छ र त्यो नम्बरको चुरोटमा क्यान्सर हुँदैन भनेर मैले गाउँ छँदै सुनेको थिएँ । बट्टामा चार नम्बर छापिएको थियो । मैले पहिलो पङ्क्तिको चौथो नम्बरको चुरोट झिकेर सल्काएको थिएँ । र चुरोटको सारा धूवाँ झ्यालको तरभुजा आकारको प्वालबाट फुसुफुसु बाहिर फालेको थिएँ । कुनामा उभिएर दोस्रो खिल्ली पिएको थिएँ । गन्ध हटाउन कोठाभरि पुरानो सर्ट फनफनी नचाएको थिएँ । त्यसपछि अरू खिल्ली ओछ्यानमा उत्तानो परेर सिलिङतिर धूवाँ उडाउँदै पिएको थिएँ । ठुटाहरूलाई अलिकति पानी राखेको स्टिलको गिलासमा खसालेको थिएँ ।

म फेरि आफ्नो संसार सिर्जना गरिरहेको थिएँ ।

म तीन सो फिल्म हेर्थें । फिल्म हलको अँध्यारोमा कटेरोको चिसो र अँध्यारो रात सम्झिन्थें । डेढडेढ प्लेट मःम खान्थें । हरेक डल्ला निल्दा कटेरोको भोक सम्झिन्थें । कोठामा भात खाँदा भुइँमा खसेका सितालाई चोर औंलाको टुप्पोले तानेर मुखमा राख्थें । भातका

एकएक सितालाई प्रेम गर्न थालेको थिएँ । कुकरको सिटीको आवाज मलाई संसारको सबैभन्दा मीठो सङ्गीत लाग्न थालेको थियो । अनि तरकारीको बास्ना संसारको सबैभन्दा मीठो सुगन्ध । कोठालाई दिनदिनै बढार्न थालेको थिएँ । सिरक पट्याएर अनि तन्नाको खुम्चिएको भाग सम्याउन थालेको थिएँ ।

अथाह ब्रह्माण्डमा आफ्नो प्रस्ट आकार बनाएको पृथ्वीले कमिलाको पनि महत्त्व बुझेको हुन्छ । पृथ्वीलाई थाहा छ, एक दिन संसारबाट सारा कमिला हराए भने ऊ पनि हराउँछ । एकदमै साना कुराले उसको विशालता निर्माण भएको छ । मैले पनि सानाभन्दा साना चीजको महत्त्व बुझ्न थालेको थिएँ । जीवनमा साना कुराहरूले नै ठूला सुख र दुःख लिएर आउँछन् भन्ने थाहा पाएर नै साना कुरालाई प्रेम गर्न थालेको थिएँ । फेरि खुसी हुन थालेको थिएँ । तर मैले रचिरहेको संसारको दैलो समीराले फेरि ढकढक्याएकी थिई ।

त्यस दिन आदि मोहिनीलाई लिएर आएको थियो ।

म धेरै समयपछि आदिको कोठामा पसेको थिएँ । कुर्सीमा टुसुक्क बसेको थिएँ । पलङ्को डिलमा बसेकी मोहिनीलाई हेर्दै आदि गिलासमा कोक खन्याइरहेको थियो ।

मोहिनी अझै फक्रिए जस्ती लाग्थी । उसमा बैंसको मादकता अझै थपिएको थियो । मिनी स्कर्ट लगाएकी ऊ तिघ्रामाथि तिघ्रा खापेर बसेकी थिई । म आदिले थाहा नपाउने गरी पुलुक्क पुलुक्क मोहिनीका पिँडौला र तिघ्रातिर हेर्थें । कति मोहक, नीला नसा पनि पानीभित्रका बाममाछा जस्ता ।

मेरा आँखा बेलाबेला मोहिनीका आँखासित जुध्थे । ऊ खिस्स हाँस्थी । म खल्यामखुर्लुम हुन्थें । बेलाबेला ऊ हत्केलाले मुख छोपेर लामो हाई काढ्थी । म उसका अनिद्राका लेप लागेका आँखा हेर्दै उनीहरूको अघिल्लो रात कल्पने कोसिस गर्थे ।

"तिमीले थाहा पायौ ? पार्टनरको पनि लभ परेको छ अचेल ।"

आदिले हाँस्दै मोहिनीलाई कोकको ग्लास दियो अनि मलाई ।

"हो र !" मोहिनीले मलाई आँखा झिम्क्याउँदै भनी, "हामीलाई कहिले भेटाउने त ?"

म हत्केलामा गिलास खेलाउँदै खिस्स हाँसें ।

"आफूले भेटेको भए पो हाम्लाई भेटाउँछ त," आदिले छेउमा बस्दै मोहिनीका घुँडामाथि हात राख्दै सोध्यो, "कि बिचाँ भेटिसक्यौ, पार्टनर ?"

आदिको कुराले मलाई लाग्यो, उसले म बेघर भएको थाहा पाएको छैन । अलिकति हलुको भयो । नत्र उसले मोहिनीका अगाडि कुरा निकालिहाल्थ्यो । मैले सुक्खा भएको मुख कोकले भिजाएँ र भनें, "छैन ! त्यो कुरा त्यत्तिकै भनेको । अचेल वास्ता गर्दिनँ ।"

"लौ, पार्टनर, पहाड चढ्नुअघि नै थाकेर बसेको ?" आदिले मोहिनीका घुँडाका डल्लोमा औंला घुमाउँदै भन्यो, "झन् मैले त्यत्रो लोकेसन देको थिएँ, खोजेनौ ?"

"अब नखोज्ने ! जोडी ईश्वरले रचेको हुन्छ । उसले आफैं भेटाउँछ ।"

"लौ है ! पार्टनरले फेरि सुतेर बस्ने बहाना खोज्यो," आदिले बिरक्तिएर नाक कन्याउँदै भन्यो, "हेर, पार्टनर ! ईश्वरले जोडी बनाइदिने त हो । तर ईश्वरले जोडीलाई दैलोमै ल्याएर घण्टी बजाउन्न !"

मैले मुन्टो हल्लाएँ ।

"तिमी पनि कति उपदेश देको ?" मोहिनीले हाई काढ्दै भनी, "सबै कुराको समय हुन्छ । समय आएपछि मिल्दै जान्छन् ।"

मैले फेरि मुन्टो हल्लाएँ ।

"अब मुख्य कुरो पार्टनर । अब यही मङ्सिरमा हामीले बिहे गर्ने सल्लाह गरेका छौं । पार्टनर मेरो लोकन्ते हुनुपर्छ है ?"

"अनि घरमा कुरा मिल्यो त ?"

"मिलिहाल्छ नि," आदिले मोहिनीको पिठ्युँ सुमसुम्याउँदै भन्यो, "घरकाले माने भने ईश्वरलाई साक्षी राखेर बिहे गर्ने हो, मानेनन् भने कानुनलाई साक्षी राखेर ! कि कसो ?"

मोहिनीको अनुहारमा उदासी देखियो ।

"एक जुनीमा एकपल्ट हुने हो बिहे । त्यसैले भव्य बनाउने हो । यो डेरा भएन । फ्ल्याट खोज्छु," आदिले मोहिनीको अनुहारको उदासी पढेर भन्यो, "हातमा शक्ति र खुट्टामा गति भाका मान्छेले सपना ठूलै देख्नुपर्छ के, पार्टनर । बिहेपछि केटाका भाग्यका ढोका पनि खुल्छन् रे ।"

मैले घुटुक्क कोक निलेर मुन्टो हल्लाएँ ।

"अरू कुरा त्यस्तै हुन् । आफूले माया गरेको मान्छेको अनुहार हेर्दै निदाउन पाउनु र बिहान आँखा खुल्दा उसकै अनुहार हेर्न पाउनु नै मज्जाको जिन्दगी हो ।"

मोहिनीका ओठमा पातलो मुस्कान देखापऱ्यो ।

म कोठामा फर्किएर ओछ्यानमा उत्तानो परेर अबेरसम्म कल्पनाको संसारमा हराइरहें । मलाई आदिको ईर्ष्या लागिरहेको थियो । उसले आफूले चाहेको मानिस पाएको थियो । ऊ त मोहिनीको फोटोकपीसित बिहे गर्न तयार थियो । तर ईश्वरले उसलाई मौलिक प्रति नै दिएको थियो ।

मैले अबेरसम्म कल्पना गरेको थिएँ– को होली मेरो जीवनमा गाँसिन आउने ? कहाँ होली ? कुन सहरमा होली ? अग्ली होली कि होची ? गोरी होली कि काली ? नाक छेडेकी होली कि नछेडेकी ? कस्ता सपना देखेर हुर्किएकी होली ?

मसित जोडिने र सारा जीवन मसितै यात्रा गर्ने । मेरो दुःखमा उदास हुने र मेरो खुसीमा मुस्कुराउने । मेरा ससाना नराम्रा बानीलाई गाली गरिरहने । बिहान उठेर संसारको जुन कुनामा पुगे पनि साँझ फर्केर मसामु नै आइपुग्ने– ऊ कहाँ होली ?

मेरा शरीरका सम्पूर्ण अङ्ग छोइदिने । मेरा हरेक कुराका जग थाहा पाइदिने । ऊ भेटिनुभन्दा अघिका मेरा जिन्दगीका पन्ना चासो राखेर पढिदिने । म कमजोर हुँदा आफू बलियो भइदिने । संसारका सारा कष्टबाट मलाई जोगाउन खोज्ने– ऊ कहाँ होली ?

सायद टम्पोको साँघुरो सिटमा चेपिएर यात्रा गरिरहेकी छ कि ? बढ्दै आएको अँध्यारोसित डराएर हतार हतार घरतिर पाइला चालिरहेकी छ कि ? बार्दलीमा बसेर एफएममा बजिरहेका गीत सुनिरहेकी छ कि ? ओछ्यानमा घोप्टो परेर डायरीमा आफ्ना गोप्य भावना लेखिरहेकी छ कि ? बतास खाँदै स्कुटीमा अफिसतिर कुदिरहेकी छ कि ?

जेठी छोरी हुनुको भारले उमेरभन्दा चाँडै परिपक्व भइसकेकी छ कि ? अथवा कान्छी छोरी हुनुको प्रेमले मृग झैं चञ्चल भइसकेकी छ कि ?

के उसले थाहा पाइसकी– उसले एक दिन आफूले आँगनमा रोपेको फूल छाडेर आउनुपर्नेछ र मेरो आँगनमा नयाँ फूल रोप्नुपर्नेछ ! उसले बाल्यकालका सप्पै साथीलाई छाडेर आउनुपर्नेछ र नयाँ जोडिएका अनेक नातामा नयाँ साथी खोज्नुपर्नेछ ।

म कल्पनामा यसरी डुबें– तलाउभरि फैलिएका कमलका फूलका जराजरामा अल्झिएर बसें । मैले रेडियोको भोल्युम अन गरेको पनि थाहा पाइनँ । अनि समीराको आवाज खोजेको पनि । उसको आवाज कतै थिएन । मलाई छटपटी भयो । रेडियोलाई भित्तामा बजारिदिऊँ जस्तो लाग्यो । तर मोहिनीको "समयले सबै कुरा मिलाउँछ" भन्ने वाक्यले मलाई थामथुम पार्‍यो । मैले बिहान सवा दुई बजेसम्म समीराको आवाज कुरें र साढे दुई बजे निर्णय गरें– भोलि नै गएर द *गुड अर्थ* किन्नेछु ।

बिहानै उठें । मैतीदेवी चोकतिर निस्किएँ । चोकनिरको किराना पसलबाट दुई पोका चाउचाउ, एक प्याकेट ब्रेड, दुई बट्टा सस्तो चुरोट किनें । चोक पार परेर तीन सय रूपियाँमा नीलो टिसर्ट पनि किनें । पोलिथिन ब्यागका तीन ओटा पोका बोकेर मैतीदेवी मन्दिरतिर लागें ।

देवीलाई दर्शन गरेर घण्टी बजाएँ । कटेरोतिर भीमसेन देखिएन । एकछिन कटेरोको ढिस्कोमा बसिरहें । यो यही ढिस्को थियो, जहाँ

घुँडामा टाउको लुकाएर आफूले नाम थाहा पाए जतिका समुद्र पिएको थिएँ । र अन्तिम गाँस चिउरा खाएको थिएँ ।

आधा घण्टा जति टोलाएर बसिरहें । कुकुरको चर्को आवाजले मेरो ध्यान तान्यो । कुकुरको आवाज आएतिर हेरें । टाटेपाटे भुस्याहा कुकुर भीमसेनका पछिपछि लागेको थियो । अघिअघि भीमसेन हिँडिरहेको थियो । कुकुरको हैसियत थाहा भइसके जसरी उसले भुकाइलाई वास्ता गरिरहेको थिएन ।

म हुत्तिँदै गएँ र भीमसेनका अघि उभिएँ ।

तर भीमसेन मलाई नचिने जसरी तर्कियो । म फेरि उसका अघि पुगेर मुसुमुसु हाँसें । भीमसेनले कालो चस्माभित्रका आँखा नियाल्ने कोसिस गऱ्यो । एकपल्ट मलाई तलदेखि माथिसम्म हेऱ्यो ।

अनि मुख बजाउँदै, हात नचाउँदै हाँस्यो ।

म खिस्स हाँसें र भीमसेनको भाषा नबुझे पनि बुझे जसरी मुन्टो हल्लाएँ । मैले यति चाहिँ बुझेको थिएँ– भीमसेन मैले फेरेको चोला देखेर चकित परिरहेको थियो । उहिले म उसका अगाडि जीवनका सारा बोझ र थकान लिएर उभिएको थिएँ, अहिले जीवनका सारा आशा र ऊर्जा । मैले प्लास्टिकका पोका भीमसेनतिर बढाएँ । उसले पहिला वाल्ल परेर जिब्रो टोक्यो र पोकालाई झम्टियो । र कटेरोतिर दगुऱ्यो ।

मैले पछ्याएँ ।

भीमसेन कटेरोमा छेलिएर पोका खोल्दै जोडजोडले मुख बजाइरहेको थियो । म उसको छेउमा टुसुक्क बसें । भीमसेनले हतारिँदै जेरीपुरी खायो । हतारहतार ब्रेडको प्लास्टिक च्यातिरहेका उसका औंला काँपिरहेका थिए । उसले एकै पटक चार ओटा ब्रेडले मुखमा बुजो लगायो । एकछिन चपायो । तर घाँटी सुक्खा भएर होला, निल्न सकेन । किक्लिक किक्लिक गर्दै बिस्तारै छातीमा मुड्की बजाउन थाल्यो । बल्लतल्ल निल्यो र मतिर हेर्दै खिस्स हाँस्यो ।

बल्ल उसले अरू पोका खोल्ने उछार पायो । चुरोटका बट्टा समाएर हात नचायो र मलाई ढोगे जस्तो गऱ्यो । चाउचाउका पोकालाई जतनसाथ आफ्नो काखमा राख्यो । अब उसको हातमा टिसर्ट थियो । उसले टिसर्टलाई प्रेमले सुमसुम्यायो । नाकमा टाँसेर सुँघ्यो र गालामा टाँसेर मुलायम अनि न्यानोपन महसुस गऱ्यो ।

हत्केलालाई चुच्चो पारेर टीका लाए जसरी निधारमा टाँस्यो । बतासमा कल्पनाको माला बनाउँदै आफ्नो गलामा पसायो र मुन्टो झट्कार्दै हाँस्यो । के उसले दसैंमा लाउँछु भनेको हो ?

मैले चुरोट झिकें । एउटा आफूले मुखमा च्यापें, अर्को भीमसेनलाई दिएँ । भीमसेनले च्याप्प समाएर मुखमा ट्याप्प टाँस्यो । चुरोट सल्काएर सलाई भीमसेनलाई दिएँ ।

एकछिन दुई मुखबाट धूवाँ र मौनता डढेको कपडाको जस्तो गन्ध बोकेर उडिरहे ।

भीमसेनले चुरोट सकेपछि मुख बजाउँदै, हात नचाउँदै मलाई केही सोधिरह्यो । मैले बुझिनँ । तर मुन्टो हल्लाइरहें । मलाई द *गुड अर्थ* किन्न जानु थियो । उठें । गोजीबाट सयका दुइटा नोट झिकेर उसलाई दिएँ । भीमसेनले नोटलाई हेऱ्यो अनि मलाई । म मुस्कुराएँ । मुस्कानको भाषा जसले पनि बुझ्छन्, भीमसेनले पनि बुझ्यो ।

मलाई त्यत्तिकै हिँड्न मन थियो । तर भीमसेनतिर हात बढाएँ । भीमसेनले पहिला बुझेन, मैले हात दिइरहें । उसले बुझ्यो र आफ्नो ज्यानमा सबैभन्दा सफा ठाउँ उसले छातीनिर भेट्यो । त्यहाँ हात पुछापाछ पाऱ्यो र मेरो हत्केला समायो । मलाई झरीमा रूझेर अनि चर्को घाममा सुकेर कत्रक्क परेको जुटको बोरा समाए जस्तो लाग्यो ।

म मुस्कुराउँदै मैतीदेवी मन्दिरबाट बाहिर निस्किएँ र मान्छेको भीडमा गाँसिएँ । भीमसेनले झैं मैले पनि थाहा पाइसकेको थिएँ– यो अन्तिम भेट थियो ।

म फेरि फर्किएर आउनेछैन ।

# खोजी

*भाइले गुप्तचर विभागमा जागिर त खाको छैन है !*

म साङ्ग्रिला हाउसको सिसाबाहिर एकछिन उभिइरहें ।

एकैपल्ट स्वात्तै पस्न अप्ठ्यारो लागिरहेको थियो। म बिनाडर स्वात्तै पस्न सक्ने त फिल्म हलको दैलो मात्र थियो । सिसाभरि टाँसिएका नयाँ पुस्तकका पम्प्लेट हेरिरहें । म फिल्मका पोस्टर एकै नजरमा चिन्न सक्थें। पोस्टरमा लेखिएका नाम एकै सासमा पढ्न सक्थें। तर किताबका पम्प्लेट पढ्न मलाई सकस भइरहेको थियो। कति पम्प्लेटमा त किताब र लेखकको नामै पनि छुट्याउन सकिनँ ।

मैले सिसा धकेलें र खसिहाल्छ कि जसरी समाइरहें ।

पसल बाहिरबाट हेर्दा सानो देखिए पनि भित्रभित्र फैलिएको थियो। मैले जीवनमा पहिलो पटक यति धेरै किताब एकै ठाउँ देखेको थिएँ । ट्युबलाइटको उज्यालोमा किताबका गाता चम्किरहेका थिए । पसलभरिका हजारौ किताबका पन्नाबाट मसीको बास्ना जस्तो मीठो सुगन्ध निस्किरहेको थियो ।

मैले पहिलो पटक किताबको वैभव देखेको थिएँ । सिजनमा लटरम्म फलेका फलमध्ये कुन पहिला खाऊँ भनेर पन्छी कहिले यो हाँगा, कहिले त्यो हाँगा डुलिरहन्छ । म पनि कहिले यो ऱ्याक, कहिले त्यो ऱ्याक डुलिरहें । पसलमा भीडभाड थियो । म किताब सुमसुम्याइरहेका ग्राहकसित जोगिंदै यताउता हिंडिरहें । काउन्टरमा किताबको बिल काट्नेको पनि लस्कर थियो। मैले पहिलो पटक एकै

ठाउँमा किताब पढ्ने यति धेरै मानिस देखेको थिएँ । कोही आफूले खोजेको किताब पाएकामा खुसी थिए । कोही आफूले चाहेको किताब आइनपुगेकामा रूष्ट थिए । काउन्टरमा बसेको अधबैंसे मानिस किताब दिल्लीसम्म आइपुगेको र साता दिनमै काठमाडौं आइपुग्ने जानकारी गराइरहेको थियो । मैले पहिलो पटक किताबको यति गहिरो तिर्खा र छटपटी मानिसको अनुहारमा देखेको थिएँ ।

किताबको एडिक्सन जीवनको एडिक्सनभन्दा गहिरो हुन्छ भनेर समीरा नीललाई सम्झाइरहन्थी । म अहिले त्यही एडिक्सन बुझिरहेको थिएँ । किताबै किताबले भरिएको गहिरो समुद्री किनारमा पौडी सिक्ने तयारी गर्दै थिएँ । र खोजिरहेको थिएँ– द *गुड अर्थ* । मलाई हजारौं मानिसको भीडमा आफ्नो प्रिय मानिस खोजिरहे जस्तै भइरहेको थियो । जसरी शब्दकोशबाट आफूलाई चाहिएको शब्द खोज्न सीप चाहिन्छ, किताब पसलमा आफूलाई चाहिएको किताब खोज्न पनि सीप नै चाहिँदो रहेछ, मसित त्यो सीप थिएन । वाल्ल परिरहें । र अप्ठ्यारो मानिरहें, त्यो दुब्लो केटोसित, जो दैलोको छेउमै टुलमा बसेको थियो । यसो हेर्दा निदाए जस्तो देखिन्थ्यो । तर उसका आँखाका ढकनी झिमझिम गरिरहन्थे । निदाएको भ्रम दिएर आँखाका मसिना चेपबाट हेर्ने कला सिंह सरमा थियो । उनी विद्यार्थीलाई पढ्न लगाएर अगाडिको टुलमा निदाए जसरी बस्थे । कसैले चकचक गर्‍यो कि खुर्र आएर चड्कन लगाउँथे । पछिपछि मलाई लागेको थियो, सिंह सर साँच्चिकै निदाउँछन् । तर विद्यार्थी हेरिरहेका होलान् भनेर डरले चकचक गर्दैनन् । दुब्लो केटो पनि मलाई सिंह सरको मीत जस्तै लागिरहेको थियो । म जताजता जान्थें, उसका आँखाका ढकनी उतैउतै घुम्थे ।

मैले र्‍याकबाट एउटा किताब तानें । किताब मोटो थियो । किताबको मेरूदण्डमा बनेको ड्राइगनको चित्र आकर्षक थियो । यो मैले जीवनमा पहिलो पटक समाएको अङ्ग्रेजी किताब थियो । मैले गाताको चिल्लोपन र उक्सिएका अक्षर सुमसुम्याइरहेको थिएँ । दुब्लो

केटो टुलबाट उठ्यो र मछेउ आयो । र झर्किए जसरी सोध्यो, "यो किताब किन्ने हो ? झ्याप पार्न खोजेको त हैन नि ?"

"झ्याप पार्न ?"

"अघिदेखि हेरिराछु, मौका खोजे जस्तो गरिराछ ।"

दुब्लो केटोले मेरो हातबाट किताब स्वात्तै तान्यो, झिकेकै ठाउँमा कोच्यो र किताबलाई धाप दियो ।

म खङ्ग्रङ्ङ भएँ । तैपनि भनें, "मैले द *गुड अर्थ* खोजेको ! त्यो त त्यत्तिकै हेरेको ।"

"द *गुड अर्थ* यता होइन, उता छ," केटोले ओठ चुच्याएर अर्को र्‍याकतिर इसारा गर्‍यो । अर्को र्‍याकतिर गएँ । केटो छाया जसरी पछिपछि आयो । र्‍याकका हरेक किताबका नाम पढ्छु । तर त्यही किताब देख्दिनँ ।

केटो आफैं झुक्यो र र्‍याकको सबैभन्दा मुन्तिरको लहरबाट झिकेर मेरा हातमा किताब राखिदिँदै भन्यो, "किन्ने नै हो ?"

मैले मुन्टो हल्लाउँदै किताबको बाक्लो गाता सुमसुम्याएँ, जसमा बाटुला अक्षरमा द *गुड अर्थ* लेखिएको थियो । पहेंलो पृष्ठभूमिमा एउटी युवतीको चित्र थियो, जसले चिनियाँ वेशभूषा लगाएकी थिइन् ।

"छ सय ६० हो मूल्य," केटोले भन्यो ।

मलाई झनन्न रिस उठ्यो । किताब पसलभरिका कुनै पनि ग्राहकका पछाडि कोही यसरी झुन्डिएको थिएन । सबै जना र्‍याकका किताब तानीतानी हेरिरहेका थिए । गाताको पछिल्लो भाग पढिरहेका थिए । उनीहरूलाई सबै छुट थियो, केवल मलाई थिएन । मैले थाहा पाएँ– संसारका सारा साहित्यका बीचमा बसेर पनि कोहीकोहीले मिठास गुमाएका हुँदा रहेछन् ।

म काउन्टरतिर बढें ।

काउन्टरको अधबैंसे मानिसले मेरो हातको किताब समाएर गाताको पछिल्लो भागमा टाँसिएको छ सय ६० पढ्यो र क्याल्कुलेटर पटर्र पार्दै भन्यो, "छ सय ।"

उसले बिल काटिदियो । मैले एकपल्ट केटोलाई घृणाले हेरें र द *गुड अर्थ* काखीमा च्यापेर बाहिर निस्किएँ । र उसलाई पसलभित्रै छाडिदिएँ, दिमागमा बोकिनँ । ऊ दिमागमा बोक्न लायक थिएन ।

मैले जीवनमा पहिलोपल्ट कोर्सबाहिरको अङ्ग्रेजी किताब किनेको थिएँ । काखीमा च्यापेको किताबबाट अनौठो तातोपन आए जस्तै लागिरहेको थियो । हाम्रो सात पुस्तामा पनि कसैले यसरी काखीमा अङ्ग्रेजी किताब च्यापेर हिँडेको थिएन । अँध्यारो गुफाभित्र बसेर मेरा जीवनका कलिला पाँच वर्ष खाएको दैत्यलाई मैले आज ललकारेको थिएँ ।

मैले किताब मात्रै किनेको थिइनँ, आफ्नो जीवनको नयाँ अध्याय लेख्न सुरू गरेको थिएँ ।

...

चार बजे ठमेल पुगें ।

कली क्याफे कता छ, मलाई थाहा थिएन । तैपनि खोज्न हिँडेको थिएँ । ममा गाउँले निर्दोषपन अझै बाँकी थियो । जसरी गाउँले काठमाडौंबाट गएका मानिसलाई सोधिहाल्छन्, "प्रेमबहादुरलाई चिन्नुहुन्छ ? ऊ काठमाडौंमै बस्छ नि !" उनीहरूलाई लागिरहन्छ, गाउँमा जस्तो काठमाडौंमा पनि हरेकले हरेकलाई चिन्छन् । त्यस्तै मलाई पनि कली क्याफे ठमेल पस्नेबित्तिकै भेटिइहाल्छ कि जस्तो लागेको थियो ।

म हरेक पटक सूर्यबहादुरको ट्याक्सीमा बसेर ठमेल पसेको थिएँ । जानु कतै हुँदैनथ्यो, खोज्नु केही हुँदैनथ्यो । जताजता ट्याक्सी हिँड्यो, त्यतै त्यतै हेर्‍यो । तर यसपालि म केही खोज्न हिँडेको थिएँ ।

त्यसैले म एउटै घरमा टाँसिएका पाँचसात ओटा साइन बोर्ड पढ्थें । साँघुरा गल्लीका छेउछाउमा टाँसिएका तीनकुने आकारका ससाना साइन बोर्ड पनि पढ्थें । दोहोरी साँझ, डिस्को, मसाज, सिडी, चस्मा, जुत्ता, किताबदेखि थकाली खाना, कफी, केक, तोङ्बासम्मका बोर्ड पढें । तर कली क्याफेको बोर्ड कतै देखिनँ ।

कामबाट फर्किरहेका थकित नेपाली र पोखरा या मुस्ताङतिर घुमेर फर्केका ऊर्जाशील विदेशीसित जोगिँदै ठमेलका गल्लीगल्ली फनफनी हिँडिरहें । रिक्साको टिङटिङ, गाडी र मोटरसाइकलको प्वाँप्वाँले आजित भएर सिडी पसलछेउमा उभिएँ । त्यहाँ मालश्रीको धुन बजिरहेको थियो । सायद विदेशीलाई आकर्षित गर्न र दसैंलाई स्वागत गर्न बजेको होला । गाउँ छँदा दसैंताका रेडियोमा यो धुन सुन्दै आएको थिएँ । त्यसैले यो धुन मेरो हृदयको कुनै तलामा सुरक्षित बसेको थियो । त्यसले उडाएर मलाई गाउँ पुऱ्याइहाल्यो ।

मन भरङ्ग भई त हाल्यो ।

एक्कासि मैले आफूलाई ठमेलको बीचमा एक्लो पाएँ । म यस्तो कुराको खोजीमा भौंतारिइरहेको थिएँ, जसलाई म हुनु र नहुनुले कुनै फरक पार्दैनथ्यो । म हुनुको रोमाञ्चकता उसलाई थिएन । र म नहुनुको रिक्तता पनि थिएन ।

कसैसामु हस्याङफयाङ गर्दै पुग्न त्यति बेला मज्जा हुन्छ, जब ऊ प्रतीक्षामा हुन्छ ।

मलाई लाग्यो, कली क्याफे पुग्ने बेला भएको छैन ।

फर्किएँ ।

ट्याक्सी गेटनिरै उभिएको थियो । सूर्यबहादुर ट्याक्सीको साइड सिसामा रातो रङको खादा बाँधिरहेका थिए । चन्द्रा दियो बलेको थाल ट्याक्सीको बोनटवरिपरि घुमाइरहेकी थिइन् । केरामा गाडेका अगरबत्तीले सुगन्ध छरिरहेका थिए । घरबेटी आमै सदा झैं झ्यालबाट नियालिरहेकी थिइन् ।

"ए भाइ, आइपुग्यौ ?" सूर्यबहादुरले मलाई देखिहाले ।

उनका छेउमा गएँ । उनले ट्याक्सीलाई धाप हान्दै हाँस्दै भने, "ल्याइयो है । अब आफ्नै भयो ।"

"बधाई छ, दाइ । राम्रो भयो ।"

"सबै मायाजाल हो, भाइ । सात वर्ष यै ट्याक्सी कुदाएँ । जतनले चलाएँ । यो ट्याक्सीले पनि मलाई माया गर्दो रैछ । आइगो त," सूर्यबहादुरले दुवै हत्केला पड्काउँदै भने, "कान्छी नै भित्र्याए जस्तो भा छ हौ ।"

"मुर्दार, बोल्न पायो भने जे पनि बोल्दो रैछ," चन्द्रा झर्किइन्, "भरे यैसित सुत्नू । कोट्याउन आइस् भने मुड्की खालास् ।"

"हत्तेरी अनपढ," अनुहार बिगार्दै सूर्यबहादुरले भने, "यसो भनेको नि ! तँलाई पनि भन्छु त चन्द्रमा जस्तो छस् भनेर । साँच्चै चन्द्रमा नै छस् त ? यसो साहित्यिक पाराले भनेको । बुझे पो !"

"लौ लौ मानें ! तँ लच्छिमीप्रसाद देउकोटा नै भइस्," चन्द्राले हाँस्दै भनिन्, "लौ, आऊ सिरी भाइ टीका लगाऊँ ।"

धेरै समयपछि मसित चन्द्राले मीठो स्वरले बोलेकी थिइन् । हातको किताब काखीमा च्यापेर निहुरिएँ । चन्द्राले मन्त्र पढे जसरी रातो अक्षता लगाइदिइन् । सूर्यबहादुरले सयको नोट थालीमा राखिदिए । चन्द्राले सयको नोट स्याउको दानामा बेरेर मेरा हत्केलामा राखिदिइन् ।

"सधैं भुराभुरी यतै हल्ला गर्दै बस्थे, आजै कता गएछन् ?" चन्द्राले अर्को टीका लगाइदिने निधार खोज्दै नजर घुमाइन्, "गाउँमा भएका भए टीका लाइदेर हातै थाक्थे ।"

सूर्यबहादुरले पनि अर्को निधार खोज्न यताउता हेरे । यसो मुन्टो उठाउँदा उनले झ्यालमा घरबेटी आमैलाई देखे र उँचो स्वरमा भने, "बज्यै आऊ टीको लगाऊ ।"

घरबेटी आमै हाँसिन् र भनिन्, "प्लास्टिकमा पोको पारेर पठाइदे । भरे पूजाको टीका लगाएपछि लगाउँछु । आफ्ना देउताको टीका नलगाई अर्काको देउताको टीका लगाउने चलन छैन मेरो ।"

सूर्यबहादुरको अनुहार बिरक्तियो । भुइँमा सुर्ती प्याच्च थुक्दै बर्बराए, "आफ्नो देउतालाई कति चेपारो घसेको हो बूढी माउले । धेरै चेपारो घस्नेलाई त देउताले पनि मन पराउँदैन हौ ।"

म खिस्स हाँसें ।

"अनि, भाइ आज जाने होइन त डिउटीमा । अब त बाहान नि आफ्नै भो । अब सेठसित काठमाडौं नघुम्ने ?"

"म भर्खरै ठमेल गर आको दाइ," किताब देखाउँदै म बोलें, "यो किताब किनेको छु, यै पढेर बस्छु ।"

उनले चोर औंलाले किताब छोए । र भने, "ए, अङ्ग्रेजी किताप पो रैछ । हेर्दाहेर्दै भाइ पनि अङ्ग्रेजीको यत्रो किताप पढ्ने भयो । अब भाग्यमा श्री बोकेर आएपछि यस्तै हो ।"

म हिंड्नै लागेको थिएँ, सोधिहालें, "दाइलाई थाहा छ कि ? त्यो ठमेलमा कली क्याफे भन्ने छ रे । म आज खोज्न गा थें, भेटिनँ ।"

सूर्यबहादुरको निधार खुम्चियो । निधारभरि नक्साका जस्ता रेखा देखापरे । मलाई लाग्यो, एकछिनमा त्यहाँ कली क्याफेको थमपिन जस्तो चिह्न देखापर्नेछ ।

"होइन हौ, देखेको त हो । ठ्याक्कै दिमागमा आएन । धमिलो धमिलो मात्र पो आयो," सूर्यबहादुरले हत्केलाले निधारका नक्सा मेट्दै भने, "हिंड् मसित । त्यो नि खोजौंला । आज आफ्नो ट्याक्सीको पहिलो दिन, कसैले लफडा नगरोस् भन्ने इच्छा छ ।"

मैले भन्न त अरू नै खोजेको थिएँ । तर मुखबाट मैले नसोचेको कुरा फुस्कियो, "ल दाइ ! म किताब राखेर आइहाल्छु ।"

म सूर्यबहादुरछेउको सिटमा बसेर लगनखेल पुगें । कोटेश्वर पुगें । पुतलीसडक पुगें । बेलाबेला पछाडिको सिटमा बस्ने प्यासेन्जरलाई ब्याकमिररबाट हेरें । मैले चुरोट पिउन थालेको सूर्यबहादुरले थाहा पाइसकेका रहेछन् । उनी प्यासेन्जर नभएका बेला ट्याक्सीभित्रै चुरोट सल्काउँथे, आफूले दुई कस तानिसकेपछि मलाई दिन्थे । म दुई कस तानेर उनलाई दिन्थें ।

सवा नौ बजे ट्याक्सी गौशाला हुँदै कुदिरहेको थियो । कसैले हात उठायो । सूर्यबहादुरले ट्याक्सी रोके । मान्छे साह्रै अग्लो थियो । सायद उसले दुवै हात तन्काएर घरको बार्दली छुन सक्थ्यो । पिठ्युँमा

ठूलो झोला बोकेको उसले सूर्यबहादुरतिर झुकेर भन्यो, "सामाखुसी जाने हो ?"

"जाने !"

"म पुलिस हुम्, ठग्न पाइन्नँ, कतिमा जाने ? मिटरमा जाने ? मिटर त ठीक छ नि ?" पुलिसको आवाज पनि असाध्यै मोटो थियो, छ इन्चीको पाइपमा मुख जोडेर बोले जस्तो ।

"मिटरमा नजाऊँ हौ, सर ! मिलाएरै जाऊँ," सूर्यबहादुरले दाँत देखाउँदै भने, "मिटरले त ठगिहाल्छ । तर मेरो बोलीले ठग्दैन । दुई सय ५० दिनुस् ।"

पुलिसले एकछिन सोच्यो र मुन्टो हल्लायो । पछाडिको दैलो तान्यो र पहिला ब्यागभित्र धकेल्यो । अनि आफू पस्यो । उसका लागि ट्याक्सी होचो थियो । शिर ठाडो पार्न मिलेन । जेब्राले जसरी गर्धन तन्काएर टाउको सूर्यबहादुरका पिठ्युँसम्म ल्यायो र सोध्यो, "अनि यो केटो को हो ?"

"साथे हुन्, सर !" सूर्यबहादुरले ट्याक्सीलाई गति दिँदै भने, "अब राति सबै हजुर जस्तो मान्छे कहाँ चढ्छन् र ! भरोसा मिलोस् भनेर कहिलेकाहीँ सँगै लिएर आउँछु ।"

"ठीक छ," पाइप करायो ।

ट्याक्सी कुदिरह्यो, नागपोखरीसम्म पुग्दा पनि कोही बोलेन । टायरबाट प्लास्टिक जले जस्तो मधुरो गन्ध आइरह्यो ।

पुलिसले सोध्यो, "यो ट्याक्सीको मालिक को हो ?"

अगाडिबाट आइरहेको गाडीले फ्याँकेको उज्यालोमा सूर्यबहादुरका दाँत चम्किए । उनले भने, "मै हुँ, सर !"

"ए ! आफैँले किनिसकेको ?" पाइप चार इन्चीमा साँघुरियो ।

"हजुर, सर ! सुखदुःख आफ्नै बनाइयो । सरलाई मालिक पो किन चाहिएको ?"

"म पनि अब ट्याक्सी चलाऊँ भन्ने सोच्दै छु ।"

"ए ! सरले ट्याक्सी किन्न खोज्नुभएको ?" सूर्यबहादुरले स्टेयरिङ घुमाउँदै भने, "नयाँ त पाइन्न, सर । यस्तै पुरानो खोज्नुपर्ला ।"

"पुलिसको जागिर खाएर किन्न त कहाँ सकियो र !" पुलिसले लामो सास फेर्‍यो । मलाई सानोतिनो जङ्गल सुसाए जस्तै लाग्यो । उसले थप्यो, "कसैसित भाडामा लेर चलाऊँ भन्ने सोचेको !"

"सरले दिउँसो ड्युटी, राति ट्याक्सी सोच्नुभएको ?"

"अचेल रेडियोले भन्छ नि ! यति पुलिस भागे, उति पुलिस भागे," पुलिसले मधुरो आवाजमा भन्यो, "म पनि भगौडा हुँ ।"

मैले भगौडा पुलिसलाई पहिलो पटक देखें ।

"के गर्नु, सर ! मावादीले देशै खत्तम पार्‍यो ।"

"म तिन्का डरले भागेको होइन । मेरो निशाना कहिल्यै चुक्दैन," पुलिस झर्कियो । एकछिन स्याँस्याँ गर्दै भन्यो, "मैले धेरै कुरा सोचेर जागिर छाडेको हुँ ! तिमेरूलाई थाहा छ, साँफेबगर कहाँ छ ?"

मलाई थाहा थियो । तर सूर्यबहादुरले भने, "अछामतिर छ क्यारे, सर । बहुतै राम्रो छ भन्ने सुनेको पनि छु ।"

"हो, मलाई पनि त्यस्तै लाग्थ्यो । रेडियोमा गीत पनि सुन्थें, साँफेबगरका बारेमा । नामै मीठो । ठाम झन् कस्तो होला भन्ने लागिरन्थ्यो । पुलिस भएपछि सरूवा भएर साँफेबगर जाने रहर पनि थियो । के मिलेन के, जानै पाइएन । सिन्धुली सरूवा भएर गएपछि त्यहाँ दीपुसित भेट भयो । ऊ साँफेबगरकै थियो । ऊ भन्थ्यो, 'हेर, रमण ! मेरो साँफेबगर मै लैजाउँला ।' युद्ध सुरू भएपछि दीपु गोरखा पुग्यो । म काठमाडौंमै रहें, हेडक्वार्टरमा । एक दिन युद्धमा दीपु घाइते भयो । काठमाडौं ल्याएकै दिन मर्‍यो ।"

पुलिसले झ्याल खोलेर एकछिन बतास तान्यो र भन्यो, "कैयौं दिन उसको लास यतै रह्‍यो । एक दिन दीपुको लास परिवारलाई जिम्मा लाउने कुरा आयो । हेलिकप्टर जाने भयो, साँफेबगर । उसको लासले गन्ध फाल्न थालिसकेको थियो । धेरै गन्ध नआओस् भनेर स्प्रे

छर्किरहनुपर्थ्यो । मलाई स्प्रे छर्कने जिम्मा दिइयो । म दीपुको लासको छेउमा बसेको थें । हेलिकप्टरको झ्यालबाट बाहिर हेर्थें । लासबाट चर्को गन्ध आएपछि स्प्रे छर्कन्थें । साँफेबगर पनि आइपुग्यो । मैले झ्यालबाट नीला पहाड देखें । नीलो कर्नाली देखें । जीवनमा साह्रै हेर्न मन लागेको ठाउँ मेरो आँखाअगाडि थियो । मैले धीत मरून्जेल हेरिरहें । रेडियोमा सुन्दै आएको गीत पनि गुनगुनाएँ । म साँफेबगर हेर्दै यति टोलाएछु कि, स्प्रे नै छर्कन बिर्सेछु । लासबाट यति गन्ध आएको थियो कि, मलाई त्यो गन्ध मुन्तिरको साँफेबगरबाट आए जस्तो लाग्यो । लाग्यो, अब मैले फर्केर साँफेबगर सम्झिएँ भने लासको गन्ध पनि सम्झिनेछु । मलाई ग्लानि पनि भयो । साथीको लास छेउमै थियो । तर म साँफेबजार हेरेर रमाइरहेको थिएँ । मलाई आफू भित्रभित्रै ढुङ्गो हुँदै गए जस्तो लाग्यो । धेरै वर्षपछि मेरा आँखा रसाए । म यत्तिकै रहिरहें भने ढुङ्गो हुँदै जानेछु जस्तो लाग्यो ।"

एकछिन ट्याक्सीमा मौनता छायो । ट्याक्सी गल्कोपाखाको ओरालोमा पुगिसकेको थियो ।

"म मान्छे रहिरहन भागेको हुँ ।"

सूर्यबहादुरले मुन्टो हल्लाउँदै भने, "ठीक गर्नुभयो, सर !"

सरकारी धारा आइपुगेपछि पुलिसले सूर्यबहादुरको काँधमा प्याट्ट हान्यो । ट्याक्सी रोकियो । पुलिस बाहिर निस्कयो । र गह्रौं झोला भिऱ्यो । ल्याम्पपोस्टको उज्यालोमा नोट हेर्दै गऱ्यो र सूर्यबहादुरलाई दिंदै भन्यो, "साँफेबगर राम्रो छ । मेरो समय मात्रै नराम्रो परेको हो ।"

पुलिस अँध्यारो र साँघुरो गल्लीमा पस्यो ।

"बिचरो ! बितन्डा मच्चेर देश खत्तमै भो हौ, भाइ !" सूर्यबहादुरले खिस्स हाँस्दै भने, "ल, हिंड, तिम्रो क्याफे खोज्न जाऊँ ।"

ठमेल चोक पुग्दा साढे १० बजिसकेको थियो । सडकमा फाट्टफुट्ट मानिस थिए । ट्याक्सीको लस्कर लगाएर ड्राइभरहरू सुस्ताइरहेका थिए । कोही चिया पिइरहेका थिए, कोही चुरोट । कोही भने कुनातिर

लुडो खेलिरहेका थिए । केही समयपछि बन्द हुने दोहोरी, डिस्को र क्याफेका ग्राहक पर्खिंदै ! भर्खरै युद्ध सुरू हुनेवाला छ जसरी पुलिसका जत्था जताततै तैनाथ थिए ।

सूर्यबहादुरले एकदुई ट्याक्सी ड्राइभरसित कानेखुसी गर्न थाले । मलाई ट्याक्सी बाहिर निस्कन मन लागेन । भित्रै बसें । एकछिनमा उनी मुस्कुराउँदै आए ।

"ल भाइ पत्ता लाग्यो," उनले दैलो तान्दै भने, "सातघुम्तीतिर रैछ ।"

मेरो धड्कन बढे जस्तो भयो ।

ट्याक्सी फनक्क घुमेर अमृत साइन्स क्याम्पसतिर लाग्यो । सोह्रखुट्टेको उकालोनिरबाट भित्र पस्यो । एकैछिनमा सातघुम्ती चोक आयो । ट्याक्सी दक्षिणतिर लाग्यो । पाँच सय मिटर गुडेपछि घ्याच्च रोकियो । सूर्यबहादुरले ओठ चुच्याउँदै अगाडि देखाए ।

अगाडि अग्लो गेट थियो । लहरे फूलका लहराले गेटलाई बेरेका थिए । त्यसको माथिपट्टि ठूलो साइन बोर्ड थियो । साइन बोर्डको छेउछाउमा राखिएका बत्तीको उज्यालोमा खैरा अक्षर चम्किरहेका थिए– कली क्याफे !

बन्द हुने बेला भएकाले होला, गेट आधा ढप्काइएको थियो । मैले गहिरिएर गेट हेरिरहें, जसरी फिल्ममा नायक पूर्वजन्मको घरमा पुग्दा ट्वाल्ल पर्छन् । मैले शब्द र आवाजको शक्ति बल्ल महसुस गरें । समीराका शब्द र आवाजले मलाई कली क्याफेसित जोडेका थिए । यो ऊ आइरहने ठाउँ थियो । हेरिरहँदा लाग्यो, एकैछिनमा ऊ गेटबाहिर निस्कनेछे । र मलाई हेर्दै मुस्कुराउनेछे ।

मलाई सास बढे जस्तो भयो ।

"हैन, भाइले यो क्याफे पो किन खोजेको ?"

"त्यत्तिकै, दाइ," मैले अप्ठ्यारो मान्दै भनें, "एउटा साथीले राम्रो छ भनेको थियो । त्यै भएर ।"

"त्यत्तिकै त होइन होला हौ, भाइ । तिमी जस्तो अप्ठ्यारो मान्छे त्यत्तिकै आको भनेर पत्याइनँ मैले । यता त धनी मात्रै आउँछन् हौ । केही कारण त पक्कै छ ।"

"त्यत्तिकै हो, दाइ । ठाउँ देखाइदिनुभएकोमा धन्यवाद ।"

"भाइले गुप्तचर विभागतिर जागिर खाको त छैन है ! ऐले मावादीको चियो गर्न धमाधम जासुस भर्ना गरेको छ रे," सूर्यबहादुरले मेरा तिघ्रामा प्याट्ट हाने, "झुटो बोले आम्मा पोइ ! मैले त तिम्रो आँखामा जासुसै देखें । डरै लाग्यो मलाई त ।"

म हाँसें मात्र ।

गेटको भित्रभित्रै लामो बाटो पसारिएको थियो । बाटोको छेउछाउमा फूलका हरिया बोट थिए । समीराले भित्रबाहिर गर्दा कतिपल्ट ती पात छोइहोली । हेर्दा देखिँदैनन्, खोज्दा भैटिँदैनन् । तर त्यो बाटोमा उसले हिँडेका कति पदछाप होलान् ।

एक दिन उसका पदछाप टेक्दै भित्र पस्नेछु ।

# उकालो

*भनेको मिल्दै गयो भने रोटी झैं*
*भुक्कै माथि उठ्ने हो ।*

टोप उज्यालो देखिएको थियो । गाढा नीलो रङ्गमा घिउ रङ्का ससाना थोप्लाथोप्ली भएको सुट लगाएर हो कि ! नयाँ सुट टोपले बिहेमा हालेको होला । बिहेपछि उसको हिँडाइमा भने अनौठो लय थपिएको थियो । छटपटी पनि कम देखिन्थ्यो । उसले मलाई देख्नेबित्तिकै उही चिया पसलमा तान्यो । म फेरि फर्किएर त्यहाँ जान चाहन्नथें । तर तानिएँ ।

"बिहे पो गर्नुभएछ । कस्तो चल्दै छ बिहेपछिको जिन्दगी ?"

टोप खिस्स हाँस्यो । र केही आकर्षक शब्दको खोजीमा भौंतारिए जसरी ओठ चलाएर सोच्न थाल्यो । मैले साहुजीतिर हेरें । ऊ आफ्नै लयमा चाउमिनका त्यान्द्रालाई गड्यौंला मारे जसरी पिटिरहेको थियो । भोकले रन्थनिएर आएका बेला म अर्कै थिएँ, त्यसलाई साहुजीले बिर्सिसकेछ । अहिले म उसका लागि अर्कै थिएँ, सुग्घर र पेट भरिएको ।

मैले टोपको गर्धनको सुनको सिक्री हेरिरहें । उसले नचाइरहेको हातमा सुनको औंठी टल्किरहेको थियो । चाहिनेभन्दा बढी भुक्क फुलेको औंठी । बिहेमा प्रायः औंठी सुहाउला भन्दा पनि जिन्दगीको सङ्कटमा काम लाग्ला कि भनेर अलि भुक्क फुलेका बनाइँदा हुन् !

साहुजीले दुई गिलास चिया राखिदियो । एउटा चुरोट । टोपले चुरोट समाएर नाक नजिक लग्यो र नाथ्री फुल्ने गरी सास भित्र तान्यो । र बोलायो, "श्याम दाइ !"

साहुजी टोपतिर फर्कियो । टोपले चुरोट ऊतिर हुऱ्यायो । भन्यो, "मैले धूमपान छाडें ।"

बत्तिएको चुरोट साहुजीको छातीमा ठोकियो ।

म छक्क परेकै थिएँ, साहुजीले सोधिहाल्यो, "कैले छाडेको ?"

"भर्खरै । ह्याइँथी," हात टकटक्याउँदै टोपले भन्यो ।

साहुजी वाल्ल परेको थियो । मैले इसाराले त्यही चुरोट मागें । साहुजीले मतिर हुऱ्याइदियो । ट्याप्प समाएँ । छक्क परेर त होला, टोपले नाकको डाँडी कन्यायो ।

"तपैंले चाइँ कैले सुरू गरेको ?"

म खिस्स हाँसें, "भर्खरै । ह्याइँथी ।"

टोप मलाई यसरी हेरिरहेको थियो, मानौं, जादुगरले कालो कपडा स्वाट्ट तान्दा भर्खरै कुर्सीमा देखिएको हुँ ।

मैले चुरोट सल्काएँ । फुसुसुसु धूवाँ फालें ।

टोप तिघ्राका कापमा काउसो लागे जसरी कुर्सीमै बटारियो । भनिहाल्यो, "तपाईंलाई खासमा चुरोट पिउन पनि आउँदैन । समाकै सुहाको छैन । दुई औंलाबीचमा अड्याए जस्तो मात्र देक्खेको छ । भैगो नपिउनुस् ।"

मैले जबाफ दिइनँ । मेरो दिमागमा झलझली भीमसेन आइरहेको थियो । सायद अहिले ऊ मैतीदेवी चोकको जाम मिलाइरहेको होला, ट्राफिक बनेर !

टोपले गिलासलाई हत्केलाका बीचमा खेलाइरह्यो । यताउता हेऱ्यो र अलिकति मधुरो आवाजमा भन्यो, "तपाईंलाई थाहै छ, सिरीजी ! बा त उहिल्यै बितेका हुन् । आमा पनि सिकिस्त भैछिन् ! आमाले बुहारी हेर्ने इच्छा गरिन् । भैगो छाड्नुस् यी कुरा ! अस्ति म नभएको बेला आउनुभाको रैछ । केही लेख्नुभयो ?"

मैले चुरोटको ठुटो एस्ट्रेमा मिचमाच पारें । एस्ट्रे पनि एकातिरको बिट भाँचिएको । खरानी थुप्रिएको । कुरा कताबाट पो सुरू गर्ने होला ! भनें, "त्यै त ! म पनि बीचमा बिरामी भएँ । हनहनी ज्वरो आयो, सोच्नै पाको छैन ।"

टोपको अनुहार अमिलो भयो । मैले उसमा छटपटी देखें । ऊ केही भन्न खोजिरहेकै थियो, दुई जना भित्र पसे । उनीहरू टोपलाई देखेर ङिच्च हाँसे । टोपले रूद्रघण्टीसम्म आएका शब्दलाई फेरि निल्यो ।

"अनि, पत्रकारजी !" एक जनाले सोधिहाले, "अब देश कता जान्छ त ?"

मैले टोपको औंठी हेरिरहेको थिएँ । त्यसैले देखिहालें, उसका औंला थरथरी काँपे । ऊ जुरूक्क उफ्रियो, धरतीले उफारेको भकुन्डो जसरी । हुत्तिंदै प्रश्न सोध्नेको छेउमा पुग्यो । ऊतिर अलिकति झुक्यो र दुवै चोर औंलाले दुवै आँखाका तल्ला परेला च्यात्दै मुमुर्रियो, "यी याँभित्र जान्छ । देख्यौ ? हनहनी ज्वरो आको छ देशलाई ।"

र फन्किएर फर्कियो । मलाई लाग्यो, त्यो मान्छेले टोपका आँखाभित्रका कलेजी सतह देखेको हुनुपर्छ । र कालो कोठी पनि ।

प्रश्न सोध्ने मान्छेको अनुहार रातो भयो । दुवै गाला अलिकति फुलेको भए ठ्याक्कै हनुमान । अप्ठ्यारो मान्दै उसले गुट्खाको पोकाको धारले दाँतबीचको कालो कोट्याउन थाल्यो ।

मैले पहिलो पटक टोपलाई रिसाएको देखेको थिएँ । नत्र ऊ त सम्मान होस् या अपमान, दुवैलाई मुस्कुराएरै पार लगाउँथ्यो ।

मैले एकछिन टोपले चिया सुर्क्याएको सुनिरहें ।

उसले चियाको गिलास टेबलमा राख्यो । र दुवै कुइना टेबलमा अड्याएर अनुहार मतिर सार्‍यो । मलाई लाग्यो, ऊ केही अत्यन्त गोप्य कुरा भन्न गइरहेको छ । मैले पनि कान अलिकति अगाडि सारें ।

"हेर्नुस्, सिरीजी ! अस्तिसम्म त म फुक्काफाल थिएँ । अब त्यसरी जिन्दगी चल्दैन," उसले सासले भन्यो, "भाग्यले दैलो मधुरो गरी बजाउँछ, हो कि होइन जसरी । सुन्न जान्नुपर्छ । हाम्रो भाग्यले ढोका ढकढक्याको छ, सुन्नुस् ।"

म के भनूँ सोच्दै थिएँ, फेरि तीन मान्छेभित्र पसे ।

मैले थाहा पाइसकेको थिएँ, यिनीहरू पनि पत्रकार थिए । *सिने युग*का । पत्रिका मासिक थियो । तर निस्कन्थ्यो, दसैं, नयाँ वर्ष र पुसमा । पुसमा राजाको जन्मदिन पर्थ्यो । त्यसैले पनि होला कि !

टोप उनीहरूलाई मन पराउँदैनथ्यो । उनीहरू टोपको *देशप्रेम साप्ताहिक*लाई हातमा कालो लाग्ने पत्रिका भन्थे । मलाई पनि त्यस्तै लाग्थ्यो । झन् गर्मीको मौसममा त पसिना लागेका हत्केलाभरि कालो मसी लतपतिहाल्थ्यो । *सिने युग* भने रङ्गीन हुन्थ्यो । मध्यपृष्ठमा दुई पन्नामा छापिने ब्लोअपका कारण पनि यो पत्रिका बिक्री हुन्छ भनिन्थ्यो ।

उनीहरूलाई देखेर टोपले अनुहार बिगा¥यो । उठ्यो र भन्यो, "आउनुस्, अफिसमै कुरा गरौं । पन्ना मगमग बसाउनेहरू पनि आए ।" ऊ उठेको देखेर साहुजीले पुलुक्क हे¥यो । टोपले बतासमा लेख्यो । साहुजीले थोत्रो कापी खोपीबाट तान्यो र फ्यात्त टेबलमा फाल्यो ।

"टोपजी, यसरी त चल्दैन है ।"

साहुजीले कापीलाई बीचतिरबाट पल्टायो, जसमा किरिङमिरिङ अक्षर थिए ।

"लेख्ने ठाउँ पनि छैन अब त !" पुछारमा देखाउँदै साहुजीले भन्यो । र मसिना अक्षरमा दुई सेतो चिया भनेर टिप्यो । भविष्यलाई ठाउँ जोगाउन चुरोटको चु मात्र ।

"आउँछ, चाँडै आउँछ," अलिकति उत्साह देखाउँदै टोप बोल्यो, "पाँचपाँच सयको नोटले पो होला कि नहोला ? कि सोझै हजारै हजार चाहिने हो ?"

साहुजीको अनुहारमा भने कुनै उत्साह देखिएन । उसले कापी खोपीमा राख्दै भन्यो, "छिल्लरै छिल्लर भए पनि हुन्छ, बरू रातभरि गनुँला ।"

टोप अघि लाग्यो, मैले पछ्याएँ ।

भ¥याङ उक्लिँदा टोपले दुई पटक भित्ता समाएर स्याँस्याँ ग¥यो । दैलोनिर पुगेर किक्लिक्क थुक निल्यो र मतिर हेरेर खिस्स हाँस्यो । उसको हाँसोमा अनौठो रौनक थियो ।

"अचेल डबल ड्युटी छ के, सिरीजी ।" ऊ लजाएर लहरा झैं लहरायो ।

अफिसभित्र मोनिटरछेउमै राखिएको सानो टेबल पङ्खा कर्कशलाग्दो आवाज निकालेर घुमिरहेको थियो । टाइपिस्ट केटोले एक पटक हामीतिर पुलुक्क हेऱ्यो र फेरि लयमा किबोर्ड बजाउन थाल्यो । उसका आँखा दायाँतिर राखिएको सानो पुस्तिकामा थिए । औंला भने लयमा किबोर्डमाथि उफ्रिरहेका थिए ।

मैले कहिले सिकुँला, यसरी !

टोपले मोनिटरमाथि हत्केला राखेर तातोपन महसुस गऱ्यो । अलिकति झुकेर कम्प्युटरको स्क्रिनमा हेऱ्यो, अलिकति निधार खुम्च्याएर । अनि केटोको काँधमा धाप दिँदै सोध्यो, "आजै सकिन्छ त ?"

"सकिन्छ, दाइ !" केटो ङिच्च हाँस्यो, "बीचबीचमा हात लुला हुन्छन् र मात्र हो ।"

मैले उनीहरूको कुरा बुझिनँ । अफिसका भित्तातिर हेर्न थालें । त्यहाँ फिक्का नीलो इनामेल पोतिएको थियो । ताजा रङ भएर होला, पेट्रोल जस्तो मधुरो गन्ध फैलिइरहेको थियो ।

"खाजा खाइस् तैंले ?" टोपले केटोलाई सोध्यो ।

"छैन नि, दाइ ।"

टोपले कोटको भित्री जेबतिर नियाल्यो । गोजी भित्रभित्रै पैसा छुट्यायो र २० रूपियाँको नोट दिँदै भन्यो, "यतिले त पुग्ला नि ! तेरै लागि लुकाएर राख्देको थें ।"

केटोले पैसा समाउँदै मुन्टो हल्लायो । मतिर हेरेर खिस्स हाँस्यो र गयो ।

"बस्नुस्, सिरीजी !" स्टुलतिर देखाउँदै टोपले भन्यो, "आनन्दले बस्नुस्, त्यसको खुट्टो फेऱ्या छ ।"

बसें ।

ऊ छेउको कुर्सीमा बस्यो, घुम्ने कुर्सी । पुट्ठाले ठेलेर कुर्सीको पाङ्ग्रा बजाउँदै नजिक आयो । उसको अनुहार कोठाभन्दा उज्यालो देखिइरहेको थियो ।

"कुरा के भने नि, सिरीजी ! तपाईंले लेख्नुभएन । त्यसैले पुरानै किताब फेरि छाप्न थालेको ! छ्याकेले थाहा पाउने होइन क्यारे । फेरि किताबको नाम र गाता फेरे कसले थाहा पाउने !" उसले टोपी झिक्यो र निधारमा बसेका डाम सुमसुम्यायो ।

मैले थाहा पाएँ– केटाका हात बीचबीचमा किन लुला हुँदा रहेछन् भनेर । मैले भनें, "पढ्नेले त थाहा पाउलान् नि !"

टोप खिस्स हाँस्यो । प्याट्ट हत्केला पट्कायो, "थाहा पाए पनि के र ! म ठगिए भनेर मुद्दै त हाल्दैनन् नि ! कतिलाई त पढिसकेको हो भन्ने पनि यादै कहाँ रहला र ! कथा त पढे पो थाहा पाउँछन् । जम्मैले पढ्ने त्यही हो !"

"अनि छ्याकेले थाहा पायो भने नि ?"

"त्यो गायब छ । काठमाडौं पनि फर्केर आउन्न क्यारे !" टोपको आवाज अलि खस्रो भयो, "भानिज, भानिज भन्दै मलाई ठग्नु ठग्यो । आफ्नै श्रमको मूल्य पाउन पनि म पटक पटक अपमानित भएको छु । त्यो पापी हो ।"

म के भनूँ ? चुपै रहें ।

टोपले एकछिन मधुरो सुसेली हालिरह्यो । लाग्यो, ऊ अतीतको त्यो खण्डमा पुगेको छ, जहाँ उसले अपमान पाएको थियो । केही मानिस जब जीवनका अपमानित क्षण सम्झिन्छन्, तब शब्द भेट्दैनन् । कि टोलाउँछन्, कि सुसेली हाल्छन्, कि कुनै गीतका पङ्क्ति गुनगुनाउँछन् ।

टोपले टाउको झट्कार्‍यो । खिस्स हाँस्दै भन्यो, "हत्तेरी ! म पनि काँकाँ पुगेछु, सोच्दासोच्दै ! मैले बुझिसकें तपाईं लेखेर खाने मान्छे त होइन । मैले अर्को कुरा सोचेको छु । तपाईं अब मिलाएर खानुस् ।"

मिलाएर ?

"यसो मैले छाप्ने किताबका भाषासाषा मिलाइदिनुस् । त्यति त गर्नुहोला नि ! त्यो के हिन्दी फिल्ममा डाइलग थियो नि– *हम बेइमानी का काम भी इमानदारी से करते हैं* । जे पढून्, भाषा मीठै पढून् । त्यति त गर्नुहोला नि !"

यत्ति त म गरूँला क्यारे !

उसले मेरो उत्तर कुरेन । अनुहारै पढ्यो होला । ऊ फेरि पुट्ठाले ठेलेर कुर्सीका पाङ्ग्रा गुडाउँदै कम्प्युटरतिर गयो । अलिकति झुकेर घर्रा तान्यो । भुक्क परेको कागजको पुलिन्दा लिएर आयो । समात्दा मलाई गह्रौं नै लाग्यो ।

"यसमा तिन्टा किताब छन् । सकेसम्म चाँडै भाषा मिलाइदिनुहोला । म तपाईंलाई खुसी नै बनाउँछु," रूद्रघण्टी छोएर औंलाहरूमा फु गर्दै उसले भन्यो । रूद्रघण्टी छोएर औंला फुकेन भने गलगाँड निस्किन्छ भन्ने हल्ला कसले चलायो होला ?

म मुन्टो हल्लाउँदै उठें । खासमा म टोपलाई भेटेर ठमेल जाने सुरमा थिएँ । तर कागजका पुलिन्दा बोकेर कसरी जानु ? कानुनका दृष्टिमा त यी पाइप बमभन्दा विस्फोटक थिए । टोपबाट बिदा भएपछि म यी कागजलाई पिठ्युँतिर कोचेर सर्टले छोप्नेछु । अलिकति भुक्क देखिएला !

म दैलोतिर बढें ।

टोप हुत्तिँदै आयो । भन्यो, "हेर्नुस्, सिरीजी ! मैले अरू पनि सोचेको छु । भनेको मिल्दै गयो भने तावाको रोटी झैं भुक्कै माथि उठ्ने हो ।"

म हाँस्दै खुट्किलामा ओरालो दगुरें । भुइँमा पुगेर फर्केर हेरें, टोप भऱ्याङमाथि उभिएर मलाई नै हेरिरहेको थियो ।

उसले दुवै पाखुरा फैलायो, "सिरीजी ! नबिर्सिनुहोला । एक दिन हाम्रो घाम पश्चिमबाट उदाउनेछ ।"

घामका किरण तेर्सो भइसकेका थिए । म मूल सडकमा ठिङ्ग उभिएँ, विस्मृत भए झैं । यता जाऊँ कि उता जाऊँ भयो । दसैं आइसकेको थियो । त्यसैले काठमाडौं रित्तो रित्तो देखिन थालिसकेको थियो । केही दिनपछि त रित्तै हुनेछ । सोचें, नयाँ बसपार्कमा कति भीड भइसकेको होला । टिकट नपाएर छटपटिएकालाई काउन्टरमा

बस्नेले निधार खुम्च्याइरहेका होलान् । अस्ति एक मन त लागेको हो, जाऊँ कि घर भनेर । तर मलाई थाहा थियो, म घर गएपछि फर्किई आउन्नँ । मलाई आउन पनि दिँदैनन् । म उतै अलमलिनेछु । मलाई किनारमा उछिट्टिएको माछा झैं छटपटिँदै मरेका मेरा रहर र सपनाले सराप्नेछन् ।

एउटा बाटो घुम्दैघुम्दै ठमेल जान्थ्यो, अर्को घट्टेकुलो । बीचमा सालिक झैं ठिङ्ङ उभिएर मैले मुठी कसें– म हारेर फर्किन्नँ ।

छेउमै एउटा स्टेसनरी पसल थियो । धूलोले मैलिएका म्यागेजिन तुर्लुङ्ङ झुन्डिएका थिए । दैलोछेउमै केही दैनिक र साप्ताहिक पत्रिका झुन्ड्याइएका थिए । बटुवाले उभिएरै पत्रिका पढ्छन् भनेर साहुजीहरू पत्रिकामा स्टिच लगाउँथे । केही मानिस स्टिचले चप्किएका पन्ना बीचबाट तन्काएर पढिरहेका थिए । अलिकति छड्के परेर । साहुजी पत्रिका पढिरहेका मानिसलाई उदास अनुहार लगाएर हेरिरहेका थिए । बेलाबेला खकार्थे अनि थुकलाई मुख भित्रभित्रै खेलाउँथे । र डल्लो पारेर फुत्त सडकतिर हुर्याउँथे ।

मैले त्यही पसलबाट अङ्ग्रेजी-नेपाली शब्दकोश किनें । शब्दकोश मोटो थियो, गाता बाक्ला थिए । गह्रौं शब्दकोश समात्दा हत्केला ताता भएर आए । अनौठो आत्मविश्वास जागेर आयो ।

म शब्दकोश काखीमा च्यापेर हिँडें ।

म यहाँका शब्दशब्द जोडेर भविष्यको उज्यालो कविता लेख्नेछु । आँसुको गाढा र चोपिलो मसी त छँदै छ ।

दसैंको मौसमको उदासलाग्दो बतासमा लहरिँदै हिँडिरहें । अलिकति उकालो आयो, गति धीमा गरिनँ ।

मैले जिन्दगीको सबैभन्दा ओरालो बाटो हिँडिसकेको थिएँ । म त्यो गर्तमा पुगेको थिएँ, जहाँ ओरालो सकिन्थ्यो ।

अब उकालो सुरू भएको थियो ।

# मात

*म जिउँदै हुँदा पनि पिण्ड खान्छु ।*

आधा उघ्रिएको दैलोबाट आदिको टाउको बाहिर निस्कियो, कछुवाको टाउको झैं । भनिहाल्यो, "जाडोको घाम पो भयो त, पार्टनर ! खोजेको खोज्यै छु । यता आऊँ ।"

"एक्कैछिनमा आइहालें" भन्दै मैले चोर गोजीबाट साँचो झिकें । काखीमा शब्दकोश च्यापेकोले तालामा साँचो पसाउने बेला अलिकति बाङ्गिएर झुक्नुपऱ्यो । आदिले मेरो भुक्क फुलेको पिठ्युँ देख्यो कि !

भित्र पसें ।

शब्दकोश बेतको च्याकको माथिपट्टि राखें । द *गुड अर्थ*को छेउमा । आजैदेखि शब्दकोशमा अर्थ खोजीखोजी द *गुड अर्थ* पढ्न सुरू गर्नेछु ।

टोपले दिएको पुलिन्दा झिकेर डसनामुनि कोचें । र डसना अलिकति उचालेर हेरें, पैसाको मुठो त्यहीँ थियो । यसरी नै डसना उचालेर पैसा छ कि छैन भनेर म दिनमा तीन पटक हेरिरहन्थें । आफू नभएका बेला हराउने पो हो कि भनेर साँचो पनि चोर गोजीमा लुकाउने गरेको थिएँ ।

बाहिर निस्किएर ताला लगाएँ ।

आदिको दैलो अलिकति उघ्रिएकै थियो । भित्र पसें । आदिले चम्किलो सेतो सर्ट लगाएको थियो । आइरनका धार ट्युबलाइटको उज्यालोमा झन् धारिला देखिइरहेका थिए । मुन्तिर भने टाबेल बेरेको

थियो । पलङभरि ताजा कपडाको थुप्रो थियो । प्लास्टिकका ब्याग कुनातिर थुप्रिएका थिए ।

"एकछिन है, पार्टनर ! म फेरि लगाउँछु," उसले हतारिँदै भन्यो ।

मैले उसको स्वभाव थाहा पाइसकेको थिएँ । उसले कैयौंपल्ट यी कपडा लगाएर आफूलाई ऐनामा हेरिसकेको होला ।

म पलङको डिलमा बसें ।

उसले हतार हतार फिक्का खैरो पाइन्ट लगायो । त्यस्तै रङको कोट । गोमन सर्पको झैं मुख फैलिएको टाई समायो । टाई चुना रङको थियो ।

"मोहिनीलाई आउँछ टाई बाँध्न," उसले टाई सुमसुम्याउँदै भन्यो, "मलाई आउँदैन । पार्टनरलाई आउँछ ? के आउँथ्यो.. होस् ।"

उसले पलङमा थपक्क टाई राख्यो । उसले ठीकै गऱ्यो । मलाई अरूले टाई लगाएको देख्दा पनि आफ्नै रूद्रघण्टी किक्लिक्क समाए जस्तो हुन्थ्यो ।

उसले कोटको काखी तानतुन गऱ्यो । बर्बरायो, "कस्तो चिलाको !" मलाई उसले चोला फेरे जस्तै लाग्यो । ठुटे कपालमा उसलाई कोट सुहाएको थियो । ऊ मलाई फिल्ममा देखाइने सार्पसुटर जस्तै लाग्यो । केवल बिफ्रकेस थिएन, जसभित्र टुक्राटुक्रा पार्टपुर्जा हुन्थे । र तीव्र गतिमा तिनलाई जोडेर पेस्तोल बनाउन सकिन्थ्यो ।

"कस्तो देखियो ?" उसले ओठको एकछेउ हाँस्दै सोध्यो ।

"बैङ्कको म्यानेजर जस्तो ।"

"हत्तेरी ! यो पार्टनरको सोचाइ जिल्लाभन्दा माथि नउठ्ने भो," उसले दायाँ कुमनिर अलिकति चप्किएको धागोको टुक्रो टिप्दै भन्यो, लिखा टिपे झैं । र फू गर्दै सोध्यो, "देख्खे छैन त सारूखान ?"

मैले मुन्टो हल्लाएँ । सोचें, अचानक आदिलाई के भएको ? नयाँ जागिर पो सुरू गऱ्यो कि ? ऊ कपडाको त्यति सौखिन पनि लाग्दैनथ्यो ।

"अनि पार्टनर दसैंमा गाउँ त जाने होइन नि ?" उसले कम्मरनिर मुजा परेको सर्ट तानतुन पारेर मिलायो ।

मैले मुन्टो यताउता हल्लाएँ ।

"के नेपाली पारा हो । जान्छु भन्या हो कि जान्नँ भन्या हो ?"

"जान्नँ भनेको ।"

"हो, यसरी भन्नुपर्छ ।"

ऊ फनक्क घुम्यो । उसका कोटका दुवै पाता पखेटा जसरी हल्लिए । ऊ हाँस्दै मेरो छेउ आयो र दायाँ काँधमा प्याट्ट हान्दै भन्यो, "लोकन्ते बन्नुपर्छ है । यै दसैंमा गर्ने हो बिहे ।"

"मङ्सिरमा भनेको होइन र ?"

"ऊ राजी, म राजी ! किन मङ्सिर कुर्नुपऱ्यो, काजी !"

ए ! बिहेको पो तयारी रहेछ । बिहानीपख आकाशमा बिलाउनुअघि चिमिक्क गर्ने तारा झैं मैले चिमिक्क सोचिभ्याएँ– मैले पनि कहिले गरूँला बिहे ? के यस्तै सुट सिलाउँला ? बा त दौरासुरूवाल नै लाउनुपर्छ भन्लान् ।

"घरबाट कोको आउँछन् ?"

सामान्य प्रश्न पनि कुनै बेला त नाङ्गो तार जस्ता हुँदा रहेछन् । आदिलाई झट्का लागे जस्तै भयो । उसले निन्याउरो अनुहार लगाउँदै ओठ चलायो । तर शब्द निकालेन । चुपचाप कोट फुकाल्यो । सर्ट फुकाल्यो । मैले उसका छातीमा कलेजी पिड्कापिड्की देखें, जो घुँगुरिएका रौंहरूमा अल्झिए जस्ता लाग्थे ।

आदिले मैले कहाँ हेरिरहेको छु भन्ने थाहा पाएर होला । भन्यो, "मोहिनी भन्थी– यस्ता पिड्कापिड्की क्यान्सरका लक्षण हुन सक्छन् । मेरा बाउका पनि छन् । बाजेका पनि थे रे । भन्नेहरू त यस्ता पिड्कापिड्की हुनेलाई न धनको कमी हुन्छ, न नामको कमी भन्छन् । तर आफूसितै दुवै भएनन्, पार्टनर । धन नभए नि मन त छ नि । हिंड पार्टनर, राम दाइको दामी मःम ख्वाउँछु । मलाई त राम दाइसितै मःमको स्वाद पनि जान्छ कि जस्तो लाग्छ ।"

मैले मःमको भाँडाको ढक्कन निकाल्दा हुस्स्स गरेर आउने आवाज सम्झिएँ । बाफ निस्किरहेका मःमका डल्ला । यो काठमाडौंको स्वाद मःममै डल्लो परे जस्तो लाग्थ्यो । यो धनीको खाजा थियो, गरिबको खान्की । लाखौं राँगा खाइसकेको थियो काठमाडौंले । पत्रिका भन्थे– हाड फाल्ने ठाउँ कतै छैन । त्यसैले व्यापारी मध्यरातमा हाड जलाउँथे । कहिलेकाहीँ मध्यरातमा सहरभर दिगमिग लाग्दो गन्ध बोकेको बतास घुमिरहन्थ्यो । काठमाडौं आउँदा राजमार्गमा म ट्रक देख्थें, जो नाथ्रीमा डोरी बाँधेका राँगाले भरिएको हुन्थ्यो । रागाका आँखामा गहिरो उदासी हुन्थ्यो, छिपछिप । केही यात्रु जिस्किहाल्थे, "ऊ हेर त ! मःम काठमाडौं जाँदै छन् ।"

मेरो गाउँका राँगा शान्त स्वभावका हुन्थे । गाढा कालो रङका भएर त होला, तिनलाई यमराजको वाहन पनि भनिन्थ्यो । ती सुस्तरी लयमा हिँड्थे । गोरूको जस्तो छटपटी र तीव्र उत्साह तिनमा हुँदैनथ्यो । जब म ट्रक हल्लिँदा डोरी तन्केर फुटेको नाथ्रीबाट बगेको रगत देख्थें, बाचा गर्थें, अब म बफ मःम खान्नँ । तर कलङ्कीबाट भित्र पसेपछि म आफ्नै बाचा बिर्सन्थें ।

मैले भनें, "म कपडा फेरेर आउँछु ।"

आदिले पाइन्टको हुक खोल्दै मुन्टो हल्लायो ।

म कपडा फेरेर निस्किँदा उसले जिन्स लगाएको थियो भने टिसर्ट उही थियो, बुद्धका आँखावाला । टिसर्ट उसलाई सुहाउँथ्यो । त्यसैले लगाइरहन्थ्यो । चन्द्रालाई भने त्यो टिसर्ट देख्नै नपरे जस्तो हुन्थ्यो । त्यसैले मुन्टो यताउता बटारिरहन्थिन् ।

आदिको मोटरसाइकल पछाडि हल्लिँदै, थरथरिँदै, तर्सिंदै पुग्दा वसन्तपुरमा बत्ती बलिसकेका थिए । क्युरियो पसलमा पर्यटकको भीड थियो । केही पर्यटक लाखेको मुखौटोलाई अनुहारमा टाँसेर आपसमा जिस्किरहेका थिए । कति पर्यटक कि यती खोज्न आउँछन्, कि सर्पको मणि– सूर्यबहादुर भन्थे । यी दुवै कथा थिए । तर पनि पत्याउनेको कमी थिएन । कति त साठीको दशकको हिप्पी युगको स्वाद खोज्दै

पनि आएका हुन्थे । जसरी समीरालाई पेरिसको गोल्डेन युगको स्वाद लिने रहर थियो । समीराले फ्रेन्च भाषालाई उपमा दिएका 'गुडिया के बाल बेच्ने'हरू बादलका गुलाबी टुक्रा बोके जसरी टहलिरहेका थिए । साँझपखको बादललाई चोइट्याएर प्लास्टिकको ब्यागमा कोचे जस्तो ।

आदि हेल्मेटलाई हातमा झुन्ड्याएर अघिअघि हिँडिरह्यो, म पछिपछि । मैले सम्झिएँ– म काठमाडौं पसेदेखि अहिलेसम्म कसैको अघिअघि हिँड्न पाएको छैन । पछिपछि हिँड्छु । सम्झना छैन, सायद मेरो छाया पनि मेरै अघिअघि हिँड्छ ।

भ्याली टप मःम कुचुक्क परेको सानो कोठामा थियो । साइन बोर्ड सानो र लाम्चो आकारको थियो, जसको आधा इनामेल उप्किसकेको थियो । र थियो, झोंछेका साँघुरा गल्लीभित्र । गल्लीका धेरै घर पुरानै स्वरूपका थिए । इँटालाई माटोले अड्याएका । बाहिरको प्लास्टर उप्किसकेका थिए । बूढाबूढीहरू थोते मुस्कान हाँसे जस्ता देखिन्थे । काठमाडौं आएको दोस्रो वर्ष म यी गल्लीमा फनफनी घुमिरहन्थें, त्यत्तिकै । एकपल्ट टोप पनि आएको थियो । हामी विशाल बजारको इलेक्ट्रिक भऱ्याङ चढ्न आएका थियौं । टोपले भनेको थियो, "भऱ्याङ नै हिँडेर अर्को तला पुग्छ रे !" हामी तीन पटक भऱ्याङको खुट्किलामा उभिएर सरर माथि उक्लिएका थियौं ।

धेरै पछि आदिसित फेरि यता आएको थिएँ ।

राम दाइका आँखीभौं, दाह्री र नाडीका रौं फुलिसकेका थिए । सप्पै रौं झरिसकेको टाउको शिशुको जस्तो गिलोगिलो देखिन्थ्यो ।

बाटोमा आदिले सुनाएको थियो, राम दाइका परिवार नै जन्डिसले बितेका थिए । पहिला श्रीमती बितिन् । अनि छोरी । छोरोले त जन्डिसै भएका बेला लुकीलुकी रक्सी खाइदिएछ । त्यसैले उनी आफ्नो पसलमा रक्सी बेच्दैनथे । तर ग्राहक अन्तैबाट किनेर ल्याउँथे । आदिले पनि दुई क्वाटर रक्सी किनेर पाइन्टका दुई गोजीमा राखेको थियो । ऊ हाइड्रोसिलको रोगी झैं अलिकति तिघ्रा फट्याउँदै हिँडेको थियो ।

साँघुरो कोठामा दुई लाम्चा आकारका टेबल राखिएका थिए । अलिकति घोप्टो परेर लहरै बसेका मानिसले मःम खाइरहेका थिए । सबै एक्लाएक्लै आए जस्ता लाग्थे । कोही कसैसित बोलिरहेका थिएनन् । आदि र म कुनामा बस्यौं, आमनेसामने ।

छोइला, सेकुवा, भटमास र आलु-तामाको पिरो झोल खाइसकेपछि हामी मःम कुरिरहेका थियौं । राम दाइ प्रेमले मःमका डल्लामा मुजा पारिरहेका थिए । आदिले भनेको थियो, "उनी हरेक दिन मःम एउटै मात्रामा बेच्छन् । चाँडै सकिए, चाँडै पसल बन्द गरिदिन्छन् ।" उनी पुस्तैनी व्यवसाय अघि बढाइरहेका थिए । सायद उनी पाककलाका सौखिन र प्रेमी थिए । आदि भन्थ्यो, "१३ वर्ष भयो, न त मःमका डल्लाको आकार बिग्रेको देखेको छु, न स्वादमा अलिकति तलमाथि भएको । कति जना मःमलाई ब्रान्डिङ गरौं, अलिकति ठूलो ठाउँमा पसल खोलौं भन्दै पनि आएका थिए रे । तर उनले मानेनन् । भन्थे रे, "मलाई पुग्ने सबथोक छ । अब धेरै केही चाहिन्न । जब मानिस भोकाएर आउँछन् र स्वाद मानीमानी मैले पकाएको परिकार खान्छन्, म उनीहरूको सन्तुष्ट अनुहारमा आफ्नो खुसी भेट्छु । मेरो आत्मा शीतल हुन्छ ।"

"पार्टनरले त पिउन्न क्यारे," आदिले ज्यान बङ्ग्याउँदै सिसी झिक्यो । र भन्यो, "तिमी कोक पिऊ ।"

राम दाइले गिलास र कोकको बोतल ल्याइदिए । आदिले अलिकति बल लगाएर बिर्को खोल्यो । गिलासमा रक्सी खन्यायो । अलिकति पानी खन्यायो । नियालेर गिलासमा हेऱ्यो र फेरि अलिकति पानी तुरूक्क पाऱ्यो । चोर औंला अलिकति गिलासमा डुबायो र केही छिटा बतासमा छर्कियो, मन्त्र छर्किए जसरी । उसको अनुहारमा मीठो सन्तुष्टि थियो । उसले गिलास उठायो, मैले कोकको बोतल ठोकाएँ । उसले लगभग आधा गिलास स्वाट्टै पियो । र अनुहार बिगार्दै गिलास टेबलमा ढ्याप्प राख्यो ।

"सुरूमा इन्जिन तताउन अलि धेरै पेट्रोल हाल्नुपर्छ क्या । रनक्क हुन्छ । बाँकी अब बिस्तारै बिस्तारै ! सुरूप्प सुरूप्प ।"

आदिले गिलास रित्याउने बेला मःम आइपुग्यो । अचार दुईखाले थिए । एउटा तिलको फिक्का हरियो । अर्को खुर्सानीको रातो । मैले हतारिँदै खाँदा पहिलो डल्लोले मुखको माथिल्लो सतहमा च्वास्स पोल्यो । मुखैभित्रै ज्वालामुखी फुटे जस्तो । त्यसमा पनि खुर्सानीको पिरो । हाउहाउ गर्दै एकछिन बाफ बाहिर फालिरहें । आँसु पनि पित्रिक्क निस्किएछ ।

रमाइलो मान्दै हेरिरहेको आदिले भनिहाल्यो, "हो यसरी खाने हो मःम । काँटाले टुक्राटुक्रा पारेर खानु पनि भुत्रो मःम खानु हो ? त्यो त मःमकै हत्या हो । कसो, राम दाइ ?"

माकुराको जालमा अल्झिएको ओसको थोपा जसरी राम दाइको हाँसो खस्ला खस्ला जस्तो भयो । तर खसेन । छेउछाउका उदास उदास एक्ला एक्ला मानिसले भने मुन्टो हल्लाए ।

आदिलाई बिस्तारै मात लाग्दै गयो । उसको आवाज लरबरिन थाल्यो । उसका आँखाको सतहमा रातोपन बढ्दै गयो । बोल्दाबोल्दै जब उसको आवाज चर्को हुन्थ्यो, राम दाइलाई हेर्दै खिस्स हाँस्थ्यो र माफी मागे जसरी नमस्ते गर्थ्यो । मैले थाहा पाइसकेको थिएँ, फेरि आदि मलाई केही गोप्य कुरा भन्दै छ । कुराको पिँधमा पुग्नुअघि सतहमा पौडी खेलिरहे जसरी अनेकथरी कुरा गरिरहेको छ । आज फेरि के भन्ने हो कुन्नि ! मलाई त्यत्तिकै सास बढे जस्तो भइरहेको थियो । म अरूका गोप्य कुराको भारी बोक्दाबोक्दै थाकिसकेको थिएँ । संसारको सबैभन्दा थकान र त्रासले भरिएको कर्म हो, अरूको गोप्य कुरा बोकेर हिँड्नु ! कहीँकतै कुराकानीको रफ्तारमा आफैंले रोक्दारोक्दै फुत्तै अर्काको गोप्य कुरा बाहिर निस्कने हो कि भन्ने त्रास रहिरहन्छ । मुख पूरै खोलेर हाँस्न पनि पाइन्न, अलिकति बन्द गर्नैपर्छ । अझ अर्काले गोप्य भनेर आफूलाई भनेका कुरा अर्कैको मुखबाट निस्किएको सुन्दा सातो जान्छ । यसले कसरी थाहा पायो ?

आफैँले गोप्य कुरा फलाक्दै हिँडेको आरोप लाग्ने हो कि ! अर्काका गोप्य कुराले बिस्तारै लामखुट्टेले जसरी ढुँगेर रातभर निदाउन पनि दिँदैनन् । राष्ट्रका, सीमाका, सत्ताका गोप्य कुरा बोकेर हिँडिरहनेहरू अचानक स्वाट्टै हराउने कारण पनि यस्तै हुन् कि !

पसलका सबै ग्राहक गइसकेका थिए । राम दाइले दैलो ढप्काइसकेका थिए । आदिले बिल तिरिसकेको थियो । हिसाबकिताब मिलाएर उनी कुर्सीमा ढेस्सिएर बसेका थिए । उनका बन्द आँखाका ढकनी मन्द बतासको प्वाँख जसरी हल्लिरहेका थिए ।

"अघि नै पार्टनरले सोधेको होइन ? बिहेमा मेरो घरबाट को आउँछन् भनेर," आदिले गिलासको पिँधमा थिग्रिएको रक्सी स्वाट्ट पार्दै भन्यो, "कोई आउँदैन । पार्टनरलाई भनूँ, मेरा बाले म जिउँदै हुँदा मेरो किरिया गरेका हुन् । मुडुलै भएर । कसैले आफ्नो सन्तानलाई त्यस्तो गर्छ ? गर्छ भन त ?"

म के भनूँ !

"मेरो कोई छैन, पार्टनर," उसले राम दाइतिर पुलुक्क हेर्दै भन्यो, "म जिउँदै हुँदा पिण्ड खान्छु ।"

"बाले किरिया नै किन गरेका ?"

"कथा लामो छ ।"

आदिका आँखा छिपछिप भइहाले ।

रक्सी खाएका मान्छे किन रोइहाल्छन् ? रक्सीले आँसु पातलो बनाउँछ कि अर्काको अगाडि आँसु पुछ्ने आँट दिन्छ ?

"अस्तिनै भिनाजुलाई फोन गरेको थेँ । उनले भने– बाले त तिम्लाई मारिसकेका छन् । किरिया नै बसेका हुन् । अब जिउँदो बनाउन र घर भित्र्याउन गाह्रो छ रे । लामै पाठपूजा गर्नुपर्छ रे । अझ खाल्डो खनेर गोबर भरेर तिम्लाई त्यसमा डुबाउनुपर्छ रे ।" आदिको नाकको डाँडी रातै भएर आयो । सायद पाखुरा धेरै धसारेकाले होला, उसले कसमै खाए जसरी भन्यो, "मैले पनि सोचिसकेको छु । ती मरे भने म पनि किरिया गर्दिनँ । किरिया नगरेका मान्छे धरतीतिर बन्दी

भएर बस्छन् रे । बसून् यतै छटपटेर । मोहिनीसित बिहे गरेपछि मेरो जिन्दगी त मज्जैले चल्छ । म आफ्नो जिन्दगीको बाटो आफैं खन्दै हिँड्छु ।"

उसले आँसु पुछ्यो ।

म के भनूँ ? शब्दले फेरि छल गरें । म शब्दविहीन भएँ । वाल्ल परेर हेरिरहें । भित्तामा टाँसिएको घडीमा हेरें– साढे १० भइसकेको थियो । रेडियो मन्द आवाजमा स्याँऽ गरिरहेको थियो । राम दाइ कुर्सीमै निदाएछन् । उनको टाउको दायाँतिर ढल्किएको थियो ।

हिँड्ने बेला आदिले एक पटक मसिनो आवाजमा राम दाइ भनेर बोलायो । तर उनले उत्तर दिएनन् । सपना पो देखिरहेका छन् कि ! सपनाको संसारमा आदिको आवाज उनलाई एकदमै टाढाबाट कसैले बोलाए जस्तो लाग्यो होला । हो कि होइन जसरी ।

हामी बाहिर निस्कियौं र दैलो तानिदियौं ।

युद्धको मौसम भएर होला, सडकमा मान्छेको आवतजावत खासै थिएन । कहीँकतै हतारिँदै हिँडिरहेका मानिस फाट्टफुट्ट देखिन्थे । न्युरोडको पीपलबोटनिर मधुरो उज्यालोमा आदिको मोटरसाइकल ठिङ्ङ उभिएको थियो । मोटरसाइकल थोत्रो भइसकेको थियो । दिउँसो मैले देखेको थिएँ, सिटको कभर उध्रिएर भित्रतिरबाट त्यान्द्रात्यान्द्री निस्किएका थिए । त्यसले धूवाँको मुस्लो पनि फाल्न थालिसकेको थियो ।

सडक रित्तो रित्तो थियो । आदिले मातमा मोटरसाइकल यति जोडले मच्चाइरहेको थियो, लाग्यो, जिन्दगी यत्ति नै हो । तीव्र गतिमा मैतीदेवी मन्दिरअगाडिबाट हुइँकिँदा मैले पुलुक्क त्यता हेरिहालें । कटेरोमा म टुक्रुक्क दुवै घुँडातिर घोप्टिएर चिसोले डल्लिरहेको थिएँ ।

मलाई थाहा थियो– आदिलाई केही प्रश्न सोध्यो भने ऊ उत्तर दिन पनि मोटरसाइकलको गति अलिकति कम गर्छ । घट्टेकुलो पसिसकेपछि साँघुरो र खाल्डाखुल्डीले भरिएको बाटो आउँथ्यो । उछिट्टिएर कता पुगिन्थ्यो, कता । त्यसैले भनें, "मोटरसाइकल अलि पुरानो भयो । नयाँ नकिन्ने ?"

आदिले तुरून्तै जबाफ दिएन । अलि अगाडि अलिकति खुला ठाउँ थियो । त्यहाँ मोटरसाइकल रोक्यो । मलाई झर्ने इसारा गऱ्यो । म लुत्रुक्क परें, यतै छाडेर जान्छ कि के हो ! ऊ पनि झऱ्यो र लर्खराउँदै मोटरसाइकल अड्यायो । मेरो कुम समाएर अलिकति पर लग्यो । हेल्मेट झिकेर मोटरसाइकलतिर इसारा गऱ्यो ।

जूनको मधुरो उज्यालोमा मोटरसाइकलका हेन्डिल टल्किरहेका थिए । दायाँतिरको ऐना अलिकति बाङ्गिएको थियो ।

"११ वर्ष भयो यो मोटरसाइकल चढ्न थालेको । दुई वर्षको छाक काटेर किनेको हुँ," उसले उदास आवाजमा भन्यो, "यसले अहिलेसम्म धोका देको छैन । दुक्ख देको छैन । ज्यानमा कतै दाग लाग्न देको छैन । कहिलेकाहीँ लडाउँछ । तर दाग लाग्न दिँदैन । कसरी लडाउँछ थाहा छ ?"

"कसरी ?"

आदिले लयमा आफू पछारिएको अभिनय गऱ्यो, स्लो मोसनमा । मन्द बतासमा मोहक तरिकाले लहरिए जसरी । भन्यो, "हो यसरी लडाउँछ, फूलले जसरी ।"

ऊ मोटरसाइकलतिर गयो र मातापिताले सन्तानलाई प्रेमले स्याब्बास भने जसरी मोटरसाइकलको सिटमा धाप हान्यो । र मतिर फर्कियो, "मसित फेरि बाइकको कुरा नकाट्नू ।"

## कफी

*पहिलो पहिलो प्रेम जस्तो छटपटी दिन्छ ।*

म पुग्न त पुगें । तर भित्र पस्नै सकिनँ ।

कली क्याफेको दैलोनिर पुगेर फनक्क फर्किएँ । गाढा कालो रङका लेदरका जुत्ता लगाएकै थिएँ, जसमा मसिनो धूलो जमेको थियो । नीलो जिन्स र नीलै जिन्सको सर्ट लगाएको थिएँ । काखीमा द *गुड अर्थ* च्यापेको थिएँ । गोजीमा हजारका दुइटा नोट र केही खुद्रा थिए । चस्मा भने सर्टको गोजीमा हुलेको थिएँ । यति भएपछि भित्र पस्न आँट आउनुपर्ने हो । तर आएन ।

यत्तिकै बाटो बिर्सिए जसरी ठमेलको आधा फन्का लगाएँ । वनैवन दगुर्दा दगुर्दै स्वात्तै गाउँ पसेको लोखर्के जसरी ।

राति ढिला सुतेको थिएँ । रेडियोमा समीराको आवाज कुर्दै टोपका पुलिन्दा पढेको थिएँ । केही राता टिक लगाएको थिएँ । मध्यरातमा गर्व भएको थियो, काठमाडौंमा पहिलोपल्ट म काम गरिरहेको थिएँ । बेकामे भएको थिइनँ । बाले भनेकै थिए, मुसाको विष बेच्नेले विष खानुपर्दैन । अबेरसम्म कागजमा घोप्टो परेपछि पिठ्युँका पाता दुख्न थालेका थिए । त्यसपछि मैले पहिलोपल्ट द *गुड अर्थ*को पन्ना पल्टाएको थिएँ । पहिलो अनुच्छेदमै ८५ शब्द थिए, जसमा मैले ३२ ओटा शब्दको अर्थ खोजेको थिएँ, शब्दकोशमा । फेरि बिर्सिएला भनेर किताबका हरेक शब्दमाथि कमिला आकारमा नेपाली अर्थ लेखेको थिएँ, रातो रङ्मा ।

मैले जीवनमा सबैभन्दा धैर्यले र केही बुझ्ने उत्सुकताले पढ्न खोजेको पहिलो किताब यही थियो, जसका हरेक शब्द, अनुच्छेद र पन्नालाई प्रेम गरिरहेको थिएँ ।

फेरि गेटमा पुग्दा गार्ड टुरिस्टहरूलाई केही सम्झाइरहेको थियो । टुरिस्टहरूको हातमा नक्सा थियो । मलाई भित्र पस्ने बेला गार्डले केही सोधिहाल्छ कि भन्ने डर लागेको थियो । लामो समय म उत्तरविहीन जिन्दगी बाँचेको थिएँ । आफैंलाई थामथुम पार्न सोचें, यो सिंहदरबार नै त होइन नि !

फुत्त गेटभित्र पसें ।

बाटो छेउछाउका सयपत्री फूल फुलिसकेका थिए । तिनका टाउका छुँदै भित्र पस्दै गएँ । बाटो साँघुरो भए पनि भित्रभित्रै क्याफे फैलिएको थियो । दक्षिणतिर तराईतिरका बुकुरा जस्तो कटेरो थियो । त्यहाँ काउन्टर थियो । काउन्टरपछाडि रक्सीका रहरलाग्दा बोतल सजाइएका थिए । काउन्टरमा अधबैंसे मानिस टेबलमा फैलिएको अखबार पढिरहेका थिए । दुवै कुइनाको अडेस लगाएर, दुवै हत्केलाले टाउको समाएर । उनले एक पटक मतिर पुलुक्क हेरे । र फेरि अखबारमै घोप्टो परे । कटेरोको दायाँपट्टि किचेन थियो । झ्यालभित्र सेतो टोपी लगाएका सेफ देखिन्थे । त्यहीँभित्रबाट निस्किएको अमिलो अमिलो तर मिठासपूर्ण बास्ना बाहिरैसम्म आइरहेको थियो । धेरैपछि थाहा पाएको थिएँ, त्यो चीजको बास्ना थियो ।

पश्चिमतिर अर्को कटेरो थियो । टायलले छाएको । त्यहाँ होचा टेबल थिए । केही टुरिस्ट चकलमाडे बसेका थिए । मधुरो आवाजमा कुरा गरिरहेका थिए । तिनका अघि मैले अहिलेसम्म नचाखेका परिकार थिए ।

म बीचमा ठिङ्ङ उभिएका तीन ओटा सल्लाका रूखमुन्तिर उभिएँ । खुला आकाशमुनि सात ओटा टेबल थिए । दक्षिणतिरका सल्लाका रूख र भित्तामा झाङ्गिएका लहरे फूलले कुर्सीमाथि छाया पारेका थिए । कुनामा ठिक्कको विरूपाक्षको मूर्ति थियो । आधा ज्यान माटोमा गाडिएको । विरूपाक्षसितै जोडिएको सानो पर्खालबाट छहरा जसरी पानी झरिरहेको थियो ।

म पछाडि फर्किएँ, पूर्वतिर । अर्को कटेरोको दैलोमा सिसा थिए, भित्रपट्टि लहरै टेबल-कुर्सी थिए । टेबलमाथि राखेका चम्चा र काँटा बत्तीको उज्यालोमा टल्किरहेका थिए । बाहिरपट्टिबाटै काठको पुरानो भऱ्याङ माथितिर गएको थियो । अलिकति गर्धन तन्काएर हेरें, माथि केही रङ्गीन छाता थिए ।

म भऱ्याङतिर बढें ।

वर्षौं घामपानी सहेर होला, काठ मक्किइसकेका थिए । छर्किएको खरानी जसरी ढुसी फैलिएका थिए । टेक्दा मधुरो आवाजमा कराउँथे । म माथि पुगें । चार ओटा टेबल थिए । कुनातिरको टेबल छानें । रङ्गीन छाताको छायामुन्तिर बसें । त्यहाँबाट कली क्याफेको सबैतिर देखिन्थ्यो । मुन्तिर बसेका टुरिस्ट । दैलोमा उभिएको गार्ड । सेफहरू । र ठुल्ठूला थालमा परिकार बोकेर हतारिइरहेका वेटरहरू ।

मुस्कुराउँदै वेटर आयो । उसले ट्रेमा एक गिलास पानी ल्याएको थियो । दायाँ हत्केलामा ट्रे अड्याउँदै, बायाँ हातले काखीमा च्यापेको फिक्का कालो रङको कपडाको टालो झिक्यो र टेबलमा फैलायो । पानीको गिलास राख्यो । र ट्रे मुन्तिर खापेको मेनु पनि फैलायो ।

मैले किताब टेबलमा राखें । गिलास ट्याप्प समाएर घटघटी पानी रित्याएँ र ढ्याप्प पार्दै गिलास राखें ।

वेटर खिस्स हाँस्यो । उसको दायाँ कन्चटनिर पानी जमे जस्तो फोका निस्किएको थियो । ऊ हाँस्दा मलाई फोका हल्लिए जस्तो लाग्यो । सोचें, यो फोका सानैमा निस्किएको भए स्कुलमा सबैले चोर औंलाले घोच्थे होलान् ।

"सरलाई प्यास राम्रै लागेछ," वेटरले गिलास समाउँदै भन्यो, "म फेरि ल्याइदिन्छु । मेनू हेर्दै गर्नुहोला ।"

ऊ हतारिँदै भऱ्याङतिर गयो ।

म एकछिन वाल्ल परेर बसिरहें । मलाई पहिलो पटक कसैले सर भनेको थियो । मैले वेटरको उमेर अड्कलें । ऊ ३५ वर्षभन्दा माथिकै हुनुपर्छ । उसले भित्र कालो टिसर्ट र बाहिर अकासे रङको सर्ट

लगाएको थियो । सर्टका माथिल्ला दुई बटन खुलै थिए । पाइन्ट भने गाढा नीलो थियो । तीन ओटा धार भएको । सरकारी स्कुलको ड्रेस जस्तो । जुत्ता काला थिए, सोल अलि कडा भएकाले होला, हिँड्दा ट्वाकट्वाक आवाज आउँथ्यो । अनुहार सफा चट थियो । कन्चटका कपालले कान छोपेका थिए । उसको आवाज भने अलिकति धोद्रो थियो, बोलेको एकछिनसम्म पनि गुन्जिरहने ।

मैले मेनू समाएँ । बीचबाट पल्टाएँ । मैले जीवनमा पहिलो पटक मेनू पढिरहेको थिएँ । अहिलेसम्म म खाजाघरमा मात्र पसेको थिएँ । काउन्टरको सिसापछाडि जेजे देखिएका छन्, तिनैलाई चोर औंलाले देखाएर माग्थें । मेनूमा मःम र चाउमिनबाहेक मैले नाम सुनेका अरू परिकार थिएनन् । कति खाने कुरा त देखेपछि मेसो पाउँला । तर नाम थाहा थिएन । म खाजा खाने सुरमा आएको थिइनँ । के पो अर्डर गर्ने होला ?

नीललाई कली क्याफेको कालो कफी पिउन मन पर्थ्यो, डबल सट । तर समीरालाई कफी मन पर्दैनथ्यो । ऊ पछिल्लो समय ग्रिन टीतिर सल्किएकी थिई । 'सल्केकी छु' भनेर उसैले प्रयोग गरेको शब्द हो । ऊ यस्तै यस्तै स्थानीय शब्द खोजेर बस्थी । समीरालाई जन्तरबुटी जस्तो ग्रिन टीको पोको तातो पानीमा डुबाएर पिउन चाहिँ मन पर्दैनथ्यो । तातोपानीको मगमा ग्रिन टीका सुक्खा पात जब भिजेर हरिया पात जस्ता हुन्थे, तब बाफ उडिरहेको पानीको धार कपमा हालेर पिउन मनपर्थ्यो । बिस्तारै ओठ मलिला बनाउँदै !

मध्यरातमा तातेको कडलेसमा नील र ऊ कफीकै विषयमा पनि अनेक बहस गर्थे । नील कफीको गाढा कालो रङका पक्षमा हुन्थ्यो, ऊ ग्रिन टीको पित्तल रङको पक्षमा । मलाई थाहा भइसकेको थियो, नीललाई कालो रङ मन पर्थ्यो, समीरालाई हरियो । ऊ त हरियो रङको पक्षमा हजारौं शब्द खर्च गर्न सक्थी । झुसिल्किरा प्याच्च हुँदा निस्कने हरियो लेदोलाई पनि रहरलाग्दा शब्दले वर्णन गर्न सक्थी ।

"कफीले पहिलो पहिलो प्रेमको जस्तो छटपटी दिन्छ । त्यसले पिउँदिनँ म कफी !" ऊ नीललाई भन्थी, "जुन कुराले मेरो निद्रा भगाउँछ, मलाई त्यो मन पर्दैन । म निदाउँदा मात्रै त शान्त हुन्छु नि !"

म मेनूको ब्ल्याक कफीमा पुगें । मूल्य चर्कै रहेछ, ९० रूपियाँ । यतिले त तीन धार्नी आलु आउँथ्यो । यत्ति एउटा पिउँछु ।

वेटर अर्को गिलासमा पानी लिएर आइपुग्यो । टेबलमा राखिदियो । यसपालि मैले गिलास झम्टिइनँ । वेटरले सर्टको गोजीबाट फुच्चे कापी र डटपेन झिक्यो ।

"ब्ल्याक कफी," मैले भनें ।

"सिङ्गल सट कि डबल, सर !"

म अलमलिएँ । ङिच्च हाँसें, "नेपाली पाराको । दुई खिल्ली चुरोट पनि ।"

"लुजमा त पाइन्नँ कि, सर !" भन्दै ऊ अर्को टेबलतिर गयो र एस्ट्रे ल्यायो । मेरा अगाडि राखिदियो । भन्यो, "तैपनि म व्यवस्था गर्छु, सर ।"

ऊ गयो ।

मैले किताब समाएँ र पन्ना पल्टाएँ । राति लेखेका शब्दका अर्थमा घोरिएँ । एकैछिनमा अल्छी लायो, किताब बन्द गरें । फेरि एक पटक क्याफेलाई आँखाभरि, मनभरि हेरें । के समीरा आउली आज ? खोइ कुन्नि !

धेरै दिन भएको थियो, नील र उसले फोनमा पनि कुरा गरेका थिएनन् ।

समीरा आई भने कुन टेबल छानेर बस्ली ? ऊ माथि बस्ली कि तल ? मेरा आँखाको ठ्याक्कै अगाडि तलपट्टि अलिकति छाया परेको टेबल छानोस् । त्यहीँ बसोस् । म मनभरि उसलाई हेर्नेछु । र उसले मैले हेरेको थाहै पाउनेछैन । मैले उसको आवाज र कुरा सुनेर कल्पिएको चित्रभन्दा ऊ कति फरक होली ?

नील र उसको कुराकानीका टुक्राटुक्रा जोडेर मैले दृश्य बनाउन थालें । मलाई सजिलो पनि भयो, समीरा सधैं ससाना कुराको वर्णन पनि मज्जाले गर्थी । सायद उसले पढ्ने किताबबाट सिकेकी होली । ऊ कहिल्यै नगएको देश वा सहरको वर्णन पनि आँखैले देखे जसरी गर्थी । १२ वर्षमा एक पटक मात्र फक्रिने नीलकुञ्जरी फूलको वर्णन यसरी गरेकी थिई, मानौं, थुङ्गा उसले हातैले समाएकी छ ।

उसले कुरा गर्दा नीलबारे अनेक वर्णन गर्थी । अर्काको बारेमा डिटेलमा बोल्न उसलाई रमाइलो लाग्थ्यो । त्यसैले मैले नीलबारे धेरै कुरा थाहा पाएको थिएँ । तर नीलसित यो सीप थिएन । ऊ छोटो बोल्थ्यो र समीराका आँखा होस् या ओठ, निधार होस् या कपाल, कहिल्यै प्रशंसा गरेको पनि सुनेको थिइनँ ।

नील ऊभन्दा अग्लो कदको थियो । २९ वर्षको हुँदा पनि रोगले थला परेको थिएन । उसका तीन दाइ, एक दिदी थिए । र परिवारमा सबैभन्दा लामो नाक उसैले पाएको थियो । गर्मीमा पनि उसको नाकको टुप्पो पुसको चिसोमा जस्तो रातो भइरहन्थ्यो । र ऊ रूमालले पटकपटक नाकका पोरा पुछिरहन्थ्यो । समीराका अनुसार नीलको उमेरका केटा सफाचट हुन्थे । ऊ मात्र थियो, जसले ख्याप्प परेका जुँगा राखेको थियो । समीराले धेरै पछि थाहा पाएकी थिई, ऊ एरिक क्ल्याटनको ठूलो प्रशंसक थियो । सिस्टिजतिर एरिकले यस्तै जुँगा राखेका थिए, जुन अहिले उसले राखेको थियो । ऊ जिन्स र बुटको सौखिन थियो । ऊ आइपुग्नुअघि नै उसका बुटको टकटक आवाज आइपुग्थ्यो । गर्मीमा प्रायः टिसर्टमा देखिने ऊ कुरा गरिरहेका बेला पनि पटकपटक पेटनिर चप्किएको टिसर्टको फेरो बाहिर तानिरहन्थ्यो ।

चुरोटलाई प्याट्ट पारेर, टुप्पोको खरानीलाई टाढैबाट एस्ट्रेमा खसाल्न सक्थ्यो । बेलाबेला नाकबाट धूवाँको चक्का निकालेर चटक पनि देखाउँथ्यो । ऊ चुरोटका हरेक खिल्लीलाई यति प्रेमले ओठमा च्याप्थ्यो कि समीरालाई लाग्थ्यो, उसले संसारको अन्तिम खिल्ली च्यापिरहेको छ ।

उसको आवाजमा मोटोपन थियो, बेसवाला । उसको आवाजमा आउने 'भाइब्रेसन' आकर्षक थियो । उसले बोलेको सुनिरहँदा समीरालाई बेलाबेला डकुमेन्ट्रीको न्यारेसन सुने जस्तो लाग्थ्यो । समीरा भन्थी पनि उसलाई, "तिम्रो आवाज डकुमेन्ट्री वा फिल्म न्यारेसनका लागि पर्फेक्ट हुन्छ ।"

ऊ सङ्गीतको सौखिन थियो । किशोरावस्थामा *रेडियो नेपाल*बाट शनिबार १२ देखि एक बजेसम्म आउने अङ्ग्रेजी गीतको कार्यक्रम सुन्थ्यो भने *नेपाल टेलिभिजन*मा 'सन्डे पप' कार्यक्रम हेर्थ्यो । अङ्ग्रेजी गीतप्रति उसको टेस्ट यिनै कार्यक्रमले निर्माण गरिदिएका थिए । ऊ जमलको अकासे पुलको पूर्वपट्टिको क्यासेट पसल धाइरहन्थ्यो, जहाँ अहिले सानो पार्क र सार्वजनिक ट्वाइलेट छन् । जस्ट फर यूका चक्कामा नयाँनयाँ अङ्ग्रेजी गीत आउँथे, तिनैलाई क्यासेटमा डब गरेर घर ल्याएर गितारमा प्राक्टिस गर्थ्यो ।

त्यसैले अहिले पनि गितार उसको बुई चढेर हिँडिरहन्थ्यो ।

भेटघाट हुन थालेको आठौं पटकमा मात्र उसले समीरालाई एरिक क्ल्याटनको *टियर्स इन् ह्याभन* सुनाएको थियो । समीराका अनुसार ऊ त्यसै दिनदेखि उसको प्रेममा परेकी थिई । र उसले नीलप्रति सम्मोहन हुनुको कारण पनि फेला पारेकी थिई । गितारका तारमा औंला चलाउँदा उसका चिम्सा आँखा बन्द भएका थिए । उसले गीत यसरी गाएको थियो, मानौं, ऊ आफैंले रचेको होस् । गीतका शब्दमा जति उदासी थिए, त्यति नै उदासी उसको आवाजमा थियो ।

*वुड यू नो माई नेम*
*इफ आई स यू इन ह्याभन ?*
*वुड इट बी दी सेम*
*इफ आई स यू इन हेभन ?*

समीराले उसलाई फेरि एकपल्ट गाउन आग्रह गरेकी थिई । उसले मुस्कुराएर शिर हल्लाउँदै गजल गायक जसरी आग्रह स्विकारेको थियो । गीत सुनिरहँदा समीरालाई उसका बाबाको सम्झना आएको

थियो । उसका बाबाले रचेको तर उसलाई नसुनाएको गीतको फेरि मोह जागेर आएको थियो ।

त्यसपछि त हो नि उसले नीललाई भेटिरहेको । ऊ मोटरसाइकलपछाडि बस्न थालेपछि नीलले गितारलाई छातीतिर बोक्न थालेको थियो । चिनजान भएको दोस्रो महिना नीलले उसलाई घरसम्म पुऱ्याउन आएको थियो । र अँध्यारो कुनामा चुम्बन गरेको थियो ।

समीराले रातभरि आफ्नो मुखभित्र नीलको जिब्रोको अनौठो नरम र खस्रोपन महसुस गरेकी थिई । चुरोटको गन्ध मिसिएको नीलको चुम्बनले उसलाई रन्थनाइरहेको थियो ।

ऊ तीन पटक नीलको घर गएकी थिई । नील त उसको घर कति पटक आयो, उसैलाई सम्झना छैन । नील उसलाई आफ्नो घरमा लैजानभन्दा पनि उसको घर आउन बढी रूचाउँथ्यो । समीराको घरमा एकान्त हुन्थ्यो, त्यसैले होला । अनि पटकपटक उसको भविष्यको योजना सोध्ने कोही हुन्थेन । उसलाई समीराको घरको बार्दली खुबै मनपर्थ्यो । ऊ बार्दलीमा बसेर गितार बजाउँदै गीत गुनगुनाउँथ्यो ।

समीराकी मामुलाई उसले गीत गाएको मन पर्थ्यो । तर बार्दलीको गमलामा चुरोटको ठुटो गाडेको मन पर्दैनथ्यो । उनलाई शङ्का थियो, समीराले पनि चुरोट पिउन थालेकी छ कि भनेर । कहिलेकाहीँ उनी समीराको कोठामा पसिन् भने नाकका पोरा स्वाँकस्वाँक पारिहाल्थिन् ।

वेटरले नजिकै आउँदा मसिनो आवाजमा नाक स्याक्क पाऱ्यो । म समीराको संसारको आधा खुलेको दैलोबाट तेर्सो परेर बाहिर निस्किएँ र आफ्नो संसारभित्र पसें ।

"अलिअलि चिसो लाएर, सर । गाउँको मान्छेलाई यताको मौसम पो नपचेको हो कि !" वेटरले अलिकति अप्ठ्यारो मान्दै भन्यो । कफी राखिदियो । दुइटा चिनीका पोका । चुरोट चाहिँ नेपकिनमा बटारेर ल्याएको रहेछ । गोजी छामछुम पाऱ्यो र सलाई निकाल्यो । हल्लाएर काँटीको आवाज सुन्यो र टेबलमा राख्यो ।

"अरू केही अर्डर चाहिए बोलाउनुहोला," उसले ट्रे काखीमा च्याप्दै भन्यो, "माथिका टेबल मेरो जिम्मामा छन् ।"

म कली क्याफेमा थिएँ । तर बेलाबेला सपना जस्तो लाग्थ्यो । मैतीदेवी मन्दिरमा भोक र तिर्खाले घोप्टो परेका बेला मैले सोचेको थिएँ, म चोइटिँदै गइरहेको छु । सुक्खामा खेत जसरी चोइटिएर जान्छन्, त्यसरी । तर टुक्रिएका चुम्बकका टुक्रा जसरी बिस्तारै आपसमा जोडिँदै थिए ।

कफीको चुस्की लिँदै चुपचाप बसिरहें । गर्नलाई केही थिएन । कुरा गर्नलाई कोही थिएन । तलतिरबाट बेलाबेला टुरिस्टको चर्को हाँसो माथिसम्म आइपुग्थ्यो । फेरि द *गुड अर्थ* पल्टाएँ र अर्को अनुच्छेद पढ्ने कोसिस गरें । भुत्लोभाङ केही बुझिएन । फेरि नबुझिएका शब्द राति शब्दकोशबाट उल्था गर्नुपर्ला ।

काठको भऱ्याङ बेस्मारी चुइँकियो ।

टुरिस्ट नै रहेछन् । दुई महिला थिए, एक पुरूष । सबै ५० माथिका देखिन्थे । ठुल्ठूला झोला बोकेका थिए । उनीहरू भऱ्याङको डिल समाउँदै उक्लिएका थिए । त्यसैले उनीहरूको थकान महसुस गरें । पुरूषको गर्धनमा ठूलो आकारको क्यामेरा झुन्डिएको थियो । तीनै जनाले हाफ पाइन्ट लगाएका थिए भने गोडामा बुटजुत्ता । दुवै महिलाले गोलो छत्रे टोपी लगाएका थिए भने पुरूषले चुच्चे टोपी । उनीहरूले पातलो टिसर्ट लगाएका थिए । तीनै जनाको छाला भने रातो कमिलाको टाउकोको रङका थिए, जसमा तोरीका दाना छरे जस्ता दाग थिए ।

मैले हेरेको थाहा पाएछन् क्यारे ! पुरूषले मुन्टो अलिकति झुकाएर भने, "नमस्टे ।"

म हिस्स हाँसें । मेरो मुखबाट नमस्ते फुस्किएन । भित्र कतै अल्झिएर बस्यो । उनी छेउमै भएको भए मेरा आँखाका नानीको चमक स्वात्तै हराएको देख्थे होलान् । एउटी महिलाले भने यसो आँखा तन्काएर किताबको नाम पढ्ने कोसिस गरे जस्तो लाग्यो । मलाई

असाध्ध्यै ठिहिऱ्याएका हत्केलाले आफ्नै मुटु च्याप्पै समाते जस्तो भयो। उनीहरूले फ्याट्टै किताबबारे सोधे भने ?

पुरूषले पछाडिका सल्लाका रूख आउने गरी महिलाको फोटो खिचिदिए । हतारिँदै वेटर आइपुग्यो । उनीहरू मधुरो आवाजमा वेटरलाई केही सोध्न थाले। त्यही मौकामा मैले किताबको बाहिरी गाता झिकेँ र हतारहतार पट्याएर ढाडमा लुकाएँ । अब किताबमा कालो गाता मात्र थियो, अक्षरबिनाको । लामो सास फेरेँ, अब हेर्नेले किताब कुन भाषाको हो, थाहा पाउनेछैनन् ।

मलाई फेरि आफैँले झुक्किएर त्यता हेरूँला, उनीहरूसित आँखा जुध्लान् र उनीहरूले फ्याट्टै केही सोधिहाल्लान् भन्ने त्रासले थिचिरह्यो । वेटरले उनीहरूको अर्डर लियो, गयो । मलाई उसको ईर्ष्या लाग्यो। ऊ त मनमा आएको निर्धक्क बोल्न सक्थ्यो ।

किताबमा घोप्टो परेँ, पढे जस्तो गरेँ । शब्दहरूको बनोट हेरेँ । कागज फिक्का घिउ रङ्को थियो । पहिला अक्षर टाँसिए जस्ता लागेका थिए । घोरिएर हेरिरहँदा कागज भुक्क फुलेर आयो । अक्षर फुल्दै गए । र कागजको तलाउमा हाँस झैं तैरिन थाले ।

"एक्सक्युज मी !" महिलाको आवाज आयो ।

जे नहुनु थियो, त्यही भयो। उनीहरू मतिर फर्किएका थिए । टेबलमा नक्सा फिँजारिएको थियो । दुःस्वप्नबाट झल्यास्स ब्युँझिए जस्तो भएँ । ट्वाल्ल परेर हेरिरहेँ ।

उनीहरूले अङ्ग्रेजीमा केही सोधिरहेका थिए। मैले स्वयम्भू भन्ने मात्र बुझेँ । त्यो पनि हो कि होइन । मेरो रूद्रघण्टी चिरिक्क दुखे जस्तो भयो। मैले धमिला हुँदै गएका आँखाले देखेँ, उनीहरू मलाई मन्दमन्द मुस्कुराउँदै हेरिरहेका थिए। कति आत्मीय थियो, उनीहरूको हेराइ । मैले जानेको भाषामा सोधेका हुन्थे त म जुरूक्क उठेर उनीहरूछेउ जान्थेँ । पाखुरा फैलाएर धेरै धेरै कुरा गर्थें ।

तर उनीहरू त्यो भाषामा सोधिरहेका थिए, जसले मेरा कलिला वर्ष निख्लैपेट क्वाप्प खाएको थियो ।

उनीहरूले एकछिन मेरो मुखबाट निस्कने आवाजको प्रतीक्षा गरे । त्यसै बेला ट्रेमा खाने कुरा लिएर वेटर आइपुग्यो । पुरूषले मुस्कुराउँदै दुवै पाखुरा फैलाएर वेटरलाई स्वागत गरे ।

म घोसेमुन्टो लाएर बसिरहें । केही समयअघिको मेरो आत्मविश्वास मुसो बनेर आत्मग्लानिको फोहोर पाइप भित्रभित्रै दगुरिरह्यो । मैले कति बेला बिल मागें र तिरें थाहै पाइनँ । "अलि ठूला ठाउँमा टिप्स चाहिँ छाड्नुपर्छ है, भाइ । स्वाद आउँछ," सूर्यबहादुरले भनेका थिए, ३० रूपियाँ छाडिदिएँ । नोट पट्याएर गोजी राख्दै वेटरले मधुरो आवाजमा सोध्यो, "सरलाई अलि सन्चो भएन कि !"

म चुपचाप उठें ।

एकछिनपछि म ठमेलका गल्लीगल्ली हतारिँदै हिँडिरहेको थिएँ, रिक्सा र गाडीबाट जोगिँदै । म सकेसम्म चाँडै ठमेलभन्दा टाढा हुन चाहन्थें ।

मलाई लागिरहेको थियो, झुक्किएर म अर्कै संसारमा पसेको थिएँ, जो मेरो थिएन । हुनेवाला पनि थिएन ।

# किताब

*जिन्दगीले सबैलाई पढाउँछ, मामु !*

म तीन दिन कतै निस्किनँ ।

टोपले दिएका कागजका पुलिन्दामा राता टिक लगाएर सकें । देख्नेलाई रातिगेडीका दाना सुकाए जस्तै लाग्थ्यो होला । ठमेलबाट फर्किएपछि म उताको केही सम्झिन चाहँदिनथें । बिग्रिएको टिभीले बेलाबेला च्यानल टिपे जसरी ठमेलका टुक्राटुक्रा स्मृतिमा आउँथे, जान्थे । घटना सामान्य थियो, कसैले केही सोध्यो, कसैले कही भनेन– कथा सकियो । तर यत्तिले फरक पार्थ्यो– सोध्नेको अगाडिको कथा के थियो र उत्तर नदिनेको कथा कस्तो थियो ।

धेरै वर्षसम्मको एक्लोपनमा आफ्नै संसार रचेको थिएँ । म दुई छाक खाना खान, ट्वाइलेट पस्न, अलिकति घरबेटी बाको हप्की खान मात्र यथार्थको संसारमा निस्कने गर्थें । अरू समय त म आफैंले रचेको संसारमा हराइरहेको हुन्थें । तर पछिल्लो समय मेरो कल्पना र यथार्थको पृथ्वी आमनेसामने भएका थिए, तीव्र गतिमा । भयावह ऐंठन थियो यो । तर म गोडाको बूढी औंलामा कम्पन दिएर ब्युँझिन सक्दिनथें ।

पहिलो दिन मैले लुगा धोएको थिएँ । सुकाउन छतमा गएको थिएँ । मलाई अचेल छतमा जान सहज लाग्न थालेको थियो । मैले लुगा सुकाइरहेका बेला घरबेटी आमै पनि छतमा आएकी थिइन् । चर्को उज्यालोमा मैले धेरै पछि उनलाई देखेको थिएँ । खर्लप्पै सुकेकी

थिइन् । अनुहारभरि कालो पोतो निस्किएको थियो । उनले छतको रेलिङ समाएर सहरतिर हेरेकी थिइन् । घर अलिकति उचालिएको जमिनमाथि थियो । त्यसैले नयाँ बानेश्वरसम्म देखिन्थ्यो । बीचतिरका घरमा फेरि तला थपिँदै थिए । मोटामोटा सरिया आकाश छेड्ला झैं गरेर तन्किएका थिए । हरेक छतमा पानीका ठुल्ठूला ट्याङ्की थिए । भन्थे, काठमाडौं मन्दिरै मन्दिरैको सहर हो । बिस्तारै ट्याङ्की नै ट्याङकीको सहर बन्दै थियो । गहिरो तिर्खा थियो सहरमा ।

"ज्या.. त्यो धारो नि सुकेछ," घरबेटी आमैले खुइय्य सुस्केरा हाल्दै भनेकी थिइन्, "कस्तो हेक्कै राखेनछु । परारसम्म त पानी भरेको देख्थें ।"

उनले ओठ चुच्याएतिर मैले हेरेको थिएँ, अलि पर सिमेन्ट र बालुवाको थुप्रो जस्तो केही थियो । पाइपको टुप्पोले मात्र धारा जस्तो लाग्थ्यो । टुटी त कसले उडाइसकेछ । काठमाडौंमा सबैभन्दा चोरी हुने दुई चीज थिए, धाराको टुटी र पानी तान्ने मेसिन । दसैंको मौसममा त सबैभन्दा बढी चोरी बढ्थ्यो । त्यसैले घरबेटी बाले पानी तान्ने मेसिनमा साङ्लो बाँधेर ताला लगाउँथे ।

"मान्छे धेरै भए नि, आमा," मैले भनिहालें । पछुताइ पनि हालें, म जस्तैहरू मिलेर त धेरै भएका हौं नि त काठमाडौंमा ।

"कली लाको," घरबेटी आमाले भनिन्, "सारा हिमाल पग्लेर संसार पानीमा डुब्यो भने भगवान् उत्पत्ति हुन्छन् भन्थे ।"

उनले निधारमा हत्केला राखेर एकछिन परपरसम्म हेरिन् । र मतिर फर्केर खिस्स हाँस्दै भनिन्, "आफ्नै सन्तान बिरानो भो ! अरूको कुरा के गर्नु ।"

"यो दसैंमा फोन गर्छन्, आमा, प्रतापले ।"

"गर्दैन । गर्ने भए गरिसक्थ्यो । महिना दिन पैला त सपनामा भए पनि आउँथ्यो । अचेल त सपनामा पनि आउँदैन । अचेल ब्यानपख सुत्छु, ऊ सपनामा आउने र म सुत्ने ट्याम नमिलेर हो कि ?" भऱ्याङतिर जाँदै उनले भनिन्, "गुँडमा फर्किने त चरा हुन् । मान्छे फर्किंदैन, बाबु ।"

भऱ्याङको डिलमा एकछिन दुवै हातले कम्मर समाएर उभिइन् । र मतिर फर्किएर भनिन्, "यतिका वर्ष भए तिमी पनि गाछैनौ घराँ । बेलाबेला जानुपर्छ, अरूसित रिसाए नि आमासित रिसाउनुहुन्न ।"

मसित यसको उत्तर त थियो । तर धेरै लामो । नीलसित मैले कुरा मोड्न सिकिसकेको थिएँ । त्यसैले अलिकति उँचो आवाजमा सोधेँ, "खाजा खानुभयो, आमा ?"

उनको अनुहार झन् पिन्चे भयो । भनिन्, "बुढेसकाल लाएर हो कि घाँटी नै साँघुरो भाको । अघि बूढाले मोमो ल्याका थे । डल्लो घाँटीमै असल्जेर किक्लिक किक्लिक भो । छाती गह्रुङ्गो भएर आयो । तुरूक्क आँसु निस्के । मैले त प्रतापेको अनुहार झलझली सम्झेँ ।"

"त्यसैले हरेक गाँस एक्काइस पटक चपाएर खानू भन्छन् नि, आमा ।"

उनी खिस्स हाँसिन् । र भनिन्, "त्यतिपल्ट चपाउने आयु नै कहाँ रह्यो र !"

म कोठामा फर्किएर अबेरसम्म गाउँको सम्झनामा टोलाएको थिएँ । सहरबाट फर्किएका त गाउँ पुगिसके होलान् । उराठ लागेर आयो । आमाले टीकाको दिनै भए पनि टुप्लुक्क आइपुग्छ कि भनेर बाटो हेर्लिन् । बा रेडियोले भनेको साइतमै टीका लगाउनुपर्छ भन्थे । १० :१५ साइत निस्कियो भने त्यति बेलै लगाउनुपर्छ भनेर अड्डी लेलान् । आमा भने कहिले भित्र, कहिले बाहिर गरिरहलिन् । फ्याट्ट म पुगिहाल्छु कि भनेर । बा कराउन थालेपछि बल्ल टीका थाप्न बस्लिन् । टीका सकिएपछि अलिकति टीका मेरो भागमा छुट्याएर राख्लिन् । उनले टीका छुट्याउन थालेको छ वर्ष पुग्छ, यसपालि । तर आफूलाई थामथमु पार्न सोचेँ– मैले छाडेर आए जस्तो पनि कहाँ रह्यो होला दसैं पनि । गाउँतिर त दसैंको बतासमा रगतको आलो गन्ध मिसिएको थियो । रातो टीकामा रगतको रङ । रेडियो भन्थ्यो– काठमाडौं छाडेर जाने र भित्रिनेको सङ्ख्या उस्तै उस्तै छ । सबथोक च्यापेर काठमाडौं वैभवसित बसेको थियो । पहरा दिँदै पहाड पनि काठमाडौंलाई घेरेर जाग्राम

बसेका थिए । गाउँतिरबाट भागेर आएकाहरू विद्यार्थीको डेरामा शरण पर्थे । दिनभर रत्नपार्क, भृकुटीमण्डप वा खुला मञ्चतिर उदास हुँदै बस्थे । दुई जनाको सामान्य चर्काचर्की हेर्न पनि घुइँचो लागेको हुन्थ्यो ।

साँझपख आफैंले आफैंलाई सान्त्वना दिएँ– यसपालि घरकाले म नआएको चित्त दुखाउनेछैनन् । मीनबहादुरले म काठमाडौंमा जिउँदै भएको खबर सुनाइसके होलान् । बा र आमाले यत्तिकैमा सन्तोष मानेका होलान्, जिउँदै त छ । जिउँदो मान्छेसित आशा गरिरहने ठाउँ पनि त हुन्छ !

भोलिपल्ट बिहानै कोठा सफा गरें । कीराले पलङ्का खुट्टा अझै खाएछन् । कार्पेटभरि धूलो छरिएको थियो । पुछें । स्टोपको बर्नरको भित्रपट्टि जमेको मट्टीतेलको लेदो कोतरकातर पारेर फालें । इँटा रङका जुत्ताको छाला चाउरी परिसकेको थियो । प्लास्टिकमा पोको पारेर कुनातिर राखें । फाल्न माया लाग्यो ।

मध्यदिनमा फेरि द *गुड अर्थ* पल्टाएँ । ३७ ओटा शब्दको अर्थ टिपें । म पहिला शब्दहरूको अर्थ टिप्थें र फेरि पढ्थें । अनि थाहा पाउँथें, अघिल्लो पन्नामा अर्थ टिपिसकेका शब्दहरूको अर्थ फेरि अर्को पन्नामा पनि टिप्ने रहेछु । बेलाबेला त लाग्थ्यो– यो पाँच सय ३७ पृष्ठको किताबका अर्थ टिप्दाटिप्दै म बूढो हुनेछु । चिनामा मेरो आयु ७६ वर्ष छ रे । कुरैकुरामा आमाले फुस्काएकी थिइन् । ७६ वर्षमा घिटीघिटी गरिरहेका बेला सन्तानले सोध्लान्, "अन्तिम इच्छा के छ, बा ?"

म भन्नेछु– ती बाँकी पृष्ठका अर्थ पनि टिप्न पाऊँ ।

शब्दहरू घोरिएर हेर्दै, शब्दकोशमा चोर औंला दगुराउँदै अर्थ खोज्दै, फेरि अर्थलाई किताबको शब्दमाथि मसिना अक्षरमा टिप्दै घोप्टो पर्दा पिठ्युँका पाता दुख्न थाले । गर्धन त अरट्ठिएर आयो । यसरी गर्धन अरट्ठिरह्यो भने गोरूको जस्तो जुरो नै निस्किएला कि !

थाकेका बेला म पुलुक्क सत्यकथाका चाङतिर हेर्थे । कति मज्जा थियो पढ्नलाई । आँखा मात्रै दगुराए पुग्ने । लोभी आँखाले सत्यकथातिर हेर्थे । साँझपख लाग्यो– सत्यकथा ध्यान भङ्ग गर्न आएका मायाजाल

हुन् । यी कोठामा भएसम्म मेरो ध्यान भङ्ग भइरहनेछ । सत्यकथाका चाङलाई बोरामा पोको पारें । सत्यकथा र फोहोर राख्दा बोरा ठूलो र गह्रौं देखियो । सत्यकथालाई बेघर गर्ने साइत रातिको १० बजे राखें । तर सवा १० मा बोरा लतार्दै निस्किएँ । पाँच सय मिटर दूरीमा थियो धोबीखोला । सजिलै भयो ।

खोलामा काठको सानो पुल थियो । दुइटा ठुल्ठूला मुढामा फलेक ठोकिएको । पुल पुरानो भइसकेको थियो, हिँड्दा पनि चुइँकिन्थ्यो । पुलमा उभिएर एकछिन यताउता हेरें, कोही देखिएन । खै किन हो, मान्छेका आँखाअगाडि खोलामा बोरा हुत्याउन अप्ठ्यारो र डर लागेको थियो । कोही नदेखिएपछि बोरा खोलामा धकेलिदिएँ । राति भएर होला, अलिकति ठूलो आवाज आयो ।

"के फालेको ?" खोलाको अर्को डिलबाट आवाज आयो ।

मधुरो उज्यालोमा अधबैंसे मानिस उभिएका थिए । टोलेहरू उनलाई नेताजी भन्थे । चिया पसलदेखि सिंहदरबारसम्म उनको पावर चल्छ पनि भन्थे । गर्मी होस् या जाडो, लामो बिंड भएको छाता बोक्थे । तर उनले छाता ओढेको देखिँदैनथ्यो । उनलाई टोलकै कुकुरले टोकेको थियो । उनी १४ दिनसम्म कुकुरको पुच्छर टाङमुनि पसेको छ कि छैन भनेर हेर्न गइरहन्थे रे । १५ दिनपछि टोलमा उनले छाता किनेका हुन् भन्ने गाइँगुइँ हल्ला चलेको थियो । उनले खोलामा टर्चको उज्यालो फाले । धोबीखोलाको फोहोरको लेदो जस्तो कालो पानी हल्लिरहेको थियो ।

"केई होइन," मैले भनें ।

"के फालेको यसरी लुकेर ? लासै फाले जसरी ।"

भन्न त मन थियो, आफ्नै सडेका केही वर्ष हुन् । म चुपचाप हिँडें । नेताजीको टर्चको उज्यालो मेरा घुच्चुकमा ठोकियो । मैले आफ्नै टाउकाको भीमकाया छाया देखें, जो डल्लिँदै अघिअघि हिँडिरहेको थियो ।

पर्सिपल्ट बिहानीपख आदि गेटबाहिर भेटिएको थियो । म पसलबाट तरकारी किनेर फर्किरहेको थिएँ । ऊ मोटरसाइकलतिर झुकेको थियो । मसिना पाइप तानतुन गरिरहेको थियो । पछाडि भने ठुल्ठूला गोला डब्बा साइकलको ट्युबले कसेर बाँधिएको थियो । फिल्मका रिल यिनै हुन् क्यारे । आदि मलाई पुलुक्क हेर्दै हाँस्यो, "जिन्दगीमा पार्टनर एकाबिहानै उठेको देखियो । आज साइत त परेको हो ।"

"यिनै हुन् फिल्मका रिल ?"

ऊ मुन्टो हल्लाउँदै उठ्यो । हेन्डिलमा बाँधेको रूमाल झिकेर हातको कालो पुछपाछ पाऱ्यो । र सोध्यो, "हेर्ने हो ?"

घामको कलिलो किरण मेरो अनुहारमा ठोकियो ।

उसले रिलका डब्बा खोल्यो । भित्रपट्टि एकदमै धारिला बिट भएको रिलको गुजुल्टो थियो । घाममा बिट चमचम गर्दै चम्कियो, किनारका बालुवा जसरी चम्किन्छन्, त्यसरी । रिलको टुप्पो समाएर एक हात जति तान्यो र हेर्ने इसारा गऱ्यो । मैले झुकेर आँखा अलिकति चिमचिम पार्दै हेरें– दुई अङ्गुल आकारका ससाना फ्रेमभित्र उस्तै उस्तै चित्र थिए । फ्रेमको छेउमै खरानी रङका सेतासेता थोप्पाथाप्ली थिए ।

"यी थोप्ला आवाज हुन्," उसले गर्वसहित भन्यो, "यस्ता थोप्लाथाप्ली चाँदीले बनाउँछन् रे । एउटा फिल्मको रिल जलायो भने आधा किलो चाँदी निस्कन्छ रे ।"

मैले पहिलो पटक आवाजको आकार देखेको थिएँ । सोची पनि भ्याएँ– समीराको आवाजलाई आकार दिने हो भने कति रहरलाग्दा थोप्लाथाप्ली बन्लान् । तर सुनका ।

आदिले रिल फेरि डब्बामा राख्यो । ढक्कन लगायो र ट्युबले कस्यो । र रिललाई प्रेमले ढ्याप्प हान्यो । भन्यो, "अब धेरै दिन छैनन्, यसरी रिल बोकेर हिँड्ने । केही समयपछि यस्ता रिल आउन बन्द हुन्छन् । फिल्म सबै डिजिटलमा जान्छ । हाम्रो टोलीको हिजो मिटिङ थियो ।"

मैले धेरै त बुझिनँ । तर यति भेउ चाहिँ पाएँ, आदिले यो काम गुमाउँदै थियो ।

"त्यसपछि के गर्ने त," मैले प्रेमले सोधेँ ।

आदि हुत्तिएर मोटरसाइकल चढ्यो । किक हान्यो । टोलै थर्काउने गरी मोटरसाइकल करायो । धूवाँको मुस्लो छुट्यो ।

"पार्टनर, जिन्दगी पनि यै रिल जस्तो हो । फनफनी घुमेर थोत्रो हुन्छ । टालटुल पारेर घुमाइरह्यो । त्यसपछि अर्को नयाँ रिल आउँछ । क्यै छैन ।"

मैले केही भन्नै पाइनँ, आदि तीव्र गतिमा हुत्तिएर पर पुगिसकेको थियो । कुकुर तर्सिएर यताउता दगुरिरहेका थिए । मर्निङ वाकबाट फर्किएका मानिस यताउताका भित्तामा मासुली झैं चप्किएर थरथरी काँपिरहेका थिए ।

"त्यस्को ठाँडो पनि," घरबेटी आमैको आवाज आयो । उनी झ्यालमा बसेर हेरिरहेकी रहिछन् । भनिन्, "त्यो मुर्दार् मच्चेर काँकाँ पुगिसक्छ, यता आफ्ना खुट्टा दिनभर लगलगी काम्छन् ।"

म खिस्स हाँसेर भित्र पसेँ ।

खाना खाएर ढल्किएको थिएँ, दिनभरि सुतेछु । राति निद्रा लाग्ने कुरा भएन । गीत सुनेर बसेँ । सवा ११ बजे संयोगले समीराको आवाज भेटियो । मेरो सास बढे जस्तो भयो । मलाई साह्रै रिस उठ्यो, यतिका दिन कता हराएकी ?

नील पनि रिसाइरहेको थियो । उसले २१ पल्ट फोन गरेको रहेछ, ऊ फोनमै आइनछ । एक पटक त उसकी मामुले भनेकी थिइन् रे, "के गर्नु, बाबु ! ढोकै खोल्दिनँ । माता जसरी जगल्टा फिँजारेर बसेकी छ । खान नहुने चीज पो खान्छे कि के हो ।"

एकछिनसम्म नील बर्बराइरह्यो । समीराले सुनिरही । मलाई थाहा थियो, नील किताबसिताब पढ्दैन, लामो बोल्न जान्दैन । समाचारको हाइलाइट जसरी बोल्छ, ठ्याक्कै भन्न खोजेको कुरा । उसको रिस, आक्रोश, शङ्का र विरह एकैछिनमा सकियो । मलाई नीलको आवाज सुन्नु थिएन । ऊ मेरा लागि सबैभन्दा सुन्दर फिल्मको सबैभन्दा पट्यारलाग्दो दृश्य जस्तो थियो ।

अब पालो थियो समीराको । उसले मधुरो आवाजमा एकछिन खोकी । र भनी, "भदौमा मेरो बर्थ डे थियो, होइन ? कुरा त्यहीँबाट सुरू भएको हो ।"

नीलले उसलाई बीचमा रोकेर फेरि बम्कियो । उसको तर्क थियो, "तिमी बीचको ११ दिन कहाँ थियौ ? मेरो फोन किन उठाइनौ ? मलाई लम्बेतान कथा सुन्नु छैन ।

"मेर्द् आलोर् !" ऊ पनि झर्किई, "सुन्नु छ भने सुन । म फटाफट भन्छु । अनि तिमी कुरालाई दशतिरबाट कोट्याएर फेरि सोध्छौ ।"

नील लुत्रुक्क पऱ्यो ।

गएको भदौमा ऊ २६ वर्ष लागेकी थिई । उसले थाहा त पहिल्यै पाएकी थिई, हाम्रो समाजमा केटीको उमेर बढ्दै गएपछि अनेक चिन्ता हुन सुरू गर्छन् । उसकी मामु पढेलेखेकी मान्छे थिइन् । तर आमा थिइन् । र आफ्नो जीवनको रिक्तताको छाया उसको जीवनमा नपरोस् भन्ने पनि चाहन्थिन् । उसको सर्ट टेम्परले उनको डरलाई अझै आकार दिन्थ्यो । बेलाबेला छिमेकी आन्टीसित भनिरहन्थिन्, "त्यल्ले घरव्यवहार गरेर खाली जस्तो लाग्दैन ।" त्यसैले पनि छिमेकी आन्टी उसको दुलहाको खोजीमा थिइन् । उसकी मामुलाई अनेक सल्लाह दिइरहन्थिन् । उसलाई अचम्म लाग्थ्यो, फिल्म होस् या उपन्यास, गाउँ होस् या सहर, छिमेकी आन्टीहरू किन सल्लाहकार हुन्छन् ? जब कि प्रायः गलत सल्लाह दिइरहन्छन् ।

एक साताअघि मात्रै छिमेकी आन्टी उसकी मामु भेट्न आएकी थिइन् । उसका लागि रिस्ता लिएर । आन्टी दिनभर हिन्दी सिरियल हेरेर बस्थिन् । त्यसैले उनका मुखबाट हिन्दी शब्द चुहिरहन्थे । उनले भनेकी थिइन्, "समीका लागि योभन्दा राम्रो रिस्ता आउला जस्तो लागेको छैन ।"

उनका अनुसार केटो अमेरिकामा ग्रिनकार्ड होल्डर थियो । बिहेपछि समीरालाई उतै लैजान चाहन्थ्यो । किनभने ऊ सपरिवार उतै बस्थ्यो ।

उसले सोधेकी थिई, "केटाले कुन विषय पढेको, आन्टी ?"

"बिचरो धेरै पढालिखा त छैन क्यारे !" आन्टीले ठुल्ठूला आँखा नचाउँदै भनेकी थिइन्, "उसका पापा भने पिएचडी हुन् !"

"केटाले काम चाहिँ के गर्छ, आन्टी ?"

"काम खोज्दै छ । केटाहरूको भाग्यको ढोका ३० वर्षको उमेरदेखि खुल्छ । ऊ बल्ल त २८ भयो । तर उसका पापाको ठूलो इज्जत छ । उहाँलाई नेपाली केटी नै बुहारी बनाउने रहर छ । नेपालसित रिस्ता जोडिइरहोस् भनेर ।"

"अनि, केटोलाई ?"

"अस्तिना फोनमा मलाई भनेको थियो– विदेशी केटी धोकेबाज हुन्छन्," आन्टीले गर्वसहित भनेकी थिइन्, "उताको रिस्ता छ महिना पनि टिक्दैन रे ।"

ऊ हाँसेकी थिई, "त्यसो हो भने मसित त एक साता पनि नटिक्ला !"

"जे भए पनि समी ! हामी रिस्तालाई निभाउँछौं के ! बिहेपछि तिमीले थाहा पाउँछ्यौ ।"

"भनेपछि, इज्जतदार बाबुको ग्रिनकार्डवाला छोरोको रिस्ता नै राम्रो भयो हैन त, आन्टी ?"

आन्टीको जबाफ त मुखैसम्म आइसकेको थियो । उनले जबाफ निलेकी थिइन् र चामलका बियाँ छुटाए जसरी एकएक शब्द केलाउँदै भनेकी थिइन्, "केटाका पापा करोडपति हुन् । केटो एक्लो छोरो हो । रानी हुन्छ्यौ !"

"सै हो । त्यसो भए म एउटा अफर राख्छु, आन्टी !"

आन्टीले आँखा नचाएकी थिइन् ।

"सारा कुरा त केटाका पापाको रैछ," उसले हाँस्दै भनेकी थिई, "यसो गर्नुस्, मेरो रिस्ता केटाको पापासितै गरिदिनुस् । म उहाँसितै बिहे गर्छु, हुन्न ?"

आन्टीको मुखमा टाँका लागेको थियो । उनी फन्किएर गएकी थिइन् । उसकी मामु ऊसित दिनभर रिसाएकी थिइन् । राति भनेकी थिइन्, "जे भए पनि अमेरिकाबाट आएको कुरा हो ।"

उसले भनेकी थिई, "मामु, हजुरलाई त दुनियाँ कुरा थाहा छन् । हजुरले मलाई हेर्नुभयो । के म आफैं अमेरिका जान सक्दिनँ ? के म आफैं आफ्नो खुट्टामा उभिन सक्दिनँ ? हजुरले मलाई हिँड्न सिकाउनुभएको हो । हिँड्ने बाटो त म आफैंले रोज्ने हो । म मेरो बाटो आफैं रोज्छु ।"

"तेरो बाटो त्यै नील हो, होइन ? आफूलाई इन्जिनियर भन्छ । रातदिन गीत गाउँदै हिँड्छ," उस्की मामु झर्किएकी थिइन्, "त्यसको मोटरसाइकलपछाडि कुदेर अझै पुगेको छैन तँलाई ?"

"जस्तो होस्, जेहोस्, आफूले रोजेको बाटोमा हिँड्दा छुट्टै मज्जा हुन्छ," मैले भनेकी थिएँ, "आफूले रोजेको बाटोका दुःखकष्ट पनि एडभेन्चर जस्ता लाग्छन् । मेरा धेरै प्लान छन् ।"

"के प्लान ?"

"भएपछि भनुँला !"

"तँ धेरै कुरा लुकाउँछेस्, समी । तैंले धेरै भाषा पढेकी होलिस् । धेरै किताब पढेकी होलिस्," उसकी मामुले आँसु पुछ्दै भनेकी थिइन्, "मैले जिन्दगी पढेकी छु, समी । असल र खराब बाटो त म पनि चिन्छु ।"

"जिन्दगीले सबैलाई पढाउँछ, मामु !"

त्यसपछि उसकी मामु ऊसित दुई दिन राम्ररी बोलिनन् । सायद निदाइनन् पनि होला । ऊ मध्यरातको सन्नाटामा मामुका सुस्केरा सुन्थी । पर्सिपल्ट उसलाई ग्लानि भएको थियो, मामुलाई त्यसरी जबाफ नदिएको भए हुने !

ऊ आत्मग्लानिले माता जसरी जगल्टा फिँजाएर बसेकी थिई । पाँचौं दिन मात्र मामु र उसको कुरा मिलेको थियो । कुरा मिल्नुमा रञ्जन अङ्कलको योगदान थियो । त्यस दिन उनी माथि उक्लिएका

थिए । उनी १३ वर्षदेखि भुइँतलामा बस्छन्, भाडामा । डेरावाल भए पनि उनी परिवारका सदस्य जस्तै भइसकेका छन् । माथि केके समस्या आइलाग्यो, सुँघेरै थाहा पाउँछन् । उनी ५१ वर्षका भइसकेका छन् । तर बिहे गरेका छैनन् । पटक पटक उनीहरूलाई आफ्नी प्रेमिका भेटाउँछन् । तर फरक फरक । उनको सम्बन्ध छ महिनाभन्दा बढी टिक्दैन ।

समीराकी मामुले एकपल्ट त मुखै फोरेर भनेकी थिइन्, "एक ठाउँमा अडिन नसक्नेलाई जीवनले रिँगाउँछ । तिनको घरबार हुँदैन ।"

अङ्कलले हाँस्दै भनेका थिए, "के गर्नु, दिदी ! यसपालि त सम्बन्ध बेस्मारी गाँसियो । यो सम्बन्धको कतै पनि खाली ठाउँ छैन भन्ने लाग्छ । तर हरेक सम्बन्धमा एउटा सानो दुलो बाँकी रहिराख्दो रैछ । मुसो पसिहाल्छ ।"

घड्याक्क आवाज आयो । एकसुरले कुरा सुनिरहेको म झसङ्ग भएँ । रेडियोको भोल्युम अलिकति कम गरें । आवाज कोठाबाहिरबाट आइरहेको रहेछ । चोर पो पस्यो कि के हो ! म चनाखो भएँ । ड्याम्म मेरै ढोकामा लात्ती हाने जस्तो आवाज आयो । रेडियो बन्द गरें । बत्ती बालें । दैलो अलिकति उघारेर हेरें, आदि थियो । रक्सीको हस्को भित्रैसम्म आयो । उसले धेरै पिएको थियो । अडिन नसकेर दैलोसँगैको भित्तामा टाँसिएको थियो । उसका गोडा लुला भएका थिए । ऊ भित्र आयो भने रक्सीको गन्ध भोलि दिनभर कोठामा रङमगिइरहन्छ । त्यसैले उसलाई भित्र आउन दिने कुरै थिएन । म दैलोको बीचमा उभिएँ ।

"तेरो जिन्दगी ठीक छ, पार्टनर," उसले लर्बरिएको आवाजमा भन्यो, "खायो, सुत्यो । तँलाई टेन्सन छैन पार्टनर । मेरो जिन्दगी यता टाल्यो उता भ्वाङ, उता टाल्यो यता भ्वाङ ।"

"भयो के ?"

"राँड घर गैछ," भित्तामा मुड्की हान्दै उसले भन्यो, "नभनी गैछ । त्यल्ले प्रकाशेलाई मारी । अब मलाई मार्छे । पनौती हो । झन् मैले सुट सिलाको । सुत्तै जान हुन्छ ?"

म वाल्ल परें ।

"सुत् पार्टनर, तँ सुत्," ऊ लर्खराउँदै आफ्नो दैलोतिर गयो, "म त्यै टाईमा झुन्डेर मर्छु । त्यै राँडले छानेकी हो ।"

उसले असहज तरिकाले गोजीबाट साँचो झिक्यो । र मतिर फर्कियो । भन्यो, "सुत्, पार्टनर ! म मर्दिनँ । मलाई टाईले थाम्दैन ।"

मैले मुन्टो हल्लाएँ र दैलो लगाएँ । मलाई समीराका कुरा सुन्नु थियो । रेडियो खोलें । स्वाँ मात्रै आइरहेको थियो । हतारिँदै ब्यान्डको वल्लो पुछारदेखि पल्लो पुछारसम्म खोजें । भेटिनँ । अबेरसम्म टोलाएर उत्तानो परिरहें ।

निद्रा छुमन्तर भइसकेको थियो ।

दैलो अलिकति उघारेर हेरें, आदि दैलोमै लतारिएको थियो । चाबी तालामा पसाउन त पसाएछ, त्यहीँ निदाएछ । मैले ताला उघारें । उसलाई लतारेर बेडमा सुताउँदा लासै लतारे जस्तो भयो । राति अँध्यारोमा पिसाब लाएर उठ्दा यताउता ठोकिएला भनेर बत्ती बालिदिएँ । देखें, सिरानी बाङ्गिएर उसको गर्धन अरड्डिएको रहेछ ।

मिलाइदिएँ ।

# निधार

*कति रित्तो राख्छस्, केटा, आइज !*

टोप मेरो प्रुफ रिडिङसित खुसी थियो । उसले एउटा किताबको १५ सय रूपियाँ दर तोकेको थियो, आफैं । मैले ४५ सय पाएको थिएँ । पाँचपाँच सयका नौ ओटा नोट दिएको थियो । मैले उसको हजार रूपियाँ फिर्ता दिएको थिएँ । उसले भनेको थियो, "त्यो बैना थियो ।" उसले फेरि चार ओटा किताबको पुलिन्दा दिएको थियो । टोपका अगाडि त मैले पैसा सामान्य रूपमा लिए जस्तो गरेको थिएँ । तर कोठामा फर्किएपछि नोटलाई चुमेको थिएँ । मेरो पहिलो कमाइ थियो नि । ती नौ ओटा नोटलाई सयौंपल्ट गनेको थिएँ । नोटका टाउका मिलाएको थिएँ । ती नोटलाई यति प्रेमले हेर्थें, मलाई कतिको नम्बर नै सम्झना होला जस्तो भइसकेको थियो ।

मेरो जीवनको सबैभन्दा सुखद दसैं आएको थियो ।

न्युरोडबाट मिठाईका बट्टा किनेर ल्याएको थिएँ । कहिले कुखुरा त कहिले खसीको मासु ल्याउँथें । कुकरको सिटी निर्धक्क बज्थ्यो । टोलेलाई वर्षौं रित्तो भएको कोठामा मान्छे पसे जस्तो लाग्थ्यो होला । बाथरूममा नुहाउँदा आफ्ना अङ्गअङ्ग हेर्थें । ती उक्सिँदै गएका थिए । गालातिर रगतको रङ चढेको थियो ।

सूर्यबहादुर आफ्नै ट्याक्सी हाँकेर गाउँ गएका थिए । चन्द्राले हुडमा अनेक पोकापन्तुरा राखेकी थिइन् । सूर्यबहादुरले भनेका थिए, "फर्केर आउन्नस् र ? सारा काठमाडौं नकोच् त । बाटोमा आर्मीले सबै

खोल्छन् । पहिला देशको पारा मिलेको थियो, आफ्नो मिलेन । अहिले आफ्नो पारा मिल्यो, देशको मिलेन ।"

सूर्यबहादुर बाटामा अनेक कर्फ्यू र चेकपोस्ट हुँदै गाउँ पुग्नेवाला थिए ।

सूर्यबहादुर हिँडेको भोलिपल्ट ठूलो ब्याकप्याक बोकेर आदि पनि हिँडेको थियो । अन्नपूर्ण बेसक्याम्पतिर । भन्थ्यो, "पार्टनर, दसैंमा घर जान सक्दिनँ । काठमाडौं बस्न पनि मन लाग्दैन ।"

टोप भने काठमाडौंमै थियो । उसले गाउँबाट आमालाई यतै झिकाएको थियो । भनेको थियो, "आमैलाई कुदेको बस नै देख्दा उक्कउक्क हुन्छ ।"

आमै भन्थिन्, "त्यो काठमाडौं त काँ हो काँ । बाटाभरि उँधोउँभो भएर ज्यान मात्रै पुग्छ त्याँ । सास पुग्दैन । आउन्नँ ।"

"पशुपति घुमाउँला भनेर फकाको छु सिरीजी, त्यसैले धनगढीबाट प्लेन चढेर आउँछिन् । छोराको भाग्य सप्रेको पनि देखून् न ।"

त्यसैले काठमाडौं कि रित्तो थियो, कि व्यस्त ।

दसैंको अघिल्लो दिन मैले काठमाडौं एक फन्का लगाएँ । चोकतिर फलफूल र माछामासु किन्ने अलिकति देखिए भने गल्ली र बाटा रित्ता । पसल बन्द थिए । सडकमा गाडी थिएनन् । त्यसैले ट्राफिक पुलिस किनारमा उदास भएर उभिइरहेका थिए । ठमेलमा आकलझुकल खुलेका क्याफेमा टुरिस्टको घुइँचो थियो । एफएमले मालश्रीका धुन बजाइरहेका थिए । त्यसैले हिँडिरहँदा कहीँकतै कुनै झ्याल वा साँघुरा गल्लीबाट मधुरा धुन गुन्जिरहेका थिए ।

कहीँकतै भने मान्छे फिटिक्क देखिएनन् । यस्तो लाग्थ्यो, म कुनै मृत सहरमा आएको छु । आफ्नै पदचाप पनि चर्को सुनिन्थ्यो । कुनातिर गुँडुल्किएका कुकुर पदचाप सुनेर अलिकति मुन्टो उठाएर हेर्थे र फेरि सुत्थे । कुकुरले पनि आलस्य मानेर हाई काढ्दा रहेछन् भनेर मैले यसैपालि थाहा पाएको थिएँ ।

कोठामा पुग्दा म थाकेर लोत भइसकेको थिएँ । ओछ्यानमा ढल्किएर सुस्ताउँदा भीमसेनको सम्झना आएको थियो, के उसले मैले दिएको टिसर्ट लगायो होला ?

म दिनभर सुतें ।

राति हल्ला मच्चाउँदै समीरा र नील आइपुगे ।

उनीहरू अघिल्लो दिन भक्तपुर पुगेका रहेछन् । एउटा पुरानो र थोत्रो घरमा उसका तीन साथीहरू पहिल्यैदेखि कुरिरहेका थिए । उनीहरू घरको कुचुक्क परेको कोठामा सास थामेर बसेका थिए । समीरालाई अबेरसम्म पनि थाहा भएको थिएन, हामी किन त्यहाँ छौं भनेर ! उसलाई थोत्रो र वर्षौंदेखि मानिसको गन्ध नपाएको घरको अँध्यारोमा डर लागेर आएको थियो । भोलिपल्ट नीलका पाखुरामा उसका नङ्का डाम पनि देखिएका थिए ।

बिहानको घुर्मैलो उज्यालो भक्तपुरभरि फिँजारिएपछि नील र उसका साथीहरू निराश भएका थिए । र समीराले बल्ल थाहा पाएकी थिई, उनीहरू त त्यहाँ भूत कुरेर बसेका रहेछन् भनेर ।

नील र उसका साथीहरूले सुनेका रहेछन्, मध्यरातमा घरमा भूत आउँछन् भन्ने ! तर त्यही दिन त्यहाँ भूत आएनन् ।

नीलको सनक देखेर पहिला समीरा रिसाएकी थिई । तर पछि रमाइलो लागेको थियो । उसको मनबाट भूतको डर हटेको थियो । किनभने भूतकै बास हुने घरबाट पनि ऊ सकुशल फर्किएकी थिई । भनेकी थिई, "नील, तिमी फिक्सन पढ्दैनौ । तर आफैं फिक्सन जस्तो जीवन बाँच्छौ ।"

"मामुले केही भन्यो ?"

समीरा एकछिन मस्तले हाँसी । उसको हाँसोले मलाई अनौठो काउकुती लागेर आयो । हुन्छ नि, कतै चिलाए जस्तो तर कहाँ चिलाएको हो थाहै नहुने । उसले हाँसो थामेर भनी, "मामुले यस्तो भन्नुभएको के, एई समी, तँ अर्काको घरमा पनि किन घण्टौं बाथरूममा बस्छेस् ? मैले तीनपल्ट फोन गर्दा समृद्धिले तँ बाथरूममै छस् भनेर भनेकी थिई ।"

उनीहरू सवा एक बजे सुतेका थिए ।

टीकाको दिन घरबेटी बा बिहानैदेखि उत्साही थिए । नातिको पहिलो दसैं भएकाले पनि होला, छिमेकीसित मिलेर खसी काटेका थिए । त्यसैले दिनभर माथिल्लो तला मसलाले बसाइरह्यो । उनी नातिसित बिलकुल नयाँ भाषामा कुरा गरिरहेका थिए, जिब्रो नचाईनचाई, जसको कुनै अर्थ हुन्थेन । उनको चर्को आवाजले तर्सेर नाति बेलाबेला रून्थ्यो । घरबेटी आमालाई भने नातिको नाक ठ्याक्कै प्रतापतिर गए जस्तो लागेको थियो । थेप्चो, थेप्चो ।

"त्यो प्रतापेले मेरो नाक थेप्चो भो भनेर सनासोले नाक तानेको थ्यो । नौ वर्षको थ्यो त्यो बेला" भन्दै पिन्चे भएकी थिइन् । दिनभरको रौनक बोकेर साँझपख छोरीज्वाइँ फर्किएका थिए । त्यसपछि घरबेटी बा र आमा टेलिफोनको रिसिभरको छेउछाउमा झोक्राएर बसेका थिए ।

"डुडे मुसो थ्यो घराँ । त्यल्ले पो तार काट्यो कि !" घरबेटी आमाले अबेरपछि भनेकी थिइन् ।

"तिनेरूको आफ्नै चाड हुन्छ अब," घरबेटी बाले उदास स्वरमा भनेका थिए, "त्यसको चाड फेरियो ।"

त्यसपछि त हो नि घरबेटी बाले मेरो दैलो ढकढक्याएको । उनका औंला टीकाले रङ्गिएका थिए । निधारबाट खसेका अक्षताले सेतो सर्टको छातीभरि थोप्लाथाप्ली छाडेका थिए । उनको ज्यानबाट डढेको तोरीको तेलको गन्ध आइरहेको थियो । सेलरोटी पकाउँदाको होला ।

"निधार कति रित्तो राख्छस्, केटा," उनले प्रेमले भने, "आइज ।"

मैले हतार हतार कपडा फेरें र माथि उक्लिएँ । खैरो कार्पेटभरि अक्षता र जमरा छरिएका थिए । भुइँ टेबलमा ठूलो थाल थियो । मलाई लाग्यो, चाँदीको होला । त्यसमा अक्षता र जमरा थिए । केही बन्दी खाम थिए, दक्षिणाका । कुनातिरको अर्को टेबलमा खानाका परिकार थिए । सेलरोटीका चाङ थिए । मैले सम्झिएँ– मेरो घरमा चाडबाडको पहिलो सेलरोटी खाने म थिएँ । म सेलरोटीका चुरा लगाएर गाउँ

डुल्थें । यसपालि सेलरोटीका चुरा लगाएर सबैभन्दा पहिले को डुल्यो होला गाउँमा ?

पाँच वर्षसम्म रित्तो भएको निधारमा घरबेटी बाले अलिकति तन्किएर ठस्ठस कन्दै टीका लगाइदिए । मन्त्र पनि फलाक्न खोजे । तर मन्त्र मुख भित्रभित्रै बस्यो । मैले मौरीको भुनभुन जति मात्र सुनें ।

"कालले आइज, आइज भन्ने बेला भइसक्यो," घरबेटी आमा जिस्किइन्, "बड्डालाई अझै रामरी आशीर्वाद दिन आउन्न ।"

घरबेटी बाको अनुहार लाजले रातो भयो ।

मैले घरबेटी बा र आमाको हातमा ढोगें ।

"हेर केटा, अब तँ छोरा जस्तै भइस्," घरबेटी बाले भने, "मनको कुरा भन्न अप्ठ्यारो नमान्नू ।"

मैले मुन्टो हल्लाएँ ।

"त्यो कान्छो जिम्दै भाको भए यत्रै हुन्थ्यो होला है," घरबेटी आमाले भनिन्, "डेढ वर्षमै बित्यो । म त अचेल अनुहारै सम्झिन्नँ । त्यो भको भए साथाँ हुन्थ्यो कि ।"

घरबेटी बाले घरबेटी आमातिर प्रेमले पुलुक्क आँखा तरे । फुस्कन नहुने कुरा फुस्किए जसरी घरबेटी आमा हडबडाइन् र ठूलो टपरीमा खानेकुरा राखिन् ।

मैले दक्षिणाको खाम र अलिकति ठूलो टपरीमा प्रसाद पाएँ ।

दसैं सकिएको हप्तौं बितिसक्दा पनि म प्रायः टोलबाहिर निस्किइनँ । टोपले दिएका चार किताबको भाषा मिलाइसकेको थिएँ । र *द गुड अर्थ*का दुई सय ३३ पृष्ठका अर्थ टिपिसकेको थिएँ । सोचेको थिएँ, पहिला पुस्तकका नजानेका सम्पूर्ण शब्दको अर्थ टिप्छु अनि बल्ल कथा पढ्छु । खै किन हो, मलाई लागिरहेको थियो, पुस्तक बीचमै छाडें भने म हार्नेछु । म जीवनमा अरू कुनै पनि निर्णय गर्न नसक्ने हुनेछु । बीचबीचमा आउने ससाना मोहले अलमल्याइरहनेछन् । म जीवनभर आत्मामा झुसिला कुण्ठा बोकेर बाँच्नेछु । हत्तेरी, त्यो बेला अलिकति

कोसिस गरेको भए हुन्थ्यो नि भनेर ग्लानि हुनेछ । हृदयमा बन्नेछ खाडल । त्यसले जीवनकालभरका हर्ष निलेरै बस्नेछ ।

म खाडल कसरी बन्न दिन्थें र !

आमैले भन्थिन्, "ईश्वरले अनेक तरिकाले सन्देश पठाउँछन् । सुन्न जान्नुपर्छ ।"

मलाई लागिरहेको थियो, म त्यो सन्देश सुनिरहेको छु ।

टोपले भनेको थियो, "सिरीजी, दसैंपछि तपाईंलाई अरू पनि काम छन् । *देशप्रेम साप्ताहिक*लाई दरबारबाट पैसा आउला जस्तो छ । माओवादीका कारण दरबार अलिकति तातेको छ । आयो भने म तपाईंलाई त्यहाँ पनि प्रुफ रिडर सिफारिस गर्नेछु । सम्पादक बूढाले मान्छन् । हाम्रो पत्रिका रङ्गीन हुन्छ ।"

म उत्साही भएको थिएँ ।

"अब हाम्रो पत्रिका पढिसकेपछि हात धुनुपर्दैन," टोपले हत्केला पट्काउँदै भनेको थियो, "मेरो पनि फोटो रङ्गीन छापिन्छ । यत्तिका वर्ष पत्रकार भइटोपलियो, पत्रिकामा रङ्गीन फोटो अहिलेसम्म छाप्पेको होइन । अब नयाँ फोटो खिच्नुपर्ला । यो ढाकाटोपी पो लाउनु कि नलाउनु, सिरीजी ?"

उसले खुसुक्क भनिसकेको थियो, "तपाईंले तलबमा ३५ सय रूपियाँ पाउनुहुनेछ ।"

मैले हिसाब गरिसकेको थिएँ, मलाई डेरा भाडा तिर्न, खान र अलिकति फुर्माइस गर्न मज्जैले पुग्थ्यो । बीचबीचमा टोपका किताबबाट आउने पैसा जोगाउनेछु । अलिकति पैसाको मुठो ठूलो भयो भने वाणिज्य बैङ्कमा जानेछु र जमुना जस्ती ओठ भएकी महिलालाई भन्नेछु, "मेरो खाता खोल्दिनुस् ।"

त्यति बेलासम्म गाउँमा टेलिफोन बन्ला । घरमा फोन गर्नेछु । भन्नेछु, "बा, मैले जागिर खाएँ ।"

राति बाले आमालाई भन्लान्, "त्यो असलै थ्यो । बिचाँ अलमलियो । ऐले बाटो भेटायो । अब रोकिन्नँ । अब मलाई कुनै चिन्ता छैन, म आनन्दले निदाउँछु ।"

सपना पनि गोडमेल गरिराख्नुपर्दो रहेछ । नत्र त्यसमा दुःस्वप्नका झार पलाउने रहेछन् । म साँघुरो गमलामा हलक्क बढेका सपना गोडमेल गर्न सिपालु हुँदै गएको थिएँ ।

हुँदाहुँदा मैले मोटरसाइकल किनेको र पछाडि समीरालाई राखेर हुइँकिइरहेको कल्पना पनि गर्न थालेको थिएँ । ऊ मभन्दा पाँच वर्ष जेठी थिई, के भो र !

म माकुराले झैं योजनाको जाल बुन्दै थिएँ ।

म *द गुड अर्थ*लाई दुईतीन पटक पढ्नेछु । नेपाली अर्थ रट्नेछु । अनि फेरि अर्को नयाँ प्रति किन्नेछु । कली क्याफेमा किताब पढेको स्वाङ गरिरहनेछु । त्यहाँ आएकी समीराले *द गुड अर्थ* देख्नेछे । मेरो छेउमा आएर किताब कस्तो लाग्यो भनेर सोध्नेछे । म खररर भन्नेछु । कति त उसैले भनेका कुरा पनि जोडजाड पार्नेछु ।

ऊ छक्क पर्नेछे ।

किनभने उसले आफ्नो सबैभन्दा प्रिय किताब पढेर आफैंले जस्तै व्याख्या गरेको कुनै अर्को व्यक्ति देख्नेछे । अर्को टेबलमा नीलसित बसिररहेका बेला पनि उसले मलाई पुलुक्क पुलुक्क हेर्नेछे । उसलाई लाग्ला पनि, कतै नभेटी भेटे जस्तो, केही नबोली, धेरै कुरा गरे जस्तो ।

पछिपछि ऊ कली क्याफेमा एक्लै पनि आउन थाल्छे कि ! ऊ मसित अरू पनि कुरा गर्नेछे । म उसले भन्दै आएका धेरै कुरा आफ्नो लबजमा ढालेर उसलाई भन्नेछु । कति त उसका बाबाले भनेका कुरा पनि भन्नेछु ।

ऊ झन् वाल्ल पर्नेछे । उसलाई सपना जस्तो लाग्नेछ । सपनैमा जस्तो गोडा लुला लुला भए जस्तो हुनेछ । ऊ सोच्नेछे, कसरी दुई मान्छे हुबहु एउटै सोच्न सक्छन् । एउटै महसुस गर्न सक्छन् । ऊ

आफूलाई थामथुम पार्न सोच्नेछे, अनुभूतिहरू मिल्दाजुल्दा त हुन्छन् नि ! तैपनि उसलाई बाजी हार्दै गएको अनुभूति हुनेछ । उसलाई लाग्नेछ, ऊसित जम्मा तीन प्रश्न बाँकी छन् ।

ऊ सोध्नेछे, "मन नपर्ने मौसम ?"

म भन्नेछु, "जाडो । म त जाडोमा पेन्गुइन जसरी हिँड्छु ।"

"मनपर्ने खानेकुरा ?"

"चटामरी । कृष्ण मन्दिरछेउको ।"

"मनपर्ने रङ ?"

"हरियो । मलाई त झुसिल्किरा प्याच्च हुँदाको रङ पनि मनपर्छ, हरियो हुन्छ नि ।"

"सै हो ।"

उसलाई पिसाबले चापे जस्तो हुनेछ । ऊ बाथरूमतिर दगुर्नेछे । कली क्याफेको बाथरूमभित्रको ठूलो ऐनामा ठिङ्ङ उभिएर आफैँलाई हेर्नेछे । आफ्नो अनुहार किन रून्चे हुँदै गएको हो, उसलाई पत्तो हुनेछैन । हनहनी ज्वरो आएजसरी उसको ज्यान तातो हुनेछ । ऊ सुकेका ओठ जिब्रोले भिजाउनेछे ।

कपाल मिलाएर, कपडा तानतुन पारेर ऊ मन्द गतिमा फर्कनेछे । र मलाई भन्नेछे, "चटामरी कैले खाने त ?"

घट्टेकुलोका किराना पसले वा छिमेकीहरू मलाई एक्लो एक्लो देख्थे । तर उनीहरूलाई थाहा थिएन, म कसरी आफ्नो संसार आफैं रचिरहेको छु भन्ने ।

आदि फर्किएको थियो । ऊ भन्थ्यो, "हिउँले डढेको हुँ ।" उसको अनुहारमा कालो छाया परे पनि आभा चाहिँ खुलेको थियो । मोहिनीसित उसको कुरा भइसकेको थियो । अचानक उसका दाइ आइपुगेका थिए । र घर लगेका थिए । ऊ भागेकी थिइन ।

"लौ पार्टनर, हिमालको गिफ्ट !" भन्दै उसले दुइटा यार्सागुम्बा दिएको थियो । आधा जीव र आधा वनस्पति । यार्सागुम्बा दिँदा उसको ओठमा रोमाञ्चक मुस्कान थियो । मलाई लाग्यो, उसको बिहेको तयारी पूर्ण भएको छ ।

सूर्यबहादुरले भने राता र रहरलाग्दा अकबरे खुर्सानी ल्याइदिएका थिए । भनेका थिए, "आफ्नै बारीको हो । सुलीको मल हालेको ।" उनी जति पोकापन्तुरा बोकेर गएका थिए, त्यति नै बोकेर फर्किएका थिए । जाँदा सारा सहर बोकेर गएका थिए, आउँदा सारा गाउँ ल्याएका थिए । काठमाडौं आउँदा कुर्कुच्चातिर खिइएको चप्पल लगाएर आएका थिए । जाँदा आफ्नै ट्याक्सी कुदाउँदै गएका थिए । उनकी आमैले भनिन् पनि अरे, "तँ जन्मिँदा सूर्यबहादुर थापाको शासन थियो । त्यस्तै बनेस् भनेर तेरो नाम सूर्यबहादुर राखेको ।"

आमालाई लागेको थियो, छोराले नामअनुसारको काम गऱ्यो । ढाडको नसा च्यापिएकाले उनी कुलदेवताको थानमा नपुगेको वर्षौं भएको थियो । सूर्यबहादुरले ट्याक्सीमै पुऱ्याइदिएका थिए । सात गाउँमा गाडी चढ्ने सूर्यबहादुर मात्रै थिए । फर्किने बेला सूर्यबहादुरले सोधेका थिए रे, "हिँड काठमाडौं । ढाडको उपचार गरौंली ।"

आमाले भनेकी थिइन्, "जान्नँ । त्यहाँ त हामी गनाउँछौं ।"

"यतै मर्ला नि फेरि ।"

"म खुसी भएकी छु । मरे भने पनि हाँसीहाँसी मर्छु । धेरै थोक मागेर देउतालाई हैरान पनि पार्नुहुन्न ।"

# तन्द्रा

*कसैलाई भन्न पनि भाछैन,*
*नभनी पनि भाछैन ।*

जति जति चिसो बढ्दै थियो, उति उति सूर्यबहादुर जिङ्ग्रिङ्ङ पर्दै गएका थिए । उनको अनुहारमा थकान देखिन्थ्यो । खाना खाने बेला पनि भातको डल्लो हेर्दै टोलाउँथे । चन्द्रा बम्किन्थिन्, "भात खाने बेला कसको सम्झनामा टोलाएको छस् ?"

उनी थाल फ्यात्त फालेर हिँड्थे ।

मङ्सिर दोस्रो साता बिहीबार उनी सवा पाँच बजे मेरो कोठामा पसे । पलङ्मा बसेर लामो हाई काढे । दाँतको भित्रपट्टि जमेको कमेरो जस्तो पत्र पनि देखिने गरी । चुरोट झिकेर सल्काए र एउटा मलाई दिए । मैले गिलासमा पानी राखेर एस्ट्रे बनाएको थिएँ । चुरोटका ठुटा पानीमा फुलेर ढाडिएका थिए । गिलास बेसार राखेको भाँडो जसरी पहेंलिएको थियो ।

मैले उनका अगाडि गिलास राखिदिएँ ।

उनले टोलाउँदै चुरोटको धूवाँ उडाए र टुप्पोको खरानी प्याट्ट पारेर गिलासमा खसाले । उनी दिउँसो दिउँसो ट्याक्सी अरूलाई नै चलाउन दिन्थे । चन्द्राले भनेकी थिइन्, "अब आफ्नै भएपछि त दिउसो चलाउनू नि ।" उनले भनेका थिए, "१२ वर्ष रातमा चलाइयो । रातकै बानी लाग्यो हौ ।" छ बजेतिर ट्याक्सी आइपुग्थ्यो र उनी नाइट ड्युटीमा जान्थे । मलाई लाग्यो, उनी ट्याक्सी कुरिरहेका छन् । सायद

मलाई नाइट ड्युटीमा बोलाउन आएका होलान् । म जानेवाला थिइनँ । त्यसैले द *गुड अर्थ* देखाउँदै भने, "यो किताब पढ्दै छु । रातिसम्म सक्छु कि !"

उनले किताब समाएर गातालाई घोरिएर हेरे । मुन्टो हल्लाउँदै फर्काए । मैले सिरानमा राखें । सायद उनी मलाई नाइट ड्युटीमा बोलाउन आएका होइनन् । कि झगडा परेर चन्द्रा फेरि माइत हिँडिन् ?

"भाउजूलाई सन्चै छ ?"

उनले मतिर पुलुक्क हेरेर मुन्टो हल्लाए ।

"दाइलाई पो सन्चो भएन कि ?" मैले फेरि सोधें, "अनुहार फुङ्ङ उडेको देखिन्छ ।"

उनले कुनै प्रतिक्रिया दिएनन् । आफ्नै मुखबाट फुसुफुसु उडिरहेको धूवाँ हेरिरहे । मलाई लाग्यो, उनलाई अलिकति समस्यै परे जस्तो छ । यतिका वर्षमा मैले पहिलोपल्ट उनलाई यति थकित र निराश देखेको थिएँ । सानातिना समस्या त अचार झैं च्वाप्पै पार्ने मान्छे पो हुन् !

उनले फिल्टरसम्म आएको चुरोटलाई गिलासमा कोचकाच पारे । एकपल्ट केही सम्झिएर हाँसे । हाँसो पनि यस्तो थियो, जसरी मानिस आफैंले गरेका उटपट्याङ सम्झिएर अलिकति लाज र अलिकति ग्लानिले हाँस्छन् ।

"मेरो कुरो कसैले पत्याउँदैन, भाइ," उनले मेरा आँखैमा हेरेर भने, "केही भन्यो कि गँजेडीले गाँजाको सुरमा केके देख्छ केके भनिहाल्छ ।"

"म पत्याउँछु नि, दाइ ।"

"त्यसैले त यहाँ आएको," स्याउँस्याउँती कीरा हिँडेका छन् कि जसरी उनले ज्यान बटार्दै भने, "अरूलाई भनेन भने यही कुराले खाएर मलाई कङ्कालै बनाउँछ हौ ।"

म वाल्ल परें ।

"म अचेल मरेको मान्छे देख्छु, भाइ," रून्चे हाँसो हाँस्दै उनले भने, "पहिला त बहम होला जस्तो लागेको थियो । बहम होइन रछ । म मरेको मान्छे देख्छु ।"

"मैले त झन् आफैँ मरेको सपना देखेको थिएँ," सान्त्वना दिन भनेँ, "सपना बिग्रेका बेला यस्ता सपना देखिन्छ, दाइ ।"

"फेरि त्यही कुरो । सपनामा होइन हौ," बेस्मारी छटपटिँदै भने, "म दिउँसै देख्छु, झलझली घाम लागेको बेला देख्छु ।"

त्यस्तो पनि होला र काइँ !

उनले मेरो अनुहारमा प्रश्नैप्रश्न देखे कि ! भनिहाले, "त्यसैले त कसैलाई भन्न मन लाग्दैन । जाँठाजाँठी पत्याउँदैन ।"

"अलि रामरी भन्नुस् न, दाइ ।" मैले सकेसम्म उनका कुरा पत्याइरहे जस्तो अनुहार बनाउन खोजेँ, बन्यो कि बनेन, के थाहा !

उनले पहिलोपल्ट गाउँका लाहुरे काकालाई देखेका थिए । लडाइँमा लाहुरेको दायाँ गोडा काटिएको थियो । स्टिलको खुट्टो लाएर हिँड्थे । गाउँमा पहिलोपल्ट बबलगम भित्र्याउने उनै थिए । नत्र केटाकेटी गहुँका दाना चपाईचपाई बबलगम बनाउँथे । रक्सीको मातमा उनी भीरबाट खसेका थिए । खोचमा अल्झिएछन् । गाउँलेले धेरै खोजेका थिए । तर उनी १७ दिनपछि भेटिए । गिद्धको झुन्डले उनलाई लुछिरहेको थियो । हराएका गिद्धसँगै सूर्यबहादुरको स्मृतिबाट पनि उनी हराएका थिए । तीन साताअघि सूर्यबहादुरले उनलाई स्वयम्भूमा देखेका थिए । ल्याम्पपोस्टको उज्यालोमा । संसारमा धेरै मिल्दाजुल्दा मान्छे हुन्छन् भन्ने पनि सुनेकै थिए ।

एकछिन हेरिरहँदा सूर्यबहादुरलाई लाग्यो, काटीकुटी काका नै हुन् । उनी दायाँ गोडा खोच्याउँदै हिँडिरहेका थिए ।

दोस्रो पटक सूर्यबहादुरले भीमराजकी जहानलाई देखेका थिए, शङ्खमूलको ओरालोमा । उनी पेसेन्जर कुरेर बसेका थिए । उनले कुनै बालक रोएको आवाज सुने । आवाज आएतिर हेरे । सडक किनारको

बन्द हुन लागेको किराना पसलबाहिर सात वर्ष जतिको बालक रोइरहेको थियो,। सायद उसले केही किनिमाग्न ढिपी कसेको थियो । हातखुट्टा सुकेको र पेट ह्वात्त फुलेको बालक उनलाई कहीँकतै पहिल्यै देखे जस्तो लागिरहेको थियो । उनको ध्यान बालकलाई लतारिरहेकी महिलातिर गयो । उनको छातीका जोर्नी च्यातिँदै गए जस्तो भयो । हो, ऊ भीमराजकै जहान हो । उसले पछ्यौराले टाउको छोपेकी थिई । र पछ्यौराको टुप्पो दाँतले टोकेर अड्याइरहेकी थिई । बालक भीमराजकै कान्छो छोरो थियो ।

पसल बन्द भयो । भीमराजकी जहान बालकलाई तान्दै गई ।

पेसेन्जर भेटेपछि सूर्यबहादुर पनि हिँडे । तर बाटोभरि उनका आँखाभरि भीमराजकै जहान आइरहिन् । भीमराजका अघिल्ला चार सन्तान कुपोषणले बितेका थिए । कान्छो छोरो जन्मिएपछि ऊ झन् चिन्तित भएको थियो । गरिबी र ऋणले डुबेपछि उनीहरूले बर्खेभेलमा हाम्फालेका थिए । श्रीमती र छोराको लास भेटिएको थियो । तर उसको भेटिएको थिएन ।

भन्नेहरू भन्थे, "भीमराज बाँच्यो । तर आत्मग्लानि र पापको बोझ थाम्न नसकेर कतै गुमनाम बाँचिरहेको छ ।"

"अरू मरेका चार जना पनि देखेको छु ।" सूर्यबहादुरको ज्यान थरररर काँपे जस्तो भयो । भने, "अस्ति छ बजेतिर रेडलाइट बलेर जेब्राक्रसमा थिएँ । सन्तोषेले यी आँखैअघिबाट बाटो काट्यो । त्यो मरेको त चार वर्ष भयो ।"

मेरो मुटु ढक्क फुल्यो ।

"डरलाग्दो सपना देखेपछि ब्युँझिइन्छ । ए, सपना त हो नि भनेर आफैंलाई थामथुम पारिन्छ," अनुहार पिन्चे बनाउँदै सूर्यबहादुरले भने, "यहाँ त ब्युँझिन पनि मिल्दैन । मेरो मगज ठेगानमा छैन, भाइ ।"

म त वाल्ल नै परिरहेको थिएँ । आज सायद सुत्दा पनि बत्ती निभाउँदिनँ ।

उनले काँपिरहेका हातले गोजी छामछुम पारेर फेरि चुरोट झिके । एकछिन चुरोट हातमा खेलाइरहें । सल्काएनन् । र भित्रभित्रै रूझे जस्तो आवाजमा सोधें, "मलाई काललले बोलाएको त होइन होला है, भाइ ?"

म अकमकिएँ । मलाई उनको माया लाग्यो ।

"कि कुलदेउता रिसाको हो ?"

मैले कक्रक्क भएका ओठ ल्याप्प चाँटें ।

"कसैलाई भन्न पनि भा'छैन । नभनी पनि भा'छैन," जुरूक्क उठ्दै उनले भने, "जाँठो जिन्दगी ।"

बर्खाको बादलबीचबाट एक चेप सूर्य देखिए जस्तो उनको अनुहार अलिकति उज्यालो भयो । अघिसम्म झरीमा लुत्रुक्क परेको फूलले घाम लाग्दा मुन्टो उठाए जसरी उनी तङ्ग्रिए । भने, "तिमीसित कुरा गरेर अलिकति हल्का भयो । जाने हो त आज, ड्युटी ?"

अब त झन् के जाँदो हुँ !

उनले एकपल्ट मेरो कोठातिर आँखा दगुराए । टोपका पुलिन्दा सिरानछेउमै थिए । उनी खिस्स हाँसे । भने, "अचेल पढाइ धुमधामसित चल्दै छ है, भाइ ! पढपढ । पढाइले मुक्ति दिन्छ गरिबको चोलालाई । म त अनपढै रहें । देखिहाल्यौ अनपढको जिन्दगी । कहिले जिउँदोसित तर्सेको छ, कहिले मरेकोसित ।"

उनी गएको अबेरसम्म पनि चुरोटको खार र मरिसकेका उनका गाउँले मेरा कोठाका कुनातिर रङ्मगिइरहे । मलाई सूर्यबहादुर समीराले पढ्ने किताबका पात्र जस्तै लाग्न थालेका थिए । कसैसित नहुने घटना उनैसित हुन्थे । आदिले थाहा पायो भने के भन्ला ? चन्द्राले के भन्लिन् ? समीराले भनेकी थिई, "आफ्नै कल्पनामा रमाउने मानिसलाई त आफ्नै कल्पना पनि यथार्थ जस्तो मान्ने लत हुन्छ ।"

के सूर्यबहादुर आफ्नै कल्पनाको लती थिए ? कि साँच्चै देख्थे, मरिसकेका मानिसहरूलाई ? पालैपालो । उनले देखेकै हुन् भने तिनीहरू सूर्यबहादुरलाई केही सन्देश दिन चाहन्थे ?

अबेरसम्म सोचेपछि मलाई लाग्न थाल्यो, म उत्तरहीन प्रश्नको दलदलमा डुब्दै गएको छु । ध्यान मोड्न मैले द *गुड अर्थ*का पृष्ठ पल्टाएँ र लिखा जसरी शब्दकोशबाट नेपाली अर्थ टिप्दै र टाँस्दै गएँ ।

मलाई ठ्याक्कै समय थाहा छ– रातिको सवा नौ बजेको थियो । किनभने रेडियोमा *बिबिसी नेपाली सेवा*को धुन बज्न थालेको थियो । म आलु काट्दै थिएँ । शान्त घरमा मान्छे दगुरे जस्तो घन्द्राङघुन्द्रुङ भएको थियो । एकछिन त मलाई लाग्यो, भूकम्पै आयो कि ! मैले र्‍याकमाथि राखेको बोतलतिर हेरेको थिएँ, त्यसको पानी हल्लिएको थिएन ।

छ वर्षमा मैले थाहा पाइसकेको थिएँ– यो घरमा त्यत्तिकै घन्द्राङघुन्द्रुङ हुँदैन । फेरि कोही भऱ्याङतिर दगुरे जस्तो भयो । चोर पो पस्यो कि !

फेरि के सङ्कट आइलाग्यो कुन्नि !

मैले दैलो उघारेर हेरें ।

सूर्यबहादुर पनि बाहिर निस्किसकेका थिए । सूर्यबहादुरको छेउमा घरबेटी बा थिए । साउतीमा बोलिरहेका घरबेटी बाको अनुहार मलाई अर्कै लाग्यो । पीडा र त्रास मुछिएको ।

आधा ढप्किएको दैलोभित्रबाट चियाउँदै चन्द्राले सोधिन्, "के भो, किन आत्तेको ?"

"केही होइन" भन्दै सूर्यबहादुर भित्र गए ।

घरबेटी बाले मतिर पुलुक्क हेरे । केही बोल्न खोज्दै थिए, खोकी बल्झियो । मुखमा मुड्की टाँसेर एकछिन खोके । र स्याँस्याँ गर्दै भने, "तँ पनि जा यिनीसित । साथे चाहिने यस्तै बेला त हो । म पनि जान्थें । तर सुनिताकी आमालाई औषधि ख्वाउनु छ । त्यल्ले औषधि चिन्दिन ।"

मैले केही कुरा बुझिरहेको थिइनँ । तर हतारमा यत्ति बुझें, घरबेटी बाले प्रतापकी आमा भन्न छाडेछन् ।

सूर्यबहादुर निस्किए ।

"यो पनि जान्छ," घरबेटी बाले मतिर देखाए ।

मैले हतारहतार कपडा लगाएँ । म कहाँ जाँदै छु, किन जाँदै छु, थाहा थिएन । तर घरबेटी बा र सूर्यबहादुरको छटपटी र हताश देखेर केही अलि अप्ठ्यारै खाले समस्या घर पसेको चाहिँ अड्कल काटें । घरबेटी बा र सूर्यबहादुरलाई सबै थाहा थियो । थाहा नहुने, चन्द्रा र म मात्रै थियौ ।

"किन के भयो र ?" चन्द्राले फेरि सोधिन्, "कहाँ जान लागेको ?"

"बिहान भनौंला, अहिले सुत् । अलि ढिलो होला फर्कन ।"

उनी र म हतारिँदै भऱ्याङ झऱ्यौं । बाहिर ट्याक्सी थियो । अगाडिको दैलो खुलै थियो । सूर्यबहादुरले सिटमा बसेर दैलो ढ्याप्प पारे, म उनको छेउमा बसें ।

"के भयो र, दाइ ?" मैले छटपटिँदै सोधें, "हामी कहाँ जान लागेको ?"

"हस्पिटल ।"

"कसलाई के भयो ?"

साँघुरो बाटोमा खाल्डाखुल्डी आएकाले होला, उनले उत्तर दिएनन् । घ्याच्चघुच्च गर्दै ट्याक्सी मूल सडकमा आइपुग्यो । सूर्यबहादुरले थोत्रो टालोले अगाडिको सिसा पुछे । र रफ्तार बढाउँदै भने, "त्यो मसानलाई मैले भनेकै हो, सडकले साथीको स्पिड पनि धान्दैन ।"

मलाई मेरो मुटु फ्यात्त पेटतिर खसे जस्तो लाग्यो । आदिलाई केही भएको हो ?

"मसिनो सास त छ भन्थे," लामो सुस्केरा हाल्दै उनले भने ।

पुलिसले नौ बजे घरबेटी बालाई फोन गरेका रहेछन्– आदिको पर्सभित्रको कागजको चिर्कटोमा उनको नम्बर भेटिएकाले । उसको घरको नम्बर पनि थियो रे । घरमा खबर गरिसकेपछि घरबेटी बालाई फोन गरेका रहेछन् । छटपटिँदै घरबेटी बाले सूर्यबहादुरको बाटो

हेरेका रहेछन् । उनलाई थाहा थियो, सूर्यबहादुर खाना खान नौ बजे आउँछन् ।

"हो, यही मान्छे हो भन्दिने मान्छे पनि पाएनछ हौ," सूर्यबहादुरले पुलुक्क मतिर हेर्दै भने, "फोकटमै मर्ने भयो ।"

"हस्पिटलमा...," वाक्य पूरा गर्न मेरो सासै पुगेन । लामो सास फेरें र भनें, "हस्पिटलमा भए त बाँच्ला नि । डाक्टरले बचाउँछन् ।"

सूर्यबहादुरले झ्यालबाहिर पिच्च थुके ।

मेरा आँखा धमिला भएर आए । सासै फेर्न गाह्रो भए जस्तो भयो । झ्यालको सिसा तल तानें । मेरा आँखाभरि झलझली आदिका सम्झना आउन थाले । उसका रिस र हेपाइ पनि प्रिय लाग्न थाले ।

"म पनि फोकटैमा लडेछु, त्योसित," उदास हुँदै सूर्यबहादुरले भने, "यस्तो गति हुने रछ ।"

हस्पिटलमा मानिसको भीड कम भइसकेको थियो । हामी भित्र पस्दा एउटा एम्बुलेन्स रफ्तारमा बाहिर निस्कियो । ट्याक्सीलाई कुनामा राखेर हामी निस्कियौ । गेटमै दुई पुलिस उभिएका थिए । सूर्यबहादुरले एकछिन कुरा गरे । र मतिर इसारा गरे । मलाई आशा थियो, पुलिसले भन्नेछन्, उसलाई सन्चो हुँदै गएको छ ।

म लुरूक्क गएँ ।

पुलिसले कागजमा हाम्रो नाम र ठेगाना टिपे । नातामा साथी लेखे । हस्ताक्षर गर्न लगाए । र अघिअघि लागे । हामीले पछ्यायौ ।

भित्रपट्टि दूध रङका भित्ता र भुइँ ट्युबलाइटमा टल्किरहेका थिए । म सबैभन्दा पछि थिए । म दगुरे जसरी सूर्यबहादुरको छेउमा पुगें र मसिनो आवाजमा सोधें, "के भने, दाइ ?"

चम्किलो उज्यालोमा सूर्यबहादुरको अनुहार रून्चे भयो । उनका आँखाका चेप छिपछिप देखिए । उनले प्रेमले मतिर हेरे । मलाई उनको आवाज अनकन्टार गुफाभित्रबाट पातलिँदै निस्किए जस्तो लाग्यो– "जाँठो ! हिँडी पो सकेछ ।"

# आमा

*एउटा पनि खत लाग्न नदिई हुर्काकी थें ।*

बिहीबार बिहानै मालसिरीको बथान उडेको थियो । बादलका पोथ्रापोथ्री मुन्तिर । दिनको सुरूवात सुन्दर थियो । मधुरो तुवाँलो हटेको थियो ।

आदिले मालसिरीका बथान रमाइलो मान्दै हेरेको थियो ।

अनामनगर चोकबाट उसले कसैलाई फोन गरेको थियो । बाहिर निस्किएर कागजको चिर्कटो डल्लो पारेर फालेको थियो । अनि अलि परको ड्राई क्लिनिङमा पसेको थियो । र प्लास्टिकमा पोको पारेको लुगा बुझाएको थियो, यात्रामा लगाएका ।

भोलिदेखि फिल्म फेरिँदै थियो । उसको हतार भोलि नै हुन्थ्यो । त्यसैले ऊ फुसर्दमा थियो । उसले मैतीदेवी चोकमा खाना खाएको थियो । र चोककै पान पसलबाट पान चपाउँदै मोटरसाइकल चढेको थियो ।

उसको दिन सधैंकै जस्तै थियो ।

दिनको सवा तीन बजे ऊ गौशालाबाट सिनामङ्गलतिर हुइँकिइरहेको थियो । उसको मोटरसाइकलपछाडि फिल्मका रिलका डब्बा थिए । सायद ऊ ग्वार्कोतिर गइरहेको थियो । तिलगङ्गा आँखा अस्पतालनिरको मोडमा सडक अलिकति कोल्टे परेको थियो । दायाँतिर केही ससाना झुप्रा थिए । त्यहाँ चिया-नास्ताका दोकान थिए । बाहिरपट्टि केटाहरू क्यारेमबोर्ड खेलिरहेका थिए भने फुर्सदिला वृद्ध खेल हेरेर उभिएका थिए । सडकमा धेरै गाडी थिएनन् । सडक रित्तो रित्तो थियो । त्यसैले आउनेजाने गाडी बत्तिँदै कुदिरहेका थिए ।

एयरपोर्टभित्रबाट निस्कने ट्याक्सीले गेटनिर जाम हुन्छ भनेर यहीँबाट गाडीहरू आफ्नो रफ्तार बढाउँथे ।

आदिको पछिपछि यात्रुवाहक बस आइरहेको थियो । यहीँनिर बसलाई पनि हतार हुन्थ्यो । किनभने एयरपोर्टभित्रबाट निस्किएका यात्रु अर्कै बसले कोचकाच पारेर हिँड्न सक्थ्यो ।

र सबैथोक अचानक भएको थियो ।

रफ्तारमा आइरहेको बस चिप्लिएर मोटरसाइकलमा बजारियो । ड्राइभर आत्तियो र झ्याप्प ब्रेक लगायो । बस भयावह तरिकाले चिच्यायो । ढलपलाउँदै अलि अगाडिसम्म चिप्लियो । बसभित्र डन्डी समाएर उभिएकाहरू आपसमा बजारिए । सिटमै निदाएकाको निधार अघिल्लो सिटमा ठोकियो ।

"मान्छेलाई हान्यो," बसको दायाँ झ्यालतिर बसेका चिच्याए ।

खलासीले आत्तिएर दैलो खोल्न खोज्यो । तर खुलेन । उसले जोडले एक लात्ती हानेपछि दैलो उघ्रियो । ऊ हुर्त्तिंदै बाहिर आयो र फेरि दैलो ढ्याम्म लगायो । र ड्राइभरतिर हेर्‍यो, ड्राइभर कालोनीलो भइसकेको थियो ।

खलासीले अघिल्लो पाङ्ग्रामा लतारिएको मोटरसाइकल देख्यो । बीचतिरबाट बाङ्गिएको । ट्याङ्की फुटेर पेट्रोलले सडक भिजाउँदै गइरहेको थियो । पेट्रोलको चर्को गन्धबीच आदि पछारिएको थियो । बायाँतिर कोल्टे परेर । हेल्मेट चुँडिएर पछाडिको पाङ्ग्रामा चेप्पिएको थियो । उसका दुवै गोडा पिल्सिएका थिए । तिनमा कम्पन पनि थिएन । जिन्सको पाइन्ट रगत र धूलोले मुछिएको थियो भने हड्डीका छेस्का कपडा उनेर बाहिर निस्किएका थिए ।

खलासीलाई के गरूँ, के गरूँ भयो !

त्यसै बेला आदि चलमलायो । उसले अलिकति मुन्टो बटारेर खलासीलाई हेर्‍यो । आदिले हात उठाउन खोजेको थियो । तर औंला काँपे मात्र । उसको गर्धन अरड्डिएको थियो, सारा ज्यानको भार त्यहीँ परे जसरी । ऊ घाइते सर्प जस्तो घ्रिसिन खोजिरहेको थियो । तर

ज्यान हल्लिँदा पनि हल्लिएन । खलासीले उसका रगत भरिए जस्ता राता आँखा देख्यो, जसबाट जीवनको चमक उडिसकेको थिएन ।

खलासीले उल्लु जसरी टाउको बटारेर चारैतिर हे-यो र जुत्ताको तलुवाले आदिको टाउको भित्रतिर धकेलिदियो ।

र सिर्र सिटी बजायो ।

घ्यार्रघ्यार्र गरिरहेको बस हुत्त अघि बढ्यो । पछाडिका पाङ्ग्रा ठ्याक्कै आदिका नाभिनिरबाट घस्रिए । हड्डी टुक्रिएको आवाज बसभित्र चिच्याएका यात्रुको कोलाहलभित्रै हरायो । आदिको मुखबाट अन्तिमपल्ट आवाज निस्किएको थियो, जो कसैले सुनेन । के उसले कसैलाई पुकारेको थियो ? ईश्वरलाई ? आमालाई ? वा बाँच्न बाँकी रहेको रहरलाग्दो आयुलाई ?

उसको कम्मरमाथिको ज्यान एकपल्ट माथितिर हुत्तियो र पछारियो ।

खलासीले सबथोक मिले जसरी ड्राइभरतिर हे-यो ।

ड्राइभर सहज हुन खोजिरहेको थियो । तर उसले पछाडिबाट आएको मुक्का देखेन । दुई यात्रु उसको अनुहारमा मुक्कैमुक्का हिर्काइरहेका थिए ।

ऊ हुत्तिएर भुइँमा पछारियो ।

उसको अनुहार रगतपच्छे भएको थियो । केही यात्रुले ड्राइभरकै सिटबाट फाल हाले । अरू भने भर्खरै फुटाएको दैलाबाट बाहिर निस्किए । यात्रुको आक्रोश र होहल्ला सुनेर खलासी बिस्तारै पछि स-यो र फुत्त दगु-यो । ऊ छिनमै छेउको गल्फ मैदानमा पुगिसकेको थियो । एकैछिनमा झाङमा हरायो ।

अतालिएको ड्राइभरले यताउता हे-यो । यात्रुको भीडले घेरिएको थियो । निस्किएर भाग्ने कुनै चेप थिएन । ऊ थुचुक्क बस्यो र घुँडामा टाउको लुकायो ।

एक यात्रुले उसको कठालो समाएर उठाए । ड्राइभरको अनुहारमा न त्रास थियो, न पश्चात्ताप । ढुङ्गामा खोपेको अनुहार जस्तो । यात्रुले अनुहारमा मुक्का जडे । उनी कराइरहेका थिए, "जिउँदै मान्छे पेल्ने ?"

क्यारेमबोर्ड खेलिरहेका केटाको टोली आइपुग्यो । उनीहरूले पल्याकपुलुक यताउता हेरे । एउटाले सोध्यो, "किन पिटेको ?"

एक वृद्ध महिलाले आँसु पुछिन् । भनिन्, "मान्छे कुल्च्यो । जिम्दै थ्यो । फेरि बस चढाएर मार्‍यो ।"

केटो रन्किएर ड्राइभरतिर गयो । बतासमा उफ्रिएर छातीमा प्रहार गर्‍यो, ड्राइभर पुर्लुङ्ङ पल्टियो ।

बसपछाडि लामो जाम भइसकेको थियो । केही पैदल यात्रु पनि थपिए । उनीहरू चासो दिएर बसमुनि हेर्थे । खङ्ग्रङ्ङ हुन्थे । कति त रिँगटा चलेर होला, धङधगिँदै अलि पर पुग्थे र थ्याच्च बस्थे ।

जाम तन्किएर गौशालासम्म पुगिसकेको थियो । अलि पछाडिकालाई थाहै थिएन, के भइरहेछ । उनीहरूले जोडजोडले हर्न बजाउन थाले । चर्को हर्न, लामो जाम र होहल्लाले एयरपोर्टतिरबाट सिटी बजाउँदै पुलिसको जत्था आइपुग्यो । केही पुलिस ड्राइभरलाई भीडबाट जोगाउन थाले, केही बसतिर दगुरे । उनीहरूले आदिलाई बाहिर ताने । कम्मरमुन्तिरको भाग लत्रिरहेको थियो ।

"बिचरा च्वच्च । को होला ?" एउटी महिलाले भनिन्, "कस्तो गति भएको ।"

अगाडितिर पनि जाम बढेको थियो । त्यही जामलाई उधिन्दै एम्बुलेन्स आइरहेको थियो । पुलिसले आदिलाई एम्बुलेन्समा राखे । एम्बुलेन्स फेरि हुइँकिँदै गयो ।

अर्को जत्था पुलिसलाई भने ड्राइभर जोगाउन हम्मेहम्मे भइसकेको थियो । उसलाई चार पुलिसले घेरेका थिए । तर पुलिसलाई छलेर मानिस कहिले मुक्का त कहिले थप्पड हानिरहेका थिए । अघिसम्म त ड्राइभरले प्रहार छल्ने कोसिस गरिरहेको थियो । तर पछि हरेक थप्पड र मुक्कालाई तनक्क तन्किँदै पचाइरहेको थियो ।

पुलिसको भ्यानका पछिपछि ट्राफिक पुलिसका मोटरसाइकल पनि आइपुगे । पुलिसले ड्राइभरलाई भ्यानमा राखे । भ्यान पनि गयो ।

केही पुलिस घटनास्थलको मुचुल्का उठाउन थाले भने ट्राफिक जाम मिलाउन । सडक छेउछाउका रमिते पातलिँदै गए । बसका यात्रुहरू अर्को बस चढेर गए । क्यारेमबोर्ड खेलिरहेका केटाहरू बाँकी रहेको खेल पूरा गर्न हिँडे ।

जाम पातलिँदै गयो । ५५ मिनेटपछि सडक फेरि उस्तै भएको थियो । फरक यत्ति थियो, आउने-जाने गाडी बसनिर पुग्दा अलिकति रफ्तार कम गर्थे र हेर्थे ।

२०५७ मङ्सिर २३ गते तीन बजेको सो हेर्न तपाईं फिल्म हलमा जानुभएको थियो र तीन बजे र ४० मिनेट जाँदा फिल्म बीचमा रोकिएर तारन्तार अर्कै फिल्मका गीत पर्दामा देखिन थालेका थिए भने बुझ्नुहोला, आदिले त्यसै बेला संसार छाडेको थियो । ऊ फिल्मको बाँकी कथा बोकेर तपाईंसम्म पुग्नै सकेन । माफ गरिदिनुहोला !

ऊ अस्पतालको स्ट्रेचरमा लमतन्न पसारिएको थियो । सेतो लुगाले छोपिएर । पुलिसले अनुहारतिरको कपडा अलिकति तल सारे । दाहिने गालाको छाला खुइलिएको थियो । अनुहार फिक्का नीलो भइसकेको थियो ।

"हजुर सर !" सूर्यबहादुरले मधुरो आवाजमा भने, "यै हो ।"

मैले पनि मुन्टो हल्लाएँ । एउटा चिसो स्याँठ मेरो गोडाको बूढी औंला हुँदै तीव्र गतिमा तालुसम्म पुग्यो । र हाडभित्रका मासी चिलाए जस्तो भयो । म गहिरो दहमा डुब्दै गएको थिएँ । कान शून्य हुँदै गएका थिए ।

"पार्टनर... !" गहिराइभित्रबाटै आदिले बोलाइरहे जस्तो लाग्यो ।

मलाई लागिरहेको थियो, यो स्ट्रेचरमा पसारिएको मान्छे अर्कै हो । आदि त घट्टेकुलोमा होला, आफ्नै कोठामा । ऊ जीवनमा पहिलोपल्ट सिलाएका सुट लगाएर आफूलाई ऐनामा नियालिरहेको होला । जब म बिहान कोठामा पुगुँला, ऊ मेरो दैलो ढकढक्याउन आउला । भन्ला पनि, "पार्टनर कता हराको ?"

उदास भएर मैले भनुँला, "भर्खरै मैले चिनेको मान्छे बित्यो ।"

ऊ भन्ला, "आउने-जाने चलिरहन्छ, पार्टनर । फरक यत्ति हो, को कसरी आयो, को कसरी गयो ।"

मेरा आँखा धमिला भए ।

सूर्यबहादुरले मतिर पुलुक्क हेरे । र खुइय्य सुस्केरा हाले । उनी आदिको नजिक गए । उसको अनुहार एकपल्ट प्रेमले हेरे र अलिकति झुकेर भने, "लौ त, बिदाइ । हाम्रो हिसाब उतै मिलाउँला ।"

अनि हामी चुपचाप बाहिर निस्कियौं ।

पुलिसका अनुसार आदिका आफन्त भोलि आइपुग्नेछन् । र लास बुझ्नेछन् । ड्राइभरले गल्ती स्विकारेर कम सजायको याचना गरिरहेको छ रे । खलासी बुटवलको बसपार्कछेउमा चटपटे खाँदै गरेको देखापरेको थियो रे, समातियो कि !

कोठामा फर्किंदा बिहानको एक बजिसकेको थियो । नीद कहाँ लाग्नु, पलङ्मा छटपटिइरहें । सूर्यबहादुरको कोठाबाट पनि गुनगुन आवाज आइरहेकै थियो । अघि भर्खरै मैले अलिकति दैलो उघारेर चेपबाट आदिको कोठातिर हेरेको थिएँ । फिक्का पहेंलो पर्दामा कतै उसको छाया देखिहाल्छ कि जसरी । ताला झुन्डिएकै थियो । बन्द त उसले गरेको थियो, अब खोल्ला कसले ?

मैले कोल्टे फेरिरहें ।

आदिसितको पहिलो भेटदेखि अन्तिम भेटसम्मका सम्झना गुच्छागुच्छा बनेर आइरहेका थिए । छोटो आयु हुनेलाई आफ्नो आयु पहिल्यै थाहा भइसकेको हुन्छ कि ! आदिले ३२ वर्षको उमेरमा धेरै कुरा बाँचिसकेको थियो । कहिल्यै नजानेको हिसाब परीक्षा हलमा फटाफट मिल्छ, अन्तिम समयमा, कहिलेकाहीं । सायद त्यसैले पो हो कि आदि कहिल्यै कतै नरोकिएको ! मैले उसलाई कहिल्यै आलस्य मानेर हाई काढेको देखेको थिइनँ । ऊ त उत्साहको सूर्य गोजीमै बोकेर हिंड्थ्यो ।

उसले थोरै उमेरमा धेरै वर्ष दगुरिसकेको थियो ।

म सवा आठ बजे उठ्दा टोलभरि आदि बितेको खबर फैलिइसकेको थियो । चिया दोकान र किराना पसलतिर मानिसहरू गुनगुन कुरा गरिरहेका भेटिन्थे । खबर मृत्युको मात्र थिएन, एउटा ठक्करबाट बाँचेको मानिसलाई फेरि पिल्सेर मारेको समाचार थियो । त्यसैले आदिलाई नचिन्ने, त्यही टोल हुँदै गएका बटुवा पनि अरूको कुरा सुनेर उभिन्थे । उनीहरूको अनुहारमा त्रासको पन्छी उडेको देखिन्थ्यो ।

"अधर्मीले भरियो काठमाडौं," घरबेटी आमाले भनेकी थिइन्, "यता पनि पापी, उता पनि पापी । पस्पतिनाथले रच्छे पनि ककसको गरून् । प्रताप यता भए त झिरनझिरन मात्र हुन्थ्यो । उता गो । ठीकै भो ।"

घरबेटी बा कहिले टोलतिर जान्थे, कहिले छततिर । तलमाथि गर्दा टक्क उभिएर आदिको कोठातिर पनि हेर्थे । उनको घर बनेपछि मर्ने पहिलो व्यक्ति ऊ नै त थियो । घरबेटी बाले डेरावाल सफल भएर, खुसी भएर अर्को ठाउँमा बसाइँ सरेको मात्र भोगेका थिए । हरेकलाई बिदा गर्दा भन्थे, "यो पनि तपाईंको घर जस्तै हो । बेलामौकामा फोन गर्दै गर्नुहोला ।"

आदि मात्र त्यस्तो ठाउँमा बसाइँ सरेको थियो, जहाँ फोन टिप्दैनथ्यो ।

चन्द्रा पनि उदास उदास देखिन्थिन् । भन्थिन्, "झोकको सुर मा केके भनें केके । ऐले पो किन भनिछु भनेर मन भतभती पोल्छ ।"

मरेको भोलिपल्ट दुई दिन हुन्छ भने जस्तो उदासी र प्रेमको पनि दुई दिन भइसकेको थियो । पर्सिपल्ट साँझपख घरबेटी आमाले भनेकी थिइन्, "त्यसको घरका मान्छे किन आइनपुगेका ? त्यसरी लास सडाएर राख्नुहुन्छ काइँ ?"

घरबेटी बा पनि बेलाबेला पुलिसलाई फोन गरेर खबर सोधिरहन्थे । उनलाई आदिको मलाममा छुटिहाल्छु कि भन्ने चिन्ता थियो ।

पर्सिपल्ट बिहानीपख उनले हतारिँदै हाम्रो दैलो ढकढक्याएका थिए । खबरअनुसार– आदिको घरका मान्छे आइसकेका थिए । उनीहरूले लास बुझेका थिए । अस्पतालकै एम्बुलेन्सले लास पशुपति पुऱ्याइदिने भएको थियो । उनीहरू साढे १० बजे पशुपति पुग्छन् रे ।

मलाई चहकिलो लुगा लाएर जान मन लागेन । फस्रो खरानी रङ्को सर्ट लगाएँ । छालाका जुत्ता लाउन मन लागेन, चप्पल लगाएँ । सूर्यबहादुर टाटोपाटे ज्याकेटमै थिए । घरबेटी बा भने फिक्का नीलो पाइन्ट र खद्दरको सर्टमा थिए ।

ट्याक्सी गौशाला पुग्दासम्म पनि कोही बोलेन । हामी आआफ्नै कल्पनाको टुक्रे संसारमा थियौं । सूर्यबहादुरले गौशालामै ट्याक्सी पार्क गरे । हामी लुखुरलुखुर हिँडेर भित्र पस्यौं । भस्मेश्वर घाटमा लहरै चिता थिए । एउटामा शव आधा डढिसकेको थियो ।

अघिअघि हिँडिरहेका घरबेटी बाले यो त होइन क्यारे भन्दै इसारा गरे ।

चित्तामा शव आधा बाँकी नै थियो, दाउरा सकिनै लागेका थिए । छेउमा दुई मानिस झोक्राएर बसेका थिए ।

"के भाको थियो हौ !" सूर्यबहादुरले चासो लिँदै सोधे ।

एउटाले भने, "जन्डिस भाको रैछ । रक्सी खाइदेछ, ठहरै भो । जम्मा २१ वर्षको थ्यो ।"

मैले नियालेर हेरें, युवकका पैताला पनि बेसार जस्तै पहेंला भएका थिए । ती पनि पटपटी फुटेका ।

"कोई छैन यसको काठमाडौंमा," अर्काले भने, "जिउँदै हुँदा त भारी बोकेर ज्यान पाल्थ्यो । मरेपछि के गरोस् ! गरिबलाई त बाँच्नभन्दा मर्न गाह्रो रैछ ।"

"साथेहरू छैनन्, सहयोग गरेनन् ?"

"छन त छन् । जिउँदो हुँदा पो पैसा फिर्ता देला भनेर सापट दिँदा हुन् । मरेकाले के फिर्ता गर्नु ! कोईले सहयोग गरेनन् । हामी चार जना त आयौं । हामीसित पनि पैसा काँ पो छ र !"

युवक राम्ररी जलेकै थिएन, दाउरा सकिनै लागेका थिए । लास जलाउनेले यताउताबाट घोच्न थाल्यो । तर आगो सकिँदै गयो । त्यो हेर्न नसकेर होला, हामीसित कुरा गरेका मानिस रन्किएर गए र लट्ठीले उसको आधा बाँकी छाती घोच्न थाले र अवरूद्ध गलामा कराए, "क्यार्छस् त तेरो जिन्नगी यस्तै भो । रामरी जल्न पनि पाइनस् ।"

घरबेटी बाले इसारा गरे । अलि पर अर्को चिता थियो । हामी रफ्तारमा गयौं ।

एउटी महिला दुवै हत्केला कन्चटमा राखेर टुक्रुक्क बसेकी थिइन् । छेउमै केही झोला थिए । केही पर अर्का अधबैंसे पुरूष कपाल खौरिरहेका थिए । घाटे दाउरा मिलाइरहेको थियो । शव पीताम्बरले छोपिएको थियो । घरबेटी बाले उदास भएर सबै हेरिरहेका ३५ वर्ष जतिका युवकलाई सोधे, "आदिको चिता यही हो ?"

युवकले झस्किएर हेरे । मानौं, उनलाई आसै थिएन, कसैले यसरी सोध्ला भन्ने । उनले बोलेरै उत्तर दिन खोजेका थिए । तर उनको अनुहार रून्चे भयो । उनले मुन्टो हल्लाए ।

"हामी आदिकै साथे हौं," सूर्यबहादुरले भने, "हामी एउटै घरमा बस्थ्यौं । हजुर उहाँको को ?"

युवकले मलिन आवाजमा भने, "म दाइ हुम् ।" कपाल खौरिरहेका मानिसतिर देखाए, "उहाँ बुबा ।" र महिलातिर मुन्टो फर्काउँदै भने, "उहाँ आमा ।"

शोकमा नमस्ते अथवा ढोगभेट गर्नुहुन्न भन्ने चलन थियो । त्यसैले चुपचाप आमाका छेउमा गयौं । उनले हामीलाई पुलुक्क हेरिन् । रोएर थाकिसकेकी थिइन् । उनका आँखा सुक्खा थिए । गालामा धमिला धर्सा थिए, आँसु र धूलो लतपतिएर बनेका ।

"नहुनुपर्ने थियो, भयो," घरबेटी बाले भने, "हामीलाई पनि दुःख लागेको छ ।"

"यौटो पनि खत लाग्न नदिई हुर्काकी थें," उनले सुँक्क गर्दै भनिन् ।

म अलि पर बसें । झोलाहरूको छेउमा । झोलाबाट अझै पनि बसको गन्ध आइरहेको थियो । सायद उनीहरू बसपार्कबाट सोझै हस्पिटल पुगेका होलान् । म कहिले आदिकी आमातिर हेर्थें, कहिले बुबातिर, कहिले दाइतिर । आफ्नाहरूको बीचमा ऊ गहिरो निद्रामा थियो । सोचें, गाउँमा भएको भए सारा गाउँ बिदा गर्न आउँथ्यो । केही दिन उसको रिक्तता महसुस गर्थ्यो । गाउँले पुराना कुरा सम्झिएर उदास हुन्थे । उसको सम्झनाको लस्कर छुट्थ्यो– उसले हिँड्न सिकेपछि आफ्नो आँगन हुँदै छिमेकको आँगनसम्म दगुरेको थियो । सात वर्षको हुँदा त हो नि, छिमेककी सत्रवर्षे सिर्जनासित 'बिहे गर्देऊ' भनेर रातभरि रोएको थियो । व्रतबन्ध गर्दा जोगी बनेर कसरी आफूले मन पराएकी रेणुको घरबाहेक हरेक घरघरमा भिक्षा माग्दै हिँडेको थियो । रामलीलामा राम बन्छु भनेर अड्डी लिएको थियो । तर सुग्रिव बनेर स्टेजमै रून्चे अनुहार लगाएको थियो । छ कक्षामा फेल हुँदा घरमा थाहा नपाऊन् भनेर आफैंले अबिर किनेर अनुहारभरि दलेको थियो ।

मरिसकेको मान्छेले फेरि गल्ती गर्ने ठाउँ हुँदैन भनेर गाउँलेहरू ऊसित जोडिएका मीठामीठा कुरा मात्रै सम्झन्थे । र बिर्सन्थे– उसले छिमेकको कुखुरो चोरेर बजारमा बेचेर फिल्म हेरेको ! एसएलसीको टेस्टमा दुई पटक फेल भएपछि आमाको मडहरी र बुबाको पैसा चोरेर काठमाडौं भागेको ! उसलाई खोज्दै काठमाडौं आएका भिनाजुलाई बसपार्कमा बस हिँड्ने बेला छलेर फेरि भागेको !

"आठ वर्ष भाथ्यो नदेखेको," आमाले मतिर रून्चे अनुहार लाएर सोधिन्, "मोटा थ्यो ?"

मैले मुन्टो हल्लाएँ ।

उनी सारीको सप्कोले अनुहार छोपेर घुँडातिर झुकिन् । उनको ढाड थरथर हल्लिइरह्यो ।

सूर्यबहादुर र घरबेटी बा आदिका बुबालाई केही सम्झाइरहेका थिए । उनी लामो ज्वरोबाट थलिएर भर्खरै उठे जस्ता देखिएका थिए ।

हिँड्दा मन्दमन्द काँप्थे । आँखीभौं र नाक आदिकै जस्तै थिए । र छातीभरि थिए– रातो कमिलाका टाउका जस्ता पिड्कापिड्की ।

जवान छोराको चितामा आगो दिइरहेको पिताभन्दा दुःखी व्यक्ति संसारमा अर्को को होला ? सानोमा कतै टुकी चलाइहाल्छ कि ! कतै भुङ्ग्रोमा परिहाल्छ कि भनेर जोगाउँदै हुर्काएको सन्तानको चिता ननिभोस्, भरभरी बलोस् भनेर गरिने कामनाभन्दा पीडादायी कामना संसारमा अर्को के होला ?

मैले संसारको सबैभन्दा दुःखी मानिस देखिरहेको थिएँ ।

उनी हुरहुरी बलिरहेको छोरालाई ठिङ्ङ उभिएर हेरिरहेका थिए । र उनैतिर क्यामेरा तेर्स्याएर केही टुरिस्ट फोटो खिचिरहेका थिए । खोलाको पारिपट्टि थकाइ मारेर बसिरहेकाहरू उदास हुँदै धूवाँ हेरिरहेका थिए । सायद उनीहरूका जीवनका कुण्ठा र ईख पनि यहीँनिरै फुस्सै मरेका थिए ।

घरबेटी बा र सूर्यबहादुर अलि पर उभिएका थिए । उनीहरूको मनमा पनि अनौठो बैराग आयो होला । जताबाट हिँडे पनि, जहाँबाट हिँडे पनि जीवनका हरेक बाटा जोडिने ठाउँ यही त हो । जाने बाटो त्यही त हो– ऊ त्यो मन्दिरका गजुर हुँदै उड्दै उड्दै गइरहेको धूवाँलाई हेर्नू !

अलबिदा प्रिय आदि !

स्वर्गका सडकमा स्वर्णरथ अलिकति बिस्तारै हाँक्नू !

# सम्पादक

*दरबार अझै खुसी छैन ।*
*दुईपल्ट बिन्ती चढाइसकें ।*

"घाम पश्चिमबाट उदाउनेछ !"

मलाई देख्नेबित्तिकै टोप उत्साहले जुरूक्क उठ्यो र दुवै पाखुरा फैलाएर स्वागतमा उभियो । कोठाका अरू मान्छेलाई मतिर देखाउँदै भन्यो, "उहाँ हो, पश्चिमको घाम ।"

किताब पोको पारिरहेका मान्छेले मलाई हेर्दै मुसुक्क हाँसे र नमस्ते गरे । दुई जना ३०/३५ का दखिन्थे, एक जना भने ५० भन्दा माथि नै थिए । उनीहरू किताबको चाङ पोको पार्थे, चाङको ढाडतिरबाट गन्थे र कापीमा टिप्थे । कोठाभरि किताब छरिएका थिए, मानौं, ठूलै हुरी चलेको होस् । कोठाभरि मट्टीतेलको जस्तो गन्ध फैलिएको थियो तर मधुरो । किताबबाट निस्किएको होला । म अलिकति गोडा बङ्ग्याउँदै, अलिकति उफ्रिँदै टोपको छेउमा पुगें । उसले ग्वाम्लाङ्ग अँगालो मार्‍यो । म त झसङ्ग भएँ, टोपले अँगालै मार्ला जस्तो लागेको थिएन । उसको शरीरबाट अनौठो सुगन्ध आइरहेको थियो । मैले नाक स्याक्क पारें । टोपले ङिच्च दाँत देखाउँदै भन्यो, "जानुकाजीले छर्किदिनुभाको । पर्फ्युम !"

"को जानुका ?"

"मेरो वाइफ क्या," आफैंले आफ्नो तालुमा प्याट्ट हान्दै उसले भन्यो, "मैले त भन्नै बिर्सेछु, उहाँको नाम जानुका हो ।"

मैले राता चिह्न लगाएको पुलिन्दा ऊतिर बढाएँ । उसले झ्याप्पै तान्यो । मानौं, एकैछिनमा म मन परिवर्तन भएर फिर्ता लैजानेछु ।

"एक दिन आउनुस् न फ्ल्याटतिर ।" टोपले पुलिन्दा टेबलमा राख्यो । र मलाई कुर्सीतिर बस्ने इसारा गऱ्यो । म टुसुक्क बसें । "लोकल भाले काटौंला । जानुकाजीले असाध्यै मीठो पकाउनुहुन्छ । यी हेर्नुस् त पेटै पुटुक्क निस्किसक्यो ।" उसले भर्खरै समाएको रिसिभरले आफ्नै पेट घोच्यो र तीव्र गतिमा नम्बर डायल गऱ्यो ।

ए, टोप त साँघुरो कोठाबाट फराकिलो फ्ल्याटमा सरिसकेछ !

दुईचार महिनाअघि भएको भए म कुण्ठाले भतभती जल्थें हुँला । तर म पनि धरतीको अलिकति उज्यालो टुक्रोमा थिएँ । त्यसैले आफूले पनि फ्ल्याटमा सरेको कल्पना गरिभ्याएँ । सऱ्याक सऱ्याक कहिले किचेन, कहिले बेडरूम त कैले लिभिङ रूमको ठूलो टिभीका अगाडि हिँडेको कल्पना गरिरहें ।

फोन उठेछ । टोपले भन्यो, "पाँच कप चिया । इलाइची हाल्न नर्बिसनू । हिजो काँचो दूधको हस्को आको थियो । अनि चिनी हाल्दै नहाल्नू ।"

मैले हतारमा भनें, "म त चिनी खान्छु ।"

टोपले रिसिभर राख्यो र खिस्स हाँस्यो, "चिन्ता नगर्नुस्, अब ठिक्कको गुलियो आउँछ ।"

टोपको गुलियो खुसीले म मन्द मुस्कुराएँ । १७ दिन भएको थियो, म यता नआएको । सबथोक परिवर्तन भइसकेछ । कम्प्युटर पनि नयाँ थपिएको थियो । स्क्रिनमा टोपको नयाँ फोटो देखिन्थ्यो । खिची पो सकेछ । फोटो फुत्रुक फुत्रक स्क्रिनका चारै कुनामा ठोकिन्थ्यो र एकछिन बीचमा अडिन्थ्यो ।

"अनि सिरीजी, कता हराउनुभो यतिका दिन ?" उसले दुवै हत्केला आपसमा रगड्दै भन्यो, "देखिहाल्नुभयो मेरो व्यस्तता । बजारमा किताबको माग बढेको बढ्यै छ, थामिसक्नु छैन ।" उसले हाँस्दै किताब पोको पारिरहेकालाई मैले दिएका पुलिन्दा देखाउँदै भन्यो, "माल आयो । अर्को साता अर्को लट आउँछ । केई चिन्ता छैन ।"

उनीहरूले मुन्टो हल्लाए ।

"म आफूले मात्र सबै कहाँ भ्याउनू । त्यसैले उहाँहरूलाई सहयोगी राखेको । उहाँहरूले किताब पोको पार्ने, ट्याक्सीमा राख्ने र पसलमा पुऱ्याउने काम गर्नुहुन्छ," टोपले उनीहरूलाई नमस्ते गर्दै भन्यो, "उहाँहरूका कारण मैले सास फेर्ने फुर्सद पाएको छु भनूँ न ।"

मैले मुन्टो हल्लाएँ ।

"अनि उत्तरै दिनुभएन त यतिका दिन कता हराउनुभएको थियो ?"

"साथीको मृत्यु भयो । त्यतै अलमलिएँ ।"

"को साथी ? म चिन्छु ?" टोपले सोध्यो, "के भएको थियो ?"

"चिन्नुहुन्न," मैले सकेसम्म छोटोमा उत्तर दिने कोसिस गरें, "मेरै कोठाछेउमा उसको कोठा थियो । बाइक एक्सिडेन्टमा मऱ्यो ।"

टोपले मुन्टो हल्लायो । उसका निधार गाँठा परे । अनुहारमा सहानुभूतिको मधुरो रङ देखियो । भन्यो, "त्यै भएर त सिरीजी, मैले अहिलेसम्म बाइक चलाउने आँट गरेको छैन । यो काठमाडौंमा बाइक चलाउनु भनेको भुङ्ग्रोमाथि सलाईको काँटी बनेर हिँड्नु हो ।"

सायद अब म पनि चलाउँदिनँ !

"अब आउने 'गल्ली/गल्छेडा'मा यही विषयमा लेख्नुपर्ला," उसले घर्राबाट तासको पत्ती आकारको डायरी झिक्यो र केही टिप्यो । र भन्यो, "बीचमा पत्रिका रोकिएर मेरो स्तम्भ पनि रोकियो ।" उसले डायरी घर्रामा राखेर ढ्याप्प बन्द गऱ्यो । भन्यो, "पत्रिकाको कुरा आउँदा सम्झें, कत्तिको फुर्सद छ आज ? फुर्सदै नभए पनि मिलाउनुपऱ्यो नि ! आज सम्पादकज्यूसित भेटघाट गराउँछु तपाईंलाई ।"

मैले सुटुक्क आफ्ना लुगातिर हेरें । अलिकति सफा यिनै थिए । अरू त सुकेकै थिएनन् । पुसको दोस्रो साता भएर होला, आकाशमा घाम थिएन । अघिल्लो साता त सिमसिम पानी परेको थियो ।

दैलोमा एक युवक देखियो, २६/२७ को होला । चियाका गिलास राखेको थाललाई अखबारले छोपेको थियो । उसले थाल जोगाउँदै असहज तरिकाले गोडैले जुत्ता खोल्यो ।

"ए, शैलेन्द्र भाइ," टोप हाँस्दै बोल्यो, "आफैं आयौ त ! कस्तो चल्दै छ ?"

"राम्रै छ, दाइ," थाल रिँगाउँदै उसले भन्यो । हामीले पालैपालो गिलास समायौं । उसले रित्तो थाल काखीमा च्याप्यो । भन्यो, "आजदेखि चाउमिन पनि थपेका छौं ।"

टोप मुस्कुरायो । अलिकति झुकेर नमस्ते गर्दै केटो पछिपछि सऱ्यो र दैलोमा पुग्यो । र दैलो बाहिरबाट तानिदियो । टोपले चियाको गिलास एकछिन हत्केलामा खेलाइरह्यो र सुरूप्प पाऱ्यो । भन्यो, "देख्नुभो, चिनी ठिक्क छ अब ।"

मैले पनि सुरूप्प पारें, हो रहेछ ।

"आफ्नै गाउँको भाइ हो । बिचाँ छापामार भएर हिँडेको थियो । कलकत्तासम्म पुगेर बारूद ल्याउँथ्यो रे ! पछि आफ्नै कमान्डरसित मनमुटाव भएछ । कमान्डरले डम्पिङ गर्दिन्छ भन्ने थाहा पाएर भागेछ । महिना दिनअघि मलाई खोज्दै आएको थियो," अनुहारमा अनौठो गर्व देखाउँदै टोपले भने, "मैले ठाउँ खोज्दें । अहिले त्यै पर सानो चिया पसल खोलेको छ ।"

मैले मुन्टो हल्लाएँ ।

"सबै आमैको काम हो । गाउँभरि 'मेरो छोरो ठूलो मान्छे भछ । राजालाई भेटेको हो' भन्दै हिँड्दी रैछिन् ।"

म झस्किएँ, "भेटेको हो र तपाईंले ?"

"अघिल्लो वर्ष दसैंमा टीका थाप्न गएको थिएँ । चाबहिलको फोटोग्राफरले फोटो खिचिदिएको रैछ । त्यै फोटो पठाइदिएको थिएँ," टोपले हाँस्दै भन्यो, "आमैलाई त्यै लाख भो ।"

मलाई पनि लाखै भयो । मैले त कहिलेकाहीँ सवारी हुँदा सडकमा साइरनको बीचैबीच मच्चिएर गएको चकलेट जस्तो कालो गाडी मात्र देखेको थिएँ । गाडी पनि दुइटा हुन्थे, राजा कुनमा चढेका छन्, के थाहा ! तैपनि राजा देखेको भ्रम रहन्थ्यो ।

"तपैं पनि कस्तो के, सिरीजी ! एकछिन बोल्नुहुन्छ अनि अबेरसम्म टोलाउनुहुन्छ," टोपले हात टोपीमा लग्यो र टोपीलाई तालुमै रगड्दै भन्यो, "हुन त बिएमा पढ्ने मान्छे पतरपतर बोलेर पनि भएन । हैन ?"

म अमिलो हाँसें ।

"ल ल, सोच्नुस् । यो काम सकिहालौं । गल्लीगल्लीमा पुलिस घुम्छन् । चौकी हान्नुभन्दा पनि कडा त्रास छ," आफैं पनि किताब पोको पार्न टुक्रुक्क बस्दै उसले भन्यो ।

मलाई टोपको उत्साहले सधैं आँट दिन्थ्यो । हरेक दिन यति ऊर्जा उसले कहाँबाट लिएर आउँछ कुन्नि ! उसलाई टोलाएको देखेकै थिइनँ । मलाई सारा सहरमा टोप मात्रै खुसी लाग्थ्यो । किनभने दायाँतिरबाट कसैले थप्पड हान्यो भने ऊ बायाँतिर फर्किएर मुस्कुराउन सक्थ्यो ।

मेरा अघिल्ला दुई साता मौसम झैं चिसो र रून्चे भएर बितेका थिए ।

सिमसिम पानी परेकै दिन आदिका दाइ आइपुगेका थिए । ताला फुटाल्दा दोस्रो तलामा म मात्रै थिएँ । सूर्यबहादुर निस्किइसकेका थिए । एकछिन घरबेटी बा तल झरे । सामान लैजान बाहिर टिपर उभिएको थियो ।

दाइसित आएका दुई कामदारले दुई घण्टामै सबै सामान पोको पारे । सिरक, डसना, स्टोभदेखि आदिका सुटसम्म ।

"अलिकति घाम लागेको दिन लगे पनि हुन्थ्यो," घरबेटी बाले मधुरो आवाजमा भने ।

"बाआमाले कर गर्नुभयो," दाइले मलिन आवाजमा भने, "उहाँहरू सकेसम्म चाँडो फर्किन खोज्नुभाछ ।"

"कता हुनुहुन्छ उहाँहरू ?"

"बसपार्कमै हुनुहुन्छ । सवा पाँच बजे छ नाइट बस," उनले मतिर पुलुक्क हेर्दै भने, "त्यसले नयाँ सुट पनि सिलाको रैछ । सुट लाएर हिंड्थ्यो ?"

"बिहेका लागि भन्नुहुन्थ्यो," मलाई ढाँट्न मन लागेन, भनिदिएँ ।

घरबेटी बा पहिला चकित भए अनि दाइ । दाइको ज्यान काँपे जस्तो भयो । "बिहे ? खोइ हाम्लाई भनेन," आफैंलाई सम्हाले जस्तो गर्दै भने, "भिनाजुलाई भने होला । भिनाजुसित बढी मिल्थ्यो ।"

घरबेटी बाले प्रेमले हेरे र भने, "जे हुनु भैगो । उनी सात वर्ष बसेका हुन्, मेरो घरमा । सबैसित मिल्ती थियो । कसैसित मनमुटाव थिएन । खुसी थे ।" घरबेटी बाले आफूसितको झगडा र सूर्यबहादुर सितको लडाइँ फट्केका थिए । सायद मरिसकेको मान्छेको मिठास मात्र राख्नुपर्छ भन्ने उनलाई पनि लाग्थ्यो कि !

"त्यो त्यस्तै थ्यो," आँखाका चेप पुछ्दै दाइले भने ।

जुत्ता र चप्पलको पोका बोकेर कामदार गइसकेका थिए । कोठामा बुट्टेदार कार्पेट र आदिका स्मृति मात्र बाँकी रहें ।

उनी हिँड्ने तयारीमा थिए । एकपल्ट असहज तरिकाले हामीतिर हेरे । भने, "यता कोईसित केही लिनुदिनु थियो कि ?"

"यो टोलमा त कसैसित त्यस्तो लेनदेन थिएन क्यारे," घरबेटी बाले भने, "यो घरमा छैन ।"

उनले मुन्टो हल्लाए । र हात जोडे । बिस्तारै भऱ्याङतिर बढे । उनी गएको एकैछिनमा गाडी स्टार्ट भएको आवाज आयो । हर्न बज्यो । बिस्तारै गाडीको आवाज मधुरो हुँदै गयो । घरबेटी बा र म मौन भएर भर्खरै रित्तो भएको कोठा हेरिरहेका थियौं । मेरो निन्याउरो अनुहार देखेर घरबेटी बाले भने, "अनि तँ ! घरतिर फोन गर्दैनस् ?"

"टावर भत्क्या छ रे । बनेपछि गर्छु ।"

घरबेटी आमा तल झरिन् । उनले कलशमा पानी ल्याएकी थिइन् । उनले दैलोमा उभिएर कलशको पानीमा सयपत्री फूल चोपेर कोठाभरि छर्किन् । सुनपानी रहेछ । कोठा चोखिएपछि घरबेटी बाले बत्ती निभाए र दैलो ताने ।

उनीहरू गए ।

मलाई लाग्यो, आदि यो धरतीमा हुनुका प्रमाण बिस्तारै यसरी नै मेटिएर जानेछन् । उसले टेकेको, छोएको धरती र उसले लगाएका घाउ यसरी नै चोखिनेछन् ।

"सिरीजी, फेरि कता अलमलिनुभो ?" टोपको आवाजले तङ्ग्रिएँ । म स्मृति र वर्तमानको चेपमा यसरी अलमलिन थालेको धेरै भयो । मनमा अनौठो उराठ चलेर आयो ।

उसले मेरा काँधमा धाप हान्दै भन्यो, "जाऊँ । आज तपैंको जागिर पनि फाइनल गर्नुपर्छ ।"

बाहिर निस्किँदा बादल धुम्म थियो । चन्द्रागिरि र नगरकोटतिर हिउँ परेकाले चिसो स्याँठ सहर पसेको थियो । हामी दुवै हत्केला काखीमा च्यापेर हिँडिरह्यौं । बाहिर ज्यान जति चिसो भए पनि मन भने तातो भएर आएको थियो । जागिरे भएपछि जीवनको चिसो छिँडीबाट एक तला माथि उक्लिए जस्तै हुन्थ्यो नि !

चिसोले सडकमा त्यति मानिस थिएनन् । ठाउँठाउँका मःम पसलमा भने भीड देखिन्थ्यो । त्यसैले हामी फटाफट हिँड्दै डिल्लीबजारको उकालो उक्लियौं । डिल्लीबजारको अलिकति भित्रपट्टि थियो– *देशप्रेम साप्ताहिक*को अफिस । साँघुरो घरको चौथो तलामा । अलिकति टाढाबाट हेर्ने हो भने साइन बोर्ड देखिन्थ्यो, चराले बिस्ट्याएका सेता दागैदागले भरिएको । साइन बोर्डकै डन्डीमाथि खस्ला खस्ला जसरी अडिएको चराको गुँड पनि देखिन्थ्यो । अलिकति हुरी चलेको दिन चराका अन्डा पनि खस्थे रे, दैलोनिर । अनि दिनभर साइन बोर्डमाथि बसेर चरा कराइरहन्थ्यो रे !

भुइँतलामा म्यानपावर कम्पनीको अफिस थियो । माओवादी युद्ध सुरू भएपछि म्यानपावर कम्पनी रक्तबीज झैं उम्रिएका थिए । टोप भन्थ्यो, "सर्पले सर्पलाई निल्छ नि ! हो, त्यसरी यिनले आफ्नैलाई पनि निल्छन् ।"

दोस्रो तलामा कम्प्युटरका पार्टपुर्जाको गोदाम थियो । तेस्रो तलामा कोरियन भाषा सिकाउने कोचिङ सेन्टर । बिहानदेखि साँझसम्म क्लास चलिरहन्थ्यो । विद्यार्थी रेडियोका पार्टपुर्जा जस्ता अक्षर जोडेर शब्द बनाउने कोसिस अनवरत गरिरहन्थे ।

चौथो तलामा पुग्दा ज्यान तातो भइसकेको थियो । हामीले एकछिन उभिएर लामो सास तान्यौँ । उछिट्टिएको हिलो जुत्तामा सुकेर फुस्रो भइसकेको थियो । टोपले च्याप्प मेरा पाखुरा समायो र कानमै मुख जोड्यो, "मैले छाप्ने किताबबारे चुइँक्क कुरा ननिस्कियोस् । बड्डा सत्ययुगबाट उछेट्टेर कलीयुगमा खसेका हुन् ।"

सासले काउकुती लागेको कान कन्याउँदै मैले मुन्टो हल्लाएँ ।

भित्र तीन ओटा कोठा, एउटा किचेन र एउटा बाथरूम थिए । पूर्वतिरको कोठामा ठूलो आकारको कम्प्युटर ढसमस्स बसेको थियो । टेबलभरि कागजका टुक्राटाक्रीको धुम थियो । अर्को टेबलमा काठमाडौंभरि छापिने पत्रिकाका ढड्डा थिए । त्यसैको कुनामा एउटा आल्मारी र टेबल थिए । लेखा शाखा । यहाँ पत्रिकाका विज्ञापनदेखि कर्मचारीको तलबसम्मको हिसाब हुन्थ्यो । एउटा स्टिलको गिलासमा बिर्को नभएका डटपेन ठड्याइएका थिए । अर्को कोठाको एउटा कुनामा पत्रिकाका पुराना अङ्क थुपारिएका थिए । अर्को कुनामा समीक्षाका लागि आएका कविता, कथा, हाइकू, मुक्तकसङ्ग्रह र उपन्यासका चाङ थिए । सानो किचेनमा केही भाँडाकुँडा थिए । छेउको भित्तामा नाक जसरी धाराको टुटी निस्किएको थियो, सर्दी लागे जसरी चुहिरहेको ! मुन्तिरको रातो बाटा पानीले भरिनै आँटेको थियो । टोप भन्थ्यो, "हरेक साताको सोमबार यहाँ खानपिन हुन्छ । पत्रिका फाइनल भएपछि ।"

बाँकी रहेको कोठामा सम्पादकको अफिस थियो । दैलोबाट पस्नेबित्तिकै ठूलो फ्रेममा सजाइएको राजपरिवारको तस्बिर देखिन्थ्यो भने त्यसैको मुन्तिर अर्को तस्बिर थियो, राजाका अगाडि दौरा–सुरूवालमा झुकेका एक अधबैंसे मानिसको ।

तस्बिरकै मुन्तिर फराकिलो टेबल थियो । टेबलको दायाँ किनारमा टेलिफोन सेट थियो । र त्यसको रिसिभर उत्तानो परेको थियो । त्यसैले होला, अघि टोपले फोन गर्दा लाग्दै नलागेको । अगाडिपट्टि नेमप्लेट थियो– नेत्रप्रसाद शर्मा । हिमाल झैं चुच्याएर राखेको टोपीको छेउमा एक वृद्ध मानिस कागजतिर झोत्राएर केही सोचिरहेका थिए, एकाग्र भएर । मैले बूढो रूखको सुकेको हाँगामा भुइँतिर हेरेर बसेको बूढो चरो सम्झिएँ । उनले हामी आएको पनि थाहा पाएनन् । उनको गहिरो चिन्तन भङ्ग होला कि जसरी टोपले बिस्तारै दैलो ढकढक्यायो । उनले पुलुक्क शिर उठाए र पावरदार मोटो चस्माको डिलबाट हेरे । उनी तस्बिरकै मानिस थिए । उनका कान ठूला र बाक्ला देखिन्थे । पछि थाहा पाएको थिएँ, उनी कुस्ती खेलाडी पनि रहेछन् जमानाका । पढ्न बनारस बसेका बेला कुस्तीमा नाम पनि कमाएका थिए रे । उनको दायाँतिरको गालामा डल्लो निस्किएको थियो । मासु पलायो होला भनेर म सोच्दै थिएँ, डल्लो बायाँतिर सऱ्यो । ए, सुपारी पो रहेछ !

टोप नमस्ते गर्दै भित्र पस्यो । म पछि लागें । उनले मुन्टो नहल्लाउँदासम्म हात जोडिरहें । टोपले हाँस्दै सोध्यो, "गहिरो चिन्तनमा हुनुहुन्थ्यो कि ?"

उनले अगाडिको सोफामा बस्ने इसारा गरे । सोफामा पहिला बुट्टा हुँदा हुन् । ती मैलिएर देखिनै छाडेका थिए । दायाँतिरको किनारमा दुई ओटा प्वाल थिए, चोर औंला पस्ने । कुर्दाकुर्दै होला, कसैले फोममा चोर औंला ठेली ठेली प्वाल पारेको !

मैले गर्धन अलिकति तन्काएर हेरें । उनी कोठेपद भर्दै रहेछन् । नीला अक्षर छड्के र तेर्सा परेका थिए ।

"उहाँ नै हो मैले कुरा गरेको," टोपले मतिर इसारा गऱ्यो, "सिरीजी मुद्राराक्षसको कठालोलाई झ्याप्पै समात्न सक्नुहुन्छ ।"

"दरबार अझै खुसी छैन । दुईपल्ट बिन्तीपत्र चढाइसकें," सम्पादकको अनुहार बिरक्तियो । उनले ओठका दुवै चेपबाट निस्केका

सुपारीको धूलो रूमालले पुछे । भने, "यिनी कत्तिको विश्वासिलो छन् ? दरबारसितको सम्बन्ध तरबारको धार जस्तै हो । म धेरै तनाव धान्न सक्दिनँ । अस्ति तै भन्याङमा भनन्न रिँगटा चलेर थ्याच्चै बसेँ ।"

"हजुर, उहाँ विश्वासिलो नै हुनुहुन्छ । गडबड गर्नुहुन्न," टोपले ढाडस यसरी दियो, "उहाँ म जत्तिकै विश्वासिलो हुनुहुन्छ ।"

उनले ट्वाल्ल परेर मलाई हेरिरहे । लाग्यो, उनी मेरो अनुहार पढिरहेका छन् । अचानक उनलाई स्फूर्ति आए जस्तो भयो । उनी ट्याप्प डट्पेन समाएर बर्बराए, "किंकर्तव्यविमूढ ।" अनि कोठेपदमा भरे र भने, "मान्छेको पुच्छरै जसरी हराउन थाल्यो यो शब्द ।" अनि टेबलको यताउता हेरे । एउटा कागजको पन्ना घर्राबाट ताने र धूलो टकटक्याए । मतिर सुत्त फाले, "लौ, यसमा फेला पार्नुस्, मुद्राराक्षस ।"

म अलिकति निहुरिएर अघि सरेँ । कागज र डटपेन समाएर ल्याएँ र पन्नालाई तिघ्रामा राखेर घोरिएँ ।

उनीहरू अघिल्लो प्रुफ रिडरबारे गुनगुन कुरा गर्न थाले । ऊ तलब नबढेकामा सुरूमा चिन्तित भएछ । पछि आक्रोशित । जानीजानी हरेक अङ्कमा एउटा न एउटा शब्द बिगारिदिँदो रहेछ । केही हटाएर, केही जोडेर अश्लील आउने शब्द थपथाप पारिदिँदो रहेछ । एकपल्ट दोस्रो पृष्ठको समाचारमा "प्रजातन्त्रलाई मागिखाने भाँडो बनाएका छन्" भन्ने हरफमा 'भाँडो'लाई बिगारिदिएछ । तेस्रो पृष्ठको सम्पादकीयमाथि हरेक अङ्कमा राजाको महावाणी छापिन्थ्यो । एकपल्ट 'गोडा बलियो भए, देश बलियो हुन्छ'मा उसले 'गोडा'लाई बिगारिदिएछ । र साप्ताहिक पत्रिकाको इतिहासमा *देशप्रेम* नै यस्तो पत्रिका भयो, जसले एकै दिन बिहान एउटा र साँझपख अर्को अङ्क निकालेको थियो । हतारमा निस्किएको साँझपखको दुईपन्ने अङ्कमा ठुल्ठूला अक्षरमा माफी मागिएको थियो ।

मैले छ ओटा शब्दका ह्रस्व र दीर्घ मिलाएँ । दुइटा हरफको भाषामा अलिकति हेरफेर गरेर टेबलमा राखिदिएँ । उनले पन्ना समाएर चस्मा मिलाए अनि पढ्न थाले । पावरदार सिसामा उनका आँखा

ठुल्ठूला देखिएका थिए, ती कहिले दायाँ चेपतिर गुल्टिन्थे, कहिले बायाँ चेपतिर । मैले यसरी गढेर हेरेछु कि सतहमा रौं जति मसिना नसा नै देखें, कन्सुत्लो रङका । कोठामा मौनता छायो । मलाई लागिरह्यो, यो मेरो अँध्यारोले भरिएको अतीत र उज्यालोले भरिएको भविष्यबीचको मौनता हो ।

उनले पढिसकेपछि सन्तुष्टिको लामो सास फेरे । मतिर हेरेर मुस्कुराउँदै भने, "तपाईंको भाषाचेत राम्रो छ । कतिमा पढ्नुहुन्छ ?"

"बिएमा," मलाई उछिनेर टोपले भनिहाल्यो, "साहित्यकै विद्यार्थी हुनुहुन्छ ।"

म फन्दामा परिहालें । के उनले मेरो सर्टिफिकेट माग्लान् ? मागिहाले भने म अघिल्लो प्रुफ रिडर झैं अचानक गुमनाम भइदिनेछु ।

"अहिले पत्रिका निस्केको छैन । केही समय बन्द छ," सम्पादकले मेरा आँखामा सोझै हेर्दै भने, "तर चाँडै निस्किन्छ । अरू टोपजीले बताउनुहुन्छ । अहिले जान सक्नुहुन्छ ।"

प्रमाणपत्रको कुरा निस्किएन । मैले लामो सास फेरें । मानौं, मैले ठूलो भार सासैबाट फालेको थिएँ ।

टोपले मलाई बाहिर निस्किएर कुर्ने इसारा गर्‍यो । म सम्पादकलाई नमस्ते गरेर बाहिरिएँ । टोपले दैलो बन्द गर्‍यो । १५ मिनेटपछि टोप बाहिर निस्कियो । अघि लाग्यो । भर्‍याङमा पुगेपछि खिस्स हाँस्यो र मेरो हात ट्याप्प समाएर झट्कार्दै भन्यो, "बधाई छ । बड्डाले यति छिटो कसैलाई पत्याएको इतिहासै छैन । के जादु छ हो तपैंमा ?"

म मुस्कुराएँ, स्वादको ।

"अब मिलेर आगो लगाउनुपर्छ" भन्दै ऊ फटाफट भर्‍याङ झर्‍यो । सडकको पारिपट्टि किराना पसल थियो, त्यहाँ पुगेर मात्रै रोकियो ।

म पुगें ।

"अब एक खिल्ली चुरोट तान्नुस्," उसले हाँस्दै भन्यो, "मैले चुरोट त छाडिहालें । यस्तो खुसीको मौकामा धूवाँको बास्ना सुँघ्न मन लाग्छ ।"

मैले चुरोट मागेर सल्काएँ । सोचें, कसरी फ्याट्टै जागिरे भइहालें । अब काठमाडौंमा कसैले प्रश्न गर्न सक्नेछैन । अब त मध्यरातमा पुलिसले खानतलासी गरेर तँ को होस् ? भनेर सोधे भने म गर्वसहित भन्नेछु, "म पत्रकार हुम् ।" म उनीहरूलाई पत्रिकाको कार्ड देखाउनेछु । त्यस्तै कार्ड, जस्तो टोपले बोक्ने गर्छ । मैले जागिर मात्र होइन, केही गरी हराइहालें भने मलाई खोज्ने मान्छेहरू पनि पाएको थिएँ ।

"जेहोस्, तपैंले अर्को वर्ष त बिए पनि कटाउनुहुन्छ है ।" टोपको हाँसोमा उदासी मिसिएको थियो ।

मैले मुन्टो हल्लाएँ ।

"हत्तेरी ! तपैंका पछि लागेको भए पनि मेरो कल्याण हुने रैछ," टोपले दाँत देखायो । तर हाँसे जस्तो भएन । "सिरीजी ! बिए पास भए त म पनि फ्याट्टै सम्पादक हुन्थें । तर के गर्नु । तैपनि बड्डाले माया गर्छन् भन्थे– अर्को बाटो पनि छ भनेर ।"

मैले चुरोटको ठुटो फालें र जुत्ताले मिचें ।

जाडो बढेको थियो । हाम्रो मुखबाट धूवाँ जस्तै बाफ निस्किरहेको थियो । बङ्गारा पनि कटकटिन थालेका थिए, बिस्तारै ।

"लौ त, सिरीजी, आज जानुकाजीले चाँडै फर्किन भन्नुभाछ," टोपले दुवै हत्केला काखीमा च्यापेर अलिकति गर्धन तन्काएर मुन्टोले देब्रेतिरको साँघुरो बाटो देखाउँदै भन्यो, "यो बाटो घट्टेकुलो जान्छ । हाम्ले कर्फ्यूको बाटो पनि भन्ने गऱ्या छौं । कर्फ्यूका बेला पनि हिंड्न काम लाग्छ । यही बाटो हिंड्ने गर्नुस् ।"

म अघि बढें ।

"सिरीजी," टोपको आवाज आयो ।

फर्किएँ ।

घुर्मैलो अँध्यारोमा उसका दाँत टल्किइरहेका थिए ।

"घाम पश्चिमबाट उदाउनेछ ।"

यति भनेर ऊ पानी जमेका खाल्डाखुल्डीबाट जोगिन फट्किँदै दगुरिरह्यो, जाडोले पखेटा खुम्चिएको देवदूत जस्तै ।

# अर्थ

*कता कता लाग्दै छ, त्यो गीतको अर्थले
बाटो देखाउनेछ ।*

*बृहत् नेपाली शब्दकोश* सबैभन्दा मोटो किताब भयो, मेरो कोठामा भित्रिने ! पुतलीसडकमा किनेको थिएँ । सम्पादकले भने जस्तो भाषाको चेत ममा अध्ययन, मनन र चिन्तनले आएको थिएन । कुनै पनि हरफ पढिसकेपछि म मनमनै हरफलाई लयमा गुनगुनाउने कोसिस गर्थें । कुनै शब्द अगाडि राख्दा लय मिल्थ्यो, कुनै पछाडि । कुनै शब्द भने अनावश्यक ढसमस्स बसेका हुन्थे, मूर्ख केटाकेटी जस्तो । तिनलाई फकाइफुलाइ घिच्याउनुपर्थ्यो । ह्रस्व, दीर्घ र रेफहरूका सूत्रमा पनि म अब्बल थिइनँ । तर शब्दलाई म अक्षर अक्षर होइन, चित्रका रूपमा हेर्थें । अघिल्लो चित्र जस्तो अर्को चित्र भएन भने त्यसमा केही गडबड छ भन्ने थाहा पाइहाल्थें । मेरा लागि यो तरिका सहज थियो । र फ्याटफ्याट चित्र हेरे जसरी शब्द हेर्दा छिटो पनि हुन्थ्यो ।

*देशप्रेम साप्ताहिक*बाट फर्किएपछि मलाई लागिरहेको थियो, यतिले नपुग्ला ! जुन शब्द शब्दकोशमा छन्, तिनको जानकारी हुनु त थियौ नै । त्यसबाहेक शब्दकोशमा नभित्रिएका शब्दको पनि ज्ञान हुनु झन् आवश्यक थियो । शब्दकोशमा शब्द त्यत्तिकै भित्रिँदैनथे । अनेक लाज र अपमान भोगिसकेपछि बल्ल शब्दकोशमा ठाउँ पाउँथे । कति शब्द त अपमान र लाचारी सहँदा सहँदा गुमनाम भएर हराउँथे । कति शब्द बिरक्तिएर एकान्तवासमा जान्थे । गृहस्थ त्यागेर गुफाबासमा हिँडेको

साधु जसरी चुपचाप हिँड्दै गएको शब्द देख्नुभएको छ ? पत्रिकाका समाचारमा खासै केही गर्नुपर्दैनथ्यो । तर विचार होस् वा भावुक फिचर, तिनमा भने आञ्चलिक शब्दले सिँगारपटार गरिएको हुन्थ्यो । लेखक कहाँ जन्मियो ! कुन संस्कृतिमा हुर्कियो र कुन परिवेशबाट शब्द टिप्यो ! बुझ्न जरूरी थियो ।

शब्दकोशलाई सिरानमा राखेर म पलङ्मा चकलमाडे बसेँ । सोचेँ, सबैभन्दा पहिलो शब्द कुन हेरूँ ? शब्दकोशमा शब्द खोज्नु अत्यन्त एकान्तिक कर्म थियो । एकान्तमा मानिस अलिकति छट्टु पनि भइहाल्छ । स्कुलमा मसित पढ्ने लोकेन्द्र शब्दकोशमा अश्लील शब्द खोजेर बस्थ्यो । र तिनीसित मिल्दाजुल्दा शब्द भट्याउँथ्यो । मैले पनि त्यस्तै शब्द खोजेँ । कसले भन्छ– शब्दकोशमा अर्थ खोज्नु नीरस काम हो ?

म जानेका शब्दसित मिल्दाजुल्दा तर अलि कम चलनमा आएका शब्द डायरीमा टिप्थेँ । मलाई लाग्थ्यो, यिनै शब्दले हरफमा मिठास भर्छन् । *ऐना हेरी हेरी नानी गयो जोवन*मा स्वाद कहाँ ! जति स्वाद *दपर्ण छाया हेरी हेरी नानी गयो जोवन*मा थियो ।

"के लिखा टिपे जस्तो गरेको हौ ?" एक दिन सूर्यबहादुरले भनेका थिए, "उमेरैमा ढ्याके चस्मा लगाउनुपर्ला, भाइ ।"

त्यसपछि मैले बीचबीचमा आँखालाई आराम दिन थालेको थिएँ । चस्मा मलाई नहुने कुरा रहेछ, केही दिन धुप चस्मा लगाएर थाहा पाइसकेको थिएँ । नाकको डाँडीमाथि कोही तिघ्रा फट्याएर ख्याप्प बसे जस्तो !

रहर त थियो– समीराका अगाडि चस्मा लगाएर जाने ।

बादल लाएर धुम्म परेको दिन थियो, त्यसैले बाहिर निस्किइनँ । *द गुड अर्थ*का थप नौ पृष्ठमा अर्थ टिपेँ । पछाडि पछाडि पुगेपछि अलि सजिलो भएको थियो । किनभने धेरै शब्द दोहोरिन थालेका थिए ।

रातको ११ बजे समीरा र नील आइपुगेका थिए ।

जाडो जति बढिरहेको थियो, उति उनीहरूको आवाज प्रस्ट सुनिँदै गएको थियो । म समीराको सासको उतारचढाव पनि सुन्थेँ ।

जाडोमा मामु पनि लत्रक्क पर्न थालेकी थिइन् । अस्ति समीरालाई भनेकी पनि थिइन्, "त्यत्तिकै बस्दा पनि सास फुलेर आउँछ । चिटचिट पसिना आउँछन् । म त तँलाई एक्लो पारेर हिँड्छु कि के हो ?"

समीरालाई मनै नपर्ने मौसम आइसकेको थियो । त्यसैले ऊ खासै बाहिर निस्कँदैनथी । जाडोभरिका लागि उसले किताब किनिसकेकी थिई । अस्ति दिउँसो मामुले भनेकी थिइन्, "एई समी ! तँलाई टाइममा भात खानुपर्दैन है । सधैँ भात हिउँको डल्लो जस्तो हुन्छ ।"

"ज्ञान खाइरहेकी छु नि, मामु ।"

"ज्ञान धेरै खाएर होला, जमरा जस्तै पहेँलै भइसकिस् ।"

समीराले जिस्किँदै भनेकी थिई, "अर्को जन्ममा म के भएर जन्मिन्छु, मामु, थाहा छ ?"

"मेरै छोरी भएर त जन्मेलिस् नि ।"

"होइन, म त कीरा भएर जन्मनेछु । किताब खाने कीरा । चपरचपर रातदिन किताबै खानेछु । बिहे पनि किताबैभित्र गर्नेछु । सन्तान पनि किताबैभित्र जन्माउनेछु । र हामी सपरिवार किताबै खानेछौँ । चपरचपर चपरचपर ।"

"किताब बाँकी भए पो खान्छेस्," मामु झर्किएकी थिइन्, "कसका शाखा सन्तानले सारा किताब धूलो पारिसके ? तेरा किताब तैँ सफा गर् । अस्तिन यसो छोकी थेँ, दिनभर ज्यान चिलायो । अनि अचेल तँ लुसुलुसु कता जान्छेस् ?"

"फ्रेन्च कल्चर सेन्टरसम्म हो, मामु । तपाईंलाई थाहै छ, म फ्रेन्च सिक्दै छु !"

मामुको अनुहार अँध्यारो भएको थियो । कुरैकुरामा उसले भनी त हाली ! अनि सम्झिई, फ्रान्सबाट फर्किएपछि नै मामु र बाबाबीच खाडल बनेको थियो । मामु र बाबाबीच त्यो यात्राबारे धेरै कुरा हुँदैनथ्यो । बाबा भारत होस् वा चाइना अथवा जर्मनी, यात्राका किस्सा सुनाइरहन्थे । तर फ्रान्सकै सुनाउँदैनथे ।

छ महिना फ्रान्स बसेर फर्केपछि भने उनको स्वभावमा अलिकति परिवर्तन आएको थियो । उनी रिसाउन छाडेका थिए । पहिला त ससाना कुरामा पनि छेडछाड र भनाभन हुन्थ्यो । फर्किएपछि त्यो हुन छाडेको थियो । उनी मामुले जे भने पनि, जस्तो छेड हाने पनि चुपचाप सुन्थे । बेलाबेला मुस्कुराउँदै मुन्टो हल्लाउँथे । उनी जबाफ फर्काउँदैनथे । बोल्नै परेका बेला कुराकानी पनि सपाट भाषामा हुन्थ्यो । यस्ता शब्द र वाक्यगठन हुन्थे– ता कि कुराबाट अर्थको अर्को हाँगो निस्किँदै ननिस्कियोस् ।

बिस्तारै बाबाको फ्रान्स यात्रा जमिनमुनिको खोला जसरी हराएको थियो । उसका बाबाका सुस्केरामा के त्यही खोला थियो ? जो हो कि होइन जसरी जमिनमुन्तिर सुसाइरहन्थ्यो ।

मामुको अँध्यारो अनुहार देखेर उसलाई नरमाइलो लाग्यो ।

ऊ लाइब्रेरीतिर झरी ।

लाइब्रेरी भुइँ तलामा थियो । रञ्जन अङ्कलको किचेनसित जोडिएको कोठामा । लाइब्रेरीको डिजाइन उसकै बाबाले बनाएका थिए । आधाभन्दा बढी किताब त उनकै थिए । कपडामा कुटिरो पारेका कति किताब ओसले फुलिसकेका थिए । समीरा पसलबाट किताब ल्याउँथी, आफ्नो बेडरूममा राख्थी र पढिसकेपछि लाइब्रेरीमा थन्क्याउँथी ।

त्यो दिन उसले क्यासेटका बन्डल फेला पारेकी थिई । सानो बाकसभित्र । बाकस ससाना किराना पसलतिर देखिने प्रकारको थियो, जसको माथि सिक्का वा दोबारेका नोट खसाल्ने लाम्चो प्वाल थियो । उसलाई अचम्म लागेको थियो, यस्तो बाकस घरमा कसरी आइपुग्यो ? उसलाई सम्झना भएसम्म कुनै पनि आफन्तको पसल थिएन । खिया लागेको सानो ताला फुटाएपछि बाकसभित्र कागजका टुक्राटाक्री, केही पोस्टकार्ड, केही हुलाक टिकट भेटिएका थिए । त्यहीँ थिए– हरियो धागोले बाँधिएका क्यासेटका छ ओटा चक्का । क्यासेटको बाहिरपट्टि कुनै कम्पनीको नाम छापिएको थिएन । सादा थिए । उसले सोची–

बाबाले सादा क्यासेट किनेर पछि त्यसैमा केही भरेको हुनुपर्छ । उसले रिमरिम सम्झिँदा जोन लेननको गीत पनि उसका बाबाले कुनै कम्पनीको नाम नछापिएको क्यासेटबाट सुनाउँथे ।

उसले हतारिँदै क्यासेटका प्वालमा औँला पसाएर घुमाउन खोजेकी थिई । लामो समय त्यत्तिकै डल्लो परेकाले रिल तन्किए । तर डल्लो घुमेन । उसले केही घण्टा घाममा सुकाएकी थिई । र पेचकसले नट खोलेर रिल जोगाउन भित्रपट्टि राखिएका काला र चिप्ला टुक्राहरू मट्टीतेलले पुछपाछ पारेकी थिई । त्यसपछि बल्ल रिलका डल्ला फनफनी घुमेका थिए ।

"गाईजात्राका क्यासेट होलान्," ख्यार्रख्यार्र आवाज सुनेर त होला, उसकी मामुले कोठाभित्र चियाउँदै भनेकी थिइन्, "रातदिन घन्काएर हैरान पार्थे । तँलाई किन थोत्राथोत्रीसित खेल्न मन लागेको होला ।"

घरमा टेपरिकर्डर थिएन ।

त्यसैले ऊ तलतिर दगुरेकी थिई । उसलाई सम्झना भएसम्म रञ्जन अङ्कलसित वाकमेन थियो । कलेजी रङको । उनी कहिलेकाहीँ बरन्डामा राखेको कुर्सीमा ढल्किएर आँखा चिम्म गरेर गीत सुन्दै स्मृतिमा हराइरहेका देखिन्थे ।

"धेरै पुरानो भयो, काम पो गर्छ कि गर्दैन भनेर !" भन्दै उनले वाकमेन दिएका थिए । एयरफोनको लहरो भने ठाउँठाउँमा गाँठा परेको थियो । क्यासेट राखेर बटन दबाएपछि उसले थाहा पाएकी थिई– दायाँतिरको स्पिकर बिग्रिएको थियो । बायाँ कानमा उसले गीत सुनेकी थिई । उसलाई अचम्म लागेको थियो, १७ ओटा सुन्दा पनि नेपाली वा अङ्ग्रेजी भाषाका गीत बजेनन् । उसलाई थाहा भएका अरू भाषामा पनि थिएनन् । देशकै अरू स्थानीय भाषाका पनि थिएनन् । कुन भाषाका थिए कुन्नि ! उसलाई अचम्म लागेको थियो, बाबाले कहाँबाट ल्याएका थिए यी गीत ?

तीन ओटा क्यासेटले भने आवाज गुमाइसकेका थिए ।

छैटौं क्यासेटमा असाध्यै मिठासले भरिएको गीत थियो । सायद बाबाको प्रिय थियो । त्यसैले एउटा साइडभरि त्यही एउटा गीत मात्र भरिएको थियो । क्यासेटमा पनि कुनै समस्या थिएन । उसले पटकपटक गीत सुनिरही । गीतमा अचम्मलाग्दो उदासी थियो । उसले दायाँ कानलाई हत्केलाले छोपेर बायाँ कानबाट अबेरसम्म सुनेकी थिई । उसको बायाँ कान भित्रभित्रै चिलाउन थालेपछि रोकिएकी थिई । त्यति बेलासम्म उसले गीतका सुरूवाती केही शब्द डायरीमा टिपेकी थिई ।

र साइबर क्याफेतिर दगुरेकी थिई ।

उसले गीतमा सबैभन्दा बढी दोहोरिएको शब्द 'आ वावा इनुवा' गुगलमा खोजेकी थिई । धेरै जानकारी थिएनन् । संयोगले फ्रेन्च भाषामा भने दुइटा पृष्ठ फेला परेका थिए । त्यहाँको जानकारीअनुसार गीत इदीर् नामक गायकले गाएका थिए । अल्जेरियाको काबील् भाषामा । गीतको फ्रेन्च अनुवाद पनि थियो । अनुवाद सार मात्र हो भनिएको थियो । गीतले फ्रेन्चमा अनुवाद हुँदा अलिकति अर्थ गुमाएको थियो । समीराको नेपाली अनुवादमा त्यसले झनै अर्थ गुमायो ।

तर त्यतिले समीरालाई लाख भएको थियो ।

"मलाई तिम्रो एउटा हेल्प चाहिएको छ," उसले अनकनाउँदै भनी !

"कस्तो हेल्प ?" नीलले निद्रालु आवाजमा सोध्यो ।

"तिमीलाई गीतबारे धेरै थाहा हुन्छ । एकपल्ट सुन । सायद गहिराइमा बुझ्ने तिमीबाहेक अर्को कोही छैन ।"

"बुझेर गर्छौ के ?"

"एउटा निर्णय लिन खोज्दै छु । कता कता लाग्दै छ, त्यो गीतले बाटो देखाउनेछ ।"

"के निर्णय ?"

"सुनाउँला, कुनै घाम लागेको दिन ।"

"घाम लागेको दिन ?"

"हो, अझ खुला आकाशमा नामै नसुनेको पन्छी पनि देखियोस् ।"

बिहान अलि ढिला उठें । खाना पकाउँदै सोचें, समीराले के निर्णयको कुरा गरेकी होली ? आ, उसका कुरा बुझिसाध्य भए पो ! सोचेको थिएँ, खाना खाएर एकपल्ट निस्किन्छु । धेरै पो भयो, फिल्म हलतिर नगएको ! खाना खाएर यसो ढल्किएको थिएँ, कसैले मधुरो आवाजमा दैलो ढकढक्यायो । कि सूर्यबहादुर, कि घरबेटी बा होलान् । दैलो उघारें– खङ्ग्रङ्गै भएँ ।

मोहिनी थिई ।

ऊ मुस्कुराई । तर उसको हाँसो पहिलाको जस्तो थिएन । दुब्लाएकी थिई । त्यसैले हो कि ! छ वर्षमा मेरो कोठामा कुनै स्त्री पसेका थिएनन् । त्यसैले म अलमलिएँ । जुठा भाँडा त्यत्तिकै थिए । सिरक पनि खुजमुजिएर डल्लो परेको थियो ।

"धेरै पछि आउनुभयो त" भन्दै भित्रै आउन इसारा गरें ।

उसले कलेजी रङका सेन्डिल बाहिरै खोली र ऊ लुसुक्क पसी । यताउता हेरी र पलङको डिलमा बसी । उसले गाढा कालो रङको कुर्ता-सुरूवाल लगाएकी थिई । घिउ रङको स्विटर उसलाई सुहाएकै थियो । पहेंलो दोपट्टा घुँडासम्म झरेको थियो । बिटमा गाढा रातो र हरिया बुट्टा थिए । तानेर छाती छोपी । कपाल बढेको थियो, जसलाई घुच्चुकतिर जुरो बनाएकी थिई । खैरो रङको ब्यागलाई कोखतिर च्यापी । उसका आँखामा गहिरो उदासी देखेर मलाई के भनूँ, के भनूँ भयो । यत्ति भनें, "चिया पिउनुहुन्छ ?"

उसले मुन्टो यताउता हल्लाई ।

म झ्यालमा अडेस लागेर उभिइरहें । अलिकति शिर निहुराएर । ऊ घुँडातिर झुकेर टोलाइरही ।

"कहिले फर्किनुभयो काठमाडौं ?"

उसले पुलुक्क हेरी । मधुरो आवाजमा भनी, "तीन हप्ता भयो । दुईपल्ट यता आएकी थिएँ । तर चोकबाट फर्कें । ऊ मसित रिसाको थ्यो ?"

"नाइँ ! बिहेका लागि सुट सिलाउनुभएको थियो ।"

उसले मुन्टो हल्लाई । र भनी, "सुहाको थ्यो होला है !"

मैले मुन्टो हल्लाएँ ।

"कोठामा कोई नयाँ मान्छे आए ?"

"एकदुई जना हेर्न त आका थिए । तर कोई बसेको छैन ।"

उसका आँखा रसिला भए । सुकेको स्वरमा भनी, "म एकपल्ट जाऊँ ?"

"रित्तो छ ।"

"तैपनि म एकपल्ट जान्छु है" भन्दै ऊ उठी । छटपटीले उसका गोडा काँपिरहेका थिए । मैले मुन्टो हल्लाएँ । उसका पछि लागेर बाहिर निस्किएँ । दैलोमा ताला थिएन । खोलिदिएँ । स्विच थिचिदिएँ । उसले भित्र पस्दै भनी, "पर्दैन ।"

मैले बत्ती निभाइदिएँ । कोठामा फिक्का अँध्यारो फैलियो । उसले बीचमा ठिङ्ङ उभिएर चारैकुना हेरी । र मधुरो आवाजमा भनी, "म एकछिन एक्लै बस्छु ल ।"

मैले दैलो अलिकति तानिदिएँ । आफ्नो दैलोनिर आएँ, अडेस लागेर उभिइरहें । मलाई अप्ठ्यारो लागिरहेको थियो, स्वात्तै घरबेटी बा आउँलान् र केके सोध्लान् भनेर । एकछिनपछि दैलोको चेपबाट मधुरो सुँकसुँक गरेको आवाज आइरह्यो । रोओस्, मनभरि रोओस् । आत्मा पखालिने गरी रोओस् । उसको सुँकसुँकले मन भरङ्ग भयो । म आफ्नो कोठाभित्र पसें र पलङमा बसेर घुँडातिर झुकें ।

अबेरपछि सुँकसुँक बन्द भयो । हिँडेको आवाज आयो । दैलोनिर पुगेर हेरें । ऊ बाहिर निस्किएकी थिई । दोपट्टाले आँखा पुछिरहेकी थिई । रोएको मैले थाहा नपाऊँ भनेर हो कि ! उसले कपडाका फेर तानतुन पारी । र मतिर हेरेर खिस्स हाँसी । उसको अनुहार घामपानीको मौसम जस्तै लाग्यो । हाँसो पनि छ । आँसु पनि छ ।

सेन्डिल लगाई र भनी, "अलिकति ढिला भयो आउन ।" काँधमा झुन्डिएको ब्याग तानेर छातीमा च्यापी । उसले एकछिन ट्वाल्ल परेर मलाई हेरिरही र भनी, "गएँ है !"

मैले नमस्ते गरें ।

ऊ भऱ्याङतिर गई र फटाफट सिँढी ओर्लिई । एकैछिनपछि म पनि झरें । चेनगेटमा पुगेर अलिकति मुन्टो तन्काएर हेरें । ऊ साँघुरो बाटोमा छातीमा ब्याग च्यापेर भुइँतिर झुकेर दगुरे जसरी हिँडिरहेकी थिई । बेलाबेला लाग्थ्यो, ऊ यसरी दगुरिरहेकी छ, मानौं, पटकपटक डसेको सपनाले फेरि लखेटिरहेको छ । र ऊ त्योभन्दा परै पर भाग्न चाहन्थी ।

# ताबिज

*ज्यानमारा ओखती फेला पऱ्यो, भाइ !*

तीन दिनदेखि म लगातार कली क्याफे आएको थिएँ । माघको पहिलो साता भए पनि पारिलो घाम लागेको थियो । म दिनभरि घाममा मेरूदण्ड तताएर बस्थें । मलाई पाँच वर्षदेखि हाडभित्र जमेको चिसो पग्लिँदै गए जस्तो लाग्थ्यो । अस्ति हाँसो साटासाट मात्रै भए पनि आजदेखि भने वेटर परशुराम मसित खुल्दै गएको थियो ।

"हजुर काम के गर्नुहुन्छ, सर ?" उसले सोध्यो ।

उसले यस्तो बेला प्रश्न सोध्यो, जसको तात्तातो उत्तर बोकेर म हिँडिरहेको थिएँ । मैले सर्टको गोजीमा राखेको आइडी देखाउँदै भनें, "म पत्रकार हुम् ।"

उसले मेरो आइडी कार्ड गहिरिएर हेऱ्यो, जसमा नीला र धूवाँ जसरी बटारिएका अक्षरमा *देशप्रेम* लेखिएको थियो भने त्यसकै मुन्तिर छड्के अक्षरमा *साप्ताहिक* । त्यसको मुन्तिर मेरो नाम थियो र पदमा लेखिएको थियो– भाषा सम्पादक । आइए फस्ट इयरमा भर्ना हुन खिचेको मेरो फोटो पनि थियो । दुई पटक रूजू गरेपछि मात्रै मै हुँ भन्ने लाग्थ्यो ।

बिहानै टोपले फोन गरेर भनेको थियो, "जसरी हुन्छ, आज सम्पादकलाई भेट्नू ।" र आवाजमा जोड दिएको थियो, "पासपोर्ट साइजको फोटा पनि बोक्नू ।" मैले डसनामुनि फिँजारिएका कागजका

चिर्कटाबीचमा खोज्दा यही एउटा फोटो फेला पारेको थिएँ । त्यो पनि प्रवेशपत्रमा टाँसिएको । जब मैले फोटो दिएको थिएँ, रोशनीले खिस्स हाँस्दै भनेकी थिइन्, "अर्को छैन ? यो तपैंको भाइ जस्तो छ ।" रोशनीसित त्यही दिन चिनजान भएको थियो । भन्न त उमेर ३२ भन्थिन् । लाग्थिन्– २७/२८ । छरितो ज्यान भएकाले पनि होला, उनै थिइन्, लेखा शाखा प्रमुख । उनको घर पाटनमा थियो । लबजमा नेवारीपनको मिठास भरिएको थियो । भन्थिन्, "यता अफिस आयो भने जिब्रो बटारिन छाड्छ । घरमा केही दिन बस्यो कि बटारिन थालिहाल्छ ।" कार्डमा अटाउन छेउछाउबाट काट्दा पनि फोटोमाथिको अर्ध हस्ताक्षर अलिकति बाँकी रह्यो । त्यही बाँकी अक्षरमै जोडेर कालै मसीले सम्पादकले हस्ताक्षर मिलाएका थिए । भनेका थिए, "तलब बुझ्नेबित्तिकै नयाँ फोटो खिच्नू ।"

पत्रिका वैशाख ४ बाट नयाँ कलेवरमा निस्कनेवाला थियो । तर सातामा तीन दिन अफिस जानैपर्ने थियो । सम्पादक पत्रिकाको भाषामा एकरूपता आओस् भन्ने चाहन्थे । साताको दुई दिन रिपोर्टरसित मिटिङ राख्ने भएका थिए । पहिलोदेखि अन्तिम पृष्ठसम्म पत्रिकाको भाषा एउटै होस् । उनलाई लाग्थ्यो, पत्रिका राजाले पनि पढ्नेछन् । कफी वा चियाको चुस्की लिँदै ।

म आइडी कार्ड लिएर ठमेल आएको थिएँ ।

परशुरामले मेरो आइडी कार्ड फिर्ता दिँदै अलिकति मसिनो आवाजमा सोध्यो, "सर ! राजाले हस्तक्षेप गर्लान् त ?"

म खिस्स हाँसें, के भनूँ ! ऊ मलाई ठूलै पत्रकार ठानिरहेको थियो ।

"मलाई सर भन्नुपर्दैन," मैले कुरा मोड्दै भनें, "म तपाईंको भाइ उमेरको छु ।"

"यहाँको नियम हो, सर !" उसले जिब्रो टोक्दै भन्यो, "नियम तोड्न मिल्दैन ।"

चिसो बढेर होला, ठमेलमा भीडभाड थिएन । फाट्टफुट्ट मानिस ज्याकेट लगाएर हिँडेका देखिन्थे । क्याफे पनि रित्तोरित्तो थियो । त्यसैले परशुरामलाई मसित कुरा गर्न समय मिलेको थियो ।

ऊ चार वर्षअघि काठमाडौं पसेको थियो । ऊ गाउँकै निम्न माध्यमिक स्कुलको विद्यार्थीको प्रिय शिक्षक थियो । किनभने ऊ गीत गाएरै पढाउँथ्यो । कहिलेकाहीँ गाउँका फुर्सदिला बूढाबूढी झ्यालनिर आएर उसको गीत सुन्थे । गाउँमा हुने नाचगान ऊबिना किरियापुत्रीको खाना जस्तो अलिनो हुन्थ्यो रे ! दोहोरीमा त उसले चार जिल्ला टपेकै थियो ।

जब युद्ध सुरू भयो, आफ्नो कला नै उसलाई काल भयो । माओवादीहरू उसलाई रक्तिम समूहमा सामेल हुन अनुरोध गरिरहेका थिए । पछिपछि धम्क्याउन पनि थाले । उसको काँधमा बाबुआमा र दुई बहिनीको जिम्मेवारी थियो । त्यसमा पनि किलो सेरा-टू अपरेसन सुरू भइसकेको थियो । स्कुल त माओवादीको किल्ला नै भयो । रातभर उनीहरू साङ्गीतिक कार्यक्रम गर्थे । दिउँसो सशस्त्र पुलिस आइपुग्थे । स्कुल माइन बिछ्याइएको बम जस्तो भइसकेको थियो, कुनै बेला पनि पड्किन सक्थ्यो । परशुरामलाई थाहा थियो, ऊ सशस्त्रको आँखी र माओवादीको आँखो भइसकेको छ । कसोकसो उसले थाहा पाएको थियो, माओवादी उसलाई बलजफ्ती नै लैजाने योजना बनाइरहेका छन् ।

त्यसैले ऊ साँझको मौका पारेर भागेको थियो ।

ऊ भोगेकै दोस्रो साता स्कुलमा भिडन्त भएको थियो । पुलिसतर्फका आठ र माओवादीतिरका चार जना मारिएका थिए । "अरू मर्ने सात त गाउँले हुन्, सर ! उनीहरूको कुनै दोष थिएन । तीन जना त मेरै तेह्रदिने हुन्," उसले उदास हुँदै भन्यो ।

ऊ पैसा जम्मा गरेर आफ्नो गीत रेकर्ड गर्न चाहन्थ्यो । युद्धका कारण काठमाडौंका दोहोरी साँझ एकएक गर्दै बन्द हुँदै थिए, नत्र ऊ कुनै दोहोरीमा गीत गाइरहेको पनि देखिन्थ्यो होला । दोहोरी साँझको लोभ उसकै गाउँको राजकुमारले दिएको थियो । ऊ काठमाडौं आएको

११ वर्षमा रोनी भइसकेको थियो । उसको ज्यानभन्दा गोडा छोटा र मसिना थिए । उसको ज्यान र ठूलो लेदरको कालो ब्याग लिखुरे गोडाले कसरी धानेका होलान् जस्तै लाग्थ्यो । ऊ सानोतिनो गाँजा सप्लायर्स थियो– टुरिस्टको । जहिले पनि टुरिस्टसित परिचय गर्दा भनिहाल्थ्यो, "आई एम रोनी । दी किङ अफ ठमेल ।" कहिलेकाहीँ गस्तीमा आएका पुलिस दी किङ अफ ठमेललाई मुड्क्याउँदै भ्यानमा कोचिरहेका पनि देखिन्थे ।

सवा चार बजेतिर मैले चौथो कफी र मःम मगाएँ । र द *गुड अर्थ*मै घोरिएँ । ५० पृष्ठ मात्र बाँकी थिएँ, अर्थ टिप्न । तिनको अर्थ त टिप्दै गरौंला, कथा पनि अलिअलि पढूँ भनेर ल्याएको थिएँ । क्याफेमा मधुरो आवाजमा अङ्ग्रेजी गीत बजिरहेको थियो । किनकिन गीतले ध्यान तानेको थियो, जसका मैले तीन शब्द मात्र बुझें– अमेरिका, अफ्रिका र जमैका ।

अरू दुई गीत सकिँदा परशुराम ट्रेमा कफी र मःम बोकेर आयो । लयमा टेबलमा राख्यो र ट्रे काखीमा च्याप्यो ।

मैले सोधें, "सधैं अङ्ग्रेजी गीत मात्रै बजाउँछन् ?"

"हजुर सर । टुरिस्टका लागि," उसले भन्यो र गमलातिर गयो । फूलको बोटका पहेंलिएका पात टिप्यो र हातका औंला आपसमा रगड्दै हाँस्यो । भन्यो, "कैलेकाईं त नेपाली गीत पनि बजाउनु नि है, सर । टुरिस्टले त यी गीत उतै सुनेर आएका होलान् नि ।"

होला नि है ! म हाँसें । सोधें, "यहाँ धेरै नै अङ्ग्रेजी गीत होलान् उसो भए ।"

"चक्काका त दुई बाक्सा नै होलान् ।"

मैले छेउको नेप्किन ट्याप्प समाएँ । एकछिन घोरिएँ । नाम पो के थियो ! डायरीमा टिपेका शब्द सम्झने कोसिस गरें । देवनागरी लिपिमा लेखें, टियर्स इन हेभन । उसलाई दिँदै भने, "यो गीत भेटियो भने म आएका बेला बजाउनू है ।"

उसले नेप्किन समायो । पढ्यो र पट्याएर सर्टको गोजीमा राख्दै मुन्टो हल्लायो । त्यस बेला मलाई समीराका बारे पनि सोधौं, सोधौं लाग्यो । तर भित्रभित्रै काँपें । कतै कुरा फुत्केर निस्किहाल्छ कि जसरी मःम क्वाप्प मुखमा हुलें ।

ऊ गयो ।

आकाशमा बादल भरिँदै आएकाले साढे पाँच बजे झमक्कै रात परे जस्तो भइसकेको थियो । सल्लाका रूख र ससाना बुट्यानमा जडित मधुरा बत्ती बलिसकेका थिए । मेरो टेबलको मैनबत्ती चिसो बतासको झोक्कासित लडिरहेको थियो । घुँडा र ढाडमा चिसो पस्न थालेको थियो । परशुराम बिल लिएर आयो । मैले पैसा दिंदै भनें, "बाँकी राख्नुहोला ।"

ऊ मुस्कुरायो ।

उसको मुस्कानले अलिकति आँट दियो । तर मलाई धेरै उत्साह र अधैर्य देखाउनु पनि थिएन । वर्षौंपछि दुई स्कुले साथी भेट हुँदा अनेक थोक कुरा गरिसकेपछि आफ्नै क्लासकी केटीबारे सोध्छन् नि ! चासो त खुबै हुन्छ । तर अचानक सम्झनामा आए जसरी । त्यसरी नै सोधें, "यता आइरहने गेस्टलाई कत्तिको चिन्नुहुन्छ ।"

"अलिअलि त चिन्छु, सर ।"

"नीललाई चिन्नुहुन्छ ?" मलाई समीराको नाम लिन अप्ठ्यारो लाग्यो । मलाई लाग्यो, समीराको नाम लिएँ भने उसको दिमाग अलि बढी नै घुम्ला ! पुरूषले पुरूषको नाम लिंदा खासै अनौठो नलाग्ला !

"नामैले त चिन्दिनँ," उसले सोचे जस्तो गर्‍यो । र सोध्यो, "यता आइरहनुहुन्छ ?"

मैले मुन्टो हल्लाएँ । र झल्यॉस्स सम्झिए जसरी सोधें, "समीराजीलाई चिन्नहुन्छ त ? उहाँसँगै आउनुहुन्छ ।"

उसले आँखा रिमरिम पार्दै थुप्रिंदै गएको बादलको खाततिर हेर्दै सोच्यो । अनि गर्धन झट्कार्दै भन्यो, "ठ्याक्कै सम्झना आएन । सरलाई किन पो चाहिएको होला ?"

उसले मेरो अनुहार पढ्न नसकोस् भनेर ज्यान बटार्दै भनें, "साथीका साथीहरू हुन् । यहाँ आउँछन् भन्ने सुनेकाले सोधेको ।"

"म साथीहरूलाई सोधेर भनुँला है, सर । म अलि नयाँ परें ।"

"हुन्छ," द *गुड अर्थ* काखीमा च्यापेर उठ्दै मैले भनें, "मैले सोधेको भनेर नभन्नुहोला ।"

उसले जुत्ताको चुच्चोले भुइँमा ट्वाकट्वाक पा-यो । गर्धन बटारेर तल गार्डेनतिर हे-यो । र मधुरो आवाजमा सोध्यो, "त्यस्तो नराम्रो कामका लागि त होइन नि है, सर !"

"होइन, होइन । डराउनुपर्दैन ।"

"क्यार्नु, सर ! भुङ्ग्रोबाट उछिट्टिएको मकै जस्तो परियो । डर लाग्छ ।"

म सहर पसेर हंस हराएको गाउँले बिरालो जस्तो परशुरामसित छुट्टिएर ठमेल चोक आइपुग्दा पानी सिमसिम बर्सिन थालिहाल्यो । काठमाडौंमा कुनै यस्तो झरी थिएन, जसले मेरो ढाड नरूझाएको होस् । म द *गुड अर्थ*लाई ढाडतिर कोचेर ओत लागें । कति बटुवा भने रेनकोटको टोपीमा टपरटपर झरी बजाउँदै हिँडिरहेका थिए । बेमौसमी झरीमा दुई कुरा भइहाल्थ्यो– काठमाडौंमा । म:म पसलमा भीड लागिहाल्थ्यो; सडकमा जाम भइहाल्थ्यो । धूलो र धूवाँले झरी पनि बिटुलिएको थियो । घरबेटी आमै भन्थिन्, "पैला त झरीमा रूझ्दा नि ज्यान चङ्गा हुन्थ्यो । अचेल त सारा हड्डी दुखेर आउँछन् ।"

चोकमा जाम भइसकेको थियो । चर्का हर्न बज्न थालिसकेका थिए । एउटा ट्राफिक सिटी बजाउँदै कहिले उँधो, कहिले उँभो दगुरिहेको थियो । तिनै हर्नका बीचमा मैले अर्को हर्न सुनेनछु ।

"ओ, सिरी भाइ ?"

सूर्यबहादुर झ्यालबाट अलिकति टाउको बाहिर निकालेर कराइरहेका थिए । जामकै बीचमा थिए । म उनीतिर दगुरें ।

"बस, म कोठामै जान लागेको ।"

म रूझेको चङ्गा झैं सिटमा बसेर लुत्रुक्क परें । मेरो टाउकोमा ठोकिएर, ब्याकमिररमा झुन्डिएर कडा भएको कागतीको दाना र सुकेका खुर्सानीको गुच्छा बिस्तारै हल्लिइरहे । सूर्यबहादुरले रूझेको कपाल तालुतिर स्याप्प पारे र आँखीभौंको पानी ल्याप्प पुछे ।

"आज चाँडै फर्किनुभाको ?" मैले ढाडबाट द *गुड अर्थ* झिकेर अगाडिको खोपीमा राख्दै भनें ।

"पेट खराब भाछ हौ," उनले तेर्सो पर्दै अगाडिपट्टि लुत्त पस्न खोजेको मोटरसाइकललाई हर्न बजाउँदै भने । उनको अनुहार डल्लो पारेर फालेको पन्ना जसरी खुम्चियो र फुक्दै आयो ।

"आन्द्रै कुहेर फुतफुत खस्लान् जस्तो भा छ । लौ हेर त, मान्छे पनि कति स्याउँस्याउँती हुन् । यिनले हग्छन् कहाँ ?"

म खिस्स हाँसें ।

"खुबै ठमेलतिर झाँक्री झैं फेरी लाउँदै हिँड्या छौ," उनले मेरा तिघ्रामा प्याट्ट हाने । भने, "कसैको मोहनी मन्तरमा पऱ्यौ कि क्या हौ ?"

"अफिसका काममा आको दाइ !"

उनले मलाई यसरी हेरे, मानौं, म लोप भइसकेको अनौठो भाषामा बोलिरहेको छु । सोधे, "अफिस ? केको अफिस ?"

मैले ज्याकेटको भित्री जेबमा राखेको कार्ड देखाउँदै भनें, "म अचेल पत्रिकामा काम गर्छु ।"

उनले स्टेयरिङमा दुवै कुइना अड्याएर कार्ड नियाले । उनी यस्तो जिन्दगीको तहबाट उठेका थिए, जसलाई लाग्थ्यो, पत्रिकामा छापिने हरेक अक्षर कुलदेउताका वचन जस्ता हुन्छन्, अकाट्य । उनले मुस्कुराउँदै कार्ड दिँदै भने, "मैले चन्द्रालाई भनेकै हुँ, सिरी भाइ चानचुने मान्छे होइन । अँध्यारो कोठामा बसेर ध्यान गर्छ ।" उनले प्रेमले मेरा काँधमा धाप हाने । र भने, "पार्टी कहिले खाउने त, भाइ ?"

"पहिलो तलब आएपछि ।"

मैले सूर्यबहादुरको अनुहारमा त्यो आत्मीयता देखेको थिएँ, जसले मेरा ती आत्मीय मानिसको अनुहारको लहरो तानेको थियो, जसलाई मैले उतैउतै छाडेर आएको थिएँ । कान्छा बाले खबर थाहा पाए भने के भन्लान् ? बाले के भन्लान् ? आमैले के भन्लिन् ? दाइले के भन्ला ? भाउजूले के भन्लिन् ? गाउँलेले के भन्लान् ?

"यो सानो पार्टी मेरा तर्फबाट," चुरोटको खिल्ली दिँदै उनले भने । मैले सल्काएँ । पानीको बेग बढेको थियो । उनले अगाडि सरेर धमिलिएको सिसा टालोले पुछे । सडकमा पानी जम्न थालिसकेको थियो । चोक धुम्म परेको बूढो पीपलको रूख जस्तो अँध्यारो देखिन थालेको थियो । सूर्यबहादुर स्टेयरिङमा हत्केला पछार्दै छटपटिए, "ट्याक्सी ड्राइभरको आधा उमेर त ई यसरी बीच सडकाँ ठिङ्डै उभेर जान्छ, भाइ ।"

जाम खुल्यो ।

सूर्यबहादुरले हतारमा गियर तान्दा चुरा छ्याङछ्याङ बजे । जमलतिरको बाटो रित्तो थियो । झट्ट हेर्दा बर्खे खोला जस्तो देखिन्थ्यो । ट्याक्सी दुवैतिर पानीका धार उछाल्दै मोटरबोट जसरी मच्चियो । मैले आधा भएको ठुटो झ्यालबाट बाहिर फालिदिएँ । र सोधें, "अनि दाइ, अचेल मरेका मान्छे देख्नुहुन्न ?"

उनले घाँटीमा झुन्डिएको कालो ताबिजतिर तल्लो चिउँडोले इसारा गरे, "ज्यानमारा ओखती फेला पऱ्यो, भाइ ।"

पक्कै चन्द्राले लगाइदिएकी होलिन् ।

"जोरपाटीमा एउटी माता छन् । उनले देकी," नाक फ्यार्रफ्यार्र पार्दै हाँस्दै सूर्यबहादुरले भने, "अघिल्लो दिन चन्द्राले एउटा अन्डा लगेर छाडेको थियो । तिमी पत्याउन्नौ होला भाइ ! यस्कीमा... भित्रको पहेंलो डल्लोभित्र सर्टको बटन जस्तो चीज पो फेला पऱ्यो । त्यसैलाई घाँटीमा झुन्ड्याको । अचेल मरेको त के, जिउँदैलाई पनि देख्दिनँ । तिम्रो भाग्गे कडा रछ, अघि तिमीलाई चाहिँ देखें ।"

म हाँसें ।

उनले ट्याक्सी घण्टाघरतिर मोड्दा उचालिएको कुइनाले मेरो छातीतिर घोचे । भने, "रेला गरेको नि, भाइ ।"

झरीले चिसो यसरी ह्वात्तै बढाएको थियो, सास ऐनामा छर्किएर औंलाले चित्र बनाउन सकिन्थ्यो । झ्यालका चेपचेपबाट झरीका मसिना लहरा भित्र पसिरहेका थिए । धमिलिएको सिसाबाहिर सडक तिर्मिराउँदो देखिन्थ्यो । अगाडिबाट आइरहेका गाडीका हेडलाइट जमेको पानीमा पनि टल्किरहेका थिए । सूर्यबहादुर सिसातिर टाउको तन्काएर आँखा चिम्सा बनाउँदै सचेत भएर ट्याक्सी हाँकिरहेका थिए ।

ट्याक्सी पुतलीसडक चोकबाट अलि अगाडि के बढेको थियो, मलाई लाग्यो, बम पड्कियो । तीव्र गतिको ट्याक्सी झ्याप्पै रोकिँदा हामी अगाडि हुत्तियौं । ट्याक्सीको बोनटबाट धूवाँको मुस्लो छुटिरहेको थियो । सूर्यबहादुर हतपत दैलो उघारेर दगुरे ।

म पनि आत्तिँदै बाहिर निस्किएँ ।

सूर्यबहादुरले बोनट खोले । धूवाँको मुस्लो दोब्बर भएर आयो । सूर्यबहादुर हतारिँदै धूवाँको मुस्लो छलेर भित्र चियाउने कोसिस गरिरहेका थिए । प्लास्टिक जले जस्तो गन्ध चारैतिर फैलिरहेको थियो । पछाडिबाट आइरहेका गाडी ट्याक्सीको छेउछाउबाट सुत्त निस्किने कोसिस गरिरहेका थिए । तर हुर्हुरिँदै आएका मोटरसाइकलले यताउताबाट च्याप्दा बाटो टम्मै छेकियो ।

मैले अलिकति उचालिएर हेरें, जाम लम्बिएर परपरसम्म पुगिसकेको थियो । मोटरसाइकल र गाडी चर्काचर्का हर्न बजाइरहेका थिए । शान्त जङ्गलमा फ्याउरा कराए जस्तो । धूवाँ अलिकति छाँटिएपछि सूर्यबहादुर बोनटभित्र झुकेर हात नचाइरहेका थिए । उनका गोडा लगलगी काँपिरहेका थिए । जब उनले टाउको बाहिर निकाले, अनुहार पसिना हो या झरीले लुछुप्पै रूझेको थियो । बसको दैलोमा झुन्डिएका खलासीहरू ट्याक्सीलाई किनारतिर सार्न कराइरहेका थिए ।

हर्न र मानिसको चिच्याहटका बीचमा सूर्यबहादुर कम्मरमा हात राखेर ठिङ्ङ उभिइरहे । मानौं, अचानक उनले सारा स्मृति गुमाएका छन् ।

झरी झन् दर्किंदै गयो । म सडकको किनारतिर दगुरें । र कपडा पसलअगाडि ओत लागें । पुतलाको छेउमा उस्तै भएर । कहिले मोटरसाइकलवाला हप्काउँथ्यो, सूर्यबहादुर त्यता वाल्ल परेर हेर्थे । कहिले मिनी बसवाला हप्काउँथ्यो, उनी त्यता फर्केर वाल्ल पर्थे । उनी अर्कै टोल पसेको छाउरा जस्तो भएका थिए, जसलाई टोले कुकुरले घेरेर भुकिरहेका छन् ।

सिटी बजाउँदै, पखेटा जसरी दुवै पाखुरा फैलाउँदै, दगुर्दै चोकतिरबाट ट्राफिक पुलिस आइपुग्यो । उसले सूर्यबहादुरलाई इसारा गऱ्यो । उनी बल्ल होसमा आए जस्ता भए । दुवै ट्याक्सीको डिक्कीतिर दगुरे । र धकेल्न थाले । म पनि दगुरेर गएँ र धकेल्न थालें । बल्लतल्ल ट्याक्सी सडकको छेउ लाग्यो । जाम खुल्यो र चिप्के कीरा जसरी अघि बढ्यो ।

ट्राफिक फेरि सिटी बजाउँदै हुर्रिंदै गयो ।

सूर्यबहादुर लुछुप्पै रूझिसकेका थिए । उनी त्यस्तो दरिद्र देश जस्तो भएका थिए, जसले धनी र घमण्डी देशको हप्की खाएको थियो । उनले बायाँतिरका दुई पाङ्ग्रा किनारमा चढेर अलिकति कोल्टे परेको ट्याक्सीको अलिकति बाङ्गिएको साइड सिसालाई प्रेमले मिलाए । मतिर पुलुक्क हेरेर रून्चे हाँसो हाँसे र काँपिरहेका ओठ दाँतले टोके ।

"सात वर्षमा यसले अहिलेसम्म यसरी धोका दिएको थिएन," उनको आवाज सुक्खा भयो । उनको अनुहार कति निर्दोष र मायालु देखिएको ! उनको हृदयभित्रैबाट मधुरो हुरी जस्तो सुस्केरा निस्कियो, "मेरो दशा सुरू भो, भाइ ।"

# उत्तर

*तपाईंलाई खोज्ने त मै मात्र हुँ कि क्या हो !*

सल्लाघारीको बतास उडदै उड्दै पस्थ्यो र टेबल पङ्खा वरिपरि घुमिरहन्थ्यो । पहाडी नदी बग्दै बग्दै आउँथ्यो र मिनरल वाटरका बोतलमा कैद हुन्थ्यो । मैलो कुटिरो बोकेर गाउँ काठमाडौं पस्थ्यो । साँघुरा बार्दलीमा गमला भएर बस्थ्यो ।

बार्दली वा छततिर सुक्खामा सुक्दै गएका गमलामा उदास गाउँ देख्नुभएको छ ?

सुक्खाले नभेटेका गमलाका फूल भने एकान्तमा अतीतका मिठास सम्झिरहेका वृद्धवृद्धा झैं बिस्तारै मुन्टो हल्लाइरहन्थे । चौथो साता भएको थियो, मैले बार्दलीका फूल हेर्न थालेको ! धेरैजसो त मनी प्लान्ट हुन्थे, यस्तो फूल भएको घरमा पतिपत्नीको सुमधुर सम्बन्ध हुन्छ भनेर हो कि ! समीराको बार्दलीमा भने केही सयपत्री, नागचम्पा र रातरानी थिए ।

त्यसैले म यी तीन फूल भएका बार्दली खोजिहिँड्थे ।

आदिले भनेकै थियो– रेडियोले धेरै टाढाको कडलेसको आवाज टिप्दैन । उसले अनामनगरदेखि डिल्लीबजार हुँदै पुतलीसडकसम्म सुझाएको थियो । मलाई कसोकसो लागिरहेको थियो, ऊ पुतलीसडकतिरै हुनुपर्छ । सोचेको थिएँ, पहिला यतातिर खोज्छु अनि बिस्तारै अरूतिर खोज्नुपर्ला । म साताको आइतबार, मङ्गलबार र बिहीबार *देशप्रेम*को अफिस पस्थें । शुक्रबार भने अर्कै खोजीका लागि छुट्याएको थिएँ । म

कोठाबाट अफिस हिँडे जसरी निस्कन्थें। पुतलीसडकका साँघुरा गल्लीमा पस्थें । र ती फूल खोज्दै हिँड्थे, जो समीराका बार्दलीमा फक्रिएका थिए ।

मलाई आशा लाग्थ्यो– टुलमा बसेकी ऊ रेलिङमा राखेका पैताला मन्द गतिमा हल्लाउँदै किताब पढिरहेकी छ कि !

पहिलो पटक म टोपले भनेको कर्फ्यू गल्ली हुँदै बार्दलीतिर हेर्दै हिँडेको थिएँ। कर्फ्यूका बेला यो गल्ली चल्तीमा हुन्थ्यो ! ठाउँठाउँमा फुटेको पाइपबाट निस्केको पानी जमेर न्याल्ल परेको हुन्थ्यो। घरले घाम छेलेका हुन्थे, त्यसैले दिउँसै उराठलाग्दो अँध्यारो फैलिएको हुन्थ्यो। यो बाटो कालिकास्थानको बाँसघारीतिर निस्किन्थ्यो। टोपले भनेको थियो– धेरै वर्षपहिले बाँसका झाङ हुँदै बटुवा हिँड्न पनि डराउँथे रे, साँझपख। एउटा जिङ्ग्रिङ्ङ परेको बौलाहा त्यहाँ लुकेर बस्छ र जुम्लुङ्ग निस्किएर बटुवालाई छुरा हान्छ रे। ऊ मध्यरातमा चर्को आवाजमा नारायण गोपालका गीत गाउँछ पनि भन्थे। धेरैलाई प्रेमवियोगमा परेको होला भन्ने लाग्थ्यो रे !

चौथो पटकमा मैले पुतलीसडक आसपासमा धेरैजसो गल्ली चहारिसकेको थिएँ । कति गल्ली फनफनी घुमेर कुनै घरको मूल ढोकामा गाँसिन्थे । र अपरिचित मानिसको गन्ध पाएर गेटभित्रका कुकुर चर्को आवाजमा भुक्दै, नङ्ग्राले ढोकामा जडिएका फलामका पाता कोतरेरै उप्काउला जस्तो गर्थे । कुनै गल्लीले भने फनफनी घुमाएको घुमायै गर्थे ।

एकपल्ट त म घण्टौं फनफनी घुमेको घुम्यै भएको थिएँ। कहिले धारामा पानी भरिरहेका महिला भेटिन्थे, कहिले झ्यालबाट मुन्तिर हेरिरहेका वृद्धवृद्धा। उनीहरू मलाई देख्नेबित्तिकै खङ्ग्रङ्ङ हुन्थे। राति हमला गर्न नक्सा तयार पार्न आएको छापामार जस्तो ठान्थे कि !

अबेरसम्म फनफनी घुमेपछि चिटचिट पसिना निस्किन थालेका थिए। मेरा आँखाले जे देख्थे, दिमागले खुट्याउन सक्दैनथ्यो, के हो भनेर ! दिमागभरि धुम्म भुइँकुहिरो भरिए जस्तो भएको थियो। बान्ता

आउला, आउला जस्तो । एउटा घर त तीनपल्ट फन्का लगाएछु । बार्दलीमा पाखुरा अड्याएर मुन्तिर हेरिरहेका अधबैंसेले अलिकति चर्को आवाजमा सोधेका थिए, "के खोजेको भाइ, यसरी फनफनी ?"

मैले फ्याट्टै भनेको थिएँ, "यता कतै डेरा खाली छ कि भनेर !" मलाई थाहा थियो, म अलमलिएँ भने उनले जुत्ता वा धाराको टुटी चोर ठान्नेछन् । अझ छापामार नै ठाने भने त सोझै पुलिसलाई खबर गर्नेछन् । पुलिसले समाते भने सोध्नेछन्– यसरी के खोजेको ?

मैले समीराको कथा भनें भने उनीहरूले पत्याउलान् ? पत्याइहाले भने त झन् सोध्नेछन्, म किन खोजिरहेछु उसलाई ? जसको उत्तर मसित थिएन ।

"यो टोलमा फ्ल्याट मात्र छ, भाइ," उनले खकारेर थुक्दै भनेका थिए । र डल्लिँदै तल झरेको डल्लो हेरेका थिए । सायद उनी मुन्तिरको कुनै ढुङ्गोमा खसाल्न चाहन्थे । उनले थपे, "कोठा खोज्न घट्टेकुलोतिर जानू ।"

म मुन्टो हल्लाउँदै हतारिँदै हिँडेको थिएँ । र थाहा पाएको थिएँ– सहर एउटा ढिक्को जस्तो भए पनि यो भित्रभित्रै अनेक टुक्रामा फिँजारिएको थियो । र हरेक टोलको आफ्नो वैभव र सान थियो ।

म तर्सिएको थिएँ, फेरि फनक्क घुमेर त्यही घरमा पुगिन्छ कि ! तर हिँड्दाहिँड्दै एउटा अँध्यारो गल्लीबाट म फुत्त बाहिर निस्किएँ, उज्यालो मूल सडकमा । ठिङ्ङ उभिएर सोचें, कहाँ आइपुगें ? चारै दिशा फुटेको क्यासेटको रिल झैं गाँठो परेका थिए, नचुँडाई फुकाउनै गाह्रो । मऱ्यो भनेर आस मारेको मानिसले झस्किँदै ब्युँझिएर वाल्ल परेर हेरे जस्तो, म सडकतिर हेरिरहेको थिएँ । मलाई लाग्यो, यो सडक, यो पर्खाल र पारिपट्टिको किराना पसल देखेको हुँ । तर कहाँ ? पूर्वजन्मको दृश्य जस्तो थियो । भर्खरै किराना पसलबाट निस्किएर एक जना मानिस सडकतिर पानी छर्किरहेका थिए । ठिङ्ङ उभिएको मतिर हेरेर खिस्स हाँसे । मैले उनलाई पहिले पनि देखेको हुँ !

तर म छु कहाँ ?

मैले कटक्क भएको पेट दुवै हातले अँठ्याएर दिमागका त्यान्द्रात्यान्द्रीमा झट्का दिएँ । चुँडिएका तारका टुप्पा आपसमा छोइएर झिलिक्क गुलुप बले जसरी उज्यालो भयो ।

ए ! म त *देशप्रेम साप्ताहिक*छेउको सडकमा पो छु ! सबै छ्याङ्ङ भयो । तर हातका औंला काँपी नै रहे । मुटुमाथि हिउँ थुप्रो परे जस्तै भइरह्यो ।

त्यसपछि मैले नयाँ कुनै गल्लीभित्र पस्नुअघि घरका झ्याल, दैलो वा पोलमा लेखिएका शब्द वा टाँसिएका पम्प्लेटलाई चिन्नल बनाउन थालेको थिएँ ।

परशुरामले भनेको थियो, "सर ! उहाँहरू त यता आउन त आउनुहुन्छ । तर यसपालि धेरै दिन पो भएछ नआउनुभएको ।" उसले समीरा र नीलबारे सोधखोज गरेको रहेछ । परशुरामको विचारमा उनीहरू अर्को क्यापेतिर जान थालेका पनि हुन सक्थे ।

मलाई भने लागिरहेको थियो, उनीहरूले भेटेकै छैनन् । किनभने उनीहरूले फोनमा पनि कुरा गरेका थिएनन् । मैले कैयौं दिन वल्लोदेखि पल्लो किनारसम्मका फ्रिक्वेन्सीमा खोजेको खोज्यै थिएँ । कतै रेडियोले टिप्नै पो छाडेको हो कि ! तर एक किराना पसले र एक विवाहित महिलाको कुराकानी टिपिरहन्थ्यो ! खै किन हो, पसलेकी श्रीमती महिनौंदेखि माइतमै थिइन् । र इन्स्योरेन्स कम्पनीका एक युवक रातदिन कसै न कसैलाई फोन गरेर रोबोट जसरी बोलिरहन्थे ।

नटिपेको त समीराको मात्रै थियो ।

कि उनीहरूले मोबाइल किने ? काठमाडौंमा नाडीको हड्डी आकारको ठ्याउके मोबाइल भित्रिइसकेको थियो । नेता होऊन् वा व्यापारी, कानमा टाँसेर हिँडिरहेका देखिन्थे । यो यस्तो फोन थियो, जसको तार थिएन । मोबाइलले बतासमा छरिएका आवाज टिपेर कानभित्र हुलिदिन्थ्यो । कोटको भित्री जेब वा ह्यान्ड ब्यागमा राखेको फोन जब आवाजसहित मधुरो भूकम्प जसरी धर्धराउँथ्यो, उनीहरू कुनातिर जान्थे र अलिकति झुकेर कुरा गर्थे । वर्षौं टेलिफोनको तारको

दाम्लोमा बाँधिएकाहरू निर्धक्क छतमा यताउता हिँड्दै, गमलामा पलाएका झार उखेल्दै कुरा गरेका देखिन्थे । त्यसैले पनि मेरो रेडियोले बिस्तारै कडलेसका आवाज टिप्न छाडिसकेको थियो । पत्रपत्रिकामा 'मोबाइलको उदय, नयाँ युगको उदय हो' जस्ता लेख छापिइरहन्थे । म भित्रैदेखि तर्सिएको थिएँ– समीराले पनि मोबाइल किनी भने मेरो स्वप्नयुगको अवसान हुनेछ । म फेरि १० ब्यान्डको कालो रेडियो सुमसुम्याउँदै उही अतीतको गर्तमा भासिनेछु । मेरो संसारमा फेरि हुरी जस्तो स्वाँऽऽ मात्रै बाँकी रहनेछ । म ठ्याक्कै पेजरको अफिस जस्तो, उदास र बिरहलाग्दो हुनेछु ।

पेजरको अफिस पुतलीसडकमै थियो । *देशप्रेम साप्ताहिक*कै नजिकै । गेटको गार्ड प्रायः कुर्सीमा उँघिरहेको देखिन्थ्यो । बेलाबेला नाकको डाँडी वरिपरि घुमिरहेको माखालाई प्याट्ट हिर्काउँथ्यो । आउजाउ गर्ने खासै हुन्नथे क्यारे । केही समयअघि ऊर्जा र उत्साहसहित काठमाडौं भित्रिएको पेजरलाई मोबाइलले खर्लप्पै निलेको थियो ।

समीराको ब्यागमा मोबाइल भित्रियो भने मेरो कलेजी सपनालाई त्यसरी नै निल्थ्यो । उसको आवाज रेडियोका पुराना तारमा कतै अल्झिएर लुक्नेछ । घना जङ्गलमा आफ्नै जालमा सुकेको माकुरो जसरी ।

तर पुतलीसडकका गल्ली धुइँ कि धुइँ चहारेर म के खोजिरहेको थिएँ ?

सायद म बतासमा लेखिएको किताब खोजिरहेको थिएँ ।

आदि गयो । तर रामवाण हानेर गयो, "पार्टनर ! आवाजको प्रेममा नपर्नू । उस्तै आवाज अर्को भेटिँदैन ।"

कतै समीरा मैले नभेटी त्यो आकाशको सबैभन्दा माथिल्लो तहको तारा जस्तो हुने हो कि ! छन त छ तर कतै देखिँदैन । कम्तीमा मेरो उदास आकाशमा । उसलाई भेटिहालें भने भन्नलाई कुनै कुरा थिएनन् । तर यो छटपटी किन ? के म उसलाई उसका बाबाका बारेमा केही भन्न चाहन्थें ? वा मात्र एक झल्को हेर्न चाहन्थें ? कहिल्यै

नदेखिएको मानिस त सपनामा पनि देखिँदैन । के म उसलाई एक झल्को हेरेर जीवनकालभरिका सपनामा खोजिरहन चाहन्थें ?

"उहाँहरू यता देखिनुभयो भने म सरलाई खबर गर्छु," परशुरामले भनेको थियो । त्यसैले म कली क्याफे गइरहन्थें । र छटपटिँदै उसलाई कुर्थें । जब ऊ मेनू लिएर आउँथ्यो, मेरो ढुकढुकी बढ्थ्यो । उसले खिस्स हाँस्दै भन्थ्यो, "सर ! उहाँहरू यता देखिनुभएको छैन ।"

सायद उसलाई पनि थाहा भइसकेको थियो, म कली क्याफेको कफी मन परेर आइरहेको छैन । म त ती मानिसको खोजीमा आइरहेको छु, जो अचानक हराएका छन् । ऊ पनि मेरो खोजीमा जोडिएको थियो । भन्थ्यो, "मैले पुस महिनाभरका बिलका चिर्कटामा उनीहरूको नाम खोजें । चिनजानको छ भने बिलमा नाम लेख्छौं । छैन भने टेबल नम्बर यतिउति भनेर लेख्छौं, त्यसैले गाह्रो छ, सर खोज्न ।"

परशुराम समीरालाई फिक्का कलेजी बिलका चिर्कटामा खोजिरहेको थियो भने म अँध्यारा गल्लीमा । समीरा बार्दलीतिर सयपत्री, नागचम्पा र रातरानीका बीचमा किताब समाएर उभिएको देखिहाली भने म के भनुँला ?

उसले वाल्ल परेर माथितिर हेरिरहेको मलाई देखी भने सायद आँखीभौं खुम्चाउली । म काँपेको आवाजमा भनुँला, "डेरा खोजेको हजुर !" कि आवाजै ननिस्किएला ? मलाई गल्लीगल्लीमा राडी बेच्दै हिँड्नेको ईर्ष्या लाग्थ्यो, उनीहरू चर्को आवाजमा चिच्याउँदै दैलो, झ्याल वा बार्दलीतिर निर्धक्क हेर्न सक्थे । मुठी नचाउँदै, गोडा पड्काउँदै आफ्नो माल सबैभन्दा बलियो भएको तर्क गर्न सक्थे ।

"सिरीजी ! तपाईं पनि के भाको ? अस्ति गल्लीगल्ली भौंतारिँदै हिँड्नुभएको थियो," एक दिन टोपले भनेको थियो, "मैले बोलाको पनि सुन्नुभएन ।"

"एउटा कलेजको साथीले यतै बस्छु भन्थ्यो, त्यसैले खोजेको ।"

"तपाईंका साथी पनि कस्ता कस्ता," उसले भनेको थियो, "सधैं तपैंले नै खोज्नुपर्ने । तपाईंलाई खोज्ने त मै मात्र हुँ कि क्या हो !"

म हिस्स हाँसेको थिएँ ।

"अस्ति सम्पादकज्यू पनि भन्दै हुनुहुन्थ्यो, सिरी त पत्रकार हुनुपर्ने । कसरी प्रुफ रिडर भयो ? फुत्तफुत्त कताकता पसेको देखिन्छ ।" टोपले मेरो पिठ्युँको पातामा धाप हान्दै भनेको थियो, "अब बिए पढ्ने मान्छे । केही ठूलै खोजी होला हैन ? तर ख्याल राख्नुस् है, अचेल गोला चीज भकुन्डा मात्र हुँदैनन् । बम पनि हुन सक्छन् ।"

त्यसपछि म गल्लीगल्ली भौँतारिन छाँडें ।

फागुन होलीको मौसम थियो । तर ४ गते अछाममा रगतको होली चलेको थियो । रगतका राता चोक्टा गुराँसका ती हाँगामा चप्किएका थिए, जहाँ भर्खरै कोपिला लागेका थिए । भोलिपल्ट रेडियो, टेलिभिजन र पत्रपत्रिका मान्छेका लास, भत्केका घर र गोलीका छर्राले प्वाल परेका बिजुलीका पोल देखाइरहेका थिए । छेउछाउका घरका दैलोबाट गोलीका छर्रा भित्र पसेर अगेनाको माथिपट्टिबाट बाहिर निस्किएका थिए । मङ्गलसेन र साँफेबगर गरेर एक सय ४९ मानिस मरेका थिए, जसले काठमाडौंमा त्रास थपेको थियो । युद्धको ताण्डव निधारसम्म आइपुगेको थियो । मङ्गलसेन गुल्ममा ५३ सेना मारिएका थिए भने ५९ प्रहरी, कर्मचारी र गाउँले आठ जना गरेर एक सय २२ जनाको हत्या भएको थियो । साँफेबगर एयरपोर्टमा भने २७ प्रहरी मारिएका थिए । छाती, कोखा र निधारमा गोली लागेकाहरू यत्रतत्र उत्तानो र कोल्टे परेर छरिएका थिए ।

युद्धको सबैभन्दा ठूलो शोक थियो यो । म आत्तिँदै *देशप्रेम साप्ताहिक*मा पुग्दा सम्पादक युद्धकै समाचार पढिरहेका थिए । मलाई देख्नासाथ उनले पत्रिका बटारेर कुनामा मिल्काएर भनेका थिए, "सासै फेर्न गाह्रो भयो । सारा बतास बारूद र रगतको गन्धले भरियो । आखिर यो सबै केका लागि ?"

म फेरि मौन भएँ । मसित त यो उत्तर पनि थिएन, अफिसबाट निस्किएर कहाँ जानेछु । तर मैले अलि पहिल्यै ट्याक्सीमा भेटेको भगौडा पुलिसलाई सम्झिएको थिएँ, जो मान्छे भइरहन भागेको थियो ।

सम्पादक एकछिन छटपटिए र कम्प्युटरमा घोरिएको शैलेन्द्रलाई नियाले । ऊ माउस किटिक किटिक पार्दै पत्रिकाको डिजाइन बनाइरहेको थियो ।

"पत्रिकाको तयारी गर्दै गर्" भन्दै घर्राबाट मोडिएको पत्रिका झिकेर घोरिए । म कोठेपद, चल्तीमा आउन छाडेका शब्द र उनलाई छाडेर निस्किएँ ।

पत्रिकाको नयाँ डिजाइन पहिलो साता मात्रै तयार भएको थियो । सम्पादक खुसी थिए । उनले प्रिन्ट गरेर सबैलाई देखाएका थिए । र त्यही दिन मैले जीवनको पहिलो तलब बुझेको थिएँ । रोशनीले अलिकति गलिसकेका हजारका तीन र राजाको निधारनिर स्टिजले प्वाल पारेको पाँच सयको एउटा नोट दिएकी थिइन् । मलाई त्यो नोट आफ्नो निधारमा टाँसेर काठमाडौंका सडकैसडक दगुरौं जस्तै लागिरहेको थियो । म शरीरबाट उछिट्टिएको औंला थिइनँ । म केही थिएँ । यी नोट मात्र थिएनन्, म यो धरतीमा हुनुका मूल्य पनि थिए ।

दुःखको होस् या खुसीको, वर्षा थामिनसक्नु गरी बर्सिन्छ । त्यही रात साढे १० बजे समीरा र नील फेरि फोनमा आएका थिए ।

नीलको आवाजमा नरमपन थियो भने समीराको आवाजमा थकान । बोल्दा ऊ बेलाबेला लामो हाई काढ्थी । उसले आफू हराउनुको दोष दुई साताअघि आएको हुरीलाई दिई । हुरीले टोलको बिजुलीको पोल ढालिदिएको थियो । टोल केही समय बिजुली र टेलिफोनविहीन भएको थियो । समीराको भनाइमा टोल ब्रह्माण्डबाट उछिट्टिएको ग्रह जस्तो भएको थियो । नीलले पत्याइहाल्यो । किनभने उसले फोन गर्दा टुँटुँ मात्रै आएको थियो । मलाई लाग्यो, कुरा यति मात्र थिएन । यसबीचमा ऊ पक्कै ढलेको बिजुलीको पोल मात्र हेरेर बसिन होला । उनीहरूले तातोपन बढ्दै गएको प्रकृतिको कुरा गरे । नील ग्रहण जसरी चारै किनारबाट आफ्नो उज्यालो भविष्य निल्दै आएको चर्को युद्धले तनावमा थियो । कैयौं रातका अनिद्राले उसका आँखामुनि काला डाम छाडेर गएका थिए । उसका व्यापारी दाइहरूले

जिन्दगीबारे सोच्न आग्रह गरिरहेका थिए । कलेजताकाका साथीहरू परदेशतिर जमिसकेका थिए । बङ्गलादेशी साथी देव मित्रा सिड्नी पुगिसकेको थियो । भर्खरै उसले *आर्किटेक्चर सिड्नी*मा प्रकाशित आफ्नो प्रोफाइल इमेलमा फरवार्ड गरेको थियो । इन्डोनेसियन साथी रेजा सोहेबले इमेलमा सिकागोका केही ताजा तस्बिर पठाएको थियो । ऊ चाँडै एरिट्रियाको राजधानी आस्माराको यात्रामा जानेवाला थियो । उसका अनुसार आस्मारा आर्किटेक्टका लागि अफ्रिकाको इटाली थियो । नील साथीहरूका इमेल हेर्थ्यो । तर कुनै उत्तर लेख्दैनथ्यो । उत्तर त केही लेख्थ्यो होला । तर पठाउनलाई भत्किएका घर, रूखमा झुन्ड्याइएका शिक्षक र पाखाभरि छरिएका शवका तस्बिर मात्र थिए ।

"अछामको घटनापछि मलाई यो देश ठीक लागेको छैन," उसले उदास आवाजमा भन्यो, "देश १० वर्ष ब्याक भइसकेको छ । आई डोन्ट वान्ट टू काउन्ट डेड पिपल हेयर ।"

सायद नीललाई समीरा मन पर्नुको कारण पनि यही होला, ऊ चुपचाप उसका कुरा सुनिरहन सक्छे ।

"यू नो ! यताको मान्छेहरू भन्छ नि ! यति दिन भोकै बसेर यतिउति सङ्घर्ष गरेर यहाँ पुगें भनेर," नीलको आवाजमा अथाह पीडा थियो, "तर मेरो स्ट्रगल ? खान नपाएको त खान पाएपछि रिलिफ भइहाल्यो । तर मेरो क्रिएसनको भोक ? दे नेभर अन्डरस्ट्यान्ड । यो देशमा सबैलाई काठमाडौंमा घर चाहिएको छ । थोत्रोमोत्रो गाडी । अस्ति भिनाजु भन्दै थियो– तिमीलाई केको चिन्ता ? बाउको सम्पत्ति जति पनि छ । एउटा घर तिम्रो भागमा परिहाल्छ । सारा जिन्दगी छलछाम गरे पनि कसैले त्यत्तिको घर कमाउन सक्दैन । आई हेट इनर्जी भेम्पायर्स ।"

"सै हो । मेरा बाबा पनि यस्तै कुरा गर्नुहुन्थ्यो । तिमीलाई थाहा छ, उहाँ काठमाडौंमा कैयौं दिन भोकै बस्नुभएको थियो रे । डेराभाडा तिर्न नसक्दा घरबेटीले कोठै जफत गरेको थियो । उहाँ हप्तौं सडकमा हुनुहुन्थ्यो । एक दिन गर्धननिर जुम्रा भेट्नुभएछ । जुम्रा मार्न पनि

माया लायो रे । सोच्नुभयो रे, कोही त छ, जो उहाँबाटै सर्भाइभ भइरहेको छ ।"

"त्यो डिफरेन्ट समय थियो ।"

"फरक समय र फरक स्थितिमा सबैको फरक स्ट्रगल हुन्छ । समस्या सताउन होइन, सिकाउन आउँछ ।"

"आई हेट कोटेसन्स ।"

एकछिन फोन स्वाँऽ भइरह्यो । समीराले मधुरो आवाजमा खोकी । र भनी, "तिमीसित एउटा कुरा गर्नु छ । सायद, भन्नलाई ठीक समय आएको छ ।"

"के कुरा ?"

"भेटेरै भनौंला । आँखा जुधाएर ।"

## दशा

*दुईकाँडे बल्छी मुखैमा अल्झेको छ,*
*ताने पनि दुख्छ, ठेले पनि दुख्छ ।*

मध्यचैतमा ठूलो हुरी चल्यो ।

हुरीले वाग्मती किनारका झोपडपट्टीका छाना उडायो भने न्युरोडतिरका साइन बोर्ड । चाबहिलतिरका रूखका हाँगा लुछ्यो भने सडकका चेपमा अल्झिएका प्लास्टिकका टुक्राटाक्री सोहोरेरै लग्यो । हुरीपछि झरी दर्कियो । झ्यालको फुटेको सिसाबाट केही बुँद झरी भित्रैसम्म उछिट्टिए ।

हुरी र झरीबीच मैले द *गुड अर्थ*को अन्तिम शब्दको अर्थ टिपें ।

मलाई जुरूक्क उठेर एकगोडामा फनफनी नाच्न मन लाग्यो । मैले ठूलो युद्ध जितेको थिएँ । अङ्ग्रेजीको दैत्यको प्राण रूद्रघण्टीमा छ भन्ने रहस्य पत्ता लगाएको थिएँ, जसलाई म अर्थका वाणले खुत्रुक्कै पारिदिन सक्थें । किताबलाई सिरानमा फ्यात्त फालें । किताब दोब्बर आकारले भुक्क फुलेको थियो । पन्नाका टुप्पा चेनस्मोकरको औंला जसरी पहेंलिएका थिए । चुरोट सल्काएर धूवाँका गुच्छा बनाउने असफल कोसिस गर्दै सोचिरहें, यो पहिलो किताब थियो, जसलाई मैले अक्षरशः पढेको थिएँ । नत्र कति किताब सुरूवातमा, कति बीचमा, कति मध्यमा पढेर छाडेको थिएँ ।

म नील हुन्थें भने समीरालाई तुरून्तै फोन गरेर भन्थें, "मैले तिम्रो प्रिय किताब भर्खरै पढेर सकें ।" तर म नील थिइनँ । मैले शब्द मात्र पढेको थिएँ, कथा त पढेकै थिइनँ ।

झरीको आवाज सुन्दै ओछ्यानमा पल्टिएँ । हप्प भएको काठमाडौंलाई झरीले शीतल बनाएको थियो । ओछ्यानमा ढल्किँदा ढल्किँदै झप्प निदाएछु । रातका सपना लयमा आउँछन् तर दिउँसोका झल्याकझुलुक । धेरै फिल्मका रिल काटकुट पार्दै जोडेर देखाए जस्ता । सर्पले मलाई उखुबारीमा लखेटिरहेको थियो, जब म बारीबाट फुत्त निस्किएँ, चीनको कुनै सडकमा थिएँ । गुलाबी बाटुला बत्तीमा चाइनिज अक्षर लेखिएका थिए । मैले आत्तिएर फर्की हेर्दा पछाडि ठूलो भीर थियो । पाँच वर्षभरको रातदिनको सपनाको कुस्ताकुस्तीले म "सपनामै पनि सपना हो !" भनेर थाहा पाउने भइसकेको थिएँ । म दुवै पाखुरा फैलाएर उड्नै थालेको थिएँ, कल्याङमल्याङ आवाजले झस्किएँ । पछाडि फर्किएर हेरें– सूर्यबहादुर शरीरभरि भाँडाकुँडी झुन्ड्याएर उकालो उक्लिरहेका थिए । जब उनी माथि हुत्तिन्थे, भाँडा आपसमा ठोक्किएर बज्थे । उनी झलक्क हेर्दा भीमसेन जस्ता देखिइरहेका थिए । "भाइ !" उनले मधुरो गरी बोलाए । म बोल्न खोजें । मेरो मुखभित्रबाट मौरीको लस्कर निस्कियो । "भाइ," फेरि उनले बोलाए ।

म झस्किँदै उठें ।

दैलो हल्लिइरहेको थियो । फेरि सूर्यबहादुरको आवाज आयो, "भाइ ।" हतारिँदै दैलो उघारें । उनी असिनपसिन थिए । उनले हतारिँदै सोधें, "पित्तलको लोटा छ ?"

मैले मुन्टो यताउता हल्लाएँ ।

उनी बिरक्तिएर कराए, "भाइसित पनि छैन रे ! हिजै भनेको होइन ? तेरो ठाँडो नबिर्सेस् भनेर ।"

चन्द्रा बाहिर निस्किइन् । पहिलोपल्ट मैले उनलाई रातो सारीमा देखेको थिएँ । उनले कपालको जुरोमा रातो तुल मोडेर बाँधेकी थिइन् । उनले सयपत्रीको थुँगा दैलोछेउको तामाको गाग्रीको मुखमा राखिन् । र हतारिँदै भनिन्, "त्यहीँ छ भाँडा पसल । म किनेरै ल्याउँछु ।"

गोडा कँपाउँदै चप्पल लगाइन् र भऱ्याङतिर दगुरिन् । उनी गएपछि सूर्यबहादुरले गर्धन बेस्मारी झट्कारे । निधारतिर खसेको कपाल तालुतिर स्याप्प पारेर हत्केला पेटमा पुछे ।

म भने वाल्ल !

माथिपट्टिबाट अलिकति कुप्रिएर घरबेटी आमैले हेरिरहेकी रहिछन् । उनी पनि म जस्तै वाल्ल परेकी थिइन् ।

"के गर्न लाग्नुभको, दाइ ?"

"दशा फाल्न लागेको हौ, भाइ," दैलो अगाडिको डोरमेट गोडैले सोझो पार्दै भने, "अग्निज्वाला माता आउँदै हुनुहुन्छ ।" उनले गलामा झुन्डिएको ताबिज समाएर चुमे ।

ए, जोरपाटीकी माता होलिन् ।

"माता लाएर पनि हुन्छ बज्या ?" घरबेटी आमाले पापै बोले जसरी आफ्नै कानका लोती समाइन् । भनिन्, "अस्ति एउटीले टहटह घाम लाका दिन पानी पार्छु भनेर भएभरका टोले जम्मा पारिछन् । काँबाट पर्थ्यो पानी । आखिरमा टोलै पापीको हो भनेर वचन लाइछिन् ।"

"दशाको दुईकाँडे बल्छी मुखैमा अल्झेको छ, बज्यै । ताने पनि दुख्छ, ठेले पनि दुख्छ," सूर्यबहादुरले मधुरो आवाजमा भने, "यस्तो बेला त जे पनि पत्यार लाग्छ ।"

"के दशा लायो र त्यस्तो ?" घरबेटी आमैले मेरो प्रश्न पनि सोधिदिइन् ।

सूर्यबहादुरले उत्तर दिएनन् । कुनै दुष्ट आत्मा यताउता लुकेको छ कि जसरी आँखा घुमाए ।

"म त क्यै बुझ्दिनँ," घरबेटी आमा बर्बराइन्, "सबैको मति बिग्रे जस्तो लाग्छ । बा भन्थे– कली लागेपछि मान्छे आफ्नै छाया देखेर पनि तर्सिन्छन् ।"

उनी गइन् ।

सूर्यबहादुरले एकपल्ट आदिको बन्द कोठातिर हेरेर घोसेमुन्टो लगाए । हुन पनि सूर्यबहादुरले भने जस्तो पछिल्लो समय उनलाई दशा नै लागेको थियो । ट्याक्सीले जति कमाएको थियो, आफैंले सकेको थियो । कहिले के बिग्रन्थ्यो, कहिले के ! अस्ति भर्खरै दिउँसो भाडामा चलाउन लगेको ड्राइभरले ट्याक्सी लगनखेलतिर छाडेर

भागेछ । पछि अरू ट्याक्सी ड्राइभरलाई भन्थ्यो रे, "त्यो ट्याक्सी छली छ ।" उसले मध्यदिनमै बीचसडकमा एउटै बालकलाई दुइटा देखेछ । ट्याक्सी रफ्तारमा थियो । उसलाई दुईमध्ये कुन चाहिँ बालक छल हो, कुन चाहिँ सत्य, सोच्नै गाह्रो भएछ । उसलाई दायाँतिरको बालक छली लागेछ र ट्याक्सी त्यतै मोडेछ ।

पाँच अङ्गुलको दूरीमा झ्याप्पै ब्रेक लगाएछ । आत्तिँदै हेर्दा छली ठानेको बालक नै यथार्थ रहेछ । छेउछाउका मान्छेले जानीजानी बालकलाई किच्न खोज्यो भनेर लखेटेका रहेछन् ।

अर्को ड्राइभरले बालाजुको माथिपट्टि ट्याक्सी छाडेर हिँडेछ । अचानक ब्रेकफेल भएको ट्याक्सी हाँक्ने आँट आएन रे । पछि सूर्यबहादुरले ह्यान्डब्रेक लगाउँदै ग्यारेज पुऱ्याएछन् । यति मात्र कहाँ हो र ! उनको कलेजोको टुक्रो जस्तो थोत्रो मारूतीले चिल्ला सडकमा टायरमा धारिलो किला भेट्थ्यो । सानो खाल्डोमा पनि त्यसैको स्प्रिङ प्याट्टै भाँचिन्थ्यो । कहिले भने डिजेल चुहेर बाटोभरि धर्को बन्दै जान्थ्यो । पछिपछि आइरहेका मोटरसाइकलवाला चिप्लिएर लडिने हो कि भनेर लर्खराउँदै किनारतिर लाग्थे ।

"ट्याक्सीमा खत लागेको छ हौ," उनले उराठलाग्दो आवाजमा भने, "त्यसलाई मेट्नुपर्छ, भाइ । नत्र मै मेटिन्छु ।"

"कस्तो खत, दाइ ?"

उनको अनुहार धस्कियो । ओठ थर्र काँपे, जसलाई उनले दाँतले टोकेर दबाए । गोजी छामछुम पारेर चुरोट झिके । खिल्लीलाई मुखमा च्याप्दै असहज आवाजमा भने, "माताले मेटिदिनुहुन्छ ।"

उनले लामो सर्को ताने र नाकबाट फुसुफुसु धूवाँ निकाले । मैले एकपल्ट नाकबाट धूवाँ निकाल्न खोजेको थिएँ । तर फोक्सोलाई काखीमा राखेर जोडले च्यापे जस्तो भएको थियो । उनले सुक्खा खोक्दै भनेअनुसार अग्निज्वाला माता घरबेटी आमैले भने जस्ती मध्यदिनमै पानी पार्नेवाली होइनन् । यिनी कुनै पहाडतिर साधनारत थिइन् । एक जना मन्त्रीसित भेट भएको रहेछ । माताले उनलाई

प्रधानमन्त्री भनेर सम्बोधन गरेकी रहिछन् । उनले हतारिँदै सच्याएका रहेछन्, "माता, म त मन्त्री हुँ !" माताले मुस्कुराउँदै भनेकी रहिछन्, "माता कालीको कृपाले म भविष्य देख्छु ।"

त्यसपछि मन्त्रीले भविष्य देख्ने माता लिएर काठमाडौं आएका रहेछन् ।

सूर्यबहादुरलाई भनेअनुसार मन्त्रीले मातालाई गोदावरीमा फ्ल्याट खोजिदिएका थिए रे । तर उनी जोरपाटी बसिन् । मन्त्रीलाई भनिन् रे, "माताको ढोका सबैलाई खुला हुन्छ । म त दुःखी प्राणीलाई पार लगाउन आएकी हुँ ।"

बिहानदेखि साँझसम्म माताको कुचुक्क परेको कोठामा दुःखी प्राणीको भीडभाड हुन्छ रे । उनी साइकिल चोरदेखि पूर्वजन्मका पापीलाई यस जन्ममा पनि सजाय दिने सामर्थ्य राख्छिन् रे । जोरपाटीकै काले भूतसित उनको तीन दिन तीन रात लामो लडाइँ भएको थियो । भूतले रातभर जवान युवतीको दैलो ढकढक्याउने, अँध्यारोमा ग्वाम्लाङ्ग अँगालो मार्ने र सिरानीमुनि कन्सुत्ला छाडिदिने गर्थ्यो रे । आखिर भूतले हार्‍यो र भाग्यो । काले भूत भगाएपछि उनको प्रख्याति बढेको हो रे । उनको पाइला परेको जमिनको एक किमिवरपर किचकन्नीले उल्टा खुट्टा राख्न पनि सक्दैनन् रे । सूर्यबहादुर रून्चे अनुहार लगाएर दुई पटक गएपछि उनले हातको त्रिशूल भुइँमा गाडेर माता कालीलाई पुकार्दै भनेकी हुन् रे, "यो अलि अटेरी छे । म जगल्ट्याउँछु ।"

"को, दाइ ?" मेरो पेट कटक्कै भयो ।

"तिमी पत्याउन्नौ, भाइ," चुरोटको ठुटो जुत्ताले कुल्चिँदै सूर्यबहादुरले भने, "ट्याक्सीमा लामो रौं भेट्टेको थियो ।"

मेरो छातीभित्र चिसो सर्प गुडुल्किए जस्तो भयो । म अरू पनि सोधौं सोच्दै थिएँ, चन्द्रा आइपुगिन् । उनले कालो प्लास्टिक ब्यागको पोको समाएकी थिइन्, पित्तलकै लोटा त होला । उनले सूर्यबहादुरतिर हेरिन् । उनका ओठ पुतलीका पखेटा झैं फ्यार्रफ्यार्र हल्लिए । उनले

नाकका डाँडी र ओठका पसिना सारीको सप्कोले पुछ्दै भनिन्, "माताको कृपाले त होला, एउटो मात्र रछ ।"

उनीहरू हतारिँदै भित्र गए ।

बजारतिर निस्किँदै गर्दा मैले दैलो चेपबाट चियाएको थिएँ । भित्रपट्टि रातो कार्पेट ओछ्याइएको थियो । भुइँटेबलमाथिससाना टपरीमा फूल, अक्षता र सलक्क परेका नोट राखिएका थिए । पलङको डसना भने डल्लो परेर कुनातिर गुन्टिएको थियो । पलङको खुट्टोमा एउटा त्रिशूल बाँधिएको थियो, जसका तीनै चुच्चोमा राता ध्वजा बाँधिएका थिए ।

साँझ सात बजे असिनपसिन हुँदै अग्निज्वाला माता आइपुगिन् ।

गलामा झुन्डिएको रूद्राक्षको माला, जसका दाना औंलाले वर्षौं रगडे जसरी चिप्ला देखिन्थे । टाउकामा बेतको पाथी जस्तो अचम्मलाग्दो बाटुलो टोकरी थियो, जसलाई रातो तुलले छोपिएको थियो । आँखामा बाक्लो गाजल थियो, डढेको सारा जङ्गलको कोइला पिसेर दले जस्तो । आँखा भने भयावह तरिकाले राता देखिन्थे । निधारमा अङ्ग्रेजी यू आकारको गाढा रातो टीका थियो, भर्भराउँदो ज्वालामुखी टपक्क टिपेर टाँसे जस्तो । बल्छीमा झुन्डिएका बाम माछा जस्ता एयररिङ हिँडाइको बेगमा बेस्सरी हल्लिइरहेका थिए । गाढा रातो चोलो र सारी । हातमा असाध्यै पुरानो त्रिशूल थियो, त्यसमा झुन्डिएका ध्वजा त्यहीँ उम्रिए जस्ता लाग्थे । ५० को हाराहारीकी देखिन्थिन् । तर ज्यान छरितो । पेट भने असहज तरिकाले डल्लो परेर अगाडि हुत्तिएको थियो ।

टोलका केटाकेटी र कुकुर उनका पछिपछि दगुरिरहेका थिए । केटाकेटी अलिकति हौसिँदै त अलिकति डराउँदै माताका वेशभूषा हेरिरहेका थिए । कुकुर त त्यही तीनखुट्टे ! दुब्लाएर जिङ्ग्रिङ्ङ परेको थियो । तर बितेको इतिहासको गौरव छाडेको थिएन । ऊ मधुरो भुक्दै माताको नजिक जान्थ्यो । माता त्रिशूलको बिँड ताक्थिन्, ऊ टाङमुनि पुच्छर लुकाएर चुइँकिन्थ्यो ।

जब माता घरको चेन गेटनिर पुगिन्, हात जोड्दै सूर्यबहादुर आइपुगे । केटाकेटीको भीडमा बटुवा र वरिपरिका पसले पनि थपिएका थिए । कसैकसैले त मातालाई अलिकति झुकेर दर्शन पनि गर्थे । म भने रायोका सागका मुठा समाएर भीडको पछाडि उभिएको थिएँ । माता भित्र नपसी म पस्न पाउने कुरै थिएन ।

माताले एकपल्ट भीडतिर नजर लगाइन् । र अलिकति गर्धन तन्काएर घरको छततिर हेरिन् । झ्यालबाट घरबेटी आमै चनाखो भएर मुन्तिर हेरिरहेकी देखिइन् । माताले दुवै हात फैलाएर आकाशतिर उचालिन् । मानौं, उनी सारा धरती उचालेर आकाशमा टाँसिरहेकी छन् । जब उनका ओठ चलमलाए, मलाई लाग्यो– त्यो उनको घाँटी थिएन, मौरीको घार थियो । भित्र लाखौं मौरी एकैपल्ट भुनभुनाइरहेका थिए ।

*ॐ दुर्गायै नमः !*

*सत्यदेवी रूपारानी मातायै नमः !*

र उनले युद्ध उद्घोषको गर्जन जसरी त्रिशूलको बिँड पहिलो खुट्किलोमा ड्याम्म पारिन् र हुरी जसरी भित्र पसिन् ।

राति १० बजेसम्म माताको गर्जन र सूर्यबहादुरको हुँहुँले घरभित्र होहल्ला भइरह्यो । घरबेटी बा तीन पटक तल झरेका थिए, यसो दैलोनिर पुग्थे । छटपटिन्थे र माथि उक्लिन्थे । मैले एक पटक दैलोको चरबाट भित्र चियाउँदा माता त्रिशूलको बिँडले सूर्यबहादुरको निधारको बीचमा छुँदै मन्त्र फलाकिरहेकी थिइन् ।

साढे ११ बजे माता फर्किएकी थिइन् । सूर्यबहादुरले ट्याक्सीमा छाडेर आएका थिए । त्यसपछि घरमा सन्नाटा छाएको थियो ।

त्यो सन्नाटा धेरै दिनपछि चन्द्राले भङ्ग गरेकी थिइन्– छतमा । हामी सँगसँगै लुगा सुकाउन पुगेका थियौं । चन्द्राले लुगा निचोर्दै यसरी सुनाएकी थिइन् ।

त्यो माघको पहिलो साता थियो । युद्धका कारण आठ बजेपछि काठमाडौं सुनसान भइहाल्थ्यो । सूर्यबहादुर र किचकन्नीको भेट हुँदा सवा ११

बजेको थियो । महाराजगन्जको चप्पल कारखानानिर ! किचकन्नी ल्याम्पपोस्टको मधुरो उज्यालोनिर उभिएकी थिई । चिसो स्याँठले छेउछाउका रूखका पात रहस्यमयी तरिकाले हल्लिइरहेका थिए । ऊ ब्यागलाई छातीमा चेपेर अलिकति कुप्रिएकी थिई । स्विटरका दुवै फेर पेटतिर तानेर । टाउकोलाई दुपट्टाले छोपे पनि स्याँठ छल्न सकेको थिएन । सूर्यबहादुर सडकको वारिपट्टि थिए । एकछिन ढल्किन्छु भनेर सुतेका उनी झप्पै निदाएछन् । हत्केलाले झ्यालको सिसा भित्रपट्टि जमेको ओस पुछ्दा उनले किचकन्नीलाई पारिपट्टि देखेका थिए । र हात र सिसा रगडिँदा निस्किएको च्वाइँक्क आवाजले पनि झस्किएका थिए । उनलाई पहिला मनको बहम हो कि जस्तो लाग्यो । उनले आँखामा जोड दिएर हेरे । तर ऊ त्यहीँ थिई । एकछिनपछि दुइटा भीमकाय ट्रकबीचबाट रफ्तारमा गए । त्यसपछि पनि किचकन्नी त्यहीँ थिई । सूर्यबहादुरले प्रेतात्मा आगोदेखि डराउँछन् भन्ने सुनेका थिए । चुरोट सल्काएर लामो सर्को ताने । ता कि चुरोटको टुप्पोमा मज्जैले आगो देखियोस् ।

"दाइ ! ट्याक्सी खाली हो ?" किचकन्नीको आवाज छेवैबाट आयो । ऊ भर्खरै पुछेको सिसा बाहिर थिई । अलिकति झुकेकी थिई । र अनुहारतिर खसेको कपाल कानमाथि राखिरहेकी थिई ।

उनको आवाजै निस्किएन ।

"म त सुत्नुभएको होला भन्ठानेर," उनलाई किचकन्नीको आवाज इनारको पानी जस्तो लाग्यो । कस्तो ताजा ! "चुरोट सल्केको देखेर आएकी ।"

सूर्यबहादुरले सोचे, ए ! आगोसित डराइन भने किचकन्नी होइन क्यारे । उनले हतारिँदै सिसा तल झारे र आधा चुरोट बाहिर फाले । "सरी है, बैनी ।"

"ठीकै छ, दाइ," युवतीले पछ्यौरा झैं उडिरहेको तुँवालोतिर हेर्दै भनी, "यस्तो जाडो छ ।"

"बैनी कहाँसम्म जाने ?"

"सामाखुसी हो, दाइ । साङ्ग्रिला होटलको पछाडि," युवती एकछिन अलमलिई, "मिटरमै जाऊँ है, दाइ । बरू उठेको पैसामा २० रूपियाँ थपिदिउँला ।"

जाडोले युवतीका दाँत कटकटिइरहेका थिए । सूर्यबहादुरलाई असाध्यै माया लाग्यो । उनले आफूछेउको दैलो उघारिदिँदै भने, "उठेको देऊ, बैनी । थप्नपर्दैन हौं ।"

युवतीले मुन्टो हल्लाई । भनी, "म पछाडि बस्छु ल, दाइ । अगाडि चक्कर आउँछ ।"

ऊ पछाडिको दैलो खोलेर भित्र पसी । ब्यागलाई छेउमा राखी र ठिहिन्याएका हत्केलालाई आपासमा रगडेर तातो बनाउने कोसिस गर्दै भनी, "यस्तो जाडोमा चुरोटले तातो हुन्छ होला है, दाइ ?"

"हो नि, बैनी !"

युवतीले फेरि बोलिन । हाँसी कि !

उनले ट्याक्सी स्टार्ट गरे र गियरका चुरा छ्याङ्ङ बजाए । उनले सोचिसकेका थिए, उनी बालुवाटार निस्कनेछन् र राष्ट्र बैङ्क हुँदै लाजिम्पाट निस्किएर साङ्ग्रिला होटल पुग्नेछन् । उनलाई भित्री बाटो थाहै थियो ।

अलि अगाडि पुगेपछि युवतीले भनी, "दाइ ! भित्रको बत्ती निभाइदिनू न है । बत्तीले आँखा पोल्छन् ।"

सूर्यबहादुरले बत्ती निभाइदिँदै सोधे, "अनि बैनी ! यति राति एक्लै निस्किनुभाको ?"

"जानैपर्ने भएर, दाइ," चिसोले युवतीको आवाज काँपिरहेकै थियो, "त्यै चार घर पर बस्थें । ट्याक्सी पाइहालिन्छ भन्ने सोचेर निस्कें ।"

त्यसपछि ट्याक्सीमा मौनता छायो । सूर्यबहादुरलाई आस थियो, युवतीले अरू कुनै प्रश्न गर्छे कि भनेर । तर गरिन । साँघुरा गल्ली र फनक्कै घुमेका मोडमा सूर्यबहादुरको ध्यान बाटोतिरै गयो । अँध्यारा

चेपबाट कुकुर वा बिराला फुत्त निस्किएर ठोकिन पनि सक्थे । ट्याक्सी साँघुरो गल्लीबाट लाजिम्पाटको मूल सडकमा निस्कियो ।

सूर्यबहादुरले ब्याकमिरर कुहिरो जमे जसरी पुछे र त्यसलाई अलिकति बङ्ग्याएर पछाडि हेरे । उनलाई आफ्नै मुटु पेटतिर खसे जस्तो लाग्यो ।

पछाडिको सिट रित्तो थियो । पछाडिबाट आइरहेको गाडीको हेडलाइटको उज्यालो भित्रैसम्म आएको थियो ।

उनका हात लुला भए । त्यसै बेला पछाडिबाट आएको मोटरसाइकल ठोक्किएला ठोक्किएला जसरी मच्चिएर गयो । उनले घ्याच्च ब्रेक लगाए । युवतीले हुत्तिएर उनको सिटपछाडि समाती र आत्तिएर भनी, "बिस्तारै, दाइ ।"

सूर्यबहादुरलाई सातै भुवन घुमे जस्तो लाग्यो । ऊ त त्यहीँ छ त !

उनले मच्चिएर गइरहेको मोटरसाइकलअगाडिको कुनै पोलतिर चढ्छ कि भनेर हेरिरहे । र सोचिरहे, अनिद्राले होला, अघिपछिको सिट रित्तो देखेको ! उनले फेरि ट्याक्सी गुडाउँदै भने, "कुन दिन मर्छ यो मसान । अस्ति भर्खरै आफ्नै टोलको केटो मरेको हो । बैनी पनि बोल्दै गर्नुस् है । मलाई पनि झप्प झप्प निद्रा लाइराछ ।"

"किन हतार हुने होला, दाइ, यस्तरी ? हई," युवतीले काँपेको आवाजमा भनी, "यस्तै हुन्छ भनेर म अगाडि नबसेकी !"

"कालले बोलाएपछि मच्चिन्छन्," उनले मुन्टो बटारेर पछाडि हेरे । युवतीले बायाँ हातको अडेसो उनकै सिटमा लगाएकी थिई । सोधें, "अब कता पो, बैनी ?"

"ए, म हुस्सुले भन्नै बिर्सेछु," युवतीले बायाँ हातले आफ्नै टाउको हान्दै भनी, "रानीबारीको ओरालोमा, दाइ । अलिकति पर ।"

ट्याक्सी त्यतै मोडियो ।

जाडो हो वा भोकले सूर्यबहादुरको पेट निचोरिएको थियो । उनी सोचिरहेका थिए, रानीबारीबाट सोझै स्टाफ रेसुङ्गा होटलमा फर्किन्छु । साहुजीले हिजै भनेको थियो, भोलि मलेखुको माछाको पिरो

झोल बनाउँछु भनेर ! उनले बाफ उडिरहेको माछाको रातो पिरो झोल सम्झिए । धनियाँका कलिला पात रसमा तैरिरहेका थिए । अकबरे खुर्सानी त बोकेकै थिए । उनलाई अहिले नै उडेरै जाऊँ जस्तो लाग्यो । अरू ड्राइभरले भाँडै रित्याउनुअघि ।

ओरालो आइसकेको थियो । उनी युवतीले रोक्नुस् भन्छे कि भनेर कुरिरहेका थिए । ओरालो सक्किएपछि पनि युवती बोलिन ।

"अब कता बैनी ?" उनले सोधे ।

तर उत्तर आएन ।

उनले साइड सिसामा हेरे । ऊ पछाडिको सिटमा थिइन । उनका पिठ्युँका सारा हड्डी सिरिङ्ङ भए ।

झ्याप्प ट्याक्सी रोके ।

स्वाट्ट बत्ती बाले । युवती थिइन । गर्धन तन्काएर हेरे– किचकन्नी बसेकै ठाउँमा रातो दाग थियो । पछि मात्रै थाहा पाएका थिए, त्यो रगतको डाम थियो । रानीबारीको जङ्गलमा उल्लु त्रासलाग्दो आवाजमा कराइरहेको थियो । मानौं, उनैलाई पुकारिरहेको होस् । चिसो बतासमा सर्सराइरहेका पातको आवाज पनि कति त्रासलाग्दो । उनले आत्तिएर छेउछाउका घरका झ्यालतिर हेरे । सबैका बत्ती निभिसकेका थिए । उनले स्टेयरिङ अँठ्याए । स्टेयरिङ फनक्क घुम्यो ।

उनले चन्द्रालाई भनेअनुसार साढे दुई घण्टा बेहोस भएका थिए । गस्तीमा आएका पुलिसले डन्डाले दैलो ढ्याकढ्याक पार्दा बल्ल ब्युँझिएका थिए । उनले पुलिसलाई किचकन्नीको किस्सा सुनाएका थिए । तर पुलिसले पत्याएनन् ।

एउटाले भन्यो बरू, "खै, चार वर्ष भयो, रातभरि उल्लु जसरी हिँडेको । हाम्लाई त भेटिन्नन् कहिल्यै ।"

चरेसको डल्लो भेटिन्छ कि भनेर एउटा पुलिसले सूर्यबहादुरका गोजी छामेको थियो । अर्को पुलिसले ट्याक्सीका कुनाकाप्चा खोतल्दै हाँसेको थियो, "किचकन्नी यी चुरा लिन आए जस्तो छ ।"

मध्यरातमा राज्य र कानुनविरोधी कुनै कुरा नभेटिएपछि पुलिस हिँडेका थिए ।

भोलिपल्ट चन्द्राले सूर्यबहादुरको सारा शरीर नियालेकी थिइन् । उनलाई लाग्थ्यो, किचकन्नीले कतै न कतै सिक्का आकारको नीलो दाग छाड्छन् । र फर्कीफर्की आउँछन् । यतिपल्ट सम्भोग गराउँछन् कि, मान्छे रगत गुमाएर पहेंलिँदै जान्छ र सिन्का जस्तो भएर अन्तिम रगत छादेर मर्छ । दाग नभेटिएपछि भने उनले लामो सास फेरेकी थिइन् र ट्याक्सीको पछाडिको सिटको खोल मिचमाच पारेर धोएकी थिइन् । तैपनि रगतको मधुरो दाग बसिरह्यो । चन्द्राका अनुसार भोलिपल्टदेखि नै ट्याक्सीले छल्न थालेको थियो । तीनकुनेको सडकमा बिजुलीका पोल अचानक सडकको बीचमा ठिङ्ङ उभिएका थिए । पोलबाट जोगिँदा ट्याक्सी सडकबाहिर हुत्तिएको थियो ।

"त्यो राँडले मेरै पोइ भेट्नुपर्ने ?" उनले रून्चे स्वरमा भनेकी थिइन्, "तर त्यसको रौं मातासित छ । कति लुकेर बस्ली । जगल्ट्याउँछिन् ।" रगतको टाटो धुँदा उनले रौं भेटेकी रहिछन् । कैलोकैलो, लामो । टुप्पा अलिकति बटारिएको । माताले सिन्दूरको बट्टामा राखेर लगेकी थिइन् ।

केही दिनपछि भऱ्याङमा भेट हुँदा मैले सूर्यबहादुरलाई सोधेको थिएँ, "दाइ ! किचकन्नी नै होली त ?"

"कस्सम ! हो, भाइ ।"

उनले अनुहार कुच्याउँदा पुक्क परेका गाला माथि सरेका थिए । परेला र आँखीभौं आपसमा जोल्ठिएका थिए । भनेका थिए, "अर्काको रगत चुसीचुसी धपक्कै बलेकी थिई ।"

# चियर्स

*कुमारीको गाउँ आउनुभाछ,*
*अमृतलाई नाइँ भन्नुहुँदैन ।*

युवतीको गर्धनपछाडिका हड्डीका गोलाइ प्रस्ट देखिन्थे । पुतलीको प्वाँख जस्तो नीलो ट्याटु हड्डीमाथि चढे जस्तो देखिन्थ्यो । उसको टिसर्ट अलिकति तल सरेर ट्याटु पूरा देखिन्छ कि भनेर म पुलुक्क पुलुक्क हेरिरहन्थें । ऊ हामीतिर ढाड फर्काएर तलतिर झुकेकी थिई । टेबलमा दुवै कुइना अड्याएर । गाढा कालो टिसर्टको फेरो पछाडि कोचेकी थिई, जब ऊ यताउता चलमलाउँथी, टिसर्ट तलतिर तन्किए तन्किए जस्तो हुन्थ्यो । कुइनाका बीचमा मोटो किताब थियो । उसले कफीको सर्को दुईपल्ट पिएकी थिई, त्यसपछि कफी चिर्सिंदै गएको थियो । सायद उसलाई चिसो कफी मनपर्थ्यो कि !

टोप र म सात तलामाथि स्याँस्याँ गर्दै उक्लिएका थियौं– छतमा । युवती कुनाको टेबलमा देखिएकी थिई । एकाग्र भएर किताब पढिरहेकी । म झसङ्ग भएको थिएँ, समीरा पो हो कि भनेर । हामी उसको पिठ्युँतिरको टेबलमा बसेका थियौं, जब उसले मधुरो आवाजमा कफी अर्डर गरेकी थिई । त्यो समीराको आवाज थिएन ।

त्यही पनि मेरा आँखा ऊतिर गइरहेकै थिए । म वाल्ल परेर उसलाई हेर्दा टोपको कुरामा हो मा हो मिलाउनै बिर्सदो रहेछु । ऊ मधुरो आवाजमा सिरीजी ! भन्दै *देशप्रेम साप्ताहिक*को ताजा अङ्कले मेरा पाखुरामा प्याट्ट हिर्काउँथ्यो । अघिसम्म पत्रिकाको बिट पनि दोबारिन्छ कि जसरी जतनले राखेको थियो । केही समयपछि मलाई प्याट्टप्याट्ट हान्न पाइप जसरी बटारिसकेछ ।

क्याफे साघुँरो घरको सातौं तलामा थियो, जहाँबाट स्वयम्भूको बौद्ध स्तूपदेखि चन्द्रागिरिको डाँडासम्म देखिन्थ्यो । "अलिकति रात परेपछि स्तूप सुन जसरी टल्किन्छ," टोपले भनेको थियो । वैशाखको बतासमा मनतातोपन थियो, हजारौं पन्छीका प्वाँखभित्रबाट निस्किए जस्तो । हामी आएको केही क्षणमै चिनियाँ पर्यटक पनि आइपुगेका थिए । उनीहरू छतका चारै कुनामा फैलिएर चारै दिशाका तस्बिर खिचिरहेका थिए । मैले धेरैपछि महाबौद्धका साहुजीलाई सम्झिएको थिएँ, जो चिनियाँ गीतप्रेमी थिए ।

म बसेको टेबलबाट वसन्तपुरको सडक पनि देखिन्थ्यो । म कहिले वसन्तपुरतिर हेरिरहन्थें, कहिले बौद्ध स्तूपतिर । यति उचाइको क्याफेमा म पहिलो पटक उक्लिएको थिएँ । त्यो छेवैको कुमारीघरभन्दा माथि थियो । जमानामा त कुमारीघर छेउछेउका घर होचा थिए रे । कुमारीको शिरमाथि पैताला राख्नुहुँदैन भनेर । पछिपछि खै किन हो, अग्लाअग्ला घर ठडिएका थिए ।

दिउँसो हामी *देशप्रेम साप्ताहिक*को अफिसमा भेटिएका थियौं । लामो विश्रामपछि पहिलो अङ्क प्रकाशन भएको दिन थियो । सम्पादक पत्रिकाको साजसज्जादेखि भाषाशैलीसम्म खुसी थिए । रङ्गीन पृष्ठमा राजाको फोटो अझै सुन्दर देखियोस् भनेर उनले केही तस्बिर दरबारबाटै मगाएका थिए । उनलाई आशा थियो, पत्रिका आजै दरबार पस्नेछ र भोलि बिहान राजाले चिया वा कफीको चुस्की लिँदै पढ्नेछन् । किनभने उनले पहिलो पृष्ठमै विशेष सम्पादकीय छापेका थिए, दुई कोलमको । मास्टहेडदेखि पुछारसम्म । त्यसैको तालुमा राजा वीरेन्द्रको तस्बिर थियो, सैनिकको वेशभूषाको । गाढा कालो चस्मा र ताराजडित गोलटोपीमा छड्के हेरिरहेका राजा आकर्षक देखिएका थिए । सम्पादकको भनाइमा विष्णुकै अवतार जस्तो । सम्पादकीयमा देश युद्धको भुङ्ग्रोमा डढिरहेका बेला राजाले जनता र देशलाई निगाह राख्नुपर्नेमा जोड दिइएको थियो । र छेवैको मुख्य समाचारमा 'राजा आऊ, देश बचाऊ' लेखिएको प्लेकार्ड समाएका मानिसको तस्बिर छापिएको थियो । विचार पेजमा राजीव

विचारीको युद्धविरोधी लेख थियो भने पाँच ओटा पाठकपत्र । एउटा पाठकपत्र युद्धले ठेला व्यवसायीमा ल्याएको सङ्कटबारे थियो, जो काठमाडौंका रेस्टुराँ बन्द भइसकेपछि सडकमा ठेला लिएर निस्किन्थे, म:म, चाउमिन, ससेज बोकेर । अरू चार पाठकपत्रले भने राजालाई गुहारेका थिए । "यिनमा पूर्वदेखि पश्चिमको ठेगाना र नाम मिलाएर राख," सम्पादकले भनेका थिए ।

मलाई लाग्यो, यी पाठकपत्र सम्पादक आफैंले लेखेका हुन् । दुई नाम र ठेगाना मैले दिएँ । अर्को टोपले दियो । चौथो भने डिजाइनर शैलेन्द्रले आफ्नै गाउँको ठेगाना दिएको थियो । नाम चाहिँ आफ्नै दाइको । उसलाई लागेको थियो, दाइले आफ्नो नाम छापिएको देखे भने गाउँभरि पत्रिका नचाउँदै हिँड्नेछन् । अन्तिम पातोमा पहिलो पृष्ठका समाचारका बाँकी अंश थिए भने बायाँपट्टि दुई कोलममा टोपको स्तम्भ थियो– गल्ली/गल्छेडा, जसमा उसको ताजा तस्बिर थियो भने पाठकसित लम्बेतान क्षमा मागिएको थियो । यतिको समय हराउनुपरेकामा । आफूले नयाँ ऊर्जा, नयाँ उत्साह र नयाँ भाषा बोकेर आएको बिन्ती बिसाइएको थियो । लेखकको ह्रस्वदीर्घ मिलाउँदा म खिस्स हाँसेको थिएँ– टोप लेखक आफैं थियो, पाठक आफैं । आफैंमा मगन । सम्पादकले पनि पढ्दा रहेनछन् । तर उत्साह भने दिइरहन्थे । भन्थे, "अरूले पढ्ला कि नपढ्ला भनेर चिन्ता लिनुहुँदैन । लेखन जति खराब होस्, त्यसले एउटा न एउटा असल पाठक कमाउँछ ।"

पत्रिका कालो हुँदा १२ सय प्रति छापिन्थ्यो रे । रङ्गीन भएपछि दुई हजार प्रतिमा उक्लिएको थियो । सम्पादकको मन त पाँच हजार छाप्ने थियो । तर प्रकाशकले मानेनन् रे । प्रकाशकले भनेका थिए रे, "धेरै पढलेख गर्ने त कम्निस्ट हुन् । हाम्राले पढ्दैनन् ।"

पत्रिकाको पुनर्प्रकाशन भएको खुसीयालीमा रोशनीले ताजा खाम दिएकी थिइन् । त्यसैले मङ्गलबार मङ्गल भएको थियो । र अफिसबाट बाहिर निस्कँदा भऱ्याङमै टोपले भनेको थियो, "सिरीजी, हिँड्नुस्, म आज पार्टी दिन्छु ।"

वसन्तपुरको सडकैसडक हिँड्दा मलाई आदिको सम्झना आएको थियो । यति बेला त ऊ सबैभन्दा उपल्लो आकाशगङ्गामा पुगिसकेको होला । आदिको उदासी बोकेर हिँडेको म युवतीको ट्याटुमा अल्झिएको थिएँ ।

टोपले दुइटा बियर, मःम, साँधेको सुकुटी, चिकनचिल्ली र फिङ्गरचिप्स मगाएको थियो । चार ओटा चुरोट । सायद ऊ धूवाँको बास्ना सुँघ्न चाहन्थ्यो । वेटरले ट्रे नचाउँदै ल्यायो, छेउछाउका टेबलमा बसेका टुरिस्टका टाउकासित जोगाउँदै ।

वेटर गएपछि मैले अप्ठ्यारो मान्दै भनें, "म त पिउँदिनँ नि ।"

"हत्तेरी के भनेको तपैंले ?" टोपले जिब्रो टोक्दै लस्करै पानीका मसिना थोपा गुर्किरहेको गिलास मतिर धकेल्यो । बियर खन्याउँदै भन्यो, "कुमारीको गाउँ आउनुभाछ, अमृतलाई नाइँ भन्नुहुँदैन ।"

मलाई लाग्यो, टोपले नाइँ भन्नै दिंदैन ।

सूर्यबहादुरले एकपल्ट भनेका थिए, "भाइ, यो जाँड भन्ने कुरो । एकपल्ट यति पिइएछ कि, बिहान आफ्नै मुखबाट निस्केको ढ्याउको गन्ध नाकमा पस्यो । गन्हाएर उल्टी गरें ।"

म त्यसरी पिउने हुन चाहन्नथें ।

मेरो कुरा सुनेपछि टोप खिस्स हाँस्यो । बियरको गाँजले रूझेका नेप्किन समाएर डल्लो पार्दै भन्यो, "हत्तेरी सिरीजी ! रातदिन जाँड खाएर आफ्नै ढ्याउ गन्हाएर उल्टी गर्नुस् कहाँ भनेको हो त !" उसले एक पटक यताउता हेर्‍यो र आवाज अलिकति सानो बनायो, "हेर्नुस्, म यत्तिकै तपैंलाई लिएर यहाँ आएको होइन । मसित योजना छ । सफल भयो भने तपैंले बियर चियर्स गरिरहनुपर्ने हुन्छ । तयारी आजैदेखि गर्नुस् !"

"कोसित चियर्स गर्ने ?" मलाई बतासै पुगेन, सास फेर्न !

"राजदूतसित । सचिवसित । एसपी, डिएसपीहरूसित," उसले आँखाको कोठी नै तन्काउँदै भन्यो, "देशका सारा शक्तिशाली र चर्चित मान्छेसित ।"

मैले चुरोट सल्काएँ । फुङफुङ उडेको धूवाँमा रातो भएको आफ्नो अनुहार लुकाउने कोसिस गरें । टोपले काँपिरहेका मेरा औंला देखिहाल्यो र मुस्कुराउँदै गिलास उठायो, "चियर्स ! एक गिलास स्वाट्ट पार्नुस्, अरू पनि कुरा छन् ।"

मैले गिलास उठाएँ । भरिएका गिलास भएर होला, धोद्रो आवाज आयो– ठ्वाक्क । टोपले तनतनी पियो । रूद्रघण्टी कति छिटो तलमाथि भएको ! उसले रित्तो गिलास ढ्याप्प पार्दै टेबलमा राख्यो र ओठमा लतपतिएको फिँज नेप्किनले स्वात्त पुछ्यो । भन्यो, "एउटा कुरा भन्दिहालूँ, सिरीजी ! चियर्स गरेको गिलास त्यत्तिकै राख्नुहुँदैन । देउता रिसाउँछन् । हाहा, देउताको कुरा त्यत्तिकै जोड्द्या । ठूला ठाउँका अनेक नियम र परम्परा हुन्छन् । जान्नपर्छ । चियर्स गर्दा आँखा जुधाउनुपर्छ र एक घुट्को पिएर मात्र गिलास राख्नुपर्छ । बुझ्नुभो ?"

मैले मुन्टो हल्लाउँदै एक घुट्को के निलेको थिएँ, अघि भर्खरै खाएको सबै हुत्तिएर बाहिर निस्किएला जस्तो भयो । ठ्याक्कै करेलाको रस जस्तो । मैले मुख टम्म पारें । कसरी पिएको होला तनतनी टोपले ? तितोले अरङ्गिएको मेरो अनुहार देखेर टोपले हिस्स हाँस्दै भन्यो, "बिस्तारै मीठो हुँदै आउँछ । अमला त खानुभएकै होला, त्यस्तै हो ।" अलिकति अगाडि झुकेर हात तन्कायो र औंलाको टुप्पाले मेरो पाखुरामा प्याट्ट हान्दै भन्यो, "बधाई छ, जिन्दगीको अर्को खुट्किलो उक्लिनुभयो ।"

उसले चुट्की बजाएर फेरि बियर मगाइहाल्यो ।

मैले खुट्किला उक्लिएको उक्लियै गरें ।

यति माथि पुगेछु कि भनन रिँगटा चले जस्तो भयो । रक्सी खाएका मान्छे किन टेबलतिर झुकिरहन्छन् भन्ने बल्ल थाहा पाएको थिएँ, निधार गह्रौं भएर आउँदो रहेछ । त्यसै बेला अगाडिको टेबलमा बसेकी युवती उठेर ब्याग मिलाउँदै गर्दा खिस्स खिस्स हाँसेछु । युवतीले ब्याग दायाँ काँधमा भिरी र मतिर अलिकति झुकेर मुस्कुराई । मलाई सम्झना भएसम्म जिन्दगीमा पहिलो पटक कुनै युवती मेरो

सम्मानमा यसरी मुस्कुराएकी थिई । उसको ट्याट्टुको पुतली उडेर मेरो हृदयको गमलामा तिर्मिर तिर्मिर गर्दै फन्का लगाउन थाल्यो ।

उसले झन्याङ झरेको पनि कति राम्रो ! बादल टेक्दै झरे जस्तो ।

"सिरीजी !" टोप मधुरो आवाजमा झर्कियो, "बिहे गर्नुस् अब । यसरी काम छैन ।"

म हिस्स हाँसें ।

"तर भर्खरै होइन," उसले रित्तिँदै गएका टेबलतिर हेर्दै भन्यो, "केही बनेर मात्रै । मसित योजना छ, पूरा भयो भने तपैं सोझै सहसम्पादक ।"

के बियर लायो भने अर्कै अर्कै सुनिन्छ ?

टोप जसरी प्रकाशक पनि सम्पादकसित खुसी थिएनन् । प्रकाशक *देशप्रेम साप्ताहिक*लाई हरेक पत्रिका पसल, सरकारी अफिस, चिया पसल र मानिसका काखीमा च्यापिएको देख्न चाहन्थे । वामपन्थीका पत्रिका जसरी । उनलाई लाग्थ्यो, अबको राजनीति नाराजुलुसको मात्र होइन, मिडियाको पनि हो । मैले उनको नाम पत्रिकामै पढेको थिएँ, कृष्णजङ्ग पाँडे । उनको पारिवारिक हाँगा कतै न कतैबाट मूल काजीसाहेब दामोदर पाँडेमै पुगेर जोडिन्थ्यो रे । बाहिर उनी होटल व्यवसायी भनेर बढी चिनिन्थे । उनका होटलको लहरो काठमाडौंदेखि पोखरा, विराटनगरदेखि धनगढीसम्म फैलिएको थियो । अरू सहरमा पनि जग खनिँदै थिए । होटल फ्याट्ट देखिने व्यवसाय भए पनि उनी सडकदेखि बालुवाका खानीसम्म फैलिएका थिए । उनी हरेक साता माओवादीबाट चन्दाको चिठी पाउँथे । चिठीलाई डल्लो पारेर आँगनका झाडतिर फालिदिन्थे । उनी भन्थे, "मेरो मुठी यति बलियो छ कि, पानीको थोपो पनि चुहिँदैन ।"

टोपका अनुसार दरबारको पैसा सोझै आउँदैनथ्यो, उनीमार्फत आउँथ्यो । मैले तीन महिनामा एकपल्ट मात्रै उनलाई पत्रिकाको अफिसमा देखेको थिएँ, साँझपख । उनी सुटमा थिए । पन्जा र मास्क लगाएका थिए । उनको पेट यति ठूलो थियो, टाई एउटा कोखातिर

लत्रिरहन्थ्यो । गाला भुक्क उक्सिएका थिए र अचम्मलाग्दो गरी राता देखिन्थे । धेरै बोल्न नपरोस् भनेर इसारा बढी प्रयोग गर्थे । उनले सम्पादकको कोठामा डेढ घण्टा बिताएका थिए । उनी पसेपछि अफिसमा त्रासलाग्दो सन्नाटा फैलिएको थियो । "ठूला मान्छेहरू पतरपतर बोल्दैनन् । सुन जसरी शब्द तौलेर बोल्छन्," टोपले भनेको थियो ।

टोप बेलाबेला प्रकाशकको घरतिर पनि गइरहन्थ्यो । पत्रिकाको प्रभावबारे बताउँथ्यो । उसलाई गेटमा पालैपालो बस्ने प्रायः गार्डले चिनिसकेका थिए । विशालनगरको भित्रपट्टि प्रकाशकको बगैंचासहितको घर थियो । "नारायणहिटीपछि सबैभन्दा बढी चरा त्यहीँ होलान्," टोप भन्थ्यो । उनी पर्खालछेउ लहरै उभिएका रूद्राक्षका रूखमुनी पाहुनासित भेटघाट गर्थे, जहाँ देवदारको काठका टेबल र कुर्सी राखिएका हुन्थे । एक दिन रूद्राक्षकै छायामुन्तिर टोपको कफीमा चिनीको डल्लो खसालिदिँदै उनले भनेका थिए रे, "त्यो पत्रिका मात्र होइन, मेरो दरबारप्रतिको अर्चना हो ।"

"हजुर, कत्ति चिन्ता नगरिबक्स्योस्," टोपले भनेको थियो रे, "हामीसित बलियो टिम छ । चाँडै पत्रिका अझै माथि उक्लिन्छ ।"

"तिमेरू जस्तो ऊर्जावान् युवाको खाँचो छ ।"

हो, त्यही दिनदेखि टोपको सपना सातमुखे रूद्राक्ष भएको थियो । उसले बिस्तारै *देशप्रेम साप्ताहिक* अझै प्रभावशाली बनाउने मन्त्र उनका कानमा फुक्न थालेको थियो । कति त सम्पादकले आफूलाई भनेका योजना पनि आफैंले सोचे जसरी उसले सुनाइदिन्थ्यो । र उसलाई लाग्न थालेको थियो– मैले प्रकाशकको मन जितिसकेको छु । एकै सातामा तीन पटक दर्शन त सम्पादकैलाई दिन्नन् उनले ।

टोपले सुन जसरी टल्किरहेको बुद्ध स्तूपतिर हेऱ्यो । मन्द बतासलाई स्वाँक्क पार्दै भित्र तान्यो । मैले उसको अनुहार यति गम्भीर कहिल्यै देखेको थिइनँ । उसले चुरोट ट्याप्प समायो, झ्वार्र सल्कायो, एउटा लामो सर्को तान्यो र मलाई दियो ।

"म चाँडै सम्पादक बन्दै छु, सिरीजी," उसले आफ्नै नाकका पोराबाट फुसुसु निस्किएको धूवाँलाई हत्केलाले पन्छाउँदै भन्यो, "मलाई तपैंको खाँचो छ ।"

"अनि सम्पादक चाहिँ के गर्नुहुन्छ त ?"

"ती बूढा भए," उसले कोटमा टाँसिएको प्याजको टुक्रोलाई पत्रिकाले प्याट्ट हान्दै भन्यो, "समयले ठूलो फड्को मारेको छ, सिरीजी ।"

मलाई त सम्पादक असलै लाग्थे । कहाँ के नपुगेको हो, मैले थाहा पाइनँ । तर एउटा उदासीको झोक्का उराठलाग्दो गरी अनुहारभरि छायो । टोपले नदेख्ने कुरै थिएन । उसले गिलासमा बियर खन्याइदिँदै भन्यो, "सफलताको गोरेटो साँघुरो हुन्छ, सिरीजी । नयाँ ढुङ्गो थप्न, पुरानो ढुङ्गो उछिट्याउन पर्छ ।"

टोपको उत्साहले लाग्थ्यो, ऊ महिना दिनमै सम्पादक हुनेछ । बिए पास त गरेको थिएन । तर पनि पत्रकारितामा एक दशक बिताइसकेको सिफारिसपत्र तयार पारिरहेको थियो, जसले ऊ सम्पादक हुन पाउँथ्यो । सम्पादकलाई अलिकति मोटो रकम दिएर बिदाइ गरिसकेपछि पत्रिकाको टिममा पनि हेरफेर हुन सक्थ्यो । टोपले अरू केही साप्ताहिकका पत्रकारसित कुरा गरिरहेको थियो । तिनलाई अलिकति पैसा थपथाप पारेर तान्न खोजिरहेको थियो ।

"तपाईं सोझै सहसम्पादकमा उक्लिनुहुनेछ," उसले प्लेटका अन्तिम सुकुटी स्वादले चपाउँदै भन्यो, "बिए पढ्ने मान्छे प्रुफ रिडरमा थन्केर हुँदैन । तपाईंको तलब पनि बढ्छ, पावर पनि ।"

अघिसम्म चिस्सिएको हृदय तातो भएर आयो । मैले सम्पादकको चिन्ता गर्न छाडिदिएँ । उनी जुन डाँडोबाट डुब्दै गरेका घाम थिए, त्यही डाँडोबाट भोलि म उदाउनेवाला थिएँ । मलाई त्यही क्षण टोपलाई भन्न मन थियो, म बिएमा उक्लिएकै छैन । आइएको बन्द कोठामा कैद छु, जहाँ माकुराले जालो लाइसकेका छन् । दैलोमा झुन्डिएको तालामा कहिल्यै नखुल्ने गरी खिया लागिसकेको छ । तर टोप सपनाको तीव्र बेगमा यसरी दगुरिरहेको थियो, मलाई लाग्यो, मेरो आत्मालोचनाले

उसलाई झट्का लागेर दुर्घटना पनि हुन सक्थ्यो । गाडीका ड्राइभर हुन् वा सपनाका, उनीहरूको ध्यानभङ्ग गरिदिनुहुँदैन । गरिनँ ।

रात परेकाले चारैतिर बत्ती बलिसकेका थिए । टाढा टाढासम्म बगरका ढुङ्गा जसरी फैलिएका घर रङ्गीबिरङ्गी सिसाका टुक्रा जसरी टल्किरहेका थिए । लोडसेडिङमा अँगारको कालो डल्लो जस्तो देखिने काठमाडौंलाई यति चहकिलो देख्न पाउनु राम्रै साइत थियो । बियरको मात र भविष्यको औकातका बीचमा मैले ती अँध्यारा दिन सम्झिएँ, जहाँ म गड्यौला झैं घस्रिरहेको थिएँ ।

टोप आफू सम्पादक भइसकेपछिका योजना अनवरत सुनाइरहेको थियो । हात नचाउँदै, काँध झट्कार्दै । टोप म जस्तो अतीतजीवी थिएन । आइए फस्ट इयरको पहिलो साता "को विधवा हो यो" भनेर कसैले भन्दा दिनभर पिलपिल गरेको टोप उतैउतै छुटेको थियो । सायद ऊ सर्पले काँचुली छाडे जसरी आफ्ना उदास र विरहलाग्दा अतीत छाडेर अघि बढ्न सक्थ्यो । मैले भने तीन वर्षको दरिद्रतामा ससाना स्मृति पनि कण्ठ पार्न सिकेको थिएँ । वर्तमानका हरेक चीजमा अतीतका झिनामसिना स्मृति जोडिइहाल्थे । र ती अत्यन्तै फरक अर्थका बन्थे ।

वेटर आइपुग्यो ।

उसले प्लेटका सोप र सुपारीका टुक्राटाक्रीमाथि बिल राखेको थियो । जिन्दगीमा पहिलो पटक मैले बिल झम्टिएको थिएँ । पढ्न खोज्दै थिएँ, टोपले स्वात्त तान्यो, "सिरीजी, बिर्सनुभो ? यो मेरो पार्टी हो ।" उसले बिल पढ्यो र वेटरतिर पुलुक्क हेर्‍यो, "अझै दुई बोतल थप्न मिल्दैन ?"

"सरी, सर ! सवा आठ बजिसक्यो । पुलिसको गस्ती आउँछ अब ।"

टोपले कोटको भित्री जेबमा हजारका दुई नोट झिक्यो र दिँदै भन्यो, "बाँकी राख्नू, भाइ ।"

वेटर मुस्कुरायो ।

"अनि भाइ," टोपले बटारिएको *देशप्रेम साप्ताहिक*लाई टेबलमा

फैलायो र खुम्चिएको ठाउँमा हत्केलाले ढ्यामढ्याम हान्यो । मास्टहेड देखाउँदै सोध्यो, "यो पत्रिका पढ्ने गऱ्या छ ?"

"हाम्रोमा *गोरखापत्र* मात्र आउँछ ।"

टोपले अनुहार खुम्च्यायो । तर हरेस खाएन । सोध्यो, "भाइले पत्रिका भेट्नेबित्तिकै के पढ्ने गऱ्या छ ? राशिफल ?"

"नाइँ," खिस्स हाँस्दै वेटरले भन्यो, "सुनको मूल्य पढ्छु ।"

ऊ गयो ।

"देख्नुभो, सिरीजी ! पत्रिकामा सुनचाँदीको मूल्य पनि थप्नुपर्ने भयो" भन्दै टेबलमा हातले ठेलेर उठ्यो र एकपल्ट ज्यान तनक्क तन्कायो । प्लेटको सोपलाई मुठीभर झिक्यो, फाँको हाल्यो र कऱ्यामकऱ्याम चपायो । ओठका चेपतिर उछिट्टिएका केही दानालाई पुछ्दै हाँस्यो र भन्यो, "आज जानुकाजी बोलिरहनुहुन्छ, म सुनिरहन्छु ।"

हामी भित्तामा हत्केलाको अडेसो लगाउँदै सात तला झऱ्यौं । वसन्तपुर सुनसान भइसकेको थियो । केही पर्यटक फटाफट हिँडिरहेका थिए । टोपले ट्याक्सी विशालबजार अगाडिबाट चढ्ने भनेको थियो, त्यसैले लर्खराउँदै हिँडिरह्यो ।

"सिरीजी !" हिँड्दाहिँड्दै टोप टक्क अडियो । ऊ मन्द बतासमा ढलपलाइरहेको केराको पात जस्तै धङधङाइरहेको थियो, अलिकति अघि, अलिकति पछि, अलिकति दायाँ, अलिकति बायाँ । त्यही लयमा उसले मेरो हात ट्याप्प समाएर भन्यो, "यो कुरा कतै नफुस्कोस् है ।"

मैले मुन्टो हल्लाएँ ।

उसले अगाडितिर धीमा गतिमा हिँडिरहेको ट्याक्सीलाई सुइय्य सिटी बजायो र दायाँ हात मुठी पारेर ठड्याइरह्यो, युद्ध विजेता जसरी । ट्याक्सी रोकियो । टोपले भन्यो, "आउनुस्, म तपैंलाई कोठामा छाडेर मात्र फ्ल्याटमा जान्छु ।"

हामी अलिकति झुकेर लौकाट झैं ट्याक्सीतिर दगुऱ्यौं ।

उसले ट्याक्सीको पछाडिको दैलो स्वात्त तानेर समाइरह्यो, स्याँस्याँ गर्दै । घुटुक्क थुक निलेर खिस्स हाँस्यो । उसको मुस्कानमा भविष्यको गर्विलो आशा थियो । त्यही उत्साहका हजारौं बेनामी फूल फक्रिएका थिए ।

"मैले भनेकै थिएँ नि ! घाम पश्चिमबाट उदाउँछ !"

# मौनता

*बाँच्नु मात्र होइन, आफूलाई रच्नु पनि जिन्दगी हो ।*

*देशप्रेम साप्ताहिक*सँगै जोडिएको बिजुलीको पोलमा झुन्डिएर परेवा मरेको थियो । पोलमा तारको गुजुल्टो थियो, भयावह तरिकाले जेलिएको । गुजुल्टोमा अल्झिएको चङ्गाका करङ मात्र बाँकी थिए । त्यसैको धाँगोमा परेवा तुर्लुङ्ङ परेको देखिन्थ्यो– आत्महत्या गरे झैं । मरेको परेवा त्यहाँ अल्झिएको हो वा अल्झिएर मरेको हो, छुट्याउन गाह्रो थियो । खडेरीको रापिलो बतासमा यताउता हल्लिरहन्थ्यो । परेवा वैशाखको तेस्रो साता देखिएको थियो । जेठको पहिलो सातासम्म कत्रक्क सुकिसकेको थियो । प्वाँख मात्र झुन्डिए जस्तो ।

सुरूवातका केही दिन टोपले दिक्क मान्दै भनेको थियो, "सिरीजी ! यो हत्ते कति हेर्नु, खसालिदिऊँ ।" एकपल्ट उसले ढुङ्गोले प्रहार गरेको थियो, अर्कोपल्ट लट्ठीले । गुजुल्टोसँगै बिजुलीको तार पनि जेलिएको देखेर उसले पोलमा चढ्ने आँट गरेन । टेबलमा घोप्टो पर्दापर्दा गर्धन अरड्डिन थालेपछि सम्पादक प्रायः झ्यालमा उभिएर बाहिर हेर्थे । तर परेवा झुन्डिएको देखिन थालेपछि उनले झ्यालबाहिर हेर्न छाडेका थिए । भन्थे, "शान्ति, शान्ति भन्दै उडाएको परेवा यै त होला नि !"

अफिस छिर्दा र निस्किँदा मेरा आँखा भने परेवातिर गइहाल्थे । जेठको दोस्रो सातासम्ममा प्वाँख पनि घामले डढेर खैरोखैरो हुन थालिसकेका थिए । बेलाबेला बुरूरू उड्ने धूलोले पनि प्वाँखमा टाँसिएर धुलाम्मे बनाउँथ्यो । चर्को गर्मी बढेपछि बेलाबेला मलाई पनि

आफ्नो जिब्रो तिनै प्वाँख झैं सुक्खा हुँदै गए जस्तो लाग्थ्यो । एकछिन बसिरहँदा पनि गर्धनबाट पसिनाको लर्को मेरूदण्डको पुछारसम्म पुग्थ्यो । नयाँ जाडो सबैभन्दा चिसो भए जस्तो, नयाँ गर्मी सबैभन्दा तातो लागिरहेको थियो । त्यसै त्यसै रिस उठेर आउने । झन् मध्याह्नमा सडकतिर हिँड्नुपर्‍यो भने टेम्पोको कालो धूवाँ, धूलो र गाडीका प्याँपुँले भनन्न रिँगटा चले जस्तो हुन्थ्यो । त्यसैले म बाहिर निस्कन छाडेको थिएँ । अफिस जान्थें अनि कोठामा फर्किन्थें । जेठको तलबले टेबल फ्यान पनि किनेको थिएँ । त्यसैले हप्पलाग्दो कोठामा मधुरो बतास चल्न थालेको थियो ।

टोपका छ ओटा नयाँ किताबको भाषा मिलाइदिएको थिएँ । टोपका अनुसार ऊ अन्तिम लट किताब बजार पठाउन चाहन्थ्यो । सम्पादक भइसकेपछि यस्ता किताब छाप्नु उसको नैतिकताले दिँदैन रे । उसको किताबको व्यवस्थापन हेर्ने जति ऊ सम्पादक भएपछि *देशप्रेम साप्ताहिक*मा आउने भएका थिए । ऊ भन्थ्यो, "यिनीहरू काठमाडौंका दुला मुसाले भन्दा बढी चिन्छन् । दुलादुलामा पुग्छ, पत्रिका एक दिन ।"

म क्याफेमा कोक पिउँदै टोपको योजना सुन्थें । र सम्पादकको कोठामा कालो चिया पिउँदै उनका योजना सुन्थें । कुनै दिन दुवैतिरका योजना मिसमास भएर मेरो मुखबाट फुत्तै निस्कने हो कि भनेर म तर्सिरहन्थें । टोपको योजना मलाई बारूलाको गोलो जस्तो लाग्थ्यो । म सोच्थें, जे होस्, चाँडै होस् । टोप सम्पादकसित पनि पहिला जस्तो कुराकानी धेरै गर्दैनथ्यो । काम पर्दा मात्रै उनको कोठामा पस्थ्यो र उनीसित आँखा नजुधाई भन्नुपर्ने कुरा भनेर फर्किहाल्थ्यो । कुर्सीमा बस्दा पनि उसका गोडा जोडजोडले हल्लिरहन्थे । एक दिन सम्पादकले भनेका थिए, "बूढाबूढीको खटपट बढी भएपछि यस्तो हुन्छ । ओछ्यानमा अलि आत्तिन्छ जस्तो छ ।"

मलाई अलिकति हलुङ्गो भएको थियो । सम्पादकले उसको छटपटीको लख अर्कै काटेका थिए । टोप घामतिर थियो, उनी

जूनतिर । त्यसैले गर्मीको आलस्यबाट बचेको समयमा मैले द *गुड अर्थ* पढ्न थालेको थिएँ ।

वैशाख र जेठबीचका तीन सातामा समीरा र नील छैटौं पटक फोनमा आएका थिए । तर पहिला जस्तो लामोलामो कुरा गर्थेनन् । उनीहरूको कुराकानी टुक्राटाक्रीमा झरेको थियो । उनीहरूको बीचमा त्यस्तो खाडल बन्दै गएको थियो, जस्तो समीराका बाबा र मामुबीच थियो । अथाह ब्रह्माण्डमा लुकेको ब्ल्याकहोल जस्तो नदेखिने तर मोहका तारा निलिरहने ।

समीराले भेटेर नीललाई के भनेकी थिई ?

त्यसबारे फेरि उनीहरूले कुरा गरेनन् । समीरालाई त केवल मामुको चिन्ता थियो । मामुको सास फुल्न थालेको थियो । उनी बतास कतै सुत्तै हराइ पो हाल्छ कि जसरी लामो लामो सास तानिरहन्थिन् । टेबल पङ्खाका अगाडि बस्दा पनि चिटचिट पसिना आइरहेका हुन्थे । उनी एकछिन सोफामा बस्थिन्, नाक स्वाँक्क पार्थिन् र हुत्तिएर झ्यालको पल्ला खोल्न जान्थिन् । "यो काठमाडौंमा बतासै छैन कि के हो ?" फेरि फतफताउँथिन् ।

मामु भयावह सपनाबाट आत्तिएर उठे जस्ती भएकी थिइन् । अस्ति तताउन राखेको दूध भाँडो नै कालै हुने गरी डढेको थियो । जलेर लाभा जस्तो भएको फ्राइबिनको गन्ध रञ्जन अङ्कलकै कोठासम्म पुगेको थियो । उनी आत्तिएर माथि उक्लिएका थिए । सोफामा टुसुक्क बसेर टोलाइरहेकी मामुलाई देखेर उनी झन् आत्तिएका थिए । पछि उनले भनेका थिए, "आँखा त दिदीकै थियो । तर हेराइ भने चिनजानै नभएको मान्छेको जस्तो थियो ।"

फ्राइबिन नै डढेको घटनापछि मामु किचेनमै पस्न डराएकी थिइन् । समीराले नै फाइब्रिनलाई दिनभर पानीमा डुबाएकी थिई । माइदा फ्राइबिनभित्रबाट डढेको दूधका काला चोक्टा निस्किएका थिए । "हाम्रो खलकलाई आगोको खड्को छ," मामुले भोलिपल्ट भनेकी थिइन् ।

बुधबार । मैले पहिलो पटक उसकी मामुको आवाज सुनेको थिएँ । दिउँसोको सवा एक बजेतिर । उनले नीललाई फोन गरेकी थिइन् । उनको आवाजमा अलिकति मोटोपन थियो ।

उनका अनुसार समीरा पछिल्लो समय बेस्मारी टोलाउन थालेकी थिई । उसको शरीर उनकै अघि हुन्थ्यो । तर आत्मा कहीँकतै अनकन्टार संसारमा छटपटिइरहेको हुन्थ्यो । जब उनी कुरा गरिरहेकी हुन्थिन्, समीरा मुन्टो हल्लाइरहन्थी । उनलाई लाग्थ्यो, उसले सुनिरहेकी छ । अस्ति भर्खरै भने उनले कुराकै बीचमा केवल ओठ मात्र चलाएकी थिइन् । र समीराले असाध्यै ध्यान दिएर सुने जसरी मुन्टो हल्लाई नै रहेकी थिई ।

त्यसपछि उनको सातो गएको थियो ।

"त्यो अर्कै थिई," उनले भनेकी थिइन्, "अर्कै संसारमा थिई ।"

नीलले कहिलेकाहीँ यस्तो हुन्छ भनेर सम्झाउन खोजेको थियो । भनेको थियो, "मान्छे सुनी पनि रहेका हुन्छन् र सोची पनि रहेका हुन्छन् ।"

तर मामुले भनेकी थिइन्, "त्यो त मलाई पनि थाहा छ । तर समीराको टोलाई सामान्य थिएन ।"

ऊ त्यस बेला सात वर्षकी थिई ।

ऊ आफ्नो टेडी बियर खोज्दै कहिले कता, कहिले कता दगुरिरहेकी थिई । पहिला त मामुलाई लाग्यो, ऊ कुनै खेल खेलिरहेकी छ । किनभने घरमा टेडी बियर थिएन । मामुले पनि उसको खेलमा साथ दिँदै खोजे जस्तो गरेकी थिइन् । सोधेकी थिइन्, टेडी बियर कस्तो थियो भनेर ! उसले टेडी बियरका घिउ रङका भुत्ला, आँखालाई घेरेका फिक्का हरिया गोलाइ र नाकको टुप्पाको कालो टाटोसम्मको वर्णन गरेकी थिई । र टेडीले गर्धनमा रातो स्कार्फ पनि बाँधेको थियो । बाबाले अफिसबाट फर्कंदा ल्याइदिएका थिए ।

अघिल्लो दिनको झरीसम्म टेडी उसकै सिरानमा थियो ।

मामुले केही समय त टेडी खोजको खेलमा रमाइलो मानेकी थिइन् । तर समीराको हतास र रून्चे अनुहारले उनलाई अप्ठ्यारो लाग्न थाल्यो । उनले हुँदै नभएको टेडी कसरी हराउँछ भनेर सम्झाउन खोजिन् । तर ऊ त रून पो थाली ।

जति सम्झाए पनि मानिन । दिनभर हिक्कहिक्क गर्दै रोइरही । रूँदारूँदै निदाई । निद्रामा पनि बेलाबेला हिक्क गरिहाल्थी । साँझ बाबा घर फर्कंदासम्म उसलाई हनहनी ज्वरो आउन थालेको थियो । बाबाले अबेरसम्म सोचेर उसलाई सम्झाएका थिए । उनले भनेका थिए, "टेडी झ्यालबाट खसेर च्यातिएको थियो । सिलाउन दिएको छु । केही दिनमै ल्याइदिन्छु ।"

केही दिनपछि उनले टेडी बियर किनेर ल्याइदिएका थिए ।

ऊ यो आफ्नो टेडी नभएको भन्दै फेरि रोएकी थिई । तर पछि त्यही टेडीसित रमाउन थालेकी थिई । बाबा र मामुले त्यसपछि थाहा पाएका थिए, ऊ कहिलेकाहीँ कल्पना र यथार्थ छुट्याउन सक्दिनथी । ऊ पहिला कल्पना गर्थी र आफ्नै कल्पनालाई यथार्थ मान्न थाल्थी ।

"मलाई यही चिन्ता छ," मामुले नीललाई भनेकी थिइन्, "सानो हुँदाको सानो रोग उमेरसितै ठूलै भएर आयो कि ! "मैले त गर्न सक्ने जति सारा गरेकी थें । कहाँ कमजोरी भयो कुन्नि ? ऊ पनि मदेखि टाढा टाढा हुँदै गई । मेरो जिन्दगी त यत्तिकै सकियो ।"

मामुले फोन गरेकै राति समीराले पनि फोन गरेकी थिई ।

त्यस रात मैले महसुस गरेको थिएँ– समीरा र नीलले लाडिएर एकअर्काको कानमा तात्तातो सास नहुलेको धेरै भइसकेको थियो । सुरूवातमा सलक्क परेको उनीहरूको सम्बन्ध थाहै नपाई रौंमा गाँठा परे जस्तो भएको थियो । गाँठो छ, फुकाउन सकिँदैन । अलि कोसिस गरे चुँडिन्छ, कोसिस नगरे अर्को गाँठो थपिन्छ ।

"दिउँसो मामुले के भनेको थियो भनेर नसोध," नीलले सुरूमै झर्किंदै भनेको थियो, "त्यो उहाँ र मेरो बीचको कुरा हो ।"

समीरा एकछिन मौन भएकी थिई । र भनेकी थिई, "मसित अचेल प्रश्नभन्दा बढी उत्तर छन् । अर्को कुरा, मैले मेरो मामुको बारेमा तिमीसित सोध्नुपर्दैन ।"

"तिमीले केही कुरा लुकाइरहेकी छौ भन्ने मामुले थाहा पाए जस्तो छ ।"

"समय आएपछि भन्छु ।"

"तिम्रो मौनताले मामुको सातो गएको छ ।"

"हरेक मौनताभित्र गहिरो अर्थ लुकेको हुन्छ ।"

के भनोस् अब ! नील चुपै रह्यो ।

समीरालाई उसको माया लाग्यो क्यारे । भनी, "नील मैले खुबै विचार गरें । सोचें, मैले जीवनको लामो समय कन्फर्ट जोनमा बिताएँ । जीवनमा पैसा कमाउन सबै चाहन्छन् । मेरा बाबा भन्नुहुन्थ्यो– धनी त्यो हो, जसले मान्छे कमाउँछ । आफू जमिनबाट उठेर होला, बाबाले धेरै मान्छे कमाउनुभएको थियो । तिमी सोच त हामीले कति मान्छे कमाएका छौं । जिरो ।"

"ह्वाट ?"

"मलाई त के छ ! एक्ली छोरी हुँ । मामुको बैङ्क ब्यालेन्स छँदै छ । तिमीसित बिहे गरें भने तिमी पनि पैसावाल नै पऱ्यौ । जिन्दगी कटाउन के गाह्रो छ र ! तर लाग्छ, यति मात्रै हो त जिन्दगी । बाँच्नु मात्र होइन, आफूलाई रच्नु पनि जिन्दगी हो । आई विल क्रिएट माई सेल्फ ।"

"मैले केही बुझिनँ । ह्वाट आर यू ट्राइङ टु से ?"

"इट्स लाइक अ पजल," उसले हाँस्दै भनी, "समय आएपछि सबै बुझिन्छ ।"

"साइको ।"

"मलाई यस्तै साइकी मनपर्छ ।"

नीलले जसरी मैले पनि उसले के भन्न खोजेकी हो भनेर बुझिनँ । तर यति त महसुस गर्न सक्थें, ऊ केही भन्न खोजिरहेकी

छ । म पनि पजलमै फसेको थिएँ । र सोच्न थालेको थिएँ, उसलाई अचानक रेडियोको त्यो ब्यान्डमा भेट्नु जहाँ कुनै अर्को आवाज हुन्थेन । के यो पनि कुनै पजल हो ?

के उसको लट्ठ पार्ने आवाजसितको प्रेम मात्र थियो, मेरा लागि ? मेरा जीवनका सङ्कटका क्षणमा उसले नीललाई भनेका शब्दलाई मैले सुटुक्क आफ्नो शक्ति बनाएको थिएँ । यो त प्रस्ट थियो । त्योबाहेक अरू पनि कुनै रहस्य थियो र !

ऊ भन्थी, "प्रतीक्षा गर्नुपर्छ । हरेक कुराको मौसम हुन्छ । १२ वर्ष धैर्य नगरी पाखाभरि फक्रेका नीलकुरिन्जी हेर्न कहाँ पाइन्छ र !"

रेडियो पुरानो भएर सास फुल्न थालिसकेको थियो । ब्याट्री पनि चाँडै सकिन्थे । मसित त्योभन्दा ठूलो र ब्याट्री चार्ज गर्न मिल्ने रेडियो किन्ने विकल्प त थियो । तर अर्को रेडियोले उसको आवाज नटिप्ला कि भन्ने पनि डर लाग्थ्यो । थोत्रै होस्, यही रेडियोले जीवनको सबैभन्दा ठूलो सङ्कटमा घोर निराशाको कुवामा डुब्नबाट पनि जोगाएको थियो ।

त्यसैले प्रिय थियो ।

कल्पना पनि गर्थें– कुनै दिन समीरासित भेट भयो, चिनजान भयो र कुनै उदास साँझ ऊसित मनभरका कुरा गर्ने मौका मिल्यो भने म रेडियोको कुरा गर्नेछु । उसको स्वभावअनुसार ऊ उत्साही होली । म घमाइलो मौसममा उसलाई देखाउनेछु, यो १० ब्यान्डको कालो रेडियो ! गल्लीका चरैचर घुमेर फर्किएको उदास बिरालो जस्तो, जसलाई चाइनिज सस्ता टिभी, भिसिआर र डिभिडीले विस्थापित गर्ने लागेका थिए । किराना पसल होस् वा सैलुन, घरको कोठा होस् या रेस्टुरेन्टको चोटा, सबैतिर रेडियो हराउँदै गएका थिए । १४ इन्चका रङ्गीन टिभी सर्वत्र देखिन्थे ।

समीराले मामुसित के कुरा लुकाइरहेकी थिई ? बिस्तारै मलाई छटपटी हुन थालेको थियो । कस्तो कस्तो । डर लाए लाए जस्तो !

म तीन दिन *देशप्रेम साप्ताहिक*को शुद्धाशुद्धि हेर्नमा व्यस्त भएँ ।

र शुक्रबार कली क्याफेतिर कुदें । कली क्याफेमा भीडभाड नै थियो । बार्दलीमा मान्छेका टाउका देखिइरहेका थिए । म बगैंचाको कुनातिरको टेबलमा बसें र सँगैको कुर्सीमा झोला राखें । परशुराम रित्तो ट्रे काखीमा च्यापेर तल झऱ्यो । ऊ अलिकति पोटिलो भएको थियो । अनुहार पनि उज्यालो ! मलाई देखेर मुस्कुराउँदै आयो ।

"आज त सरको टेबल पहिल्यै प्याक भयो," मेरा अगाडि कपडाको टुक्रो फिँजारिदिँदै उसले भन्यो, "यता पनि धेरै पो भयो नदेखिनुभएको । अफिसको काममा व्यस्त भएर होला है ?"

मैले मुस्कुराउँदै मुन्टो हल्लाएँ ।

उसले फुच्चे नोटप्याड झिक्यो र खर्र टिप्दै भन्यो, "कफी र चुरोट त होला नि है, सर ?"

ऊ गएपछि बाफिएको ज्यानमा बतास पसोस् भनेर सर्टका माथिल्ला दुई बटन खोलें । फरकफरक टेबलमा फरकफरक देशका टुरिस्ट बसेका थिए । अनौठा अनौठा भाषामा गुनगुन कुरा गरिरहेका थिए । मेरा लागि नेपाली र हिन्दीबाहेक सबै भाषा काबील् जस्तै थिए । मैले झोलाबाट द *गुड अर्थ* झिकें र लेखकको नाम पर्ल एस बकलाई घोरिएर हेरें । हुन त म कफी पिउनभन्दा पनि परशुरामलाई भेट्न आएको थिएँ । उभिई उभिई प्रश्न सोधेर हिँडिहाले पनि हुन्थ्यो । तर मेरो छटपटी उसलाई देखाउन चाहन्नथें । क्याफेमा आउने गेस्टका जानकारी सुटुक्क अरूलाई दिएको थाहा पाए उसलाई पनि राम्रो हुँदैनथ्यो ।

द *गुड अर्थ* पढ्न सुरू गरें । वाङलुङको बिहेको तयारी चल्दै थियो ।

"सर, कफी !" परशुरामले कफी राखिँदिदै भन्यो । नेप्किनमा बेरेको चुरोट छेउमा राखिदियो र हुर्रिंदै गयो अनि एस्ट्रे लिएर आयो । "सरी, सर ! ध्यान देर पढ्दै हुनुहुन्थ्यो ।"

"ठीकै छ," मैले भने, "भर्खरै सुरू गरेको थिएँ ।"

उसले एक पटक सबै टेबलतिर हेऱ्यो । अलिकति गर्धन घुमाएर म्यानेजरको काउन्टरतिर हेऱ्यो । अनि मतिर अलिकति झुक्यो । र खुसुक्क भन्यो, "सर ! उहाँहरू अस्ति आउनुभएको थियो ।"

मलाई सिरिङ्ग भयो ।

"ऊ त्यो टेबलमा बस्नुभएको थियो," उसले ओठ चुच्याउँदै दक्षिणतिरको टेबल देखायो । भन्यो, "तीन घण्टा जति बस्नुभयो । म त हजुर आउनुहुन्छ कि भनेर सोचेको थिएँ । सर, त्यही दिन नै आउनुभएन ।"

"मेरोबारे भन्नु त भएन नि ?"

खिस्स हाँस्दै परशुरामले भन्यो, "काँ भन्नु सर ! हजुरले भन्नुभएकाले याद गरेको ।"

म यस्तो वैज्ञानिक भएको थिएँ, जसले उत्साह र हर्षमा जून र ताराहरूसम्म पुग्न पृथ्वी छाडेको थियो । त्यहाँ पुगेपछि अथाह सन्नाटा र निस्सारता मात्र थियो ।

मेरो उदासी देखेर होला, परशुराम वाल्ल पऱ्यो ।

मलाई सोध्न मन थियो, समीरा कस्ती थिई ? अग्ली थिई कि होची ? कस्तो लुगा लगाएकी थिई ? के ऊ त्यस्तै थिई, जस्तो मैले घट्टेकुलोको अँध्यारो कोठाको उदासीमा उसलाई कल्पिएको थिएँ ।

"उहाँहरू भोलि आउनुहुन्छ जस्तो छ," परशुरामले लुकाएर राखेको अन्तिम अस्त्र फ्याँक्यो, "उहाँहरूको कुरा सुन्दा त्यस्तै लाग्यो । सर, आउनुहुन्छ ?"

मैले मुन्टो हल्लाएँ ।

त्यसपछि म कली क्याफेमा धेरै बसिनँ । सय रूपियाँ टिप्स पाएर परशुराम खुसी भयो । उसले नोटलाई पट्याएर पाइन्टको गोजीमा खुसुक्क हाल्यो ।

कली क्याफेबाट हतारिँदै निस्किँदा मैले मनमनै कपाल काट्नेदेखि सर्ट र पाइन्ट किन्ने योजना बनाइसकेको थिएँ । धारामा पानी पो

आउला कि नआउला नुहाउन ! म ठमेलबाट निस्किरहेको थिएँ र भोलि पसिरहेको कल्पना पनि गरिरहेको थिएँ ।

चोकनिरै निस्किरहेको म र पसिरहेको मको जम्काभेट भएका थियो । दुवै एकअर्कालाई देखेर तर्सिएका थियौं । एक निमेषलाई । बसको छोटो दूरीको यात्रामा झप्प निदाउँदा झुलुक्क देखेको एक टुक्रा सपना जस्तो । त्यो काबील् भाषाको गीत जस्तो, जुन गीतका शब्द समीराले नीललाई दोहोऱ्याई तेहेऱ्याई सुनाएकी थिई–

*मेरा लागि दैलो खोल्नुस्*
*हे बाबा ! इनुवा !*
*आफ्ना कङ्गन बजाऊ*
*हे छोरी ! ग्रीवा !*
*म डराएकी छु, जङ्गलको राक्षस यहाँ छ*
*हे बाबा ! इनुवा !*
*म पनि डराएको छु,*
*हे छोरी ! ग्रीवा !*

## शोक

*आफूलाई पत्रकार भन्छौ, के पत्ता लगायौ ?*
*भुत्रोको पत्रकार !*

रातको सवा एक बजे हवाईजहाज हुइँकिएर गएपछि काठमाडौंको आकाश शान्त हुन्थ्यो । कुन देश जान्थ्यो कुन्नि ! पहिला पहिला त समूहबाट छुट्टिएर हराएको मौरी झैं भुनुनुनु गर्दै जाने हवाईजहाजको आवाजले पातलो निद्रा बिगारिदिन्थ्यो । पछिपछि बानी परेको थियो । म निद्रामै पनि हवाईजहाज उडेको थाहा पाउँथें । तर हवाईजहाज सपनामै घुलमिल भएर जान्थ्यो ।

आज भने तारन्तार हेलिकप्टर उडिरहेका थिए । हेलिकप्टरका आवाज हवाईजहाजका जसरी मधुरा थिएनन् । असाध्यै कर्कशलाग्दा थिए । मानौं, युगौंदेखि काठमाडौंलाई घेरेर निदाएका पहाडलाई ब्युँझाउन चाहन्थे । निद्राबाट जुरूक्क उठ्दा मलाई एउटै हेलिकप्टरले फन्का लगाइरहे जस्तो लागेको थियो । होइन रहेछ । फरकफरक हेलिकप्टर उडिरहेका थिए । यस्तो लाग्थ्यो, हेलिकप्टरका धारिला पङ्खा झुम्म परेको बादललाई छिमलिरहेका छन् ।

टोलमा घद्रद्याङघुद्रुङ गर्दै झ्यालढोका खुलेका थिए । त्यसपछि कुकुर भुक्न थालेका थिए । बिहानीको तेस्रो प्रहरमा टोल यसरी पहिला ब्युँझिएको थिएन ।

मलाई लाग्यो, माओवादी राजधानी पसे ।

सायद टोलमा अग्लो घर हुनेले छतमा उभिएर हेर्ने हो भने काठमाडौंलाई घेरेर वरवर आइरहेका राँका देख्लान् । राँकामा ठोक्किएर

जुनकिरी डढिरहेका होलान् । माओवादीले हमला गरिहाले भने एउटा राजदरबार थियो, अर्को सिंहदरबार । राजदरबार त परैपरै थियो, सिंहदरबारमा हमला गरे भने घट्टेकुलो जोगिने कुरै थिएन । उछिट्टिएका गोली र बतासमा छरिएका बमका छर्रा झ्यालबाट भित्र पस्न सक्थे । छापामार अँध्यारा चेप, गल्ली, घरका भित्ता वा सटरका आडमा लुक्न सक्थे ।

बाहिर के भइरहेछ, हेर्नलाई झ्याल थिएन !

केवल आवाजले म दृश्य कल्पना गर्ने कोसिस गरिरहेको थिएँ । घरबेटी बा त होलान् नि, भऱ्याङमा तलमाथि गरिरहेका थिए । सूर्यबहादुरको कोठाबाट पनि मधुरो आवाज आइरहेको थियो । उनी नफर्किसकेका भए चन्द्रा आत्तिएकी होलिन् ।

केही क्षणपछि काठमाडौं बिस्तारै शान्त हुँदै गएको थियो ।

म भने फेरि निदाउन सकिनँ । सम्झिएँ– चिया पसले शैलेन्द्रले आफ्नो युद्धको अनुभव यसरी सुनाएको थियो ! "मुटु त्यति बेला मुखमा आउला जस्तो हुन्छ, दाइ, जति बेला आफू र शत्रुपक्षले नाल एकअर्कातिर सोझ्याइएको हुन्छ । पहिलो गोली न यताबाट चलेको हुन्छ, न उताबाट । सबैभन्दा डरलाग्दो त्यही बेलाको सन्नाटा हुन्छ । जब ड्याम्म पहिलो गोली चल्छ, त्यसपछि त केटाकेटी खेले जस्तो । कान शून्य हुन्छन् । सबै देखिन्छ । तर आवाज सुनिँदैन । छेउछाउमा गोली ठोक्के पनि मतलब हुन्न । छेउमै बम झरेछ भने पनि भकुन्डो झैं समाएर उतै हुऱ्याइन्छ । देउता चढे जस्तो हुन्छ ।"

अबेरसम्म छटपटिँदै सोचिरहें, सारा काठमाडौंमा त्यही सन्नाटा फैलिइरहेको छ, पहिलो गोली पड्किनुअघिको ।

आशङ्काले मात्रै म यति आत्तिएको थिएँ भने युद्धभूमि भएका गाउँ झन् कति आत्तिएका होलान् ? "गोली र बमको आवाजले कान अबेरसम्म बन्द हुन्छन् र मधुरो सिटी बजिरहन्छ भित्रभित्रै," भन्थ्यो रे शैलेन्द्र ।

रेडियोले खबर भन्थ्यो होला । तर बिहानको छ नबजी खुल्दैनथ्यो । झ्यालबाहिरको खबर झ्यालभित्र पस्न यति गाह्रो थियो ।

मीनबहादुरले भने जस्तो टापु जस्तो भएको गाउँको स्थिति झन् कति भयावह भएको होला ?

बाहिरबाट रिमरिम उज्यालो झ्यालको चेपबाट भित्र पस्न थालेको थियो । धोबीखोला पारिपट्टि कुखुरा बास्न थालेका थिए । घरबेटी बाको फोन बज्यो । मलाई सम्झना भएसम्म यति निख्लै बिहान घरबेटी बाको फोन कहिल्यै बज्दैनथ्यो । तीन टिरिङपछि आवाज आएन, सायद घरबेटी बाले उठाए होलान् ।

के खबर बोकेर बजेको थियो फोन ?

पन्ध्र मिनेट पनि कुर्नुपरेन । घरबेटी बा खबर बोकेर तल झरे । उनले पहिला सूर्यबहादुरको दैलो ढकढक्याए, अनि मेरो ।

मैले दैलो खोलेर हेर्दा घरबेटी बाको त्रासले धमिलिएको अनुहार देखियो । उनी दायाँ हात भित्तामा अडेसो लाएर उभिएका थिए । उनले सर्टको बटन नै लाउन बिर्सिएका थिए । पुटुक्क निस्किएको उनको पेट खलाँती जसरी हल्लिइरहेको थियो । बिहानीपखको मन्द चिसोमा पनि चिटचिट पसिना निस्किएका थिए ।

जब सूर्यबहादुरले दैलो खोलेर बाहिर चियाए, घरबेटी बा बोल्न खोजे । तर घाँटी सकसकायो । एकछिन ख्यार्रखुर्र गरे र भने, "प्रतापले फोन गरेको थियो ।"

के उनले यति नै सुनाउन यति बिहान दैलो ढकढक्याएका हुन् ?

"राम्रो भो त हौ !" सूर्यबहादुरले निद्रालु आवाजमा भने, "म भर्खरै निदाको थिएँ । सुत बाजे ! हेलिकप्टर घुइँ कि घुइँ उड्या छन्, देशको ग्रहदशा ठीक छैन ।"

"त्यै सुनाउन आको," झन् छटपटिएर भऱ्याङको खुट्किलामा थ्याच्च बस्दै घरबेटी बाले भने, "देश त सक्यो ।"

"के भो र ?" सूर्यबहादुर अलिकति तङ्ग्रिए ।

"दरबार त सखापै भयो रे !"

"आच्या के भन्छ, बाजे !" भन्दै सूर्यबहादुर बुरूक्क उफ्रिए । भने, "माओवादीले भ्याए कि के हो ?"

"त्यो त थाहा छैन," घरबेटी बाले स्याँस्याँ गर्दै भने, "सप्पै मरे अरे । उता *बिबिसी*मा समाचार आथ्यो रे । त्यै भर प्रतापले आत्तेर फोन गरेको थ्यो । बर्बाद भयो । देश त सक्यो ।"

मलाई घुँडाका कटौरी स्वात्त फुत्किए जस्तो भयो ।

"समाचार सत्ते हो त ?" सूर्यबहादुरले अनुहार नीलै पार्दै भन्यो, "त्यत्रो सुरक्षा भएको ठाउँ ।"

घरबेटी बाले मुन्टो हल्लाए ।

एकछिन मौनता छायो । हामीले काँतर आँखाले एकअर्कालाई हेरिरह्यौं । जे पनि भएको हुन सक्थ्यो । माओवादी दरबार पसेका हुन सक्थे अथवा अर्को देशले हमला पनि गरेको हुन सक्थ्यो । खबर अमेरिकाबाट आएको थियो । म वाल्ल परेर घरबेटी बालाई हेरिरहेको थिएँ– कति लामो प्रतीक्षापछि छोराको फोन आएको थियो, त्यो पनि कस्तो खबर बोकेर !

दरबार नै सुरक्षित रहेन । कलीको मूर्ति हुत्तिएरै माथि आयो कि क्या हो ? अब कसको विश्वास गर्नु ? हामीले तर्सिंदै एकअर्कालाई हेरेका थियौं । तीनै जना एकअर्कासित तर्सिए जस्तो पो भयो । घरबेटी बा माथि उक्लिए । सूर्यबहादुर भित्र पसे । सायद उनी चन्द्रालाई खबर सुनाउन चाहन्थे । म कोठामा पसें । सवा छ बजिसकेको थियो । रेडियो खोलें– *रेडियो नेपाल*मा उराठलाग्दो धुन बजिरहेको थियो । एफएम पनि त्यस्तै धुन बजाइरहेका थिए । घरबेटी बाका कुरा सुनेपछि झल्यास्स भएँ, अहो ! रेडियोले त शोकधुन बजाइरहेको रहेछ ।

साढे सात बजे म हतारिँदै अनामनगर चोकतिर निस्किएँ । पत्रिकाले पो छापेका छन् कि ! चोकमा टुक्राटुक्रा भीड जम्मा भइसकेको थियो । धेरैको हातमा पत्रिका थियो । तर पत्रिकामा समाचार छापिएको थिएन । सायद घटना पत्रिका प्रेसमा गइसकेपछि भएको थियो ।

भीडमा सबैलाई घटनाबारे चासो थियो । तर जानकारी कोहीसित थिएन । सबैलाई यत्ति थाहा थियो, राजाको सबै परिवार नै सखाप

भयो । मलिन अनुहार लगाएका मानिस कहिले यो भीड त कहिले त्यो भीड गरिरहेका थिए, कहीँकतै केही नयाँ कुरा पो छ कि भनेर । कोहीकोही भने १० ब्यान्डको कालो रेडियो कानमा टाँसिरहेका थिए । शोकधुनको बीचमा कहीँकतै केही खबर आइहाल्छ कि भनेर ।

मलाई एक मन त कुदेर *देशप्रेम साप्ताहिक*को अफिस जाऊँ जस्तो लाग्यो । तर यति बिहानै कहाँ खुल्थ्यो र ! त्यसैले म पनि दुवै हत्केला काखीमा च्यापेर कहिले यो भीड, कहिले त्यो भीड गरिरहेको थिएँ । राजनीतिक टोले नेता, रिटायर्ड कर्मचारी, प्राध्यापकदेखि वपपरका पसलेहरू आआफ्नै तर्क गरिरहेका थिए ।

– *राजाले भारतसित जोरी खोजेका थिए । सक्कायो ।*

– *माओवादी पसेका हुन् । दरबार माओवादीको आँखी थियो । अब देश जङ्गलीको कब्जामा गयो ।*

– *सेक्सपियरका नाटक पढ्नुभाछ ? दरबारभित्र आफ्नै कलह हुन्छ ।*

– *भीमेश्वर भगवान्को शिलामा पसिना आको थ्यो । यस्तो हुन पो रैछ ।*

सवा नौ बजेतिर चोकछेउको सैलुनमा भीड लागिसकेको थियो । प्रजाहरू राजारानीको शोकमा कपाल खौरिन चाहन्थे । तीन हजामले दिनभरमा कैयौँका कपाल खौरिएका थिए । एक जनाको त उभिँदा उभिँदा गोडा नै सुन्निएको थियो रे । सैलुनमा पालो नपाएका भने सिंहदरबारको पर्खालको पेटीमा आफूआफू नै कपाल खौरिन सुरिएका थिए । हतारमा खौरिँदा कतिका तालुका छाला खुइलिएर रगतका टाटा पनि बनेका थिए । साँझपख आपत्कालीन दुईपन्ने पत्रिका छापिएर सडकमा आइपुग्दासम्म आधा काठमाडौं मुडुलो भइसकेको थियो ।

पत्रिकामा दरबारको शुक्रबारे भोजमा गोली चलेको खबर थियो । राजारानीसितै परिवारका अरू सात सदस्यको निधन भइसकेको थियो । दरबारमार्गमा मुडुला टाउकाको जुलुस पुगिसकेको थियो । उनीहरूमा आक्रोश थियो । किनभने भीडमा खबर फैलिएको थियो, यस्तो–

शुक्रबारे भोजमा अचानक आर्मीको लुगा लगाएको एउटा डफ्फा पसेको थियो र अन्धाधुन्द गोली चलाएको थियो । र सबैले दीपेन्द्रको अनुहारको मास्क लगाएका थिए । कोही भोजमा थिए, कोही दैलोमा । कोही भने झाङतिर लुकेका थिए । गोली कसैका निधार, कसैका आँखा त कसैका कोखामा लागेका थिए । टोपी, चस्मा, दाँतदेखि गिदीसम्म छ्यालब्याल भएका थिए ।

कुनै बाहिरी घुसपैठले मुटुमा मच्चाएको आतङ्कले भीडमा पागलपन चढेको थियो । "हाम्रो राजा, हाम्रो देश, प्राणभन्दा प्यारो छ" नारा लगाउँदै उनीहरू मुठी कसिरहेका थिए । कसोकसो भीडमा भारतले सैनिकको एउटा डफ्फा पठाउन लागेको खबर पनि फैलिएको थियो, त्यसले झन् आगो थपेको थियो ।

शोकको बीचमा अर्को खबर आएको थियो, "युवराज दीपेन्द्रको सास बाँकी नै छ ।"

सबैलाई आशा थियो, अचानक दीपेन्द्र बेहोसीबाट झल्यास्स ब्युँझनेछन् । आफ्नै अनुहारको मास्क लगाएर सारा वंश नै सखाप पार्न खोज्नेलाई औंला तेर्स्याएर कुर्लनेछन् । छाउनी हस्पिटलको एउटा कुनामा आफ्नै साससित लडिरहेका उनको कन्चटको रगतले बग्दै बग्दै इतिहासको पन्ना लतपताइरहेको थाहा पो कसरी पाऊन् बरा !

साँझ पाँच बजेतिर राजा वीरेन्द्र, रानी ऐश्वर्य, छोरी श्रुति र छोरा नीराजनको शवयात्रा सुरू भएको थियो । यात्रा छाउनीतिरबाट सुरू भएको थियो, त्यसैले भीड स्वयम्भूतिर सरेको थियो । उनीहरू अन्तिम बिदाइ गर्न चाहन्थे । शोभाभगवतीनिर प्रधानमन्त्री गिरिजाप्रसाद कोइरालाको गाडीमा ढुङ्गा खस्न थालेका थिए । भीड उनीसित आक्रोशित थियो– राजारानीको सुरक्षा दिन नसक्नेले कसरी जनताको सुरक्षा दिन्छ भनेर । गाडी कच्याककुचुक भएपछि उनी अर्कै बाटो पशुपति पुगेका थिए । शोकधुन र ५६ तोपको सलामीपछि सबै चिता हुरहुरी बलेका थिए ।

ठाउँठाउँमा कर्फ्यू लागेकाले सूर्यबहादुर र चन्द्रा पनि कतै निस्किएका थिएनन् । सूर्यबहादुरले भने कपाल खौरिसकेका थिए । पुरानो बानेश्वरको पुलमा कपाल खौरिदिन पङ्क्तिबद्ध उभिएका स्वयम्सेवकले खौरिदिएका रहेछन् । उनले छेउछाउका किराना पसले र हाम्रा अघि एक छाक भात छाडेको घोषणा पनि गरेका थिए । घरबेटी बा फोनमै व्यस्त थिए । देशको खबर आदानप्रदानको बहानामा उनी र प्रतापबीच पटकपटक कुरा भइरहेको थियो । अघिल्लो दिन सामूहिक भोजमा भेला भएको परिवार अर्को दिन लहरै चितामा जलेको दृश्यले दुवैतिर मन पग्लिएको हुन सक्थ्यो । आखिरमा जिन्दगी के हो र ? केही तिर्खा, केही धूवाँ जस्ता भाव पनि आएका होलान् ।

साँझ सात बजे सूर्यबहादुर र म छतमा उक्लिएका थियौं । उनले छतमा उक्लिन कर गर्नुको कारण त्यही थियो– चरेस । उनी डिजेल जस्तो चरेसको गन्ध बतासमा उडेर जाओस् भन्ने चाहन्थे, जुन कपाल, जुँगा वा पसिनामा चप्किन सक्थ्यो । मुडुलो कपाल र सर्लक्कै सुकेको ज्यानमा उनी देश जस्तै भताभुङ्ग देखिएका थिए । उनी पहिला जस्तो आँखामा आँखा जुधाएर कुरा गर्दैनथे । यताउता नजर घुमाइरहन्थे । सुर्तीमा चरेस मोलेर फेरि खोस्टोमा राख्न पनि हम्मेहम्मे भएको थियो । पहिला त उनी फिल्टरतिरबाट सासैले तान्थे ।

"पैसाको, नामको, शक्तिको के मतलब है, भाइ," उनले लामो कस तान्दै भने । उनको घाँटी कोक्याएर त होला, आवाज धसिएर आयो, "सबै जाने डढेर त हो नि, भाइ । खै, राजै त सग्लै गएनन् हौ ।"

मैले मुन्टो हल्लाएँ ।

उनले लामो लामो कस तान्दै पिलपिल बत्ती बलेको उदास सहरतिर हेरिरहे । लुत्रुक्क परेको चुरोटको ठेट्नो तलुवाले मिचमाच पार्दै भने, "सबै जानुपर्छ । तर अर्काको चित्त दुखाएर चाहिँ जानुहुँदैन । कसो, भाइ ?"

"कसै न कसैको चित्त त दुखिहाल्छ, दाइ ।"

"आफूले थाहै नपाई अरूको चित्त दुख्छ भने त मतलबै भए नि !" उनले तल्लो ओठ टोक्दै हाँसे जस्तो गर्दै भने, "मैले भनेको के भने नि, भाइ ! जानीजानी, थाहा पाईपाई चित्त दुखाउनुहुन्न । साह्रै गह्रुङ्गो हुन्छ ।"

म चुपै रहें ।

उनले कसैले सुनिरहेको छ कि जसरी भऱ्याङतिर हेरे । मैले उनलाई यति दुःखी अहिलेसम्म देखेको थिइनँ । उनी बोल्ने बेला धेरै शब्द सोच्थे र आधाभन्दा बढी शब्दलाई भित्रभित्रै छुट्याएर थोरै शब्द मात्र बाहिर निकाल्थे । मलाई लाग्थ्यो, उनले जिब्रोमुन्तिर लुकाएका शब्दमा धेरै रहस्य लुकेका छन् । अस्ति नै त हो, उनले भऱ्याङमा उभिएर आफैँलाई गाली गरे जसरी अनुहार कच्याककुचुक पारेका थिए ।

"अर्काको रगतले पोल्छ हौ ! आँसुले पनि पोल्छ । तेजाबले भन्दा बढी भतभताउँछ," उनले मुडुलो टाउको झट्कार्दै भने । मानौं, काउकुती लाग्ने गरी पुतली बसेको होस् ।

उनले आफ्नो कुरा गरेका हुन् या दरबारको ?

भोलिपल्ट दीपेन्द्रलाई नयाँ राजा घोषणा गरिएको थियो । उनी कोमामा थिए । त्यसैले ज्ञानेन्द्रलाई राज्य सहायकको जिम्मेवारी दिइयो । उनले मलिन आवाजमा स्वचालित हतियार पड्किएर सारा घटना भएको जानकारी दिए ।

"ए, भाइ ! बन्दुक पनि फनफनी घुमेर टाउको छानीछानी पड्किन्छ र भन्या ?" सूर्यबहादुर मेरो कोठामा पसेर फन्किएका थिए, "अनि मान्छेलाई चिनी चिनी, लखेटी लखेटी मार्छ र भन्या ? कस्तो कुरा गरेको ?"

मलाई पनि के थाहा !

"आफूलाई पत्रकार भन्छौ त !" सूर्यबहादुरले अनुहार रातो बनाउँदै भनेका थिए, "तिमीले के पत्ता लगायौ त ?" उनले मुड्कीले भित्तालाई ढ्याकढ्याक हाने । र थपे, "भुत्रोको पत्रकार !"

मलाई उनले भलिबल बनाएका थिए। पहिला आकाशतिर हुर्‍याए अनि बुरूक्क उफ्रेर सट हाने। उनी गएपछि म कपडा फेरेर निस्किएँ।

गल्ली भित्रपट्टिका केही चिया पसल खुलेका थिए। हरेक पसलमा भीडभाड थियो। हरेक मानिससित आफ्नै तर्क थिए। स्वचालित हतियार आफैँ पड्किएको पत्याउने कोही थिएन। जेठको गर्मीमा सडकपेटीमा सुस्ताएर बसेकाहरू ज्ञानेन्द्रलाई नै दोषी देखिरहेका थिए। उनीहरू मधुरो आवाजमा भन्थे, "वीरेन्द्रका सप्पै परिवार मर्नुपर्ने ! उसको परिवारलाई चाहिँ केही नहुने ?" सडकतिर बरालिएका धेरैलाई आफू गरिब र शक्तिविहीन हुनुमा गर्व थियो। "पैसा र पावरले दाइभाइ पनि भन्दो रैनछ," उनीहरू भन्थे।

म कर्फ्यू गल्ली हुँदै *देशप्रेम साप्ताहिक*मा पुगेको थिएँ।

आइतबार प्रायः आगामी अङ्कबारे छलफल हुन्थ्यो। अघिल्लो अङ्कबारे आएका प्रतिक्रिया र कमीकमजोरीबारे टिपोट हुन्थ्यो। बिहान सवा १० बजे नै सबै आइसकेका हुन्थे। दैलोमै जुत्ता र सेन्डिल आपसमा खप्टिएका देखिन्थे। तर आज एकजोर सेता स्पोर्ट सू मात्र देखिन्थे। सम्पादकका होलान् ! केही समयअघि सुगरको मात्रा बढेपछि उनी हिँडेरै आउजाउ गर्थे। अलिकति ठूलो छाता नचाउँदै। मुन्तिरका नक्कली तीन ओटा दाँत जिब्रोले ठेल्दै/तान्दै, तान्दै/ठेल्दै। अलिकति दूरीबाट हेर्नेलाई उनले तीव्र गतिमा चलाएको मुख देख्दा भद्दा गाली गर्दै हिँडिरहे जस्तो पनि लाग्दो हो !

उनी सधैँ जस्तो टेबलमा झुकेर केही लेखिरहेका थिए। उनको मुडुलो टाउको मङ्गल ग्रह जस्तो देखिइरहेको थियो। गेरू रङको र ठाउँठाउँमा पोतो बसेको। पुर्खाको चिनो जसरी उनका नक्कली दाँत सिसाको गिलासभित्र हिस्स परेका थिए। सायद सम्पादकलाई कोही आउला जस्तो लागेको थिएन।

मैले ढोका मधुरो आवाजमा ढकढक्याएँ।

उनले पुलुक्क हेरे। हतारिएर दाँत समाएर पानी झट्कार्दै क्वाप्प मुखमा राखे। जिब्रोले दाँत मिलाउँदै असहज आवाजमा भने, "आज मिटिङ छैन।"

"खबर पाइनँ !" सँघारमै अल्झिएँ ।

उनले आँखाले बस्ने इसारा गर्दै भने, "तीनचार पटक फोन गरें । तेरो घरको फोन व्यस्त थ्यो ।"

प्वाल छोप्न नयाँ कभर राखिएको सोफामा बसें । मलाई आशा थियो, उनी दरबार हत्याकाण्डबारे केही नयाँ रहस्य बताउनेछन् । म सूर्यबहादुरलाई सुनाउनेछु ।

"टोप कता छ ?" उनले मुड्ुलो टाउको बेस्मारी कन्याए । र औंलामा लागेका चायाँ फुक्दै भने, "त्यो पनि चाइया बेला बिरालो झैं सुत्त हराउँछ ।" छटपटिँदै थपे, "आची पुर्दै ।"

"अस्तिदेखि मैले पनि भेटेको छैन ।"

"तैंले भेटिस् भने तु सम्पर्क गर्न भन्नू," उनले छटपटिएर टेलिफोनको रिसिभर समाएर कानमा टाँस्दै भने । र फेरि राखे । सायद उनी फोनको प्रतीक्षामा थिए । लाइन पो छ कि छैन भनेर जाँचेका होलान् । सम्पादक भर्खरै अफिस पसेर सुस्ताएका थिए । बिहान छाउनी पुगेका थिए । तर भित्र पस्न पाएनछन् । अघिल्लो दिन भने पशुपतिमै पुगेका थिए । धक्काधक्कीमा उभिएर राजपरिवारलाई बिदाइ गरेका थिए । उनका अनुसार रातको सवा दुई बजे उनले खबर पाएका थिए । खबर सुन्नेबित्तिकै उनलाई रिँगटा चलेको थियो । सम्हाल्नै नसक्ने गरी उनका गोडा लगलगी काँपेका थिए । त्यसपछि उनी निदाउन सकेका थिएनन् । त्यसैले उनका आँखा सुक्खा र राता देखिन्थे । आफन्त, रिपोर्टर र दरबारका शुभेच्छुकको फोनको बर्खे झरी गडगडाएर आएको थियो । उनी केही महत्त्वपूर्ण फोनको प्रतीक्षामा थिए । तर कसको भनेर खुलाएनन् । फोन कुर्दै उनी बनारसबाट निस्कने पत्रिकालाई दरबारबारे हिन्दी भाषामा लेख लेखिरहेका थिए ।

"अहिले जा तँ ।"

मैले उठ्दै सोधें, "मिटिङ कहिलेलाई सऱ्यो ?"

"म खबर गर्छु । दिन पैला जस्ता रहेनन् ।"

उनले डटपेनको बिट टेबलमा ठ्याकठ्याक पारे । भने, "धेरै नबरालिनू । राजै नभाको देश छ ।"

म दैलोनिर उभिइरहें । फ्याट्टै दरबारका बारेमा सोध्न पनि अप्ठ्यारो । बाहिर शान्त देखिए पनि सम्पादकको भित्री अशान्ति महसुस गरिसकेको थिएँ ।

"के भो ?" सम्पादकले मधुरो आवाजमा सोधे ।

"दीपेन्द्रले नै होला र ?" मैले सोधें, "उनी त असलै लाग्थे ।"

सम्पादकले निधार खुम्च्याए । टाउको मुडुलो भएकाले पनि होला, खुम्चिएको भाग समुद्रका लहर जस्ता देखिए । उनले डटपेन फ्यात्त टेबलमा फाले । बायाँ हातले चस्मा अलिकति उठाएर दायाँ हातले आँखा मिचे ।

"दरबार जति अग्ला पर्खालभित्र हुन्छ, त्योभन्दा अग्ला रहस्यका पर्खालले छेकिएको हुन्छ," उनले शब्दहरू छान्दै भने, "सबै कुरा बाहिर थाहा हुँदैन । ग्रहण नलागेको सूर्य कहाँ हुन्छ र !"

केही बुझिनँ । तर पनि मुन्टो हल्लाएँ ।

"टोपले केही भन्थ्यो तँसित ?"

सम्पादकबाट यो प्रश्नको आशा त गरेकै थिइनँ । एक सुरमा हिँडिरहेका बेला सर्पले स्वात्तै बाटो काटे जस्तो भयो ।

मैले हडबडिँदै सोधें, "केका बारेमा ?"

उनले केही क्षण मेरो अनुहार पढ्ने प्रयास गरे । भर्खरै पुछेको ब्ल्याकबोर्ड जस्तो देखे होलान् । उनले चस्माको फ्रेम मिलाउँदै भने, "केही होइन ।"

भऱ्याङ झर्दै गर्दा सोचें, सम्पादकले के भन्न खोजेका हुन् हत्याकाण्डका बारे ? बुझिनँ भन्ने आँट पनि आएन । सायद उनी भित्री कुरा मसित खोल्न चाहन्थेनन् । टोप भन्थ्यो, "ठूला मान्छे सूक्तिमा बोल्छन् । केही आइलाग्यो भने अर्थ अन्तै मोड्न सकियोस् भनेर ।" कहिलेसम्म लुकाउलान् र ! *देशप्रेम साप्ताहिक*को आगामी अङ्कमा समाचार त छाप्नैपर्छ, त्यसै बेला थाहा होला, उनका मनमा के चलिरहेछ ।

उनले टोपको कुरा पनि थाहा पाए जस्तो थियो । कसैले कान फुकिदियो कि ! उनी टोपलाई भेट्न चाहन्थे । टोप भने उनका अनुसार "बिरालोले झैं आची पुर्दै" भागिरहेको थियो ।

के पश्चिमको सूर्यमा पनि ग्रहण लाग्न थालेको हो ?

# हौवा

*पत्रिकाको सर्कुलेसन बढाउने सबैभन्दा*
*ठूलो मौका यही हो, माड्साप ।*

म सडकमा असरल्ल परेका ढुङ्गा र इँटाका टुक्रा टेक्दै वागबजार पुगेको थिएँ । भीडले प्रहार गरेका ढुङ्गा बेमौसमी असिनाले झारेका आँपका चिचिला जस्ता देखिन्थे । ठाउँठाउँमा पुलिस र प्रजाको भिडन्त भइरहेको थियो । प्रजा दीपेन्द्रलाई दोषी मान्न तयार थिएनन् । दीपेन्द्रको पोक्चे पोक्चे परेको गोलो अनुहार, चिम्सा आँखा र अलिकति होचो कदकाठी– आफ्नै परिवार सखाप पार्ने जस्तो उनीहरूलाई लाग्दै लागेको थिएन । पत्रपत्रिकामा दीपेन्द्रका बालखैदेखि लक्का जवान हुँदासम्मका तस्बिर देखेका थिए । उनले लेखेको कविता पढेका थिए । उनले बनाएको चित्र हेरेका थिए । स्कुले कार्यक्रममा नाचेको सुनेका थिए ।

दीपेन्द्र त आफ्नै बालख थिए ।

काला बुट, आर्मीको कम्ब्याट ज्याकेट र कालो पन्जामा स्वचालित बन्दुक बोकेर आफ्नै परिवार ताकी ताकी प्रहार गरेको कसैले पत्याएको थिएन । आक्रोशित भीडले आफ्नै कथा कल्पिएको थियो, कुनै समूहले सारा परिवार मारेपछि अन्त्यमा दीपेन्द्रलाई प्रहार गरेको थियो र सारा दोष उनमा थुपारेको थियो ।

"आफ्नै आँखाअगाडि आफ्नै परिवार भुटेको हेर्नु छ, अनि दोष आफैंले लिनु छ । जाँड्डो ! काँ हुन्छ यस्तो ?" पुतलीसडकको मोडैमा असिनपसिन एक जना कराइरहेका थिए । यस्तो लाग्थ्यो– सारा देश

कानेखुसी खेलिरहेको छ । एउटै कथा कानैकान कुदिरहेको छ । कतै शब्द फेरेर, कतै लय फेरेर, कतै भाषा फेरेर, कतै लबज फेरेर ।

सारा देश भनिरहेको थियो– तिम्रो कोही नभए पनि हामी छौं, दीपेन्द्र ! तिमी जिन्दगीसित लड ! हामी संसारसित लड्नेछौं । तिम्लाई दाग लाग्न दिनेछैनौं ।

तर सवा दुई बजेतिर दीपेन्द्रको कथामा दाग लागिसकेको थियो । उनी बितेको खबर हुरी जसरी फैलिएको थियो ।

यसै बेला म टोपको अफिसनिर पुगेको थिएँ ।

गल्ली अनौठो तरिकाले चिसो र अँध्यारो देखिएको थियो । ढुङ्गा र इँटाका टुक्रा यता पनि छरिएका थिए । कतै रेडियोमा दीपेन्द्रकै मृत्युको खबर बजिरहेको थियो ।

टोपको अफिस बन्द थियो ।

डोरमेटमा जमेको धूलोले लाग्थ्यो, लामो समयदेखि अफिस बन्दै थियो । तर दैलोमा कुनै सूचना टाँसिएको थिएन ।

म हुर्रिंदै तल झरें ।

अलिकति अगाडि पुगेपछि दायाँतिर मोडिएँ । शैलेन्द्रको पसलको सटर पनि बन्द थियो । सटरका उतारचढावमै 'सप्तगुनी औषधि पसल' लेखिएको थियो । चिया दोकान खुल्नुअघि औषधि पसल थियो होला । होहल्लाले भरिएको मूलसडकको अलिकति भित्र एक टुक्रा वागबजारमा यति धेरै सन्नाटाले भरिएको कसले पत्याउनु । मलाई आस थियो, शैलेन्द्रसित टोपको खबर होला ।

मसित केवल टोपलाई भेट्ने योजना थियो । भेटिसकेपछि त उसैले अरू योजना बनाउँथ्यो होला । ऊ नै नभेटिएपछि म ठिङ्ङ उभिइरहें । कता पो होला टोप ?

सारा सहर बर्खाको बादल जस्तो थियो । कतै धुम्म, कतै उज्यालो । कतै बन्द, कतै खुला । टोप धुम्मतिर छ कि उज्यालोतिर कुन्नि ! एकमन त लाग्यो, ठमेलतिर जाऊँ ! त्यता पनि पुलिसको गस्ती बढेको थियो । प्रायः क्याफे बन्द नै थिए । दीपेन्द्रको मृत्युको

खबरले भुतभुतिएको आगो फेरि ह्वार्र बल्नेवाला थियो । सरकारसित दुई चीज थिए, टियरग्यास र कर्फ्यू । साँझमा पन्छी मानिस बनेर घर फर्किन्छ भने कर्फ्यूमा मानिस पन्छी बनेर गुँडमा ।

म गुँडमा फर्किंदा देशले नयाँ राजा पाइसकेको थियो ।

घरबेटी बाका अनुसार मुडुलो टाउकोमा ज्ञानेन्द्रले श्रीपेच लगाइसकेका थिए । मेरो आँखाभरि दीपेन्द्रको अनुहार आइरहेको थियो । उनी मात्र २४ घण्टाका राजा बने । त्यो पनि कोमामा हुँदा । थाहै नपाई । जिन्दगीको सबैभन्दा दुःखद क्षण यही त होला, आफू हुनु तर दन्त्यकथा भएर बाँच्नु !

अबेरसम्म सबैभन्दा छोटो समयका राजाका बारेमा सोचेर मैले आफ्नैबारे सोच्न थालेको थिएँ ।

देश शोकमा हुँदैनथ्यो भने म समीरालाई देख्थें ।

शुक्रबार ठमेलबाट फर्किंदा मलाई लागेको थियो, अब केहीले रोक्न सक्दैन । म उसलाई देख्नेछु । ऊ हुनुको प्रमाण भेट्नेछु । मलाई थाहा थियो, उसलाई देख्दा म यत्तिकै लल्याकलुलुक हुनेछु । सोझो नजरले हेर्न पनि सक्नेछैन । मनभरि कर्के नजरले हेर्नेछु, आफ्नै नाकको डाँडी नै तिरमिर तिरमिर देखिने गरी ।

आइतबार ठमेल पुगेको थिएँ । तर कली क्याफे बन्द थियो । दैलोछेउको ढिस्कोमाथि राजपरिवारको तस्बिर थियो, बुट्टेदार फ्रेमवाला । तस्बिरअघि राखिएको दियोको तेल सकिएर बाती कालो हुँदै अरट्ठिएको थियो । त्यही छेउमा नाङ्गो साबुनमा गाढिएका अगरबत्तीको धूलो फुर्रफर्र गर्दै बतासमा उडिरहेको थियो ।

म देश जस्तै बिरही बनेर फर्किएको थिएँ ।

फेरि अर्को मौका आउला कि नआउला समीरालाई देख्ने ?

मैले अस्ति र हिजो राति समीराको फोन कुरेको थिएँ । तर उसको फोन बजेन । भित्रभित्रै फोन ट्याप भइरहेको हल्ला पनि थियो, त्यसैले पो हो कि ?

बाहिर निस्किसाध्य थिएन । भित्र बसिसाध्य पनि थिएन ।

सिरानीलाई भित्तामा अडेस लगाएँ । द *गुड अर्थ* समाएर ढेस्सिएँ । तीन घण्टा अनवरत पढें । बीचमा दुई पटक ट्वाइलेट गएँ । तीन खिल्ली चुरोट सकें । पढ्दापढ्दै गर्धन अरड्डिन थालेको थियो । चुरोट सल्काउनै थालेको थिएँ, कसैले दैलो ढकढक्यायो । दैलोमा घरबेटी बा उभिएका थिए । सायद उनी सुतिरहेका थिए, निद्रा आँखाभरि थियो । र अनुहार भुक्क फुलेको थियो । प्रतापको फोन आएपछि उनको दिनचर्या बदलिएको थियो । उनी रातमा जाग्थे, दिनमा सुत्थे । समय मिलाउन त होला, घाम र जूनको सम्बन्ध फेरि जोडिएको जो थियो । "तेरो फोन आको थियो । तुरून्तै अफिस बोलाका छन् ।" यति भनेर उनी भऱ्याङतिर गइहाले । कसले गरेको थियो, सोध्नै पाइनँ ।

अफिसबाट भनेपछि पक्कै सम्पादककै फोन होला ।

साँझको सवा सात बजिसकेको थियो । सायद जरूरी नै परे होला । म सुनसान भइसकेका गल्ली छिचोल्दै *देशप्रेम साप्ताहिक* पुगें । दैलोमा केही जोर जुत्ता थिए । भित्रबाट मधुरो आवाज आइरहेको थियो । सबै सम्पादकको कोठामै थिए । दौरा-सुरूवाल लगाएका सम्पादकको कोट भने कुर्सीको पछाडि झुन्डिएको थियो । माथिल्लो तुना खुलेको दौराभित्रको जनैको डोरी देखिइरहेको थियो । उनी थकित देखिन्थे । डिजाइनर शैलेन्द्र सोफाको डिलमा घोसेमुन्टो लाएर बसेको थियो भने तीन रिपोटर्र र एक डिस्ट्रिब्युटर सोफामा अटेसमटेस भई बसेका थिए ।

म भित्र पसेपछि उनीहरूको कुराकानीको रफ्तार रोकियो । सबैले मतिर हेरे, मैले सम्पादकलाई नमस्ते गरें । उनले बस्न इसारा गरे । बस्नलाई ठाउँ थिएन । त्यसैले दायाँ कुनातिर उभिएँ । बाटोको दगुराइ र भऱ्याङको उक्लाइले छाती बेस्मारी बजिरहेको थियो । फोक्सो भित्रभित्रै कीरा जन्मिए झैं मधुरो च्याच्या पनि आइरहेको थियो ।

"छानबिन आयोगको रिपोर्ट नआई हामी कुनै निर्क्योलमा नपुगौं," सम्पादकले भने, "प्रधानमन्त्रीले भने जस्तो यो ग्रान्ड डिजाइन संवेदनशील छ ।"

"तर माड्साप ! अरू पत्रिकाले त धमाधम छापेकै छन्," एक रिपोर्टरले भने, "हाम्रा पाठकले पनि खोज्छन् ।"

"पत्रकार हौवाका पछि लाग्नुहुँदैन," सम्पादकले पेपरबेट अँठ्याउँदै भने, "अहिलेका हाम्रा समाचार पछि इतिहास हुन्छन् । चाँडो हौवा छाप्नुभन्दा अलिकति ढिला तथ्य छाप्नु बेस । ढिला होस्, पाठकलाई न्याय होस् ।"

डिस्ट्रिब्युटर बेलाबेला बोल्न खोज्थे, कसै न कसैले उछिनिहाल्थ्यो । यसपालि भने उनी अरूले पालो मिच्न नपाओस् भनेर जुरूक्कै उठे । "पत्रिकाको सर्कुलेसन बढाउने सबैभन्दा ठूलो मौका यही हो, माड्साप ।"

सम्पादकले पेपरबेट फ्यात्त फाल्दै भने, "गिट्टी र सुनको फरक यही हो । मेरो कुरा स्पष्ट छ, सर्कुलेसन बढाउने बहानामा म हौवा छाप्दिनँ ।"

एकछिन मौनता छायो । मलाई लाग्यो, सबैका आँखा टेबलको पेपरबेटमै अडिए । मैले रिपोर्टर र डिस्ट्रिब्युटरको असन्तुष्टि देखिसकेको थिएँ । सम्पादक र उनीहरूबीचको मौनतामा पुल केवल टोप बन्न सक्थ्यो ।

"म पनि मेरा स्रोतको सम्पर्कमै छु । तथ्य चाँडै बाहिर आउँछ" भन्दै सम्पादकले मिटिङ सकिएको जानकारी दिए । भने, "हामी पाना थप्न पनि सक्दैनौं । यसपालि श्रद्धाञ्जलिले सबै पाना ओगट्छन् ।"

सबै जऱ्याकजुरूक्क उठेर गए । अर्को कोठाबाट शैलेन्द्रले माउस किटिककिटिक पारेको आवाज आउन थाल्यो । मैले पुलुक्क हेर्दा ऊ राजपरिवारको रङ्गीन फोटोबाट रङ मेट्दै थियो ।

म डिस्ट्रिब्युटरको पुट्ठाको तातोपन बाँकी रहेकै ठाउँमा बसें ।

"टोप फेला पऱ्यो ?" सम्पादकले सोधे ।

म वाल्ल परें । ए ऊ अझै सम्पादकको सम्पर्कमा आएको रहेनछ !

"आज दिउँसो टोपको अफिस गएको थिएँ । बन्द थियो," मैले अप्ठ्यारो मान्दै भनें, "मलाई त हजुरको सम्पर्कमा आए होलान् जस्तो लागेथ्यो ।"

सम्पादकको अनुहार गम्भीर भयो । उनले छटपटिँदै टेबलमा छरिएका कागज मिलाए । र बर्बराए, "आज पाँच दिन भो । अहिलेसम्म यतिका दिन सम्पर्कबाहिर गाथेन । घरतिर पो केही समस्या पऱ्यो कि ?" हप्प भए जस्तो लाग्यो कि उनले कुर्सीमै बटारिएर झ्यालतिर हात तन्काएर त्यसको पल्लालाई ह्वात्त बाहिर धकेले । थपे, "जे भए पनि खबर त गर्नुपर्ने हो ।"

झ्यालबाट बताससितै अनेक प्रश्न भित्र पसे ।

"अघि भर्खरै प्रकाशकसित कुरा भाको थ्यो," सम्पादकले मधुरो आवाजमा भने, "त्यो त्यता पनि गाको छैन ।" उनले फोनको रिसिभर उठाए सुने र फेरि राखे ।

"आफ्नै पछिपछि हिँडिरहेको मान्छेले घुच्चुकमै हान्ने हो कि भनेर डर मान्नुपर्ने बेला छ । यसरी हराउनु त नपर्ने ! त्यो कता बस्छ ?" उनले थपे ।

"कुलेश्वरतिर हो क्यारे । मपनि गाको छैन ।"

सम्पादकले एकछिन सोच्दै मुन्टो हल्लाए । टेबलको घर्रा तानेर एफो साइजका कागजको मुठो झिके । त्यसमा टेबलका अरू कागज पनि खापेर ठाडो बनाएर ढ्यापढ्याप पारे । भने, "यी सबै श्रद्धाञ्जलिका विज्ञापन हुन् । भाषा कतै नबिग्रियोस् ।"

म कुप्री परेरै टेबलतिर गएँ । कागजको ढड्डा समाएँ र कुप्री परेरै फर्किएँ ।

"भोलि दिउँसोसम्म सक्नू ।"

मैले तिघ्रामाथिको ढड्डा थपथपाउँदै मुन्टो हल्लाएँ ।

सम्पादकले कागजको चिर्कटोमा खररर केही लेखेर मलाई दिँदै भने, "यो मेरो घरको नम्बर हो । टोपको केही खबर थाहा हुनेबित्तिकै फोन गर्नू ।"

सम्पादक सकेसम्म घरको नम्बर दिँदैनथे । चिर्कटोलाई गोजीमा राख्दा मलाई ठूलै जिम्वेवारी आएको महसुस भयो ।

अँध्यारो र सुनसान कर्फ्यू गल्ली हुँदै फर्किंदा म टोपकै बारेमा सोचिरहेको थिएँ । मेरा लागि त टोप पहिला पनि साता दिन हराएको थियो । तर सम्पादकको छटपटीले भने मन चिसो चिसो हुँदै आएको थियो । अन्तिम पटक उसलाई मैले *देशप्रेम साप्ताहिक*कै अफिसमा भेटेको थिएँ । अफिसमा ऊ मसित धेरै कुरा गर्दैनथ्यो । त्यही दिन उसले चिया वा कोक पिउन पनि बोलाएन । अलिकति एकान्तमा भेटेको भए सायद ऊ आफ्ना समस्या वा योजनाबारे भन्थ्यो होला ।

कोठामा पुग्दासम्म भने म अर्कै निर्क्योलमा पुगेको थिएँ । सायद टोप अलि ठूलै खेल खेल्न खोजिरहेको होला । ऊ यत्तिकै हराएर, थन्किएर र बिरक्तिएर बस्ने मानिस थिएन ।

कोठाभित्र पसिसकेपछि मेरो आशा झन् बलियो भयो । ऊ कुनै पनि क्षण सहरका कुनै पनि कुनाबाट नयाँ समाचार बोकेर फुत्त निस्कनेछ ।

*देशप्रेम साप्ताहिक*लाई पाठकले कुरेरै पनि बस्थेनन् । न त पत्रिकासित कुनै दूरदृष्टि थियो । त्यसैले न त बस्न मन भएको, न कतै पुग्न मन भएको बटुवा जसरी *देशप्रेम साप्ताहिक* मङ्गलबारको मध्यदिनमा निस्किएको थियो । पहिलो पृष्ठभरि राजपरिवारको श्यामश्वेत तस्बिर छापेर । तालुमा ठुल्ठूला अक्षरमा लेखनाथ पौड्यालको पङ्क्ति राखिएको थियो, जुन सम्पादकले सुझाएका थिए, *आयो, टप्प टिप्यो, लग्यो, मिति पुग्यो टारेर टर्दैन त्यो* । मेरो विचारमा विशेष सम्पादकीय असाध्यै ढिलो आएको थियो । चार कोलम राजपरिवारको योगदानबारे लेखिएको थियो भने दुई कोलम नयाँ राजामा शुभकामना अर्पण गरिएको थियो । लाग्यो, सम्पादकले अनेकौं सम्पादकीय लेखेर, पढेर, घर्रामा हालेर, अन्त्यमा हतारैमा झारा टार्ने किसिमको यो सम्पादकीय लेखेका हुन् । सम्पादकीय दोस्रो पृष्ठमा छापिएको थियो । त्यही पृष्ठमा राजपरिवारका सदस्यको दाहसंस्कार कुनकुन समयमा गरियो भन्ने

समाचार पनि थियो । जानकारी जस्तो समाचारमा रिपोर्टरले आफ्नो नाम राख्न नचाहेकाले देसा संवाददाता राखिएको थियो । टोप जसरी उसको 'गल्ली/गल्छेडा' पनि हराएको थियो । उसको स्तम्भको ठाउँमा भ्याली टप मःम र चुरीमाई मिनरल वाटरले पठाएका श्रद्धाञ्जलिले भरिएको थियो । शोकमा चम्किला रङ प्रयोग गर्नुहुँदैन भनेर मास्टहेडबाहेक सम्पूर्ण पत्रिका पुरानै कालो स्वरूपमा फर्किएको थियो । टोपले नल्याएर हो वा सम्पादकले हटाएका हुन्– *देशप्रेम साप्ताहिक*को इतिहासमा पहिलो पटक राशिफल हराएको थियो ।

मध्यदिनमा हतारिएर आएका डिस्ट्रिब्युटरले फटाफट पत्रिका पल्टाएर हेरेपछि खुइय्य सुस्केरा हाल्दै भनेका थिए, "यस्तो पत्रिका त पसलमा झुन्ड्याउन पनि मान्दैनन् ।"

म पत्रिकाका प्रायः अङ्क कोठामा लैजान्थें । तर यो अङ्क त्यत्तिकै अफिसमा छाडेर वागबजारतिर निस्किएँ । देशले नयाँ राजा पाएको थियो । छानबिन समिति गठन गरिएको थियो । त्यसैले सहर अलिकति शान्त थियो । पसल खुलेका थिए ।

म स्याँस्याँ गर्दै टोपको अफिसमा उक्लिँदा डोरमेटमा दुब्लो बिरालो देखियो । ऊ आफ्नो पुच्छर फ्याट्टफ्याट्ट भुइँमा उचाल्दै, पछार्दै खेलिरहेको थियो । मलाई देखेर सुत्त भाग्यो ।

म झरें ।

शैलेन्द्रको चिया पसल खुला थियो । केही मानिस बाहिरपट्टि उभिएर चिया पिउँदै उही हत्याकाण्डबारे छलफल गरिरहेका थिए । म पसलको भित्तामा टाँसिएको बेन्चमा बसें । शैलेन्द्र एकोहोरिएर भकभकी उम्लिएको चिया डाडुले चलाउँदै थियो । सुकमेलको मीठो बास्ना पसलभरि फैलिइरहेको थियो । पसलमा गिलास र प्लेट थपिएका थिए । मःमको भाँडोको आकार पनि बढेको थियो । एक जना मानिस भित्तातिर फर्केर मःम डल्ला पार्दै थियो । घुच्चुकतिरको ठुटे कपालभित्र सुन्तलाको केस्रा जस्तो दाग थियो । सायद, शैलेन्द्रको पार्टनर होला ।

मलाई देखेर शैलेन्द्रले मुस्कुराउने कोसिस गर्‍यो । तर भएन । उसको अनुहारमा उदासी थियो । मलाई कोक दिँदै उसले केही सोध्न खोज्यो । तर पसलका ग्राहक देखेर चुप लाग्यो । फेरि यताउता हेर्‍यो र मेरो कानमै मुख ल्याएर मधुरो आवाजमा सोध्यो, "टोप दाइलाई कस्तो छ ?"

"म उहाँलाई खोज्दै आएको," मैले अकमकिँदै भनें, "मैले नभेटेको हप्ता दिन भइसक्यो ।"

शैलेन्द्रले स्वात्त जिब्रो निकाल्यो र टोक्यो । भन्यो, "म त हजुर जानुभएको होला भन्ठान्थें । म त जानै मिल्दैन ।"

मैले चिटचिट निस्किएको पसिना पुछ्दै सोधें, "कहाँ जाने ?"

"ए, हजुरलाई केही थाहै रहेनछ," ऊ निराश भयो ।

"भएको के हो ?"

"उहाँलाई त पुलिसले लगेका हुन्, आठ दिनअघि," उसले ओठ चुच्याउँदै अगाडिको मूल सडकतिर देखाउँदै भन्यो, "भ्यान त्यहीँनिर रोकेको थ्यो ।"

# हिरासत

*यता त आफैंलाई भेट्न आए जस्तो भाछ ।*

गेटनिरै पुलिस भुइँतिर घोरिएर उभिएको थियो । उसको एकाग्रता देख्दा लाग्थ्यो, मानौं, त्यो भुइँमा पातालसम्म चियाउन मिल्ने दुलो थियो । उसको अगाडि मोटा मोटा रजिस्टर थिए । चौकीमा अनौठो सन्नाटा थियो । कताकता वाकीटाकी बजिरहेको थियो, झिरझिराउँदो आवाजमा ।

म उसका अगाडि उभिँदा त्यत्तिकै गलेको थिएँ । पहिलो पटक पुलिस स्टेसन आएको थिएँ, त्यसैले पो हो कि ! अलिकति माथिको ढिस्कोको बङ्करबाट चुस्स निस्किएको नाल आफैंतिर ताके जस्तो पनि लाग्यो ।

मैले टोपको नाम लिएँ ।

"ए ! पत्रकार ?" रजिस्टर खोल्दै पुलिस हाँस्यो, "मान्छे चाहिँ अचम्मै रमाइलो ! हिरासतमा आ हो कि, जात्रामा आ हो !"

पुलिसको अनुहार हँसिलो थियो । म बेघर भएका बेला खानतलासी गर्नेको जस्तो कठोर थिएन । एकछिन हेरिरहँदा थाहा पाएँ, गालामा हड्डी अलिकति माथि उठेका थिए । त्यसैले पनि मुस्कुराइरहे जस्तो देखिदो रहेछ ।

मैले पत्रिकाको कार्ड दिएँ । उसले पढ्यो । छेउको बक्सामा राख्यो । र रजिस्टारको बीचबाट निस्किएको डटपेनको टुप्पोमा झट्का दियो । रजिस्टर बीचबाट खुल्यो । त्यहाँ किरिङमिरिङ नाम थिए ।

डटपेन बाँधिएको डोरी बीचबीचमा गाँठा परेर छोटो भइसकेको थियो । मैले अलिकति बाङ्गो पारेर आफ्नो नाम, ठेगाना, टोपको नाम, समय, फोन नम्बर लेखें । हस्ताक्षर गर्ने घेराभित्र डटपेनको टुप्पोले छोला छोला जस्तो गऱ्यो । अलिकति जोड दिंदा पन्ना बीचबाट उँटको ढाड जसरी माथि उक्सियो ।

"पन्ध्र मिनेटमा फर्कनू," अलि अगाडिबाट दायाँतिर मोडिएको बाटोतिर देखाउँदै उसले भन्यो । त्यता दुईतले पक्की घर थियो । दैलोनिर उभिएको पुलिसले भन्यो, "अगाडि जाने ! भऱ्याङ आउँछ, त्यहाँबाट तल । अनि सोझै अगाडि ।"

म मुन्टो हल्लाउँदै अलिकति अगाडि गएँ । दायाँतिर भऱ्याङको ढ्वाङ देखापऱ्यो । मुन्तिरबाट बासी पिसाबको गन्ध आइरहेको थियो । बाहिरको तिखो उज्यालोबाट ह्वात्तै तल झर्दा अँध्यारो भयो । भऱ्याङको रेलिङ समाउँदै तल झरेपछि ओस्सिएको करिडोर आयो । मधुरा ट्युबलाइट बलिरहेका थिए । कतिका दुईतिरैका टुप्पा गुलाबी भइसकेका थिए । कीरा ठोकिँदा मधुरो आवाज आउँथ्यो, गिलासमा बिस्तारै चम्चा ठोकिए जस्तो । भित्ता र भुइँको कापमा पानीको लर्को जमेको थियो । भित्तामा टाँसिएको लेउ बेर्नाका टुप्पा जसरी माथितिर उक्लिँदै थियो ।

मैले पहिलो पटक हिरासत देखेको थिएँ । तर फिल्ममा देखाए जस्ता कोठा उज्याला थिएनन् । डन्डी खियादार थिए । म हरेक डन्डीबाट चियाउँदै अघि बढें । अँध्यारो कोठामा मौन बसेकाहरू मलाई पुलुक्क पुलुक्क हेर्थे । कतिले भने अप्ठ्यारो मान्दै भित्तातिर अनुहार फर्काउँथे । करिडोरको पुछारमा एउटा टुलमा काखमा बन्दुक राखेर पुलिस बसेको थियो । झट्ट हेर्दा रूद्राक्षका दाना गनिरहेको जोगी जस्तो ।

"घाम पश्चिमबाट उदाउँछ !"

टोप डन्डी समाएर उभिएको थियो । दुई डन्डीबीचबाट उसको नाक अलिकति बाहिर निस्किएको थियो । म नजिक गएँ । उसको

अनुहारमा थकान थियो । आँखाका चमक पनि फिक्का । उसले इन्डीभित्रबाट हत्केला बाहिर निकालेर मेरो हत्केला कऱ्याप्प पाऱ्यो । पुलिसले आँखा तरेपछि उसले आफ्नो हात भित्र तान्यो र हत्केलामा लागेको मेरो पसिना कोटको पाखुरामा पुछ्यो ।

"सिरीजी ! तपाईं मान्छे चैं हो क्या," उसले तालुतिर सरेको टोपी मिलायो र टुप्पोलाई दुवै हत्केलाले धार दिँदै भन्यो, "कसरी पत्ता लगाएको, म यहाँ छु भनेर ?"

शैलेन्द्रको चिया पसलबाट फर्केपछि मैले सम्पादकलाई फोन गरेको थिएँ । उनले आत्तिँदै जेल पर्नुको कारण सोधेका थिए । मलाई थाहा थिएन । उनले नै "अचेल आतङ्ककारीसित अनुहार मिल्दा दुःख पाइन्छ" भनेका थिए । उनका विचारमा टोप जेल नै पर्ने अपराध गर्ने मान्छे नै थिएन । भनेका थिए, "अलिकति बढ्ता बोल्छ बेला बेला ।" उनैले दुई दिनपछि मलाई फोन गर्दै भनेका थिए, "अनामनगर चौकीमा छ रे । तँ गएर बुझ् त के भाको ? कुरा गम्भीरै रहेछ भने म पनि जाउँला पछि ।"

टोपले अनुहार अमिलो बनाएर भन्यो, "माया चैं गर्छन् है, बड्डाले !"

कोठामा अरू तीन जना पनि थिए । २६/२७ वर्षका । जिन्स र टिसर्ट लगाएका उनीहरू टुसुक्क बसेर हामीलाई हेरिरहेका थिए ।

"बाहिर देशको स्थिति कस्तो छ ?" टोपले सोध्यो, "कसले रैछ ?"

मैले वर्णन गरिदिएँ, जो देखेको थिएँ, जो सुनेको थिएँ । अस्ति भर्खरै घाइतेमध्येका एकले "दीपेन्द्रले नै हो !" भनेर पत्रकार सम्मेलन गरेर भनेको पनि सुनाइदिएँ ।

"काँ हुन्छ ?" भित्रको एउटा केटो बुरूक्क उफ्रियो । उसको आक्रोश देख्दा लाग्थ्यो, ऊ जेलभित्रै भएर सब गडबड भइरहेको छ । ऊ बाहिर भएको भए कथा अर्कै हुन्थ्यो ।

"हुन्छ भाइ !" टोपले शान्त हुने इसारा गर्दै भन्यो, "जे पनि हुन सक्छ । देउताले त छल गर्छन्, मान्छेको के कुरा ? वर्ष दिनअघिको कुरो हो । सम्पत्ति आफ्नोमा नामसारी गरिदिएन भनेर एउटोले आफ्नै आमालाई बोरामा पोको पारेर फालेको थियो । मर्निङ वाकमा हिँड्नेले बोरो चलमलाएको देखेर पुलिस बोलाएछन् । बोराभित्र बूढी जिम्दै । हाम्रै पत्रिकामा सम्चार छापेको थियो । जे नि हुन्छ, भाइ ।"

एकछिन सन्नाटा छायो ।

"अनि तपाईंको चाहिँ भाको के हो, टोपजी ?" मैले सोधें ।

"छ्याकेको करामत !" टोपले पिसाबको चर्को गन्ध आइरहेको कुनातिर प्याच्च थुक्दै भन्यो, "सबै त्यसको खेल हो । किताब क्या किताब ।"

मलाई सिरिङ्ङ भयो । लहरो तान्यो भने त म पनि पहरोबाट पछारिन्छु !

त्यस दिन पाटनबाट चार ओटा ट्याक्सी लस्कर लागेर आएका थिए– टोपका अन्तिम लट किताब बोकेर । सबै स्याउको चित्र बनेको कार्टुनका बाक्सामा खाँदिएका थिए । तीन जना कामदार र ऊ आफैं कार्टुनलाई ट्याक्सीबाट अफिससम्म दगुराइरहेका थिए । सकेसम्म चाँडो कार्टुन अफिसमा भित्र्याउनुपर्ने जो थियो । छेउछाउका पसलेले ठट्टा पनि गरेका थे, "के हो, पत्रकारजी ! अब स्याउको बिजनेस पनि थाल्नुभो ?"

अट्ठाइस ओटा कार्टुन अफिसमा पुऱ्याउँदा उनीहरू थाकेर लोत भएका थिए । कामदार स्याँस्याँ गर्दै खाजा खान गएका थिए । टोप भने कुर्सीमै ढेस्सिएर सुस्ताइरहेको थियो । भित्ता अडेस लागेर चाङ लागेका कार्टुनतिर हेर्दै । भोलिबाट सबै किताब भूगोल पार्क हुँदै काठमाडौंका कुनाकुनामा पुग्नेवाला थिए । र पाठकले दैनिक पत्रिकाभित्र खापेर, कोटको भित्री जेब हुलेर वा पाइन्टको पछिल्लो जेबमा कोचेर घर भित्र्याउनेवाला थिए । कतिले भने रत्नपार्कतिर सडकमै असरल्ल छरेर बेच्न राखिएका किताब, त्यही छेउमा टुसुक्क बसेर पढ्नेवाला थिए,

बेलाबेला काउकुती लागेको पुड्डा यताउता नचाउँदै । नयाँ किताब आएपछि टोपको पुरानो रकम पनि उठ्नेवाला थियो । नयाँ किताबबाट पनि ६५ प्रतिशत रकम उठ्ने उसले हिसाब गरेको थियो । त्यति भए उसलाई पुग्थ्यो । अरू त डिस्ट्रिब्युटर र पसलेले यस्तो भन्नेछन्, "अझै गोदाममा बाँकी छन्, हेर्नुहुन्छ ?"

"ढाडे मुसोले हैरान पार्‍यो ! सबै किताब धूलैधूलो । बिरालो होइन, कुकुर नै लगाउनुपर्ला जस्तो छ ।"

एकछिनको आरामपछि टोपले प्रेसबाट ल्याएको कागजको मुठोमा 'गल्ली/गल्छेडा' लेख्न सुरू गरेको थियो । प्रेसमा पत्रिका काट्दा बचेका लामालामा चार ओटा टुक्रामा उसको स्तम्भ पूरा हुन्थ्यो । लेखको शीर्षक थियो– ॐ ! एक अक्षरको शीर्षक फुर्दा ऊ मक्ख परेको थियो । र लेखको अन्तिममा अस्तु लेख्ने सोचिसकेको थियो । उसले यो लेख माओवादीले स्कुलमा जलाएका संस्कृतका किताब र रूखमा झुन्ड्याएका शिक्षकबारे लेख्ने विचार गरेको थियो । उसले पहिलो अनुच्छेद के लेखेको थियो, टाइपिस्ट केटोले हुन्डरी झैं पसेर ब्याग समाउँदै भनेको थियो, "दाइ ! पुलिस ।"

टोपले आत्तिएर हेर्दा केटो छातीमा ब्याग च्यापेर दैलोबाहिर पुगिसकेको थियो ।

टोपले निबमा बिर्को लगाउनै सकेन । औंला हार्मोनियमका की झैं उफ्रिरहेका थिए । उसलाई झ्यालभित्र पसिरहेको घामको धार पनि पानीको लहर लहराइरहे जस्तो लागेको थियो ।

"माँ कसम, सिरीजी ! पाँच ओटा पुलिसका टाउका १० ओटा देखेको थिएँ ।"

दैलोमा रावण ठिङ्ङ उभिए जस्तो । तैपनि टोपले सकेसम्म आफूलाई सामान्य बनाउने कोसिस गर्दै सोधेको थियो, "केही काम पर्‍यो हजुर ?"

उनीहरू बोलेनन् । दुइटा पुलिस दैलोमा उभिए । एउटा टोपको छेउमा आयो । अरू दुईले भित्तामा चाङ लागेका कार्टुन छामछुम गर्न

थाले । एउटाले कार्टुन उचालेर भुइँमा राख्दै भन्यो, "स्याउ त गह्रुङ्गो छ । रस अलि बढ्तै छ जस्तो छ ।"

जब पुलिसले कार्टुनमा लागेको टेप च्यार्रच्यार्र उप्काउन थाल्यो, टोपलाई लाग्यो, ऊ टोपकै छातीको छाला उप्काइरहेको छ । उसले कार्टुन उल्टायो । भुइँमा किताबको थुप्रो । दैलोनिर उभिएको पुलिसले अलिकति गर्धन तन्काएर युवतीका नाङ्गा छातीतिर हेऱ्यो । उसलाई उखर्माउलो गर्मीमा हपहपी थपिए जस्तो भयो होला ।

अर्को पुलिसले भने कार्टुनका चाङतिर हेर्दै जिब्रो टोक्यो, "आम्मामा ! कति धेरै हो । यति धेरै पढ्छन् र भन्या ?"

टोपको अनुहार रातो भयो ।

"यो के हो ?" टोपको छेउमा उभिएकाले सोध्यो ।

टोपले थुक निल्न खोज्यो । तर रूद्रघण्टी खिया लागेको नट जसरी सरेन । उसले लाचार आँखाले पुलिसतिर हेऱ्यो ।

"यो सबै सिल हुन्छ," पुलिसले आँखा तऱ्यो, "ल हिँड् ।"

टोपले टेलिफोनको रिसिभर ट्याप्प समाएको थियो । पुलिसले स्वात्त तान्यो र ढ्याप्प राखिदियो । भन्यो, "अहिले होइन ।"

गल्लीतिर झरिसक्दा पुलिसले टोपको पाखुरा अँठ्याइसकेको थियो । त्यही बेला खाजा खाएर फर्किंदै गरेका कामदारसित टोपको जम्काभेट भएको थियो । उनीहरू पुलिसको बीचमा लतारिइरहेको उसलाई देखेर वाल्ल परेका थिए । र बटुवा जसरी सडकछेउको भित्तामा चप्किँदै अगाडि बढेका थिए ।

भ्यानमा बसिसकेपछि टोपले दिमाग फनफनी घुमाएको थियो । किताब आजै आउने, अनि आजै पुलिसले छापा मार्ने । यसका पछाडि पक्कै कोही छ । उसले पुलिसलाई सोधेको थियो । तर पुलिसले जबाफ दिएन ।

पर्सिपल्ट एउटा पुलिसले फुत्काएको थियो, कसैले फोन गरेको थियो भनेर । तर उसले फोन गर्नेको नाम भने दाँतैका चेपमा लुकाएर राख्यो । टोपलाई झिल्का उठेको थियो, त्यो पक्कै छ्याके हो । केही

महिनाअघि ऊ काठमाडौं फर्किएको खबर पनि टोपसित थियो । एकपल्ट ऊ भूगोलपार्कको बेन्चमा बसेर स्मारकतिर हेर्दै टोलाइरहेको थियो रे । अर्को पटक भने भूगोलपार्ककै गेटमा दायाँ गाला सडेर ब्रुसेटका लागि भीख मागिरहेको मानिससित कुरा गरिरहेको थियो रे । त्यो मानिसलाई मैले पनि कैयौं पटक देखेको थिएँ । उसको गाला सडेर झरिसकेको थियो । दायाँतिरका बङ्गारा पनि ह्वाङ्ङ देखिन्थे । अरू सड्दै गरेको भागमा सेता कीरा चलमलाइरहेका देखिन्थे । १० रूपियाँको नोट दिँदा उसको गालाबाट सिनोको जस्तो गन्ध आइरहेको थियो । छ्याकेले पक्कै बायाँ गालातिर बसेर कुरा गरे होला । टोप जेल परेकै भोलिपल्ट दरबार हत्याकाण्ड भएको थियो । र यसले टोपलाई फाइदा भएको थियो । 'अश्लील पुस्तकको जालो' शीर्षकमा पत्रिकामा समाचार छापिनबाट जोगिएको थियो, जसमा केही थान पुस्तकसहित उसको तस्बिर पनि हुन्थ्यो, कान मात्रै देखिने गरी घोसेमुन्टो लगाएको !

"अरू कोको आए, भेट्न ?" मैले सोधें ।

टोप मीठो मुस्कुरायो । "जानुकाजी, आउनुभएको थियो दुईपल्ट । पुलाउ ल्याउनुभएको थियो," उसले मुन्टो बटारेर केटाहरूलाई सोध्दै भन्यो, "मीठो थियो हैन त, भाइहरू ?"

उनीहरूले मुन्टो हल्लाए ।

"यस्तै छ, सिरीजी !" उसले दाँत देखाउँदै भन्यो । मानौं, म उसको घरमा पाहुना आएको छु र ऊ सबैभन्दा दरिद्र अवस्थामा छ ।

"म सम्पादकसित कुरा गर्छु," मैले भने, "उहाँले सहयोग गर्नुहुन्छ ।"

"पर्दैन, पर्दैन !" टोपले नाकको डाँडीको पसिना निचोरेर कोटको भित्रपट्टि पुछ्दै भन्यो, "म चाँडै निस्किन्छु, सिरीजी ! बड्डालाई दुःख नदिम् ।"

मलाई लाग्यो, टोप सम्पादकसित सहयोग लिन इच्छुक छैन । तर उनलाई भेट्दा टोपले इच्छा देखाएन पनि कहाँ भन्नु र ! मैले सोधें, "उहाँसित भोलि भेट हुन्छ, के भनुम् ?"

"छुटिसक्यो भन्दिनू न !" उसले हत्केला नचाउँदै भन्यो, "बड्डाले नै भनेका होइनन् र ! अनुहार मिल्नेले दुःख पाउँछन् भनेर । अनुहार मिलेको रैछ, पुलिसले क्षमा माग्दै छाडिदिएछन् भन्नुहोला ।"

"छुटेर पनि भेट्न आएन भन्नुहोला नि फेरि ।"

"ए, अँ !" उसले एकछिन सोच्यो । केटाहरूतिर हेर्‍यो र मधुरो आवाजमा भन्यो, "गाउँका तीन जना भाइहरूलाई म्यानपावरले अलपत्र पार्दै छ । म्यानपावरको मान्छेलाई मरणासन्न हुने गरी कुटेर जेल परेछन् । न्याय दिलाउन गाउँ गाको छ, भन्दिनुहोला ।"

मैले केटाहरूतिर हेरें । उनीहरू आपसमा हेर्दै ङिच्च हाँसिरहेका थिए । सम्पादक कुनै बालक थिएनन् । उनी टोपले अर्काको कथा चोरेर भनेको थाहा पाइहाल्थे । र म ढाडभरि अश्लील पुस्तक र काखीभरि झुटैझुटको पुलिन्दा च्यापेर हिँड्दा थाकिसकेको थिएँ । केही गरी सम्पादकले सत्य कुरा थाहा पाए मप्रति पनि उनको धारणा बदलिन्थ्यो ।

"कथा, अलि फिल्मी भए जस्तो छ, सिरीजी," टोप आफैं हाँस्यो र गाला मुसार्दै भन्यो, "आमा बिरामी भा छिन् भन्दिनुहोला । टन्टै साफ ।"

मैले मुन्टो हल्लाएँ ।

पुलिसले दिएको समय सकिइसकेको थियो । केही खाने कुरा लिएर आए पनि हुने रैछ । टोप जति मुस्कुराए पनि, जति नै उत्साही देखिए पनि ऊभित्रको गाढा उदासी देखिसकेको थिएँ ।

"हस् त, सिरीजी ! अब केही दिनमै यी डन्डी बाहिर भेटौंला," टोपले चोर औंला बटारेर डन्डीमा ट्वाक हान्दै भन्यो, "नआत्तिनुहोला । सबै कुरा योजनाअनुसार नै हुन्छ । बीचमा छ्याके पर्‍यो ।"

मैले हात मिलाएँ ।

"यता आएर पनि ठीकै भाछ । धेरै नै दगुरेको रैछु," उसले कुनातिरको थोत्रो खाट देखाउँदै भन्यो, "दिनदिनै त्यसैमा उत्तानो परेर ध्यान गर्छु । जिन्दगीमा धन्यवाद भन्नुपर्नेलाई भनिएनछ । आँखा

तर्नुपर्नेलाई तरिएनछ । अब निस्केर धन्यवाद पनि भन्ने, आँखा पनि तर्ने !" उसले दायाँ आँखा झिम्क्यायो । थप्यो, "यता त आफैंलाई भेट्न आए जस्तो भा छ ।"

मैले मुस्कुराउँदै भनें, "म फेरि आउँछु भेट्न ! केही चाहिन्छ भने लिएर आउँछु ।"

टोपले एक पटक प्रेमले मेरो अनुहार हे-यो । उदासीको झुसिल्किरोलाई मुस्कानको पुतली बनाएर अँध्यारो कोठाभरि उडायो । केही पुतली मधुरो बल्बतिर ठोकिन गए । उसले केटाहरूतिर हेर्दै भन्यो, "मलाई त केही चाइएको छैन । यी भाइहरू भने सधैं तात्तातो मःमको डल्ला सम्झेर मरिहत्ते गर्छन् ।"

"ल, म मःम लिएर आउँला ।"

अघि नै बुरूक्क उफ्रिएर कुनामा टुक्रुक्क बसेको केटोले जुरूक्क उठ्दै भन्यो, "मिल्छ भने पिरो अचार अलि धेरै ल ।"

म फर्किएँ ।

सम्पादकलाई त्यही सुनाइदिएँ, जे टोपले सुनाउनू भनेको थियो । उनी मुन्टो हल्लाएर भित्तातिर हेर्दै टोलाएका थिए । सायद उनी अरू पनि सोध्थे होलान् । तर आफ्नै तनावमा थिए । तीन जना रिपोर्टरले उनलाई असन्तुष्टिको पत्र बुझाएका थिए । उनीहरू तलब बढाइदिन आग्रह गरिरहेका थिए । नत्र सामूहिक राजीनामा । रोशनी र मबाहेक सबैले हस्ताक्षर गरेका थिए ।

अफिसबाट फर्किएपछि मेरा औंला बतासको झोक्काले छोएको माकुरो जालो जसरी फेरि काँप्न थालेका थिए । टोप कहिले जेलबाट निस्कनेवाला थियो, थाहै थिएन । उता उसको पुस्तकको बिजनेस ध्वस्त भइसकेको थियो । यता पत्रिका धरमराउन थालिसकेको थियो ।

र मैले बितेको अतीत फेरि सम्झिन थालेको थिएँ । लाग्न थालेको थियो, के यो सबै दुई दिनको रमझम थियो । भोक, शोक र तिर्खालाई बोकेर म यस्तो चुचुरोमा उक्लिएको थिएँ, जहाँबाट त्योभन्दा अग्लो र भयावह अर्को चुचुरो देखिएको थियो ।

म यस्तो खुट्किलामा थिएँ, माथिबाट चुचुरोले तालुमा टेकेर तल ठेलिरहेको थियो । ओरालोले दुवै गोडा समाएर तानिरहेको थियो । र म बतास समाएर अडिन खोजिरहेको थिएँ ।

टोप निस्कनैपर्थ्यो ।

सहरमा तनाव थपिएको थियो । दरबार हत्याकाण्ड छानबिन समितिले एक सय जनासित कुराकानी गरेर प्रस्तुत गरेको प्रतिवेदनसित जनता खुसी थिएनन् । सारा दोष दीपेन्द्रको थाप्लोमा राखेर हत्याकाण्डका दोषीलाई उम्काएको आरोप लगाइरहेका थिए । टेलिभिजनमा देखिएको दृश्यमा पत्रकारको भीड थियो, जहाँ दीपेन्द्रले लगाएको भनिएको कम्ब्याट ड्रेस तुर्लुङ्ङ झुन्ड्याएर देखाइएको थियो । ड्रेस भयावह नदेखियोस् भनेर त्यसको रगत पखालिएको थियो । गोली चलाउनुअघि उनले 'नाम नखुलेको कालो पदार्थ' खाएका थिए । चरेस जस्तो डल्लो । यो कुरा भने सूर्यबहादुरलाई पटक्कै चित्त बुझेको थिएन । उनले भनेका थिए, "भाइ हेर ! त्यो खाएपछि मान्छे दार्शनिक बन्छ, हत्यारा होइन ।" जनता भने रगत होइन, दोषी पखालिएको तर्क गरिरहेका थिए । त्यति ठूलो हत्याकाण्डको प्रतिवेदन हास्यास्पद तरिकाले गरिएको थियो । मानौं, कुनै सर्कस होस् ।

यस्तो लाग्थ्यो, युद्धको सुरूवाती पहिलो गोली नै फ्यास्स धूवाँ निकालेर फुस्स भएको थियो ।

दरबारले नै न्याय पाएन भने जनताको हालत के होला ? गल्ली, चिया पसल र घरको बैठक कोठातिर जनताहरू त्रस्त भएका थिए । त्रास र असन्तुष्टिको चर्को घामका बीचमा म चौकी पुगेको थिएँ ।

जेठ ३२ गते । पोलिथिन ब्यागमा पोको पारेका मःमको बास्ना बोकेर । संयोगले गेटमा उही पुलिस थियो । उसका अगाडि केही मानिस उभिएका थिए । कसैलाई भेट्न आएका होलान् । उनीहरू गएपछि मैले टोपको नाम लिएँ ।

पुलिसले मलाई गहिरिएर हेऱ्यो । भन्यो, "पत्रकारजी त छुटिसके ।"

ए, छुटी पो सकेछ !

"उहाँसँगै बस्ने तीन जना केटा चाहिँ ?" मैले सोधें ।

"उनीहरू छन् ।"

मैले प्लास्टिकका पोका देखाउँदै भनें, "मःम हो । पुऱ्याइदिन सक्नुहुन्छ ?"

"मःम नै हो ?"

उसले पोका खोलेर हेरेको थियो । विशुद्ध खानेकुरा हो, यसमा विषसिष केही मिसावट छैन भनेर देखाउन मैले एउटा डल्लो खाएको थिएँ । त्यसपछि दाँतका चेपमा अल्झिएको मैदाको टुक्रो बोकेरै वागबजार पुगेको थिएँ ।

टोपको अफिस बन्द नै थियो ।

शैलेन्द्रको चिया पसलमा पुग्दा पसिनाले ढाड लुछप्प रूझेको थियो । जुत्ता बाफिइसकेको थियो । कोकको क्यारेटमाथि अखबार ओछ्याएर बस्न मिल्ने बनाइएको थियो । त्यहीँ बसें । हप्प गर्मीमा कत्रक्क सुकेका ओठ जिब्रोले मलिलो बनाउँदै त्यो बेला सम्झिएँ, जुन बेला चर्को गर्मीमा आफ्नै एउटा आन्द्राले अर्को आन्द्रा निलिरहे जस्तो लागेको थियो । मलाई लाग्यो, परै छुट्यो भनेको अतीत फेरि दगुर्दै आइरहेको थियो ।

चनाखो हुँदै शैलेन्द्र मेरो छेउमा आयो । मैले सोधें, "टोपजी आउनुभएको थियो ?"

उसले आश्चर्य मान्दै मेरो अनुहारमा यसरी हेऱ्यो, मानौं, मेरो मुखभित्र सिङ्गै पृथ्वी फनफनी घुमिरहेको होस् । भन्यो, "मैले अस्तिनै हजुरलाई भनेको होइन र ? उहाँ कहाँ हुनुहुन्छ भनेर !"

"मैले भेटेको थिएँ," मैले लामो सास तान्दै भनें, "तर उहाँ दुई दिनअघि छुटिसक्नुभएछ ।"

ऊ पसलभन्दा अलिकति बाहिर आयो । जिराफ झैं गर्धन तन्काएर टोपको अफिसको झ्यालतिर हेर्न खोज्यो ।

"बन्द छ । म भर्खरै गएर आको ।"

"ए ! त्यसो भए त यता आउनुपर्ने । मेरो पनि जरूरी काम थियो," उसले कम्मरमा हात राखेर मसिनो छटपटी देखायो, "उहाँलाई पीर पो परेको छ कि ?"

"त्यसो होइन होला । मैले भेट्दा त्यस्तो लागेको थिएन," मैले टोपकै शब्द सापटी लिएर भनिदिएँ, "आमालाई सन्चो छैन भन्नुहुँदै थियो । त्यतै पो व्यस्त हुनुभयो कि !"

उसले न्याल्ल परेको भुइँमा खसेर खैरा टाटा बनाइरहेका चुरोटका ठुटालाई जुत्ताको चुच्चाले ठेल्दै नालीमा खसाल्यो । भन्यो, "होला, उहाँले जति आमालाई माया त अरू कसैले पनि गर्दैन ।"

साँच्चै, ऊ आमाकै तिर पो गयो कि ! थकित बाच्छो गोठमा फर्किए जसरी !

# मिटिङ

*मलाई न मीठो गरी लेख्न आउँछ, न बोल्न ।*
*त्यसैले प्रकाशक भएँ ।*

"भाइ, जेहोस्, ठूलो मान्छे भाछ हौ" भन्दै सूर्यबहादुरले आफ्ना ठुटे कपाल सुमसुम्याए । पक्कै ठुटाले उनका हत्केलामा काउकुती लागे होला । थपे, "भेट्न पनि बिन्तीपत्र चढाउनुपर्ने जस्तो । कि देउता नै गुहार्नुपर्ने हो ?"

म दैलोमा ताला लगाउँदै थिएँ, उनले आफ्नो दैलोको चेपबाट चियाइरहेका रहेछन् । उनको अनुहार खस्किएको थियो । अनिद्राले हो कि, आँखाका डिल सुन्निएका थिए । हिजो समीरालाई रेडियोमा कुर्दै गर्दा मैले उनी कोठामा फर्किएको थाहा पाएको थिएँ । उनी चाँडै फर्किनु भनेको फेरि ट्याक्सीले धोका दिनु हो ।

उनी ज्यान तन्काउँदै बाहिर निस्किएँ । मैले उनका हड्डीका जोर्नीको प्याट्टपुट्ट पनि सुनें । गाढा सेतो सर्टभित्र पुटुक्क भुँडी निस्कन थालेको मलाई तलदेखि माथिसम्म हेर्दै उनले भने, "पहिला भाइ बाहिर निस्केको थाहा हुन्थेन । अचेल भित्र पसेको थाहा हुन्न । टाइम टाइमको बात ।"

"अफिसको कामले नि, दाइ ।"

उनले गोजीबाट सानो प्लास्टिकको पोको झिके । भित्रपट्टि पान थियो भने बाहिरपट्टि चुनाको लेप कत्रक्क सुकेको थियो । उनले पान मुखमा राखेर चुनाको लेपलाई टीका झैं औंलाबीच च्यापेर ओठको भित्रपट्टि ल्याप्प पोतें ।

"दाइ, अचेल पानतिर ?" म चाबी गोजीमा राख्दै हाँसें ।

"के गर्नु, भाइ । खैनी छाडौं भनेर पान सुरू गरेको," उनले पानलाई जिब्रोले दायाँ गालातिर ठेलेर असहज आवाजमा भने, "अचेल पान र खैनी बराबरै जान्छ । अनि भाइ, बिहानै हिंड्न लागेको ?"

"हजुर दाइ ! अफिसमा आज अर्जेन्ट मिटिङ छ ।"

"यस्तो अँधेरोमा कुनामा बसेर... जेहोस् भाइले देश हाक्यो हौ," उनले मेरो पिठ्युँमा धाप हान्दै भने । उनका हात पनि काँप्न थालेका रहेछन् । "एकपल्ट भाइसित मनभरिका कुरा गर्नु छ । बिन्तीपत्र चढाएँ है ।"

"भन्नुस् न दाइ, कहिले ?"

"ल ठीक छ ।"

उनी हुत्तिएर ट्वाइलेटतिर दगुरे । ओठमा राखेका दुई औंलाको बीचबाट रातो थुकको सिर्को फाले, कमोडमा । र फर्के । भने, "जाँड्डो ! तनावले मुटु काँचो पिलो झैं टनटनी दुख्ने हौ ।"

"दुई भाइ मिलेर निचर्नपर्छ, दाइ !"

यति भनेर म भऱ्याङतिर दगुरें । मैले उनलाई ढाँटेको थिइनँ, अफिसमा अर्जेन्ट मिटिङ नै थियो । मिटिङमा केके हुनेवाला थियो, त्यो त थाहा थिएन । रिपोर्टरहरूको खासखुसमा चाहिँ केहीको पदमा फेरबदल र केहीको तलबमा वृद्धि हुने खबर थियो ।

आकाशमा काला बादल मडारिइरहेका थिए । कुनै पनि क्षण पानी दर्किन सक्थ्यो । त्यसैले हतारिँदै हिंडिरहेको थिएँ । र टोपलाई सम्झिरहेको थिएँ । ऊ अफिसको महत्त्वपूर्ण मिटिङमा पनि गयल हुनेवाला थियो । जेलबाट छुटेपछि उसले न सम्पादक, न प्रकाशकलाई भेटेको थियो । तैपनि मलाई मिटिङमा ऊ झुलुक्क देखिइहाल्छ कि भन्ने आशा थियो ।

*देशप्रेम साप्ताहिक*को मूल गेटनिर पुग्दासम्म भने मैले आफ्नो तलब बढ्ने आफ्नै कल्पनालाई विश्वास गर्न थालिसकेको थिएँ । ४५ सयसम्म पुऱ्याउँछन् कि ! सम्पादकको मप्रतिको लगाव र प्रेम थियो

नै । अफिसमा हल्लाको बतास चल्न थालेपछि लेखा शाखाकी रोशनी पनि मलाई हेर्दै मुस्कुराउन थालेकी थिइन् । कुनै महान् रहस्य लुकाए जसरी ।

गुरूरू तल झरिरहेका कोरियन भाषाका विद्यार्थीलाई भित्तातिर चप्किएर बाटो दिँदै माथि उक्लिएँ । दैलोबाहिर जुत्ता, चप्पल र सेन्डल यसरी छरिएका थिए, मानौं, भीडमा गोली चलेको होस् ! भित्र पस्नेको हतारो र छटपटी यसले देखाउँथ्यो ।

भित्र पस्नेबित्तिकै रोशनीसित जम्काभेट भएको थियो । उनी दराज र टेबलबीचको साँघुरो चरबाट ढसमस्स गर्दै निस्कँदै थिइन् । उनी यसरी मुस्कुराइन्, मानौं, उनले मेरो तलब बढेको पर्चालाई घर्राभित्र ताला लगाएर लुकाएकी छन् । आँखीभौं तन्काएर दिशा देखाउन त कसैले उनीबाट सिकोस् ! म उनका आँखीभौंका चुच्चाले देखाएको सम्पादकको कोठातिर लागे । शैलेन्द्र दैलोमा दायाँ काँधको अडेस लाएर उभिएको थियो ।

म उसको काँधमा थपथपाएर भित्र पसें ।

*देशप्रेम साप्ताहिक*को इतिहासमै यति धेरै मानिस जम्मा भएका थिए । रिपोर्टर, डिजाइनर, डिस्ट्रिब्युटर, स्तम्भ लेखक राजीव बिचारीदेखि १३ वर्षदेखि निरन्तर राशिफल लेखिरहेका पण्डित रामकृष्ण उपाध्यायसम्म । मध्यरातका साङ्ला जसरी कोठामा सर्वत्र फैलिएका । वितरण शाखाका दुई जना त कोठाको एउटै झ्यालका दुई कुनामा पुट्ठा अड्याएर उभिएका थिए, अलिकति अगाडि झुकेर । मैले पहिला सम्पादकलाई नमस्ते गरें अनि पण्डित रामकृष्ण उपाध्यायलाई । सम्पादकले मुन्टो हल्लाए भने पण्डित रामकृष्ण उपाध्यायले दायाँ हत्केला उठाएर आशीर्वाद दिए । पण्डित रामकृष्ण उपाध्यायसित मेरो चिनजान टोपले नै गराएको थियो । उनी *देशप्रेम साप्ताहिक*मा आफ्नो पारिश्रमिक बुझ्न आएका बेला । उनले कुरैकुरामा मेरो हत्केला ट्याप्प समाएर किनारतिर उक्सिएको भागलाई हेरेका थिए । हत्केलाको ठ्याक्कै बीचको अङ्ग्रेजी एक्स जस्तो चिह्नलाई आफ्नो बूढी औंलाले

सुमसुम्याएका थिए, जसले मलाई काउकुती लागेको थियो । "कुनै पनि विशेष क्षणमा गाढा सेतो वा रातो सर्ट लगाउनुहोला," उनले भनेका थिए ।

आज विशेष दिन थियो र मैले गाढा सेतो सर्ट लगाएको थिएँ । त्यो तीनचार पटक धोएपछि काठमाडौंको पानीले पहेंलो बनाउनेवाला थियो ।

कोठामा हप्प गर्मी थियो । मोजा र काखीका पसिना आपसमा गुथिएका थिए । चिटचिट निस्किएको पसिनाले पण्डित रामकृष्ण उपाध्यायको निधारको अङ्ग्रेजी यू आकारको टीकाको फेद तलतिर झोल्लिँदै गएको थियो ।

पस्नेबित्तिकै लागेको थियो, मिटिङ सुरू भइसक्यो होला । तर होइन रहेछ । आउने जति सबै आइसकेका थिए ।

"अब सुरू गरौं कि, माड्साप," एक जना रिपोर्टरले भन्यो । र सबैको कुरा बोलिदिए जसरी चारैतिर हेरेर मुस्कुरायो ।

सम्पादकले रिपोर्टरतिर पुलुक्क हेरे । तर जबाफ दिएनन् ।

"मिटिङ केका बारेमा हो भनेर भन्न त मिल्ला नि, माड्साप," डिस्ट्रिब्युटरले अलिकति पुट्ठा उचालेर भने । सम्पादकले मुन्टो हल्लाए । उनका ओठ हल्लिएलान्, हल्लिएलान् जसरी थरथराए । तर आवाज निस्किएन । उनले गर्धन तन्काएर दुई डिस्ट्रिब्युटरको बीचबाट झ्यालबाहिर चियाए । र सबैतिर हेरेर मुस्कुराए ।

"आजको भेटघाट विशेष छ," भित्रभित्रै गला खकार्दै उनले भने, "त्यसैले यो पत्रिकासित जोडिएका सबैलाई निम्त्याएका हौं । परिवारका कोही पनि नछुटून् भन्ने मनसाय हो । यो कोठामा भएका सबैको आआफ्नो ठाउँबाट विशेष योगदान छ, यो पत्रिका यहाँसम्म आइपुग्नमा ।"

सबै आआफ्नो योगदान सम्झिएर मुस्कुराइरहेका थिए ।

सम्पादकले कोठामा भएका प्रायः सबैबारे बोले । चिफ रिपोर्टर कुलदीप छ वर्षअघि टाइपिस्ट भएर *देशप्रेम साप्ताहिक*मा आएको थियो ।

तीन महिनापछि आफ्नै गाउँमा भइरहेको बालुवा तस्करीबारे समाचार लेखेको थियो । सम्पादक प्रभावित भए । त्यसपछि ऊ समाचार शाखामा सारिएको थियो । अर्का स्तम्भकार राजीव बिचारी देशमा हुने प्रायः घटनाबारे पहिले पहिले खरो पाठकपत्र पठाउँथे । सुरूवातमा धेरैलाई कुनै छद्मनाम होला भन्ने लाग्थ्यो । उनको पाठकपत्र प्रायः अफिस बन्द भएका दिन दैलोको चेपबाट सुत्त भित्र पसेको भेटिन्थ्यो । डेढ वर्ष लगातार पाठकपत्र छापेपछि सम्पादकलाई उनका बारे चासो भएको थियो । र उनले एउटा पाठकपत्रका मुन्तिर "कृपया, सम्पादकसित भेट्नुहोला" भनेर सन्देश छापेका थिए । त्यसको दुई सातापछि राजीव बिचारीले सम्पादकलाई भेटेका थिए । दुब्लो कायाका उनी भीडभाडदेखि डराउँथे । नौलो मानिससित कुरा गर्दा भकभके हुन्थे । सम्पादकलाई भेटेकै साता उनले लामो लेख लेखेका थिए । चार वर्षमा उनका लेख दुई पटक मात्र छापिएका थिएनन् । एकपल्ट ट्वाइलेटमा चिप्लिएर उनको हात मर्किएका बेला । अर्कोपल्ट उनले लेख बुझाएका त थिए । तर अफिस बढारकुँढार गर्दा लेख थोत्रा कागजमा मिसमास भएर हराएको थियो । राजीव बिचारीलाई अहिले पनि लाग्छ, त्यो उनको मानक लेख थियो ।

टोप भने पत्रकारिताको विद्यार्थी भएर उनलाई भेट्न आएको थियो । छ वर्षअघि, जब ऊ आइएको विद्यार्थी थियो । पत्रकारिताको दोस्रो वर्ष प्रशिक्षार्थीका रूपमा *देशप्रेम साप्ताहिक*मा उसका तीन ओटा समाचार छापिएका थिए । सातौं पृष्ठमा विज्ञापनका बीचमा । तीन ओटा समाचार छापेपछि उसलाई लागेको थियो, समाचार लेख्ने होइन, बन्ने हो । उसको चतुर स्वभाव र नयाँ मानिससित असाध्यै चाँडै घुलमिल हुने स्वभावका कारण *देशप्रेम साप्ताहिक*को व्यवस्थापनतिर सरेको थियो ।

सम्पादकले टोपबारे बोलिरहेका बेला मलाई उसको रिक्तता झन् बढेर आएको थियो । मलाई लाग्थ्यो, ऊ जता भए पनि *देशप्रेम साप्ताहिक*को खबर बुझिरहन्थ्यो होला । सम्पादकले अरूबारे बोलिरहेका

बेला मेरो दिमागमा टोप मात्रै घुम्न थालेको थियो । धरतीबाट अचानक विलुप भएको बेनामी पन्छी जसरी ऊ कहाँ गयो होला ?

मलाई छटपटी बढेर आयो ।

सम्पादक आफ्नो मनतव्यको अन्तिममा पुगिसकेका थिए । अन्त्यमा उनले "प्रकाशक नआई मैले मात्र बोल्न मिल्दैन" भनेर हामीलाई प्रतीक्षा गर्न अनुरोध गरेका गरे । हामी आआफ्नो ठाउँमा फर्कियौं । डिस्ट्रिब्युटरको टोली चिया पिउन गयो । राजीव बिचारी र पण्डित रामकृष्ण उपाध्याय भने सम्पादककै कोठामा बसिरहे ।

रिपोर्टर विशेष घोषणा हुने खबरले गमलामा फुलेको बेमौसमी फूल झैं फक्रिएका थिए । र प्रकाशक कुनै पनि क्षण आइपुग्ने खबरले दत्तचित्त भएर समाचार लेखनमा व्यस्त भए जस्तो देखिन थाले । रोशनीले घर्राबाट पुरानो रजिस्टर कापी टेबलमा फैलाइन् र थोत्रो भएर चिमचिमे घडी जसरी अङ्क चिमचिम गर्ने क्याल्कुलेटर पड्काउन थालिन् । शैलेन्द्रुले अघिल्लो अङ्कको डिजाइनमा मिति फे-यो । पाखोबाट पाकेका बाली हटाए झैं पुराना समाचार र तस्बिर हटाउन थाल्यो ।

शैलेन्द्रुको बायाँतिरको कुचुक्क परेको सानो ठाउँ नै टोपको भागमा परेको थियो । कुर्सी थियो, ढेस्सिँदा ढेस्सिँदै अडेस लाग्ने भाग भाँचिएर लत्रिएको । टेबलमा पुराना अङ्कका 'गल्ली/गल्छेडा'का हस्तलिखित कागजका धुम थिए ।

म एकछिन त्यतै हेर्दै टोलाइरहें ।

अनि एफो साइजको कागजमा ११ फन्ट आकारका प्रिन्ट भएका समाचारमा घोरिएँ । पहिलो अनुच्छेदको "देशले नयाँ जीवन पाएको छ"को जी नै फेरि ह्रस्व परेछ । टाइपिस्ट बिदामा बसेकाले दुई सातादेखि टाइप गर्ने जिम्मेवारी शैलेन्द्रुकै भागमा परेको थियो । अघिल्लोपल्ट मैले जी दीर्घ हुन्छ भन्दा ऊ हिस्स हाँसेको थियो– जीवन सकारात्मक कुरा हो नि ! कसरी दीर्घ ?

म खिस्स हाँसें । यसपालि पनि जानीजानी उसले आफ्नो महान् दर्शनको साख जोगाउन ह्रस्व नै टाइप गरेको होला !

सवा ११ बजे प्रकाशक आइपुगेका थिए । प्रकाशकको फिक्का हरियो कारबाट तीन जना युवा पनि झरेका थिए । शरीरभरि गाँठागुँठीले भरिएका । काखीमुन्तिरका गाँठाले बाहिरपट्टि ठेलेर होला, हात ह्याङ्गरमा झुन्डिए जस्ता देखिन्थे । माओवादीको धम्की तारन्तार आइरहेकाले उनले बडीगार्ड राखेका होलान् । चिया पिउन हिँडेका डिस्ट्रिब्युटरको टोली पनि उनका पछि लागिसकेको थियो ।

प्रकाशकले भित्र पस्नेबित्तिकै पन्जा र मास्क खोले । रूमाल झिकेर यसरी अनुहार पुछे, मलाई लाग्यो, उनी सिसामा लागेको दाग पुछिरहेका छन् । चार औंलामा अनेक डिजाइनका रत्नजडित औंठी देखिन्थे । संयोगले हामी सबै दत्तचित्त भएर काम गरिरहेका देखिएका थियौं । जन्याकजुरूक उठ्यौं । प्रकाशकले अकासे रङको सुट लगाएका थिए । आटा रङको टाई झाङमा लुकेको सर्पको ढाड जस्तो देखिन्थ्यो । तौल थपिएकाले होला, उनी झन् डल्लो देखिन्थे । भऱ्याङ चढ्दा बढेको सासले उनको डल्लो पेट तलाउमा हल्लिइरहेको भकुन्डो जस्तो लाग्थ्यो । उनले अगाडिको कपाल टुप्पीतिर स्याप्प पारेका थिए । पसिनाले लुछप्प भएर तेल जति रौंका टुप्पातिर सरे जस्तो लाग्थ्यो ।

दुई गार्ड दैलोबाहिर नै उभिए । एक जना भने प्रकाशकका पछि लाएर भित्रै आयो र शैलेन्द्रले रङ मिलाउँदा मिलाउँदै आधामा छाडेको तस्बिरलाई अलिकति झुकेर हेर्न थाल्यो ।

सम्पादक हात जोडेर स्वागतमा आए । पण्डित रामकृष्ण उपाध्यायले अलिकति झुकेर नमस्ते गरे भने राजीव बिचारीले दुवै हत्केलाका टुप्पा छुवाए । उनको नमस्ते इसाराले घरको आकार बनाए जस्तो मात्र देखियो ।

प्रकाशकले एक पटक चारैतिर आँखा घुमाए ।

"भित्रै जाऔँ हजुर," सम्पादकले बिन्ती बिसाए ।

"यतै गरौं," प्रकाशकले कम्प्युटरको टेबलमा दायाँ हत्केला अडेस लगाउँदै भने ।

सबै उभिंदा ठाउँ साँघुरो जस्तो देखियो । एकछिन कुर्सीहरू कुनातिर ठेलाठेल भयो । रोशनीले दगुर्दै हस्को आइरहेको ट्वाइलेटको दैलो बन्द गरिन् । प्रकाशकले निधार र आँखाका कटौरी पुछ्दासम्म हामी तयार भइसकेका थियौं– उनको कुरा सुन्न ।

"तपाईंहरूको काम देखेर म खुसी छु," प्रकाशकले भने ।

हामी मक्ख भयौं । उनको बायाँ कुमतिर उभिएका सम्पादकले मुस्कुराउँदै मुन्टो हल्लाए । दायाँ कुमतिर उभिएको गार्डले कुनै मतलब गरेन । ऊ त हामीमध्ये कसैले स्वात्त कट्टुवा पेस्तोल निकालिहाल्छौं कि जसरी चनाखो थियो ।

"म प्रकाशक किन भएँ भने मलाई न त मीठो गरी बोल्न आउँछ, न मीठो गरी लेख्न," खिस्स हाँस्दै उनले भने, "त्यसैले म मेरो कुरा सोझै भन्छु ।"

कोठामा सन्नाटा छायो ।

"अहिलेसम्म पत्रिकालाई तपाईंहरूले गर्नुभएको प्रेम अतुलनीय छ," उनले सबैतिर आँखा घुमाउँदै भने, "मैले भन्दै आएको छु । यो पत्रिका मात्र होइन, यो त राजसंस्थाप्रतिको मेरो अर्चना हो । तपस्या हो । तर तपस्या पनि कुनै न कुनै क्षणमा भङ्ग गर्नुपर्ने हुन्छ । रीत यही हो ।" उनको सास फुल्यो । एक पटक रूद्रघण्टी किक्लिक्क पारे । थपे, "म यही क्षणदेखि पत्रिका बन्द भएको घोषणा गर्छु ।"

सूर्य झ्याप्प निभे जस्तो भयो । अँध्यारोमा हाम्रा आँखा तारा झैं चिमचिम गर्दै आपसमा ठोकिन थाले । मैले सम्पादकतिर हेरें, उनका आँखाको चमक स्वात्तै हराएर अँध्यारा गुफा जस्ता देखिन थालेका थिए । पत्रिका बन्द हुने खबर उनलाई पनि थिएन सायद ।

"एक हप्तामा तपाईंहरू सबैको हिसाबकिताब फत्ते हुन्छ," प्रकाशकले सुरूमा सम्पादकतिर अनि हामीतिर हेरेर भने, "र हामीले तपाईंहरूलाई गाह्रोसाह्रो नपरोस् भनेर दुई महिनाको तलब पनि थप्ने

निर्णय गरेका छौं । यतिका समय परिवार जसरी बस्यौं । प्रकाशकका तर्फबाट कुनै अप्ठ्यारो परेको भए क्षमा दिनुहोला । मैले यो पत्रिकालाई कहिल्यै व्यापारका रूपमा हेरिनँ । देश, जनता र राजसंस्थाप्रतिको प्रेमपत्रका रूपमा मात्रै हेरें ।" उनको आवाज धस्कियो । उनले प्रेमले सम्पादकतिर हेरे । भने, "मैले त पत्रिकालाई केवल बिरूवाका रूपमा रोपेको थिएँ । नेत्रप्रसादजीले गोडमेल गरेर हुर्काउनुभयो । उहाँसित सल्लाह नगरी यो निर्णय गर्नुपरेकामा म दुःखी छु । क्षमा दिनुहोला ।"

सम्पादकले रून्चे हाँसेर मुन्टो हल्लाए ।

प्रकाशकले हामीलाई नमस्ते गरेर सम्पादकतिर हेरे । सम्पादकले बोल्ने पालो आएको थियो । उनी बनारसबाट फर्किएपछि बेरोजगार जस्तै थिए । एक दिन प्रकाशकले नै *देशप्रेम साप्ताहिक*मा निम्त्याएका थिए । उनले १२ वर्ष *देशप्रेम साप्ताहिक*मा बिताए । उनले यी १२ वर्ष घरभन्दा पत्रिकामा बिताएका थिए । उनले रामको वनवाससित आफ्नो जीवन पनि तुलना गरे, "म कहिल्यै डगिनँ । मैले कतै निहुरिनुपरेन । पत्रिका सधैं मेरो मेरूदण्ड भयो । फलामको ।" उनले अब केही समय विश्राम गर्ने र बनारस रहँदाताकाका दिनबारे पुस्तक लेख्ने बताए । र प्रकाशकलाई आगामी दिनका योजनाबारे सोधे ।

प्रकाशकले खिस्स हाँस्दै भने, "मसित तपाईंहरूको जस्तो कलमीसीप भएन । अरूलाई सुनाऊँ सुनाऊँ लाग्ने कथा पनि भएन । नगरकोटमा एउटा कुटी बनाएको छु । केही समय त्यहीँ ध्यान गर्छु ।"

त्यसपछि उनी सम्पादकसित आधा घण्टा जति गोप्य मिटिङमा गए ।

डिस्ट्रिब्युटर फेरि चिया पिउन गए । शैलेन्द्रले पत्रिकाको डिजाइन बन्द गर्‍यो र तास खेल्न थाल्यो । रिपोर्टर रँक्किएर छततिर गए । रोशनी अटेसमटेस गर्दै टेबल र आलमारीको चेपमा पसिन् । राजीव बिचारी र पण्डित रामकृष्ण उपाध्याय रोशनीकै टेबलतिर गए ।

म आफ्नो कुर्सीतिर आएँ ।

अघि भर्खरै भाषा मिलाएका समाचारतिर झुकें । टोप भएको भए म पनि सुत्तै कतै निस्कन्थें । हामी चिया पिउँदै *देशप्रेम साप्ताहिक*बारे अनेक कुरा गर्थ्यौं । र टोपले नयाँ सपनाको सूर्य पेपरवेट झैं माथि उछाल्थ्यो होला ।

*देशप्रेम साप्ताहिक* बन्द भएपछि सबैका आआफ्ना विकल्प थिए । सायद समूह समूह बनाएर उनीहरू तिनै विकल्पबारे कुरा गरिरहेका होलान् । मसित त अर्को कुनै विकल्प नै थिएन ।

म फेरि अचानक कमजोर भएको थिएँ । मैले बोकेको आइडी कार्ड शक्तिहीन भएको थियो । मेरो पेट हुँडलिइरहेको थियो । संसार कस्तो नरमाइलो लागेको ! छातीका कुनाकुनातिरबाट त्रासका लहरा फेरि पलाउन थालेका थिए ।

मैले पुलुक्क शैलेन्द्रतिर हेरें । ऊ पनि मलाई नै हेरिरहेको रहेछ । उसले उदास आवाजमा भन्यो, "जी दीर्घ नै हो !"

मलाई लाग्यो, म त्यहीँ बसिरहें भने मेरा सारा अङ्ग ठन्डा बरफ झैं पग्लेर जानेछन् ।

जब म *देशप्रेम साप्ताहिक*को गेटबाहिर निस्किएँ, झरी दर्किन थालिहाल्यो । कता जाऊँ कता जाऊँ भयो ! सोचें, रूझ्दै हिँडिरहन्छु ।

म फेरि नितान्त एक्लो भएको थिएँ । रूझ्दै जाने ठाउँ उही अँध्यारो कोठा थियो । मनभरिका कुरा गर्ने ठाउँ नै थिएन । रूझेर जाँदा प्रेमले किन रूझिस् ? भन्ने कोही थिएन । धेरै समयपछि फेरि मैले घर सम्झिएँ । तातो अगेनो सम्झिएँ । त्यो आँगन सम्झिएँ ।

फनफनी घुम्दै मैले जीवनको हिसाब गरिरहें । मसित २१ हजार थियो । अघिल्लो महिनाको तलब ३५ सय आउन बाँकी नै थियो । प्रकाशकले भनेअनुसार दुई महिनाको अरू आयो भने सात हजार थपिन्थ्यो । मसित साढे ३१ हजार पाँच सय हुनेवाला थियो । म दुःखसुख एक वर्ष काठमाडौंमा टिक्न सक्थें । तर त्यति समय टिकेर म गर्थें के ?

घरबाट फेरि केही आउनेवाला थिएन । बाले अब आलु मिचेर पैसा बनाउन पनि सक्दैनथे । र मसित ठेलैठेला भरिएको पैसा माग्ने नैतिकता पनि थिएन । म हुरीले उडाएको चराको गुँड जस्तो भएको थिएँ फेरि । सपनाहीन, लक्ष्यहीन ।

*देशप्रेम साप्ताहिक* हुनुको महत्त्व बल्ल बुझेको थिएँ । र महसुस गरेको थिएँ, *देशप्रेम साप्ताहिक* र टोपका अश्लील पुस्तकले मलाई काठमाडौंमा हुनुको तिलस्मी क्षण भोग्न दिएका थिए । घट्टेकुलो पुग्दासम्म मैले सोचिसकेको थिएँ, सायद काठमाडौंले मलाई भोकहीन केही दिन दिएर बिदाइ गरिरहेको थियो । मसित भएको पैसाले म काठमाडौंबाट मुक्त भएर घर पुग्न सक्थें । आफैंले रोपेका मेवाको ताजा चोपको बास्ना सुँघ्न ।

कोठामा पुगेर रूझेका लुगा फेरेको मात्र थिएँ, दैलो ढकढक भयो । दैलोबाहिर घरबेटी बा उभिएका थिए । उनले मेरा कटकटिएका दाँतको आवाज सुनेनन् । हतारिएर भने, "एई, केटा दिउँसो तेरो घरबाट फोन आको थियो । फोन बन्यो अरे । भोलि बिहान १० बजे फेरि आउँछ ।"

यति भनेर उनी गइहाले ।

म घाइते पन्छीको प्वाँख जसरी ओछ्यानमा पछारिएँ ।

हिजो फोन आएको भए कथा अर्कै हुन्थ्यो । भोलि फोन आउँछ, कथा अर्कै हुन्छ । मैले जिन्दगीको सबैभन्दा सुखद खबर पाएको थिएँ । तर मसित सुनाउनलाई दुःखद खबर मात्रै थियो । र म ढाँटेर कुनै खबर सुनाउनेवाला थिइनँ । म खुइलिएको जिन्दगीमा नक्कली जलप लगाउँदा लगाउँदै थाकिसकेको थिएँ ।

# सिनो

*म जिउँदै सिनो भइसकें,*
*तिम्लाई गनाएको छैन ?*

भित्तामा प्रताप र उसकी श्रीमतीको ठूलो फोटो टाँगिएको थियो । कफी रङको फ्रेममा । घरबेटी बा र प्रतापबीचको रिक्तताको खाल्डो पुरिएर त होला, तस्बिर मोहक देखिएको थियो । बैठक कोठाको कार्पेट पनि फेरिएको थियो । पान रङको कार्पेट खुलेको थियो । कार्पेटसितै बेतको कुर्सी भित्रिएको रहेछ, जसमा घरबेटी बा ढल्किएर अखबार पढिरहेका थिए । छेउकै टेबलमा सिसाको गिलासभित्र कालो चियामा मरीचको धूलो पिँधतिर थिग्रिँदै गएको थियो । टेलिफोनको रिसिभर छेउमा उल्ट्याएर घरबेटी बा अखबारको भित्री पृष्ठको कुनै समाचारमा डुबेका थिए । मसिनो क्यार्रक्यार्र आइरहेको रिसिभर मैले कानमा लगाएँ । "हेलो !" के भनेको थिएँ, आमाको उत्साह र उदासीले भरिएको आवाज आयो, "सन्चै छस्, सिरी ?"

मैले आमाको गोडामा घोप्टो परेको कल्पना गरें, "ढोग गरें, आमा ।"

"भाग्गेमानी भएस्," आमाले हतारिँदै भनिन्, "पशुपतिनाथले रच्छे गरून् ।"

कति पछि आमाको आवाज सुन्दा मन पिन्चे भएर आयो । कति मिठास र आत्मीयता थियो आवाजमा । म यो आवाज उतै छाडेर त्यत्तिकै घुमिरहेछु, यो उदास र बिरानो सहरमा ।

"अस्ति नै ताका फुन गर्छु भनेकी थें । ठाँडो बिग्रेको बिग्रेई । बल्ल बनाका हुन् ।" त्यति टाढाबाट आएको आमाको आवाज मनको कति नजिक बसेको ! "मीनबहादुरले तेरो खबर ल्याका थे । तँ जिम्दै रैछस् । दुब्लाथिस् रे । रामरी खान्नस् कि के हो ? मैना दिनअघि सप्नामा देख्दा पनि खर्लप्पै सुकेको थिस् ।"

"मोटाको छु ।"

"त्यता नजा भनेको हो, मानिनस् । मलाई था छ, दुक्ख पाछस् । तैंले रोजेको बाटो हो, हिंडेस् । न आत्तेस् ।"

"दुक्ख पा छैन ।"

"तैंले भनेर हुन्छ र ! मैले था पाउँछु । तँ गएपछि कहिल्यै गतिला सप्ना पनि देखेकी छैन । ब्युँझिंदा त्यसै हातगोडा फतक्क गलेका हुन्छन् ।"

"तपाईंको स्वास्थ्य कस्तो छ ?"

"छ मैना पैले दायाँ गाला हल्लेको हल्लै गर्थ्यो । कान्छाले के जाती प्यारालाइसिसको लक्षण हुन सक्छ भाउजू भनेका थे । कुँजिएरै मर्छु कि जस्तो लागेको थ्यो । औषधि खापछि हल्लिन छाडेको छ । तर कमिलाले टोके पनि था पाउन्नँ," सास फुलेर होला एकछिन रोकिएर आमाले भनिन्, "बुढेसकाल लाको नि ! पछि सोचें, आ मान्छेको ज्यान प्लास्टिकको काँ हुन्छ र ! ज्याद्रो हुन्छ । आङको एउटो भागले काम गर्न छाडे अर्कोले सम्हाल्छ । त्यत्तिकै काँ मरिन्छ । भ कति गर्नु मेरो कुरा ! म त आफ्नैकै बिचाँ छु । तँलाई पो कस्ले हेर्लान् त्यता । त्यता त मरेपछि मलाम जाने मान्छे पनि हुन्नन् अरे !"

मैले जिन्दगीमा उत्तर भेट्न छाडेको धेरै भइसकेको थियो ।

"यता बसेको भए पनि सधैं झिरन झिरन हुन्थ्यो । मारेको छ, मरेको छ । यता पनि मलामीको लहरो छोटो छोटो हुँदै गा छ । मान्छेको जुनी त पातभन्दा सस्तो भा छ । उता छस्, बाँचेकै छस् भनेर मन बुझाउँछु ।"

पछाडिबाट कल्याङमल्याङ आवाज आयो । आमाले मधुरो आवाजमा कसैलाई "सिरीलाई फुन गरेको" भनिन् ।

"तेरा बालाई– जाम् सिरीलाई फुन गर्न भनेकी थें । मानेनन् । पछि आउँछन् । मयाँ चाहिँ गर्छन् । अस्तिनै फुनमा केके भनेछन् । रातभरि निदाएनन् ।"

बाले पक्कै पनि मुरली बजाएका होलान् । उनी उदासीमा निद्रा नलाग्दा मध्यरातमै पनि बजाउँथे । सानोमा म बाको मुरलीको आवाजले मुग्ध हुन्थें । धेरैपछि थाहा पाएको थिएँ– त्यो मुरली होइन, उनको उदासीको आवाज हो ।

"पोहोर आँपको अचार हालेकी थें । घिउ पनि थ्यो, उता जाने कोई भेट्टेनन् । त्यत्तिकै भयो । घिउसिउ खाए अलि मोटाउँथिस् होला । उता त न्याल्ल परेको तिउन खान्छन् भन्थे मीनबहादुर ।"

न्याल्ल परेको तिहुन ठूलै कुरा थियो । यता त कहिलेकाहीँ आफ्नै पेटकै आन्द्रा पनि खान्छन् !

"यता पनि उतै जस्तो हुन थाल्या छ । खेतीपाती त गर्नै छाडेछन् । गका वर्ष हाम्रै पनि बाली राम्रा भएनन् । मकै त बुढेसकालका दाँत जस्ता भका थे, जम्मै थोते । राम्रो हुँदै गपछि सबै राम्रो हुँदै जाँदो रैछ । नराम्रो हुँदै गपछि सबै नराम्रो । जागिरसागिर खाछस् कि ? के खान्थिस् ! तँ जागिर खाने मान्छे होइनस् । कुनामा बस्यो, टोलायो । साथे पनि चाहिन्नन् तँलाई त ।"

मेरो रूद्रघण्टी दुखेर आयो ।

"नौ वर्षको हुँदा जोगी हुन्छु भन्थिस् । बिर्से होलास् । तेरा बा कम्ती त रिसाका होइनन् ।" आमा बल्ल हाँसिन् । मेरो मन चङ्गा भयो । थपिन्, "अचेल त बूढीबूढी पुराना कुरा सम्झिन्छम् । बस्छम् । दुःखसुख त आउँछ, जान्छ । आफ्ना सन्तानले नराम्रो काम गरेका छैनन् । दुनियाँका अगाडि छिछि दूरदूर बनाका छैनन् भन्छम् । मन बुझाम्छम् । तैले त बिर्सिस् होला, ठूलाघरे जेठाको साइँलो छोरो थ्यो त, पूर्णे । बिचाँ के जाती डग्स खाँदो रछ, बेच्दो रछ । वीरगन्जतिर पुलिसले मारे भन्थे ।"

मलाई पूर्णेको धमिलो सम्झना थियो । उसको एउटा दाँत मासको गेडा जस्तो थियो ।

"सन्तान कैले ठूला होलान् भनेर गनगन गऱ्यो । ठूला भपछि किन ठूला भका होलान् भनेर मन झिरन झिरन पाऱ्यो । यस्तो हुँदो रैछ मन भन्नी कुरो ।"

"दाइलाई कस्तो छ ?"

"सन्चै छ । तँलाई सम्झिरहन्छ । किस्ने नि तीन वर्षको भैसको ! तैंतिर गा छ । दे खान्छ, भोक लाग्यो भन्न पनि सक्दैन । त्यल्लाई देख्यो कि तेरो झझल्को आइहाल्छ । तँ घरै छस् जस्तो लाग्छ कैलेकाईं त । तैंले पो कैले देख्न पाउने होस् । कोई उता जाने भेटे भने फोटो पठाम्ला ।"

पछाडिबाट फेरि हल्ला आयो । आमाले "छोरो हो, कतिका दिनपछि कुरा गरेको । एकछिन पर्ख" भनिन् ।

"बल्ल फुन बनेको । गामै उल्टे छ फुन गर्न । म पनि केके भनुँला भनेर आकी थें । सप्पै भुसुक्कै बिर्सें," आमाले एकछिन सोचिन् होला, चुपै रहिन् । अनि भनिन्, "अब त तेरो ब्या गर्ने बेला पनि भइसक्यो । यता गाममै बसेको भए हामी खोज्दिन्थिम् । उता गइस् । तँलाई चित्त त के बुझाउन सकम्ला र अब ! कोई हेरेको छस् कि ?"

"नाइँ ।"

"आ, आफैं हेरेस् । जुनी काट्ने तैंले हो क्यारे । हाम्लाई त तँ खुसी भए पुगो," आमाले खिस्स हाँस्दै भनिन्, "अचेल त के जाती, ठास्सठुस्स हुनै हुन्न, अदालत हिँडिहाल्छन् । केटाकेटीको बिचल्ली ।"

आमाको कुरा न हो, कति मीठो ।

"तेरा बा एकदुई दिनमा आउलान् फुन गर्न । खर्चपानी केकस्तो छ, भनेस् । अस्तिन मैले पैसा पठाको था पाछन् । रिसाउँदै थे । केई उपाय नलागे खबर गरेस् । एउटो मडहरी छ, त्यै नि बेचम्ला ।" आमाको आवाज रून्चे भयो । एकछिन थामिइन् । भनिन्, "यो ठाँडो फुन कानमा लायो कि बोल्नै आउन्न । फेरि आम्ला फुन गर्न ।"

"म गर्छु फोन ।"

"भैगो, मै गरम्ला । यतिका मैनापछि तेरो आवाज सुन्न पाएँ । तिर्खा मेटियो । यता आइज पनि के भनम् र ! छ बजे नै कर्फ्यू लाउँछन् । सारा गाम्लेले दिसापिसाप घरैभित्र गर्छन् । सप्ना बिग्रेर हैरान । उता त घरैभित्र चर्पी हुन्छ अरे । अस्ति कान्छाले उतै सुरक्षित हुन्छ सिरी भन्थे । तिन्लाई पनि रक्सी बेचो भनेर मावादीले चिठी पठाथे । तिन्को हंसले ठाम् छाडेको छ," सायद आमाले फोन गर्नेको भीडतिर हेर्दै भनिन्, "ल राखें । सबैलाई पालो दिन पऱ्यो ।"

मैले ढोग गरें ।

"खै ! मै मात्रै बोलें ।"

फोन काटियो । पिसिओको अपरेटर ज्ञानेश्वरले काटिदियो होला ।

आमाको उदासी मिसिएको आवाजले फेरि सारा गाउँ बोकेर ल्याएको थियो । पन्छीले पखेटामा बादल बोके जसरी । आमाले बाले जस्तो मेरो पढाइ र जागिरबारे धेरै सोध्नै जानिनन् । वा धेरै जानेको भएर सोध्न चाहिनन् । मैले यस धरतीको कुनामा कोही आफ्नो हुनुको शक्ति पाएको थिएँ । सपनाको संसार सुकेको कागतीको दाना जसरी चाउँरिदै गए पनि यथार्थमा मेरो अर्को संसार पनि थियो, जसको आँगनमा फक्रेका फूलले मेरो प्रतीक्षा गरिरहेका थिए ।

म अबेरसम्म ओछ्यानमा कोल्टे परेर छटपटिइरहें ।

म धेरै ठूला सपनाले फैलिएको आँगनमा हुर्किएको थिइनँ । न मेरा बाका ठूला सपना थिए, न आमाका । उनीहरूले त सपना बुन्न पनि जानेका थिएनन् । अलिअलि सपना बुन्न जानेका कान्छा बा थिए । उनीसित सपना बुन्ने कला थियो । तर धागो थिएन । सायद उनले थाहा पनि पाएका थिए, सपना यस्तो रेसम कीरा हो, जो नमरी रेसमी धागो निस्किँदैन ।

म पनि त सहर पसेको रेसम कीरा नै थिएँ ।

द *गुड अर्थ* पढ्न खोजें । तर मन कहिले गाउँ त कहिले वागबजारतिर कुदिरह्यो । मलाई कोठामा बस्न मन लागेन । लुगा

लगाएर पलङको डिलमा बसेर सोचें, कता निस्कूँ ? निस्कने ठाउँ थिएन । सुरूका वर्ष त निस्कने ठाउँको कमी पनि थिएन । न त कसैलाई भेट्न हुन्थ्यो, न कुनै समयमा पुग्न हुन्थ्यो । जता गयो, उतै रमाइलो लाग्थ्यो ।

*देशप्रेम साप्ताहिक*मा कसरी जानूँ, रोशनीले हिसाबकिताब मिलेपछि खबर गर्छु भनेकै थिइन् । टोप अझै आएको थिएन ! एकमन त लाग्यो, कली क्याफेतिर जाऊँ । तर मसित ऊर्जा र उत्साह नै थिएन । कफी पिउनै पऱ्यो, परशुरामलाई टिप्स दिनैपऱ्यो । मसित फुर्माइस गर्ने न पैसा थियो, न त क्षण । म यत्तिकै रल्लिएर फेरि जिन्दगीका रहरलाग्दा क्षण फुर्माइस गर्न चाहन्नथें ।

कस्तो फसाद परेको !

फेरि द *गुड अर्थ* समाएँ । पढ्दै जाँदा म अर्कै संसारमा पुगें । कतरकतर मुटु खाइरहने कीराहरू यतै छुटे ।

अबेरपछि, एकहोरो बजिरहेको हर्नको आवाजले मलाई चिडचिडे बनायो । मैले द *गुड अर्थ* बन्द गरेर सिरानमा राखें । भोक जागिसकेको थियो । कोठामा केही थिएन । भात पकाउन पनि मन लागेन । डिल्लीबजार पीपलबोटनिरको मःम सम्झिएँ । सोचें, आऽऽ मःम खाएर आउँछु ।

जुत्ता लगाएर तल झरें ।

म गेटबाहिर के निस्किएको थिएँ, सूर्यबहादुर पछिपछि आइरहेका रहेछन् । उनले पछाडिबाट मेरा दुवै काँध च्याप्प समाउँदै भनिहाले, "भाइलाई सम्झेको थिएँ, ठ्याक्कै फेला पऱ्यो । कता हिंडेको ?"

म झन् खर्लप्पै सुकेको उनको ज्यान देखेर झस्किएँ । भनें, "खाजा खान दाइ ।"

"हिंड आज मसित । माछाको झोल र भात खान," उनले मेरो पिठ्युँ थपथपाउँदै भने, "यति वर्ष भित्ता जोडेको कोठामा बसे पनि तिमीसित भातै खान पो जुरेन हौ ।"

"भातै खाने बेला त कहाँ भाछ र, दाइ ।"

मैले आकाशमा खप्टिँदै गएका बादलका टुक्रा हेर्दै समय अन्दाज गरें, दिउँसोको साढे चार त भयो होला ।

"खुर्र कुदेर अहिल्यै खान जाने कहाँ भनेको र, भाइ," हिस्स हाँस्दै उनले भने । उनको डल्लो अनुहार सुकेर लाम्चो देखिन थालेको थियो । कङ्कालका जसरी उनका दाँत भित्रैसम्म देखिएका थिए ।

"पहिला भोक जगाउनुपर्छ । जब पेटले ले ले भन्न थाल्छ, तब लु त जाँठा खा भन्नुपर्छ । पैसा असुल हुन्छ ।"

मलाई लाग्यो, उनले एक पटक सारा काठमाडौं फन्का लगाएपछि रेसुङ्गा पुऱ्याउनेछन् । मलाई पनि क्षण कटानी गर्नु थियो । त्यसैले मुन्टो हल्लाएँ ।

"लौ भाइलाई कान्छीलाई जस्तो फकाउनु परेन," उनी प्रसन्न सुनिए, "भाइलाई चिसो बियर पनि मेरो तर्फबाट । भाइको तलब त अझै पनि आएन जस्तो छ ।"

मैले नसुने जस्तो गरें ।

गेटबाहिर सूर्यबहादुरको ट्याक्सी उभिएको थियो । अघिको हर्न सूर्यबहादुरकै लागि बजेको होला । हामी झरीको बुट जस्तो हिलाम्मे ट्याक्सीतिर बढ्यौं ।

ट्याक्सीभित्रबाट होचो कदको ड्राइभर निस्कियो । उसले खुद्रा पैसाको मुठो समाएको थियो । उसले मुठो दिँदै भन्यो, "केही गोजीकै पेसेन्जर थे । दाइले दिउँसै बोलाइहाल्नुभयो । यसरी त मेरा पेसेन्जर फुस्किन्छन् । होइन, टाइम कुटाइम के खोज्न जानुहुन्छ यसरी ?"

सूर्यबहादुरले जबाफ दिएनन् ।

हामी ट्याक्सीभित्र पस्यौं ।

ट्याक्सीमा पाद जस्तो दुर्गन्ध फैलिएको थियो । मैले झ्याल खोलें । सूर्यबहादुरले थोत्रो र मैलो टालोले अगाडिको सिसा पुछे । झ्यालबाट आधा ज्यान बाहिर निकालेर । पहिला उनको छाती मात्र बाहिर निस्किन्थ्यो । दुब्लाएर होला, यसपालि नाइटोसम्मै बाहिर निस्किएको थियो ।

दुई पटक घन्द्र्याङघुन्द्रुङ गरेपछि ट्याक्सी स्टार्ट भयो । जब हिँड्यो, ट्याक्सीका स्प्रिङ पनि कराउन थाले । यस्तो लाग्थ्यो, ट्याक्सीले हरेस खाइसकेको छ ।

ट्याक्सी अनामनगरको मूल सडकमा निस्किएपछि मैले सोधेँ, "दाइ, अझै पनि किचकन्नीकै पछि हुनुहुन्छ ?"

उनले झ्यालबाहिर प्याच्च थुक्दै भने, "के गर्नु हौ ! यस्तै आइपऱ्या छ ।"

"अनि बीचमा कसलाई खोज्नुभएको ?"

"उसैलाई ।"

लौ ! यिनले किचकन्नीलाई आफैं खोज्न थालेको ? यस्तो पनि हुन्छ काइँ ? मैले अनौठो तरिकाले उनलाई हेर्नै हुन्थेन । उनी फेरि मा...मु...मा उत्रिहाल्थे । सहज आवाजमा सोधे, "उनीहरू त आफ्नै सुरले आउँछन्, जान्छन् भन्ने सुनेको थिएँ । यसरी धुइँ कि धुइँ खोजेर भेटिएला, दाइ ?"

उनले जबाफ दिएनन् ।

ट्याक्सी पुतलीसडकको जाममा पऱ्यो । हर्न बेस्मारी बज्न थाले । ट्राफिक सडकछेउमा एउटा मोटरसाइकलको हेन्डिल समातेर लतार्न खोजिरहेको थियो । मोटरसाइकल चलाइरहेको केटो चोर औंला ट्राफिकको नाकतिर घुमाउँदै चर्को आवाजमा कराइरहेको थियो । सूर्यबहादुर झ्यालबाट टाउको बाहिर निकालेर कराए, "ट्राफिक सर ! मसानको कानमुन्तिर चड्कन लगाऊँ ।" उनको आवाज चर्को हर्न र गाडीको घ्यार्रघुर्रमा हरायो । उनले बिरक्तिएर मतिर हेर्दै भने, "गल्ती गर्छन् जाँठाहरू ! अनि मेरो साथीको दाइको साथीको मामा डिएसपी हो भनेर थर्काउँछन् ।"

एकछिनपछि मोटरसाइकलमा हुइँकिँदै आएको ट्राफिकले सिटी बजाउँदै हात नचाउन थाल्यो । बिस्तारै जाम खुल्यो । ट्याक्सी अगाडि बढेपछि मैले सोधेँ, "त्यसलाई भेटिहाल्नुभयो भने के गर्नुहुन्छ, दाइ ? जगल्ट्याउनुहुन्छ ?"

"हामी त्यसलाई नै खोज्न जान लागेका हौं," सूर्यबहादुरले रहस्यमयी मुस्कान फाल्दै भने, "देखिहाल्छौ के गर्छु भनेर !"

मेरो ज्यान सिरिङ्ङ भयो । ए, हामी किचकन्नी पो खोज्न हिँडेको ? मलाई अचानक कुनै काम सम्झिए जसरी ट्याक्सीबाट झर्न मन थियो । तर सक्नु कहाँ । उनको गालेको फलाम जस्तो रिस त मैले देखेकै थिएँ । उनले सत्तरीको रफ्तारमा कुदिरहेको ट्याक्सीको दैलो झ्याप्पै उघारेर "जाऊँ, भाइ !" भन्न के बेर ! फेरि सोचें, दिउँसै त छ । हेरूँ न उनी केके गर्छन् !

"त्यै पनि दाइ !" मैले बिस्तारै भनें, "कुटपिट गर्नु त राम्रो नहोला ।"

उनले मलाई हेरेनन् । मानौं, म युगौंपछि पूर्ण ग्रहण लागेको सूर्य हुँ ।

"म त्यसो गरूँला त, भाइ ?" उनले ट्याक्सी दरबारमार्गतिर मोड्दै उदास आवाजमा भने, "उसलाई किन कुटपिट गर्नु हौ ! आखिरमा गल्ती मेरै छ । बिचरी ! उसका खुट्टो छोएर माफी माग्ने हो ।"

"तपाईंको गल्ती ?" मलाई सपना र बिपना आपसमा बल्झिए जस्तो भयो । भनें, "तपाईंलाई तर्साको त उसैले हो, होइन र ?"

"कथा लामो छ, भाइ !" उनले रून्चे मुस्कुराउँदै मेरो काँधमा प्याट्ट हाने । र भने, "त्यही सुनाऊँ भनेर तिमीलाई अस्तिनैदेखि खोजेको !" उनले दायाँ पाखुरा नाकमा जोडेर स्वाँक्क गरे । उनको मासु खर्लप्पै सुकेर झोल्लिएको अनुहारको छाला तनक्क तन्कियो । ठाउँठाउँमा मुजा पारेर ।

"म जिउँदै सिनो भइसकें । तिमीलाई गनाएको छैन ?"

# जिन्दगी

*कुदेको कुद्यै, तैपनि जिन्दगी सधैं माइनसमा ।*

आफ्नो नाममा जस्तो सामाखुसीमा खुसी थिएन । त्यसमा पनि दर्के पानीले उच्चाटलाग्दो उराठ थपेको थियो । ट्याक्सीका माथिल्ला चेपबाट पानी त पस्थ्यो नै, दैलोमुन्तिरका चेपबाट पनि पस्न थालेको रहेछ । यो ट्याक्सी हो वा जीर्ण झुपडी ? म ढाडतिर तप्किरहेको पानी महसुस गरिरहेको थिएँ । जुत्ता पखालिएर टल्किएका थिए । पाइन्टको कापनिर पानीको धब्बा फैलिँदै गएको थियो । मदिराले मत्थु भएको मान्छेले ज्यानमै पिसाब फेरे जस्तो ।

म काठमाडौंको झरीमा कहिल्यै ओभानो रहन पाइनँ । ईः ट्याक्सीभित्र पनि भिजेकै छु । सडकमा जमेको पानी जब पिच्कारी जसरी भित्र पस्थ्यो, सूर्यबहादुरको अनुहार अझै धस्किन्थ्यो । त्यसमा पनि अलिकति बिग्रिएको बाटोमा ट्याक्सी रित्तो बाकसमा मुसो पसे जसरी घन्द्रयाङघुन्ड्रुङ कराउँथ्यो । उनी आखिभौंतिर खसेको पानीको थोपो छल्न हो वा बजिरहेको ट्याक्सीको आवाज छल्न, बेस्मारी टाउको झट्कार्थे ।

उनी कहिलेकाहीँ पृथ्वी ध्वस्त हुने कल्पना गर्थे । उनका अनुसार पृथ्वी कुनै कुनाबाट भत्किँदै आउनेछ । ट्याक्सी आफ्नो भएपछि भनेका थिए, "हेर, भाइ । सबै कुराको आयु हुन्छ । यो डल्लोको पनि हुन्छ । भत्किन सुरू त गरोस्, ग्यालेनमा तेल भरेर ट्याक्सीमा राख्ने हो । जताबाट भत्किँदै आए नि, अघिअघि तुफान कुद्ने हो ।"

धरती भत्किनुअघि नै उनको ट्याक्सी आफैं भत्किसकेको थियो ।

झरीले ओत लागेका मानिस ट्याक्सीतिर हात उठाउँथे । सूर्यबहादुरले भने जिन्दावाद भने जसरी मुठी उचाल्थे । त्यो उनको भाषामा "प्याक छ" थियो । म उनको छटपटी बुझिरहेको थिएँ । उनी यसरी रित्तै कुदिरहने मानिस थिएनन् । ब्रेकफेल भएकै बेला पनि प्यासेन्जर हुलेकै हुन् ।

"जाँड्डो काठमाडौंमा हरेक टोलको आफ्नै आकाश छ कि हौ ?" उनले मुमुर्रिंदै अगाडि सिसा हत्केलाले ल्याप्प पुछ्दै भने, "उता पुतलीसडकमा चर्को घाम छ, यता दर्के पानी ।"

म खिस्स हाँसें ।

"हुन त भाग्गेले लखेटेपछि, जता गयो उतै पानी । जाँड्डो जिन्दगानी," उनले जिब्रो निकालेर हाँस्दै सोधे, "कसो भाइ ?"

टोप भएको भए पक्कै डायरीमा टिप्थ्यो होला ! 'जाँड्डो' हटाएर, हरफ भाँचेर कविता जसरी 'गल्ली/गल्छेडा'को टाउकोमा छड्के अक्षरमा राख्थ्यो होला । अहिले कता होला कुन्नि ! दुवै काँध खुम्च्याएर पानी जमेका खाल्डाखुल्डीबाट जोगिन बाच्छो जसरी उफ्रिँदै कतै कुदिरहेको छ कि ?

"हामी कता जान लागेको, दाइ ?" मैले ज्यान तन्काउँदै सोधें ।

"यतैयतै हो । दायाँतिर पस्ने गल्ली थियो," उनले ट्याक्सीलाई सडकको किनारतिर चेपे । र एकपल्ट आँखा कच्याककुचुक पारेर सोच्दै भने, "ऊ त्यो पोलबाटभित्र हो जस्तो लाग्छ हौ ।"

म त अचम्मै ! उनी किचकन्नी भेट्न जान लाका हुन् कि गाउँले आफन्त ? किचकन्नी पनि ठेगानासहित डेरामै बसेका हुन्छन् कि के हो !

बिजुलीको पोलबाट ट्याक्सी दायाँतिर मोडियो । बाटो साँघुरो थियो । जति भित्र गयो, त्यति नै साँघुरिँदै गयो । दुवैतिरका पर्खालबाट जोगिँदै अलि पर पुगेपछि चोक देखियो । सूर्यबहादुरले ट्याक्सी

कुनातिर चेपेर रोके । आधा बाटो छेकियो । मोटरसाइकल भने पर्खालतिर चेपिएर अगाडि बढ्न सक्थे । मतिर हेर्दै भने, "भाइ गाडीमै बस्दै गर । पुलिससुलिस आए भने बिरामी लैजान रोकेको भन्नू ।"

म अनकनाउँदै थिएँ, उनले दैलोलाई मुक्का हाने जसरी ठेलिहाले ।

मैले धमिलो सिसाबाट हेर्दा उनी अलिकति झुकेर दगुरिरहेका थिए । अगाडि पसलको लस्कर थियो– मेडिकल, पत्रिका, नक्कली गहनादेखि नेवारी भोजनालयसम्म । उनी तालुको पानी सोहोर्दै हरेक पसलभित्र पस्थे र एकछिनपछि हत्केला मल्दै निस्कन्थे । करिब आधा घण्टा उनले झरीमा चुइँकिइरहेको दुब्लो कुकुर झैं यताउता दगुरेर बिताए । पसल सकिएपछि केही घरमा गेटबाट भित्र पनि चियाए । एउटा तरकारी पसलअगाडि ओत लागेका केही बटुवालाई पनि सोधे । बटुवाले मुन्टो यताउता हल्लाए ।

उनी गर्धन तन्काएर माथि माथितिर हेर्दै चोकको बीचमा आए र कम्मरमा दुवै हात राखेर ठिङ्ङ उभिए । मानौं, उनको पृथ्वी फनक्कै घुमेको होस् ।

मलाई उनको माया लाग्यो । बिचरा, त्यो चीजको खोजीमा फनफनी घुमेका थिए, जो भेटिनेवाला थिएन । रन्किएर आएको मोटरसाइकलको हर्नले उनी झस्किए । मोटरसाइकलले उछिट्याएको मैलो झरी उनको तिघ्रासम्म छ्यापियो ।

उनी ट्याक्सीतिर दगुरे ।

जब उनी भित्र पसे, मैले सोधिहालें, "भेट्नुभएन र, दाइ ?"

उनले ट्याक्सी स्टार्ट गरे । ट्याक्सी ढुनमुनिँदै अघि बढेपछि उनले मतिर पुलुक्क हेर्दै भने, "अन्तिम आशा थियो हौ । मेरो एक महिना यसैमा गयो, फोकटमा ।"

उनले जेठको मध्यदेखि असारको मध्यबीचको समय यही खोजीमा बिताएका थिए । सडकछेउको सानो मन्दिरछेउको त्यो घर,

जसको गेटमा रातोरानीको झाङ थियो । ट्याक्सीमा कोही युवती बसे उनको ढुकढुकी बढिहाल्थ्यो । उनी साइड सिसामा युवतीको गर्धनको दायाँपट्टिको कोठी खोजिहाल्थे । त्यसबाहेक सडकका छेउछाउ हिँडिरहेका युवतीतिर पनि पुलुक्क पुलुक्क हेर्थे । उनले किचकन्नीको वर्णन गरेर नसोधेको ट्याक्सी ड्राइभर पनि थिएन । उनलाई काठमाडौं कचौरा जस्तो लाग्थ्यो– एक न एक दिन किचकन्नी बिटैबिट हिँडेर उनका सामु आउनेछ ।

उनको कुरा सुन्दा मलाई भाउन्न भइरहेको थियो । के उनको दिमाग सड्किएकै हो ? किचकन्नी पनि यसरी खोज्ने हो र ?

झरीको चिसोले भोक ह्वात्तै बढाएको थियो । त्यसैले किचकन्नीबारे सोच्न बन्द गरें । र माछाको तात्तातो पिरो झोलको कल्पना गर्न थालें । कल्पनाले भोक झन् बढायो । भेलभित्र गुड्डुल्किइरहेका ढुङ्गा जसरी पेट बज्न थाल्यो ।

साँझको सवा सात बजे हामी रेसुङ्गा पुग्यौं ।

रेस्टुराँको दैलोमा झल्लरे बत्ती झुन्ड्याइएको थियो । आधाजसोले चिमचिम गर्न छाडिसकेका थिए । दैलोको अलिकति अगाडिपट्टिबाट पछाडितिर पार्किङमा जाने बाटो थियो । गृहकलहले रित्तै रहेको जमिनमा । केही मोटरसाइकल र केही ट्याक्सी थिए । नसप्रिएको आँपको रूखमा साइकिलको अस्थिपञ्जर बाँधिएको थियो । सूर्यबहादुरका अनुसार यो साइकिल एक जनाले छाडेका थिए, बिल अलि धेरै उठेपछि । "एकैछिनमा आइहाल्छु, साइकिल जमानी भो !" भनेर । तर डेढ वर्ष बित्दा पनि उनी फर्किएका थिएनन् ।

रेस्टुरेन्टभित्र होहल्ला थियो । भुइँतलामा टेबल खाली थिएनन् । माछा, बियर र चुरोटको सुगन्ध र गन्ध आपसमा मुक्कामुक्की गरिरहे जस्तो लाग्थ्यो । टेबल टेबलमा प्लेट यसरी खात लागेका थिए, मानौं, यो नै धरतीको अन्तिम भोज होस् ।

कुनातिरको टेबलबाट हात हल्लियो । सूर्यबहादुरले पनि हात हल्लाए । तर गएनन् । उनी यताउता हेर्दै अलमलिए । त्यसै बेला

थालमा माछाको झोल भरिएका पाँच ओटा बटुका राखेर दुब्लो र अग्लो वेटर आइपुग्यो । उसले गर्धन अलिकति तन्काएर सबैभन्दा पुछारको टेबलतिर हेऱ्यो । उसलाई त्यहाँ पुग्नु थियो । तर टेबलबीचको साँघुरो बाटोमा मातेर लत्र्याकलुत्रुक परेका मानिसका गोडा तेर्सिएका थिए । उसका बाँस जस्ता लामा गोडा सायद लमकलमक गर्दै कुनामा पुग्न बनेका होलान् ।

"माछा त सकियो कि हौ !" सूर्यबहादुरले कचौराबाट उठिरहेको बाफतिर हेर्दै, थुक निल्दै भने ।

"हेहे दाइ पनि ! धरतीको अन्तिम माछो यै रेसुङ्गामा भेटिन्छ । केको चिन्ता !" हाँस्दै वेटरले थालतिर हेऱ्यो, कचौराका माछा उफ्रिएर भागिहाल्छन् कि जसरी ।

"सिम्हदरबार खाली छ ?"

"भर्खरै टोली गयो । कुर्सीमा पुट्ठाको तातो अझै होला ।"

तेस्रो तला उक्लिएपछि छतको पुछारमा देखियो, सिंहदरबार । सानो कटेरो जस्तो । फलामका डन्डामाथि कर्कटपाता जडेको । भित्र प्लास्टिकका टेबल र कुर्सी थिए । टेबलमाथि जुठा थाल र कचौराका खात थिए । छेउमै माछाका काँडाको धुम थियो । पोखिएको माछाको झोलमा धनियाँको टुक्रो तैरिरहेको थियो । मैले दिक्क मानेर बाहिर हेरें । मलाई सारा डिल्लीबजार बिलकुलै नयाँ लाग्यो । पहिलो पटक माथिबाट देखेको थिएँ, त्यसैले । मैले भुइँको डिल्लीबजार चिनेको थिएँ, आकाशको अर्कै थियो । घरको दुई तलामुनि एउटा काठमाडौं र दुई तलामाथि अर्को काठमाडौं पो हुन्छ कि क्या हो ! छानाका ट्याङ्कीले देखाउँथे, घरमा मानिसको चाप कति छ भनेर । कुनैमा त तीन ओटासम्म थिए ।

"यो ऐतिहासिक टेबल हो, भाइ । भाग्गेले फेला पर्छ," सूर्यबहादुरले मेरो पिठ्युँमा धाप हान्दै भने, "कसलाई उछाल्ने, कसलाई पछार्नेसम्मका कुरा हुन्छन् । यहाँ अघिल्लो दिन लामै मिटिङ भो भने भोलिपल्ट काठमाडौंमा जग्गाको भाउ बढ्छ पनि भन्छन् ।" हतारिँदै आएर टेबल

पुछिरहेको केटोतिर हेर्दै उनी हाँसे । अनि भने, "खासमा दलाल बस्ने टेबल हो । अलिकति इज्जतिलो सुनियोस् भनेर सिंहदरबार भन्छन् ।"

केटो अर्डर टिप्न उभियो ।

माछाका बारेमा जानकार उनै थिए । फ्राइवाला कति बेला ल्याउने र झोलवाला कहिले, उनैले सम्झाए । र मतिर फर्किएर सोधे, "भाइले कुन बियर पिउने गरेको छ ?"

"पहिलोपल्ट बियर अस्ति भर्खरै पिएको थिएँ, दाइ ! नाम थाहा भएन ।"

"ए ! गाडी त स्टार्ट भइसकेछ," हिस्स हाँस्दै भने, "जिन्दगीको गाडी हो, भाइ । जति खाल्डाखुल्डी, स्पिड उति । यो मामलामा ।"

बियरको नाम दिमागमै टिपेर केटो गयो ।

"स्पिड भन्दा झल्याँस्स पो सम्झना आयो, त्यो मसानको !" उनी अलिकति उदास भए ।

मसान ? म वाल्ल परें । दिनभर किचकन्नी, रातभर मसान ! के भएको यिनलाई ? सोधें, "को मसान, दाइ ?"

"हत्तेरी ! बिर्सिसकेको ?" उनले भने, "त्यै आदि हौ ! कहिलेकाईं झल्को आउँछ त्यसको । उमेरैमा गो ! त्यत्तिकै लडें । सम्झिल्याउँदा चित्त दुख्छ क्या, भाइ ।"

ए ! मैले त बिर्सिंदै पो गएछु । सुकेर गएको सम्झनाको खोलो खडेरीमै पनि उर्लिएर आयो । आदिले थाहा पायो भने सपनामै आएर थर्काउला, "एई फ्रस्टु पार्टनर ! स्वाट्टै बिर्सेको ?"

हामी अबेरसम्म आआफ्नो सोचमा डुबेका थियौं । माथि खाली छ कि भनेर पुलुक्क हेर्न आएकाहरूले देखे होलान्– हामी सँगसँगै थियौं ।

तर थिएनौं ।

जब मैले चुरोटको ठुटो एस्ट्रेमा मिचेर हेरें, सूर्यबहादुर सोचमै डुबेका थिए । बेलाबेला आफैंलाई गाली गरे जसरी ओठ आपसमा मिचमाच पार्थे ।

मैले अझै पुत्ताइरहेको ठुटोलाई फेरि मिचें ।

एक बोतल बियर र तीन प्लेट माछा सकेपछि बल्ल उनी आफ्नो सोचमुक्त भएका थिए । सायद यथार्थसित भिड्न तयार पो भए कि !

"कहिलेकाहीँ म सोच्छु कि, भाइ । किन आएछु यता फनफनी घुम्न । जिन्दगी त रिङरोडैमा फन्को लगाएर जाने भयो । ४७ वर्ष त पुगिहालें । बेलाबेला हिसाब गर्छु– पाएको, गुमाएको हिसाब गऱ्यो कि हिसाब यस्तै आलु ।"

उनले साँधेको आलु सिन्कोमा उनेर मुखमा हुले । आलुमा छर्किएको टिम्मुरको बास्ना मैले महसुस गरें ।

"न घाम भनियो, न पानी ! न जाडो भनियो, न गर्मी । कुदेको कुद्यै । लौ त ! भनेर आनन्दले निदाउन पनि कहाँ सकियो र ! तैपनि जिन्दगी सधैं माइनसमा ।"

"मौका आउला नि, दाइ प्लसमा हुने ।"

उनले पुलुक्क हेरें । उनलाई लाग्यो होला, म क्यासेटमा भरिएको आवाज हुँ, सधैं उहीउही दोहोऱ्याइरहने !

"सबथोक ठीकठाकै थियो हौ । अचानक ऊ आई," उनको अनुहार निचोरियो, "सब भताभुङ्ग भो । त्यसपछि म निदाउनै सकेको छैन । देख्दैनौ, मेरा आँखामा अनिद्रा कलेंठी परेको ।"

"कसको कुरा गर्नुभएको, दाइ ?"

"त्यै... ।" उनले आँखा र ओठले अगाडिको बतासतिर इसारा गरे । तर मैले बतास पढें र बुझें– उनी किचकन्नीकै कुरा गरिरहेका थिए ।

म उनको दाइ, बा वा काका भएको भएको भए ट्याप्प पाखुरा समातेर भन्थें, "हिंड् ! डाक्टरलाई भेट्न । तेरो दिमाग सड्किसकेको छ ।"

बियर त मलाई पनि रमरम लागेको थियो । भनें, "यसरी कति दिन चल्छ, दाइ । किचकन्नीकै पछि लाएर । लौ, किचकन्नी फर्की फर्की आएर तपैंलाई हमला गरेको भए कुरा अर्कै हुन्थ्यो । उसलाई खोजेको खोज्यै गर्ने तपैं हो । अनि अग्निज्वाला माताको कुरा पनि पत्याउने तपैं । यो चैं तपैं आफैंले रचेको खेल हो । हुन त मैले तपैंले जति देखेको, भोगेको छैन । तर पनि यस्ता कुराका पछि नलाग्नुस् ।"

मैले पहिलोपल्ट सूर्यबहादुरका अघि यति लामो बोलेको थिएँ । मलाई लागेको थियो, उनी मलाई बीचतिरै रोक्नेछन् । तर रोकेनन् । मुन्टो हल्लाउँदै सुनिरहे ।

चुरोटको लामो सर्को ताने । गला खसखसाए होला, एकपल्ट मुखमा मुठी राखेर खोके । र पित्रिक्क निस्किएका आँसु पुछ्दै भने, "भाइलाई भन्नु कि नभन्नु । कुरा अलिकति अर्कै छ हौ ।"

म चनाखो भएँ ।

"ऊ किचकन्नी थिइन, भाइ !"

म वाल्ल परें ।

"किचकन्नी त मैले रचेर सुनाएको कथा थियो, चन्द्रासित जोगिन । अग्निज्वाला मातालाई दोस्रो भेटमै भनेको थिएँ– मैले कथा बनाइरहेको छु भनेर । मैले उहाँको खुट्टा ढोगेर माफी मागेको थिएँ ।"

मलाई मात र सूर्यबहादुरको कुराले चर्को रिँगटा दियो ।

"दाइ ! खासमा कुरा के हो ? रामरी भन्नुस् । अलिअलि चुहाउँदै चुहाउँदै भन्दा र सुन्दा एक जुनीले पुग्दैन जस्तो लाग्न थालिसक्यो ।"

उनले मलाई गढेर हेरे । भने, "त्यो मसानलले भन्थ्यो होइन ? अर्काको गोप्य कुरो अरूलाई सुनाउँदै हिँड्नु भनेको मुखैबाट पाद्नु हो । सम्झेको छ ?"

भर्खरै मुखमा आलुको टुक्रो राखेको थिएँ, दिगमिग र विरक्त लाग्यो । अप्ठ्यारो गरी निलें र मुन्टो हल्लाएँ ।

त्यो माघको पहिलो साता थियो । युद्धको समय भएकाले काठमाडौं आठ बजेपछि सुनसान भइहाल्थ्यो । सूर्यबहादुर र युवतीको भेट हुँदा सवा ११ बजेको थियो । महाराजगन्जको चप्पल कारखानानिर ! युवती ल्याम्पपोस्टको मधुरो उज्यालोनिर उभिएकी थिई । चिसो स्याँठले छेउछाउका रूखका पात उराठलाग्दो हल्लिरहेका थिए । ऊ ब्यागलाई छातीमा चेपेर अलिकति कुप्री परेकी थिई । बेलाबेला स्विटरका दुवै फेर तानेर पेट छोप्थी । टाउकोलाई दोपट्टाले छोपे पनि स्याँठ छल्न सकेकी

थिइन । सूर्यबहादुर सडकको वारिपट्टि थिए । एकछिन ढल्किन्छु भनेर सुतेका उनी झप्पै निदाएछन् । हत्केलाले झ्यालको सिसाको भित्रपट्टि जमेको ओस पुछ्दा उनले युवतीलाई पारिपट्टि देखेका थिए । र हात र सिसा रगडिँदा निस्केको च्वाइँक्क आवाजले पनि झस्किएका थिए । उनलाई पहिला मनको बहम हो कि जस्तो लाग्यो । उनले आँखामा जोड दिएर हेरे । तर ऊ त्यहीँ थिई । एकछिनपछि दुइटा भीमकाया ठुल्ठूला ट्रक बीचबाट रफ्तारमा गए । त्यसपछि पनि ऊ त्यहीँ थिई ।

सूर्यबहादुरले चुरोट सल्काए ।

युवती बेलाबेला सडक पार गर्न खोज्थी । तर हुइँकिएर आइरहने भीमकाया ट्रकको त्रासले फेरि पेटीतिर फर्किन्थी ।

सूर्यबहादुरले चुरोटको ठुटो फालेर ट्याक्सी त्यतैतिर कुदाए । युवतीको छेउमा रोके । सिसा तल झारेर भने, "बैनीलाई बाटो काट्न अलि गाह्रै भयो जस्तो छ हौ ।"

उसले मुन्टो हल्लाई ।

"बैनी कहाँसम्म जाने ?"

युवतीले नाडीमा लेखेका अक्षर खुसुक्क पढ्न खोजी । तर सूर्यबहादुरले देखिहाले । अप्ठ्यारो मान्दै भनी, "सामाखुसी हो, दाइ । ठूलो होटलका पछाडि । त्याँबाट साँघुरो बाटो भित्र जान्छ," ऊ एकछिन अलमलिई । अनि थपी, "साथी लिन आउँछु भनेकी थिई । आइन ।"

"होटलको नाम के बैनी ?"

नाम बिर्सिसकेकी रहिछ । होटलको गेट वर्णन गरी ।

"त्यो साङ्ग्रिला होटल हो," सूर्यबहादुरले भने ।

उसले मुन्टो हल्लाई । जाडोले युवतीका दाँत कटकटिइरहेका थिए । सूर्यबहादुरलाई असाध्यै माया लाग्यो । उनले आफूछेउको दैलो उघारिदिँदै भने, "आऊ, म छाडिदिन्छु ।"

"मसित पैसा छैन, दाइ," उस्ले रून्चे स्वरमा भनी ।

"पर्दैन । छोरीमान्छे मध्यरातमा यसरी एक्लै बस्नुहुन्न ।"

युवती उनी छेउको सिटमा बसी । ब्यागलाई काखमा राखेर ठिहिऱ्याएका हत्केलालाई आपसमा रगडेर तातो बनाउने कोसिस गरी । "यस्तो जाडोमा चुरोटले तातो हुन्छ होला है, दाइ ?"

"हो नि, बैनी !" सूर्यबहादुर चम्किहाले, "ज्यानका सबै काप रन्केर आउँछन् हौ ।"

युवती फेरि बोलिन । उसले काखको ब्याग समाई । कसैले थुतेर लैजान्छ कि जसरी ।

उनले ट्याक्सी स्टार्ट गरे र गियरका चुरा छ्याङ्ङ बजाए । उनले सोचिसकेका थिए, उनी बालुवाटार निस्कनेछन् र राष्ट्र बैङ्क हुँदै लाजिम्पाट निस्किएर साङ्ग्रिला होटल पुग्नेछन् । उनलाई भित्री बाटो थाहै थियो ।

अलि अगाडि पुगेपछि सूर्यबहादुरले सोधें, "अनि, बैनी ! यति राति एक्लै निस्किनुभाको ?"

"जानैपर्ने भएर, दाइ," चिसोले युवतीको आवाज काँपिरहेकै थियो ।

त्यसपछि ट्याक्सीमा मौनता छायो । सूर्यबहादुरलाई आस थियो, युवतीले अरू कुनै प्रश्न गर्छे कि भनेर । तर गरिन । उनले कर्के नजरले हेरे । भित्री बत्तीको मधुरोको उज्यालोमा पनि उसको गर्धनछेउको कालो कोठी देखिइरहेको थियो । बेलाबेला स्टेयरिङ घुमाउँदा सूर्यबहादुरका कुइनाले उसका पाखुरा छुन्थे । ऊ आफूलाई खुम्च्याउँथी, नछोइयोस् भनेर ।

ट्याक्सी साँघुरो गल्लीबाट लाजिम्पाटको मूल सडक निस्कियो ।

"सोध्न त हुने हो कि होइन । तैपनि बैनी ! यति राति किन हिँडेको होला ?" उनले प्रेम देखाउँदै सोधे, "यसो हेर्दा बैनी भर्खरै काठमाडौं आए जस्तो पनि लाग्छ ।"

उसले सडकछेउका पिलन्धरे ल्याम्पपोस्ट हेरिरही । सायद उचित शब्द खोजिरहेकी थिई । भनी, "नआउनु थियो, आएँ । एकदुईपल्ट भेटेको मान्छेको भर गर्न नहुने रैछ, दाइ ।"

"विदेश पठाइदिन्छु भनेर ठग्यो कि क्या हो !"

उसले बिस्तारै मुन्टो यताउता हल्लाई । मधुरो सुस्केरा हाली । अनि भनी, "राम्रै जागिर खाछु । ठूलै फ्ल्याट भाडामा लेको छु भन्थ्यो । म त गाउँले बैनीकोमै बसेको थें । मेरै फ्ल्याटमा जाम् भन्यो । बैनीकोबाट निस्केपछि कोठामा मामा आका छन् भनेर होटलमा राख्यो । दुई दिन त्यहीँ बस्यो । तेस्रो दिन मामालाई घर पठाएर आउँछु भनेर गको फर्केन । ब्यागमा अलिकति पैसा थ्यो । बिहेमा लाउँला भनेर ल्याको सुनको औंठी थ्यो । त्यो नि लगेछ । फेरि फर्केन । फोन गर्दा डेरा सरिसक्यो भन्छन् । अलिकति भको पैसा होटलले लग्यो । म त अलपत्र परें, दाइ ।"

सूर्यबहादुरलाई नरमाइलो लाग्यो । भने, "फटाहा रछ हौ । सहरमा बस्ने यस्तै हुन्, बैनी । अनि अहिले कसकोमा जान लाग्नुभएको ?"

"मेरै गाउँकी बैनी बस्छे । उसैकोमा ।"

"गाउँ फर्किनुस्, बैनी ! यता यस्तै हो ।"

"गाउँ पनि कसरी जानु, दाइ !" उसको आवाज धस्किँदै गयो, "यतै दुःखसुख बस्छु ।"

ट्याक्सी साङ्ग्रिला होटलछेवैबाट मोडियो । अलिकति अगाडि बढेपछि सूर्यबहादुरले सोधें, "बैनीले भनेको ठाउँ त यतैकतै हुनुपर्छ ।"

युवतीले पल्याकपुलुक हेरी । भनी, "पार्क जस्तो ठाउँमा हो, दाइ !"

"ए ! रानीबारी हो कि ?"

युवतीले एकछिन सोची र मुन्टो हल्लाई ।

ट्याक्सी त्यतै मोडियो ।

ओरालो आइसकेको थियो । ओरालो सकिएपछि सूर्यबहादुरले ट्याक्सी रोके ।

"अब कता बैनी ?" उनले सोधे ।

उसले सिसाबाहिर हेरी । रानीबारीको जङ्गलमा उल्लु त्रासलाग्दो आवाजमा कराइरहेको थियो । चिसो बतासमा सरसराइरहेका पातको

आवाज पनि कति त्रासलाग्दो । उसले आत्तिएर छेउछाउका घरका झ्यालतिर हेरी । सबैका बत्ती निभिसकेका थिए ।

उसले काँपेको आवाजमा भनी, "यस्तै थ्यो, दाइ । घरको गेटमा रातोरानी फुलेको थियो ।"

"यसरी त गाह्रो होला बैनी भेट्न । यति राति छ । सोध्नलाई मान्छे पनि छैनन् ।"

"ठीकै छ, दाइ । म यसो हेर्दै हेर्दै जाउँला । सानो मन्दिरको छेउबाट अलिकति भित्र पसेपछि आउँछ," उसले रून्चे स्वरमा भनी ।

"अलपत्रै पारेर त म कहाँ जाउँला, बैनी । रात भए पनि बेलाबेला मान्छे हिँड्छन् । कुरौं । कोही देखिए, सोधौंला ।"

उसले प्रेमले सूर्यबहादुरतिर हेरी । अनि उसको ज्यान थरथरायो, सायद रूवाइ पो रोकी कि !

"मलाई घर जान मन छ, दाइ !" उसले हिक्का छाडी । र आफ्नै घुँडातिर झुकी । उसको ढाड थरथराइरह्यो । सूर्यबहादुरले उसलाई सान्त्वना दिन ढाड सुमसुम्याइरहे । उनले थाहै पाएनन्– कति बेला उनको हात गर्धनको कोठीसम्म पुगिसकेको थियो ।

उनले कति बेला भित्रको बत्ती निभाए, त्यो पनि थाहा पाएनन् । युवतीको शरीर लास जस्तो मौन थियो । उनले खोतलखातल पारिरहे । जब उनले ऊभित्र प्रवेश गरे, उसले हुक्क गरी । त्यसपछि सूर्यबहादुरलाई लाग्यो, उसको शरीरमा सासै नभए जस्तो । उसका चिसा अङ्ग झन् चिसिँदै गए ।

सूर्यबहादुरलाई हिउँ नै पोखिए जस्तो लाग्यो ।

हुरीले खसालेका पात जसरी युवतीले आफ्ना लुगा समेट्न थालेपछि उनले रानीबारीमा कराइरहेका उल्लुको आवाज सुन्न थाले ।

सिटतिर कताकता घुस्रिएका आफ्ना पाखुरा टनटनी दुख्न थालेको अनुभव भएको थियो । उनले पाखुरा सुमसुम्याइरहेका बेला कसैले डन्डाले दैलो ढ्याकढ्याक पाऱ्यो ।

दुई पुलिस थिए ।

पहिलोले भर्खरै उज्यालो पारिएको ट्याक्सीभित्र चियायो । कुरा बुझ्यो र अर्कोतिर आँखा सन्कायो ।

"बाहिर निस्कने," दोस्रो करायो ।

सूर्यबहादुर आत्तिँदै बाहिर निस्किए । पुलिसले डन्डाको टुप्पोले युवतीको पाखुरा ठेल्यो ।

"सर ! गाउँकी बैनी हो," सूर्यबहादुरले हात जोड्दै भने, "डेरामा छाड्न आएको ।"

पुलिसले उनलाई करिब २५ मिनेट ऱ्याखऱ्याख्ती पारे । ढाड र पिँडौलामा डन्डा पनि हाने ।

२५ सय हात परेपछि पुलिसले ५० पटक उठबस गराए ।

पुलिस हिँडेपछि उनी ट्याक्सीभित्र पसे । ऊ घुँडातिर झुकेर रोइरहेकी थिई ।

उनीहरूबीच संवादको कुनै अर्थ थिएन ।

उनले पुलिस फेरि फर्किएर आउँछन् कि भन्ने डरले ट्याक्सी अगाडि बढाए । एकछिनपछि बाटोछेउमा सानो मन्दिर देखियो । उनले त्यही छेउमा ट्याक्सी रोके । र सुकेको आवाजमा भने, "बैनी ! मेरो विचारमा ठाउँ यही हुनुपर्छ । बरू झरेरै खोजौं । बरू घण्टी बजाएरै भए पनि घरको मान्छेलाई सोधौंला ।"

उनले अलिकति तेर्सिएर, युवतीको छाती अगाडिबाट हात तन्काएर छेउको दैलो ह्वात्तै खोलिदिए । युवती ब्याग छातीमा च्यापेर बाहिर निस्किई ।

"म ट्याक्सी साइड लगाउँछु" भन्दै उनले खुलेको ढोका ताने । ट्याक्सीलाई एकछिन यताउता घुमाए । युवतीभन्दा अलिकति तल पुगेपछि उनले रफ्तारमा ट्याक्सी विपरीत दिशामा कुदाए ।

साइड सिसामा ल्याम्पपोस्टसँगै उभिएकी रून्चे युवती देखिई । छातीमा ब्याग च्यापेकी । ऊ न ट्याक्सीतिर दगुरी, न आत्तिएर यताउता नै हेरी ।

ठिङ्ङ उभिइरही । कलिको मूर्ति जसरी ।

त्यसपछि सूर्यबहादुर रेसुङ्गा पुगे । तीन बोतल बियर पिएर कुर्सीमा ढल्किए । र चन्द्रालाई सुनाउने कथा कल्पिए ।

"भाइ ! बेला बेला लाग्छ– यसलाई चक्कुले काटेरै फालिदिऊँ," उनले आफ्नै गुप्ताङ्मा चड्कन लगाए, "भाइ ! म पापी हुँ । यो सूर्यबहादुर त्यस्तो थिएन हौ । के भो, के भो । जब आँखा चिम्लन्छु, उसकै अनुहार झलझली आउँछ । मेरो सारा ज्यान भतभती पोले जस्तो हुन्छ ।"

मलाई दिगमिग लाग्न थालेको थियो । भर्खरै निलेका सबै चीज हुत्तिएर बाहिर निस्किएलान् जस्ता भइरहेका थिए । कसरी एउटा मान्छेले अर्को मान्छेलाई त्यस्तो गर्न सक्छ ?

म वाल्ल परेर उनलाई हेरिरहेको थिएँ । उनको मुख बाङ्गियो । उनी टेबलतिर झुके ।

# गहिराइ

*मान्छे प्रेमको गहिराइबाट जसोतसो तैरिएला ।*
*तर लतको गहिराइ, गाह्रो छ, साह्रै गाह्रो ।*

बेरोजगारीले निम्त्याएको आलस्यपूर्ण मध्यदिनमा मैले द *गुड अर्थ* सकें । अङ्ग्रेजीसितको झोकमा मैले पढ्न सुरू गरेको थिएँ । सकें पनि । तर सुरूवातमा यो पुस्तक अक्षरशः पढेर पूरा गर्दाको जुन आनन्द कल्पना गरेको थिएँ, त्यो कतै थिएन । जीवनमा धेरै थोक फेरिएको थियो । सायद यसैले पनि सुरूवातमा जुन मेरो उत्साह थियो, त्यो मरिसकेको थियो । मैले पुस्तक पूरा पढ्ने होड उहिल्यै छाडेछु । म त पुस्तकले कल्पिएको संसारमा हराइरहेको थिएँ ।

जीवनमा एउटा लक्ष्य पूरा गरेको थिएँ, अङ्ग्रेजी पुस्तक पढ्ने । कति मीठो आत्मतृप्ति । र कल्पना गर्न थालिसकेको थिएँ, अब अर्को कुनै यस्तै लक्ष्य बनाउनेछु र त्यसलाई पनि पूरा गर्नेछु । कल्पनाका ससाना खुट्किला चढ्दै एक दिन कल्पनाको शिखरमा पुग्नेछु ।

यसरी नै सायद म कल्पना गर्न साक्षर हुँदै जानेछु ।

म चाँडै कली क्याफे जान चाहन्थें ।

समीरासितको जम्काभेटका लागि म तयार थिएँ । उसले किताबबारे सोधिहाली भने पनि म किताबको गाउँ र आफ्नो गाउँ जोड्न सक्थें । पात्रको मनोदशामा आफ्ना गाउँलेको मनोदशाको पुच्छर बाँधिदिन सक्थें ।

मैले बुझेको थिएँ– द *गुड अर्थ* समीराका बाबाको प्रिय किताब किन थियो । उनले पुस्तकमा आफूलाई भेट्थे । सहरमा सङ्घर्ष गरिरहेका थिए । वाङलुङले आफ्ना बन्जर खेतमा आफूलाई फेरि रचे जसरी उनी सहरको मरूभूमिमा आफूलाई उमार्न चाहन्थे । उनले कैयौं पटक किताब पढे । त्यतिखेर समीरा सानै थिई, उसलाई पनि सुनाए । समीरालाई त्यो किताब किन प्रिय भयो भने ऊ वाङलुङमा आफ्ना बाबा देख्थी । पुस्तक मलाई किन प्रिय भयो भने म पनि वाङलुङ जस्तै थिएँ । म थाकेको थिएँ, हारेको थिइनँ ।

सिमीको एउटो टुक्रो जिब्रोमुन्तिर च्यापेर लामो मरूभूमिको यात्रा तय गर्नु र मैले चिउरा खाएर मैतीदेवी मन्दिरमा झोक्राउनु उस्तै थिएन र !

सायद सहरमा भोकै रन्थनिनुअघि मैले द *गुड अर्थ* पढेको भए मेरो कथा अर्कै हुन्थ्यो कि ! मैले बतासले रेडियोमा हुलिदिएको सन्देश त्यो बेला बुझिनँ । समीराले त उहिल्यै किताबको कुरा गरेकी थिई । संसारमा अर्बौं किताब थिए । तर समीराले त्यही किताबको कुरा गरेकी थिई, जुन मेरै लागि थियो ।

मैले पढ्ने आँट अलिकति ढिला गरें । र पनि आफूलाई फरक पाटोबाट हेर्न सक्ने भएँ ।

म तयार थिएँ ।

भदौको तेस्रो साता म जीवनकै महान् साहस बोकेर कली क्याफे हिँडेको थिएँ । सिरानमुनिबाट तीन हजार बोकेको थिएँ । सोचेको थिएँ– परशुरामले समीराबारे केही जानकारी बटुलेको होला । त्यो जानकारी दियो भने म उसलाई पाँच सय टिप्स दिनेछु । ऊ समीराको ठेगाना नै पत्ता लगाएर बसेको छ भने म उसलाई हजार रूपियाँ नै दिनेछु । भविष्यका आफ्ना छाक काटेर ।

सवा दुई बजे जब कली क्याफेभित्र पसें, कताकता मनमा लाग्यो– कतै नील र समीरा पो आएका छन् कि ! टेबलको वल्लोपल्लोतिर

बसेर एकअर्काको अनुहार हेर्दै व्यक्त हुन नसकेका कुरा पढ्ने कोसिस पो गरिरहेका छन् कि !

तर क्याफे रित्तो थियो ।

कटेरामा भने जापानी जस्ता देखिने वृद्ध र वृद्धा तास खेलिरहेका थिए । उनीहरू ज्यानै घुमाउँदा पनि कतै हड्डी रगडिएर आवाज निस्किन्छ कि जसरी सचेत देखिन्थे । बिस्तारै पत्ती तान्थे र बिस्तारै छाडिदिन्थे । अक्वारियममा छाडेको माछा जसरी ।

यताउता हेरें, परशुरामलाई देखिनँ ।

म माथि उक्लिएँ । आशा थियो– ऊ जिन झैं बतासबाट प्रकट भएर आउनेछ ।

अबेरसम्म आएन ।

बरू आलस्यले भरिएको एक युवक आइपुग्यो । ग्लासमा पानी र मेनू बोकेर । मैले कफी र चुरोट अर्डर गरें । ऊ हिँड्दै थाल्दा सोधें, "परशुरामजी आउनुभएको छैन ?"

"अहिले त गाउँ गाछ," आलस्य मान्दै भन्यो । र ऊ गयो ।

हतारहतार कफी सकेर म फर्किएँ ।

सोझै कोठामा ।

त्यसपछि मैले फेरि योजना बनाउने कोसिस गरें । म त समीरालाई खोजिरहेको थिएँ । के थाहा, नीललाई खोज्यो भने ऊ पो भेटिएला कि ! ऊ मोटरसाइकल चढ्थ्यो र पिठ्युँमा गिटार बोक्थ्यो ।

मैले सडकतिर कुदिहिँड्ने मोटरसाइकलवालातिर ध्यान दिन थालेको थिएँ । तर नीलसित मिल्दाजुल्दा कोही देखिएनन् ।

म कुन पजलमा फसेको थिएँ ? यति लामो समय हुँदा पनि उनीहरूले कहिल्यै आफ्नो टोलको नाम भनेनन् ।

म बाटोमा नीललाई खोज्थें र रेडियोमा समीरालाई । कसोकसो थाहा पनि पाइसकेको थिएँ, मेरो टोलका पोल फेरिने पनि भएका थिए । ती काठका होचा पोल थिए, जो मक्किइसकेका थिए । बूढो

पीपलको टाउको जस्तो तार गुजुप्प परेका पोल अलिकति ठूलो हुरी चल्यो कि ठ्यास्सै भाँचिन सक्थे । पोल फेरिए भने मेरो भित्ताछेउका तारका गुजुल्टा पनि हट्थे ।

मलाई लाग्थ्यो, ती गुजुल्टा हटे भने रेडियोले कडलेसको आवाज टिप्नेछैन ।

म फेरि समीरा र नीलको चक्रमा फसेको थिएँ ।

किनभने म फेरि एक्लो भएको थिएँ । सायद एक झलक समीरालाई हेर्नु नै मेरो एक मात्र लक्ष्य थियो । उसको कल्पना गर्दा म आफूलाई एक्लो पाउँदिनथें । जीवनको अंशबाट समीरालाई स्वात्तै काटेर फालिदिने हो मसित केही हुन्थेन । हुन्थ्यो त उही विराट् उदास र एक्लोपन ।

मलाई फेरि मध्यरातमा अत्यास लाग्न थालेको थियो । बतासै नपुगे जस्तो । म रेडियोमा समीरालाई खोजिरहन्थें । ऊ नीलसँग कुरा गर्थी, आफ्ना कुरा गर्थी । तिनै कुराबाट म आफूलाई काम लाग्ने शब्द चोइट्याएर लिन्थें ।

उसका बाबालाई आफैंमा उम्रिएको जुम्रो मार्न पनि माया लाग्थ्यो । पछि उनले काठमाडौंमा घर बनाए । संसार घुमे । सिडिओ भए । र अन्त्यमा एउटा अनाम युद्धमा हिंडे ।

कतै भेटिएनन् ।

एक दिन समीराले नीललाई भनेकी थिई, "मलाई लाग्छ, बाबा अझै पनि हुनुहुन्छ कतै । जमिनबाट उठेकाले आफ्नो जीवन आफैं लेख्न सक्छन् । सायद उहाँ कतै आफ्नो जीवन आफैं रचिरहनुभएको छ ।"

अहिले म सोच्छु– सायद म आफैंलाई रचिरहेको छु ।

युद्धको त्रासले काठमाडौं ओइरिएका जति सबै आफूलाई रचिरहेका छन् । कान्छा बा ठीकै भन्थे, "राजधानीका हरेक कुनामा अवसर लुकेर बसेका छन् ।" सायद यसैले पनि म यहीँ छु ।

जस्तो छु, जे छु– हो, यहीँ छु । छन त छु नि !

घरबेटी बा पनि भन्थे, "काठमाडौं स्प्रिङ भाको कुर्सी हो । आफूमा वजन भएन भने यसले उछिट्याउँछ ।"

र मैले थाहा पाइसकेको थिएँ– मानिसको वजन भोगाइ र अनुभवले बढाउँछ ।

मैले बिस्तारै फेरि एक्लोपनमा रमाउन सिकिरहेको थिएँ ।

त्यही एक्लोपनको बन्द दैलोलाई समीराले फेरि ढकढक्याएकी थिई । रातको सवा ११ बजे । उसको आवाज ताजा थियो । धेरैपछि समीराको आवाज सुन्दा म तरङ्गित भएँ ।

एकछिन उनीहरूको कुरा सुन्दा मैले मेसो पाइसकेको थिएँ, उनीहरू कुनै पार्टीबाट फर्किएका थिए । पिएका पनि थिए । मैले सोचें, नीलले बियर पिएको होला, समीराले वाइन । समीरा लगातार नीलको प्रशंसा गरिरहेकी थिई । उसले गितार बजाउँदै माहोल जमाएछ । गीत कुन पो गाए होला !

"जेहोस्, तिम्रो मनमा अलिकति पाप चाहिँ छ है," ऊ भनिरहेकी थिई, "मेरी साथीले वान्स मोर भन्दा तिमीले कति लजाउँदै गजल गायक जसरी आदाब गरेका थियौ ।"

"यसमा पाप के भयो ?"

"तिम्रो हेराइ त ऊतिरै थियो ।"

"अरे बाबा ! चिनाएको तिमीले होइन ? मैले त तिम्रो फ्रेन्ड भनेर पो अलि चासो दिएको । फेरि कस्तो इगोइस्ट रैछ भन्ला भनेर ।"

"सै हो । खुसी बन । अर्को आँखा ठोकिने ठाउँ पाएकामा ।"

"साइको ! अघिसम्म त मुड ठीक थियो त । सबैभन्दा मीठो किस आजै गरेको ।"

समीराले लाडिएर भनी, "मेरो मुखबाट तिम्रो चुरोटको गन्ध आइरहेको छ ।"

काउकुती लागे जसरी नीलले मधुरो आवाजमा भन्यो, "आज स्टोरी सुनाऊ न !"

"किसले पुगेन ?"

नीलले लामो सास तान्यो । भन्यो, "अचेल अरूले पुग्दैन । स्टोरिज नै सुन्नुपर्छ ।"

"धेरै लती नबन," उसले भनी, "जीवनकालभरि म स्टोरिज सुनाउन कहाँ रहन्छु र !"

"तिमी कहाँ नै जान्छौ र ?"

"यति सङ्गत गरेर पनि तिमीले अझै बुझेको छैन है ?" उसले भनी, "म त बेमौसमी बादल हुँ, कहिले सुत्त आकाशको एक कुना, कहिले सुत्त अर्को कुना ।"

"भनेको ?"

"यति बुझ, मैले अचेल जानीजानी तिमीलाई स्टोरिज नसुनाएको । मान्छे प्रेमको गहिराइबाट जसोतसो तैरिएला । तर लतको गहिराइ ? गाह्रो छ, बहुतै गाह्रो छ । पाप किन बोक्नु भनेर नि ।"

"अरे यार ! स्पष्ट भन भन्न के खोजेको ? एउटा मुड हुन्छ नि ! फ्याट्टै कुरा कताकता जोड्छ," नीलले सन्किँदै भन्यो, "यसरी चल्दैन ।"

"सै हो," उसले हाँस्दै भनी, "मलाई त तिमी सन्केको पनि मनपर्छ । खासमा तिमीलाई रिसाउन पनि आउँदैन ।"

नील एकछिन मौन भयो । भन्यो, "मैले त अचेल केही बुझ्नै सकेको छैन । कस्तो साइकोको फेला परेको ।"

"बुझिन्छ । इट्स लाइक अ पजल । अहिले शब्दहरू छरिएका छन् । जब जोडिन्छन्, अर्थपूर्ण बन्छन् ।"

"साइको ।"

"मलाई यस्तै साइकी मनपर्छ ।"

मलाई फेरि अथाह मरूभूमिमा फेरि बादलको टुक्रो देखापरे जस्तो भएको थियो । म भोलिपल्टै कली क्याफे पुगेको थिएँ । परशुराम फेरि काममा फर्किसकेको रहेछ । ऊ अलिकति दुब्लाएको थियो । मलाई देख्नेबित्तिकै फुर्तीसहित आयो ।

"म बीचमा आएको थिएँ । तपाईं गाउँ पो जानुभा रैछ ।"

ऊ अलिकति निन्याउरो भयो । मसिनो आवाजमा सोध्यो, "यता कसैले केही सुनायो कि सरलाई पनि ?"

"छैन त । अस्तिनै तपाईंलाई नदेख्दा सोधेको थिएँ । गाउँ जानुभाको भन्ने खबर पाएँ । त्यति नै हो । के भयो र ?"

"यस्तै हो, सर ! एउटो गिद्धलाई अर्को गिद्धले कति सिनो खायो भन्ने मात्रै चासो हुँदो रहेछ । यस्तै हो ।"

मैले मुन्टो हल्लाएँ ।

"ल सर ! म तपाईंको अर्डर लिएर आउँछु" भन्दै ऊ अघि बढ्यो । एकैछिनमा कफी र चुरोट लिएर आयो । मैले चुरोट सल्काएँ । परशुरामले धूवाँ हेरिरह्यो । अकमकाउँदै मतिर अलिकति झुक्यो र सासले भन्यो, "म तपाईंको भेट उहाँसित जसरी पनि गराइदिन्छु । मलाई तपाईंको फोन दिनुहोला ।"

म भित्रभित्रै काँपें । र काँपेकै आवाजमा फोन नम्बर बरबराएँ । उसले टिप्यो ।

"तपाईं असल हुनुहुन्छ, सर !" उसले कागजको चिर्कटो पट्याएर गोजीमा राख्दै भन्यो, "म जसरी पनि भेटाइदिन्छु । यो परशुरामको प्रतिज्ञा भयो ।"

र फटाफट सिँढी ओर्लियो । मलाई लाग्यो, ऊ महासागरमा वर्षौंअघि खसेको सियो खोज्न जाँदै छ ।

# सुर्जे

*आधा जुनी यतै बित्यो,*
*झ्यालबाट घाम कहिल्यै भित्र पसेन ।*

सूर्यबहादुरले ट्याक्सीको हुँडलाई प्रेमले थपथपाए । उनको अनुहारभन्दा ट्याक्सी झन् निन्याउरो देखिएको थियो । घाम र झरी धेरै सहेको ट्याक्सीको रङ खुइँलिँदै गएको थियो । ददारिएको ठाउँमा पछि पोतिएको इनामेल भने कक्रक्क परेको थियो । नङले ठेलेर तान्यो भने कुखुराको छाला जसरी तन्किँदै निस्किन्थ्यो ।

ट्याक्सी किनबेचमा धेरै समय लागेको थिएन ।

सूर्यबहादुरले थोरै नै रकम मागेका थिए, त्यसैले पो हो कि ! किन्ने पूर्णबहादुर भने खाडीतिर पसिना बगाएर फर्किएका थिए । उता सोह्रपाङ्ग्रे ट्रक हाँक्थे रे ! उनी बचेको पसिना यतै बगाउन चाहन्थे । "उताको तातोपानीले मन खरो नै रह्यो ! हहह," उनले हाँस्दै भनेका थिए ।

किन्नेसित गोजीभरि धन थियो, बेच्नेसित मरेको मन थियो ।

म बेलाबेला सोच्थें, यो सारा काठमाडौंमा म थोरै मान्छे चिन्थें । तर पनि किनकिन उनीहरूसित जीवनको ओरालोमै भेट हुन्थ्यो । अझ भनौं, उनीहरूको दुःखको साक्षी बन्न टुप्लुक्कै आइपुग्थें । अनि जरूरी कामले कतै न कतै गइहाल्नुपर्थ्यो । यस्तो लाग्थ्यो, म दुःखीलाई जिस्क्याउन मात्र त्यहाँ पुगेको हुँ । म यस्तो बाहिरिया थिएँ, कसैको पनि लयमा चलिरहेको जीवनको अध्यायमा पसें कि उनीहरूको लय बिग्रन्थ्यो । के म अरूका लागि पनौती नै थिएँ ?

कि मानिसको जीवनको ओरालो जहाँ टुङ्गिन्छ, म त्यहाँ उनीहरूलाई प्रतीक्षा गरिरहेको हुन्थें ? के म ओरालो जीवनको जिरो माइल थिएँ ?

सूर्यबहादुरलाई ट्याक्सी आफ्नै ज्यानको अङ्ग जस्तो थियो । लैजानेले छिनालेर लैजानुपर्थ्यो ।

म त्यही बेला कोठाबाट बाहिर निस्किएको थिएँ, जति बेला सूर्यबहादुर आफ्नै अङ्ग काटेर अर्कोलाई दिँदै थिए । उनले रून्चे अनुहार लाएर मतिर हेरेका थिए ।

म उनको छेउमा गएर उभिएँ ।

"मेरो आधा उमेरै यसैमा बितेको हो," सूर्यबहादुरले मलिन आवाजमा भने, "बेच्न त मन थिएन हौ । तर परिस्थिति त्यस्तै आइलाग्यो । यो आफैं कोतरियो । तर मलाई रौं जति पनि कोतरिन दिएन ।"

पूर्णबहादुर मुस्कुराए । मानौं, उनको सपना पूर्ण भएको थियो । उनलाई लागेको होला, ट्याक्सी थोत्रै हो । तर दशाले नभरिएको ! गाडीको दशाले घरखेतै निल्छ, उनले सुनेकै होलान् ।

मलाई शङ्का भयो । सायद सूर्यबहादुरले यो ट्याक्सीका दशाबारे बताएका थिएनन् ।

"ल त, दाइ !" पूर्णबहादुरले हात मिलाए । भने, "चिन्ता नगर्नुस्, म ट्याक्सीको ख्याल राख्छु । सोच्दै छु– आजैदेखि कुदाउन सुरू गरूँ ।"

उनी भित्र पसे । कोटको खल्तीबाट कलेजी रङको सानो सिसी झिके । बिर्को बटारेर सिसाको छेउमा राखे । भने, "गाडी अलि चर्कै गनाउँदो रछ । हहह ।"

सूर्यबहादुरले एक पटक प्रेमले ट्याक्सीतिर हेरे । ट्याक्सी हिनहिनायो । युद्धका लागि देश देशावर गरिरहने घोडा जस्तो । सूर्यबहादुरले अन्तिम बिदाइको धाप हाने । ट्याक्सी हुत्तिँदै अघि गयो ।

एकैछिनमा गल्लीको मोडमा छेलियो ।

जलेको पेट्रोलको गन्ध अझै बतासमा रङ्मगिइरहेको थियो । सूर्यबहादुरले भर्खरै ट्याक्सी बिलुप भएको गल्लीतिर हेरिरहे । तल्लो ओठ चपाउँदै मुन्टो हल्लाए ।

"हिँड्यो हौ, भाइ," उनले मतिर हेर्दै भने, "हुन त फलामै हो ! गाईगोरू हुँदो हो त, बिहानसम्म फर्केर ह्यैं आइसक्थ्यो !"

म चुपै रहें ।

उनले मेरो पिठ्युँमा धाप हाने । भने, "भाइको बेलाबेलाको ड्युटी पनि सकियो ।"

"अर्को किन्नुहुन्न र ?"

उनले मुन्टो यताउता हल्लाए ।

"मैले त पुरानो बेचेर नयाँ किन्न थाल्नुभएको होला सोचेको थिएँ ।"

"पुग्यो हौ, भाइ, ट्याक्सी पुग्यो," उनले गला बेस्मारी खकारेर थुक्दै भने, "काठमाडौं पनि पुग्यो ।"

म वाल्ल परें ।

"चन्द्रासित सल्लाह गर्दै छु, भाइ । मान्यो भने केही वर्ष गाउँ जान्छु । कति रिङ्नु यसरी फनफनी," उनले वरिपरिका घरतिर हेर्दै भने, "आधा जुनी यतै बित्यो । झ्यालबाट कहिल्यै घाम भित्र पसेन ।"

मैले मुन्टो हल्लाएँ ।

"उता त सुर्जे नै आफ्नो ।"

मलाई लाग्यो, उनी दिनभर ट्याक्सीको प्रेममा यसरी नै बर्बराइरहनेछन् । पुलुक्क उनको नाडीको घडीतिर हेरें । साढे नौ बजिसकेको थियो । मलाई *देशप्रेम साप्ताहिक*को अफिस १० बजे पुग्नु थियो । उहिल्यै बन्द भएको अफिसबाट यसरी फोन आएको थियो, मानौं, मरिसक्यो भनेर काजकिरिया गरेको मानिस अचानक दैलोमा झुल्किएको होस् ।

सम्पादक मलाई भेट्न चाहन्थे ।

मसित अघिपछि फुर्सदिला लम्बेतान दिन हुन्थे । आज थिएन । फुर्सद हुँदो हो त म सूर्यबहादुरका अरू पनि कुरा सुन्थें ।

"दाइ, अफिसमा अर्जेन्ट मिटिङ छ," मैले भनें ।

उनले मुन्टो हल्लाए ।

अलि पर पुग्दा झल्याँस्स सम्झिएँ, मैले त *देशप्रेम साप्ताहिक* बन्द भएको उनलाई सुनाएकै रहेनछु । सायद सुनाउँदिनँ पनि होला ।

चोक कटेपछि मैले सूर्यबहादुरलाई बिर्सिएँ । दिमागमा फनफनी घुम्नलाई अरू कुरा थिए । किन बोलाएका होलान् सम्पादकले यसरी । बन्द भइसकेको अफिसमा उनी के गरिरहेका होलान् ? के टोप उनको सम्पर्कमा आइसक्यो ? के थाहा, टोप र उनी मिलेर फेरि कुनै योजना पो बनाइरहेका छन् कि !

तर दैलोअगाडि सम्पादकका स्पोर्ट सुज मात्र थिए ।

मैले जुत्ता खोल्दै यसो भित्र चियाएँ । अफिस रित्तो रित्तो थियो । कम्प्युटर, दराज, टेबल, कुर्सी केही थिएनन् । कुनामा भने कागजका टुक्राटाक्रीका धुम थिए । चुहिरहने धाराको टुटीको मुखमा प्लास्टिक बेरेर काठको टुक्रो कोचिएको थियो । अफिस हारेको राजाको उदास राजमहल जस्तो देखिइरहेको थियो– बिस्तारै बिस्तारै खण्डहर हुँदै गए जस्तो ।

र निन्याउरो गुम्बजमा थपक्क बसेको बूढो पन्छी जस्तो देखिइरहेका थिए सम्पादक ।

कोठाका धेरै सामान थिएनन् । झ्यालको पर्दा पनि कसैले लगिसकेको थियो । न त गमला नै थिए । सोफा पनि थिएन, जसमा चोरऔंला पूरै पस्ने प्वाल थिए । सोफाको ठाउँमा पिठ्युँ अड्याउने भाग भाँचिएको कुर्सी थियो ।

सम्पादक एफो साइजको कागजमा लेखिरहेका थिए । छेउमा किरिङमिरिङ अक्षर भरिएका कागजको धुम नै थियो । उनले कम्प्युटरमा

लेख्ने कोसिस पनि गरेका थिए । कैयौंपल्ट शैलेन्द्रले कीहरूको प्रिन्टआउट पनि दिएको थियो । तर सकेनन् । भने, "मलाई हुन्न । दिमागभन्दा औंला ढिला चल्छन् । कलम भने उही रफ्तारमा दगुर्छ ।"

सायद उनी मेरै पाइलाको आवाजको प्रतीक्षामा थिए ।

उनले मुन्टो उठाएर हेर्दा म हात जोडेर उभिइरहेको थिएँ । उनले कुर्सीमा बस्ने इसारा गरे, "के गर्दै छस् अचेल ?"

अगाडिपट्टिको पाङ्ग्रो खुस्किएको कुर्सीमा जोगिएर बस्दै मैले भनें, "पढ्दै छु ! हजुर के लेख्दै हुनुहुन्छ ?"

उनी खिस्स हाँसे र छेउको कागजको धुम थपथपाए । भने, "बनारसकालीन जीवनका स्मृति कोर्दै छु । दोहोऱ्याएर जिन्दगी बाँचे जस्तो भइराछ । एउटा स्मृतिको लहरो समायो, हजार अरू लहरा निस्कने । कति बिर्सी पो सकेछु । बिस्तारै बिस्तारै सम्झँदै छु ।"

मलाई लाग्यो, सम्पादक अचेल आफ्नै स्मृतिको गुफामा पस्ने गर्छन् । धूलो पुछपाछ गरिरहेका छन् । माकुराको जालो हटाइरहेका छन् । खुइलिँदै गएका अक्षरमा नयाँ रङ थप्ने कोसिस गरिरहेका छन् ।

"किताब कहिले प्रकाशन होला ?" मैले योभन्दा अर्को प्रश्न भेटिनँ ।

उनले बायाँ हातले चस्मा उचालेर दायाँ हातले थाकेका आँखा मिचे । भने, "सुरूवातमा त छाप्नैपर्ला भनेर सुरू गरेको थिएँ । लेख्दै गएपछि अनेक मानिसका अनेक किस्सा पनि जोडिँदै आए । कति त बिती पनि सकेका छन् । यहीँनिर सङ्कट पऱ्यो । भन्छन् नि– मरिसकेको मानिस तर्क गर्न आउँदैन । उनीहरूसित जोडिएका घटना नलेखी म आफू हुँदिनँ । लेखौं, संस्मरणको वैधानिकतामै प्रश्न उठ्ने भयो ।" उनले छेउमा राखेको क्रिकेटको बल जस्तो डल्लो हत्केलामा राखेर अँठ्याउन थाले । अनि थपे, "फेरि एक मन लाग्यो, जिन्दगीभर कसैसित केही मागिएन । अब किताबै छापेर मैले यस्तो गरें, उस्तो गरें, अब मलाई देऊ भन्दै मागे जस्तो हुन्छ कि ! अहिले लेखनको आनन्दमा छु । लेख्दा बेग मार्दै आउने स्मृतिमै रमाइरहेको छु । ध्यान गरे जस्तो भा छ ।"

मैले मुन्टो हल्लाएँ ।

"लेख्न सुरू गरेपछि थाहा पाएँ, औंला कमजोर भइसकेछन्," उनले हत्केलाको डल्लो देखाउँदै भने, "बेलाबेला यसलाई अँठ्याउनू भनेका छन् डाक्टरले ।"

मैले फेरि मुन्टो हल्लाएँ ।

"मैले त तैंले अन्तै काम सुरू गरिसकिस् कि ठानेको थिएँ । रैनछस् । राम्रै भयो," उनले टेबलको घर्राबाट कागजको चिर्कटो तानेर मतिर हुर्‍याए । मैले उडिरहेको पुतलीलाई जसरी समाएँ ।

दामोदरप्रसाद न्यौपाने । मुन्तिर फोन नम्बर ।

"दामोदरजी अचेल युद्धका रिपोर्टसिपोर्ट बनाउने काम गर्छन् क्यारे ! उनलाई नेपाली भाषा हेरिदिने मान्छे चाहिएको रैछ," उनले लामो हाई काढ्दै भने, "मैले तेरो नाम सिफारिस गर्देको छु । गएस् ।"

मेरो मुटु काउकुती लाग्ने गरी चलमलायो ।

"तँ असल छस् । त्यसैले तेरा लागि सोचिदिएको । बाहिरबाट आउनेका दुःख मलाई थाहा छ," उनले मलाई गढेर हेर्दै भने । मैले उनका पावरदार चस्माभित्रका ठुल्ठूला आँखाबाट जोगिन चिर्कटोतिर हेरिरहें । उनले थपे, "तर टोप जस्तो नहुनू ! त्यो अलि बढी नै चञ्चले भयो ।"

टोप ? मेरो ज्यान तातो भएर आयो । सोधें, "टोपसित भेट भयो हजुरको ?"

"फोन गरेको थ्यो । कहाँकहाँ पुग्यो । ककसका कुरा सुन्यो । त्यो अर्कै भयो," उनको अनुहार धस्कियो, "भैगो, छाडिदे त्यसका कुरा । तँ पढ्न आएको होस् । पढेस् । यताउता धेरै नअलमलेस् । आफैंले आफैंलाई बनाउने हो । मैले झिल्को देखेको छु तँभित्र । मर्न नदिएस् ।"

एकछिन मौनता छायो । सायद कुरा सकिइसकेका थिए । उनले कलम समाए । मैले बुझें, उनी फेरि स्मृतिको संसारमा पस्ने सुरमा छन् ।

"केही पर्‍यो भने फोन गरेस् । हुन त दुई महिना म अझै यतै आउँछु । तिरेको भाडा अझै बाँकी छ ।"

मैले हात जोड्नु र उनी टेबलतिर झुक्नु एकैपल्ट भयो ।

भऱ्याङ्बाट झर्दै गर्दा मेरो दिमाग घुमिरहेको थियो । टोप र उनका बीचमा के संवाद भएको थियो ? जेहोस्, टोप यतै रहेछ । भेटियो भने उसैलाई सोध्नुपर्ला !

दामोदरप्रसाद न्यौपानेको अगाडि ठूलो र अर्धचन्द्रमा आकारको टेबल थियो । कफी रङ्को । घुम्ने मेचपछाडि भने नेपालको ठूलो नक्सा टाँगिएको थियो, जसमा जताततै रातो टिकुली जस्ता चिह्न देखिन्थे । हरेक राता टीकामा बुकी नेपालका शाखा स्थापित भइसकेका थिए । बुद्धनगरको आकर्षक घरमा बसेको बुकी नेपालका हाँगा चारैतिर फैलिएका थिए ।

दामोदरप्रसाद न्यौपाने सधैं दौरा-सुरूवाल र कोटमा हुन्थे । बुकी नेपाल लेखिएको छड्के झोला घुम्ने कुर्सीमा थपक्क बसेको हुन्थ्यो । उनी अफिसमै हुँदा पनि कुर्सीमा बस्दैनथे । वल्लो कोठा, पल्लो कोठा गरिरहन्थे । देशमा शान्ति भित्र्याउन कहिले जिल्ला, कहिले सिंहदरबार त कहिले जकार्तासम्म कुँदिहिँड्ने, उडिहिँड्ने दामोदरप्रसाद न्यौपानेको हाँसोलाई अफिसका कर्मचारी 'शान्तिविरोधी हाँसो' भन्थे । चर्को, च्याखुरा कराए जस्तो लयबद्ध तीखो । उनी भर्खरै ६० लागेका थिए । तर ५० को हाराहारी देखिन्थे । उनकै हाँसोले उमेर घटाएको हो भन्ने पनि भेटिन्थे ।

मैले भेट्न पुग्दा दामोदरप्रसाद न्यौपानेको अनुहारमा जकार्ताको थकान छँदै थियो । उनले सम्पादकको प्रशंसा यसरी गरेका थिए– "मान्छे चाहिँ प्रतिभाशाली हो उहाँ । तर म जति प्रतिभाशाली अर्को छैन भन्ने पनि उहाँ ।"

उनले एफो साइजको कागजको मोटो ढड्डा दिँदै भनेका थिए, "तपाईंले शुद्धाशुद्धि त हेरिहाल्नुहुन्छ नै । भाषामा लय पनि मिलाइदिनुहोला। नेत्रप्रसादजीले तपाईंको भाषाचेतको प्रशंसा गर्नुभएको थियो।"

ती युद्धको चेपुवामा परेका मानिसका कथा थिए । शिक्षक, कर्मचारी, किसान, गृहिणीदेखि विद्यार्थीसम्मका । जिल्लाजिल्लाबाट रेकर्ड गरेर ल्याएका । आवाज सुन्दै कसैले अक्षरमा सारेको थियो । जे बोलीमा, त्यही अक्षरमा । अधुरा वाक्यले भरिएको । "त्यसपछि बाबा आउनुभएको... ।" पछि आवाज सार्नेले 'थियो' पनि थपेको थिएन । सायद उसले पारिश्रमिक आवाज सार्नुको मात्र पाएको थियो । हरफ दुईतीन पटक पढिसकेपछि मात्रै के भन्न खोजिएको हो, बुझिन्थ्यो । मैले बुझिसकेको थिएँ, ठाउँठाउँमा उध्रिएको भावनामा मैले रफ्फु हान्नु थियो ।

"मैले तपाईंको मासिक पारिश्रमिक साढे नौ हजार सोचेको छु," उनले अर्धचन्द्रमाको डिलमा पुड्डा अड्याएर भनेका थिए, "त्योभन्दा बढी चाहिन्छ भने म योभन्दा बढी पारिश्रमिक डिजर्भ गर्छु भनेर कारण लिखित रूपमा दिन सक्नुहुन्छ ।"

ती आलु निचोरेर पैसा बनाउँदा ठेला निस्किएका बाका हत्केला ! त्यो कान्छाबाको आँसु ! त्यो घरबेटीको ताला ! त्यो मैतीदेवीमा चिया पसले साहुजीले उफारेको सिक्का ! आफैँले आफैँलाई सर्पले झैं निलिरहेका आन्द्रा ! वागबजारका साहुजीको अपमान ! र वागबजारकै त्यो पेटी, जहाँ म कुकुरको छाउरो झैं गुजुल्टिएको थिएँ ।

धरतीका सारा पैसा एकातिर राखे पनि नौ हजार पाँच सयको तौल गह्रौं थियो ।

बुद्धनगरबाट अलिकति झरेर धोबीखोलाको किनारै किनार म कोठामा फर्किएको थिएँ । कालो लेदो भइसकेको सडेको पानीको गन्धका बीचमा पनि मैले फेरि जीवनका योजना बनाइरहेको थिएँ । दामोदरप्रसाद न्यौपानेका अनुसार म एक वर्षका लागि अनुबन्धित थिएँ । त्यसपछिका वर्ष बुकी नेपालमा आउने नयाँ प्रोजेक्टले मात्रै निर्धारण गर्न सक्थ्यो । मैले हिसाब गरिसकेको थिएँ– एक लाख १४ हजार कमाइ हुन्थ्यो । मैले मासिक पाँच हजार मात्रै खर्च गरें भने पनि ५० हजार जति जोगिन्थ्यो, जसले अर्को वर्ष धान्थ्यो ।

बाले आलु मिचेर पठाउनेभन्दा धेरै पैसा म अक्षर मिचेर कमाउने सुरमा थिएँ ।

कल्पना पनि गरिरहेको थिएँ– पहिलो तलब थापेपछि आमालाई पछ्यौरा र बालाई इस्टकोट पठाइदिनुपर्ला ! गाउँमा ढिलै पुग्ला । तर मैले टीका गुमाएको छैटौं वर्षको सबैभन्दा ठूलो रफ्फु यही हुनेछ ।

कोठामा पुग्दासम्म म उत्साह र पसिनाले नुहाएको थिएँ । मलिलो भएको थिएँ, जहाँ फेरि कल्पना र सपना टुसाउन सुरू गरिसकेका थिए ।

बुकी नेपाल हरेक दिन गइरहनुपर्दैनथ्यो । म भाषा मिलाएका युद्धका कथा बोकेर सातामा दुई पटक जान्थें । सोमबार र बिहीबार । ठूलो आकारको कम्प्युटरका अगाडि राता चिह्न लगाएका पृष्ठ फैलाउँथें । प्रायः हरफका माथिपट्टि कमिलाका लस्कर जस्ता अक्षर थपेको हुन्थें । अलिकति गर्धन तन्काउँदै कम्प्युटरतिर हेर्थें र औंलाले ट्यापट्याप स्क्रिन छुँदै "यहाँ, यहाँ" भन्थें । टाइपिस्ट कमल बेलाबेला झर्किन्थ्यो, "नछोई भन्नुस्, म थाहा पाइहाल्छु ।" म उत्साहले यसरी छुँदो रहेछु कि कम्प्युटरको स्क्रिन केही क्षण थेप्चिए जस्तो हुँदो रहेछ, छालामा पानी भरिएको पोको छोए जस्तो ।

युद्धका कथामा यसरी हराएछु कि, दसैंको उराठलाग्दो बतास बिर्सिएछु । हङकङ बजारमा नयाँ लुगा किन्नेको भीड देखेनछु, जहाँ फर्किंदा जाडो आइसक्छ भनेर तातो लुगा छामिरहेका हुन्थे । वर्षभरिको कमाइ दूधको पोकामा आएको रबरले गाँठो पारेकाहरूको नयाँ बसपार्कतिर हिंडेको लस्कर पनि देखेनछु, जो खचाखच बसको बीचमा मुढामाथि बसेर घुँडामा छाती अड्याएर निदाउँथे । बिस्तारै रित्तिंदै गएका गल्ली देखेनछु, जुन गल्ली हुँदै तितौरा, गुँदपाक र पुष्टकारीको मिठास बोकेकाहरू गाउँ हिंडेका थिए । बन्द हुँदै गएका झ्याल देखेनछु, जहाँ चिसा कट्टु र बन्डी, पेटीकोट र ब्रा झुन्डिएका हुन्थे । बार्दलीका गमलामा सुक्दै गएका फूल देखेनछु, जहाँ पानी राख्नेहरू आफ्नै बर्कतले सयपत्री फुलेको सुदूर आँगनमा पुग्नै लागेका थिए ।

केवल देखिरहेको थिएँ, सूर्यबहादुरको गाउँ हिंड्ने तयारी ।

चन्द्राले ज्ञानेश्वरको खाजाघर बेचिसकेकी थिइन् । सूर्यबहादुरले पलङ, आल्मारीदेखि टेबलपङ्खासम्म बेचिसकेका थिए । भनेका थिए, "गाउँमा बत्ती छैन । यो पङ्खा लगेर आफैं टाउको घुमाउने कुरा भएन ।"

उनी सकेसम्म थोरै पुराना र धेरै नयाँ सामान बोकेर गाउँ जान चाहन्थे । सायद उनी चिसो कोठाको ढुसी र चिपचिपेपन गाउँ लैजान चाहन्थेनन् । भनेका थिए, "यताको पानी नै खराब हो कि ! बच्चै जन्मेनन् । रहरलाग्दो लाउरे बोकेर जान पाए त उकालो पनि ओरालो लाग्दो हो ।"

काठमाडौं पसेको २७ वर्षमा सूर्यबहादुर १६ दसैंमा गाउँ गएका थिए । घाम बोकेर जान्थे र भुइँकुहिरो बोकेर फर्किन्थे । तर यसपालि उनी आफैं भुइँकुहिरो भएका थिए, सिमेन्टै सिमेन्टको सुक्खापनले दिएको अजर तिर्खा बोकेर उड्दै उड्दै गएको ! सहर यस्तै त हो नि, झिल्का बोकेर पसेकाहरू कति सिमेन्ट बनेर जम्छन्, कति भुइँकुहिरो बनेर उडेर जान्छन् ।

सूर्यबहादुरले खुद्रा सामान जेब्रा ब्यागमा कोच्न थालेपछि म जति भावुक थिएँ, उनी बरू त्यति थिएनन् । हाँस्दै भनेका थिए, "चन्द्राले सारा हङकङ बजार किनिसक्यो । काठमाडौं नै रित्तो भो हौ, भाइ ।"

उनी दसैंको पर्सिपल्ट हिँड्ने सुरमा थिए । घरबेटी बालाई भनेका थिए, "पूर्णेसम्म पुगिन्छ बाजे ! टीका छुट्दैन ।"

उनी हिँड्नु अघिल्लो रात मैले कोठामा निम्त्याएको थिएँ । मःम, छोइला, साँधेको भटमास पोको पारेर ल्याएको थिएँ । पाँच बोतल बियर, दुई मलाई, तीन उनलाई । उनी पस्नुभन्दा एक घण्टाअघि मात्रै गाजर र काँक्रो पनि ल्याएको थिएँ, सलादका लागि । जब म सबै कुरा प्लेटमा राखिरहेको थिएँ, मलाई आदिको सम्झना अचाक्ली आएको थियो ।

सूर्यबहादुर पौने १० बजे पसेका थिए ।

बियरको मातमा हामीले स्मृतिका कुरा गरेका थियौं । ती स्मृति कुनै बेला घुन जस्ता थिए, आज सुन भएका थिए । सिनामङ्गलको भूत, रातोपुलकी किचकन्नी, सामाखुसीको भगौडा, आदिसितको लडाइँ । बेलाबेला हाँस्थ्यौं, बेलाबेला भावुक हुन्थ्यौं । बेलाबेला कुरा सकिन्थे । म सूर्यबहादुरको सुकेको अनुहार हेर्थें । उनी बेलाबेला आँखालाई बेस्मारी निचोर्थे । तर मैले रानीबारीमा अलपत्र परेकी युवतीको कुरै झिकिनँ । उनी त झन् कसरी झिक्दा हुन् ।

कुरैकुराको बीचमा मैले हजारको नोट झिकेर उनलाई दिएको थिएँ । भनेको थिएँ, "यो हजार रूपियाँ मलाई अमृत थियो, दाइ ।"

उनले हाँस्दै भनेका थिए, "म त, मैले पो भाइलाई फिर्ता गर्नु छ भनेर सोचिराथें । भाइले पो रैछ हगि, भाइ ।" उनले अबेरसम्म हत्केलामा नोट खेलाइरहे । प्रेमले !

साढे १२ बजेसम्म चन्द्राले दुई पटक बोलाइसकेकी थिइन् । तेस्रो पटक त कराइन् नै, "काठमाडौंको यति माया लाएको हो भने यतै बस् । किन मलाई हुँदाखाँदाको पसल बेच्न लाएको ?"

बस बिहानको पाँच बजे नै हिँड्थ्यो । उनीहरूले सामान बोक्न ट्रिपर साढे चारमै बोलाएका थिए ।

बियरका बोतल रित्तिइसकेका थिए ।

मातले मलाई ज्यान मन्द बतासमा कहिले यता, कहिले उता गरिरहेको केराको पात जस्तो लागिरहेको थियो ।

"जेहोस्, मलाई खुसी लाग्छ । भाइले यस्तो अँध्यारो कोठामा जिन्दगी बाँच्यो । ऐले घाम बनेर पुतली झैं उडिरैछ," उनी भावुक बन्दै भनेका थिए, "औकातभन्दा बढी उफ्रिने जाँठो कहीँ पुग्दैन हौ, भाइ ।"

मैले आफ्ना दुवै ओठ आपसमा मोडेको थिएँ ।

"जेहोस् ! भाइले हारेर फर्केको नसोचोस् । म भागेको होइन । म त आफूलाई चिनेर फर्केको । यो सूर्यबहादुर अर्कै थियो, भाइ । सहरको रिँगटाले अर्कै बनायो," उनले सुकेको नदी जस्ता आँखा निचोर्दै भने,

"त्यो भगौडा पुलिसले भन्थ्यो नि– म मान्छे हुन भागेको हुँ । कुरा त्यस्तै हो, भाइ ।"

मैले मातले गह्रौं भएको टाउको झट्कारें ।

चन्द्रा फेरि चिच्याइन् ।

उनी बिस्तारै उठे । दैलोतिर बढे । दैलोको पल्ला समाएर उभिए । भने, "हस् भाइ ! भेटौंला ।"

मैले दैलो लगाएँ र पलङ्मा उत्तानो परें ।

कतै समीरा फोनमा आइहाल्छे कि भन्ने आशा थियो । तर अबेरसम्म पनि आइन ।

जब ब्युँझिदाबित्तिकै बिर्सिने सपनाबाट म ब्युँझिएँ, सडकको आवाज भित्रसम्म आइरहेको थियो । मैले हतारिँदै दैलो उघारेर हेरें ।

सूर्यबहादुरको दैलो खुलै थियो । विरहलाग्दो झिसमिसे उज्यालो भित्र पसिरहेको । मेरो पेट चिसो भयो ।

ए, गई पो सकेछन् !

फेरि सुत्छु भनेर ढल्किएको थिएँ, आँखा कार्पेटमा ठोकिए, जहाँ मैले उनलाई दिएको हजारको नोट पानीजहाज बनेर कार्पेटमा ठिङ्ङ उभिएको थियो । कुरैकुरामा बटार्दै उनले जहाज बनाएर छाडेछन्, यस्तो– समुद्र सुकिसकेपछि किनारमा देखा परे जस्तो ।

# बाटो

*मेरो त गाउँ जाने बाटो पनि*
*आमैसित उड्यो ।*

जाडो बेस्मारी बढेको थियो । घरबेटी आमैका अनुसार हाडभित्रका मासी नै जम्लान् जस्तो । बूढो घाम कतै थिएन । मानौं, अथाह ब्रह्माण्डको बेनामी दुलोमा सुत्त पसेर सुल्पा तानिरहेको होस् । तीन दिनदेखि पातलो वर्षा भइरहेको थियो । गाडीका हेडलाइटको उज्यालोमा कपासका टुक्रा जसरी झरीका बुँद नाचिरहेका देखिन्थे । बिजुलीका लहरामाथि पन्छीहरू कठ्याङ्ग्रिएर मुटुको कम्पन जसरी काँपिरहन्थे । पुस फासफुस कसरी हुन्थ्यो र ! काठमाडौंलाई घेरेर बसेका पहाड पनि हिउँको माकले टोपी लगाएर सिउसिउ गरिरहेका थिए ।

बुकी नेपालबाट हिँड्दा मैले सोचेको थिएँ, एकछिन हिँडेपछि तातो भइहाल्ला ! मुखभित्रबाट तुहिएको ज्वालामुखी जसरी धूवाँ निस्किरहेको थियो । एकमन त लाग्यो, छेउकै मनकामना फिल्म हलमा पसूँ । तर सवा एक भएको थियो । छेउको पुलबाट तल झरेर अलिकति अगाडि पुगेपछि म कुचुक्क परेको चिया दोकानमा पसें । घुँडाका कटौरी नै चिसिन थालेपछि अरू उपाय नै फुरेन । पुरानो टेबलमाथि चना, सेल, साँधेको आलु र तुसारो जसरी चिनी जमिसकेका जेरी राखिएका थिए । जालीले छोपेर । जालीको प्वालमा टाउको अड्किए जसरी केही मौरी प्वाँख हल्लाइरहेका थिए । टेबलको कुनामा १४ इन्चको ब्ल्याक एन्ड ह्वाइट टिभी थियो, नेपाली चलचित्रका गीत देखाइरहेको । बेलाबेला झिर्रझिर्र गर्थ्यो । बेलाबेला एन्टेनाले लत्तो छाड्ने भएकाले होला ।

म कुनातिरको टेबलमा बसें । टेबलमा कच्याककुचुक पारेर डल्लो बनाएको चुरोटको बट्टा थियो । बिट भाँचिएको एस्ट्रेभित्र चुरोटका ठुँटा कोचिएका थिए । मानौं, कसैले एस्ट्रेभित्रै बसेर आत्माकै बट्टा रित्याएको होस् । उदासीमा !

टाउकोमा पछ्यौरा बेरेकी साहुनी पुलुकपुलुक टिभीतिर हेर्दै चिया चलाइरहेकी थिइन् ।

"घाम पश्चिमबाट उदाउनेछ ।"

म यसरी झस्किएँ, चुरोट स्वात्त तान्न खोजें । तर चुरोट ओठमै चप्किइरह्यो । त्यसैले जलिरहेको टुप्पो समाएछु । औंला झट्कार्दै थिएँ, चुरोट काखमा खस्यो । जुरूक्क उठ्न खोज्दा पेटले टेबललाई ठेलेछ, एस्ट्रे उछिट्टियो । खरानी बुङबुङ्ती उड्यो । माखा जसरी रङमगिरहेका खरानीका कणको उतापट्टि टोप उभिएको थियो । मुस्कुराउँदै । उसले दुवै हात फैलाउन खोजेको होला । तर बायाँ काखीमा कालो डायरी च्यापेकाले बायाँ हात पाखुरादेखि नै गायब भए जसरी छोटो देखियो ।

"मैले भनेकै हुँ, चुरोट तपाईंलाई हुन्न," खिस्स हाँस्दै उसले भन्यो, "अनि तपाईंको एकोहोरो हुने बानी अझै छुट्या छैन है ! पुलमुन्तिर झरेको देखें, पुलबाट बोलाएँ । अनि आफैं पुलमुनि दगुरें । फेरि बोलाएँ, सुन्नु नै भएन ।"

टोपको उत्साहमा कमी आएको थिएन । अनुहार भने अलिकति खस्किएको थियो । ऊ सदा झैं सुटमा थियो । नीलोमा सेता थोप्लाथोप्ली भएको । शिरमा ढाकाटोपी छँदै थियो । गलामा बेरेको मफलरको माथिल्लो डिलले तल्लो ओठसम्म छोपेको थियो ।

टोपको सुट देखेरै त होला, साहुनी हतारिँदै आइन् र घाममा सुकाउँदा कत्रक्क परेर ठिङ्ङ उभिएला जस्तो लिचलिचो टालोले टेबल पुछिन् ।

"साउनी, तपाईंको पसल पवित्र भो भन्ठान्नुस्," टोपले साहुजीलाई दाँत देखाउँदै आँखाको कोठी नचाउँदै भन्यो, "उहाँ ठूलो मान्छे हो क्या ।"

साहुनीले मलाई हेरिन् । उनलाई टिभीमा आउने गीतको सबैभन्दा पछिपछि बेलयमा नाच्ने जस्तो पनि लाएन होला ।

टोप कुर्सीतिर झुक्यो र फुँफुँ गर्दै खरानीका कण उडाउँदै बस्यो । र डायरीलाई टेबलमा राखेर थपथपायो ।

"अनि कताबाट, सिरीजी ?"

"बुद्धनगरबाट । त्यता एउटा काम पाएको छु ।"

मैले उसको ज्यानमा यस्तो मधुरो झट्का देखें, मानौं, एक निमेषलाई रक्तसञ्चार स्वाट्टै रोकिएको होस् । नक्कली मुस्कानले त्यसलाई छोप्न खोज्दै भन्यो, "बिए पढ्नेलाई कामको के कमी । पत्रिका बन्द भइहाल्यो नत्र, सोझै सहसम्पादक हुने बर्कत भाको मान्छे हो तपाईं ।"

म उसलाई वाल्ल परेर हेरिरहेको थिएँ । काठमाडौंका लाखौं मान्छेको भीडमा पनि टोप आफ्नो रूचिअनुसार मेरा अघि टुप्लुक्क आइदिन सक्थ्यो । सुटुक्क हराइदिन पनि सक्थ्यो ।

उसले साहुनीसँग चिया र चुरोट माग्यो । र केही क्षण मलाई गहिरिएर हेर्‍यो । मलाई लाग्यो, ऊ मेरो अनुहारमा गयल दिनको चित्र खोजिरहेछ ।

"म तपाईंलाई भेट्ने प्लानमै थिएँ । केही दिनपछि । तर घाम हराएकै दिन घाम झैं देखिइहाल्नुभयो । एउटा प्रोजेक्ट छ ।" उसले डायरीमा ढ्याप्प हत्केला पड्कायो । मलाई लाग्यो, ऊ डायरीका पन्नामा मयूरका प्वाँख जसरी नयाँ योजना च्यापेर हिँडेको छ ।

"प्रोजेक्टका कुरा त गर्दै गरौंला," मैले भर्खरै आएको चियाको गिलास हत्केलामा खेलाउँदै भनें, "तपाई यतिका महिना कता हराउनुभएको ? तपाईं हुनुहुन्थ्यो कहाँ ? मैले कति खोजें ।"

उसले मुन्टो हल्लायो र चियाको चुस्की लियो । आँखा चिम्म गरेर परेला फर्रफर्र पार्‍यो । र पछाडि मुन्टो बटार्दै भन्यो, "साउनी ! चिया त सुनै हो । इलाइची भए सुगन्ध पनि थपिन्थ्यो ।"

साहुनी खिस्स हाँसिन् । र भनिन्, "इलाइचीभन्दा सुनै थिचेर हाल्दिन सस्तो होला केरे । अदुवा हाल्दिम् ? के भन्नुहुन्च ?"

टोपले शिर झुकाएर अभिवादन गऱ्यो ।

साहुनीले थिचथाच पारेको अदुवाको टुक्रो चियामा खसालिदिइन् ।

"म तपाईंको अफिस पनि गएको थिएँ । तर बन्दका बन्द । शैलेन्द्रलाई पनि सोधेको थिएँ । तर उसलाई पनि केही थाहा थिएन । चौकीबाट पनि भोलिपल्टै निस्कनुभएछ । म त्यता पनि गाको थिएँ ।"

"त्यै भएर त माया लाग्छ नि तपाईंको । सहरले तपाईंलाई चुतिया बनाइसकेको छैन," उसले खिस्स हाँस्दै भन्यो, "अलिकति दिमाग घुमाउनेलाई यताका चौकीले धेरै दिन थुनेर राख्न सक्दैनन् । सुन्दा मज्जा सुनिन्छ, न्याय । सबैभन्दा बढी तस्करी त्यसकै हुन्छ, हेर्नुस् । भो, छाडिदिनुस् यी कुरा । स्कुलाँ पढेथ्यौं नि– बाघ आयो, बाघ आयो भनेर साथीलाई तर्साउने गोठालाको कथा । त्यस्तै भो । आमा बितिन् ।"

मलाई नाङ्गो बिजुलीको तारले छोए जस्तो भयो । सोधें, "कति भयो ?"

टोपले टोपीको डिलभित्र चोर औला पसालेर कन्यायो । अनि टोपीलाई अलिकति सारेर ठुटे रौं देखाउँदै मुस्कुरायो । भन्यो, "यी उम्रिसके ।"

"के भएको थियो उहाँलाई ?"

"आमैले त बिरामी हुने मौका पनि पाइनन् ।"

म वाल्ल परें ।

"तपाईंलाई थाहा छ, सिरीजी । सहर र गाउँमा मृत्यु पनि फरक हुने रहेछ । यता त कोही बितिहाल्यो भने उही क्यान्सर, उही हर्टअट्याक, प्रेसर यस्तैउस्तै । उता त आकाश चिमिक्क गऱ्यो, मान्छे स्वात्तै गयो ।"

त्यो दिन कालो बादल मडारिइरहेको थियो । सिमसिम पानी परिरहेको थियो । टोपकी आमा खेत हुँदै फर्किरहेकी थिइन् । गाउँलेका अनुसार पहिला बिजुली चम्किएको थियो अनि चट्याङ्को चर्को आवाज

आएको थियो । गाउँलेले देख्दा आमाको डढेको मासुको थुप्रोबाट मधुरो धूवाँ निस्किइरहेको थियो । टोप गाउँ पुग्दासम्म मासुको थुप्रो सम्हालेर राख्न हम्मेहम्मे भएको थियो ।

टोपले यस धरतीबाट बिदाइ लिएकी आमाको अनुहार मनभरि पनि हेर्न पाएन ।

म उसको अनुहारमा उसले सबैभन्दा प्रिय मानेको मानिस धरतीमा नरहनुको रिक्तता खोजिरहेको थिएँ । तर त्यो देखिनँ । सायद ऊ त्यो पीडाबाट आफ्ना रौं जसरी उम्रिसकेको थियो कि ! बाको मृत्युमा वर्ष दिनभर सेता लुगा लगाएर ऊ सहर पसेको थियो । त्यसपछि उसले सहरको रङ र रबाफ चिनेको थियो । सायद यसैले उसले आमाका लागि सेतो रङ छानेन होला ।

"अनि जानुकाजी ? उहाँलाई कस्तो छ ।"

"खै, खुसी नै हुनुहुन्छ होला ।"

"भनेको ?"

"तनावको पनि सिजन हुन्छ क्या, सिरीजी ! मेरो सिजन भर्खरै सकियो," उसले पहिला हत्केला आपसमा जोड्यो र बेस्मारी चप्किएका हत्केला सङ्घर्षले घुट्याए जसरी झ्वाट्ट पार्दै भन्यो, "हामी छुट्टिसक्यौं ।"

लौ ! साँच्चै होला कि टोपले पुरानै शैलीमा कथा कथेको होला ? तर चिया सुर्क्याइरहेको टोपको अनुहारको दृढताले भन्थ्यो, कुरो सत्य हो । उसको डिभोर्सपछाडिको कारण के हो ? मलाई सोध्न मन लागेन । सोचें, भर्खरै पुरिएको घाउमा आलपिन घोचे जस्तो होला ।

"अहिले कता बस्नुहुन्छ ? पुरानैमा ?"

"काठमाडौं खासै फापेन पछिल्लो समयमा । त्यसैले काठमाडौं छाडेको छु," उसले छेउको चुरोट च्याप्प समायो, स्वाट्ट ओठमा राख्यो र प्याट्ट सल्कायो । र धूवाँले धस्किएको आवाजमा भन्यो, "पाटन सरेको छु । बिरालोपछि यसरी ठाउँ सर्ने मै हुँला । हेहे ।"

"सम्पादकलाई भेटनुभयो ?"

"हत्तेरी, सिरीजी ! एउटा पत्रकारले पनि जीवनकालभरि यति नयाँनयाँ प्रश्न गर्दैन होला," डायरी समाएर उठ्यो र ज्यान झट्कार्दै भन्यो, "यो च्यालें जाडो जाँदैन । हिँड्नुस् । फुर्सद त होला नि ! नभए पनि मिलाउन पऱ्यो नि !" काउन्टरतिर गयो, गोजी छाम्दै मतिर पुलुक्क हेऱ्यो । थप्यो, "उत्तर अलि चिसा छन् क्या । तातो कुनो चाहिन्छ ।"

मैले पैसा तिरें ।

हामी पुलमाथि आइपुग्दा सिमसिम पानी बर्सिन थालिसकेको थियो । मानिस हतारिँदै हिँडिरहेका थिए । हामी छाताका टुप्पाबाट आँखा जोगाउँदै उभिइरह्यौं । सम्झिएँ– मैले अहिलेसम्म छाता किनेको थिइनँ । र स्वाट्ट पोखिएर झ्वाट्ट थामिने झरीमा पनि ओभानो रहेको थिइनँ । टोपले पनि छाता बोकेको मलाई अहिलेसम्म सम्झना छैन । चिसो स्याँठबाट जोगिन हामी कछुवा झैं छातीभित्र टाउको हुल्ने कोसिस गरिरहे जस्ता देखिएका थियौं ।

संयोगले रित्तो ट्याक्सी देखापऱ्यो ।

टोपले नै अलिकति निहुरिएर ड्राइभरसित कुरा गऱ्यो । र मलाई भित्र पस्ने इसारा गऱ्यो ।

म भित्र पसें ।

टोप मेरै छेउमा बस्यो र दैलो बेस्मारी तान्यो । गलबन्दीलाई तानतुन पारेर गला सहज बनायो र मेरा तिघ्रामा प्याट्ट हान्दै मुस्कुरायो, "अब पुगिन्छ । पैसा त बोक्नुभएकै होला ।"

मैले मुन्टो हल्लाएँ ।

"अचेल देश र म उस्तै छौं, भताभुङ्ग," उसले खिस्स हाँस्दै भन्यो, "आर्थिक मन्दी पनि उस्तै छ । यता टाल्यो, उता भ्वाङ । उता टाल्यो, यता भ्वाङ । यस्तै छ, सिरीजी ।"

उसको हाँसोमा लाचारीको गलबन्दी बाँधिएकै थियो । तर मैले नदेखे जस्तो गरें ।

झ्यालबाहिर झरीले रित्तिँदै गएको सडक थियो ।

भित्र रित्तिँदै गएको टोप । मलाई लाग्यो, बीचका महिना टोपको जिन्दगी सहज थिएन । तर बितिगएका दिन सम्झिएर दुःखी हुने खालको पनि थिएन । ऊ त बितेका दिनको खरानीले भविष्यको आकाशमा आफ्नो चम्किलो नाम लेख्ने प्रयासमा हुन्थ्यो । ऊ पेटुनिया थियो, जीवनका जति पनि जाडा पचाएर फक्रिन सक्थ्यो । तर यसपालि दुःख पचाएको मुस्कान मलाई अलिकति असहज लाग्न थालेको थियो । ऊ एकदमै सामान्य कुरामा पनि मुस्कुराउँथ्यो, जहाँ मुस्कान चाहिँदै चाहिँदैनथ्यो । केवल मुन्टो हल्लाए पुग्थ्यो । ऊ झरीले रूझेको सहरतिर हेर्दै मुस्कुराइरह्यो । सिसामा पानी जमेर धमिलो भएपछि झोक्किँदै पुछिरहेको ड्राइभरतिर हेर्दै मुस्कुराइरह्यो । हिलो छ्यापेर भागेको कार र हिलो टकटक्याइरहेका यात्रुतिर हेर्दै पनि मुस्कुराइरह्यो ।

ट्याक्सी रोकिएपछि मैले हजारको नोट दिएँ । ड्राइभर झर्कियो, "छुट्टा छैन । चढ्नुअघि भन्नुपर्छ नि, हजारको नोट छ ।"

म पुतलीसडकका पसलै पसल छुट्टा खोज्दै भौँतारिइरहेँ । आखिरमा एउटा किराना पसलमा चुरोटको बट्टा किनेर फेरि ट्याक्सीतिर दगुरेँ । पछाडि गाडीको लस्कर भइसकेको थियो । ड्राइभर टोपसित च्याँट्ठिइरहेको थियो । तर सिमसिम पानीमा रूझिरहेको टोप दुवै हत्केला काखीमा च्यापेर मुस्कुराइरहेको थियो । मैले सयका तीन नोट अलिकति खुलेको झ्यालभित्र फालिदिएँ ।

टोपले मेरो रातो अनुहार देखेर त होला, मतिर हेर्दै मुस्कुरायो । भन्यो, "यति जाबो कुरामा रिसाउनुहुँदैन, सिरीजी ! दिमाग पड्किन्छ । घाटा आफैँलाई ।"

मैले रिस नालीमा थुकेँ ।

टोप अघि लाग्यो । कपडा र मोबाइल पसलको बीचबाट साँघुरो बाटो भित्र पसेको थियो । भित्रपट्टि साँघुरो चोक जस्तो थियो, जहाँ केही मोटरसाइकल थिए । यसो मुन्टो उचालेर हेर्दा चुहिरहेको एक टुक्रो आकाश देखिन्थ्यो ।

पूर्वपट्टिको कुनामा दैलो देखियो । पुरानो र मैलो पर्दा झुन्डिएको थियो । छेउमा पुग्दा भित्रबाट खुर्सानीको चर्को खारले नाकै सकसकायो । टोप हाच्छ्युँ गर्दै भित्र पस्यो ।

बाहिरबाट हेर्दा साँघुरो लागे पनि भित्र फराकिलो थियो । छ टेबल थिए । चार भरिएका थिए । टोपले पश्चिमतिरकै टेबल रोज्यो । डायरीले टेबलमाथि खसेका भटमासका दानालाई प्याट्ट हान्यो । र डायरी उठाएर मुस्कुराउँदै साहुजीतिर हेर्‍यो । खारले गाह्रो भएर होला, साहुजी पाखुराले मुख छोपेर खोकिरहेको थियो । उसका पाखुरा मोटा थिए, ट्याटुका लहराले भरिएका । दुब्ला ग्राहकले रक्सीको मातमा साहुजीका पाखुरालाई आफ्ना तिघ्रासित तुलना गर्दा हुन् !

"ह्याँ पुगेपछि बुझ्नुस्, सिरीजी, तपाईले काठमाडौंलाई सालाखाला चिनिसक्नुभयो । यो ऐतिहासिक कुनो हो । यही कुनोमा महान् सङ्गीत फुरेका छन् । महान् क्रान्तिका नारा सिर्जना भएका छन् । महान् कुनो हो," टोपले डायरीले मेरो दायाँ पाखुरामा प्याट्ट हान्दै भन्यो, "बस्दै गर्नुस्, म अर्डर देर आउँछु ।"

ऊ मुस्कुराउँदै अघि गयो । काउन्टरछेउको टेबलमा एउटा दुब्लो केटो झोक्राएर बसेको थियो । बेलाबेला उसको टाउको तल तल झोल्लिँदै जान्थ्यो र ऊ कष्टले माथि उठाउँथ्यो । मानौं, उसलाई आफ्नै टाउको पृथ्वीभन्दा भारी भएको होस् ।

"मुनाल, भाइ !" टोपले उसका अगाडि डायरीको बिँड ढ्वाकढ्वाक पार्दै सोध्यो, "काम बन्यो ?"

उसले असाध्यै गाह्रो गरी टाउको उठायो । उसले तिरिमिरीमा पनि टोपको मुस्कान देख्यो होला । पहिला बेस्मारी अनुहार खुम्च्यायो । र पाखुराले ओठको र्‍याल पुछ्दै भन्यो, "बनेन । कहिलेकाहीँ म सोच्छु कि, दाइ ! आफैं बम बनूँ अनि ड्याम्मै पड्किऊँ ।"

"बमको कुरा गर्ने होइन, माम्पाका," साहुजीले सन्किँदै भन्यो, "जासुसले दुःख दिन्छ ।"

"यिनको मनको बह हो, सेरू दाइ," टोपले भन्यो, "नरिसाउनुस्, अब त्यसको कुरा गर्दैनन् । असल भाइ हुन् । राज्यको हेपाइमा परेका छन् ।"

केटो ठीक भन्दै हात उठाउन खोजिरहेको थियो । तर आधा उठेको हात लत्र्याक्क छाडिदियो ।

टोपले सेरू दाइलाई अर्डर टिपायो । र फर्किंदा कुचुक्क परेको मिनरल वाटरको बोतल र दुइटा स्टिलको गिलास लिएर आयो । गिलासको फेदमा कलेजी टीका लगाइएको थियो । कुनोको चिह्न होला । बोतल भने पेट्रोल रङ्को रक्सीले भरिएको । गन्ध यति तिखो थियो, मलाई लाग्यो, आन्द्रालाई चरचरी चिर्छ ।

लोकल रक्सीमा चप्पलदेखि मिन्स हुँदा प्रयोग भएको रगताम्मे प्याडसम्म मिसाइन्छ भन्ने समाचार भर्खरै पढेको थिएँ । भनें, "म त बियरै पिऊँ क्यारे !"

"हत्तेरी के भनेको, सिरीजी !" टोपले जिब्रो टोक्दै भन्यो, "सोमरस भनेको यै हो । डराउनुपर्दैन । सेरू दाइले भक्तपुरबाट आफैं लिएर आउँछन् । यो पेटको ओखती पनि हो । बिहान हेर्नुहोला, पेट मज्जैले खुल्छ ।"

मैले थाहा पाएँ, बीचका महिनामा ऊ यहाँ आइरहँदो रहेछ । सायद एक्लैएक्लै पो आउँथ्यो कि ! कल्पना गरें, ऊ मत्थु भएर ढुनमुनिँदै सडकका पेटी हुँदै जान्छ होला । बेलाबेला आफूतिर छरिने गाडीका हेडलाइटसित अनुहार जोगाउँदै ।

लगभग एक बोतल सकिएपछि बल्ल टोप बितेका दिनबारे कुरा गर्न तयार देखियो । म आफ्नो गिलासको फेदमा पुग्दासम्म उसले तीन गिलास रित्याइसकेको थियो । उसले मुख नबिगारी सुनको लेदो जस्तो तातो र तिखो रक्सी स्वाट्टै पिउँथ्यो ।

महाकालीको किनारमा आमाका बचेका टुक्रा जलिरहेको चिता हेरिरहँदा उसलाई लागेको थियो रे– आमा कतैबाट आएर उसकै छेउमा बसेर जलिरहेको चित्ता हेर्छिन् कि जस्तो । ऊ महाकाली जसरी सुसायो, "सिरीजी ! मेरो त गाउँ जाने बाटो पनि आमैसित डढ्यो ।"

उसले अबेरसम्म आमाका स्मृति सुनायो । सानोमा उसले २० रूपियाँ चोरेको थियो । तर उसलाई ग्लानि भयो । भोलिपल्ट आमा र ऊ खोलाको किनारै किनार हिँडिरहेका थिए । उसले २० रूपियाँको नोट खोलामा फालिदियो र अघिअघि हिँडिरहेकी आमालाई भन्यो, "आमै ! पैसा ।"

आमा बगिरहेको पैसा देखेर जुरूकजुरूक उचालिइन् ।

उसले हतार हतार कपडा खोलेर खोलामा हामफाल्नु र नोट भुमरीमा स्वात्तै पस्नु एकै पटक भयो । उसले अबेरसम्म डुब्दै पैसा खोजिरह्यो । तर भेटेन ।

उसको आत्मग्लानि झन् बढ्यो । बरू आमालाई फिर्ता दिएर गालामा दुई चड्कन खाएको भए पनि हुने ।

"तपाईंलाई था छ, सिरीजी ! आमैले बुढेसकालसम्म पनि त्यो नोट बिर्सन सकेकी थिइनन् । भन्थिन्, "बाहिर पो एउटा नोट देख्खेको थियो । मुन्तिर अरू पनि नोट थिए होलान् । मैले उनलाई नोटको साँचो कुरा सुनाएको भए पनि हुने ! सुनाइनँ । मैले त्यस बेला सोचेको थिएँ, खोलाबाट पैसा झिक्छु, आमैलाई दिन्छु । हिसाब बराबर हुन्छ । नमिलेको हिसाब बोकेर बाँचिरहनु नै जिन्दगी हो, सिरीजी ।"

ऊ खिस्स हाँस्यो र सेरू दाइतिर रित्तिएको बोतल देखाउँदै करायो, "सेरू दाइ ! अर्को ।"

मलाई आशा थियो, उसले जानुकाजीबारे कुरा निकाल्छ । तर निकालेन । बरू डायरी पल्टायो । भन्यो, "दुःखका कुरा जति गरे पनि सकिँदैनन्, सिरीजी । जति गऱ्यो, त्यति आत्मा मर्दै जान्छ । अब पश्चिमबाट उदाउने घामका कुरा गरौं ।"

मैले रक्सीको चुस्की लिएर मुख बिगारें ।

"त्यो पत्रिका बन्द भएरै ठीक भयो । अबको संसार अक्षरको होइन, दृश्यको हो ।" उसले डायरीमा लेखिएका अक्षरतिर इसारा गऱ्यो । अक्षर जेरी झैं बटारिएका थिए, बुझिनँ ।

"मैले खुबै सोचें र यो निर्णय गरें । अब म डकुमेन्ट्री निर्माणतिर लाग्छु," उसले मुस्कुराउँदै भन्यो, "हामी गरिब छौं, सिरीजी ! तर हाम्रा कथा धनी छन् । कथा म खिच्छु । तपाईंले मुटु छुने न्यारेसन लेखिदिनुपर्छ । हाम्रा कथा झिल्का हुन् । संसारमा आगो लगाउँछन् ।"

मैले मुन्टो हल्लाउने कोसिस गरें ।

"जिन्दगी यो काठमाडौंको घेरोमा दगुरेरै बिताउनुहुँदैन । अलि टाढाको सोच्नुपर्छ । यो कुनो मात्र जिन्दगी होइन । आइफल टावर पनि जिन्दगी हो । के तपाईंलाई आइफल टावरको छेउमै बसेर चिसो बियर पिउने मन छैन ?"

टोपले हतारमा बोलेको थियो, त्यही हतारमा पनि मैले समीराका बाबालाई सम्झिएँ । र टोपका लागि मुन्टो हल्लाएँ ।

"डकुमेन्ट्रीले सबथोक दिन्छ । कत्ति चिन्ता नगर्नुस्," ऊ मुस्कुरायो । चम्चाभरिको भुटुन खान खोज्यो । तर केही टुक्रा खसे । अनि भन्यो, "संयोगले बद्री दाइ भेट भए । उनीसित भिडियो क्यामेरा पनि छ । क्यामेरामा समस्या देखियो । बनाउन दिएका छौं । बन्नेबित्तिकै खिच्न सुरू गर्छौं ।"

"के विषयमा खिच्दै हुनुहुन्छ ?"

"टुँडाल," मुस्कुराउँदै भन्यो, "वसन्तपुर पुग्दा कहिल्यै तपाईंले यसो ध्यान दिएर टुँडालतिर हेर्नुभएको छ ? छैन । मलाई था छ । हामी कर्के नजरले मात्र हेर्छौं । मन त हुन्छ । तर अर्कोले के भन्ला भनेर लजाउँछौं । जबसम्म हामी ठाडो नजरले टुँडालतिर हेर्न सक्दैनौं, हाम्रा सम्बन्धमा समस्या आइरहन्छन् ।"

"मैले बुझिनँ ।"

"विवाहित पुरूष र विवाहिता स्त्रीको अफेयर किन हुन्छ ? किनभने मनको भित्री रहर पूरा भएको हुँदैन । एउटा रिक्तता उनीहरू विवाहपछि देख्छन् । तर जोसित सारा जीवन बिताउनु छ, उसलाई भन्न डराउँछन् । जज गर्छ कि भन्ने डरले । सुन्नेलाई कुरा चित्त बुझेन भने उसले जिन्दगीभर त्यही कुरा झिकिरहला भन्ने अर्को डर । तर

मान्छे ज्याद्रो हो, ऊ रहर पूरा गरेरै मर्न चाहन्छ । ऊ आफ्ना रहर सुनाउने र तृप्त हुने अर्को मान्छे खोज्छ, जोसित जिन्दगी बिताउनु छैन । उसलाई कुरा चित्त नबुझे साइड लाग्छ । फेरि फेरि प्रताडित गर्न आउँदैन । यसैले विवाहेतर सम्बन्ध फस्टाएको छ, सिरीजी ! यही कुराको म गहना बनाउन खोज्दै छु । जलप तपाईंको न्यारेसनले लाउनुपर्छ ।"

मलाई टोपको उत्साह रोकिदिन मन लागेन । फेरि मुन्टो हल्लाएँ ।

"क्यामेरा बन्नेबित्तिकै हामी खिच्न सुरू गर्छौं । म तपाईंलाई खबर गर्छु," उसले मुस्कुराउँदै फेरि ग्लासमा रक्सी खन्यायो । अनि भन्यो, "दिउँसो तपाईंका धेरै प्रश्न थिए । के थिए ?"

मलाई कुरा लुकाउन मन लागेन । सोधें, "सम्पादकसित तपाईंको समस्या के थियो ? बूढाले चित्त दुखाउँदै थिए ।"

"तपाईंलाई के लाग्छ, सिरीजी ! छ्याकेले मलाई हुल्न सक्छ ?" टोपले मुस्कुराउँदै भन्यो, "छ्याके त आफैं पुलिसदेखि लुक्दै हिँडेको थियो । फोन ठूलै ठाउँबाट गएको थियो । हाम्रा पुलिस पैसा त खान्छन् । तर जानकारी सत्य दिन्छन् । उनीहरूलाई जुन नम्बरबाट जानकारी प्राप्त भएको थियो, त्यो हाम्रै बड्डाको फोन थियो ।"

पृथ्वी फनफनी घुम्छ भनेर मैले महसुस गरें । अगाडिको टेबल बतासमा तैरिए जस्तो भयो ।

"बड्डाले आफ्नो लेबलको खेल खेले । अब हामी त्योभन्दा माथिल्लो लेबलमा पुग्नुपर्छ । केही दिन त बड्डासित चित्त दुखेको थियो । पछि सोचें, उनको जिन्दगी नै पत्रिका थियो । म फोकटमा उनको संसार उखेल्न खोजिरहेको थिएँ । म अक्षरका लागि बनेको होइन, सिरीजी ! दृश्यका लागि बनेको हुँ," उसले अलिकति अगाडि तन्किएर मेरा पाखुरामा प्याट्ट हान्दै भन्यो, "तपाईंका शब्द पनि पढिनुहुँदैन । वाचन गरिनुपर्छ ।"

हल्ला भयो । सेरू दाइ मुनाल भाइको टाउकोमा चिसो पानी खन्याइरहेका थिए ।

म आकाशैतिर हुत्तिएला जसरी हल्लिइरहेको कुर्सी समाइरहेको थिएँ । आकाशमा हुत्तिनुअघि मनमा गाँठो फुकाएँ, "टोपजी ! बीचमा कति धेरै पीडा र धोका पाउनुभयो । चित्त दुख्दैन ?"

"दुख्छ नि !"

"चित्त दुखेका बेला के गर्नुहुन्छ ?"

उसले आँखाको कोठी यताउता घुमायो । मतिर मुन्टो तन्कायो र मुस्कुराउँदै सासले भन्यो, "म रून्छु, सिरीजी ।"

# भर्ना

*लौ, तपाईंसित भर्ना भएकामध्ये कति त बिए पास गरेर टिचरै भइसके ।*

त्यसपछि आकाशमा चम्किलो सूर्य देखापऱ्यो र तारा जसरी फेरि टोप हरायो ।

त्यस रात ट्याक्सी चढ्नुअघि उसले बेस्मारी अँगालो मारेको थियो । भनेको थियो, "महिना दिन भयो, सुत्दा पलङ्को बीचमा सुत्छु । तर उठ्दा सधैं पलङ्को दायाँ किनारमा हुन्छु । बायाँ किनारमा जानुकाजी सुत्नुहुन्थ्यो नि, त्यसैले ।" त्यही मौकामा मैले उसको कोटको खल्तीमा सुटुक्क हजारका दुई नोट राखिदिएको थिएँ । मलाई थाहा थियो, ऊ ठूलै मन्दीमा थियो । म उसले जस्तो भविष्यमा गरिने अनाम कामको बैना भनेर पैसा दिन पनि सक्दिनथें ।

मैले केही दिन उसको फोनको प्रतीक्षा गरें अनि बिस्तारै आफ्नै संसारमा हराउँदै गएँ । आदि र सूर्यबहादुर दुवै नरहेपछि मेरो तला रित्तो रित्तो हुन्थ्यो । कहिलेकाहीँ मध्यरातमा बाथरूमतिर जाँदा दुवै रित्ता कोठा सिरिङ्ङ हुने गरी अँध्यारा देखिन्थे । अनकन्टार पहाडका गुफा जस्ता । कहिलेकाहीँ डेरा खोज्दै नयाँ मानिस भुइँतलाबाट बोलाउँथे । घरबेटी बा झ्यालबाट यसो चियाएर खाली छैन भन्ने इसारा गर्थे । घरबेटी बाले किन कोठा महिनौं खाली राखिरहेका छन्, थाहा थिएन । एक पटक यसो कन्चट कन्याउँदै भनेका थिए, "भविष्यका योजना भन्दै हिंड्नुहुँदैन । सैतानहरू तगारो बन्न आउँछन् ।"

मेरो तला सर्कस सकिएपछिको रित्तो मैदान जस्तो भएको थियो ।

म आफूलाई सकेसम्म व्यस्त बनाउने कोसिस गर्थें । बुकी नेपालमा अङ्ग्रेजीबाट नेपालीमा अनुवाद गर्ने व्यक्तिको खोजी थियो । दामोदरप्रसाद न्यौपानेले कोही चिनजानको भए खबर गर्नू भनेका थिए । एक दिन भनें, "मैले अहिलेसम्म अनुवादमा आँट त गरेको छैन । तर प्रयास गर्न सक्छु । मलाई पैसा पनि चाहिँदैन ।"

उनले मुस्कुराउँदै पाँच पन्ना दिएका थिए ।

म फुर्सदमा तिनै पाँच पन्नामा घोरिन्थें । शब्दकोशबाट शब्दको अर्थ टिप्थें । हरफ बनाउँथें । अर्थ ठ्याक्कै आएन जस्तो लाग्थ्यो । त्यसैले पटक पटक शब्द हेरफेर गरिरहन्थें । यसो गर्दा फाइदा पनि हुन्थ्यो । मेरो अङ्ग्रेजी भाषाको कन्तुरमा हरेक दिन नयाँनयाँ शब्द खसिरहन्थे ।

भित्ता र कुनाबाट जाडोका दाग हराउँदै गएका थिए ।

त्यो दिन बिहानैदेखि घाम टलक्क टल्किएको थियो । सारा धरती छ्याङ्ङ भए जस्तो लाग्थ्यो ।

म चिसा लुगा बोकेर छतमा उक्लिएको थिएँ । आकाशतिर सेता परेवा बर्त्तिँदै उडिरहेका थिए । मानौं, ती मेरै मनका पन्छी हुन् । सोचें, नयाँ सुरूवातका लागि योभन्दा उज्यालो दिन अर्को हुन सक्दैन । सोचें, आज कलेज जान्छु ।

मध्यदिनमा म कलेजको गेटअगाडि पुगें ।

भित्तामा नयाँ नारा थपिएका थिए । गेटमा बस्ने गार्ड फेरिएका थिए । स्ववियुको सानो कटेरो पक्की घर भइसकेको थियो । चिरञ्जीवी विद्यार्थीका झुन्डले घेरिएका थिए । उनी उपसभापति थिए, सानो कदका, स्फूर्तिले भरिएका । गहुँगोरा तर गालाका हड्डीनिर धमिलो छाया परेका । मैले काठमाडौंमा चिनेको पहिलो नेता उनै थिए । भन्नेहरू भन्थे, "उनी विद्यार्थी नेता भएरै बूढो हुनेछन् । र सभापतिमा कहिल्यै उक्लनेछैनन् । उनले जानीजानी बिए कटाउँदैनन् ।" विद्यार्थी राजनीतिमै यति पोख्त भए कि उनी यसमै रमाउन चाहन्छन् । पेट्रोल, डिजेलको भाउ बढ्यो, प्रदर्शनीमार्गमा ट्रकको टायरको प्रदर्शन

गरिहाल्ने उनै । नेविसङ्घका केटाहरूसित मुक्कामुक्की गर्ने उनै । काठमाडौंमा लुकेका छापामारसित गोप्य बैठक गर्ने उनै । दुब्ला र कान कम सुन्ने क्याम्पस प्रमुखका अगाडि टेबल ठटाउँदै चिच्याउने उनै ।

उनको प्रख्याति त्यति बेला चुलिएको थियो, जति बेला न्यू *टाइम* म्यागेजिनले उनको तस्बिर कभरमा छापेको थियो । उनी जलिरहेको टायरको धुमको अगाडि मुठी उचालेर उभिएका थिए । टायरको कालो धूवाँ उनको घुच्चुकपछाडि ईश्वरको तस्बिरमा देखाई चक्र जसरी फैलिएर माथिपट्टिको न्यू *टाइम*को 'टा' र 'म'लाई छोपेर कभर बाहिर उडेको थियो । उनको कम्मरनिर ठुल्ठूला अक्षरमा लेखिएको थियो– 'असन्तुष्ट पुस्ता' ।

राजा, प्रधानमन्त्रीदेखि असन्तुष्ट दलका प्रमुखहरूको फोटो मात्रै छापिन्थ्यो, यसरी गातामा । यसरी उनको फोटो छापिएपछि उनी विद्यार्थी राजनीतिको अग्रपङ्क्तिमा त आइहाले । आफ्नै दलका वृद्ध नेताहरूको शुभकामना पनि प्राप्त भएको थियो । हहहह गर्दै हाँस्ने उनी त्यसपछि मुसुमुसु हाँस्न थालेका थिए ।

विद्यार्थीको झुन्ड बाहिर निस्किँदासम्म म अफिसको दैलोको चेपमा छेलिएर उभिएँ । सबै गएपछि उनले मलाई देखे । र उत्साही हुँदै हात नचाए, "ओख्खो सिरीजी ! आज कताबाट ? तपाईं त अचानकै हराउनुभयो । सबै ठीक त छ नि !"

उनले मेरो हत्केला झट्कारे । तर त्यसको झिल्का मेरो काखीसम्मै पुग्यो ।

"सबै ठीक छ," उनले इसारा गरेको टुलमा बस्दै मैले भनें, "बीचमा के भो, के भो ! पढाइ छुट्यो । फेरि भर्ना हुम् कि भनेर आएको ।"

उनले अनुहार खुम्च्याउँदै दुवै आँखीभौंले आँखा किचिक्क थिचे । भने, "लौ, तपाईंसित भर्ना भएकामध्ये दुई जना त बिए पास गरेर प्राइभेट कलेजतिर टिचरै भएका छन् ।"

मेरो अनुहार कागतीको रस पिए जस्तो देखिएको होला !

"तर ठीक छ । ढिलोचाँडोको कुरो होइन । इच्छाशक्तिको कुरा हो," ङिच्च हाँस्दै उनले भने, "तपाईंको इच्छाशक्तिलाई सलाम ! कागजपत्र ल्याउनुभएको छ ?"

मैले पोलिथिन ब्याग राखेर ढाडतिर कोचेका कागजपत्र झिकें । ब्याग गुम्सिएर पसिनाले रूझिसकेको थियो । पसिना झट्कारें र कागजपत्र उनका अगाडि फिँजारिदिएँ । नागरिकताको फोटोकपी, कान देखिने पासपोर्ट साइजका तस्बिर । एसएलसीका प्रमाणपत्र । र मैले फोटो उप्काएको आइएको प्रवेशपत्र ।

उनले प्रवेशपत्र फिर्ता दिंदै भने, "यो त चाबी हराएको ताला जस्तै भैगो । किन चाहियो र !"

मैले १५ सय रूपियाँ टेबलमा राखिर्दिंदै भनें, "बाँकी बचेको स्ववियुलाई सहयोग !"

उनले पैसा घर्रामा राखे । फारम झिके । कलम समात्दै भने, "विषय चाहिँ कुन रोज्नुहुन्छ ?"

मैले ऐच्छिक नेपाली, राजनीतिशास्त्र र पत्रकारिता रोजें । अनिवार्य नेपाली र अङ्ग्रेजी अनिवार्य नै थिए । उनले नागरिकता र एसएलसीको मार्कसिट हेर्दै फटाफट फारमका बक्सा भरे । गुँद लगाएर कान देखिने तस्बिर टाँसेर फुफु गरे । र अरू कागजपत्रलाई त्यसैमा खापेर स्टिच लगाएर छेउको फर्मको धुममाथि राख्दै भने, "ल, तपाईंलाई फेरि स्वागत छ । नाइट सिफ्ट सजिलो होला तपाईंलाई ।"

"म कलेज त खासै आउँदिनँ होला," मैले उठ्दै भनें, "गेस पेपरले काम चलाउनुपर्ला । अफिसको काम पनि धेरै हुन्छ ।"

उनको निधारमा विरहका छाल देखिए । भने, "ए ! जागिरै खाइसक्नुभएको ? अरू पढेर जागिरे हुन्छन् । तपाईं जागिरे भएर पढ्न आउनुभएको ?" उनले फेरि मेरो हत्केला झट्कारे । थपे, "ल ठीक छ । हामीलाई केही सहयोग चाहियो भने भनौंला । तैपनि बेलामौकामा कलेज आउँदै गर्नुहोला ।"

मैले मुन्टो हल्लाएँ ।

फेरि विद्यार्थीको एउटा झुन्ड हल्ला गर्दै भित्र पस्यो । म हुत्तिँदै आएको बाढीमा कष्टसहित अगाडि बढिरहेको मुसो झैं बाहिर निस्किएँ ।

सात वर्षपहिले भर्ना भएर म संसारै जित्छु जसरी निस्किएको थिएँ गेटबाट । सात वर्षपछि फेरि भर्ना भएर निस्किएँ, अब मलाई संसार जित्नु थिएन । केही बरफ भएका मन पगाल्नु थियो र केही लत्रिएका सपनामा थाँक्रो हाल्नु थियो ।

पुतलीसडकबाटै सबै विषयका गेस पेपर र गाइड बुक किनें । सात वर्षअघि एक दर्जन डटपेन पनि किनेको थिएँ । मानौं, म सारा सृष्टिको कथा लेख्नेछु । यसपालि आधा दर्जन रिफिल मात्र किनें ।

यसपालि बस् केही घाउमा मसीको मल्हम लगाउनु थियो ।

फर्कने बेला कसोकसो टोपको सम्झना आयो । कुनातिर लागें । कुनामा भीडभाड बढिसकेको थियो । यसो दैलोबाट चियाएँ, टोपलाई देखिनँ । सूर्यबहादुर भन्थे, "हेर, भाइ ! जो एक्लै एक्लै भट्टीमा जान पल्कियो । सक्यो ।"

फरक्कै फर्किएँ ।

# इन्टरप्रेटर

*म तिनको भावना इन्टरप्रेट गर्नेछु, जसले माटो मात्र होइन, भाषा पनि गुमाएका छन् ।*

परशुरामको उत्साह देख्दा लागेको थियो, उसले फोन गरिहाल्नेछ । तर हप्तौं बित्दा पनि उसको फोन आएन । बिस्तारै मलाई लाग्न थाल्यो, ऊ फेरि आफ्नै समस्याका चक्रमा फनफनी घुम्न थालेको होला ।

म भने समीरालाई भेट्ने आत्मविश्वासले भरिएको थिएँ । उसले के गर्छौ भनेर सोधी भने मसित भन्नलाई धेरै कुरा थिए । गफैगफमा म उसको प्रिय किताबले कसरी मेरो सोच र जीवन परिवर्तन गरिदियो भन्ने थिएँ ।

मैले नीलले जसरी उसको प्रिय किताबलाई बेवास्ता गरिनँ भन्ने थिएँ । म कली क्याफेतिर पनि गइनँ । किनभने परशुरामले फोन गर्छु भनेकै थियो ।

यतिका महिनामा उसले जागिर छाड्यो कि ! छाडे पनि ऊ मलाई पक्कै फोन गर्थ्यो होला ।

सायद समीरा त्यता पक्कै देखापरिन ।

म आशा गर्थें, अचानक परशुरामले फोन गर्नेछ । म हुरी जसरी जानेछु । मेरा अघि समीरा हुनेछे । मेरो स्वभावअनुसार म उसलाई एक झलक देख्नेबित्तिकै सपनामा जस्तै कुँजिनेछु । मेरो बक फुट्नेछैन । घाँटीमै आवाज चप्किए पनि म मौनतामै धेरै बोल्नेछु । मलाई विश्वास छ, समीराले मेरो मौनतामा पनि मौरी भुनभुनाए जस्ता अनेकौं आवाज सुन्नेछे ।

म त्यस दिनसम्म कल्पनाको त्यो उचाइमा थिएँ, जहाँ आकाशको एउटा कुनोले अडेस लागेको थियो ।

तर समयले समीराका शब्दको पजल मिलाएको थियो ।

समीराले फ्रेन्च सिक्नु !

समीरा बीचबीचमा हराउनु !

समीराले बेलाबेला माता जसरी जगल्टा फैलाएर बस्नु !

समीराले नीलसित सूक्तिमा बोल्नुको अर्थ एउटै रहेछ– ऊ त जाँदै पो रहिछ । उसले यस्तो निर्णय गर्ली भन्ने मैले त के सोच्थें । नील र मामुले पनि सोचेका रहेनछन् । रेडियोले नील र मामुको कुराकानी पनि टिपेको थियो । मामुको छटपटी र रून्चे आवाजले त्यस्तै देखाउँथ्यो । नील त उसकै शब्दमा सक्ड भएको थियो । उसले मामुलाई सान्त्वना दिने शब्द कल्पनै सकेको थिएन ।

"एक दिन ऊ मबाट टाढा जान्छे त सोचेकै थिएँ," मामुले भनेकी थिइन्, "तर अचानक यसरी । मलाई यो केटीको यै बानी मनपर्दैन भन्या । सारा कुरा गुटुमुटु पारेर लुकाएर राख्छे ।"

"हजुर, मामु," नीलले यत्ति भनेको थियो ।

मामुले चुइँक्कै थाहा पाएकी रहिनछन्– समीरा फ्रान्स उड्ने सुरमा छे भनेर । जब उसले कलेजबाट आएको पेपर देखाएकी थिई, बल्ल उनी झल्याँस्स भएकी थिइन् । उसले चाहिने रिकमेन्डेसन लेटर कताबाट लेखाई । अप्लाई कहिले गरी । र उता जाने सोच उसको दिमागमा कसरी उब्जियो । उनले पत्तै पाइनन् ।

घरको ठूलो स्पेसमा दुई जना मात्र बस्दा रहस्य लुक्ने ठाउँ बचिहाल्ने रहेछ । मामुका अनुसार बीचका महिना उसमा कुनै परिवर्तन आएको थिएन । यसो हेर्दा ऊ आलस्यले भरिएका दिन काटिरहे जस्ती मात्र लाग्थी । ऊ कहिल्यै निख्लै पेट बाहिर निस्किन । राति आठ बज्नुअघि नै घर फर्किन्थी । उनलाई लाग्न थालेको थियो, उमेरसँगै छोरीको स्वभावमा परिवर्तन आएको छ । उसले चञ्चले सपनाको पखेटा फैलाउन छाडिसकेकी थिई ।

"अचेल सबै इमेलबाट हुन्छ, मामु !" नीलले भनेको थियो, "पैला जस्तो यताउता दगुरिरहनुपर्दैन ।"

"अनि त्यसले पढ्छु भनेको त्यो इन्टरप्रेटर विषय, त्यो के काम लाग्छ र, बाबु ?"

"नेपालतिर त खै कुन्नि," नीलले भनेको थियो, "विदेशतिर त्यसको आफ्नै महत्त्व छ । त्यसको ग्ल्यामर बढेको छ ।"

"के त्यसले फेरि यता नफर्किने सुर गरेकी हो ?"

नील के भनोस्, यसको जबाफ त ऊ पनि खोजिरहेको थियो । उसलाई जेब्राक्रसमै अचानक अल्जाइमर भए जस्तो भएको थियो ।

सायद ऊ यतै अलमलिएर बस्नुमा समीराप्रतिको मोह पनि थियो कि ! उसले कहिल्यै प्रस्ट भनेन– म यता हुनुको कारण तिमी पनि हौ । ध्वस्त हुँदै गएको देश छाडेर अर्को कुनै आफैँलाई निर्माण गरिसकेको देश जाऊँ पनि उसले कहिल्यै भनेन ।

तर समीरा आफैं जाँदै थिई ।

उसले आफ्नो निर्णय नीललाई कसरी सुनाई, थाहा छैन । तर यति कल्पन सक्थें– उसले आँखामा आँखा जुधाएर, प्रस्ट आवाजमा बिनाकुनै सङ्कोच भनेकी होली ।

दिउँसोतिर रेडियोले कहिले तीन मिनेट त कहिले सात मिनेटसम्म मामु र नीलको कुराकानी सुनाउँथ्यो । कहिले त ३० वा ३५ सेकेन्ड । "बाबु ! भन्नुभयो त्यसलाई ?" "हजुर, मामु ! तर उसले अचेल मेरो सुन्दैन" यत्ति ।

म मामु र नीलका टुक्रे संवाद जोडेर दृश्य कल्पना गर्ने कोसिस गर्थें । इन्टरपेटरबारे मलाई पनि धेरै थाहा थिएन । तर यतिसम्म मेसो पाएको थिएँ, लिखित कुरालाई अनेकौं पटक पढेर, सोचेर– शब्दकोशबाट ठ्याक्कै अर्थ दिने शब्द खोजेर वा चल्तीको तर शब्दकोशले अपनाई नसकेको शब्द जोडेर नयाँ भाषामा रूपान्तर गर्नुलाई अनुवाद भनिन्थ्यो ।

तर समीराले रोजेको काम मौखिक हुन्थ्यो । मूल वक्ताको लयमा लय मिलाएर भाषा रूपान्तर गर्नुपर्थ्यो । एउटा शब्द मात्रै तलमाथि भयो भने भाव अर्कै प्रसङ्गमा जोडिन सक्थ्यो । कहिलेकाहीँ त गम्भीर मन्तव्य पनि हास्यरसमा परिवर्तन भइदिन सक्थ्यो । कान असाध्यै चनाखो र ठूलो आकारको चुम्बक जस्तो हुनुपर्ने ।

म त आफ्नै भाषा र आफ्नै शब्द जोडेर अझै पनि आफ्नै मूल मर्म निकाल्न सक्दिनथें ।

समीरा त चार भाषाको रथमा दगुरिरहन्थी ।

सायद उसको आधा सुटकेस उसले टिपेका शब्द र हरफका डायरीले नै भरिएलान् ।

म मामुको छटपटी र स्याँस्याँमा उदासी र एक्लोपनको त्रास महसुस गर्न सक्थें । गाउँबाट उनका भाइ र बुहारी आउने भए पनि सन्तान भनेको सन्तानै हुन्थ्यो । मेरी आमै जति नै ताजा आवाजमा कुरा गरे पनि पिसिओभन्दा अलि पर पुगेपछि रून्थिन् । सपनामा पनि म अलपत्र परिरहेको, केही माग्न नसकेर टुलुटुलु हेरिरहेको देख्थिन् । मध्यरातमा हावाले दैलो हल्लाए पनि मैले नै पो हल्लाएँ कि भनेर फुरूङ्ङ हुन्थिन् ।

पखेटा फैलाएर आकाश उडेको पन्छी पुरानो गुँडमा कहाँ फर्किन्छ र ! ऊ त आकाशका चोक्टाहरूमा अलमलिरहन्छ ।

साता दिन मामु र नीलका सुस्केरा सुनिसकेपछि मलाई समीराको आवाजको छटपटी भएर आएको थियो । डर पनि लाग्थ्यो, कतै ऊ आफ्नो आवाज नसुनाई जाने हो कि ! म कल्पना र आशा गर्थें, कुनै पनि क्षण रेडियोले उसको पनि आवाज टिप्नेछ । ऊ मामुलाई भन्न नसकेका केही कुरा नीललाई भन्नेछे, जुन मेरा लागि पनि हुनेछ ।

म सुन्न चाहन्थें, ऊ किन इन्टरप्रेटर बन्न चाहन्थी ? के ऊ संसारले बुझ्न नसकेका भाषा र भाव इन्टरपेट गर्न चाहन्थी ?

मलाई लाग्थ्यो, उसलाई यो प्रश्न न मामुले गर्नेछिन्, न नीलले । त्यसैले बेलाबेला मलाई रेडियोको जालीमा फुसफुसाएर यी प्रश्न

हुलिदिऊँ जस्तो लाग्थ्यो । मानौँ, उसले फोनमा कुरा गरिरहेका बेला मेरो प्रश्न हुरी जसरी उसका कानमा बज्नेछ ।

केही दिन यस्तै तर्कनामा बिते पनि मलाई छटपटी हुन थालेको थियो । यस्तो तिर्खा जागेको थियो, जुन संसारका सारा समुद्र, नदी, ताल र पातमाथिका बुँद पिए पनि मेटिनेवाला थिएन ।

ए ! ऊ त जाने भई !

मैले सपनामै उसलाई देखे पनि अथाह मरूभूमिमा तिर्मिराइरहेको छाया जस्तै देख्नेवाला थिएँ । कसैसित यतिसाह्रो मोह हुनु तर सपनामा पनि नचिन्नु, कस्तो फसाद !

त्यो जाडो जाँदै गरेको उराठलाग्दो रात थियो । रातको सवा १० बजे समीराको आवाज रेडियोले टिपेको थियो । खुसीले त होला, मेरो ज्यान सल्याङसुलुङ भएको थियो ।

मामु चाहन्थिन्, ऊ जाँदा धेरैथोक लिएर जाओस् । उनले खानेदेखि लाउने लुगाको लिस्ट बनाइरहेकी थिइन् । तर समीरा चाहन्थी, ऊ थोरै लिएर जाओस् । ऊ कुनै अनकन्टार डाँडामा ध्यान गर्न कहाँ जान लागेकी हो र !

मामु उसलाई बिदाइ गर्ने तयारीमा पनि थिइन्, उत्तिकै उदासीमा पनि । उनी घरकै कुनामा यताउति गरिरहेकी समीरालाई प्रेमले हेर्थिन् । मानौँ, उनी मनभरि हेर्न चाहन्थिन् । तर सबैभन्दा माया गरेको मानिसले मन कहाँ भरिन्छ र ! मन त जादुगरको गिलास जस्तो हुन्छ, जति पानी राखे पनि कहिल्यै नभरिने । र रित्तो गिलासबाट जति पनि पानी पोखिइरहने !

ऊ फागुन ११ गते जाँदै थिई– लियों ।

लियों पेरिसबाट ट्रेनको डेढ घण्टाको बाटो थियो । काठमाडौँबाट रातको सवा नौ बजे प्लेन उड्नेवाला थियो । दोहाको पाँचघण्टे ट्रान्जिटमा ऊ कुनै अपरिचित यात्रुसित कुरा गरेर समय बिताउने सुरमा थिई । उसको योजना सुन्दा नील बेलाबेला सुक्खा भएको मुख बजाउँथ्यो ।

समीराको कुरा सुन्दा लाग्थ्यो, अब उसलाई उड्नु मात्र थियो ।

"लियौं आर्किटेक्टका लागि पनि चर्चित रहेछ," उसले नीललाई भनी, "आऊ मलाई भेट्न । के थाहा, तिमीले खोजिरहेको प्रेरणा त्यहाँ भेटी पो हाल्छ कि !"

नील उदास थियो । लामो सास तान्यो ।

"मैले भनेकै हुँ नि, होइन र !" समीराको उत्साह अलिकति घट्यो । भनी, "भविष्य कल्पेर वर्तमानलाई हेप्नुहुँदैन ।"

"मलाई त्यति सजिलो कहाँ छ र ! तिमी जस्तो कल्पनामै रमाउन ।"

"तिम्रो मुड ठीक छैन जस्तो छ, म फोन राखूँ ?" समीराले नम्र आवाजमा भनी, "कुरा गर्नलाई हामीसित अझै केही दिन छन् ।"

"नो नो, आई एम जस्ड टायर्ड ।"

समीराले लामो सास छाडी । उदासी र मादकता दुवै घोलिएको । सोचिरहेकी होली, के भनूँ । मलाई लागिरहेको थियो– बीचका कैयौं दिन उनीहरू भेटेरै पनि यस्तै मौनताको अन्तरिक्षमा यसरी नै तुर्लुङ्गिए होलान् ।

समीराले भनी, "मलाई थाहा छ, तिमी स्याड छौ । मैले बीचमा तिमीलाई कन्भिस पनि गर्न सकिनँ । तर तिमीले बुझ्नुपर्छ, यो मेरो जर्नी हो । यात्रा जति छोटो वा लामो होस्– हिँड्ने त एक्लै हो । भविष्यमा हामी साथमा हुन्छौं वा हुँदैनौं, के थाहा ? तर वर्तमानको स्वाद लिन बिर्सनुहुँदैन । सम्बन्ध यस्तो होस्, जिन्दगीको अनकन्टार मोडमा सम्झना आउँदा सन्तुष्टिको मुस्कान निस्कियोस् ।" उसले कफी, चिया वा पानीको चुस्की लिई । थपी, "तिमीलाई थाहै होला, कति सम्बन्ध यस्ता हुन्छन् । जो जीवनकालभर सँगै हिँड्छन् । तर सँगै हुँदैनन् । हरेक मोडको असफलतामा दोष एकअर्कालाई दिन्छन् । तिम्रो र मेरो सम्बन्ध त्यस्तो हुनुहुँदैन । सँगै नभए पनि के भो र ! हरेक मोडको सफलतामा एकअर्कालाई प्रेरणा मान्न सकियोस् ।"

"गधी ! कथा र जीवन फरक हुन्छ," अलिकति तङ्ग्रिँदै नील बोल्यो, "शब्दले मात्र सम्बन्धको लहरामा पानी कहाँ पुग्छ ! रिलेसन इज लाइक एन एग । स्पर्शको तातोपन चाहिन्छ । नत्र सडेर जान्छ ।"

"सै हो," ऊ हाँसी, "देख्यौ ! मेरो स्पर्शले तिमी ढुङ्गोबाट पोयट भयौ ।"

"याँ । मैले बुझ्दै छु, तिमी जानुअघि हामी यस्तै कुरा गर्नेछौं । तिमीलाई सम्झना छ ? अस्ति हामीले कुरामै अल्झेर खानै बिर्सेका थियौं ।"

"म त्यो बारा र छोइला लियोंमा सम्झनेछु । मलाई त्यहाँ लाग्नेछ– त्यतिकै नछाडेको भए हुने ।"

"अनि म ?"

"जीवनका ससाना घटनालाई सोझै रिलेसनसिपमा जोड्नुहुँदैन । यो दुःखको मार्ग हो ।"

नील मौन भयो ।

"दुःखको मार्ग भन्दा पो सम्झें । अस्ति यत्तिकै टोलाइरा थें । सम्झें– म गएकोमा दुःखी हुने मामु र तिमी छौ । मामुलाई छोरी चाहिएको । तिमीलाई गर्लफ्रेन्ड । तर मैले अहिलेसम्म यस्तो मान्छे कमाएको रैनछु, जो म गएकोमा खुसी होस् । बिनाकुनै स्वार्थ मलाई शुभेच्छा देओस् । इट्स स्याड ।"

नीलले मधुरो आवाजमा खोक्यो । सायद मुखमा मुड्की राखेर । समीराको पीरमा चुरोट पो ज्यादा भयो कि !

"जीवनको बाँकी समय म केमा बिताउनेछु नील, थाहा छ ? अस्ति हावामा सोचेको कुराबाटै मलाई प्रेरणा मिलेको थियो । म यस्ता मानिसको इन्टरप्रेटर हुनेछु, जसले आवाज गुमाएका छन् । जसले भाषासितै आफ्नो कथा गुमाएका छन् । मेरो कमाइ उनीहरूको आशीर्वाद हुनेछ । भन्ने कुरा हुनु तर भाषा नहुनु सबैभन्दा पीडादायी क्षण हो । न म कसैको सहयात्री हुन सक्छु, न कसैको प्रेरणा ! मेरा सम्पत्ति भनेका मेरा पाँच भाषा हुन् । उहिल्यै बाबाले भन्नुभएको

थियो– भाषा नै ठूलो सम्पत्ति हो । अहिले बुझ्छु, उहाँले सुनचाँदीको कुरा गर्नुभएको थिएन । उहाँले हृदयको कुरा गर्नुभएको थियो । मैले अहिले पनि गलत बुझिरहेकी पो छु कि ! तर मलाई अहिले यही कुराले नयाँ ऊर्जा र उत्साह दिइरहेको छ । भविष्यमा मलाई लाग्यो कि, म गलत रैछु । मलाई कुनै कुण्ठा हुनेछैन । म आफूलाई सच्याउनेछु । जीवन त नदी हो– लहरमा मस्तले लहराउने हो । मलाई थाहा छ, काठमाडौंको घेरो नाघेपछि मेरो कोही हुनेछैन । तर मेरो आत्मविश्वास छ– म धेरै मानिस कमाउनेछु । म ती मानिस कमाउनेछु, जो आफ्ना लागि अधिकार, स्नेह र सद्भाव अर्को भाषामा खोज्न चाहन्छन् । म कुनै बिजनेस म्यान वा कुनै नेताको भाषा इन्टरप्रेट गर्न चाहन्नँ । म त तिनको भावना इन्टरप्रेट गर्नेछु, जो पराई देशमा माटो मात्र होइन, आफ्नो भाषा पनि गुमाइरहेका छन् । उनीहरूसित बोल्ने र सुनाउने कथा र व्यथा छन् । ऐंठन छन् । तर केवल आँसु पुछेर मुस्कुराउनेबाहेक केही गर्न सक्दैनन् । संसारभरका सारा युद्धको भित्री तहमा पुग्ने हो भने देखिने समस्या एउटै हो, एकअर्काका भावना इन्टरप्रेट हुन सकेका छैनन् । अब भनौंला, मैले इन्टरप्रेट गर्नेबित्तिकै सारा युद्ध रोकिनेछन् । त्यस्तो कहाँ हुन्छ र ! म त त्यो भीमकाया ढुङ्गो धकेल्न खोजिरहेको छु, जो एक रौं जति पनि नहल्लिएला ! तर भित्र कहीँकतै, कताकता केही त कम्पन होला नि ! मलाई साइको साइको भन्छौ, बुझ, मेरो साइकी यस्तै हो । एन्डोराको नाम सुनेका छौ ? एउटा सानो देश हो । त्यहाँ त एयरपोर्ट बनाउने स्पेस पनि छैन रे ! कुनै दिन म त्यहाँ पुग्नेछु । म लामो यात्रामा हिँडेकी यात्री हुँ ।"

नीलले लामो सास फेऱ्यो ।

"मलाई खुसी छ, मामु र तिमीले त्यो यात्रा हिँड्न दिँदै छौ । जिन्दगी आफूलाई टुक्र्याउँदै जानु होइन, आफूलाई जोड्दै जानु हो । म आफूलाई जोड्ने कल्पना गरिरहेकी छु । मेरो प्रिय आर्किटेक्ट ! अझै तिमीले द *गुड अर्थ* पढेनौ है ? पढेको भए अझै मलाई बुझ्थ्यौ ! त्यो किताब पढ भनेर मैले यति धेरै किन कर गरें, थाहा छ ?"

"किन ?" नील बल्ल बोल्यो ।

"भोलि भनुँला । धेरै कुरा थोरैमा भन्नु छ । सोचेर भन्छु । तिमी कारण सुनेर छक्कै पर्नेछौ । यो रहस्य अहिलेसम्म मैले कसैलाई भनेकी थिइनँ । यो किताब लियोंसम्म जोडिन्छ ।"

नीलले फेरि लामो सास फेऱ्यो ।

समीराले हाँस्दै भनी, "एनी वे, मलाई थाहा छ, पार्टीमा तिमी मेरा प्रिय गीत गाउनेछौ । तिम्री नयाँ फ्यान पनि आउँछे ।"

नील मौन भयो ।

"म गएपछि पनि उसलाई भेटिरहनू ।"

"भेटेर के गर्ने ?" नील सन्कियो ।

"मेरो कुरा गर्ने," उसले हाँस्दै भनी, "मेरो कुरा त सक्केला कुनै दिन, अनि आफ्नो कुरा गर्नू ।"

"साइको !"

"मलाई यस्तै साइकी मनपर्छ ।"

अनि रेडियो सुसाउन थाल्यो । मलाई लाग्यो, रेडियोभित्र मेरो मन हुनहुनाइरहेको छ । समीरा जाने दिन नजिक आइसकेको थियो । मन भरङ्ग भइरह्यो । ऊ निस्सार अँध्यारो छाडेर जाँदै थिई । तर आशाको झिल्को कहीँकतै थियो । उसले पार्टीको कुरा गरेकी थिई । सायद ऊ जानुअघि एकपल्ट आफ्ना सबै प्रिय मानिसलाई भेट्ने सुरमा थिई, जहाँ नीलले गीत गाउनेछ ।

मलाई लागिसकेको थियो, समीरा यताका सबै प्रियजनसितको हिसाब मिलाएर जाने सुरमा थिई । तर मसितको हिसाब पनि थियो नि ! बरा ! उसलाई के थाहा !

जतिजति दिन बित्दै जान्थे, म उतिउति छटपटिन थालेको थिएँ । कहिले सोच्थें, आ, ऊ बतासमा भेटिएकी थिई, बतासै भएर जाने भई । मैले उसलाई कतै भेटिहालें वा देखिहालें भने मेरो बक फुट्ने थिएन । ऊ अचानक बाटोमा भेटिएको बटुवालाई जसरी अलिकति मुन्टो झुकाएर अभिवादन गर्दै अघि बढ्नेवाला थिई ।

म फसादमा थिएँ ।

र फेरि काठमाडौंमा एक्लो भएको थिएँ । कोही थिएन, जसलाई आफूभित्र उर्लिरहेको आँधी देखाऊँ । आदि भए पक्कै केही सुझाउँथ्यो । या भन्थ्यो, "पार्टनर, तैंले कुरा गर्न सक्दैनस्, मै गरिदिन्छु ।" सूर्यबहादुर भएको भए ट्याक्सीमा सुनेका मीठामीठा कुरा सुनाएर सम्झाउँदा हुन् । टोपै भए पनि, ऊ मेरो मनोदशा बुझेरै केही भन्दो हो ।

काठमाडौंको सबैभन्दा अग्लो उचाइबाट हेर्दा सारा भीडमा म एक्लो थिएँ । र मेरो सबैभन्दा प्रिय साथी म आफैं थिएँ ।

म दुई मानिसमा बाँडिएको थिएँ । एउटा यस्तो प्रेमी थियो, जो बतासमा लेखिएको किताब पढ्न खोजिरहेको थियो । अर्को थियो, जो कखरा सिकाइरहेको थियो ।

समीरा जाने भएरै होला, ऊ नीलसित फोनमा अलि धेरै कुरा गर्न थालेकी थिई । मलाई आशा थियो– कुरैकुराको बीचमा फ्याट्टै उनीहरूले पार्टी कहिले र कहाँ गर्न थालेका हुन् भन्ने थाहा भइहाल्ला ! के थाहा, समीरालाई एक झलक हेर्ने मौका पनि पाइएला कि ! भोलि त झन् ऊ सबैसँग लुकाएको रहस्य खोल्न तयार थिई ।

यति कल्पनाले पनि मीठो निद्रा लागेको थियो ।

तर त्यो मिठास भोलिपल्ट नै तीतो भएर आएको थियो । बिहानै टोलभरि होहल्ला थियो । म बाहिर निस्किएँ । देख्छु– टोलभरिका काला तार भुइँमा लतारिएका छन् । मक्किइसकेका पोल त सप्पै बुच्चै ।

मैले आत्तिएर माथि हेर्दा घरबेटी आमै झ्यालमा बसेर हेरिरहेकी थिइन् । पुराना पोलको छेउमा नयाँ सिमेन्टका पोल ठडिएको थाहै पाएनछु ।

"आजै प्रतापले फोन गर्छु भनेको थ्यो," घरबेटी आमाले मलाई भनिन्, "आजै तार काटे ।" अनि नयाँ मोटो र नाङ्गो तार तन्काइरहेका मानिसतिर हेर्दै कराइन्, "एई, कैलेसम्म जोड्छौ ?" अनि अलिकति धाक जमाउँदै थपिन्, "छोरोले अम्रिकाबाट फोन गर्छ ।"

"हामी त विद्युत्का मान्छे हौं," एउटाले झिँजो मान्दै भन्यो, "हजुरले चिच्याउन छाड्नुभयो भने बत्ती चाहिँ भरे बल्ला !"

वरिपरिका पसले रमाइलो मान्दै पुराना तारका लट्ठा र नयाँ तारतिर हेरिरहेका थिए । टोलका नेताजीको पनि इज्जत बढ्ने होला । उनी मक्किइसकेका पुराना पोल र तार हटाउन सफल भएका थिए । झरीमा तारबाट चुहिएको करेन्टको झट्का धेरैले महसुस गरेका थिए । उनीहरूले त झन् सम्मान गर्ने होलान् ।

राति बत्ती बल्यो !

सायद टेलिफोनको तार जोडिएन । घरबेटी बाको फोन बजेको सुनिएन । म भने सास नपुगेर गह्रुङ्गो भएको छातीमाथि रेडियो राखेर पोइन्ट चहारिरहेको थिएँ । तर कतै पनि समीरालाई भेटिनँ । म रेडियोका पोइन्टमा यसरी दगुरिरहेको थिएँ, जसरी समूहबाट छुटेको पन्छी आकाशका अनेक धर्सामा उडिरहन्छ । पन्छीलाई थाहा हुन्छ, ऊ फेरि समूहसम्म पुग्दैन । मलाई थाहा छ, म समीरासम्म पुग्दिनँ । थोत्रो र कालो प्लास्टिक उप्किसकेका मसिना तारसितै समीराको आवाज पनि डल्लो परिसकेको थियो । काटिएका तारका गुजल्टा पनि भोलिपल्टै हटेका थिए । अग्ला पोलका कारण झ्यालमा कपडा सुकाउँदा नाङ्गो तारमा छोइएर करेन्ट लाग्ने त्रास सकिएको थियो ।

टोल त्रासमुक्त हुँदा म भने त्रासको भुमरीमा फनफनी घुमिरहेको थिएँ । अर्को दिनसम्म त मलाई पक्का भइसकेको थियो, समीरा मेरो संसारबाट लोप भइसकेकी छ, धरतीमा प्वाँख खस्नुअघि लोप भएको पन्छी झैं ।

पर्सिपल्ट टेलिफोनको तार पनि जोडियो । मेरो भित्ताछेउबाट जवान सर्प जस्ता लठारिएका दुइटा तार मात्र छिमेकतिर गए । घरबेटी बाको टेलिफोन फेरि बज्न थाल्यो ।

त्यो रात म बिहानसम्म रेडियोमा समीराको आवाज खोजेर बसिरहें, भेटिएन । अनिद्रा, ग्यास्ट्रिक र छटपटीले होला, मलाई मेरा कान बोधा हुँदै गए जस्तो लागिरहेको थियो । तिनै बोधा कानभित्र स्मृतिका चेप भित्रभित्रै आदि भनिरहेको थियो, "पार्टनर ! आवाजको प्रेममा नपर्नू । त्यस्तै आवाज अर्को भेटिँदैन ।"

न त म समीरालाई खोज्न सक्थें, न ऊ आफैं भेटिन सक्थी । ऊ मेरा लागि त्यो नीलकुरिन्जी पनि थिइन, जो १२ वर्षमा भए पनि फक्रिन्थ्यो ।

मैले बिहानपख निदाउनुअघि फेरि उसलाई दोस्रो पटक बिदा दिएँ । यसपालि ऊ टोलमा भर्खरै ठडिएको बिजुलीको पोलमाथि उभिएकी थिई, असाध्यै रङ्गीन पन्छी जसरी । उसले एक पटक सुरिलो आवाजमा गीत गाई र पखेटा फैलाई । बिहानीपख मर्निङ वाकमा हिँडिरहेकाले पक्कै देखे होलान्– जीवनको रङ जस्तो एउटा पन्छी उड्दै गइरहेको !

तीन दिनपछि सायद जीवनको रङ जस्तो पन्छी हिमालमा पुग्नुअघि नै मेरा लागि फोन बजेको थियो । म भर्खरै बुकी नेपालबाट फर्किएको थिएँ । दैलोनिर के पुगेको थिएँ, घरबेटी बाले हतारिँदै आएर भने, "ठमेलबाट परशुराम भन्नेले फोन गरेको गऱ्यै छ । जरूरी छ रे," उनले एउटा कागजको चिर्कटो दिँदै भने, "यो नम्बरमा फोन गर्नू रे ।"

मैले चिर्कटो ट्याप्पै समाएँ र भुइँतिर दगुरें । गेटनिर पुग्दा घरबेटी बाको आवाज आइरहेको थियो, "यो केटो पनि के भाको । जरूरी नै भएपछि त मेरैबाट फोन गरे हुने ।"

म छेउको किराना पसलमा पुगें । फोन समाएर काँपिरहेका औंलाले नम्बर थिचें । फोन कली क्याफेको रहेछ । परशुरामलाई मागें । ऊ पनि मेरै फोन कुरेर बसे जसरी आइहाल्यो ।

"परशुरामजी ! म सिरी बोलेको ।"

"हत्तेरी, सर ! मैले कति फोन गरें," उसले मधुरो आवाजमा भन्यो, "उहाँहरूलाई पत्ता लगाएँ ।"

"त्यहीँ हुनुहुहुन्छ ?"

"होइन, उहाँहरूको पार्टी छ । भोलि साँझ ।"

"त्यहीँ हुने हो ?"

"होइन । अन्तै हो," ऊ एकछिन मौन भयो । सायद कोही छेउमा आयो कि ! अनि मधुरो आवाजमा भन्यो, "आज यता भीड छ । मसित ठेगाना छ । भोलि आएर लैजानुहोला ।"

# गार्ड

*यहाँ उभिन मिल्दैन भनेपछि मिल्दै मिल्दैन ।*

म कली क्याफे पुग्दा परशुराम टेबल पुछपाछ पारिरहेको थियो । मलाई देख्नेबित्तिकै रहस्यमयी पाराले मुस्कुरायो ।

म माथि उक्लिएँ ।

एकैछिनमा परशुराम कफी र चुरोट लिएर आइपुग्यो । टेबलमा राखेर एकछिन उभियो । मैले पुलुक्क हेरें, हाम्रा आँखा जुधे । मैले ठेगानाबारे सोध्न खोजें, आवाज निस्किएन । ओठ पनि लजाए जसरी फर्रफर्र भए ।

उसले मुन्टो तन्काएर तलतिर हेऱ्यो र पाइन्टको गोजीबाट एउटा कागजको चिर्कटो झिकेर टेबलमा फुत्त फालिदियो ।

मैले ट्याप्प समाएँ ।

पढिहाल्न मन थियो । तर हात त्यसै त्यसै लुला भए जस्तो भए ।

भर्खरै आँखा मिच्दै उठेको ठमेलले थाहै पाएन, एउटा महान् रहस्य कसरी एउटा हातबाट अर्को हातमा पुगेको थियो भनेर । परशुरामलाई पनि आफूले सारा धरतीका पापीसित चोखो मन्त्र जोगाएर राख्न सकेकामा गर्व भइरहेको होला ।

मैले ठेगाना गोजीमा राखें र छुट्याएर राखेको हजार रूपैयाँ झिकें । अरूले नदेखून् भनेर टेबलमा छेलाएर ऊतिर बढाएँ ।

नोटमा आँखा पर्नेबित्तिकै उसको अनुहारमा उदासी देखियो । मसिनो आवाजमा भन्यो, "पैसाका लागि गरेको होइन, सर !"

म लुत्रुक्क परें ।

समीरा र नील तीन दिनअघि यहाँ आएका रहेछन् । मुन्तिरको टेबलमा बसेका रहेछन् । समीराले परशुरामलाई भनेकी रहिछ, "दाइ, म त देशबाहिर जान लागेको । सानो पार्टी राखेका छौं, मिल्यो भने आउनुहोला ।"

र उसले कागजको चिर्कटोमा ठेगाना लेखेर दिएकी रहिछ ।

"त्यतिसाह्रो चिनजान पनि भएको थिएन, सर ! तर उहाँले बोलाउनुभयो," झन् उदास हुँदै परशुरामले भन्यो, "असल हुनुहुन्छ उहाँ ।"

ए, यो कागजको चिर्कटो समीराले पो दिएकी !

मलाई काउकुती लागे जस्तो भयो । कस्ता होलान् उसका अक्षर ? कस्तो रङको मसीले लेखेकी होली ?

"सरले यसरी अन्हारै नदेखेको मान्छेलाई किन यसरी खोज्नुभएको म सोध्दिनँ," परशुरामले मुस्कुराउने प्रयास गर्दै भन्यो, "तर मलाई रमाइलो लागिरहेछ ।"

म खिस्स हाँसें ।

मैले हतारिँदै कफी र चुरोट सकें । एस्ट्रेमा झोसेको ठुटोबाट धूवाँ पुत्ताइरहेको थियो, जब म कली क्याफेबाट निस्किएँ ।

हिँड्दा म गोजीभित्र हात हुलेर कागजको चिर्कटो अँठ्याइरहेको थिएँ । कोठामा पुग्दासम्म कागजको चिर्कटो पसिनाले रूझेर लत्रिसकेको थियो ।

उसले नीलो मसीले ठेगाना लेखेकी थिई । अक्षर ठूला र बाटुला थिए । अक्षर पढिरहँदा म काँपिरहेको थिएँ । अब ऊ बतासमा मात्रै थिइनँ । केही अंश ऊ मेरो हत्केलामा पनि थिई ।

झम्सीखेलको झिँगु क्याफे सानेपा चोकको छेउछाउमै थियो । खोज्न सजिलै होला ।

ठेगाना हात पर्दा दिनभर त म अनेक कल्पनामा रूमलिएँ । तर बिस्तारै, भित्रभित्रै अनौठो हतास उब्जिँदै गयो । म डिल्लीबजारमा

नयाँ सर्ट र पाइन्ट किन्दा होस् या सैलुनमा कानतिरका पट्टी खोल्दा, छटपटिइरहें ।

म झिँगु क्याफेमा पुगिहालें भने म के गरूँला ?

समीरा को हो भनेर कसलाई सोधुँला ?

समीरा भेटिइहाली भने म के भनुँला ?

यत्तिकै नौनाडी गलेर आए । फेरि सोचें–

सायद म त्यहाँ पुगेर समीरासित कुरा गर्नेछैन । म त यत्तिकै क्याफे पसे जस्तो गर्नेछु, कफी पिउन ।

यसरी सोच्दा अलिकति हताश कम भयो । हो, म कफी पिउनेछु । यत्तिकै अलमलिँदै क्याफे पसे जस्तो गर्ने म क्याफेमा आइरहेका समीराका प्रियजनतिर हेर्नेछु । कुन युवती समीरा हो भनेर मलाई चिन्न गाह्रै होला । वेटरलाई सोध्नेछु, केको पार्टी भइरहेको छ भनेर । उसले पक्कै केही भन्ला । ताल परे उहाँको बिदाइ पार्टी हो भनेर समीरातिर देखाई पो हाल्ला कि !

बतासमा भेटिएको आवाजको चित्र हेर्ने मौका आइसकेको थियो । दिनको सवा तीन बजेसम्म मेरो उत्साहको नीलकुरिन्जी फक्रिसकेको थियो ।

नुहाएर नयाँ सर्ट र पाइन्ट लगाएँ । जुत्ता टल्काएँ । लाग्यो, म आफ्नो बर्कतले भ्याए जति चिटिक्क परेको छु । कपडाबाट कार्बनको जस्तो मसिनो गन्ध आई नै रहेको थियो ।

जुत्ताको तुना कसेर एकछिन पलङको डिलमा बसेर लामोलामो सास फेरिरहें । पुलुक्क बाँसको र्‍याकतिर हेरें, थोत्रिएको द *गुड अर्थ* अघाएको बिरालो जसरी थपक्क बसेको थियो । अचानक म आफैंलाई के भो कुन्नि ! मैले किताब ट्याप्प समाएर झोलामा राखें ।

मलाई लागिरहेको थियो, सानेपा पुग्न ४५ मिनेट लाग्ला । रेस्टुरेन्ट खोज्न १५ मिनेट । सालाखाला एक घण्टामा म त्यहाँ हुन्थें, जहाँ हुने कल्पना पनि मैले कहिल्यै गरेको थिइनँ ।

घडी हेरें, ४:४५ भइसकेको थियो ।

झोला भिरेर जुरूक्क उठें । दैलोनिर पुगेपछि फेरि हातगोडा लगलगी काँपे जस्ता भए । पेट कटक्क काट्यो ।

सूर्यबहादुर या आदि भएका भए दैलोनिर सबथोक गुमाएको रजौटा जसरी उभिएको मलाई देख्दा पक्कै सोध्दा हुन्, "यसरी किन रून्चे भाको ?"

म यस्तो ठाउँमा हतारिँदै जाँदै थिएँ, जहाँ कसैले मेरो प्रतीक्षा गरिरहेको थिएन ।

तर दैलोमा ताला झुन्ड्याउँदै सोचें, म जाँदै छु नि त्यस्तो ठाउँमा, जहाँ म आएको कसैलाई पत्तो हुनेछैन । म रेस्टुराँका लागि एउटा बिलको चिर्कटो मात्रै हुनेछु । र समीराको पार्टीमा रमाइरहेकालाई यत्तिकै अलमलिँदै आएको एक्लो मानिस ।

अनामनगर चोकसम्म पुग्दा ममा फेरि आत्मविश्वास पलाइसकेको थियो । म सोचिरहेको थिएँ, समीराले कुरा गर्न खोजिहाली भने म उसलाई हाम्रो भेट फ्याङ्कोफनी डेमा भएको भन्नेछु । र कुरा अलिकति लम्बियो भने म भन्नेछु– तपाईंले द *गुड अर्थ* पढ्न सिफारिस गर्नुभएको थियो, धेरै वर्षपहिले, ल हेर्नुस् मैले यसरी पढें । अनि उसलाई थोत्रिसकेको द *गुड अर्थ* देखाउनेछु ।

द *गुड अर्थ*को थोत्रिएको प्रति सायद उसले छातीनिर टाँस्नेछे र मलाई कफी वा बियर अफर गर्नेछे । त्यसपछि म बियरको मन्द मातमा नीलका गीत सुन्नेछु । यताउता गरिरहेकी समीरालाई आँखाभरि हेर्नेछु । मनभरि हेर्नेछु । सपनाभरि हेर्नेछु ।

त्यसपछि ऊ सपनामा आइहाली भने पनि म उसका पदचापबाटै उसलाई चिन्नेछु ।

ट्याक्सी ड्राइभरले तीन सय ५० माग्यो । मैले नाइँ भनिनँ ।

म त कल्पनाको लोकमा थिएँ ।

ट्याक्सी पुल्चोकको मूलसडकबाट भित्री साँघुरो बाटोमा पसेपछि मलाई मचमची चले जस्तो भयो । म समीराको नजिक पुगिसकेको

थिएँ । म यत्तिकै बरालिएको परदेशी जसरी उसको नजिक पुगिहालें भने म उसको सुगन्ध महसुस गर्न सक्थें । आदि भन्थ्यो, "केटीको शरीरबाट सबैभन्दा सुगन्धित फूलको भन्दा पनि मीठो सुगन्ध आउँछ ।" म त्यो सुगन्ध पनि महसुस गर्न सक्थें । र भन्न सक्थें, "हेर, ए दुनियाँ !" ऊ मेरो कल्पना मात्र थिइनँ । ऊ थिई, मीठो सुगन्ध फैलाइरहेकी ।

"यहाँभन्दा उता जान मिल्दैन," ट्याक्सी रोकेर ड्राइभरले भन्यो ।

म बाहिर निस्किएँ ।

माइतीघरसम्म चर्को उज्यालो थियो र यता मन्द अँध्यारो । आकाशमा एक टुक्रा कालो बादलको ढिक्को थियो । एकछिन झिँगु क्याफे खोज्दै यताउता भौँतारिएपछि लाग्यो– म जता जान्छु, बादलको ढिस्को त्यतै आउँछ ।

म आलस्य मानेर झोक्राइरहेका किराना पसलेलाई झिँगु क्याफेको बाटो सोध्दै थिएँ, लौ, पानीका मसिना छिटा खस्न थालिहाले । साहुजीले बोल्ने कष्ट गरेनन् । उनले ओठ चुच्याउँदै दायाँपट्टिको साँघुरो गल्लीतिर देखाए । म त्यता लगभग दगुरे जसरी गएँ । बाटोको दुवैतिर हरेक घरमा रेस्टुराँ थिए । साइन बोर्ड पढ्दै पहिलो मोडमा के पुगेको थिएँ, पानी त बेस्मारी दर्किहाल्यो । दर्किएको पनि के भन्नु, घरका छतछतबाट बाल्टीका बाल्टी पानी भुइँतिर छ्यापे जस्तो ।

अलिकति अगाडि घर देखियो, फलामको ठूलो गेट भएको । माथि भाला जस्ता तिखा फलाम जडिएको । गेटको छेउमै दुईतीन जना उभिन मिल्ने कटेरो थियो । दुवै हातपछाडि बाँधेर झरी हेरिरहेको अधबैंसे गार्डको छेउमै गएर उभिएँ ।

गार्डले मेरा जुत्तातिर हेर्‍यो । हिलोका टाटा बसिसकेका थिए । झरी खस्दा माथितिर उछिट्टिएको धूलो पाइन्टको घुँडासम्म फैलिएको थियो । मैले सर्टबाट झरी झट्कारें । र स्याप्प पार्दै तालुको झरी निचोर्दै थिएँ, गार्डले भन्यो, "यहाँ उभिन मिल्दैन ।"

बाटो सुनसान थियो । ठूलो गेटपछाडिबाट पनि कुनै आवाज आएकै थिएन । त्यसैले उसको आवाज चर्को सुनियो ।

मलाई भन्न मन लागेन– हेर्नुस् त, कस्तो झरी परेको ! थामिनेबित्तिकै हिँडिहाल्छु ।

गार्डले अलिकति मुन्टो तन्काएर सडकतिर हेऱ्यो । अलिकति पर अर्को पर्खालसित जोडिएको आरूको रूखतिर देखाउँदै भन्यो, "त्यहाँ गएर उभिनुस् ।"

"पाँच मिनेटमा झरी थामिएला ।"

"यहाँ मिल्दैन । गइहाल्नुस् ।"

मैले आरूको रूखतिर हेरें, त्यसले झरीबाट मेरो एउटा काँध मात्र जोगाउन सक्थ्यो ।

"एकछिन उभिँदा के बिग्रन्छ ?"

"उभिन मिल्दैन भनेपछि मिल्दै मिल्दैन ।"

म अझै एकैछिन उभिएँ भने गार्डले हातपात पनि गर्न सक्थ्यो । मेरो नाथ्रीसाथ्री फुट्न सक्थ्यो । अनि म पुलिस चौकीतिर भौंतारिन सक्थें । दिन त यसैउसै सकिइहाल्थ्यो । म लुरूक्क आरूको बोटतिर हिँडें । त्यहाँ उभिएर हेरें, गार्ड मैलाई नै हेरिरहेको थियो । उसलाई देखिरहँदा मलाई गजबको जबाफ फुर्लो र म फेरि जबाफ सुनाउन उसको छेउमा पुगुँला । मेरो जबाफ उसलाई मन नपर्ला । झगडा होला । सोचें, अरू कति नै रूझुँला र ! बरू झिँगु क्याफेमै पुगे बेस होला । पाँच मिनेट हिँडेपछि झिँगु क्याफे देखियो । ठिक्कको फलामे गेटमा नाम लेखिएको थियो ।

म गेटनिर के पुगेको थिएँ, झरी ठ्याप्पै रोकियो । मानौं, पानीको मोटर झ्याप्पै बन्द भएको होस् ।

भित्र पसें ।

बत्ती बलिसकेका थिए । बत्तीका प्रकाश दैलोको छेउमै जमेको पानीमा टल्किरहेका थिए । र भिजेको बतासमा चीजको बास्ना फैलिइरहेको थियो ।

क्याफेको दैलो ठेलेर भित्र पसेपछि चहकिलो मार्बलको भुइँ देखियो । म सकेसम्म हलुका पाइला टेक्दै हिँडें, ता कि पाइलाको छाप भद्दा नदेखियोस् । जब म टेबलमा पुगें, कुर्सीको मनतातो फोममा पुट्ठा राख्दा लाग्यो, म जति बस्दै जानेछु, कुर्सी त्यति भिज्दै जानेछ । जब उठुँला गाढा र चिसो टाटो देखिएला ।

मैले झोला झिक्दै गर्दा गनें, मैले छ पाइला टेकेको रहेछु । भर्खरै गालामा डन्डीफोर निस्किएको वेटर डन्डाको टुप्पामा जडेको कपडाको झुम्रोले मेरा पाइला पुछ्न थाल्यो । ऊ मेरा पाइला पुछ्दै आयो र अन्तिम पाइला पुछेपछि ढाड सोझ्याउँदै सोध्यो, "पार्टी त पछाडि छ ।"

"म त कफी पिउन आएको !"

मैले निधार, आँखीभौं र गर्धन पुछेर थुप्रिएको नेप्किनको थुप्रोतिर हेर्दै वेटरले भन्यो, "झरीले त बेस्मारी रूझाएछ ।"

"ओत लाग्ने ठाउँ भेटिनँ ।"

वेटर गयो । मैले काखमा राखेको ब्यागतिर हेरें, चेन छेउछाउ कपडा तन्किएर बनेको चिर्कोबाट पानी पसिसकेको रहेछ । द *गुड अर्थ*को बिट रूझिसकेको थियो ।

वेटरले कफी ल्याइदियो । ठूलो अक्षरमा नो स्मोकिङ लेखिएको थियो । त्यसैले चुरोट मागिनँ । मानिसको आवतजावत बढिसकेको थियो । भर्खरै सुटमा सजिएको सफाचट मानिस हतारिँदै गयो, बुके बोकेर । समीराले भन्ने सार्पसुटर जस्तो ।

म बेलाबेला यसो मुन्टो तन्काएर पार्किङतिर हेर्थें । तीन ओटा गाडी र पाँच ओटा मोटरसाइकल थिए । एउटा मोटरसाइकल नीलको पो हो कि !

पार्टी भइरहेतिरबाट गाइँगुइँ आवाज आइरहेको थियो । दुई वेटर ट्रेमा खानेकुरा नचाउँदै त्यतै गइरहेका थिए । आउनुपर्ने जति सबै आइसकेका होलान् । समीरा र नील त झन् अघि नै पो आए होलान् । झरीमा नरूझी ।

समीरा र म एक भित्ताको दूरीमा थियौं ।

म जुरूक्क उठेर पछाडितिर गएँ भने समीरा मेरा आँखैअघि हुन्थी । तर रित्तिँदै गएको कफीको मग जसरी मेरो आत्मविश्वास पनि रित्तिँदै गएको थियो ।

म झरीले नरूझेका र जुत्तामा लागेको धूलो नेप्किनले सुटुक्क पुछ्नेको छेउमा थिएँ, जो अलिकति चर्को हाँस्दा पनि असामाजिक भइएला भनेर सुस्तरी सुस्तरी हाँसिरहेका थिए । सायद उनीहरू समीरालाई एकछिन बिदाइका शब्द भन्लान् र भन्लान्, ऊ जति टाढा भए पनि सम्झनामा रहिरहनेछे । अनि कुना चेप्दै भताभुङ्ग हुँदै गएको देश, भ्रष्टाचारमा लिप्त नेता, गाउँगाउँ डुलिरहेका राजा र घण्टौं लामो लोडसेडिङको कुरा गर्लान् । त्यसपछि आफ्नो सबैभन्दा ठूलो कमजोरी अरूलाई चाँडै नै विश्वास गरिहाल्ने हो भनेर सुनाउलान् । समीरासित नीलको यो अन्तिम साँझ हुनेछ । सायद उसले अलिकति बढी पिउला ! मामु भने बिदाइका शब्द सुनिरहेकी समीरालाई प्रेमले हेरिरहलिन् । उनलाई समीरा देशै छाडेर जान तयार जवान युवती भएको पत्यारै नलाग्ला । उनका लागि त समीरा टेडी बियरसित आवाज फेरीफेरी कुरा गर्ने उही फुच्ची रहिरहनेछे ।

किचेनतिरबाट पोलेको मासुको बास्ना आउन थालेको थियो । छोइला वा सेकुवा बन्दै होला । टिम्मुरको मन्दमन्द बास्ना पनि आइरहेको थियो ।

सायद समीराले लियोंमा खोजेर नपाउने स्वाद यता पाक्दै थियो ।

मैले बियर पिएको भए त्यसको मातमा पक्कै पार्टीमा पस्थें र समीरालाई खोज्थें, शुभयात्रा भन्थें र फर्किन्थें । ऊ झरी नसुकिसकेको मेरो ज्यान हेर्दै छक्क पर्ने थिई र पहिला कता पो भेटेको होला भनेर एकछिन सोच्थी । फेरि छेउमा आएको कुनै मित्रसित कुरा गर्न थाल्थी ।

म उसको स्मृतिमा टाँसिँदै टाँसिन्नथें ।

वेटर दुई पटक मेरो टेबलको छेउमा आएर उभिएको थियो । कि त ऊ अर्डर लिन चाहन्थ्यो, कि मलाई बिदा गरेर पार्टीमै व्यस्त

हुन चाहन्थ्यो । म यसरी ध्यानस्थ थिएँ, मानौं, समीराले आएर मलाई छुनेछे र म मान्छे भई फर्किनेछु ।

मलाई बेलाबेला पेट हुँडलिइरहे जस्तो लाग्थ्यो । बेलाबेला मन्द गतिको चक्कर आए जस्तो । मलाई आफ्नो हैसियतमा फर्किए जस्तो लागिरहेको थियो । म त घट्टेकुलोको अँध्यारो कोठामा उसलाई कल्पिन्थें । यी रङ्गीबिरङ्गी बत्ती बलेको रेस्टुराँ त अर्कै दुनियाँ थियो । तर यथार्थ यही थियो ।

मेरो कल्पनामा पनि यति दरिद्रता थियो, मैले उसको वैभवतालाई बेवास्ता गरेको थिएँ । र आफ्नो सुविधाअनुसार उसलाई कल्पना गरेको थिएँ । बीचबीचमा पस्ने मोटरसाइकल र गाडीहरूको चर्को आवाजले म झन् अतालिन्थें । काठमाडौंको सडकमा ती खासै देखिँदैनथे ।

यो समीराको दुनियाँ थियो ।

अबेरसम्म बसेपछि मैले थाहा पाएको थिएँ, बाथरूम पछाडि थियो । र म पिसाब फेर्ने बहानामा पछाडि जान सक्थें र भीडमा समीरालाई खोज्न सक्थें । एक झलक हेरेर फर्किन सक्थें ।

समीरालाई भेट्ने, एकछिन कुरा गर्ने, द *गुड अर्थ* दिने र उसले अफर गरेको बियर पिउने मेरो कल्पना लोप भइसकेको थियो ।

मैले कफीको पैसा तिरें ।

हुन्छ नि, अचानक बिजुली चम्किएको जस्तो आत्मविश्वास चम्कियो । सोचें, अब म बाथरूमतिर जानेछु । र पार्टीमा आएका मानिसतिर हेर्नेछु । पक्कै समीरालाई भीडमै भए पनि चिन्नेछु । ऊ पक्कै अरूभन्दा फरक भएर आएकी होली ! अथवा पार्टीमा कहिले यता, कहिले उता गर्दै हिंडिरहेकी होली । गितार बोकेको युवक त नील नै हुनेछ ।

हो, म जानेछु । मैले जानैपर्छ । यो कल्पना र यथार्थको जम्काभेट हुने महान् क्षण हो ।

फिर्ता आएको पैसा त्यहीँ टिप्स छाडेर म पछाडि निस्किएँ । त्यहाँको माहोल मैले कल्पना गरेभन्दा फरक थिएन । मानिसका झुन्डझुन्ड

थिए । पुछारमा सानो स्टेज जस्तो थियो । त्यहाँ तीन युवक तारका लहरा मिलाइरहेका थिए । मैले देखेको त्यत्ति हो, त्यसपछि मैले त्यता हेर्न सकिनँ । मुटु निचोरिए जस्तै भयो । बाथरूममा पनि पिसाबले आगो जसरी पोल्यो । तर निस्किएन । मलाई लाग्न थाल्यो, अचानक मेरो दृष्टि धमिलो हुँदै गएको छ, म त्यसरी देखिरहेको थिएँ, जसरी बाफ भरिएको सिसाबाट देखिन्छ । कान पनि बोधा हुँदै गएका थिए । गितारका तार मिलिसकेछन् । एकछिन गितारको आवाज आइरह्यो । मलाई लाग्यो, यो नीलले बजाएको हुनुपर्छ । त्यसपछि पुरूषको गहिरो र मोटो आवाज आयो । उसले अङ्ग्रेजीमा बोलेको थियो । मैले बुझेअनुसार ऊ त्यस युवतीका लागि गीत गाइरहेको थियो, जो यहाँबाट जाँदै थिई । उसले समीराको नाम लिएन । र यसरी ताली बज्यो, मलाई लाग्यो, युवती पनि स्टेजमा चढेकी थिई ।

मैले केही गर्नु थिएन । बाहिर निस्कनु थियो र पश्चिमतिर हेर्नु थियो । एकै झलकमा नील र समीरा मेरा आँखाअघि हुन्थे । वर्षौं लामो मेरो कल्पना मेरै आँखाअघि हुन्थ्यो ।

मैले काँपिरहेका हातले फस्नर बन्द गरें ।

सोचें, मेरो जीवनमा सबैभन्दा महत्त्वपूर्ण के थियो ? भीरमौरीको महभन्दा मिठासको रसले भरिएको मेरो कल्पना या एकै झलकमा मैले देख्ने तीतो यथार्थ । मैले समीरालाई देखिहालें भने मेरो वर्षौं लामो तपस्या जस्तो कल्पना स्वाट्टै उडेर जान्थ्यो । र जीवनकालभरि बस्थ्यो, यही मिनेटभन्दा कम समयको यथार्थ । म जीवनभरि के साँचूँ ? आफैंले रचेको वर्षौं लामो कल्पनाको संसार या मिनेटभन्दा पनि कम समयको यो ईश्वरले रचेको यथार्थ ?

आआफूले रचेको संसार लिएर ईश्वर र म आमनेसामने थियौं ।

म हारें अनि बाहिर निस्किएँ, गीतको उदासीसँगै ।

मलाई लागिरह्यो, *टियर्स इन ह्याभन...* नीलले न त आफ्ना लागि गाएको थियो, न त समीराका लागि । उसले त मेरा लागि गाइरहेको थियो । यो मैले रचेको मेरो संसारको बिदाइ गीत थियो– जुन संसारलाई म मुटुभन्दा बढी प्रेम गर्थें ।

बाथरूम र मुख्य ढोकाको दूरी १० मिटर होला । तर मलाई लागिरहेको थियो– यो मेरो जीवनको सबैभन्दा लामो दूरी हो । यो पार गर्दा म आफ्नै प्रतिज्ञासित चुक्न पनि सक्नेछु । म केवल भुइँतिर हेर्दै हिँडिरहेको थिएँ, जहाँ चाइनिज इँटा ओछ्याइएको थियो । सङ्गीत, ताजा लसुनका पात डढेको बास्ना, ताली बजाइरहेका मानिस र मधुरा राता प्रकाशका बीचमा मैले फेरि आफूलाई सबैभन्दा एक्लो पाइरहेको थिएँ । म स्टेजमा रमाइरहेका समीरा र नीललाई रिमरिम पनि नदेखियोस् भनेर आफ्ना आँखालाई सचेत बनाइरहेको थिएँ ।

जब म गेटैनिर पुगें, गीत सकियो । एउटा गीत सकिनु र अर्को सुरू हुनुको मौनताको बीचमा मैले सेन्डिलको आवाज सुनें । पछाडिबाट कोही आइरहेको थियो । तर म फर्किइनँ, उभिइरहें ।

"मलाई नभेटी जान थालेको ?"

म यो आवाज कसरी बिर्सन्छु र ! मेरो ठ्याक्कै पछाडि समीरा थिई । हतारिँदै हिँड्दा आएको उसको सासको रफ्तार पनि म सुनिरहेको थिएँ ।

मेरो गला सुक्खा भयो, थुक निल्न खोजें, रूद्रघण्टी चर्को गरी दुख्यो । मेरा शब्द डिप फ्रिजभित्रका आइसका डल्ला जसरी जमिसकेका थिए । ऊ पनि फेरि बोलिन ।

भर्खरै कसैले स्टार्ट गरेको मोटरसाइकलको हेडलाइटमा अल्जाइमर भए जसरी ठिङ्ङ उभिएको मेरो छाया भुइँभरि तेर्सियो ।

त्यही छाया टेक्दै म अघि बढें ।

जब म सडकमा निस्किएँ, सङ्कटकालको सन्नाटा थियो । त्यही सन्नाटामा मेरो हृदयको आवाज टाँठो भएर आइरहेको थियो । सपनामा म सायद समीरालाई कहिल्यै नदेखुँला । तर ऊ मेरो कल्पनामा बाँचिरहनेछे, उस्तै दुरूस्तै । मूर्तिकारले वर्षौं खोपेर बनाएको उसको कालजयी कृति जसरी ।

ट्याक्सी चढिसकेपछि मलाई लाग्यो, म समीराको होइन, आफ्नो कल्पनाको प्रेममा परेको रहेछु, जो जीवनकालभरि मेरै छेउछाउमा भइरहनेछ, मनतातो ढुकढुकीसहित ।

फागुन ११ भने बिहानै छटपटी लिएर आयो । जति पानी पिए पनि मेरा ओठ आपसमा चप्किएपछि छुट्टिनै मान्दैनथे । जब म ओठमा झट्का दिन्थें, प्याच्च परेको आवाज निस्किन्थ्यो ।

"अङ्कल लुगा नधोएको धेरै भयो । राति पानी आउँछ, छतको गेट खुलै छाडिदिनुहोला !" मैले भनेको थिएँ ।

केही चिसा लुगा, केही बियरका बोतल र सिगरेटको बट्टा बोकेर म छतमा पुगेको थिएँ ।

चिसो स्याँठ चल्न थालिसकेको थियो ।

मैले तीन बोतल बियर पिएँ । कैयौं खिल्ली चुरोट सल्काएँ र ठुटोलाई धोबीखोलातिर हुर्‍याइदिएँ ।

पौने १० बजे घट्टेकुलोको आकाशमा हवाईजहाज देखापर्‍यो । करोडौं मौरी एकै पटक भुनभुनाए जसरी । नजिकका तारा जसरी अगाडि बत्ती झिलमिलाइरहेका थिए । सायद हवाईजहाजमा बस्नेहरू मुन्तिर हेरिरहेका होलान् । कोही चाँडै फर्किएलान्, कोही फर्किंदै नफर्किएलान् !

के समीरा पनि मुन्तिर हेरिरहेकी होली ? आफ्नो टोल र घर देखिन्छ कि भनेर हेरिरहेकी होली ? के झ्यालछेउको सिटमा बसेकी होली ? के धरतीतिर छाडिँदै गएको काठमाडौंलाई मनको बल्छीले आकाशतिर तानिरहेकी होली ?

हवाईजहाज बिस्तारै गाढा अँध्यारो आकाशमा टाढा हुँदै गयो । र भर्खरै मैले फालेको चुरोटको ठुटो जसरी निभ्दै निभ्दै गयो ।

*प्रिय समीरा !*

*धरतीको जुन कुनामा पुगे पनि यो बिस्तारै अँध्यारो हुँदै गएको सहरलाई नबिर्सिनू ! आवाजहीनको आवाज हुनू ! भाषाविहीनको भाषा हुनू । यस धरतीमा केही नहुनेको कोही हुनू । जसरी मेरी भएकी थियौ । बिनाहिसाबकिताब, बिनाचिनापर्ची, मेरो जीवनको अँध्यारो कालखण्डमा एउटा टिलपिलाउँदो तारा भएर देखापरेकी थियौं ।*

पापले नछोएको र सैतानको फोहोरी खुट्टाले नटेकेको मेरो हृदयको पवित्र कुनाबाट तिमीलाई शुभकामना !

मलाई थाहा छ, व्याख्याका लागि सबैभन्दा जटिल चीज नै आवाज हो । म तिम्रो व्याख्या गर्नै नसकिने आवाज पनि बिस्तारै बिर्सिंदै जानेछु । जीवनको यात्रामा बेलाबेला मलाई तिम्रो आवाजको झल्को आउनेछ । कस्तो थियो, म आफैंलाई पनि वर्णन गर्न सक्नेछैन ।

आफैंलाई थपथपाउनेछु–

थियो... बतास जसरी थियो, जसले मेरो जीवनप्रतिको अनुराग बढाइदिएको थियो । थाकेका बेला मेरा कानकै छेउमा आएर फुसफुसाएको थियो–

जिन्दगीको आवाज जसरी !

आद्यु समिरा !

# बा

*म त आलुका बेर्ना जसरी हुर्केको हुँ ।*
*गाउँ चिन्छु, सहर चिन्दिनँ ।*

मोबाइल किनेको एघारौं दिन बिहान १० बजे मलाई चर्चित राष्ट्रिय दैनिकबाट फोन आएको थियो । र दिनको सवा एक बजे म त्यहीँ जागिरे भएको थिएँ । त्यहाँ पनि सम्पादकले नै सिफारिस गरेका रहेछन् । मैले धन्यवाद भन्न फोन गर्दा उनले भनेका थिए, "तँ जस्तो मान्छे बुकी नेपालमा रल्लिएर हुँदैन । त्यो अर्काको आँसु बेचेर खाने ठाउँ हो ।"

जेहोस्, जसो होस्, मसित दुइटा जागिर थिए । र दुवै जागिर मैले भाषाकै कारण पाएको थिएँ । समीराका बाबाले सत्य भनेका थिए– भाषा नै सम्पत्ति हो ।

दुई ठाउँमा जागिर भएको खबर बस चढेर गाउँ हिँडिसकेको थियो । र तीन दिनपछि मेरो मोबाइल थरथराएको थियो ।

"राजा छेउकै बजारौँ आथें । ओक्खोखो खुट्टो राख्ने ठाम थेन । सात गाम्का फूल सकेका हुन्, माला बनार । मावादी पनि अहिले मिल्या छन् । गाम्मा अलिकति सन्तोक भाछ," आमै भनिरहेकी थिइन् । मैले कल्पना गरें, उनी त्यही पस्मिनाको पछ्यौरा ओढेर आएकी होलिन्, जुन ठमेलकी बोलक्कड साहुनीले छानिदिएकी थिइन्, फिक्का घिउ रङ्को । मैले भनेको थिएँ– आमैलाई चहकिलो रङ मनपर्दैन ।

म नयाँ बानेश्वरको सडकमा बिजुलीको खाँबोमा छेलिएर आमैका कुरा सुनिरहेको थिएँ । बेलाबेला चर्कोचर्को आवाजमा हजुर हजुर

भन्थें । त्यसैले आमै सोध्थिन् पनि, "होइन, किन त्यसरी चिच्चाछस् ?" सडकको प्याँपुँ र ट्याँटुँले आवाज नसुनिने हो कि भनेर । अलिपछि मेसो पाएको थिएँ, होहल्लामा भएर उताको आवाज पो मधुरो सुनेको हुँ, यताको आवाज त मधुरै भए पनि उता टाठै सुनिँदो हो ।

"हिज कान्छा आका थे । खुसी थे । भन्थे– सहराँ बाटो काट्न सिक्न पनि वर्षौं लाग्छ, भाउजू । सिरीलाई त्यही गाह्रो भाको हो । तैंले पठाको इस्टकोट लारै हिँडेका छन् । खैरो तिन्ले छाने, कालो तेरा बाको भागाँ पऱ्यो । दुईदुई ठाम्मा जागिरे भा छस् । फेरि पढ्न पनि थालिछस् । खबर सुनेर तेरा बा रातभर निदाएनन् । फेरि पनि ठगिस् कि भनेर होला । मैले पनि त्यो बेला केटाकेटी थ्यो, ठग्यो । अब ठग्दैन भनें । अब त किन ढाँट्लास् र ! पैला पो घराँट पैसा पठाइदिन्न् कि भनेर पो ठग्या थिस् । यतिका वर्ष आफ्नै बर्कतले बाँचिस्, अब त ठग्न, ढाँट्न किन पऱ्यो, होइन र ?"

मैले यसरी मुन्टो हल्लाएँ, छेउमा हिँडिरहेका बटुवाले तर्सिए जस्तो नै गरे ।

"नबिर्सेर दाइभाउजू र किस्नेलाई पनि कोसेली पठाइस् । जेठो त रूँला रूँला जस्तो पो गर्थ्यो । त्यल्लाई पनि के चोट पऱ्या छ कुन्नि ! टोलाइरन्छ । अघिल्लो खडेरीमा सप्पै बाली सुकेर गए, त्यसैले हो कि !"

भन्ने कुरा हुनु र सुन्ने कोही नभेट्नुको पीडामा होला दाइ पनि । जुन मेरा बाले भोगे अनि मुरली बजाउन सिके । यता मैले भोगें, अनि कल्पना गर्न सिकें । अहिले फेरि दाइले भोगिरहेको होला । तर अहिलेसम्म कुनै उपाय नै फेला पार्न सकेको छैन होला, आफूलाई पोख्ने ।

"हामी यता खुसी भ छम् । तँ उता खुसी भएस्," आमैको आवाज धस्किहाल्यो, "अब फुन गोजीमै बोकेर हिँड्छस् रे ! अब त हाम्ले पनि जति बेला ट्याम मिल्यो, ट्वाक्क लगायो । एकै सासमा सबै कुरा भन्न नि परेन । तेरा बाले फुन गर्लान् । उनका कुरा उनैसित सुनेस् ।

कान्छाले पनि फुन नम्बर टिपेर लगेका छन्, तिन्ले पनि गर्लान् । इच्छा त तेरो दाइले पनि गरेको थ्यो । आउला खुसुक्क फुन गर्न । आयो भने ढोग गर्न नबिर्सेस् । खोइ कोसित मन दुखा छ, सानै कुराले पनि चित्त दुखाउँछ ।"

मैले "हजुर" भनें ।

"जागिर नि खाछस् । फेरि केम्पस भर्ना भाछस् । सप्पै पुगो । एउटै कुरो बाँकी भओ । ब्या पनि गर् अब । कोई हेऱ्या छस् ?"

म त नहेरी फर्किएको थिएँ । मधुरो आवाजमा भनें, "छैन ।"

"तैंले चिनिनछस् । त्यो बसको कन्डक्टर सुबेदारको कान्छो हो त ! तैंले एसेल्सी दिंदा सातौँ पढ्थ्यो । तीन महिना बेपत्ता भाथ्यो, हाम्ले त मावादी भ होला सोचेका थिम् । कन्डक्टर भर बुटोलतिर गा रैछ ।" आमै एकछिन अलमलिइन् । पछाडिबाट कसैले खुसुक्क केही सोधे जस्तो लाग्यो । आमैले झर्किंदै "पैला मेरा कुरा सकिनँ त देऊ" भनिन् । अनि लामो सास तानेर थपिन्, "सुबेदारको कान्छोले भन्थ्यो– सिरी दाइ मोटाका छन् ।"

मैले मुन्टो हल्लाएँ ।

"सुबेदारको कान्छोसित अर्को पालि चिनजान गरेस् । सजिलो हुन्छ । फुपू, सिरी दाइले त मलाई चिनेनन् । मैले त लाजै लाएर चिनापर्ची गरिनँ भन्थ्यो ।"

"हुन्छ ।"

फोन काटियो ।

त्यस दिन म बिहानै त्रिपुरेश्वर हुँदै फर्किरहेको थिएँ । स्कुटर हेरेर । बुकी नेपालको टाइपिस्ट कमलले भनेको थियो, "एउटा सेकेन्ड ह्यान्ड स्कुटर छ, त्यो हेर्नुहोला । सिक्नेले नयाँ किनिहाल्नुहुँदैन ।"

मैले स्कुटर किनेपछि साता दिनमै लाइसेन्स पाउने गरी ऊ ड्राइभिङ सिकाउन तयार थियो । स्कुटर दुई पटक मात्रै पछारिएको

थियो । स्कुटर चलाउने युवती चाँडै नै युके जाँदै थिइन् । "मैले त आफैं पैसा जोगाई जोगाई किनेकी हुँ । बेच्न पनि माया लागेको छ," उनले भनेकी थिइन् । मेरो तयारी सकिनेबित्तिकै स्कुटर एकै दिनमा नामसारी हुनेवाला थियो । म गाढा कालो रङ्को स्कुटर चढेको कल्पना गर्दै फर्किइरहेको थिएँ । एनटिसीमा सिमकार्ड लिनेको लाइन लामो थियो र त्रिपुरेश्वरभर जाम थियो । त्यसैले पेटीपेटी हिँडिरहेको थिएँ ।

सडकको पारिपट्टिबाट कोही चर्को आवाजमा चिच्याए जस्तो लाग्यो । मैले झस्किएर हेर्दा एउटा जोगी देखें, गेरूवस्त्रमा । एकछिन हेरिरहें, बल्ल चिनें ।

ऊ टोप थियो ।

उसको ओठमा त्यही मुस्कान थियो, जुन अन्तिम पटक मैले कुनोमा देखेको थिएँ । ऊ चिच्याएको थिएन । ऊ त भनिरहेको थियो, "घाम पश्चिमबाट उदाउनेछ ।"

म हतारिँदै बीचसडकमा आइरहेका-गइरहेका टेम्पो, ट्याक्सी, कार, मोटरसाइकल र मिनी बससित जोगिँदै सडकपारि पुगें । टोपले दुवै पाखुरा फैलाएर स्वागत गऱ्यो । गेरूवस्त्र, गेरूरङको झोला, घाँटीमा कण्ठी, निधारमा चेप्टो र लामो पहेंलो टीका, नाडीमा बटारिएको रूद्राक्षको माला ! मैले पहिलो पटक टोपलाई ढाकाटोपीबिना देखेको थिएँ । उसका रौं मज्जैले मौलाएका थिए ।

"होइन, फेरि तपैं कता हराएको ?" मैले उसको हत्केला समाउँदै भनें । उसको हत्केला रापिलो थियो । अनिद्राका रोगीको जस्तै ।

"म हराएको कि तपैं ?" टोपले स्वाट्टै सुकेको अनुहारमा रौनक ल्याउने कोसिस त गऱ्यो । तर सकेन । भन्यो, "हराएको त मै हुँला । तैपनि सिरीजी ! अलिकति फरक ढङ्गले सोच्नुस् त ! कतै भेट्टिन, मान्छे कतैबाट हराउने गर्छ ।"

"अचेल कता भेट्टिनुहुन्छ त ?" आइरहेका, गइरहेका बटुवालाई बाटो दिन कुनातिर सर्दै मैले सोधें ।

"पण्डित रामकृष्ण उपाध्यायकातिर ! सम्झनुहुन्छ ? हाम्रो पत्रिकामा राशिफल लेख्नुहुन्थ्यो ।"

"डकुमेन्ट्री चाहिँ के भयो ?"

"कथा लामो छ, सिरीजी ! यो पेटीमा कहाँ भन्न सकियो र !"

"जाने हो त कुनोमा ?" मैले भनें ।

"हत्तेरी सिरीजी ! देख्नुभएन ?" उसले आफ्नो ज्यान झट्कार्‍यो । मानौं, मैले उसको गेरूवस्त्र र कण्ठी देखेकै छैन । भन्यो, "म अहिले आत्मशुद्धिको प्रोसेसमा छु ।"

उसले गेरूरङको झोला खोतलखातल पार्‍यो । र झिक्यो, चुरोटको बट्टा आकारको रातो जिल्दावाला किताब । *श्रीमद्भगवद्गीता* रहेछ । उसले मतिर बढायो । मैले समाएँ ।

"अतीत, वर्तमान र भविष्यको सार यसमै छ," उसले मन्द मुस्कुराउँदै भन्यो, "*गीता* पढ्नुभा छ, सिरीजी ?"

मैले मुन्टो यताउता हल्लाएँ ।

"हामी गेस पेपर पुस्ता हौं । काँ *गीता* पढ्नु नि, होइन र ? सबैले पढ्नुपर्छ जस्तो लाग्यो । त्यसैले यी बेच्दै हिँड्छु । सोध्नुहोला, अमूल्य चीजको मूल्य कसरी निर्धारण हुन्छ ? उत्तर सामान्य छ, सिरीजी ! मोती ओकेल्न समुद्रलाई पनि अलिकति नुनिलोपन चाहिन्छ ।"

मैले मुन्टो हल्लाउँदै सोधें, "चिया पिउने ?"

"आज उपवास छ मेरो," उसले तस्बिरका देव जस्तो मुस्कान फाल्ने कोसिस गर्दै भन्यो, "भनिहाल्नुभयो, पानी चाहिँ पिउँछु ।"

बकुल्लो झैं गर्धन तन्काएर यताउता हेर्दा एउटा रेस्टुराँ देखियो । मैले त्यतै इसारा गरें । टोपले पछ्यायो । रेस्टुराँ अँध्यारो अँध्यारो देखिन्थ्यो । टेबल छोपेको सेतो कपडाको झल्लरीमा फुस्रा टाटा देखिन्थे । काउन्टर पछाडिपट्टि एकटक भएर सिलिङतिर हेर्दै टोलाइरहेको केटो हामीलाई देखेपछि सुस्तरी उठ्यो । उसको उठाइमा गहिरो थकान देखिन्थ्यो । उसको हिँडाइ हेर्दा लाग्थ्यो, सायद निद्रामै हिँड्ने यसरी नै हिँड्दा होलान् । गेरूवस्त्र देखेर होला, टोपलाई हात

जोड्यो । टोपले पनि दायाँ हत्केला उचालेर आशीर्वाद दियो । शैली पण्डित रामकृष्ण उपाध्यायकै जस्तो ।

म भोकले रन्थनिएको थिएँ । हातको घडी हेर्दै भनें, "केही खाजा खाने हो कि ? एक त बजिसकेछ ।"

छेउमा उभिइरहेको केटो बेस्मारी झस्कियो, "ए, एक पो बजिसकेको ?"

टोप खिस्स हाँस्यो । भन्यो, "भाइलाई कति बजे जस्तो लागेको त ?"

केटोले रेस्टुराँको चारैतिर हेऱ्यो, मानौं, घडी खोजिरहेको छ । मेरो घडी उसलाई विश्वसनीय लागेन कि !

उसले ओठ फर्रफर्र पार्दै भन्यो, "म त १० बजे होला भन्ठान्दै थिएँ ।"

"जीवनको तीन घण्टा त स्वाट्टै गायब भएछ त, भाइ," टोप हाँस्दै भन्यो, "मलाई पानी मात्रै ।"

टोप भोकै थियो । त्यसैले उसका अघि मलाई खानेकुरा अर्डर गर्न मन लागेन । कफी मागें । एकैछिनमा टोपलाई फ्रिजभित्रको चिसो पानी आइहाल्यो ।

त्यसै बेला मेरो मोबाइल थरथरायो ।

जब मैले मोबाइल झिकें, टोपको अनुहार अँध्यारो भयो । सायद मैले मोबाइल किन्न सक्छु भन्ने उसलाई विश्वासै थिएन कि !

गाउँको नम्बर थियो । म उठेर दैलोतिर गएँ । फोनमा बा थिए । उनी पिसिओमा आएर अबेरसम्म यताउता घुमेर अरूलाई पालो दिँदै बसेका होलान् । बालाई ढोगें । त्यसपछि बा एकछिन मौन भए । सायद बा कुरा कताबाट सुरू गरूँ भनेर सोचिरहेका होलान् ।

"सन्चै हुनुहुन्छ ?" मैले नै सजिलो बनाइदिएँ ।

"तेरी आमाले यताको कुरा सप्पै भनी त होली," उनले अकमकिँदै भने, "त्यो बेला मैले केके भनें भनें । तैंले पनि रामरी बुझाइनस् । के भो, के भो । चित्त नदुखाएस् । म उताको कुरा रामरी बुझ्दिनँ ।"

मैले "हजुर" भनें ।

"यता सबै राम्रै भा छ । यसपालि दसैंमा आएस् । लामै समय बित्यो भने घरको बाटो नि फेरिन्छ । उता आफ्नै संसार बनाको होलास् । तँ त्यतै रमाउँछस्, मलाई थाहा छ । तर यता पनि आएस् ।"

"हुन्छ ।"

"अस्ति जुरूक्क उठ्दा भनन्न रिँगटा चल्यो । सप्नामा पनि कालो घोडाले लखेटेको मात्र देख्छु । त्यसैत्यसै चिटचिट पसिना आउँछन् ।" बा ख्याक्क खोके । म सानै थिएँ, बाले गाईदान गरेर रक्सी र तमाखु छाडेका हुन् । मेरो सबैभन्दा प्रिय मालीगाई । उनले भने, "म त आलुका बेर्ना जसरी हुर्केको हुँ । गाउँ चिन्छु, सहर चिन्दिनँ । बेलाबेला मन पोल्छ, कति दुःख पा थिस् होला, सोधखोजै गरिनँ ।"

म मौन रहें । टोपतिर हेरें, ऊ एक्कासि गले जस्तो देखिन्थ्यो ।

"तँ कति वर्ष उता हराइस् । त्यति वर्ष मैले यता क्यै कुराको मेसो पाइनँ । यस्तै भो," उनले आवाज अलिकति ठूलो पारे, "आखिरीमा तैंले जितिस् । तँ रक्सी बेचेर बस्ने मान्छे होइनस् । सन्तान नजिकै हुन् भनेर बाआमाले सोचिहाल्छन् । त्यस्तै सोचें । ऐले सोच्दा यत्तिकै उराठ लाएर आउँछ ।"

"अचेल मुरली बजाउनुहुन्छ ?"

"बजाउँथें । बिचाँ पुलिसले आएर गाली गरे । गस्तीलाई असर पर्छ भन्थे । ऐले छाडें ।" बा एकछिन मौन भए । मलाई थाहा थियो, उनीसित कति कुरा थिए तर भन्न सकेनन् । भने, "यता पनि फोन गर्नेको भीड छ । यसपालि आएस् ।"

फोन काटियो ।

मलाई थाहा थियो, बाको सास बढ्यो । उनी पिसिओभन्दा अलि पर उभिएर केही बेर "ए ! भनुँला भनेको यो यो कुरा पो छुटेछन्" भनेर हिसाब गर्नेछन् ।

म एकछिन यसै उभिइरहें ।

टेबलतिर फर्किएँ । मोबाइललाई गोजीभित्र राख्दै भनें, "बाले फोन गर्नुभएको !"

टोपको अनुहारमा गाढा उदासी छरियो । सायद उसलाई बितेका बाको सम्झना पो आयो कि ! उसको गाउँमा पनि कोही थिएन । भनेकै थियो, "आमासितै गाउँ जाने बाटो डढ्यो ।" उसको पिन्चे अनुहार हेर्दै सोचें, मेरा बाले पनि यति बेलै किन फोन गर्नुपरेको होला !

ऊ मेरा अघि थियो । तर असाध्यै एक्लो ।

मैले केही सम्झिए जस्तो गरेर गोजीबाट पैसा झिकेर दिँदै भने, "ए, *गीता*को कति पो !"

उसले अलिकति अगाडि तन्किएर मेरो हत्केलालाई प्याट्ट हान्दै भन्यो, "हत्तेरी, सिरीजी ! कस्तो कुरा गरेको । पश्चिमको घाम हो तपाईं ।"

मैले अप्ठ्यारो मान्दै पैसा फेरि गोजीमा राखें ।

कफी आइपुग्यो । मैले चम्चाले चिनी हल्लाउँदै सोधें, "अचेल डेरा कता छ ?"

उसलाई खिस्स हाँस्न गाह्रो भएर होला, चिसो पानीले कक्रक्क सुकेका ओठ मलिलो बनायो । र ज्यान यसरी हल्लायो, मानौं, बिरालोको ढाडमा बलेंसी तप्किएको होस् । भन्यो, "अहिले यै डेराको कुरा गरौं । ज्यान नै यो धरतीको सबैभन्दा मीठो डेरा हो । तपाईंको डेरा चाहिँ उही कि नयाँ ?"

"उही हो ।"

"मायाप्रेममा पर्नुभएको छ कि छैन ?"

मैले झलक्क सोचें, लियोंमा समीरा के गरिरहेकी होली !

"कतै जङ्गली फूल जसरी फक्रिँदै होला । भेट्नुहुन्छ ।"

म हिस्स हाँसें ।

"घाम तपाईंको निधारमै उदाएको छ, सिरीजी । छाया पर्न नदिनुहोला," उसले मुस्कुराउँदै भन्यो, "मलाई पहिलो भेटमै लागेको थियो, तपाईंमा केही छ । तपाईं लरतरो मान्छे होइन ।"

म के भनूँ ?

उसैले भन्यो, "स्वात्तै बिएमा पुग्नुभयो ।"

"बिएमा पुग्दैमा त्यस्तो उपति त क्यै हुन्छ लागेन," मैले नाकको डाँडीमा धर्साहरू बनाउने कोसिस गरें । तर सकिनँ । अनि भनें, "तपाईंले त झन् जिन्दगी नै पढ्नुभएको छ । तपाईंभित्र हजारौं युनिभर्सिटी छन्, अनुभवका ।"

"*गीता*मा सबै कुरा छन्, पढ्नुहोला ।"

मलाई लाग्यो, उसलाई मेरो हतारको दर्शन खासै मन परेन । सायद ऊ मलाई त्यस्तो मानिस देखिरहेको थियो, जो पढन्ते थियो । घरसित जोडिएको थियो । जे आँटे पनि पुऱ्याउँथ्यो । त्यही बेला मलाई थकथकी भएको थियो, मैले उसलाई आफ्नो भोक, अभाव र कुण्ठाबारे किन भनिनँ ! अब भन्नलाई मसित ऊर्जा थिएन । सायद सुन्नलाई ऊसित पनि समय थिएन ।

"डकुमेन्ट्री के भयो ?" मैले सोधें ।

"ए ! त्यो त नजन्मिँदै तुहियो । धेरै खर्च गरियो । क्यामेरा नै बनेन । पछि मैले सोचें, क्यामेराले त केवल दृश्य खोज्ने हो । दृश्य चिन्ने हो । युद्धका सम्चार र तस्बिर त कति छापिन्छन् है । त्यो त देखाउन सकियो । तर तस्बिरमा कैद पीडितको हृदयमा चियाउने कोसिस गर्नुभएको छ ? पक्कै छैन । त्यो सम्भव पनि छैन । तर अध्यात्मले अलिकति भए पनि सिकाउँछ । म त्यो प्रयासमा छु, सिरीजी ।"

म वाल्ल परें ।

"मैले दुनियाँ चिनें भनेर अरूलाई सुनाउन चिने जस्तो गर्ने कि चिनेको दुनियाँ महसुस गरेर आफ्नो बर्कतले भ्याएको योगदान दिने ? फरक यहीँ छ, सिरीजी । जिन्दगी प्रश्न हो, उत्तर होइन ।"

त्यसपछि मेरो ज्यान र आत्मा दुवै सिरिङ्ङ भए । टोप यस्तो त थिएन । मैले हतारिँदै भनें, "म तपाईंको डेरामा जान्छु ।" मलाई शङ्का भयो, उसको डेरा पनि छ कि छैन !

"तपाईंले मेरो डेरा होइन, आफ्नो डेरा खोज्नुस्, जहाँ तपाईंको आत्मा बसेको छ ।"

उसले मेरो अनुहार गहिरिएर हेर्‍यो । मेरो असन्तुष्टि देख्यो होला । थामथुम पार्न भन्यो, "नम्बर दिइराख्नुस् । झलमल्ल घाम लागेको दिन बोलाउँला ।"

मैले मोबाइल नम्बर अगाडिको ग्लासमा ठड्याएको नेप्किनमा लेखेर दिँदै भने, "यसमै फोन गर्नुहोला ।"

उसले मुस्कुराउँदै गेरूरङको झोलामा नम्बर राख्यो ।

म भोकले रन्थनिएको थिएँ । ऊबाट छुट्टिएपछि अलि पर पुगेर कुनै अर्को रेस्टुराँमा पसेर केही खान चाहन्थें ।

मैले भनें, "भेटेर खुसी लाग्यो, टोपजी ! अब चाँडै तपाईंकै डेरामा भेटौंला ।"

मैले काउन्टरको केटोलाई आँखा सन्काएँ । ऊ अलिकति तङ्ग्रिएको थियो । आयो र भन्यो, "एउटा कफी मात्र हो, भैगो ।" अनि टोपलाई प्रणाम गर्‍यो ।

पेटीमा निस्किएपछि टोप एकछिन मलाई हेर्दै मुस्कुराइरह्यो । जोडले मेरो हात समाउँदै भन्यो, "जेहोस् तपाईंले गर्नुभयो, सिरीजी ! तपाईंको अनुहारमा सन्तुष्टिको आभा म देखिरहेछु । तपाईंको घाम पश्चिमबाट उदाइसक्यो ।"

"खोइ, हामीले मिलेर कति गरौंला भन्ने थियो । तपाईं स्वाट्टै हराउनुहुन्छ," मैले उसको हत्केलालाई अर्को हत्केलाले छोप्दै भनें, "फेरि मिलेर केही गरौंला । केही समस्या पर्‍यो भने निर्धक्क भन्नुहोला । अप्ठेरो नमान्नुहोला । फेरि स्वाट्टै नहराउनुहोला ।"

उसले बिस्तारै मेरा हत्केलाबीचबाट आफ्नो हत्केला फुस्कायो । छाता नचाउँदै आएकी युवतीलाई बाटो दियो ।

"हत्तेरी, सिरीजी ! म कहाँ हराएको हुन्छु र ! कतैकतै नभेटिएको मात्र हुँ," आँखाका चेप नै चाउरिने गरी बेस्मारी हाँस्दै उसले भन्यो, "बेलाबेला त लाग्छ, सिरीजी ! तपाईं र मेरो साइनो नै कस्तो । बाटामा लाखौं मान्छे हिँड्छन् । तर त्यत्रो भीडमा पनि म तपाईंलाई भेटिहाल्छु ।"

म हाँसें । र इसाराले पूर्वतिर देखाएँ । म त्यतै जाने सोचमा थिएँ । र उसले पश्चिमतिर देखायो । र भन्यो, "बाटामा भेटिँदै गर्नुहोला । अर्कोपालि मन खोलेर कुरा गरौंला । धेरै छन् भन्नुपर्ने कुराहरू । म चाहिँ बिर्सिन चाहन्छु ती कुरा । तर के थाहा, तपैंलाई काम लागिहाल्छन् कि !"

मैले मुन्टो हल्लाएँ ।

"ल त, सिरीजी ! कुरा र सुरा अर्कोपालिलाई ।"

फटाफट अगाडि बढ्यो ।

मैले ऊ गएको हेरिरहें । लाग्यो, यो सहरको सबैभन्दा एक्लो मानिस भीडमा छेलिँदै, देखिँदै, छेलिँदै गइरहेको छ ।

सोचिरहें, सायद टोपसित अन्तिमै भेट हो कि ! मलाई शङ्का छ, सायद, उसले मलाई फोन गर्दैन । जसरी मैले किम्चीमा भेट भएपछि उसलाई फोन गरेको थिइनँ । यो सहरमा कति मानिस कसैलाई यत्तिकै फोन गर्न छाड्दैनन् । उनीहरू रिसाएका पनि हुँदैनन् । ईर्ष्या गरेका पनि हुँदैनन् । केवल आफूलाई प्रेम गर्न सकिरहेका हुँदैनन् ।

टोपसित फेरि बाटामा भेट हुने सम्भावना कम थियो । किनभने वर्षौं लामो दूरी हिँडेर म पेटीबाट मूल सडकतिर सर्दै थिएँ ।

# डेरा

*प्लेन त छेउछाउबाटै उड्छन् ।*
*त्यति हो, सनकी पाइलट नपरोस् ।*

सिमेन्टको चेपमा दुबो पलाए झैं घरबेटी बाको ओठमा मुस्कान पलाएको थियो । उनी बेतको कुर्सीमा बसेका थिए, जसलाई मैले अघिल्लो साता मात्रै किनेको थिएँ ।

टुसुक्क बसेका उनले पहिला आफ्ना दुवै हत्केला घुँडाले च्यापे । असारे झरीमा भित्रिएको १४ इन्चको रङ्गीन टिभीतिर एक पटक हेरे । ११ दिनअघि मात्र मैले घरबेटीको केबलको तार काटेर बीचबाट टिभीको तार जोडेको थिएँ । त्यसपछि उनको टिभी अलिकति झिर्रझिर्र गर्थ्यो ।

उनले उदास आवाजमा भने, "हेर् केटा ! मेरो इच्छा त हो, म हुन्जेल तँ यहीँ बस् । तर त्यसो नहुने रैछ । करङलाई टुक्राटुक्रा पारेर यी भित्ता बनाएको हुँ । यो सहरमा म पनि तँ जस्तै आएको थिएँ । तँ जस्तै अलपत्र परेको थिएँ । सारा जिन्दगीका रहर बेचेर यै एउटो घर कमाको हुँ ।"

मैले मुन्टो हल्लाएँ ।

"तेरा लागि हजार ढोका छन् । मेरो ढोका यै एउटा हो ।"

उनले मलाई यसरी हेरे, मलाई लाग्यो, प्रेमको हेराइ योभन्दा सानदार हुन सक्दैन । उनले एक पटक बेस्मारी खोके र भने, "तँलाई केही मेसो भो कि मैले कोठा फेरि भाडामा किन लाइन भनेर ?"

मलाई मेसो थिएन । मुन्टो यताउता हल्लाएँ ।

"प्रतापे फर्किन्छ जस्तो छ," उनले भने, "उसलाई अलि फराकिलो ठाम् चाहिन्छ अब । माथिकोले पुग्दैन । त्यसैले तलको तला उसका लागि तयार पारेर राख्दिम् भनेर बूढाबूढीले सल्लाह गरेका छम् ।"

मलाई मसिनो झट्का पर्‍यो । पुराना दिनमा यस्तो कुरा आएको भए म लुत्रुक्क पर्थें ।

"कहिलेसम्म खाली गर्नुपर्ने ?"

"तैंले पनि कोठा खोज्नुपर्छ । दुई हप्ता जतिमा भेट्टेला कि ! सबै खाली भयो भने रङरोगन पनि गर्नुपर्ला," उनले त्रिभुजाकार टुक्रो निस्किएको झ्यालको सिसातिर हेर्दै भने, "उता राम्रै ठाउँमा बसेको छ । ब्वारी आउँदा किन खिस्रिक्क पारिदिनु भनेर नि !"

मलाई थाहा थियो, म यो कोठामा सधैंभरि रहँदिनथें । कुनै न कुनै उदास साँझ कुटिरो बोकेर म अर्कै कोठामा पुग्ने थिएँ । तर घरबेटी बाले कोठा छाडिदिन आग्रह गर्दा मन भरङ्ग भएको थियो । ए ! जाने बेला त भई पो सकेछ ।

मलाई एक पटक स्नेहले हेरेर घरबेटी बा माथि उक्लिएका थिए । र म रातभर छटपटिएको थिएँ । वर्षौं ध्यानस्थ भएको गुफा छाड्नुपर्दा ऋषिमुनिलाई पनि यस्तै हुँदो हो कि ! सायद उनीहरू त यस्ता मायामोहबाट मुक्त भइसकेका हुन्छन् क्यारे ।

मैले भोलिपल्टै स्कुटर सिकिरहेका बेला बुकी नेपालको टाइपिस्ट कमललाई डेरा खोजिरहेको सुनाएँ । भनें, "सात वर्ष भएछ अँध्यारो कोठामा बस्न थालेको । अब जे होस्, जस्तो होस्, घाम पस्ने होस् ।"

सुन्नेबित्तिकै उसले सोच्न सुरू गर्‍यो । र आँखा ठुल्ठूला बनाउँदै भन्यो, "छत भएको फ्ल्याट हुन्छ ?"

मलाई लाग्यो, उसले मलाई बेलुन बनाएर हावा भर्न थालेको छ । छतमा त आफ्नै बर्कतले घर बनाएका मात्र बस्थे । जाडोमा घाम ताप्दै गमलामा सुकेको झार र पाकेको कपाल उखेल्थे ।

"साँच्चै हो, मैले चिनेकै मान्छेको घरमा छतको फ्ल्याट खाली छ ।"

मलाई कताकता चिलाए जस्तो लाग्यो । तर कहाँनिर हो, खुट्याउन सकिनँ ।

"देलान् त मलाई ?"

"मैले भनेपछि दिन्छन् । उनैले नै मान्छे खोजिदेऊ भनेका हुन्," उसले स्कुटीको हेन्डिल सुमसुम्याउँदै भन्यो, "अघि बस्नेले फेरीफेरी केटी ल्याउँदो रहेछ । अनि बेलाबेला साथीहरूलाई पनि रमाइलो गर्न चाबी दिँदो रहेछ । तपाईं त्यस्तो गर्नुहुन्न नै । खासै समस्या भएन । कि गर्नुहुन्छ ?"

"सात वर्ष भो । मेरो कोठामा घाम र केटी दुवै पसेका छैनन् ।"

ऊ खिस्स हाँस्यो । मेरो दिमागमा भने पिलिक्क मोहिनीको झल्को आयो । ऊ मेरो कोठामा झोक्राएर पसेकी थिई । त्यस दिन उसको पनि घाम हराएको थियो ।

चर्को घाम लागेका दिन म सिनामङ्गलतिर कुदेको थिएँ, कमलको मोटरसाइकलपछाडि बसेर । भत्केको पुलनिर मोटरसाइकल झ्याप्पै बन्द भएको थियो । "तपैंकै स्कुटी लिएर आएको भए हुने !" उसले भनेको थियो । स्कुटरलाई मैले घट्टेकुलो भित्र्याएको थिइनँ । त्यो बुद्धनगरकै ग्यारेजमा राख्थें । त्यही छेउमा ड्राइभिङ सिक्नलाई ठूलो चौर पनि थियो ।

घर साढे दुईतले थियो । ठूलो फलामे गेटमाथि रातोरानीका लहरा थिए । कमलले सुटुक्क भन्यो पनि, "सर्पलाई रातोरानीको सुगन्ध मनपर्छ कि के हो, आइरहन्छन् ।"

सानो कदका घरबेटीले सामान्य कुराकानीपछि चियामा आएको अदुवाको टुक्रो चपाउँदै सोधे, "होइन, अब देश कता जान्छ ?"

मैले मेसो पाएँ, कमलले मेरो परिचयको व्यञ्जनमा पत्रकारको मसला अलि बढ्तै थपेको रहेछ । मासिक ५५ सयमा बत्तीको बिल तिर्दा छ हजार पुग्ने रहेछ । घरबेटीले मुस्कुराउँदै भने, "पानीको त पैसा के जोड्नु र ! सोलारबाट तातो पानी पनि आउँछ ।"

बेडरूम ठूलो थियो । भ्यागुतो जसरी बुथ्रुकबुथ्रुक उफ्रिएर एक्सरसाइज गर्न सकिने । किचेन पनि पलङ राखेर पाहुना कोठा बनाउन मिल्ने । बाथरूम मेरो घट्टेकुलोको कोठैभन्दा अलिकति सानो थियो । म बाथरूमको ठूलो ऐना हेर्दै मुस्कुराएँ । सायद टोपले भनेको फ्ल्याट यस्तै त होला नि ! दैलोबाहिर ठूलो छत थियो, जहाँबाट सारा सिनामङ्गल र एयरपोर्टलाई लहरै घेरेका ल्याम्पपोस्ट देखिन्थे । कमलले जिस्किँदै भनेको थियो, "रातिको दृश्य गजब देखिन्छ । प्लेन त छेउछाउबाटै उड्छन् । यत्ति हो, सन्की पाइलट नपरोस् ।"

मैले तीन महिनाको अग्रिम भाडा १५ हजार रूपियाँ बुझाएँ । घरबेटीले नगनीकनै सर्टको गोजीमा राख्दै सोधे, "कहिले आउनुहुन्छ त ?"

"पर्सि !"

"हामी नभएको बेला पर्ला," उनले चाबीको झुप्पोबाट एउटा चाबी चुँडेर दिँदै भने, "लिइराख्नुस् ।"

केही वर्षअघि कोठा गुमाएर सडकै सडक भौँतारिएको मसित दुई ओटा चाबी भएका थिए । दुई चाबीले मेरा गोजी रापिला भएका थिए । दुई रातकै लागि होस्, मसित दुई कोठा थिए, जहाँ म निर्धक्क पस्न सक्थेँ । निस्कन सक्थेँ ।

पुरानो बानेश्वर चोकमा पुग्दासम्म म नयाँ फ्ल्याटको प्रेममा परिसकेको थिएँ । मैतीदेवी पुग्दा भने एककोठे संसारको अचाक्ली माया लागेर आयो ।

कसरी बिदा मागुँला ?

सात वर्षपछिको एउटा तातो साँझ म कोठामा पुगेँ ।

पलङमा टुसुक्क बसेर कोठालाई प्रेमले नियालेँ । फुटेको झ्याल, सिलिङका दाग, आफ्नै सासको प्रतिध्वनि आउने सन्नाटा, फुङ्ङ उडेका भित्ता सप्पैको माया लाग्यो ।

ग्यासचुलो किनेपछि स्टोभ पलङ्मुनि थन्केको थियो, के गरूँ यसलाई ?

के गरूँ यो बाँसको ऱ्याक ? सरेपछि काठको दराज किन्ने मन बनाइसकेको थिएँ, जो गाढा चकलेट रङको थियो ।

के गरूँ यो पलङ, जसका खुट्टा र डन्डीका कीराले मेरो उराठ एक्लोपनमा साथ दिएका थिए । मैले नयाँ पलङ सोचिसकेको थिएँ, जसको सिरानमा लहरै किताब राख्न मिल्ने खापा हुन्थे ।

के गरूँ, यो १० ब्यान्डको कालो रेडियो ? जसले मभित्र अर्को संसार निर्माण गरिदिएको थियो । कोठामा टिभी भित्र्याएपछि रेडियो बाँसको ऱ्याकको चेपमा धुकधकी मात्र बाँकी रहेको मुसो जसरी लुकिरहन्थ्यो ।

रातभर अनिद्राले छटपटिँदै मैले दिमागको एउटा कुनामा लैजाने सामान राखें, अर्को कुनामा यतै छाड्ने सामान राखें ।

बिहान ढिला उठें ।

उठ्नेबित्तिकै सोचें, सबै लैजान्छु । अलिकति ठाउँ खालान् । तर मेरा स्मृति हुन् । म सिनामङ्गलको फ्ल्याटमा आफ्नो स्मृतिको म्युजियम बनाउनेछु ।

म डेढ महिनाको भाडा बोकेर माथि उक्लिँदा घरबेटी आमै बाती कातिरहेकी थिइन् । बीचमा छाडेकी थिइन्, फेरि सुरू गरिछन् ।

मैले अलिकति झुकेर ढोग गरें ।

"आमा ! म भोलि सर्ने भएँ," मैले पैसा दिँदै भनें, "यो भाडा राख्नुस् ।"

उनले बाती बटारेर राखिन् । एकपल्ट प्रेमले हेरिन् । बसिरहेको चकटीको चेपमा पैसा घुसारिन् ।

"ए ! कता सर्ने भयौ ? चाँडै भेटेछौ त ।"

"सिनामङ्गल ! साथीले खोजिदिएको ।"

"नयाँ घर हो ? राम्रै होला," उनले ढुसीले दाद जस्ता दाग निस्किएका सिलिङतिर हेर्दै भनिन्, "हाम्रो त पुरानै भयो । बनाउने बेला मेसो पाइएन । पाइप पनि यति साना हाल्देछन् कि मुसोकै टाउको अड्किन्छ । नयाँ घर त राम्रै बनाए होलान् ।"

मैले मुन्टो हल्लाएँ । नयाँ घरको सिलिङमा चाँदी रङका बुट्टा पनि त छन् ।

"प्रताप र तिम्रो भेटै नहुने भो," उनले खुइय्य सुस्केरा हाल्दै भनिन्, "तिमी आएपछि त्यो गो । त्यो आउँदा तिमी नहुने भयौ ।"

मैले मुस्कुराउने कोसिस गरें ।

"हाम्लाई नबिर्स । बूढाका कुरा मनमा नराखे । एउटै घरका भाँडा ठोक्किहाल्छन् । ह्याँबाट जाँदा खुसी भएर जाँदै छौ, यै सन्तोक मनमा छ । यत्तिका वर्ष सँगै बस्यौं । फेरि भेट नहोला कि भनेर मन हिरिक्क भ छ ।"

"म उता गए पनि बेलाबेला फोन गरूँला नि, आमै ।"

"यो घराँ पचासौं मान्छे बसे । कसैले गरेनन्," उनले खिस्स हाँस्दै भनिन्, "आस गरेपछि मन दुख्छ ।"

म उनलाई ढोगेर तल झरें ।

मलाई आस थियो, म जाने समाचार सुनेपछि घरबेटी बा राति आउनेछन् । तर आएनन् ।

मैले बिहानभर बोरामा सामान कोचकाच पारें । एक झप्को सुतेर उठेपछि सिरक, डसना र सिरानीको गुन्टो बनाएँ । डेरा सरेपछि ब्रस र टुथपेस्ट भेटिंदैनन् भन्थे । तिनलाई ब्यागको बाहिरी गोजीमा राखें । अनामनगरमा भेटिएको मिनी ट्रक साँझ सवा सात बजे मात्र आउने भयो । सामान ओसारपसार गर्न दुई जना बोकेर । ती दुवै बेस्ट फ्रेन्ड थिए क्यारे । दायाँ पाखुरामा ॐको चिह्नको ट्याटु खोपाएका थिए । ट्याटु नै खोपाएका भएर होला, एक जनाको हजार रूपियाँ पनि मागेका थिए । र मेरो पछि लागेर घट्टेकुलोमा लोकेसन हेर्न आइपुगेका थिए ।

सामान पोको पार्दापार्दै धुलाम्मे भइसकेको थिएँ, त्यसैले खलखली नुहाएँ । अनि दिनभर उठेको बस्ती जस्तो एककोठे संसार हेरेरै बसें । छाड्ने तयारी भएको तर छाडिनसकेको कोठा कति विरहलाग्दो देखिंदो रहेछ, महसुस गरें । निस्सारलाग्दो ।

यो एककोठे संसारमा केही दिनसम्म मेरो आत्माको मनतातो रहिरहनेछ । अनि बिस्तारै पातलिँदै जानेछ ।

साँझपख हतारिँदै आएका घरबेटी बाले यसो दैलोबाट चियाए । भने, "यो कार्पेट नलैजाने ?"

"उता ठूलो कोठा छ ।"

उनी खिस्रिक्क परे । तैपनि भने, "यता हामी नयाँ हाल्छौं । उता किचेनसिचेनमा काम लाग्छ ।"

कार्पेट बटार्न उनैले सहयोग गरे । कार्पेट पुरानो र गलिसकेको थियो । बटार्दा दुई ठाउँमा भाँचिएर केही धर्सा थपिए, सीमा गुमाउँदै गएको देशको नक्साका तलमाथि भएका धर्सा जसरी ।

सबथोक तयार भए । मिनी ट्रक आइपुग्न बाँकी थियो ।

घरबेटी बा माथि गएनन् । उनी मसितै उभिइरहे । बेलाबेला हाम्रा आँखा जुध्थे । हामी खिस्स हाँस्थ्यौं । सायद उनले मेरो नयाँ फ्ल्याटबारे घरबेटी आमैबाट सुनिसकेका थिए क्यारे । त्यसैले सोधेनन् ।

उनी मलाई सकेसम्म चाँडो बिदा गर्न चाहन्थे । र म सकेसम्म चाँडो यहाँबाट जान चाहन्थें । म यस्तो आत्मा जस्तो भएको थिएँ, जो पुरानो शरीरलाई माया गर्दागर्दै पनि नयाँ शरीरमा प्रवेश गर्न चाहन्थ्यो ।

सवा सात बजे मुन्तिरबाट चर्को हर्नको आवाज आयो ।

घरबेटी बाले बुझे, मिनी ट्रक आइपुग्यो । उनको सास बढे जस्तो भयो । उनको सासको रफ्तारमा ट्याटुवाला मित्रहरू दगुर्दै माथि आइपुगे । उनीहरूले सबैभन्दा पहिले पलङ उचालेर तेर्सो पारेर तलतिर लगे । एकैछिनमा फर्किए र टिभी लगे । फेरि फर्किए र गुन्टा बोके । अन्तिममा बटारेको कार्पेट अन्तिममै लगे ।

कोठा रित्तो भयो । आत्मा हिँडेको शरीर यस्तै देखिँदो हो ।

मैले घरबेटी बालाई नमस्ते गरें । उनले मुन्टो हल्लाए । माथिबाट घरबेटी आमैले बजाएको घण्टीको आवाज आइरहेको थियो । उनको पूजाको समय थियो । दगुरेर घरबेटी आमासित बिदा मागूँ जस्तो

लागेको थियो । तर ॐको ट्याटु खिपेको मित्र बोलाउन आइपुग्यो । जाम भए जस्तो छ । तलतिरबाट चर्को हर्नको आवाज आइरहेको थियो ।

"ल रामरी जा !" घरबेटी बाले यत्ति भने ।

मलाई पिसाब आउला आउला जस्तो भयो ।

म तलतिर दगुरें ।

मिनी ट्रकपछाडि मोटरसाइकलको लस्कर थियो । त्यसैले ड्राइभर पनि हतारिएको थियो । ट्याटु मित्रहरू पछाडि बसेका थिए । उनीहरू टिभीको स्क्रिन जोगाउन चाहन्थे । हतारिँदै ड्राइभरछेउको सिटमा बसेर मैले दैलो ढ्याप्प तानें ।

ट्रक बिस्तारै अघि बढ्यो । साँघुरो बाटोमा घरका भित्तासित जोगिँदै । मैले छाडिँदै गएको घट्टेकुलोको गल्ली साइड सिसामा हेरिरहें । किराना पसले साहुजी चिनी तौलिइरहेका थिए । उनले ट्रकतिर हेरे तर मलाई देखेनन् ।

मलाई लाग्यो, फेरि यिनीसित भेट हुँदैन । हप्तौं पसलमा नआएको मेसो पाएपछि सोधखोज त गर्लान् । मलाई त्यही क्षण लागेको थियो, काठमाडौंमा डेरा सर्नु भनेको एउटा ग्रहबाट अर्को ग्रहतिर सर्नु हो । फेरि भेटघाट असम्भव छ ।

अगाडिको मोडमा कसैले मोटरसाइकल त्यत्तिकै छाडेर हिँडेछ ।

ड्राइभरले झोकिँदै घट्टेकुलो नै थर्कने गरी हर्न बजायो । त्यही हर्नको चर्को आवाजका बीचमा मैले साइड सिसामा देखें, घरबेटी बा दगुर्दै आइरहेका थिए ।

उनी मेरो छेउमा पुगे । एकछिन स्याँस्याँ गरे र सुकेका ओठ जिब्रोले ल्याप्प चाटे ।

हर्नको बीचमा केही भने । मैले बुझिनँ । मैले ड्राइभरलाई हर्न नबजाउन इसारा गरें र भनें, "हजुर ! बुझिनँ ।"

उनले घुटुक्क थुक निलेर भने, "नबिर्सेस् । यतै गरिस् भने बिहेमा जसरी पनि बोलाएस् । आफ्नै छोराको बिहे हेर्न पाइनँ । तेरो हेर्छु ।"

मैले मुन्टो हल्लाएँ ।

उनले कुरा सकिए जसरी ट्रकलाई ड्याम्म हाने । हतारिँदै आएको मोटरसाइकलवालाले पहिला ट्रकलाई आँखा तऱ्यो र मोटरसाइकल लताऱ्यो । अगाडिको बाटो रित्तो थियो ।

ट्रक बेस्मारी थरथरायो र हिँड्यो ।

मैले फर्किरहेका घरबेटी बाको घुच्चुक साइड सिसामा हेरिरहें । उनी थकित मुद्रामा बिस्तारै बिस्तारै अघि बढिरहेका थिए ।

केही क्षणपछि मिनी ट्रक मैतीदेवीको सडकमा कुदिरहेको थियो । बोकेर– १४ इन्चको रङ्गीन टिभी । थोत्रो पलङ । बाँसको ऱ्याक । डल्लो पारिएका सिरक, डसना र सिरानी । बटारिएको कार्पेट । पानी सुकिनसकेको बाटा । थाल र कचौरा । वासर धोल्लिएको कुकर र खियादार स्टोभ । ग्यासको सिलिन्डर र चुलो । १० ब्यान्डको कालो रेडियो । खाँदखुँद पारिएका सर्ट र पाइन्ट । नयाँ जुत्ता र पुराना चप्पल । डल्लो पारेर पोलिथिन ब्यागमा पोको पारिएको चिसो कट्टु !

र ती स्मृतिका लहरा, जसले मलाई फेरि काठमाडौंमा एक्लो हुन दिनेछैनन् ।

काठमाडौंका लाखौं मानिस जसरी नै म डेरामा पुग्दा अँध्यारो भइसकेको थियो ।

# धन्यवाद

लाखौं शब्दको पुस्तक लेख्न त्यति गाह्रो नहोला, जति गाह्रो हुन्छ, पुस्तकको यो अन्तिम पातो लेख्न ।

एउटा पुस्तक तयार हुन अनेकौं गुनी प्रियजनको अथाह सहयोग र सद्भाव रहन्छ । धन्यवादले मात्र पुग्दैन । तैपनि हरेक पुस्तकमा यो प्रयास जारी रहन्छ ।

सबैभन्दा पहिला त हार्दिक धन्यवाद सम्पूर्ण पाठकलाई, जसले नयाँ पुस्तक कहिले आउँछ भनेर बारम्बार सोधिरहनुभयो । जो मेरा लागि सदैव प्रेरणादायी रह्यो ।

पाण्डुलिपि पढेर अनेक सुझाव दिनुहुने अजित बराल, अनुप सुवेदी, बसन्त बस्नेत र यज्ञशलाई हार्दिक धन्यवाद ।

पुस्तकमा प्रयुक्त फ्रान्सेसी शब्द र उखानमा भाषिक सचेतताका लागि सुरज शाक्यप्रति आभारी छु ।

पुस्तकमा प्रयुक्त काबील् भाषाको गीत *आ वावा इनुवा*को प्रथम जानकारीका लागि अल्जेरियन लेखिका अमिरालाई साधुवाद ।

पुस्तकको भाषा र शैलीलाई अझै छरितो बनाउन आफ्नो अमूल्य योगदान दिने भूमीश्वर पौडेललाई हार्दिक धन्यवाद ।

पुस्तकको सुन्दर लेआउटका लागि सरोज रम्तेल र आकर्षक कभरका लागि सचिन योगल श्रेष्ठलाई पनि धन्यवाद ।

र धन्यवाद प्रकाशक फाइनप्रिन्ट र मित्र नीरज भारीलाई ।

चाँडै अर्को नयाँ कथा र नयाँ पुस्तकमा भेटौंला ।

**बुद्धिसागर**

*१४ कात्तिक, ०७९*

कैलालीमा जन्मिएका बुद्धिसागरको किशोरावस्था कालीकोटको मान्ममा बितेको हो । ०६० सालको राष्ट्रिय कविता महोत्सवमा स्वर्णपदक जितेका उनले ०६६ सालमा नेपाल सरकारबाट प्रतिभा पुरस्कार प्राप्त गरेका छन् । सन् २०१९ मा इन्टरनेसनल राइटिङ प्रोग्राम (आयोवा) का मानार्थ फेलो रहेका उनको उपन्यास *कर्नाली ब्लुज*को अङ्ग्रेजी अनुवाद सोही नाममा प्रकाशित छ । उनका *फिरफिरे* उपन्यास, *उसले दिएको उमेर* संस्मरण र *बुद्धिसागरका कविता* फाइनप्रिन्टबाटै प्रकाशित छन् ।

www.ingramcontent.com/pod-product-compliance
Ingram Content Group UK Ltd.
Pitfield, Milton Keynes, MK11 3LW, UK
UKHW042125021026
15589UKWH00003B/610

9 789937 746717